KARSTEN KREPINSKY

Nomadenseele

KARSTEN KREPINSKY

Nomadenseele

(c) 2015 Karsten Krepinsky

Originalausgabe, August 2015

ISBN der Print-Ausgabe 978-3-00-049304-1

Geschrieben von Oktober 2012 bis März 2015

Alle Rechte vorbehalten

Nachdruck und Vervielfältigung aller Art (auch in Auszügen) nur mit schriftlicher Genehmigung des Autors

Umschlaggestaltung: Ingo Krepinsky, Die Typonauten, *www.typonauten.de*

www.nichtdiewelt.de

Für

Michael und Janet

Ingo und Ilona

Jonas und Luisa

»Der Meinung des Volkes ist nicht zu trauen. Das hat uns die Alte Ordnung gelehrt.«

Alfred Südhausen, Staatsschutz der Republik

1.

Die Welt lag ihm zu Füßen, doch sie war ihm fremd.

Die Hände auf die Knie gelegt, den Oberkörper nach vorne geneigt, saß Fischer auf dem Bürostuhl und blickte in die Tiefe hinab. Jenseits des gläsernen Fußbodens zeichneten sich die zackenförmigen Umrisse einer alten Befestigungsanlage ab, vor Ewigkeiten geschliffen und vom Grün der Pflanzen bedeckt.

»Gefällt Ihnen die Aussicht?«, fragte ihn der junge Mann hinter dem Schreibtisch.

Fischers Blicke wanderten über die Fundamente längst vergangener Gebäude bis hin zu einer Kirche, deren flaches Kuppeldach überzogen war von einer grünlich schimmernden Patina. Er neigte seinen Kopf zur Seite. Wie an einer Schnur gezogen verlief die breite Straße bis zum Horizont, zunächst umgeben von großen, hufeisenförmigen Wohnanlagen, dann von einfachen Baracken, die letztlich von den in Rauch gehüllten Wellblechhütten der Verstrahlten abgelöst wurden. Fischer richtete sich auf, legte die Ellenbogen auf die Stuhllehnen und musterte den Geschäftsführer der Neustädter Bank, der ein Messingschild vor sich zurechtrückte, auf dem »Dr. h. c. Josef Reich« eingraviert war. »Versuchen Sie sich zu erinnern«, sagte Fischer, nahm sein Tonbandgerät vom Schreibtisch, spulte das Magnetband zurück und drückte auf die Wiedergabetaste.

Leicht nach vorne gebeugt lauschte Reich einer Frauenstimme, die durch ein starkes Rauschen im Hintergrund kaum zu verstehen war. »Diese Stimme hab' ich im Leben noch nicht gehört«, behauptete er und strich sich durch das stark pomadisierte Haar.

»Sind Sie sich sicher?«, fragte Fischer nach.

Reich lehnte sich zurück und spannte seine Hosenträger mit den Daumen. »Wie ich Ihnen schon sagte, ich kenne diese Frau nicht.« Er ließ die Hosenträger auf sein Hemd zurückschnappen. »Weshalb interessiert sich der Staatsschutz denn für sie? Ist sie etwa eine Terroristin?«

»Das geht Sie nichts an«, sagte Fischer, beendete die Wiedergabe und steckte das Tonbandgerät in die Manteltasche.

Reich lächelte. »Nun seien Sie mal nicht so empfindlich. Wir sind doch auf derselben Seite.«

»Wie meinen Sie das?«

»Auch ich bin ein Patriot. So wie Sie.«

Fischer rieb sich über die Stirn. »Sie denken, dass Sie ein Patriot sind?«

»Warum nicht? Wundert Sie das?« Reich holte eine Goldmünze aus der Schublade hervor und legte sie auf den Schreibtisch. »Haben Sie so eine Münze schon mal gesehen?«

»Muss eine Sonderprägung noch aus der Zeit der Alten Ordnung sein«, vermutete Fischer.

»Sehen Sie nur, wie deutlich sich das Profil des Diktators abhebt. Oder soll ich ihn das Idol nennen, wie es früher üblich war?«

»Nennen Sie ihn, wie Sie wollen. Seinetwegen bin ich nicht hier.«

»Die Zeiten haben sich auch grundlegend geändert.« Als wollte Reich der Bedeutung seiner Worte Nachdruck verleihen, stand er auf und stützte sich mit den Händen von der Tischplatte ab. »Die Feinde von früher sind mittlerweile unsere Handelspartner. Und was wird erst in zwanzig Jahren sein?«

»Ich denke, Sie sind der Mann, der so etwas weiß«, sagte Fischer.

Reich lächelte. »Es wird dann einen Markt geben, der die ganze Welt umspannt. Und die Börsen werden die Schaltzentralen der Macht sein, wenn sich alles um den größtmöglichen Profit dreht.« Wie ein Priester, der die Messe las, breitete Reich die Arme aus. »Und ich, ich bin der Vorreiter dieser neuen Zeitrechnung, ein Visionär, für den es keine Grenzen gibt. Für mich gibt es nichts, was unmöglich ist, nichts, was ich nicht erreichen ...«

»Erzählen Sie das jemandem, der es hören will«, unterbrach Fischer ihn schroff.

»Was sagen Sie da?« Reich senkte die Arme und sah Fischer irritiert an.

»Die Zeit eines Staatsschützers ist knapp. Ich bin nicht hierher gekommen, um mir Ihre Lebensphilosophie anzuhören.« Scheinbar gelangweilt trommelte Fischer mit den Fingern auf der Lehne des Stuhls herum, erhob sich und knöpfte seinen Mantel zu. »Wenn Ihnen noch etwas einfällt, melden Sie sich bei mir.«

»Ich habe Ihnen alles gesagt, was ich weiß. Was zum Teufel sollte mir da noch einfallen?«, fragte Reich.

Fischer hob die Augenbrauen. »Das Gedächtnis ist von wundersamer Natur. Wenn Sie nachher in aller Ruhe in sich gehen, erinnern Sie sich vielleicht doch noch daran, wer die Anruferin war.«

»Das wird nicht passieren. Sie können fest davon ausgehen, dass ich im Gegensatz zu Ihnen nie etwas vergesse.« Reich deutete mit dem Zeigefinger auf den Ausweis, den Fischer zu Beginn ihres Gesprächs auf den Schreibtisch gelegt hatte. »Sonderermittler Einar Fischer, Staatsschutz, Direktion 4«, stand darauf.

Wortlos steckte Fischer die Plastikkarte in die Manteltasche, nickte Reich zum Abschied zu und wandte sich von ihm ab. Als er Schritt für Schritt die Verbindungsbrücke entlangging, die in mehr als zweihundert Metern Höhe die beiden Wolkenkratzer der Neustädter Bank miteinander verband, sah er unentwegt nach unten. Hypnotisch langsam bewegten sich in den Straßenschluchten des Bankenviertels die wenigen Fahrzeuge voran. Klein und unbedeutend wirkten sie, wie Spielzeuge. Es flößte Fischer jedoch keine Angst ein, sich auf bläulichen Scheiben aus Panzerglas über dem Abgrund zu bewegen. Für ihn gab es kein Gefühl der Beklemmung, keine Furcht, nur die Gewissheit, dass die Glasplatten sein Gewicht würden tragen können.

Als Fischer den kleineren der beiden Banktürme erreicht hatte, blieb er vor dem Fahrstuhl stehen, mit dem er gekommen war. Die Tür war geschlossen, und da es keinen Knopf gab, den er drücken konnte, drehte er sich zu Reich um, der immer noch in der Mitte der Glasbrücke hinter dem Schreibtisch stand. »Gehen Sie nur«, rief Reich ihm zu und im gleichen Augenblick öffnete sich die Fahrstuhltür. Die ornamentierten Stahlfliesen der Innenverkleidung absuchend, in denen es weder ein Tastenfeld noch einen

Fernsprecher zu geben schien, stieg Fischer in die Kabine ein. Er war sich sicher, dass er belogen wurde. Zweifellos kannte Reich die Stimme auf dem Tonband, doch noch fehlte ihm der Beweis, dass der Bankier an den Terroranschlägen beteiligt war, von denen Neustadt seit gut einem halben Jahr heimgesucht wurde. Die Tür schloss sich, der Aufzug setzte sich automatisch in Bewegung, und die Anzeige über der Tür begann, die Stockwerke nach unten zu zählen. Die Kabine fuhr derartig schnell in die Tiefe, dass er schlucken musste, um die Druckänderung auszugleichen. Zwischen den Stockwerken zweiundzwanzig und einundzwanzig hielt der Aufzug unvermittelt an.

»Hier bin ich«, ertönte Reichs Stimme über ihm.

Fischer blickte nach oben und sah sich selbst, wie er allein im Fahrstuhl stand und in sein Taschentuch schnäuzte. Hinter dem Spiegel in der Decke musste sich ein Sichtauge befinden, mit dem der Innenraum überwacht wurde. Eine Gegensprechanlage ermöglichte es Reich, mit ihm in Kontakt zu treten. »Kennen Sie sich mit der Jagd aus?«

»Was zum Teufel ...?«

»Ich liebe die Jagd, wissen Sie. Wenn man einem Tier im Verborgenen auflauert, es im Sucher seines Gewehrs hat.«

»Haben Sie etwa den Fahrstuhl angehalten?«

»Wenn man dieses Geschöpf so nahe vor sich sieht«, fuhr Reich unbeirrt fort, »seine Ahnungslosigkeit, seine Unschuld spürt und selbst diese Macht hat ... diese einzigartige Macht, diesem Leben jederzeit ein Ende zu setzen.«

»Der Staatsschutz kümmert sich nicht um Tiere«, erwiderte Fischer und strich sich mit der Hand über den Nacken. Er senkte seinen Kopf und fragte sich, warum er sich die ganze Zeit selbst angestarrt hatte, während Reich mit ihm sprach.

»Wie dumm von mir. Sie sind natürlich auf Menschenjagd spezialisiert.«

»Hören Sie ...«

»Haben Sie schon viele Menschen auf dem Gewissen?«

»Hören Sie, ich hab' keine Lust auf Ihre Spielchen.«

»Spielchen?«

»Genau.«

»Interessant, dass Sie das erwähnen. Ich bin nämlich ein Spieler ...«

»Es ist mir vollkommen egal, was Sie sind.«

»In meinem Beruf muss man das Risiko über alles lieben«, sagte Reich ruhig. »Ich gehe immer aufs Ganze, ohne Kompromisse, ohne Rücksicht.«

Fischer schwieg.

»Nun gut, ich denke, Sie haben verstanden, wer hier die Kontrolle hat.« Ein Knacken war zu hören, als hätte Reich die Gegensprechanlage ausgeschaltet. Das Licht flackerte kurz, dann setzte sich der Fahrstuhl wieder in Bewegung.

Im Erdgeschoss des Wolkenkratzers angekommen, verließ Fischer die Kabine und ging zur Rezeption, die sich in der Mitte des Foyers befand. Auf einem Podest gelegen und über eine Treppe zu erreichen, wirkte sie mit ihrem oktagonalen Grundriss und dem an der Decke hängenden Schalldeckel wie eine Kanzel. Er stieg die Stufen hinauf, legte seinen Ellenbogen auf den Tresen und beugte sich zur Empfangsdame hinüber. »Gewöhnen Sie ihm das ab«, sagte er.

»Bitte, Herr Fischer?«

»Bringen Sie ihm ein wenig Manieren bei, Fräulein Wegmann, sonst wird es noch böse mit ihm enden.«

»Von wem sprechen Sie?«

»Sie wissen doch, wen ich meine.«

»Mag sein, Herr Fischer, aber meine Aufgabe ist es nicht, andere zu belehren.«

»Sondern?«

»Ihnen den Weg zu zeigen.«

»Den Weg zu zeigen?«

»Ja, das ist meine Funktion.«

»Tatsächlich?« Die Stirn gerunzelt, lächelte er sie an. »Nun, ich frage mich wirklich, ob Sie mir vielleicht …«

»Ja?« Sie blickte zu ihm auf.

Er winkte ab. »Ach, ich denke, es ist besser, wir lassen das. Ich muss jetzt los.«

»Vielleicht sehen wir uns bald mal wieder«, sagte sie beinahe auffordernd.

»Wir sollten da aber ganz Ihrem Chef vertrauen, denk' ich.«

»Wie meinen Sie das?«

»Ich hab' ihn ein wenig gereizt, hab' in sein Revier gepinkelt, um in seinem Jargon zu bleiben, und ich denke, er wird das nicht auf sich sitzen lassen.«

»Ich hoffe, Sie wissen, was Sie tun.«

»Warum?«

»Er ist ein mächtiger Mann. Jemand, der nicht verzeiht.«

»Machen Sie sich etwa Sorgen um mich?«

»Ich würde Ihnen jedenfalls empfehlen, ihn nicht zu provozieren.«

»Ist das ein Ratschlag?«

»Nun ... also ... ja.«

»Ich dachte, Ihre Aufgabe ist es nicht, andere zu belehren?«

»Das stimmt natürlich«, sagte sie lächelnd, »aber bei Ihnen mache ich da eine Ausnahme.«

»Ich fühle mich geschmeichelt. Also, bis dann.« Fischer klopfte auf den Tresen, stieg die Stufen hinab und ging durch das mit Marmorplatten ausgelegte Foyer bis zu den Durchlaufstrahlungsmeldern am Eingang.

»Am besten, Sie warten noch ein bisschen«, empfahl ihm einer der Wachleute, als er ihm die Tür aufhielt. »Ist ganz schön ungemütlich da draußen.«

»Wird schon gutgehen.« Zeige- und Mittelfinger zum Abschied an die Schläfe tippend, verließ Fischer die Bank.

Der Himmel hatte sich in den letzten Minuten stark verdunkelt. Jetzt peitschten Windböen den Regen über die Straße. Er zog den Kragen seines Mantels hoch und ging, geschützt durch das freitragende Dach des Eingangsbereichs, zu seinem alten Radwagen, den er in der Einfahrt geparkt hatte. Dass der Wind aus dem Osten kam, bedeutete dieser Tage nichts Gutes, führte der Regen doch dann eine erhöhte Strahlendosis mit sich. Fischer griff nach der Staubmaske und der Schutzbrille in seiner Manteltasche, überlegte kurz, holte sie aber nicht heraus. Der Schutz vor der Strahlung war für ihn zur täglichen Routine geworden, war Teil seines Lebens, und er hatte längst verinnerlicht, dass ein einziger aus Unachtsamkeit begangener Fehler ein qualvolles Ende bedeuten konnte, hervorgerufen durch die von der Radioaktivität verursachte Strahlenkrankheit. Er stieg in den Wagen ein, schloss die Tür und sah zu seinem Aktenkoffer auf dem

Beifahrersitz. Ein Lämpchen neben dem Zahlenschloss blinkte. Er öffnete den Koffer und stellte den Fernschreiber auf »Empfang«. Es ratterte, als das Typenrad den Papierstreifen bedruckte. »Sofort im Büro melden. Gezeichnet Südhausen.« Fischer startete den Motor, und als er auf die Straße fuhr, trommelte der Regen auf das Verdeck seines Wagens.

Die Explosion kam ohne Vorwarnung. Durch die Erschütterung riss Fischer das Steuer herum, der rechte Vorderreifen schlitterte in ein tiefes Schlagloch am Straßenrand, und der Wagen wurde so abrupt zum Stehen gebracht, dass er mit dem Gesicht gegen die Lenksäule prallte. Betonsplitter schlugen auf dem Bürgersteig ein, schwarze Brocken prasselten auf die Scheiben herab. Dann herrschte Stille. Er wischte sich über den Mund, bemerkte das Blut an seinen Fingern und sah in den Rückspiegel. Seine Oberlippe war eingerissen. Er tastete seinen Kopf ab, fuhr mit den Händen über die Beine und betrachtete seinen Oberkörper. Bis auf die Wunde an der Lippe schien er unversehrt zu sein. Der Scheibenwischer verschmierte den Schmutz auf der Windschutzscheibe. Eine Zeit lang saß Fischer einfach nur im Wagen, ohne einen Gedanken zu haben. Wie betäubt. Als er sich irgendwann aus der Starre befreien konnte, öffnete er die Tür, griff nach seinem Regenschirm auf der Rückbank und spannte ihn beim Aussteigen auf. Brennende Trümmer lagen auf der Straße. Im Schutz der Vordächer benachbarter Hochhäuser standen Menschen, die gebannt zum obersten Stockwerk des Hochhauses der Stahl-Union hinaufsahen, aus dem das Feuer loderte. Durch die starke Hitzeentwicklung abgesprengte Teile der rußgeschwärzten Gebäudeverkleidung fielen zu Boden und begruben mehrere geparkte Fahrzeuge unter sich. Ein Panzerwagen des Heimatschutzes kam neben Fischer zum Stehen, die Hintertüren öffneten sich, mit Gewehren bewaffnete Soldaten in wasserdichter Schutzkleidung sprangen heraus und sperrten den Bereich vor dem Gebäude ab. »Verlassen Sie sofort die Straße!«, dröhnte es durch den Lautverstärker des Wagens. Aus dem Hochhaus der Stahl-Union flüchteten Menschen mit geschwärzten Gesichtern und husteten, auf der Straße umherirrend, in ihre Taschentücher.

Fischer sah auf den Boden. Der Regen traf auf den Asphalt und spritzte gegen seine Schuhe.

»Haben Sie meinen Stenoblock gesehen?« Eine junge Frau mit durchnässter Kleidung zog an Fischers Mantel. »Hören Sie, mein Stenoblock?«

»Was haben Sie hier zu suchen?«, schrie ein Soldat auf Fischer ein, gedämmt durch den Schutzfilter der Gasmaske, die er trug.

»Staatsschutz«, sagte Fischer ruhig und holte seinen Ausweis hervor.

Der Soldat senkte sein Gewehr. »Verdammt, was ist hier los?«

»Wir wissen es noch nicht.«

»Mein Stenoblock«, warf die junge Frau ein. Der Soldat packte sie am Arm und zog sie zum Mannschaftswagen, der in der Zwischenzeit eingetroffen war.

»Die Innenstadt überlassen Sie mal uns!«, rief jemand hinter ihm. Fischer drehte sich um und erkannte Direktor Wegener von der Direktion 1, der aus einer schwarzen Limousine ausstieg, während ihn sein Chauffeur mit einem großen Schirm vor dem Regen schützte.

»Ein kleiner Spaziergang wird doch wohl erlaubt sein«, rechtfertigte sich Fischer.

»Hören Sie mit diesem Blödsinn auf und hauen Sie ab«, befahl Wegener unmissverständlich.

»Wenn ich schon verschwinden soll, müssen Sie mir aber Ihre Limousine borgen. Wie Sie sehen, hab' ich an etwas ungünstiger Stelle geparkt.« Fischer deutete mit dem Zeigefinger auf seinen zerstörten Radwagen.

Wegener schüttelte verächtlich den Kopf, antwortete ihm aber nicht. Fischer ging zu seinem Wagen, und als er seinen Aktenkoffer vom Beifahrersitz nahm, kam es zu einer weiteren Explosion innerhalb des Gebäudes. Instinktiv suchte er hinter der geöffneten Wagentür Deckung. Die Druckwelle sprengte die Scheiben des Erdgeschosses aus ihren Rahmen, Glassplitter flogen durch die Luft. Von schwarzen Rauchschwaden umhüllt, flüchtete Fischer in die nächste Seitengasse, lehnte sich an die Feuerleiter, hustete mehrmals, sammelte gründlich den Speichel in seinem Mund und spuckte ihn aus, als wollte er nachträglich die Rußpartikel loswerden, die er eingeatmet hatte. Fernab das Geheul von Sirenen, das durch die Straßenschluchten hallte. Fischer torkelte weiter, zog sich einen Glassplitter aus der Hand, und obwohl die Wunde sofort zu bluten begann, fühlte er keinen Schmerz.

Hinter den Hochhäusern des Bankenviertels lagen die verfallenen Häuserblöcke eines Abbruchbezirks. Wie in Trance ging Fischer durch Wohnzimmer und Küchen ohne Wände und Decken, schritt über die Reste des Mauerwerks einer Bäckerei und durchquerte einen Türrahmen, der ins Nirgendwo führte. Der Regen wurde immer stärker. Die Nässe hatte das untere Ende seiner Hosenbeine erfasst und wanderte langsam nach oben. Was er jetzt brauchte, war ein Unterschlupf. Den Regenschirm mit beiden Händen umklammert, stolperte er über die Fundamente ehemaliger Wohnhäuser, bis er zu einem baufälligen Haus aus der Vorkriegszeit kam. Ein großes Loch in der Hauswand gab einen Blick in das erste Stockwerk frei. Der Dachstuhl war eingefallen, nur noch einige wenige Balken ragten in den Himmel. Er betrat das Haus, ging durch den Flur und sah sich um. Die Briefkästen waren vor langer Zeit aufgebrochen worden, die Wände voll mit unleserlichen Botschaften. Das Wasser lief auf dem vermoderten Geländer des Treppenhauses herunter und tropfte auf die vom Schmutz verkrusteten Bodenfliesen. Im einzigen Zimmer im Erdgeschoss, das nicht mit Feuchtigkeit durchzogen war, standen nur noch ein Ofen und ein Tisch. Als Fischer seinen Regenschirm zum Trocknen in die Ecke stellte, bemerkte er, dass Dutzende kleiner Glassplitter in der Bespannung steckten. Er setzte sich auf den Tisch, klopfte seine Schuhe an den Tischbeinen ab, nahm sein Taschentuch aus der Hosentasche und verband die blutende Wunde an der Hand, während er unablässig auf das blinkende Lämpchen seines Aktenkoffers starrte.

2.

Als Fischer wieder ins Freie trat, hatte es aufgehört zu regnen. Das Wasser war in den Bodensenken zusammengelaufen, die wie Bombenkrater zwischen den Ruinen lagen. Jenseits des Verfalls und der Trostlosigkeit des untergegangenen Stadtteils standen die Wolkenkratzer von Neustadt. Bedrohlich und erhaben zugleich wirkten sie wie Sinnestäuschungen: fernab und unwirklich. Einzelne Sonnenstrahlen, die durch die Wolken drangen, wurden von der gläsernen Fassade der Neustädter Bank reflektiert und trafen auf das Hochhaus der Stahl-Union, aus dem noch immer Rauch aufstieg.

Fischer durchquerte eine alte Lagerhalle, die nur noch aus einem Stahlgerippe bestand, und kam zu einem verlassenen Schrottplatz, auf dem die Überreste ausgeschlachteter Radwagen lagerten. Der Greifarm eines längst stillgelegten Krans umklammerte ein Fahrzeugwrack und hielt es über einer Schrottpresse in der Schwebe. Als er eine Schienenbahn sah, die auf der nahe gelegenen Straße in gemächlichem Tempo fuhr, rannte er zum Ausgang, sprang auf das Trittbrett des letzten Wagens, öffnete die Schiebetür und setzte sich in die hintere Sitzreihe. Er war der einzige Fahrgast, so dass der Schaffner sogleich auf ihn zukam. »Die Fahrkarte, mein Herr«, sagte dieser freundlich. Fischer zeigte seinen Ausweis vor, der ihm eine freie Mitfahrt ermöglichte, und der Schaffner steckte den Fahrkartenentwerter wieder in seine Tasche. »Wissen Sie, was passiert ist?«, fragte der Schaffner. »Es hat zweimal geknallt – und da hinten steigt Rauch auf.«

»Es waren Explosionen.«

»Explosionen?«

»Ja.«

»Wieder ein Anschlag?«

»Möglicherweise.«

»Möglicherweise? Wann schnappen Sie diese verdammten Schweine endlich?«

»Wir tun unser Bestes.«

»Ja, klar. Das sehe ich.«

»Wie meinen Sie das?«

»Ach, es ist ja doch nicht meine Angelegenheit.«

»Nur zu«, forderte Fischer ihn auf, sich zu erklären.

Der Schaffner wandte sich von ihm ab, drehte sich dann aber nochmals um. »Sagen Sie mal, ist Ihnen eigentlich bewusst, dass Sie in die falsche Richtung fahren?«

Fischer legte seine Hände auf den Knauf des mit Glasscherben bespickten Regenschirms und stützte darauf sein Kinn ab. »Wie Ihnen nicht entgangen sein sollte«, sagte er, »bin ich weder ein Brandbekämpfer, noch ein Polizist im eigentlichen Sinne. Ich bin auf der Suche nach dem Verursacher des Anschlags und nur die wenigsten von ihnen haben die Angewohnheit, im brennenden Gebäude auf uns zu warten, so dass ich meine ganze Aufmerksamkeit auf eben jene Richtung lenke, die von der Explosion wegführt.«

Der Schaffner sah ihn befremdet an. Er sagte aber nichts mehr und ging wieder in den vorderen Teil des Wagens zurück. Dort drehte er sich nochmals zu ihm um, die Stirn in Falten gelegt und irgendetwas vor sich hinmurmelnd, bevor er sich setzte. Die Schienenbahn fuhr derweil an der Kirche aus Buntsandstein vorbei. Da die Menschen in den Häusern vor dem radioaktiven Regen Schutz gesucht hatten, waren die Straßen verwaist. Und selbst in den Fenstern der schmucklosen Plattenbauten ließ sich zurzeit niemand blicken.

Nach einigen Minuten erreichte die Schienenbahn die alte Stadtgrenze. Von den einst mächtigen Bollwerken der Stadtmauer zeugte nur noch ein von Pflanzen bewachsener Streifen. Fischer stieg aus der fahrenden Bahn aus und bewegte sich auf einen großflächig angelegten runden Platz zu, in dessen Mitte ein Säulentor stand. Gekrönt von einem Viergespann aus Kupfer, war das Neue Steintor eine genaue Nachbildung des Bauwerks, das sich in der alten Hauptstadt befand. Errichtet von Flüchtlingen in Erinnerung an ihre Heimatstadt, die sich vor zwanzig Jahren nach der Explosion eines Spaltungswerks in eine radioaktiv verseuchte Geisterstadt verwandelt hatte. Von Flüchtlingen, wie er selbst einer war. Gerade einmal volljährig geworden, musste Fischer mit seiner Familie wie Millionen andere auch nach Neustadt fliehen, um dem sicheren Strahlentod zu entgehen. Er sah die mehrspurige Ausfallstraße hinunter, von den Mietskasernen in der Ebene bis hin zu den Wellblechhütten auf den steinigen Hängen des angrenzenden Gebirges. Mit den Flüchtlingen hatte die Strahlung Einzug in Neustadt gehalten. Es war die größte Furcht der Menschen in Ostend, immer weiter an den Stadtrand gedrängt zu werden, um irgendwann in den Armenviertel an den Gebirgshängen zu enden, wo auf die Strahlenkranken der Tod in einem anonymen Massengrab wartete.

Die Direktion 4 des Staatsschutzes, zuständig für den Bezirk Ostend, lag unmittelbar am Runden Platz und war das einzige Gebäude dort, das keine Säulenarkaden hatte. Das turmähnliche Bauwerk aus Stahlbeton bestand aus einzelnen Gruppen von Büros, die wie Bauklötze leicht versetzt übereinander gefügt waren. Zur Bauzeit im Stil der Revolution errichtet, war es jetzt nur noch das traurige Werk eines überambitionierten Architekten. Fischer ging die schmale Betontreppe hinauf, die zum Haupteingang im ersten Stockwerk führte, sah in das Sichtauge, das sich neben der Eingangstür befand, und als der Summer erklang, öffnete er die Tür. In der Schleuse der Direktion gab es große Waschbecken, die sich auf Bodenhöhe befanden, Duschzellen und Spinde. Er spülte seinen Schirm und seinen Aktenkoffer in einem Waschbecken ab und reinigte seine Schuhe gründlich mit einer Seifenlauge. An der inneren Schleuse stellte er sich in einen Durchlaufstrahlungsmelder, der einem Türrahmen glich, und berührte mit beiden Händen die Markierungen, die auf einer Seite des Rahmens angebracht waren. Ein Lämpchen blinkte daraufhin rot auf. Er betrachtete die Enden seiner Hosenbeine, die vom Regen durchnässt gewesen waren. Da er in seinem Spind nur ein Rasiermesser, Rasierseife und ein wenig Kleingeld vorfand, jedoch keine Kleidung mehr, die er anziehen konnte, zog er seine Hose aus, reinigte die Hosenbeine gründlich mit Wasser, wrang sie aus und zog die Hose an. Als er sich wieder in den Strahlungsmelder stellte, blinkte das Lämpchen erneut rot auf. Er säuberte seine Hände, wusch die Beine, entfernte mit dem Rasiermesser den Schmutz unter seinen Fingernägeln, stellte den Aktenkoffer und den Schirm in den Spind und hängte seinen Mantel an einem Kleiderbügel auf. Abermals blinkte das Lämpchen des Strahlungsmelders rot auf. Verdammt nochmal, dachte Fischer. Er ging zu seinem Spind, nahm sein Rasiermesser, kürzte die Hosenbeine auf Kniehöhe und warf die Textilreste in den Abfall. Als er sich in den Rahmen des Strahlungsmelders stellte, blinkte das Lämpchen diesmal grün auf und die innere Schleusentür öffnete sich.

Die Fahrstühle waren defekt, so dass Fischer bis ins siebte Stockwerk laufen musste. An den Rissen in den Wänden im Treppenhaus rann eine bräunliche Flüssigkeit herunter. Obwohl das Gebäude aufgrund von statischen Problemen nie hätte bezogen werden dürfen, wurde es aus Mangel an Räumlichkeiten als Bürogebäude genutzt. Berge von Aktenordnern neben sich, saßen Angestellte des Staatsschutzes an ihren Schreibtischen in den verwinkelten Büros des siebten Stockwerks und sprachen unablässig in ihre digitalen Eingabegeräte. Vor einiger Zeit war damit begonnen worden, das Archiv der Direktion elektronisch zu speichern, um die Daten über Staatsfeinde schneller zugänglich zu machen.

Die Ermittler Marbod Wandelbar und Heinrich Allerwelt warteten bereits vor dem Büro von Direktor Südhausen. Heinrich verschränkte seine Arme und schüttelte den Kopf, als er Fischers gekürzte Hose sah. Marbod schien Fischer keines Blickes zu würdigen, streute sich Schnupftabak auf den Handrücken und zog das Pulver durch die Nase ein. »Fischer, großzügig wie eh und je, erweist uns die Ehre seines Besuchs«, sagte er dann. Obwohl Fischer wusste, dass es unklug war, einen Menschen zu reizen, der ihn allem Anschein nach verachtete und zudem noch im Besitz einer Waffe war, ging er lächelnd auf die Tür des Direktors zu, klopfte und sagte, zu Marbod gewandt: »Sieh gut hin, es ist ganz einfach: Du ballst die Hand zu einer Faust und klopfst in einem von dir bestimmten Rhythmus mehrmals an die Tür.« Häufig genug hatte sich Fischer Ärger eingehandelt, indem er auf Anfeindungen mit gespielter Höflichkeit reagierte, besonders Marbod konnte es nicht ertragen, wenn er auf diese Weise der Lächerlichkeit preisgegeben wurde.

»Dir wird dein blödes Lachen auch noch vergehen, Fischer. Da sei dir mal ganz sicher«, giftete Marbod, während er sich die Reste von Schnupftabak von der Nase entfernte.

»Herein«, sagte jemand auf der anderen Seite der Tür. Fischer betrat zusammen mit Marbod und Heinrich das Büro, in dem Direktor Südhausen hinter einem kleinen Schreibtisch saß und gerade eine Nachricht las, die aus dem Fernschreiber kam. Südhausen sah zu Fischer auf. »Einar, endlich. Wo haben Sie nur gesteckt? Warum haben Sie sich nicht gemeldet?«, begann er auf ihn einzureden. »Ich habe die ganze Zeit versucht, Sie zu erreichen. Sie wissen doch, dass Sie den Aktenkoffer mit dem Fernschreiber immer bei sich haben müssen.«

»Tut mir leid, aber ich war verhindert.«

»Verhindert? Was sagen Sie da?«

»Dass mein Wagen bei dem Anschlag zerstört wurde.«

»Sie meinen ...? Waren Sie etwa ...?«

»Ja.«

»Du meine Güte! Geht es Ihnen denn gut?« Südhausen musterte ihn nun besorgt. »Was ist nur mit Ihrer Hand passiert?«

Fischer strich sich über den mit einem Taschentuch umwickelten Handrücken. »Das ist nichts.«

»Und Ihre Lippe?«

»Hätte schlimmer kommen können.«

»Gut ... gut.« Südhausen nickte. »Sie glauben gar nicht, was hier los ist, Einar.« Er hielt den Papierstreifen des Fernschreibers hoch. »Wie es aussieht, ist der gesamte Vorstand der Stahl-Union ums Leben gekommen. Und zu allem Unglück ist auch noch Wegener schwer verletzt worden.«

»Er stand bei der zweiten Explosion direkt vor der Tür«, bestätigte Fischer.

»Sein Gesicht soll von Glassplittern geradezu aufgeschlitzt worden sein.« Südhausen wischte sich mit der Hand über die Lippen. »Und was machen wir? Das ist jetzt der fünfte Anschlag und wir sind keinen Schritt weitergekommen. Wieder gibt es kein Bekennerschreiben. Nichts. Gar nichts. Und das Schlimmste ist: Das Innenministerium will jetzt die Ermittlungen an sich reißen.«

»Der sechste Anschlag, Herr Südhausen«, berichtigte Heinrich ihn. »Vergessen Sie nicht die Explosion in Ostend.«

»Ostend«, wiederholte Südhausen in abwertendem Tonfall und rückte seine Brille zurecht. Dann wandte er sich wieder Fischer zu. »Was haben Sie eigentlich bei diesem Reich herausgefunden? Haben Sie ihn mit der Tonbandaufnahme konfrontiert?«

»Ja, natürlich.«

»Und? Wie hat er reagiert?«

»Reich hat gesagt, dass er die Stimme nicht kennt«, antwortete Fischer, »aber er hat gelogen.«

»Ich wusste es!« Südhausen drehte sich zu Marbod um. »Sehen Sie, Herr Wandelbar, er ist in die Anschlagserie verwickelt, wie ich Ihnen gleich gesagt habe.«

Marbod hielt seine Schnupftabakdose mit dem Daumen und dem Zeigefinger der linken Hand fest und drehte sie mit der rechten Hand wie ein Rad. »Aufgrund welcher Fakten bist du denn zu diesem Schluss gekommen, Fischer? Vielleicht wollte unsere kleine Terroristin Herrn Reich mit dem Anruf bloß diskreditieren, und er hat gelogen, weil er Angst hatte.«

»Nein, das denke ich nicht. Ich hab' bei Reich keine Angst gespürt, kein Zögern bei seiner Antwort, noch nicht mal den Hauch von Nervosität, sondern nur Selbstzufriedenheit und Überheblichkeit.«

»Muss dir ja bekannt vorkommen.«

»Wenn du es sagst, Marbod. Ich weiß jedenfalls, dass Reich mit solch einer Konfrontation gerechnet hat. Für mich ist er in dieser Angelegenheit ein Akteur und keine Spielfigur – das hab' ich ihm angesehen. Ich ...«

»Das nenne ich wahre Ermittlungsarbeit«, unterbrach Marbod ihn. »Er hat es ihm angesehen.« Dann stieß er ein schrilles Lachen aus.

»Es gibt Tatsachen in diesem Fall«, sagte Fischer, als sich Marbod wieder beruhigt hatte, »und eine dieser Tatsachen ist, dass du seit dem ersten Anschlag vor fast sieben Monaten ermittelst und nichts herausbekommen hast. Und wie lange beschattest du jetzt schon Reich, hörst seinen Fernsprecher ab und versuchst, ihn zu überführen? Wie lange?«

»Mach nur so weiter, mein Junge, dann bist du ganz schnell weg«, drohte Marbod, die Wangen seines aufgedunsenen Gesichts rot glühend vor Zorn.

Südhausen verfolgte den Streit eher gleichgültig, nahm dann einen Eimer mit Wasser, der neben seinem Schreibtisch stand und leerte ihn in einem kleinen Waschbecken, das sich in der Nische des Büros befand. »Ich traue diesem Reich nicht über den Weg. Was für ein undurchsichtiger Mann«, sagte Südhausen mehr zu sich selbst als zu den Anwesenden und stellte den Eimer wieder neben den Tisch, wobei er darauf achtete, dass er ihn dort platzierte, wo es von der Decke tropfte.

»Reich lässt sich nicht so leicht in die Karten schauen«, bemerkte Heinrich. »Er hält sich strikt von der Öffentlichkeit fern und lebt in einem Luxusappartement hoch oben in der Neustädter Bank. Fast nichts dringt über sein Privatleben nach draußen. Wie aus dem Nichts ist er vor vier Jahren aufgetaucht und hat dann wahnsinnig schnell Karriere gemacht.«

Südhausen setzte sich wieder auf seinen Stuhl. »Reich steckt bei den Anschlägen mit drin, das spüre ich«, sagte er vor sich hin.

»Ob Reich der Drahtzieher ist?«, fragte Heinrich.

»Oder vielleicht nur ein Unterstützer«, gab Südhausen zu Bedenken.

»Aber etwas verstehe ich nicht«, merkte Fischer an. »Reich ist der Direktor der Neustädter Bank. Die besitzen Anteile der Neu-Energie und auch der Stahl-Union und der anderen Unternehmen, die betroffen sind. Was hat er also von den Anschlägen?«

»Was schon«, sagte Heinrich. »Sicher hat er nach dem Anruf auf fallende Kurse der Neu-Energie spekuliert. Dadurch, dass er immer weiß, wann und wo die Anschläge stattfinden, hat er natürlich einen unschätzbaren Vorteil an der Börse.«

»Absolut richtig, Herr Allerwelt.« Südhausen strich mit der Hand über die Büste des ersten Präsidenten der Neuen Ordnung, die auf seinem Schreibtisch stand. »Die Bankiers sind merkwürdige Menschen. Sie wollen möglichst wenig Staat. Sie verachten die Gesetze und die Regeln, die man ihnen auferlegt. Sie glauben, dass jeder für sich selbst verantwortlich ist.« Wie geistesabwesend starrte Südhausen die Büste des Präsidenten eine lange Zeit an, ehe er sich wieder gesammelt hatte. »In Ordnung, meine Herren. Wie die Male zuvor hat es also wieder ein börsennotiertes Unternehmen getroffen.«

»Neu ist aber, dass es diesmal eine zweite Explosion im Erdgeschoss gab, um Flüchtende zu töten«, sagte Fischer, »oder eintreffende Staatsschützer, wenn man so will.«

»Einar, bitte. Ihr Sarkasmus bringt uns auch nicht weiter.«

»Tut mir leid. Wird nicht wieder vorkommen.«

»Was haben wir sonst noch in der Hand? Wissen wir überhaupt irgendetwas über die Mitverschwörer?«

»Vielleicht gibt es ja nur Reich und die Anruferin«, sagte Fischer.

»Nein, das halte ich für ausgeschlossen«, wollte Südhausen den Einwand nicht gelten lassen. »Der Erfahrung nach handelt es sich bei solch großen Anschlägen immer um eine ausgewachsene Terrorzelle.«

»Vielleicht kommen wir in diesem Fall ja deshalb nicht weiter, weil er nicht unseren Erfahrungen entspricht«, mutmaßte Fischer.

»Nein, nein, nein«, widersprach Südhausen energisch. »Es muss neben der Frau noch mehr Unterstützer und Mitwisser geben.« Er sah an die Decke und überlegte. »Spielen Sie uns doch noch einmal die Aufnahme vor, Einar.«

Fischer holte das Tonbandgerät aus seiner Manteltasche, spulte das Magnetband zurück und drückte auf die Wiedergabetaste. Durch das starke Rauschen auf der Aufnahme war die Stimme der Frau kaum zu verstehen. »Die Katze ist ... morgen bei den Elfen läufig«, konnte man so nur schwerlich heraushören. Ein Klicken signalisierte, dass jemand den Hörer des Fernsprechers aufgelegt hatte. Fischer brach daraufhin die Wiedergabe ab und legte das Tonbandgerät auf den Schreibtisch.

»Die Terroristin kündigt unserer Meinung nach den Anschlag bei der Neu-Energie an«, erläuterte Heinrich. »Den Anruf haben wir einen Tag vor diesem Anschlag aufgezeichnet, die Adresse der Neu-Energie ist: Im Elfengrund 7.«

»Wir sind uns aber nicht sicher, dass Reich überhaupt abgehoben hat«, fügte Marbod hinzu. »Jemand anderes könnte es ebenso gut gewesen sein.«

»Sein Schreibtisch ist aber schon sehr exponiert, Marbod«, entgegnete Fischer mit einem Lächeln. »Genau in der Mitte von der Brücke, die die beiden Wolkenkratzer der Bank miteinander verbindet. Man muss auf einem Glasfußboden zu Reich gehen. Merkwürdige Konstruktion, aber gerade richtig für so einen Exzentriker, schätze ich. Außerdem sind überall Sichtaugen, mit denen die Mitarbeiter der Bank überwacht werden. Man kann also nicht so mir nichts, dir nichts zu Reichs Schreibtisch gehen, wenn der Fernsprecher klingelt. Und die Attentäterin wird wohl kaum die Putzfrau angerufen haben.«

»Wirklich sehr unwahrscheinlich«, stimmte Südhausen Fischer zu. »Lassen Sie uns die Fakten noch einmal ordnen: Was wissen wir überhaupt über die Frau?«

»Nun, sie hat einen öffentlichen Fernsprecher auf dem Marktplatz benutzt«, sagte Marbod, »ist zwanzig bis vierzig Jahre alt, energisch und selbstbewusst, intelligent.«

»Und sie kommt nicht aus Neustadt«, ergänzte Heinrich. »Der Sprache nach zu urteilen ist sie wahrscheinlich aus dem Osten.«

»Vielleicht ein Flüchtling aus der alten Hauptstadt?« Südhausen sah zu Fischer hinüber. »Was meinen Sie dazu, Einar?«

»Schwer zu sagen«, sagte Fischer. »Also, ich kann keinen Dialekt raushören.«

»Du weißt ganz genau«, sagte Marbod, »dass viele versuchen, ihren Dialekt zu unterdrücken, um ihre wahre Herkunft zu verbergen und nicht stigmatisiert zu werden.«

Fischer rieb sich über sein Kinn. »Mag sein.«

»Nun, wir wissen eigentlich nichts über die Frau«, resümierte Südhausen nachdenklich. »Herr Allerwelt, und heute gab es wirklich keinen verdächtigen Anruf bei Reich? Ich riskiere viel dabei, ihn abhören zu lassen.«

Heinrich schüttelte den Kopf. »Wir haben alle Anrufe nochmals gründlich analysiert. Es ist nichts dabei.«

Südhausen strich mit der Hand über seine hageren Wangen. »Nun, dann habe ich keine andere Wahl.« Er faltete seine Hände, schloss die Augen und hielt kurz inne. Dann öffnete er die Augen wieder und wandte sich Fischer zu. »Sie haben doch Ihre eigenen Methoden, Einar. Deshalb sind Sie bei uns.«

»Ich würde es eher eine andere Sicht der Dinge nennen.«

»Nennen Sie es, wie Sie wollen. Sie müssen die Terroristen aufspüren, hören Sie?«

»Ich verstehe.«

»Ich werde Sie jetzt von der Leine lassen, Einar. Finden Sie die Frau und ihre Unterstützer. Das ist die einzige Anweisung, die ich Ihnen gebe. Sie haben freie Hand bei Ihrer Suche.«

»Wir brauchen ihn hier nicht, Herr Südhausen«, beschwerte sich Marbod aufgebracht. »Wir können die Attentäter mit unseren Methoden zur Strecke bringen.«

»Herr Wandelbar, bitte«, widersprach Südhausen in flehendem Tonfall. »Wir haben das doch miteinander diskutiert. Alles haben wir versucht, um den Verursachern der Anschläge habhaft zu werden. Nichts war erfolgreich. Ich werde jetzt Herrn Fischer mit in den Fall einbeziehen. Er hat sich schon als sehr hilfreich erwiesen.«

Marbod warf einen verächtlichen Blick zu Fischer hinüber. »Reiner Zufall. Das war nichts als Zufall. Der ist doch nur ...«

»Wandelbar!«

»Er ist nur ein Ex...«

»Schweigen Sie, Mann!« Südhausen hob drohend seinen Zeigefinger. »Das ist mein letztes Wort.«

Nur widerwillig wandte sich Marbod ab.

»Sie und Herr Allerwelt heften sich weiterhin an die Fersen von Reich«, befahl Südhausen. »Und ich lasse mich nicht mehr damit abspeisen, dass er den Wolkenkratzer nie verlässt. Überprüfen Sie auch, ob es auffällige Aktienbewegungen vor den Anschlägen gegeben hat. Irgendwann macht Reich sicherlich einen Fehler.« Südhausen schlug mit der Faust auf den Tisch. »Ich erwarte Ihre Professionalität. Unter allen Umständen müssen wir die Täter ermitteln, bevor das Innenministerium eingeschaltet wird.« Er ging zu dem kleinen Fenster in seinem Büro und sah nach draußen. »Wir müssen es so machen. Für die Direktion. Für den Staatsschutz ...«

»... und für Wegener, dessen Gesicht jetzt wie löchriger Käse aussieht«, fügte Marbod abfällig hinzu, gab Heinrich ein Handzeichen und verließ mit ihm zusammen das Büro.

Fischer ging um den Schreibtisch herum und stellte sich neben Südhausen ans Fenster. Immer dieselbe graublaue Jacke tragend, waren die Schulterbereiche des alten Mannes wie jedes Mal, wenn er ihn traf, mit einer feinen Schicht weißer Schuppen überzogen. »Noch etwas anderes, Herr Südhausen«, sagte Fischer.

»Ja?«

»Könnte ich einen neuen Wagen bekommen?«

»Einen neuen Wagen?«

»Meiner ist doch, Sie wissen schon ...«

»Ja, natürlich – machen Sie nur. Es stehen noch Fahrzeuge im Hof, die wir beschlagnahmt haben.« Dann drehte Südhausen den Kopf zur Seite und musterte Fischers knielange Hosenbeine. »Was ist eigentlich mit Ihrer Hose passiert?«

»Mit meiner Hose?« Fischer sah an sich hinab und gab vor, selbst verblüfft zu sein. »Also irgendwie muss mir das untere Ende abhanden gekommen sein, ohne dass es mir in den Sinn käme, zu welchem Anlass dies geschehen sein könnte.«

Südhausen schüttelte den Kopf. »Sie und Ihre merkwürdige Art von Humor. Irgendwann werde ich vielleicht darüber lachen können, Einar. Irgendwann. Machen Sie sich jetzt mal auf den Weg und bringen Sie mir diese Frau. Koste es, was es wolle.«

Die konfiszierten Fahrzeuge standen in einem umzäunten Bereich des von einer hohen Betonmauer umgebenen Innenhofs der Direktion. Fischer ging zur vollständig verglasten Fahrerkabine eines Schwebewagens, öffnete eine der Flügeltüren und blickte in den Innenraum. Die Sitze waren mit Leder bezogen und auf einem Kühlschrank in der Mittelkonsole standen zwei Sektgläser. In Fahrzeugen dieser Bauweise konnte man sich mit hoher Geschwindigkeit fortbewegen, jedoch nur auf den Straßen, die eigens für Magnettechnik ausgelegt waren. Während auf allen Autobahnen und den meisten Straßen in der alten Hauptstadt die zum Fahren benötigten Magnetfelder erzeugt werden konnten, traf dies in Neustadt nur auf die Hauptstraße zu, die von West nach Ost führte. Denkbar ungünstig, um Ermittlungen durchzuführen. Fischer ging weiter zu einem Radwagen, der am hinteren Ende eine überdachte Ladefläche mit der Aufschrift »Klempnerei Unhold« hatte. Dieses Gefährt schien ihm in zweierlei Hinsicht ungeeignet zu sein: Zum einen waren in diesem Wagen Verfolgungsfahrten nahezu unmöglich und zum anderen barg die Aufschrift auf den Seitenflächen die Gefahr, auf Angehörige des Inhaftierten zu treffen, die ihn persönlich für das Schicksal ihres Verwandten zur Verantwortung ziehen könnten. Er überlegte, dass es das Beste war, ein möglichst unauffälliges Fahrzeug auszuwählen und ging zu einem Wagen, bei dem sich Teile der grauen Lackierung gelöst hatten. Ein Blick in den Innenraum bestätigte den ungepflegten und verwahrlosten Zustand des alten Radwagens, und er entschied sich für ihn. Er besorgte sich beim Pförtner die Zündschlüssel, holte seinen Mantel und den Aktenkoffer und stieg in den Wagen ein. Eine Sprungfeder des maroden Fahrersitzes bohrte sich in seinen Rücken. Er drückte die Feder mit der Hand in die Polsterung zurück und startete den Motor. Als er auf die Straße fuhr, grüßte er die Wache, die das schwere Metalltor der Direktion für ihn öffnete.

Es dämmerte bereits, und Fischer schaltete die Lichter seines Wagens an. Da die rechte Lampe nicht funktionierte, wurde lediglich die Mitte der Straße beschienen. An einer Kreuzung, an der Soldaten des Heimatschutzes eine Straßensperre errichtet hatten, hielt er an, kurbelte die Fensterscheibe herunter und zeigte seinen Ausweis vor. Der Soldat, der mit gehobener Waffe vor ihm stand, nickte und ließ ihn passieren. Im Zwielicht der Straßenlaternen beeilten sich Passanten, noch vor Einbruch der Dunkelheit nach Hause zu gelangen. Erst vor kurzem war für alle Bewohner der Innenstadt eine nächtliche Ausgangssperre verhängt worden, und er dachte, dass es auch für ihn an der Zeit war, nach Hause zu fahren.

Seit Fischer vor mehreren Wochen seine Familie verlassen hatte und aus dem teuren Appartement in der Nähe des Steintors ausgezogen war, wohnte er als Mieter in einem

Hotelturm, der am nördlichen Ende der Innenstadt lag. Zunächst als Übergangslösung geplant, bis er seine Gedanken geordnet hatte und die unglaublichen Vorgänge einzuordnen wusste, die stattgefunden hatten, war es nun ein Dauerzustand geworden. Ob er jemals wieder zu seiner Frau und den beiden Kindern zurückkehren könnte? Er fuhr auf das Schotterfeld vor dem Hotelturm und parkte seinen Wagen unter dem flackernden Licht einer zur Seite geneigten Laterne. Als er das Türschloss des Wagens schließen wollte, blockierte es. Er nahm den Aktenkoffer vom Beifahrersitz und schaute in den Innenraum: eine halbvolle Ölflasche und eine braune Decke. Für einen Dieb gab es hier nichts zu holen. Er ließ den Wagen unverschlossen stehen, ging zum Hoteleingang, hielt seinen Ausweis an das Lesegerät, öffnete die Tür und betrat das Foyer.

Der Rezeptionist saß hinter dem Empfangstresen und war gerade damit beschäftigt, einer Kakerlake, die er mit Nadeln auf der Tischplatte fixiert hatte, die Beine einzeln auszureißen. Fischer ging weiter zum Treppenhaus, in dem sich die Briefkästen für die Dauermieter der oberen neun Stockwerke befanden.

»Zimmerdienst Versuchung«, hieß die Firma, die sich auf dem Einwurfzettel vorstellte, den er in seinem Briefkasten fand. »Vergessen Sie ihren trostlosen Alltag und lassen Sie sich von einer unserer Damen in eine Welt der Lüste entführen. Der hauseigene Dienst steht Ihnen täglich ab 18:00 Uhr zur Verfügung. Staatsdiener erhalten besondere Rabatte.« Er drückte den Fahrstuhlknopf, während er einen Blick auf die Rückseite der Werbung warf. »Diese Woche mit neuen Damen. Wählen Sie die ‚6‘ auf Ihrem Fernsprecher.« Die Fahrstuhltür öffnete sich, er schob das Metallgitter der Fahrgastkabine zusammen und stieg ein. Nachdem er das rostige Gitter wieder verriegelt hatte, drückte er die Taste »39«. Die Tür schloss sich, und der Fahrstuhl setzte sich in Bewegung. Der Boden war noch feucht vom Desinfektionsmittel, doch da der übermäßige Einsatz des ätzenden Chlors seinen Geruchssinn längst vermindert hatte, störte er sich nicht daran. Das Schränkchen, in dem sich der Notfallmelder befand, stand einen Spalt offen. Der Fernsprecher war gestohlen worden, und jemand hatte mehrere Zinnsoldaten auf der freigewordenen Holzablage platziert. Er nahm die Spielfiguren in die Hand, sah sich ihre handbemalten Uniformen an, und da er glaubte, dass die Figuren Sammlerstücke sein könnten, steckte er sie ein. Die Taste »39« leuchtete auf, der Fahrstuhl blieb stehen, und die Tür öffnete sich. Er schob das Gitter zusammen, verließ die Kabine und gab den Fahrstuhl frei, indem er das Gitter wieder verriegelte.

Vor ihm lagen die schmalen Flure seines Stockwerks, von beschirmten Lampen an den Wänden in ein gelbliches Licht getaucht. An den Stellen, an denen sich die Tapete vom Putz löste, kamen Schimmelflecken zum Vorschein. Vor der Tür eines Appartements kniete der Hausmeister, um an der Klingel ein neues Namensschild anzubringen. Mehrere Blutflecken waren auf den Blumenornamenten des Teppichbodens zu sehen, ohne dass Fischer wusste, ob hier ein Verbrechen stattgefunden hatte. Und es interessierte ihn auch nicht. Die Menschen kamen und gingen, ganz so, wie es in einem Hotel zu erwarten war. Fischer erreichte sein Appartement, das in einem Seitenflur lag, hielt seinen Ausweis an den Kartenleser und öffnete die Tür. Er stellte den Aktenkoffer neben dem Schlafsofa ab, hängte seinen Mantel am Garderobenhaken auf, zog seine Schuhe aus, schloss die Tür und ging ins Bad. Seitdem aus dem Wasserhahn nur noch eine trübe Brühe kam, hing an der Wand über dem Waschbecken ein Wasserbehälter. Er strich sich über die trockene Haut, öffnete die Klemme am Schlauch des Behälters und befeuchtete sein Gesicht mit dem stoßweise herausfließenden Wasser. Er verließ das Bad und ging zur Küchenzeile, die sich im hinteren Bereich der Einraumwohnung befand. Wie jeden Abend zog er die obere Küchenschublade heraus, hob den Einsatz für das Besteck hoch und betrachtete das Foto darunter. Ein Mann, der einen kleinen Jungen an der Hand hielt, war darauf vor einem Kettenkarussell zu sehen, eine Frau anlächelnd, die neben ihm stand und ein Kleinkind auf dem Arm trug. Es war seine Familie, die so fremd auf ihn wirkte, dass er gar nicht glauben konnte, dass er der Mann auf dem Foto war. Fischer begrub den Schnappschuss der Vergangenheit wieder unter dem Besteck und schloss die Schublade. Er nahm eine Packung Kaffee aus dem Kühlschrank, gab einen Löffel Pulver in eine Blechtasse, brachte auf der Herdplatte in einem Topf etwas Wasser zum Kochen und überbrühte den Kaffee. Danach holte er sich eine Konservendose mit Rindfleisch aus dem Küchenschrank, öffnete sie mit einem Dosenöffner und aß das Fleisch. Privilegiertes Essen, dachte er, denjenigen vorbehalten, die es sich leisten konnten, in den teuren Kolonialwarenläden einzukaufen. Für alle anderen blieb nur die Nahrung, die im eigenen Land erzeugt wurde: zumeist billiges Fleisch von Tieren, die auf verseuchtem Boden lebten.

Durch das große Fenster in seiner Wohnung, das von der Decke bis zum Boden reichte, sah Fischer auf das Industriegebiet von Nordend herab. In der Dämmerung blinkten die Leuchtmarkierungen dutzender Schornsteine auf, während sich ihr Rauch zu einer grauen Wolke vereinigte, die den Himmel verdunkelte. Er sah eine verfallene Raffinerie, auf deren verrosteten Leitungssystemen sich Hunderte von Krähen niederließen, und Werkshallen, die zu Ruinen verkommen waren. Am Horizont zeichnete sich die Silhouette eines gigantischen Kühlturms ab, der seinen Dampf in die Atmosphäre schickte. Als Teil eines Spaltungswerks stand der Kühlturm weit vor den Toren von Neustadt, damit bei einer Havarie die Radioaktivität vom Zentrum ferngehalten wurde.

Fischer ging mit der Tasse Kaffee zu seinem Bildfenster, das sich an der Wand vor dem Sofa befand. Er schaltete es ein, setzte sich auf das Stoffpolster und legte die Beine auf den Sofatisch. Der dunkle Schirm des Bildfensters erhellte sich und die Sprecherin der Abendnachrichten erschien. Sie berichtete über das Attentat auf die Stahl-Union, teilte mit, dass der Staatsschutz mehrere Spuren verfolge und in alle Richtungen ermittele. Es gab eine Schaltung in das Krankenhaus, in dem die Verletzten des Terroranschlags lagen. Die Präsidentin schüttelte die Hände der Opfer und sprach ihnen Mut zu. Wegener, durch einen Kopfverband unkenntlich und nur an seiner Stimme zu erkennen, betonte, dass der Staatsschutz die Terroristen bald würde ermitteln können und dass er plane, vom Krankenbett aus die Untersuchungen zu leiten. Im Anschluss an die Nachrichten warnte der Wetterbericht vor der neuerlichen Regenfront, die heranzog. Die Analyse des heutigen Niederschlags hatte eine mittelschwere Belastung mit radioaktiven Partikeln ergeben. Die Empfehlung wurde ausgesprochen, am morgigen Tag das Haus nicht zu verlassen. Er schwenkte die Tasse, trank dann den Kaffeeaufguss mitsamt dem Pulver aus und lehnte sich zurück.

Als Fischer seine Augen wieder öffnete, erhellten die Hochfackeln der Erdölraffinerien den nächtlichen Himmel. Er schaltete das Licht an und betrachtete das Digitalfenster, das auf dem Sofatisch stand. Im Schein der Deckenlampe fiel ihm die dünne Staubschicht auf, die sich bereits auf der Schutzhülle des Tastenfeldes gebildet hatte. War das Digitalfenster seit seinem Umzug ungenutzt geblieben, hatte er es früher häufig eingeschaltet. Damals, vor einer gefühlten Ewigkeit, im Appartement in der Nähe des Neuen Steintors. Er konnte nicht mit Gewissheit sagen, ob die Entfremdung von seiner Familie die Ursache oder die Folge seiner stundenlangen Ausflüge in die virtuellen Weiten von Neuwelt war. Er schob die Kappe mit dem Augenabtaster und der Sprechmuschel unter den Rahmen des Bildschirms und war sich sicher, Neuwelt nie wieder zu betreten.

Fischer stand auf, ging ins Bad und trank etwas Wasser aus dem Vorratsbehälter. Begleitet vom scheppernden Geräusch der Klimaanlage, starrte er auf die braunen Fliesen und wunderte sich darüber, dass er nicht müde war. Er ging zum Sofatisch, holte den Fernsprecher hervor und wählte die »6«. Am anderen Ende der Leitung nahm jemand den Hörer ab, ohne sich jedoch zu melden. »Einmal Zimmer 3918«, sagte Fischer und legte wieder auf. Er zog sich eine neue Hose an, setzte sich auf das Sofa und wartete. Als es klingelte, ging er zur Tür und sah durch den Spion, eine junge Frau in einem durchsichtigen Kleid musternd, die Lippen rot geschminkt, das Gesicht mit einer weißen Puderschicht abgedeckt. Er öffnete die Tür, und sie lächelte ihn an. »Wie hättest du's gern, mein Hübscher?«, fragte sie und streifte mit ihren Brüsten seinen Arm, als sie die Wohnung betrat.

3.

Fischer betrachtete durch das Panoramafenster den wolkenlosen Himmel. Die Schornsteine der Fabriken und Raffinerien erhoben sich aus dem Nebelschleier, der über Nordend lag. Es fröstelte ihn und das lag nicht etwa daran, dass durch ein Loch in der Wand die Kälte hereinkam. Gerade noch fühlte er sich sicher und geborgen, nun war dieses Gefühl wie ausgelöscht. Fischer versuchte, sich daran zu erinnern, was er in dieser Phase des Erwachens empfand, in der sich der Verstand zu ordnen begann, in der die Regeln der Welt noch den Regeln des Traumes unterworfen waren, es keine Grenzen gab außer der, die der menschliche Geist setzte. Verzweifelt versuchte er sich zu erinnern, an die Geborgenheit, die er gespürt hatte, die Zuneigung und die Wärme. Und das Licht, auf das er sich zubewegte. Dieses wärmende Licht der Sanftmut und der Güte. Er versuchte, sich zu erinnern, an den Augenblick, als er in diesem Licht eine Silhouette wahrnahm, einen Menschen, der auf ihn zukam. Wie es war, als er die Augen zusammenkniff und sich die Hand vor das Gesicht hielt, um im Gegenlicht zu erkennen, wer dieser Mensch sein konnte. Doch das Erwachen ließ dieses Land der Träume und Begierden in sich zusammenstürzen, bevor er mehr darüber in Erfahrung brachte. Was blieb, waren Echos aus einer fernen Welt, von einem Leben, das ihm fremd geworden war. Echos, die bald verhallen sollten.

Fischer klappte das Bettsofa zusammen und verstaute das Bettzeug im Kleiderschrank. Die Prostituierte war gegangen, als er noch schlief, und hatte die Rechnung auf den Sofatisch gelegt. Er bückte sich, hob das Handtuch an, das er behelfsmäßig über ein Loch in der Seitenwand des Appartements gehängt hatte, und prüfte mit der Hand die Temperatur. Nebenan war es bedeutend kälter als bei ihm. Er kniete sich hin, zwängte sich durch das Loch, stand im Nachbarappartement auf, wischte sich den Schmutz von den Ärmeln seines Hemdes und sah sich um. Die Wohnung war leergeräumt und die Tapete lag heruntergerissen auf dem Boden. Eine Werkbank, verschiedene Werkzeuge und einen Stapel Zementsäcke hatten die Arbeiter zurückgelassen, die nach dem Auszug des Nachbarn die Wohnung renovieren sollten, außerdem ein Schweißgerät und mehr als ein halbes Dutzend Gasflaschen, die entweder mit Sauerstoff oder mit Acetylen gefüllt waren. Zwei geborstene Flaschen deuteten darauf hin, dass es beim Schweißen zu einer Explosion gekommen sein musste. Fischer war der Anblick vertraut, nur dass der Vorhang, den er in den Rahmen des zerbrochenen Panoramafensters geklemmt hatte, nicht mehr an seinem Platz hing. Er stellte sich direkt an den Fensterrahmen und beugte sich vorsichtig nach vorne, während er darauf achtete, nicht von den im Rahmen verbliebenen Glassplittern verletzt zu werden. Ein kalter Windhauch strich über sein Gesicht. Zwei Stockwerke unter dem Appartement hatte sich der Vorhang auf einem Wasserspeier verfangen. Wie einen Umhang trug das dämonenhaft wirkende Wesen aus Stein den dunklen Stoff. Fischer richtete sich auf und dachte, dass er irgendwie an den Vorhang herankommen musste. Ein aufgewickeltes Seil lag in einem Metalleimer, der unter der Werkbank stand. Er nahm ein Seilende in die Hand, überlegte, was zu tun war, und schlang dann eher unbewusst einen Henkersknoten. Als er die Schlinge langsam zuzog, schweiften seine Gedanken immer weiter ab. Irgendwann hatte er den Vorhang vergessen, und er fragte sich, wo er mit der Suche nach den Terroristen beginnen sollte.

Südhausen hatte, als er ihn losschickte, auf jene Fähigkeit vertraut, die ihn auszeichnete, aus einer Vielzahl von Menschen auf den ersten Blick denjenigen herauszufiltern, der etwas auf dem Kerbholz hatte, ein subversives Element, wie Südhausen solch eine Person zu nennen pflegte. Nur aufgrund dieser Begabung war Fischer überhaupt beim Staatsschutz aufgenommen worden und durch den Erfolg, den er durch seine ganz und gar unkonventionelle Vorgehensweise hatte, die weit jenseits der Arbeit eines gewöhnlichen Ermittlers lag, wurde er von Marbod gehasst. Denn während dieser in mühevoller Kleinarbeit recherchierte, Verdächtige verhörte und Fakten zusammentrug, war Fischer lediglich ein Beobachter des Geschehens, oder wie Marbod es weniger schmeichelhaft ausgedrückte, ein antriebsloser Taugenichts, der sich eher von den Ereignissen treiben ließ, als dass er eigene Impulse zu setzen vermochte. Doch es interessierte Fischer nicht, wie andere über ihn dachten. Mochten Marbod und Heinrich von ihm halten, was sie wollten, er hatte seine eigene Vorgehensweise, die zumindest von Südhausen – und nur darauf kam es an – akzeptiert und mehr noch, sogar gefördert wurde. Warum sollte er seine Suche nicht genau an dem Ort beginnen, an dem sich die Wege vieler Menschen kreuzten, die er in aller Ruhe beobachten konnte?

Gut zwanzig Minuten später traf Fischer auf dem Markt-platz im Zentrum Neustadts ein, ging zur Fernsprechzelle, von der aus die Attentäterin bei Reich angerufen hatte, öffnete die Tür, nahm den Hörer ab, ohne jedoch auf dem Zahlenrad eine Nummer zu wählen, und blickte sich um. Von hier aus hatte man einen ausgezeichneten Überblick über den als Oval angelegten Platz mit seinen kleinen Häusern, deren Giebel zu einer Brunnenanlage im Zentrum gerichtet waren. Fischer hängte den Hörer ein und verließ die Fernsprechzelle. Er lehnte sich mit dem Rücken an einen der steinernen Rund-bögen des Rathausbalkons, steckte die Hände in die Manteltaschen und betrachtete in aller Ruhe das Treiben am Brunnen. Der Schwarzmarkt war fest in der Hand der Peons, der Handlanger, wie man die kleingewachsenen Menschen aus der Bergkolonie nannte. Sie versorgten die Passanten mit ihrer Schmuggelware, zumeist Zigaretten, die sie innerhalb des trockenen Brunnentroges in kleinen Plastiktüten versteckt hielten und erst dann hervorholten, wenn jemand die Ware kaufen wollte. Fischer wunderte sich darüber, warum sie diesen Aufwand betrieben, obwohl für jeden weithin sichtbar war, wer sie waren und mit welcher Ware sie handelten. Doch auch die Käufer schienen sich auf dieses merkwürdige Versteckspiel einzulassen, schlenderten wie zufällig am Brunnen vorbei, peinlichst darauf bedacht, ihre Geschäfte so schnell wie möglich abzuwickeln, bevor sie sich wieder entfernten. Fischer sah sich die Menschen an, musterte ein Gesicht nach dem anderen, ohne dass eine bestimmte Person seine Aufmerksamkeit erregte. Soldaten des Heimatschutzes, die wegen des radioaktiven Niederschlags am Vortag noch immer mit Schutzanzügen und Gasmasken ausgerüstet waren, gingen über den Marktplatz und erfassten die Strahlenwerte in den Pfützen, die auf dem Pflaster nach dem Regen zurückgeblieben waren. Einige Neugierige versammelten sich um die Soldaten herum, bevor sie von ihnen mit dem Hinweis, dass es gefährlich wäre, sich am heutigen Tag hier ohne Schutzkleidung aufzuhalten, verscheucht wurden. Am Eingang des Kolonialwarengeschäfts gab es eine Rangelei zwischen den Sicherheitskräften und mehreren Börsenmaklern, erkennbar an ihren silbergrauen Anzügen und goldenen Krawatten. »Kaufmanns Kolonialwaren«, stand in Frakturschrift auf einem gusseisernen Aushängeschild über der Tür. Die Vorhänge der vergitterten Fenster waren zugezogen, so dass man nicht wusste, welche Waren vorrätig waren. Fischer ging zum Laden hinüber, und als er ihn betreten wollte, stellte sich ihm ein Türsteher in den Weg. »Heute gibt's hier nichts«, sagte dieser abweisend.

»Für mich werden Sie doch wohl eine Ausnahme machen.«

»Auf keinen Fall.«

Die anderen Türsteher kamen auf Fischer zu, der einen Schritt zurückging. »Sie haben es so gewollt«, sagte Fischer. Als er in die Innentasche seines Mantels greifen wollte, packte ihn einer der Türsteher am Arm. »Was hast du da?«, fragte der Mann, griff selbst in die Manteltasche und holte Fischers Ausweis hervor. Erschrocken von dem, was er gelesen hatte, gab er die Plastikkarte sogleich wieder zurück. »Verzeihen Sie, ich wusste nicht ...« Er drehte sich zu den anderen um, zischte »Staatsschutz«, wandte sich erneut Fischer zu und verneigte sich unterwürfig. »Bitte, der Laden steht Ihnen selbstverständlich zur Verfügung.«

»Was soll das denn werden?«, rief einer der Börsenmakler aus dem Hintergrund. »Der Staatsschutz darf sich wohl alles erlauben oder was?«

Der Türsteher rannte zum Makler, packte ihn am Kragen und zerrte ihn zu Fischer. »Soll ich ihm das Maul stopfen?«, fragte der Türsteher.

»Nein, lassen Sie's gut sein.« Fischer steckte seinen Ausweis ein, öffnete die Ladentür und betrat den Verkaufsraum.

Es gab mehrere Reihen mit einfachen Holzregalen, doch in keinem davon wurde Ware angeboten. »Was wünschen Sie?«, fragte ein älterer Herr hinter dem Tresen.

»Sie müssen mir noch einen Augenblick Zeit lassen. Ich bin von Ihrem Angebot überwältigt«, sagte Fischer, die leeren Regalfächer betrachtend.

»Die nächste Lieferung erwarte ich erst morgen. Wie sind Sie überhaupt hier reingekommen?« Der Mann schloss die Bargeldschublade der Registrierkasse.

»Ich hab' Überzeugungskraft, denk' ich.« Fischer holte seinen Ausweis aus der Manteltasche und zeigte ihn vor.

»Da müssen Sie schon näher kommen. Meine Augen sind nicht mehr besonders gut, wie Sie sehen.« Der Alte tippte an den Rahmen seiner Brille.

»Staatsschutz – sehen Sie?« Fischer trat näher an den Tresen heran und hielt ihm den Ausweis unmittelbar vor das Gesicht.

»Welche Ehre. Gestatten, mein Name ist Hans Kaufmann. Was führt Sie in meinen Laden?«

»Chicle.«

»Chicle?« Kaufmann lachte auf. »Das ist ja mal ganz was Neues.«

»Haben Sie welches?«

»Ich werde nachsehen, was ich für Sie tun kann.« Kaufmann zog einen Vorhang hinter sich zurück, ging durch eine Flucht in den angrenzenden Lagerraum und verschwand hinter einem Stapel von Kartons. Es dauerte eine Weile, ehe er zurückkam. »Sie haben Glück«, sagte er und legte eine Packung Chicle auf den Tresen.

Fischer nahm die Kaugummis in die Hand. Das Etikett der Packung war vergilbt. »Ganz schön alt.«

»Das ist die letzte Packung, die ich auf Lager habe, und ich weiß nicht, ob ich morgen neue bekomme. Sie sollten also zugreifen.«

Fischer zögerte nur kurz. »Wie viel?«

»Weil Sie es sind: acht Taler.«

»Acht Taler? Ein stolzer Preis.«

»Mein Herr, von jedem anderen müsste ich mindestens das Doppelte verlangen, um meine Kosten zu decken.«

»Schon gut. Für das Geld müssen Sie aber noch was drauflegen.«

Kaufmann hob die Augenbrauen, doch dann lächelte er und ging zurück ins Lager. Als er wieder zurückkam, hatte er eine Banane in der Hand, deren Schale fast vollständig schwarz war. »Hier, die gibt es gratis dazu.«

Fischer nickte. Die Registrierkasse klingelte, die Schublade öffnete sich und Kaufmann sortierte die Münzen ein, mit denen Fischer bezahlt hatte. »Vielen Dank, mein Herr, schauen Sie doch noch mal morgen vorbei, wenn neue Ware hereinkommt.«

Fischer steckte die Banane und das Chicle in die Manteltasche und verließ den Laden. Die Türsteher verabschiedeten sich betont freundlich von ihm, während sich die Börsenmakler demonstrativ wegdrehten.

Fischer ging zum Rathaus hinüber, stellte sich unter eine zweiarmige Laterne und dachte, als er die verschmutzten Scheiben der Fernsprechzelle betrachtete, dass er heute bei seiner Suche nach den Terroristen erfolglos bleiben würde. Er nahm das Chicle aus der Tasche, brach ein Stück davon ab und steckte sich die Kaumasse in den Mund. Eine ältere Frau betrat die Fernsprechzelle, prüfte mit einem geübten Handgriff, ob sich Münzen im Rückgeldfach befanden und verschwand wieder. Der Fernsprecher war bislang nur von wenigen Menschen benutzt worden, die von ihm auf den ersten Blick als unverdächtig eingestuft wurden. Und wenn er sich auf etwas verlassen konnte, dann auf seine Fähigkeit, einen Menschen, dem er zum ersten Mal begegnete, richtig einzuschätzen. Ihr Urteilsvermögen ist über jeden Zweifel erhaben, denken sie immer daran, hatte ihm Südhausen regelmäßig versichert. Fischer wusste selbst nicht so genau, warum er einem Fremden ansehen konnte, welche Ziele er verfolgte, jedoch glaubte er nicht, dass es sich dabei um eine Gabe handelte – so vermessen war er nicht. Ein alter Mann humpelte an ihm vorbei, gestützt auf einen Stock, der Anzug zerschlissen. Vielleicht war er deshalb so gut bei seiner Arbeit, weil er Menschen vollkommen unvoreingenommen betrachten konnte, ohne sie etwa aufgrund ihres Aussehens oder der Kleidung in bestimmte Schubladen einzuordnen. Er ließ sich weder von ihren Makeln abschrecken, noch von ihrem äußeren Schein blenden, sondern trat ihnen wahrlich vorurteilsfrei gegenüber. Dabei wurde er weder von seiner

Erziehung beeinflusst, die gewöhnlicherweise die Sichtweisen von Menschen in hohem Maße bestimmte, wie er es immer empfunden hatte, noch zog sein Verstand bei der Beurteilung eines Fremden frühere Erfahrungen mit ähnlich aussehenden Menschen zu Rate. Ganz im Gegensatz zu Marbod ließ Fischer sich bei der Ermittlungsarbeit auch nicht von seinen Gefühlen überwältigen. Grundsätzlich der beste Analytiker von allen, ließ sich Marbod zu sehr von dem ihm innewohnenden Hass beherrschen.

Etwas aus Glas zersprang auf dem Boden. Fischer drehte sich um und sah, dass einer der Männer in den blauen Monteuranzügen, die auf der Steintreppe des Rathausportals saßen, eine Bierflasche hatte fallen lassen. Eine Weile lang lauschte Fischer ihrer Unterhaltung über die Verkommenheit, unter der die moderne Welt ihrer Ansicht nach litt und die gute Zeit, die sie unter der Alten Ordnung erlebt hatten. Er sah ihnen dabei zu, wie sie ihr Bier tranken und die billigen Zigaretten rauchten, die sie sich am Brunnen besorgt hatten. Auch folgte er ihrer Diskussion darüber, dass eine Birne auch Apfel heißen könnte und die Bezeichnungen willkürlich und ohne erkennbares Gesetz verteilt würden. Als sich Fischer zu fragen begann, warum man ihr Trinkgelage hier duldete, wurde ihm bewusst, dass bisher niemand das Rathaus aufgesucht hatte. Er ging die Stufen hinauf, um nachzusehen, woran es liegen könnte, schlängelte sich an den Trinkern vorbei, die sich nicht von ihm stören ließen, und drückte die Klinke der zweiflügligen Holztür nach unten. Das Schloss war verriegelt, und als er an der Tür rüttelte, schlug im Inneren eine Kette gegen das Holz. Ein Zettel lag auf dem Türvorleger, von Fußabdrücken übersät, die Schrift darauf verblasst: »Auf unbestimmte Zeit geschlossen.« Fischer konnte sich nicht recht erinnern, wann er die stickigen Büroräume das letzte Mal von innen sah und vermutete, dass es am Tag seiner Hochzeit war. Schon seit langem lagen wesentliche Aufgaben der Stadtverwaltung in der Verantwortung der Krankenhäuser. Die Bürokraten in den medizinischen Zentren von Neustadt stellten die Verlängerungen der Bürgerrechte aus und stuften die Bewohner in die verschiedenen Rechtsklassen ein, die abhängig vom Grad ihrer Verstrahlung waren. Zweimal im Jahr musste jeder Einwohner ein solches

Zentrum aufsuchen, um seine Bürgerrechte bestätigen zu lassen. Nur wer diese Rechte besaß, durfte die öffentlichen Einrichtungen betreten und an den Parlamentswahlen teilnehmen, sie garantierten Mietverträge in den privilegierten Wohnbezirken und waren die Voraussetzung für seine gut bezahlte Arbeit beim Staatsschutz. Den Termin für seine Kontrolluntersuchung hatte Fischer vor einer Woche verstreichen lassen. Wenn er es nicht riskieren wollte, seine Bürgerrechte zu verlieren, musste er umgehend im Evaluierungskrankenhaus »Zum barmherzigen Samariter«, das für die Innenstadt zuständig war, vorstellig werden. Auch wenn die Suche nach den Terroristen für ihn oberste Priorität hatte, konnte er sich dieser Kontrolle nicht mehr länger entziehen, wenn er nicht in den Armenvierteln von Ostend wohnen wollte, wo eine stetig wachsende Zahl von Menschen vor sich hinvegetierte. Denn verlor man einmal seine Rechte, waren sie für immer entzogen – das galt selbst für die Mitarbeiter des Staatsschutzes. Ein letztes Mal wanderten seine Blicke über den Marktplatz, dann brach er die Observation ab.

Fischer ging zu seinem Wagen, den er vor dem Glockenturm der Buntsandsteinkirche abgestellt hatte, und öffnete das Vorhängeschloss, das die Fahrertür sicherte. Da das Türschloss nicht mehr funktionierte, hatte er Löcher in die Seitenscheiben des Wagens gebohrt, um die Tür mit einer Kette sichern zu können, die er um die Mittelsäule der Karosserie legte. Von einer Windböe erfasst, schlugen die halb verfaulten Holzbretter, die notdürftig vor die Rundbogenfenster der Kirche genagelt waren, wild gegeneinander. Seit einem Brand, bei dem die Inneneinrichtung komplett zerstört wurde, fanden in der Kirche keine Gottesdienste mehr statt und niemand wusste, ob es je wieder der Fall sein würde. Einige Bretter neigten sich bedrohlich nach vorne und schienen jederzeit herunterfallen zu können. Fischer stieg in den Wagen ein, holte den Aktenkoffer hervor, der unter dem Beifahrersitz lag, öffnete ihn und schaltete den Fernschreiber an. »Habe Observation aufgenommen. Bisher kein Erfolg. Melde mich morgen wieder«, tippte er auf der Tastatur ein. Als er auf »Senden« schaltete, signalisierte ein Lämpchen neben dem Typenrad, dass die Nachricht verschickt wurde.

Bevor er losfuhr, klappte er den Koffer zu und verstaute ihn wieder unter dem Beifahrersitz.

Das Krankenhaus »Zum barmherzigen Samariter« lag unmittelbar am Fluss, der die natürliche Grenze der Innenstadt im Süden bildete. Der mehrstöckige Bau aus Stahlbeton, der von metallischen Querverstrebungen umfasst wurde, die wie ein Netz auf dem Betonblock ruhten, hatte keine Fenster, die drei großen Drehtüren des Eingangsportals waren die einzigen Öffnungen zur Straßenseite hin. Gleich hinter dem Eingang, der – wie bei öffentlichen Gebäuden üblich – mit Hilfe von Sichtaugen überwacht wurde, befanden sich die Strahlungsmelder. Metallische Absperrpfosten mit weißen Kordeln forderten die Besucher dazu auf, sich in Reihen vor den Apparaturen aufzustellen, die gleichzeitig als Schleuse und Diagnoseinstrument fungierten. Auf Tafeln, die mit Ketten an der Decke befestigt waren, standen die Instruktionen, wie man sich auf die nun folgende Untersuchung vorzubereiten hatte. Obwohl Fischer mit der Prozedur bestens vertraut war, las er die Anweisungen sicherheitshalber durch. Da er der einzige Wartende war, konnte er sich den Strahlungsmelder aussuchen. Die halbrunde Tür der Diagnoseeinheit öffnete sich, und über eine Rampe betrat er eine runde Plattform. Als sich die Tür schloss, war er vollständig von den dunkelgrauen Wänden des zylinderförmigen Gerätes umgeben. Ein gelbes Licht blinkte. Er zog sich vollständig aus, dann öffnete er eine Klappe und legte seine Kleidung und die Schuhe in einen Korb, der auf einem Förderband stand. Barfüßig stellte er sich auf die Markierungen auf dem Boden, die Eintritts- und die Austrittstür des Strahlungsmelders zu seinen Seiten, streckte die Arme nach vorne aus und führte die Hände in Öffnungen ein, die sich auf Hüfthöhe befanden. Das gelbe Blinklicht erlosch, und etwas umschloss seine Hände. Er spürte auf der Haut eine gelartige Substanz, die Druck auf das Gewebe ausübte. Kleine Nadeln bohrten sich in die Finger, doch er hatte keine Schmerzen. Während ein Lichtfeld über seinen Körper wanderte, musste er die Augen offen halten und nach vorne blicken. Als die Abtastung beendet war, löste sich der Griff um die Hände, ein grünes Licht ging an und die zweite Tür des Strahlungsmelders öffnete sich. Die erste Hürde war somit genommen, denn Patienten, die zu stark verstrahlt waren, wurde der Zutritt zum Krankenhaus erst gar nicht gewährt. Er verließ den Strahlungsmelder und zog einen der Bademäntel an, die auf Tischen bereitgelegt waren. Dann ging er einen Flur entlang, der in einen Wartesaal mündete.

Vor den Türen der über zwanzig Behandlungszimmer standen mehrere Reihen mit roten Hartschalensitzen, auf denen fünf weitere Patienten auf ihre Diagnose warteten. Sie starrten vor sich hin, ohne sich auch nur im Geringsten für ihn zu interessieren. Der gefliese Boden war warm, fast schon zu warm, um sich darauf barfuß bewegen zu können. Niemand redete. Er setzte sich auf einen Stuhl in der hinteren Sitzreihe, wobei er die ungeschriebene Regel einhielt, sich einen Platz in größtmöglichem Abstand zu den anderen auszusuchen.

Breite Heizungsrohre verliefen entlang der Decke, auf darunter liegenden Förderbändern wurden die Körbe mit den Kleidungsstücken in die Behandlungszimmer transportiert. Nach einiger Zeit des Wartens begann er damit, den Verlauf der Rohre zu studieren, überprüfte, an welcher Stelle sie in das Innere des Wartesaals stießen, verfolgte, wie sie sich hin- und herschlängelten und wo sie den Raum schließlich wieder verließen. Der Mann, der schräg vor ihm saß, war inzwischen eingeschlafen. Immer wenn sein Kopf nach hinten fiel, schnellte dieser wieder sofort nach vorne zurück, ohne dass der Mann aus dem Schlaf gerissen wurde. Schweißperlen liefen Fischer über die Stirn. Die Hitze im Saal wurde für ihn in zunehmendem Maße unerträglich. Er nahm den Kragen des Bademantels in die Hand, fächerte sich damit Wind zu und hob die Füße an, damit sie nicht die heißen Bodenfliesen berührten. Die Förderbänder hatten den letzten Korb zu seinem Bestimmungsort transportiert und standen nun still. Er konnte das Wasser hören, das durch die Heizungsrohre strömte. Endlose Minuten des Wartens, die sich wie Stunden anfühlten.

»Herr Fischer, bitte in Behandlungsraum 5. Herr Fischer, bitte«, dröhnte es durch die Lautsprecher im Saal. Die anderen Wartenden musterten ihn argwöhnisch, als er zum Behandlungsraum ging, selbst der Schlafende schien ihn durch seine halb geöffneten Augen zu beobachten. Fischer konnte ihre abschätzigen Blicke nur zu gut einordnen, die Verwunderung darüber, warum er bevorzugt behandelt wurde, während sie weiterhin in ihrem Saft schmoren mussten. Doch so und nicht anders war diese Welt, als Mitarbeiter des Staatsschutzes genoss er besondere Privilegien. Ein mehr als gerechter Ausgleich für all die Risiken, die er auf sich nahm, wie er fand.

Im Behandlungszimmer angekommen, setzte er sich auf einen Klappstuhl, der direkt vor einer Glasscheibe stand, die den Raum in zwei Bereiche teilte. Hinter der Scheibe saß eine zierliche Ärztin an einem Schreibtisch und war gerade damit beschäftigt, auf die Knöpfe eines Schaltpults zu drücken. Betätigte sie einen Knopf einmal, leuchtete er grün auf, bei zweimaligem Drücken gelb. Fischer hatte die Ärztin noch nie zuvor gesehen. »Dr. Ungemach«, stand auf dem Namensschild ihres dunkelblauen Kostüms. Er rückte den Klappstuhl so zurecht, dass sich sein Kopf über der etwa handgroßen Öffnung in der Scheibe befand. Der Stuhl quietschte. Erst jetzt schien ihn die Ärztin zu bemerken. »Wie geht es uns denn heute, Herr Fischer?«, fragte sie, als sie sich zur Seite drehte.

»Gut. Für meinen Teil wenigstens.«

»Das ist hervorragend. Herr Fischer, ich kann Ihnen die erfreuliche Diagnose mitteilen, dass Sie weiterhin in die Klasse 1 eingestuft werden.« Die Ärztin nahm Fischers Krankenakte zur Hand und fuhr fort: »Konzentration der Radionuklide gering, geringe Abnormalitäten auf zellulärer Ebene, Genmutationen unwahrscheinlich.« Er beugte sich nach vorne, konnte aber nicht erkennen, was sonst noch in der Diagnose stand, denn während seine Seite des Raums hell erleuchtet war, war auf der anderen Seite der Scheibe das Licht abgeschwächt. Die Ärztin legte die Akte auf den Schreibtisch und lächelte. »Alles im grünen Bereich, würde ich sagen.«

»Das bedeutet mir viel«, sagte er, denn es war die bestmögliche Diagnose, die er erhalten konnte. Je nach dem Grad der Strahlenschäden wurden die Patienten in fünf Klassen eingeteilt, wobei Klasse 1 denjenigen zugeordnet wurde, die am wenigsten verstrahlt waren. Die Wahrscheinlichkeit von Krankheiten wie Krebs stieg, je höher die Klasse war, gleichzeitig sank die Lebenserwartung. Eine Einstufung in

Klasse 4 oder 5 bedeutete, dass die medizinische Versorgung umgehend abgebrochen wurde und man seine Bürgerrechte ein für allemal verlor. Ein Todesurteil auf Raten. Für ihn kam die Diagnose »Klasse 1« jedoch keineswegs unerwartet, schließlich war er vorsichtig gewesen: Er hatte sich konsequent vor dem radioaktiven Niederschlag geschützt, aß das Fleisch aus den Kolonien, das weitgehend frei von Radioaktivität war, und trug stets seine Schutzmaske und die Schutzbrille bei sich, die er dann aufsetzte, wenn er es für angebracht hielt.

»Herr Fischer, ich stelle Ihnen noch die Medikamente für das nächste Halbjahr zusammen«, sagte die Ärztin und drückte auf einen Knopf, sah in seine Akte und drückte dann einen weiteren Knopf. Von den mehr als zweihundert Knöpfen, die das Schaltpult haben mochte, leuchtete mittlerweile ein gutes Dutzend auf. Die Knöpfe waren lediglich durchnummeriert, ohne dass die Namen der Medikamente angegeben waren. Er wusste von früheren Untersuchungen, dass die Medizinalbürokraten generell ungern Auskunft über ihre Behandlungsmethoden gaben. »Ist das gegen die Strahlung?«, fragte er dennoch, um zu überprüfen, wie mitteilsam diese noch sehr junge Ärztin tatsächlich war.

»Nicht nur. Es sind Medikamente, die auf Ihre Bedürfnisse abgestimmt sind. Und natürlich Radikalfänger, um die R.O.S. zu beseitigen.«

»Die was?«

»R.O.S. Reaktive oxidative Spezies, die im Körper in Folge der Exposition zu ionisierender, also radioaktiver Strahlung entstehen.«

»Und um welche Substanzen handelt es sich dabei genau?«

»Über die Ingredienzen des Pulvers darf ich Ihnen keine Auskunft geben.« Die Ärztin sah zu Fischer auf und lächelte. »Sie sind hier in den allerbesten Händen, das kann ich Ihnen versichern.« Sie schloss die Akte. »Fehlt Ihnen sonst noch was?«

Fischer senkte seinen Blick und dachte eine Weile lang nach, bevor er antwortete: »Das beschreibt es eigentlich am besten.«

»Bitte?«

»Ich meine, mir fehlt tatsächlich etwas. Ich kann es nicht anders sagen. Etwas, das ich früher hatte ...« Es war jene ferne Welt, in die Fischer kurz eintauchen durfte, wenn er erwachte, von der er sprach. Doch wie konnte er der Ärztin etwas näher bringen, von dem er selbst keine genaue Vorstellung hatte? Wie konnte er ihr einen Eindruck von einer Welt jenseits seiner Träume vermitteln, die von so großer Bedeutung für ihn war?

»Wie meinen Sie das?«, fragte die Ärztin irritiert.

»Ich meine, ich erinnere mich nicht mehr richtig an früher.« Fischer strich sich mit der Hand über das Kinn. »Nun, verstehen Sie mich nicht falsch, ich erinnere mich natürlich an meine Vergangenheit, nur irgendwie erinnere mich anders als früher. Es gab einen bestimmten Zeitpunkt, an dem sich etwas mit mir geändert hat. Es gab eine Zäsur in meinem Leben.«

»Nun, ein paar Erinnerungen gehen schon mal flöten«, brachte die Ärztin merkwürdig flapsig heraus, »die Zeiten sind halt hart, da schaltet das Gehirn schon mal ab.«

»Nein, das ist es nicht, was ich meine.«

Die Ärztin schlug Fischers Akte wieder auf. »Prädispositionen für ... mhm ... könnte sein.« Als sie weiter in seiner Akte blätterte, schien sie auf etwas Interessantes gestoßen zu sein. Sie wandte sich ihm erneut zu. »Wie ich sehe, haben Sie im Kolonialkrieg gekämpft?«

»Ich war Sanitäter in der 3. Mobilisierten Infanterie.«

»Sie waren deshalb vor drei Jahren in Behandlung?«

»Ich hatte noch einige Fragen, die mich beschäftigt haben.«

»Sie hatten Depressionen.«

»So nennt man es wohl.«

»Warum haben Sie sich denn nicht gleich nach dem Krieg in Behandlung begeben? Das wäre viel besser gewesen.«

»Gleich nach dem Krieg? Das war vor mehr als fünfzehn Jahren. Das war doch eine vollkommen andere Zeit.«

»Sie sprechen von der Alten Ordnung?«

»Damals hat sich niemand dafür interessiert. Wir waren Helden, als wir zurückkamen. Da konnte man sich keinerlei Schwäche leisten. Sie sind vielleicht zu jung, um zu verstehen, wie es früher hier lief.«

»Ich verstehe das schon ganz gut, Herr Fischer«, entgegnete sie ungehalten. »Offensichtlich haben Sie die Erlebnisse mittlerweile doch ganz gut verarbeitet.«

»Diese Zeit spielt einfach keine Rolle mehr für mich, wie so vieles andere auch. Das meinte ich ja ...«

»Seien Sie doch froh darüber.«

»Sie haben mich danach gefragt, ob mir etwas fehlen würde.«

»Ich? Aber ... das war doch nur ...« Nervös wirkend drückte sie wiederholt auf den Taster eines Kugelschreibers. »Hören Sie, Herr Fischer, die Bewertungen ihres Arbeitgebers sind ausgezeichnet. Ihre Effektivität wird in höchsten Tönen gelobt. Sie sind voll leistungsfähig. Sie hatten früher vielleicht einige Probleme, aber nichts, was wir nicht kontrollieren könnten.« Die Ärztin drehte sich zum Pult und drückte auf vier Schaltknöpfe, auf einen davon zweimal. »Jetzt sind Sie gut versorgt«, sagte sie kopfnickend. Dann drückte sie einen roten Knopf am Rande des Pults. »Das Pulver wird jetzt zusammengemischt. Während wir warten, kann ich Ihnen die Impfungen verabreichen. Bitte stecken Sie ihren Arm durch die Öffnung in der Scheibe.«

»Reicht denn das Pulver nicht schon aus?«

»Die Impfung hat gar nichts mit dem Pulver zu tun. Es handelt sich hierbei um ein spezielles Antikörpergemisch gegen bakterielle Infektionen und natürlich zur Prävention gegen die ungezügelte Proliferation von Gewebe«, erklärte sie stakkatoartig und holte dann tief Luft.

»Sie meinen zur Vorsorge gegen den Krebs?«

»Richtig.«

Er steckte den Arm in die Öffnung. Sie legte sich eine Nierenschale mit Spritzen und Desinfektionsmittel auf dem Schoß zurecht und rollte mit ihrem Stuhl dicht an die Scheibe heran. Dann tränkte sie einen Tupfer mit Alkohol. »Herr Fischer, bitte, ich brauche ihren Oberarm, das wissen Sie doch.«

Er rückte näher an die Scheibe heran, um seinen Arm vollständig durch die Öffnung stecken zu können. Sie wischte mit dem Tupfer über den Oberarm, nahm eine Spritze zur Hand, zog die Schutzkappe von der Nadel und spritzte die gelbliche Flüssigkeit in den Deltamuskel. »So, das war schon alles.« Sie rollte von der Scheibe weg und legte die Schale wieder auf den Schreibtisch. Im gleichen Augenblick wurde über die Rohrpost ein zylindrischer Behälter angeliefert. Sie schraubte die Rohrpostbüchse auseinander und holte eine Plastikdose hervor. »Jeden Tag eine Spatelspitze«, wies sie ihn an.

Fischer zog den Arm aus der Öffnung. »Könnte ich bitte einen neuen Spatel bekommen?«

»Einen neuen? Wo haben Sie denn ihren alten gelassen?«

»Verloren. Zusammen mit der Pulverdose.«

»Herr Fischer, so geht das nicht«, sagte sie vorwurfsvoll. »Sie müssen mehr darauf achten. Die Einnahme der Medikamente ist von höchster Wichtigkeit. Wir erwarten hier Ihre Mithilfe. Sie wollen doch eine Eins bleiben oder etwa nicht?« Sie holte aus einer Schublade einen Spatel hervor, schraubte die Dose auf und steckte ihn in das weißliche Pulver. »Den muss ich Ihnen gesondert berechnen.« Sie schraubte den Verschluss wieder zu und reichte die Dose durch die Öffnung in der Scheibe. »Die nächste Untersuchung ist in einem halben Jahr. Kommen Sie das nächste Mal pünktlich. Den neuen Ausweis finden Sie bei Ihrer Kleidung.«

Eine zweite Tür auf der anderen Seite des Behandlungszimmers führte in einen winzigen Umkleideraum mit einer einfachen Holzbank. Fischer öffnete eine Metallklappe in der Wand, griff nach dem Korb, in dem sich seine Kleidung befand, und stellte ihn auf der Bank ab. Am Drahtgestell war ein roter Zettel befestigt.

»Kontamination! Die folgenden Gegenstände wurden zu Ihrer Sicherheit entfernt und werden der Vernichtung zugeführt. Ersatz wurde gestellt.«

In einer Tabelle waren verschiedene Kleidungsstücke aufgeführt, wobei das Feld »Schuhe« angekreuzt war. Statt seiner ausgetretenen Schnürschuhe befand sich unter seiner Hose nun ein Paar Arbeitsschuhe mit Stahlkappen. Er überprüfte den Inhalt seiner beiden Manteltaschen: Staubmaske, Schutzbrille und ein schwarzes Halstuch in der einen, Sturmfeuerzeug, Sägedraht und Dietrich zusammen mit den Zinnsoldaten in der anderen Tasche. Alles war noch vorhanden, selbst das Halstuch, das er sich früher immer umgebunden hatte. Er zog sich an, steckte seinen neuen Ausweis mit dem Vermerk der Klasse und der halbjährigen Gültigkeit ein und verließ das Krankenhaus über den Hinterausgang, der direkt am Fluss lag. Die Nacht war bereits angebrochen, und es nieselte. Im Treibgut, das sich in der brüchigen Kaimauer verfangen hatte, suchten Ratten nach Nahrung. Jenseits des Flusses erstreckte sich eine weite Brache, die von einigen wenigen Straßenlaternen in ein diffuses Licht getaucht wurde. Mehr war von den verwinkelten Gassen der dicht an dicht stehenden Fachwerkhäuser nach der Einebnung von Südend nicht übrig geblieben.

4.

Am nächsten Tag stand Fischer schon in den frühen Morgenstunden vor dem Rathaus, noch immer von dem gebannt, was er in der kurzen Zeitspanne erlebt hatte, als er aus dem Schlaf erwachte. Erneut war er auf das Licht zugegangen, das ihn so magisch anzog, hatte im Gegenlicht jemanden wahrgenommen und dann seine Augen geöffnet, bevor er herausfand, um wen es sich handelte. Das Gefühl der Wärme, das ihn so ganz und gar erfüllt hatte, war vergangen und schon bald würde jene ferne Welt, die er in der Nacht suchte und die ihm am Tage verschlossen blieb, mehr und mehr verblassen. So, wie es jeden Tag der Fall war.

Erste Sonnenstrahlen trafen das löchrige Kopfsteinpflaster des Marktplatzes. Das Regenwasser, das sich am Tag zuvor noch in Pfützen gesammelt hatte, war versickert. Um ihn herum herrschte bereits reges Treiben: Die Peons versorgten die Passanten am Brunnen mit Zigaretten und vor Kaufmanns Laden warteten die Menschen bereits ungeduldig in einer langen Schlange auf die Ankunft der neuen Lieferung aus den Kolonien. An solch einem Tag, der sonnig und warm werden sollte, schien der Anschlag auf die Stahl-Union vergessen zu sein, und der radioaktive Niederschlag war nicht mehr als eine vage Erinnerung.

Fischer ging zur Metzgerei hinüber, die im letzten noch verbliebenen Fachwerkhaus auf dem Marktplatz unterge-bracht war, und betrachtete die an einem Haken hängende Hälfte eines frisch geschlachteten Schweins, als sich jemand neben ihn stellte. In der Schaufensterscheibe erkannte er das Spiegelbild des Börsenmaklers, der mit dem Türsteher des Kolonialwarenladens in einen Disput verwickelt war. Als der Mann bemerkte, dass Fischer ihn wahrnahm, tippte er mit dem Zeigefinger auf sein unteres Augenlid, um ihm zu bedeuten, dass er ihn beobachtete. Fischer fragte sich, ob es seine Observation zunichte machen könnte, wenn jemand wusste, dass er beim Staatsschutz arbeitete. Kurz dachte er daran, ihn aus dem Verkehr zu ziehen, doch besann er sich schnell eines Besseren, denn durch den gestrigen Vorfall war der Börsenmakler nicht der Einzige, der seine wahre Identität kannte. Solange der Makler nicht seine Ermittlungen behinderte, spielte es keine Rolle. Fischer lächelte. Marbod hätte sich solch eine Provokation sicherlich nicht gefallen lassen. Er hätte Heinrich – diesen strebsamen Karrieristen, der ihm in geradezu hündischer Ergebenheit folgte – dazu angewiesen, den Börsianer bei der nächsten sich bietenden Gelegenheit an seiner goldenen Krawatte in eine Seitengasse zu zerren und ihn dergestalt zu bearbeiten, dass sich sein silbergrauer Anzug rot verfärbte. Doch er war nicht Marbod. Fischer verabscheute die Gewalt. Nach einer Weile wandte sich der Börsenmakler vom Schaufenster der Metzgerei ab, ohne Fischer nochmals herausgefordert zu haben, und reihte sich in die Warteschlange vor dem Kolonialwarenladen ein.

»Frische Äpfel aus der Region, nur heute frische Äpfel!«, rief eine Marktfrau, die ihren kleinen Stand in der Nähe des Brunnens aufgebaut hatte. Als Fischer den niedrigen Preis der Äpfel auf dem Schild las, dachte er, dass es sich um verstrahltes Obst handelte, das dort verkauft wurde. Eine Vermutung, die nahe lag, da weite Teile des Landes durch Havarien in Spaltungskraftwerken oder oberirdische Tests mit Spaltungswaffen verstrahlt waren. Die radioaktive Belastung, die in diesen Gebieten herrschte, reichte zwar nicht an die des Sperrgebiets heran, wo man sich eine tödliche Strahlendosis einhandeln konnte, doch das Tückische war, dass die Gesamtdosis der Radioaktivität entscheidend war, der man sich im Laufe der Jahre aussetzte. So summierten sich in den Jahrzehnten eines Lebens die Strahlenschäden und führten bei der Überschreitung einer kritischen Schwelle – von der niemand wusste, wo sie lag – unweigerlich zu Krebs. Besonders empfänglich für die Strahlung waren die Kinder, weswegen die meisten Eltern es vorzogen, ihren Nachwuchs in der trügerischen Sicherheit der Häuser festzuhalten. Nur selten hörte man das Lachen spielender Kinder in den Straßen.

Das Leben in einem in weiten Teilen verstrahlten Land erforderte ein ständiges Abwägen der Risiken, und jeder musste für sich selbst entscheiden, welche Regeln er für sein Überleben aufstellte, um zu verhindern, dass er bei der nächsten Evaluierung als Entrechteter in Klasse 4 oder 5 endete. Der Schutz vor der Strahlung war die erste Pflicht eines jeden Einwohners und der Verlust der Bürgerrechte in Folge irreversibler Strahlenschäden war eine von allen akzeptierte, gerechte Lösung, es war ein Schicksal, das man sich selbst zuzuschreiben hatte, mehr noch, es war die einzige Möglichkeit, die begrenzten Ressourcen des Landes auf diejenigen zu verteilen, die leben würden und denjenigen zu beschneiden, die ohnehin todgeweiht waren.

Klugheit und Einfallsreichtum waren gefragt, um eine Schädigung durch radioaktive Strahlung zu vermeiden. Wenn man mit Bedacht vorging, war es sogar möglich, das Obst von verstrahlten Böden zu essen, ohne Schaden zu nehmen. Einige Obstsorten nahmen nur wenig Radioaktivität aus dem Boden auf, manchmal konzentrierte sich die Strahlung auch nur in den Kernen der Früchte, während im Fruchtfleisch nahezu keine Radioaktivität nachgewiesen werden konnte. Um jedes Risiko auszuschließen, war Fischer vor einiger Zeit dazu übergegangen, ausschließlich die Früchte zu essen, die aus den westlichen Kolonien stammten, in denen weder Spaltungswerke standen, noch Fernraketen eingeschlagen waren. Er griff in seine Manteltasche und holte die Banane heraus, die er im Kolonialwarenladen gekauft hatte. Sie war in der Tasche zusammengedrückt worden, wodurch die schwarz verfärbte Schale aufgeplatzt war und sich die Lasche seiner Staubmaske ins Fruchtfleisch gebohrt hatte. Er zog die Lasche heraus, schälte die Banane und zupfte – so gut es ging – die Fussel ab, die am Fruchtfleisch klebten. Dann aß er die Banane mit wenigen Bissen auf.

Einzig und allein durch seine Arbeit beim Staatsschutz konnte sich Fischer das sündhaft teure Essen aus den Kolonien leisten. Südhausen erwies sich als sein großer Fürsprecher, der ihn nach Kräften unterstützte und ihn gegen die Anfeindungen Marbods in Schutz nahm. Fischer sah eine lange Zeit zu Justitia hinüber, der kleinen Bronzefigur, die den Brunnen des Marktplatzes krönte. Fest hielt sie die Waage in der einen und das Schwert in der anderen Hand. Südhausen, der die Gewaltexzesse von Marbod und Heinrich bei Verhören verachtete, aber nicht dagegen einschritt, weil er Härte für unabdingbar hielt im Kampf gegen die Anhänger der Alten Ordnung. Der alte Mann, der den Großen Krieg noch erlebt hatte und schon längst hätte pensioniert werden sollen, es aber als seine Berufung empfand, gegen die Brandstifter des alten Systems zu kämpfen, weil er nur allzu gut wusste, welche Gefahr von ihnen ausging. Seit vor gut zehn Jahren die Alte Ordnung zusammengebrochen war, jene Diktatur, der Abermillionen zum Opfer fielen, hatte es zahlreiche Morde an Politikern gegeben, mussten sich die Anhänger der Republik wieder und wieder gegen ihre Feinde behaupten. Da die Terroristen nun aber gezielt die Industrie des Landes schwächten, indem sie Anschläge auf die großen Unternehmen Neustadts verübten, war die Bedrohung noch gravierender, denn ohne den wirtschaftlichen Aufschwung des in der Welt isolierten und von Krieg und Katastrophen gebeutelten Staates verloren die Menschen ihre Arbeit, so dass sie erneut den Versprechungen der Ewiggestrigen erliegen und sich von der Republik abwenden konnten. Diese Gefahr war augenscheinlich, nahezu greifbar, und machte die Arbeit des Staatsschutzes umso bedeutender.

Hatte Fischer Erfolg bei der Bekämpfung der Terroristen, konnte er außerdem beweisen, dass seine Vorgehensweise bei der Ermittlungsarbeit, die vor allem darin bestand, eine möglichst große Anzahl von zufällig ausgewählten Menschen per Augenschein auf ihre Tatbeteiligung hin zu überprüfen, dazu geeignet war, die traditionelle Fallanalyse zu ersetzen, jene auf Empirie gestützte Untersuchungsmethode, mit der man bisher so erfolglos geblieben war. Denn weder die gründliche Spurensicherung an den Anschlagsorten, noch das abgehörte Gespräch von Reich, der für sie unantastbar in seinem Elfenbeinturm saß, hatten die Ermittlungen entscheidend vorangebracht, und die Hinweise aus der Bevölkerung spiegelten eher ein hohes Maß an Denunziantentum wider, als dass Marbod und Heinrich bei den Verhören mutmaßlich Verdächtiger weitergekommen waren. Zudem hatte sich der Einsatz von Spionen, die bei verdächtigen Gruppierungen – vor allem bekennenden Unterstützern der Alten Ordnung – mit dem Ziel eingeschleust wurden, sie auszuhorchen, als gänzlich untauglich herausgestellt, da viele dieser Verbindungsleute übergelaufen waren. So war Fischer davon überzeugt, dass es an der Zeit war, neue Strategien bei der Suche nach den Attentätern anzuwenden, den Fall aus einer anderen Perspektive zu betrachten, quasi unvorein-genommen, ohne bereits ausgetretene Pfade zu beschreiten, die immer wieder in derselben Sackgasse mündeten. Und er war davon überzeugt, dass er die Mittel dazu besaß, den Fall zu lösen, ohne dass unnötig viele unschuldige Menschen der Willkür und Brutalität von Marbod und Heinrich ausgesetzt waren. Zunutze machen wollte er sich dabei, dass er die Denkweisen von Menschen einschätzen konnte, ohne mit ihnen zu reden oder sie gar befragen zu müssen. Es war eine Fähigkeit, die sich in einer rasanten Geschwindigkeit weiterentwickelt hatte, seitdem er beim Staatsschutz arbeitete – ohne dass er wusste, was dazu geführt hatte – und die Südhausen bei jeder sich bietenden Gelegenheit und sehr zu Marbods Leidwesen über alle Maßen anzupreisen wusste. Der Zufall würde ihm irgendwann einen der Terroristen in die Arme treiben, hier an diesem Ort, wenn er nur genügend Geduld aufbrachte, abwartete und erst dann zuschlug, wenn die Zeit gekommen war. Nicht, dass Geduld als herausragende Fähigkeit einzustufen war, da diese Tugend ebenso ein hohes Maß an Trägheit widerspiegeln konnte, wie es bei ihm der Fall war. Doch genau diese ihm eigene Ziellosigkeit ließ ihn offenbar die Absichten anderer umso bewusster wahrnehmen.

Die Menschen um ihn herum gingen ihren Tätigkeiten nach, sie kamen und gingen, in einem ewigen Fluss. Fischer musste denjenigen herausfiltern, der nicht ins Gesamtgefüge passte, den Fremdkörper unter ihnen, die Person, dessen größter Wunsch es war, den Staat zu bekämpfen, ja zu vernichten. Auf diese eine Aufgabe musste er all seine Kräfte bündeln, auf diesen einen Menschen. Ein plötzlicher Schmerz riss ihn aus der Konzentration. »Passen Sie doch auf!«, schrie ihn eine alte Frau mit verfilzten Haaren und fauligen Zähnen an. Um ihren Hals baumelten Konservendosen, die durch Seile miteinander verbunden waren und gegeneinander schlugen, sobald sie ihren Kopf bewegte. Die meisten Dosen waren leer bis auf eine, aus der die grünen Zotten eines Pansens herausquollen. »Was stehen Sie denn hier so dumm rum?«, beschwerte sie sich aufgebracht, obwohl sie selbst mit dem kleinen Holzkarren, in dem sie allerlei Elektroschrott beförderte, gegen Fischers Schienbein gefahren war, der sich seit einigen Minuten nicht mehr von der Stelle gerührt hatte.

»Machen Sie doch mal Platz, damit ich vorbeifahren kann«, gab die Frau keine Ruhe. Noch gefangen in seiner Konzentration darauf, einen der Terroristen aufzuspüren, war Fischer unfähig, angemessen zu reagieren und schwieg. »Leute gibt's«, sagte die Frau kopfschüttelnd, sich offensichtlich keiner Schuld bewusst. Sie setzte den Handkarren ein wenig zurück, drehte ihn nach links und zog ihn über das Kopfsteinpflaster. Fischers Bein begann zu schmerzen. Er krempelte die Hose hoch und sah, dass sein linkes Schienbein direkt unter der Kniescheibe aufgeschlagen war und blutete. Er humpelte der Frau hinterher, doch als er sie gerade zur Rede stellen wollte, kratzte sie sich an einem eitrigen Ausschlag am Hinterkopf. Ein Bündel Haare löste sich von der Kopfhaut und fiel, versetzt mit blutigen Hautbröckchen, zu Boden. Er wich zurück, und da er Mitleid mit ihr hatte, ließ er von ihr ab, humpelte zum Brunnen und setzte sich auf den roten Stein des achteckigen Trogs. Er sah sich um, unschlüssig darüber, was nun zu tun war, und gänzlich ohne Lust, weiterhin die Passanten zu beobachten. Er stellte sich auf sein schmerzendes Bein, dann verlagerte er sein Körpergewicht auf das andere Bein, was ihm Erleichterung verschaffte. Er dachte, dass es keinen Sinn hatte, weiterhin nach den Attentätern zu suchen, zumal er einen Verdächtigen in seinem Zustand ohnehin nicht verfolgen konnte. Erneut brach er die Observation des Marktplatzes ohne Erfolg ab und ging langsam und bedächtig zu seinem Wagen zurück, den er wieder vor der Buntsandsteinkirche geparkt hatte.

Das blinkende Lämpchen neben dem Zahlenschloss des Aktenkoffers signalisierte, dass auf dem Fernschreiber eine Nachricht eingegangen war. »Innenministerium will jetzt den Fall an sich reißen. Wir brauchen Erfolge. Sofort! Gezeichnet Südhausen«, wurde auf den Papierstreifen gedruckt, nachdem Fischer den Fernsprecher auf »Empfang« geschaltet hatte. Die Befürchtung, das Innenministerium würde die Ermittlungen übernehmen, hatte Südhausen schon zuvor geäußert. Für ihn war die Abgabe des Falls eine albtraumhafte Vorstellung, weil es um die grundsätzliche Frage ging, welche Behörde in der Lage war, terroristische Bedrohungen besser abwenden zu können. Und ein Scheitern des Staatsschutzes wollte

Südhausen um jeden Preis verhindert. Aus Verzweiflung darüber, dass sie bei den Ermittlungen nicht voran gekommen waren, hatte Südhausen – ein durch und durch pflichtbewusster Mann, der die Gesetze der Republik bisher strikt befolgt hatte – mit seinen Prinzipien gebrochen und vor einigen Wochen jedwede Maßnahmen bei Befragungen freigegeben, so dass Marbod und Heinrich vollkommen ungezügelt vorgingen und Verdächtige bei ihren »Sitzungen«, wie sie es nannten, geradezu folterten.

Südhausen brauchte den Erfolg und dabei schien ihm nahezu jedes Mittel recht zu sein, denn das Letzte, was er wollte, war, dass das Innenministerium wie in der Alten Ordnung seine Fänge ausbreitete und den Staat unter seine Kontrolle brachte. Bei ihm schwang immer Verachtung mit, wenn er über Voigt sprach, den Leiter des Ressorts für Terrorismusbekämpfung beim Innenministerium, dem er hinter vorgehaltener Hand unverhohlen Sympathien zur Alten Ordnung unterstellte, einen Verdacht, den manch einer beim Staatsschutz gerne auf alle Mitarbeiter des Ministeriums übertrug. Unbegründet waren diese Anschuldigungen nicht, zumal die meisten Angestellten des Ministeriums schon zu Zeiten der Alten Ordnung ihre Posten innehatten und in der Republik aus Mangel an verfügbarem Personal eine zweite Chance erhielten. Demgegenüber war der Staatsschutz das leuchtende Aushängeschild der Republik, eine Behörde, die ausschließlich mit handverlesenen, akribisch ausgewählten Mitarbeitern besetzt war, die eingehend darauf geprüft wurden, ob sie Unterstützer der Diktatur waren. Es war eine elitäre Organisation, der man bis zu seinem Tod die Treue halten musste. Tat man das nicht, endete man zusammen mit seiner Familie im Straflager. In ihrem Selbstverständnis waren die Staatsschützer die Hüter der Republik, verstanden sich als ihre erste und letzte Verteidigungslinie.

Fischer gefiel es ganz und gar nicht, seinen Mentor Südhausen zu enttäuschen, doch seine Ermittlungen waren zeitintensiv, er konnte keine brauchbaren Tagesberichte vorlegen, die seine Arbeit in sinnvoller Weise zusammenfassten. Wenn er keine heiße Spur aufnehmen konnte, gab es keinen Beleg seiner Arbeit, nichts als das Dokument eines Menschen, der auf dem Marktplatz seine Zeit vergeudet hatte. Andererseits war er sich sicher, dass er eine Spur würde aufnehmen können, wenn er nur etwas mehr Zeit erhielt. »Brauche noch einen Tag. Melde mich morgen wieder«, tippte er auf der Tastatur ein und schaltete den Fernschreiber auf »Senden«. Mehr konnte er nicht für Südhausen tun. Als Fischer es sich auf dem Fahrersitz bequem machte und sein verletztes Bein ausstreckte, war er dermaßen erleichtert, dass ihn die Sprungfeder, die sich in seinen Rücken bohrte, nicht störte.

Er fuhr zu seinem Hotel zurück, stellte den Wagen auf dem Schotterplatz ab, stieg aus und betrachtete die dunkle, fast schwarze Fassade des Hochhauses. Noch immer flatterte der Vorhang, der sich auf einem der Wasserspeier verfangen hatte, hoch oben im Wind. Als er die Eingangstür des Hotels öffnete, wurde das Foyer von einem Marschlied beschallt. Ein Männerchor besang die bestaubten Gesichter von Panzer-soldaten, die in die Schlacht zogen. Fischer ging zum Tresen, doch der Rezeptionist war nicht da. Mehrmals schlug er auf die Tischklingel, während er durch die offene Tür des Hinterzimmers das Grammophon betrachtete, dessen kunst-voll geschwungener Trichter zum Tresen gerichtet war. Der Tonarm hob und senkte sich, während er die Rillen der welligen Vinylscheibe entlangfuhr. »Hallo? Jemand da?«, rief Fischer ins Hinterzimmer. »Hallo?«

Der Rezeptionist erschien im Türrahmen, ging zum Grammophon, nahm die Nadel von der Schallplatte ab und ließ den Tonarm einrasten. Stille kehrte ein. In seinen Filzschuhen schlurfte der Hotelbedienstete zum Tresen. »Was gibt's?«, fragte er.

»Fischer. Zimmer 3918. Ich wollte nachfragen, ob jemand den Schaden am Panoramafenster reparieren wird.«

»Wie war gleich der Name?«

»Fischer. Ich bin Dauergast hier. Oben im 39.«

»Sie wollen einen Schaden melden?«

»Nein, ich möchte nachfragen, wann der Schaden in der Nachbarwohnung repariert wird.«

»Was haben Sie denn mit der Nachbarwohnung zu schaffen?«

»Da gibt es ein Loch in meiner Wand ...«

»Ein Loch? Sind Sie dafür verantwortlich?«

»Ich?«

»Dann müssen Sie auch bezahlen.«

»Das hätten Sie wohl gern. Ich bin in diesem Fall aber der Geschädigte. Als mein Nachbar ausgezogen ist, kamen Klempner ... oder wer auch immer das gewesen sein mag; jemand, der schweißt auf jeden Fall ... ich habe ja keinen Überblick über die Vorgänge, die sich in meiner Nachbarwohnung abspielen ... die Arbeiter haben jedenfalls eine Explosion verursacht, durch die das Fenster dort zerstört wurde.«

»Dann sollte ihr Nachbar den Schaden anzeigen.«

»Das ist ja mein Problem. Der ist ausgezogen und jetzt wohnt niemand mehr in der Wohnung. Die Tapeten sind runtergerissen und überall liegt Bauschutt herum. Was aber am schlimmsten ist, ist die Tatsache, dass durch das kaputte Fenster die kalte Luft hereinströmt.«

»Woher wissen Sie eigentlich, wie es in der Nachbarwohnung aussieht?«

»Ich sagte Ihnen bereits, dass in meiner Wand ein Loch ist, das bei der Explosion entstanden ist. Quasi gezwungermaßen werde ich genötigt, die Wohnung meines Nachbarn unter die Lupe zu nehmen.«

»Sagen Sie das doch gleich.« Der Rezeptionist ging ins Hinterzimmer und kam mit einer Karteikarte in der Hand zurück. »Hier, bitte ausfüllen, damit der Schaden aktenkundig gemacht wird.«

»Das haben wir doch schon hinter uns. Jetzt wollte ich bei Ihnen nachhaken, weil offensichtlich in dieser Angelegenheit noch nichts passiert ist.«

»Aktenzeichen?«

»Was für ein Aktenzeichen?«

»Das Aktenzeichen Ihrer Meldung natürlich.«

»Kenn' ich nicht.«

»Wie soll ich denn sonst den Vorfall im Archiv finden?«

»Welches Archiv?«

»Das Archiv des Hotels natürlich, in dem alle Vorfälle aufgenommen werden.«

»Ich wusste nichts von solch einem Archiv.«

»Haben Sie den Brief dabei?«

»Brief?«

»Der Brief mit dem Aktenzeichen, der in Ihren Briefkasten geworfen wurde. Es ist eine unserer Richtlinien, den Hotelgast in solchen Fällen umgehend zu benachrichtigen.«

»Hab' ich nicht erhalten.«

»Wenn Ihnen der Brief abhanden gekommen ist, müssen Sie die hier ausfüllen.« Der Rezeptionist schob die Karteikarte über den Tresen und deutete auf einen Kugelschreiber, der mit einer Schnur an der Tischplatte befestigt war.

»Können Sie nicht versuchen, meine alte Karteikarte zu finden? Ich meine, das ist keine zwei Wochen her und so viele Karteikarten werden sich seitdem sicherlich nicht angehäuft haben.«

»Das sagen Sie.«

»Das ist doch lächerlich! Hören Sie, ich hab' keine Lust, die Karteikarte erneut auszufüllen, denn offen gesagt hab' ich Zweifel, ob Ihr System der Schadenaufnahme effizient ist.«

»Es gibt keinen Grund, mich zu beleidigen.«

»Ich möchte Sie nicht beleidigen, sondern lediglich anführen, dass Sie bei Nennung meines Namens und meiner Zimmernummer meine Karteikarte auch ohne ein Aktenzeichen finden sollten, denn – bei allem Respekt – so geordnet sollte es zugehen in Ihrem Archiv.«

»Mein Herr, ich habe die Regeln nicht aufgestellt, ich versuche, sie lediglich nach bestem Wissen einzuhalten. Das Einzige, was ich Ihnen sagen kann, ist, dass ich ein Aktenzeichen brauche. Wenn Sie kein solches Aktenzeichen haben, müssen Sie eine neue Karteikarte ausfüllen.«

Widerwillig nahm Fischer den Kugelschreiber in die Hand. Auf der bereits vergilbten Karte standen handschriftlich notiert schon mehrere Beschwerden. »Die Karte ist ja schon voll.«

»Unten ist noch Platz.«

»Sie scherzen wohl. Wo ist meine Karteikarte von vorletzter Woche?«, fragte Fischer, langsam die Contenance verlierend.

»Sagte ich Ihnen bereits: im Archiv.«

»Hören Sie endlich mit diesem Gerede über ein Archiv auf, Herr ...« Fischer stockte, als er das kleine Messingschild sah, das der Rezeptionist am Revers des Sakkos trug und ihn als »Archivar« auswies. Verunsichert hielt Fischer inne und fragte sich, ob der Mann das Schildchen schon immer trug. Aufgefallen war es ihm jedenfalls noch nicht. »Hören Sie, mein Bein schmerzt und ich habe keine Lust mehr, von Ihnen aufgehalten zu werden. Wo soll dieses vermaledei ... ich meine, wo soll dieses Archiv denn sein?«, ergriff Fischer wieder die Initiative.

»Nebenan.«

»Nebenan? Das ist 'ne Abstellkammer. Eine Abstellkammer mit 'nem Grammophon.«

»Bei meiner Anstellung wurde mir gesagt, dass es das Archiv ist.«

»Dann lassen Sie mich doch mal nachsehen, ob ich meine Karte finden kann in Ihrem Archiv.«

»Hotelgäste haben leider keinen Zutritt zu diesen Räumlichkeiten. Dort lagern Informationen, die selbstverständlich vertraulich behandelt werden. Die Privatsphäre unserer Gäste liegt uns sehr am Herzen.«

»Jetzt reicht's mir. Ich möchte mit dem Hotelbesitzer reden.«

»Einen Moment bitte.« Der Archivar ging wieder in das Hinterzimmer und kam mit einer roten Karteikarte zurück, die er auf den Tresen legte.

»Was soll das?«, fragte Fischer.

»Schreiben Sie hier Ihre Beschwerde auf.«

»Ich will mit dem Besitzer reden. Persönlich. Verstehen Sie, was ich meine? Von Mann zu Mann!«

»Bedaure, das ist nicht möglich. Das geht nur über die roten Karten.«

»Und wann gedenkt sich der Hotelbesitzer dann bei mir zu melden?«

»Darüber weiß ich nichts. Ich werfe die roten Karteikarten in den versiegelten Kasten ein, der im Archiv steht.«

Fischer schlug mit der Faust auf den Tresen. »Ich hab' jetzt keine Lust mehr auf diese Art der Unterhaltung, verstehen Sie? Kümmern Sie sich gefälligst darum, dass der Schaden behoben wird!«

»Sie müssen nicht ausfallend werden, mein Herr, ich tue hier lediglich meine Arbeit.«

Fischer wandte sich vom Tresen ab, ging zum Treppenhaus hinüber und dachte, dass er, der normalerweise andere zum Narren hielt, im Archivar seinen Meister gefunden hatte.

Der Fahrstuhl befand sich im neunten Stockwerk. Fischer drückte den Knopf, doch die Anzeige blieb unverändert auf der »9« stehen. Die anderen Fahrstühle waren gesperrt, so dass ihm keine Wahl blieb, und er die Treppe nehmen musste. Stufe für Stufe zog er sich am Geländer nach oben, wobei er versuchte, sein verletztes Bein so wenig wie möglich zu belasten. Im neunten Stockwerk angekommen, verließ er das Treppenhaus, um zu überprüfen, warum sich der Fahrstuhl nicht in Bewegung gesetzt hatte. Nicht überraschend für ihn war, dass jemand vergessen hatte, das innere Gitter der Fahrgastkabine ordnungsgemäß zu verriegeln, obwohl ein Schild im Fahrstuhl ausdrücklich darauf hinwies. Er stieg in den Aufzug ein, verriegelte das Gitter und drückte die Taste »39«. Als er nach oben fuhr, dachte er, dass der Rezeptionist nicht tätig werden würde, und er selbst das Fenster in der Nachbarwohnung abdichten musste, ehe die ersten Herbststürme über das Land zogen. In der siebenunddreißigsten Etage hatte er direkten Zugang zum Wasserspeier. Rechtzeitig drückte er die »37«, und der Fahrstuhl hielt in diesem Stockwerk an. Er verließ die Kabine, ging den Flur entlang und blieb vor der Wohnung stehen, die beim Wasserspeier liegen musste. Jemand mit dem Namen »Unterweger« hatte sich hier eingemietet. Als er klingelte, öffnete niemand. Es kam ihm aber so vor, als hörte er eine Kinderstimme hinter der Tür. Fischer klingelte erneut und klopfte dann an der Tür. »Hallo? Herr Unterweger? Können Sie mir bitte helfen? Mir ist etwas heruntergefallen und auf Ihrem Wasserspeier gelandet. Mein Vorhang ... Hallo? Frau Unterweger? Es geht ganz schnell, ich müsste nur kurz in ihre Wohnung, mir den Vorhang holen und dann sind Sie mich wieder los«, versuchte er die Bewohner zu überzeugen. Er klopfte erneut. »Hallo? Mein Name ist Fischer, hören Sie? Aus der 3918.« Nichts rührte sich. Er überlegte, ob er seinen Ausweis vor den Türspion halten sollte, entschied aber, dass es besser war, weiterhin unerkannt hier zu leben, da er fürchtete, sonst bei zu vielen Streitigkeiten hinzugezogen zu werden, bei denen er vermitteln musste. Er drückte sein Ohr gegen die Tür, hielt den Atem an und horchte gespannt. Das Wimmern eines Kindes schien durch die Tür zu dringen. War da jemand in der Wohnung? Er lauschte noch eine Zeit lang, dann ging er einen Schritt von der Tür zurück und dachte, als er allein im Flur dieses großen Hotels mit seinen dunklen Korridoren stand, dass dies ein wahrlich erfolgloser Tag war, und er hoffte inständig auf Besserung.

Am nächsten Morgen ging Fischer zu den Briefkästen im Hotelfoyer. Er wusste nichts von den Unterwegers, außer dass sie offensichtlich ein Kind hatten. Um seine guten Absichten zu verdeutlichen, wollte er ihnen die Zinnsoldaten, die er im Fahrstuhl gefunden hatte, zusammen mit einer Botschaft in den Briefkasten werfen. Da er nichts zu schreiben hatte, ging er zur Rezeption hinüber. Die Hände auf der Brust gefaltet, schlief der Archivar auf einem Drehstuhl hinter dem Tresen. Scheinbar war es immer dieselbe Person, die Fischer hier antraf. Er vermutete aber, dass es sich um eineiige Zwillinge oder sogar Drillinge handeln musste, die hier ihren Dienst verrichteten, denn niemand konnte rund um die Uhr arbeiten. Fischer fand auf dem Tresen kein Schreibpapier, nur den Kugelschreiber, der mit einer Schnur an der Tischplatte befestigt war. Mit einem Ruck zog er den Kugelschreiber ab, ohne dass der Archivar aufwachte, ging zu den Fahrstühlen und riss einen Streifen von der Tapete herunter. Er schrieb »Schlage Tauschgeschäft vor, bitte melden bei Fischer 3918«, umwickelte die Zinnsoldaten mit dem Tapetenfetzen, warf beides zusammen mit dem Kugelschreiber in den Briefkasten der Unterwegers ein und verließ das Hotel.

Als Fischer einige Zeit später auf dem Marktplatz eintraf, waren seine Bemühungen darum, den Vorhang wiederzubekommen, längst vergessen. Von Neuem kreisten seine Gedanken um die Frage, wer dieser Mensch war, auf den er sich immer dann zubewegte, wenn er aus dem Schlaf erwachte, in dieser Vision, die ihn Wärme und Zuversicht spüren ließ. Und nur langsam wurde er wieder vereinnahmt von den alltäglichen Ritualen, die sich vor seinen Augen abspielten: von den Peons, die am Brunnen mit ihrer Schmuggelware handelten, den Trinkern, die – mit Zigaretten und Bier ausgestattet – bereit waren, der Welt ihre Weisheiten kundzutun und den vielen Streunern, die das einsammelten, was andere wegwarfen. Jeder für sich schien den ihm zugewiesenen Platz eingenommen zu haben. Dazu gesellten sich die zahlreichen Käufer, besonders viele standen in einer langen Warteschlange vor Kaufmanns Laden. Als das Geschäft geöffnet wurde, regelten die Türsteher den Zugang, indem sie nur einige wenige in den Laden ließen, bevor sie die Tür in gewohnt ruppiger Manier solange blockierten, bis die vorigen Käufer das Geschäft wieder verlassen hatten. Sichtbar stolz präsentierte manch einer seine Einkäufe, wohl wissend, dass derjenige privilegiert war, der sich diese Waren leisten konnte.

Fischer betrachtete die Menschen, teils belustigt darüber, mit welchem Eifer die Wartenden hier ausharrten, teils in Anerkennung ob ihrer Geduld. Er zog das Hosenbein hoch, kratzte sich vorsichtig am Schienbein, wo sich unter der gerade verheilenden Wunde ein großflächiger Bluterguss gebildet hatte, und fragte sich, was die anderen wohl in ihm sahen und wie sie ihn einschätzten. Und er begann sich selbst zu fragen, was ihn veranlasste, hier zu stehen und andere zu beobachten, sich ohne eigenen inneren Impuls treiben zu lassen und auf die Dinge zu warten, die da kommen mochten. Dann dachte Fischer an Marbod, der glaubte, dass man sich im Leben alles hart erarbeiten musste. Der nicht verstehen konnte, dass Fischer der Erfolg zuflog, ohne sich anstrengen zu müssen. Marbod verachtete ihn als Emporkömmling – das war Fischer bewusst –, zumal Südhausen, der seine spekulativen Ermittlungsansätze im Grunde genommen für genauso obskur hielt, bereit war, ihn bedingungslos zu unterstützen. Offenbar hegte Südhausen die Hoffnung, dadurch nicht von Marbods sadistischen Verhörmaßnahmen abhängig zu sein.

Innere Ruhe und Gelassenheit waren der Schlüssel zum Erfolg und nicht zuletzt die Fähigkeit, sich dem Augenblick hinzugeben. Früher war Fischer die Fokussierung auf das Wesentliche nicht möglich gewesen, zu einer Zeit, als er zu sehr den Fehlern aus der Vergangenheit nachtrauerte und über begangene Irrtümer grübelte. Ohne zu wissen, woran es lag, hatte er die Fesseln der Vergangenheit jedoch beim

Staatsschutz ablegen können. Frei war sein Leben geworden, abgeschüttelt waren all die Zwänge und der Ballast, den normalerweise ein jeder Mensch zu schultern hatte. Für ihn gab es keine Schuldgefühle mehr und kein schlechtes Gewissen, das ihn plagte und des Schlafs beraubte. Vollkommen schwerelos, ohne eine Bindung zu den Problemen der Welt, konnte er sich nun seiner Aufgabe widmen.

Die Menschen auf dem Marktplatz gingen an ihm vorbei, ohne dass er sie aufhalten konnte und wollte. Langsam und unaufhörlich, wie von Geisterhand bewegt, im ewigen Strom des Lebens. Vergessen musste er ihre Probleme und Sehnsüchte, so wie er seine eigenen Probleme und Sehnsüchte vergessen hatte. Alsbald nahm er die Menschen nicht mehr als Individuen wahr, sondern als Bestandteil eines größeren Ganzen, eines Organismus, dessen einzelne Teile zusammenarbeiteten und sich im Einklang bewegten. In gleichförmiger Harmonie.

Er schloss seine Augen und atmete tief durch. Als er die Augen wieder öffnete, da sah er diesen einen Menschen, auf den er gewartet hatte. Diesen einen, der aus der Menge herausstach, ein Fremdkörper in diesem großen, wunderbaren Organismus war, ein Feind, der unter allen Umständen entfernt werden musste, den es galt, wie ein Krebsgeschwür zu bekämpfen. Und dann, obwohl er doch vollkommen losgelöst war von der Welt, begann er zu lächeln, denn er wusste, dass er seine Zielperson gefunden hatte.

5.

Der Mann, der Fischers Aufmerksamkeit erregt hatte, saß auf der Mauer des Brunnens und blickte zur bronzenen Figur hinauf, die das Richtschwert in der einen und die Waage in der anderen Hand hielt. Es war ein leicht untersetzter Herr, gut sechzig Jahre alt, das Gesicht so blass wie von jemandem, der nur selten seine Wohnung verließ. Mit seiner hellen Weste und der Kniebundhose trug er die Kleidung, die für gewöhnlich Männer seines Alters bevorzugten. Der Mann schien nervös zu sein, zog immer wieder hektisch an den langen Schlaufen des Stoffbeutels, den er über seine Schulter gehängt hatte, und blickte sich um, offenbar unschlüssig, ob er durchführen sollte, was auch immer er vorhatte. Ein Raunen ging durch die Menge vor Kaufmanns Geschäft, als die Türsteher sich in den Laden zurückzogen und die Tür von innen verriegelten. Die Wartenden drängten zum Eingang, einige schimpften über Kaufmanns Unzuverlässigkeit und verfluchten ihn, andere haderten mit ihrem Schicksal, zu spät gekommen zu sein. Ein paar Verzweifelte stürmten zu den Fenstern, rüttelten an den Gittern und schlugen gegen die Scheiben. Jemand warf eine Bierflasche gegen die Eingangstür, und als das Glas zersprang und das Bier gegen das Holz spritzte, begann die Menge zu johlen. Der Mann am Brunnen nutzte die Gelegenheit, dass sich die Aufmerksamkeit der anderen auf die Unruhen vor Kaufmanns Laden richtete, und zog etwas – es sah aus wie ein Stapel Papier – aus dem Stoffbeutel heraus. Fischer hatte Mühe zu erkennen, was am Brunnen genau vor sich ging, denn immer mehr Menschen strömten zum Laden und nahmen ihm die Sicht. Was er jedoch glaubte, gesehen zu haben, war, dass der Verdächtige den Papierstapel auf die Steinbegrenzung des Brunnens gelegt hatte. Ein Kunde, der als einer der Letzten den Laden verlassen hatte, einen Kaffeebeutel mit beiden Armen fest an die Brust gedrückt, wurde zunehmend bedrängt. Jemand stieß ihn von sich weg, worauf er gegen einen anderen rempelte, der solange an ihm zerrte, bis er mitsamt dem Beutel zu Boden fiel. Er wurde getreten und bespuckt, bis er den Kaffeebeutel liegen ließ, um sich in Sicherheit zu bringen. Viele Hände zogen am Beutel, andere begannen, auf Umstehende einzuprügeln, ungeachtet dessen, um wen es sich handelte. Der Beutel zerriss und die Kaffeebohnen verteilten sich auf dem Kopfsteinpflaster. Einige begannen, die Bohnen einzusammeln, als jemand zu bedenken gab, dass das Pflaster durch den radioaktiven Niederschlag verstrahlt sein könnte. Die Menschen wichen zurück und sahen sich einen Augenblick lang fragend an, doch als jemand von hinten hervortrat und begann, die Bohnen einzeln aufzuheben, versuchten auch die anderen Umstehenden, ihren Teil abzubekommen. Wie Kostbarkeiten zogen sie die gerösteten Samen aus den Ritzen der Pflasterung. Als die letzte Bohne in den Taschen der Diebe verschwunden war, richtete sich die Aufmerksamkeit der Menge auf die anderen Käufer, die im Gedränge gefangen waren, obwohl sie die ganze Zeit verzweifelt versucht hatten, sich abzusetzen. Und auch ihnen erging es nicht besser. Um sich zu retten, gaben sie ihre Kolonialwaren auf, die sie nach Stunden und Tagen des Wartens erworben hatten.

»Sehen Sie nur, was die mit mir gemacht haben«, beklagte sich ein Beraubter bei Fischer, der mit blutiger Nase und zerrissenem Anzug vor ihm stand. »So helfen Sie mir doch!«, bedrängte er ihn flehentlich.

Doch Fischer interessierte sich nicht für dessen Nöte, denn er hatte den Verdächtigen aus den Augen verloren. »Lassen Sie mich in Ruhe«, wehrte er den Mann ab und ging in Richtung des Brunnens. Der Beraubte blieb aber hartnäckig, verfolgte Fischer und hielt ihn am Arm fest. »Ich kenne Sie doch! Sie sind vom Staatsschutz!«

Fischer drehte sich um. »Noch ein Wort und ich lasse Sie an einen Ort bringen, wo Sie keinen Kaffee mehr brauchen«, drohte er und riss sich von ihm los.

Angelockt von den tumultartigen Szenen vor Kaufmanns Laden, drängten immer mehr Schaulustige auf den Marktplatz, ehe Lastwagen der Polizei eintrafen und dem Zustrom ein Ende setzten. »Gehen sie sofort auseinander!«, dröhnte es aus den Lautsprechern, die auf den Fahrerkabinen montiert waren. Mit Schlagstöcken bewaffnete Polizisten sprangen von den Ladeflächen der Wagen herunter und begannen, wahllos auf die Menge einzuprügeln. Fischer zeigte seinen Ausweis vor, doch einige Polizisten ließen es sich nicht nehmen, ihm Schläge zu versetzen, sei es, dass sie den goldenen Schriftzug »Staatsschutz« nicht rechtzeitig erkannten oder sie sich nicht darum scherten. Als Fischer sich, ohne größere Blessuren zu erleiden, den Weg zum Brunnen gebahnt hatte, war der Verdächtige verschwunden. Um sich einen Überblick zu verschaffen, stieg Fischer auf die Brunnenmauer.

»Runter, aber sofort!«, befahl ihm ein Polizist.

»Eine Sekunde noch«, versuchte Fischer ihn abzuwehren, seine Aufmerksamkeit auf eine kleine Gruppe von Menschen gerichtet, die in Richtung der Buntsandsteinkirche floh. Als sich einer von ihnen umdrehte, und Fischer in das fahle Gesicht eines älteren Mannes mit tief liegenden Augen und dicken Tränensäcken blickte, hatte Fischer seinen Verdächtigen wiedergefunden. Er sprang von der Brunnenmauer herunter. Ein stechender Schmerz schoss durch sein verletztes Bein, und er ging in die Knie. Einen flüchtigen Blick auf die Flugblätter werfend, die auf dem Kopfsteinpflaster verteilt waren, stand er auf, lief an der Kirche vorbei, überquerte die nächste Kreuzung und schloss in der Straße der Republik zum Verdächtigen auf.

Nur noch gelegentlich war die Sirene eines Einsatzfahrzeuges zu vernehmen. In sich gekehrt, den Blick nach unten gerichtet, wurde der Verdächtige immer langsamer, so dass Fischer, um ihn nicht zu überholen, stehenblieb und vorgab, sich für die Fassadenelemente zu interessieren, die von einem Haus herunterzufallen drohten. Der Mann ging weiter bis zum Hotel Neuwelt, einem Gebäude mit weißer Fassade und länglichen, schlitzartigen Fenstern, und blickte in die oberen Etagen, in denen es Schlafkabinen für jene gab, die bis in die Nacht an den Digitalfenstern sitzen blieben. Plötzlich drehte sich der Verdächtige um und sah zu ihm hinüber. Fischer ging zum erstbesten Wagen am Straßenrand und stellte sich vor die Beifahrertür, als wollte er sie öffnen. Zu spät bemerkte er, dass es sich um ein Fahrzeugwrack handelte, bei dem die Räder längst abmontiert waren. Den Blick gesenkt, erkannte Fischer aus den Augenwinkeln, dass der Verdächtige im Hoteleingang verschwand. Fischer war sich nicht sicher, ob der Mann bemerkt hatte, dass er ihn verfolgte, ärgerte sich aber trotzdem darüber, dass er so dilettantisch reagiert hatte. Er wechselte die Straßenseite, stellte sich in einen Hauseingang und wartete.

Junge Männer standen auf dem Bürgersteig vor dem Hotel und kauten Kokablätter, um ihre Müdigkeit zu vertreiben und wieder neue Kräfte zu sammeln. Sich gegenseitig auf ihre Schultern klopfend, unterhielten sie sich über ihre letzten Abenteuer und lachten ausgelassen. Es war der Abgesang auf den Rausch, den man in Neuwelt erlebte, dieser scheinbar grenzenlosen virtuellen Welt. Vor nicht allzu langer Zeit war Fischer noch einer von denen gewesen, die für ihr Vergnügen gearbeitet hatten. Einer, der ihre Abenteuer in die richtigen Bahnen lenkte, ohne dass sie es merkten, der sie unterstützte, wenn sie nicht weiterkamen und ihnen zu einem einzigartigen Spielerlebnis verhalf, das so real war, wie nur irgendwie möglich. Wer bereit war, einen beträchtlichen Geldbetrag zu investieren, hatte in den virtuellen Abenteuern Spielfiguren um sich, die von realen Menschen gesteuert wurden. Und Fischer war seinerzeit solch eine Nomadenseele, die einem Spieler dann zur Verfügung stand. Nachdem man ihn vor zehn Jahren aus der Armee entlassen hatte – nach dem Untergang der Alten Ordnung wurde die Truppenstärke drastisch reduziert –, musste er sich mit Gelegenheitsarbeiten durchschlagen, so dass er bald in den Diensten einer Firma stand, die begleitete Abenteuer in Neuwelt anbot. Als Nomadenseele hauchte er den Nebencharakteren Leben ein, steuerte sie in bestimmte Richtungen, weitgehend unbemerkt vom Spieler und alles mit dem Ziel, ihn bestmöglich zu unterhalten. Indem er mal in die Hülle des einen Charakters schlüpfte, mal in die Hülle eines anderen, konnte er die Spieler jedoch auch dahingehend beeinflussen, dass sie das taten, was die Programmierung vorsah. Denn wichen sie von den vorgegebenen Pfaden der Handlung ab, stießen sie nur zu schnell an die Grenzen der virtuellen Welt und die Illusion war zerstört.

Fischers Bein begann zu schmerzen. Er setzte sich auf die untere Treppenstufe des Hauseingangs, und als er die Hose hochkrempelte, sah er, dass sich die Kruste von der Wunde gelöst hatte. Das heruntergelaufene Blut war geronnen und hatte die Beinhaare miteinander verklebt. Als er über die feinen Härchen strich, um das trockene Blut abzulösen, tat es weh. Die Gewalt war in Neuwelt ungezügelter als in der Realität, denn als Unantastbarer – wie ein Spieler auch genannt wurde – hatte man in Neuwelt keine Konsequenzen zu befürchten. Es gab keine Gerichtsbarkeit, die über Verbrechen urteilte, und es gab keine Strafen. Im schlimmsten Fall endete eine weitere Episode in den künstlichen Landschaften, ohne dass man bis zum Ende der Geschichte gelangt war. Zunächst bot ihm die Arbeit als Nomadenseele die Möglichkeit, vor seinen Problemen zu fliehen, die er hatte, seitdem er aus dem Kolonialkrieg zurückgekehrt war, und den Albträumen, die ihn plagten. Das änderte sich jedoch schlagartig, als die Unantastbaren immer häufiger die virtuelle Hülle umbrachten, in die er als Nomadenseele geschlüpft war. Ihm wurde erzählt, dass der Tod seiner Figur Teil seines virtuellen Lebens war, es nur um das Vergnügen des Spielers ging, der schließlich mit seinem Geld das Überleben der Firma und ihrer Mitarbeiter sicherte. Und dass der Tod seiner virtuellen Figur keine Auswirkungen auf das reale Leben hatte. Doch das war eine Lüge. Es gab einen Zeitpunkt, da wollte er es nicht mehr hinnehmen, in Neuwelt zu sterben. Er hatte aufbegehrt gegen die Gewalttätigkeiten der Unantastbaren und diejenigen umgebracht, denen er eigentlich ein Spielvergnügen bereiten sollte. Hatte sie abgeschlachtet, so wie er von ihnen immer abgeschlachtet worden war. So verlor er seine Arbeit, denn kein Spieler begab sich nach Neuwelt, um seinen Meister zu finden. Einzig die Bestätigung seiner eigenen vermeintlichen Überlegenheit verschaffte ihm die Genugtuung, die er suchte und für die er bezahlte. Für Fischer wog der Verlust der Arbeit schwer, denn er musste sich und seine Familie ernähren. Die Zeiten waren hart, denn die Aufbruchstimmung, die anfänglich in der Neuen Ordnung herrschte, war schnell verflogen. Als der Staatsschutz nach neuen Mitarbeitern suchte, hatte er sich dort beworben, obwohl seine Nachbarn die neue Behörde, die sich häufig schikanös gegenüber den Flüchtlingen verhielt, voller Argwohn betrachtet hatten. Die Armut, in der er mit seiner Familie in einer Mietskaserne gelebt hatte, beseitigten jedoch alle Zweifel in ihm, und nachdem er sich mit seiner Frau beraten hatte, entschied er sich für den Schritt, ein Mitarbeiter der in Ostend so ungeliebten Behörde zu werden.

Fischer sah zum Eingang des Hotels hinüber. Genüsslich kauten die Spieler auf den Kokablättern herum, um das berauschende Alkaloid herauszulösen. Sein Tatverdächtiger war noch nicht wieder aufgetaucht. Gut möglich, dass er im Hotel arbeitete oder dort selbst ein Gast war. Andererseits bestand die Gefahr, dass er ihn längst als Verfolger ausgemacht hatte und über einen Hinterausgang geflohen war. Fischer überlegte, ob er im Hotel nachsehen sollte, dachte dann aber, dass es besser war, noch eine Weile zu warten. Wenn der Verdächtige das Hotel bereits verlassen hatte, war es ohnehin zu spät, und traf er ihn gerade in dem Moment an, wenn er aus der Tür kam, war seine Tarnung wohl endgültig aufgeflogen. Die Spieler spuckten die Kokablätter auf die Straße, atmeten noch einmal tief durch und gingen zurück zu den Digitalfenstern, bereit dazu, sich als Unantastbare tief in den virtuellen Welten zu verlieren.

Fischer zog den Kragen seines Mantels nach unten und kratzte sich an der Narbe am Hals, die von einer Verletzung aus dem Kolonialkrieg zurückgeblieben war. Dann fuhr er mit dem Zeigefinger über die feinen Linien des verhärteten Gewebes, lehnte seinen Kopf gegen die Wand, holte sein Sturmfeuerzeug aus der Manteltasche hervor und betrachtete es. Im vergoldeten Stahl war das Emblem seiner Division eingraviert: zwei gekreuzte Palmenzweige. Er öffnete die Schutzkappe des Feuerzeugs und schloss sie wieder, lauschte dabei dem Klacken des Metalls. Nochmals öffnete er die Kappe und drehte am Zündrad. Wie hypnotisiert sah er in die Flamme, während er das Feuerzeug hin und her schwenkte. Die Flamme flackerte und zischte, aber sie erlosch nicht. Dann schloss er die Kappe wieder, steckte das Feuerzeug ein, sah zum Hoteleingang hinüber, fasste sich ans Kinn und strich über seine Bartstoppeln. Plötzlich stieß ihm jemand von hinten einen stumpfen Gegenstand in den Rücken. »Machen Sie mal Platz, junger Mann«, sagte jemand. Fischer drehte sich um und sah eine alte Frau, die mit einem Gehstock in der Hand die Treppe herunterkam. »Was lungern Sie denn hier so rum?«, fragte sie.

»Einfach nur so«, entgegnete Fischer. Er stand auf, griff der Frau unter die Arme und half ihr die Stufen hinunter.

»Die jungen Leute von heute. Wissen nichts mit sich anzufangen.« Die Frau schüttelte den Kopf. »Wo soll das nur hinführen?«

»Ich weiß auch nicht«, entgegnete Fischer. Als er ihr die letzte Treppenstufe hinunterhalf und dann aufblickte, bemerkte er, dass der Verdächtige das Hotel verließ. Die Frau holte eine Geldbörse aus ihrer Umhängetasche und klappte die Bügel auseinander. »Da, nehmen Sie schon«, sagte sie und hielt ihm einen Groschen hin. Den Verdächtigen nicht aus den Augen lassend, steckte Fischer die Münze ein. Der Mann ging bis zum Ende der Straße und bog in die Allee der toten Bäume ein. Fischer knöpfte seinen Mantel zu und wartete noch einen Moment, ehe er ihm folgte.

Lichterketten, mit denen die abgestorbenen Bäume entlang der Allee bis hinauf in die Äste behangen waren, tauchten nachts die Bordelle und Kneipen, die sich hier dicht an dicht aneinanderreihten, in ein rötliches Licht. Am Tag boten die knorrigen, kahlen Äste jedoch einen trostlosen Anblick. Der Verdächtige blieb bei einer Gruppe von Tagelöhnern stehen, die sich unter einem der Bäume versammelt hatten. Die Gesichter eingefallen und die Kleidung zerschlissen, waren es Verstrahlte der Klasse 4 und 5, die sich tagsüber hier aufhielten, um sich als billige Arbeitskräfte anzubieten, ehe sie bei Einbruch der Dunkelheit von den Prostituierten verdrängt wurden. Rein äußerlich sah man ihnen nicht an, dass sie todgeweiht waren, doch im Inneren musste die ionisierende Strahlung ihre Organe über die Jahre hinweg zerstört haben. Während der Verdächtige mit den Tagelöhnern zu diskutieren schien, blieb Fischer stehen, kniete sich hin und gab vor, seine Schnürsenkel zu binden. Der Mann verabschiedete sich von den Tagelöhnern, zog seine Uhr aus der Tasche, warf einen Blick auf die Anzeige und ging weiter. Fischer folgte ihm bis zu den sechsstöckigen Bürohäusern am Heldenplatz. Die auf den Häuserdächern montierten, überdimensionalen Bildfenster übertrugen gerade eine Pressekonferenz der Präsidentin. Sie sprach von der nächtlichen Ausgangssperre, die auf unbefristete Zeit verlängerte wurde und von den Notstandsgesetzen, die sie im Parlament zur Abstimmung bringen wollte, um angemessen auf die Terrorwelle reagieren zu können. Lange hatte sie gezögert, doch nun schien sie zum Handeln bereit zu sein. Hinter der Präsidentin standen ihre Minister und Voigt, der Leiter des Ressorts für Terrorismusbekämpfung beim Innenministerium, jedoch kein Vertreter des Staatsschutzes. Ein Affront, der Südhausen sicherlich nicht gefallen würde, dachte Fischer, untermauerte es doch die Befürchtung, dass die Präsidentin plante, den Staatsschutz zu entmachten und dem Innenministerium vollständig die Verantwortung für die Terrorbekämpfung zu übertragen.

Der Verdächtige schien sich nicht für die Neuigkeiten zu interessieren, die über die Bildfenster verbreitet wurden, schlängelte sich an einer Ansammlung von Menschen vorbei, die allesamt gebannt zu den ovalen Bildschirmen hinaufsahen, und ging zielstrebig zum Denkmal für die gefallenen Helden, das im Zentrum des Platzes auf einer großflächig angelegten Verkehrsinsel stand. Noch in der Alten Ordnung errichtet, war es den Millionen von Soldaten gewidmet, die im Großen Krieg ihr Leben gelassen hatten. Es bestand aus sechs Säulen, auf denen Relief-Friese angebracht waren, die spiralförmig nach oben verliefen und bildhaft vom beschwerlichen und verlustreichen Weg bis hin zum Sieg erzählten. In Beton gegossene Bilder von entschlossenen Kämpfern, die dem Tod ins Auge blickten und von blutrünstigen Feinden, die zwar Schlachten gewonnen hatten, aber am Ende niedergerungen wurden. Der Heldenplatz war ein zentraler Ort in Neustadt, an dem sich die Menschen während der Feierlichkeiten zum Kriegsende versammelten, der Gefallenen gedachten und Kränze niederlegten. Für die gleichsam hier stattfindenden Veranstaltungen am Tag der Revolution sollten die äußeren Betonsäulen nun durch gläserne Stelen ersetzt werden. Weil die Sprengung der massiven und mehr als vierzig Meter hohen Säulen inmitten der Stadt als zu gefährlich angesehen wurde, trug man sie nun Schritt für Schritt ab. Fünf der sechs Säulen waren zu diesem Zweck eingerüstet worden und der Lärm von Presslufthämmern verdeutlichte, dass die Arbeiten bereits in vollem Gange waren. Unberührt von den Veränderungen und mit über sechzig Metern weithin sichtbar, war nur die zentrale sechste Säule. Gekrönt durch eine kupferne Skulptur, die den pilzähnlichen Explosionskörper einer Spaltungswaffe darstellte, veranschaulichte sie, wie es zum Sieg über die Feinde gekommen war: durch den massiven Einsatz von Spaltungsfernraketen.

Der Mann ging einen von Bretterwänden begrenzten Korridor entlang, der die Fußgänger sicher über die Baustelle leitete, und schwenkte vor der zentralen Säule in den Gang nach rechts ein. Fischer folgte ihm bis zur Abzweigung und spähte um die Ecke. Der Verdächtige war nur ein paar Meter entfernt von ihm in einer Einfahrt für Baustellenfahrzeuge stehengeblieben. Es schien so, als redete er mit einer Person, die von einem Wachhäuschen verdeckt wurde, das sich neben dem Schlagbaum befand. Fischer ging hinter der Bretterwand in Deckung und überlegte, was zu tun war. Unbedingt musste er in Erfahrung bringen, wer in der Einfahrt stand und worüber sich die zwei unterhielten. Wenn es ein konspiratives Treffen war, hätte man keinen geeigneteren Ort auswählen können: Die Baustelle war laut und unübersichtlich. Fischer lehnte sich an die Bretterwand, schloss die Augen und versuchte, dem Gespräch zu lauschen, doch worüber die beiden auch immer sprachen, wurde vom alles durchdringenden Geräusch einer Kreissäge übertönt. Er dachte darüber nach, wie vorzugehen war, dann verließ er kurzerhand seine Deckung und ging auf den Mann zu. Der Verdächtige wandte ihm die Seite zu, so dass es ihm nicht möglich war, von dessen Lippen zu lesen. Als sich Fischer der Baustelleneinfahrt näherte, kam die zweite Person in sein Sichtfeld, das Gesicht durch eine Schneebrille mit elegant geschwungener Fassung und einen schwarzen Mundschutz verhüllt. Ein dünner Pullover und die eng anliegende Hose offenbarten die Statur einer schlanken, sportlichen Frau. Sie hatte sich eine Kapuze über den Kopf gezogen, aber eine lange, blonde Haarsträhne war sichtbar. Ohne zur Seite zu blicken, ging Fischer an den beiden vorbei. Er vernahm kein Wort, das sie miteinander wechselten, gerade so, als hätten sie ihre Unterhaltung seinetwegen unterbrochen. Fischer verließ die Baustelle, überquerte die Straße und betrat eine Bäckerei. Durch die Schaufensterscheibe das Geschehen beobachtend, kaufte er am Tresen ein Brötchen. Die Frau trennte sich vom Verdächtigen und ging zu einer Limousine, die am Straßenrand geparkt war. Sie öffnete die Beifahrertür, hielt einen Moment lang inne, blickte in seine Richtung und stieg erst nach kurzem Zögern in den Wagen ein. Da die Scheiben getönt waren, konnte Fischer nicht erkennen, wer das Fahrzeug steuerte. Der Fahrer wendete den Wagen und fuhr ins Bankenviertel. Fischer sah der schwarzen Limousine mit dem Kennzeichen »RE3« hinterher, bis sie hinter der nächsten Häuserecke verschwunden war. Mittlerweile hatte der Verdächtige die Baustelle verlassen und ging in Richtung Börse. Fischer verließ die Bäckerei, gab dem Bettler neben der Tür das Brötchen, das er sich gekauft hatte, und folgte dem Mann. Noch einmal sah er zu den Bildfenstern hinauf, die auf den Dächern der Bürohäuser montiert waren. Die Presslufthämmer übertönten zwar das, was die Präsidentin zu den Notstandsgesetzen erläuterte, aber den Untertiteln konnte er entnehmen, dass in einem Krisenfall, wie er jetzt eingetreten war, ein neues Gremium, der sogenannte »Geheime Rat«, der sich aus der Präsidentin, ihren Ministern und den Geschäftsführern der zehn wichtigsten Unternehmen und Banken des Landes zusammensetzte, die Funktion des Parlaments übernehmen und die Geschicke des Landes lenken sollte.

Fischer betrachtete in aller Ruhe das Eingangsportal der Neustädter Börse. Auf sechs Säulen ruhte der Dreiecksgiebel der tempelähnlichen Fassade mit den aufwändig gestalteten Skulpturen kämpfender mythischer Wesen. Nicht weniger kunstvoll waren die Kapitelle der Säulen gearbeitet, ihre steinernen Blätter kelchartig in der Ausrichtung. Zwei goldfarbene Glaspodeste, auf denen die Bronzeskulpturen eines Stiers und eines Bären standen, flankierten die marmorne Treppe, die zur Börse hinaufführte. Wenn er sich recht erinnerte, symbolisierte der Stier steigende Aktienkurse und der Bär sinkende. Oder war es genau anders herum? Seit mehr als einer halben Stunde hielt sich der Verdächtige nun schon in dem Kuppelbau mit der neoklassizistischen Fassade auf. Fischer hatte in einem Plusminusnull-Laden an einem Fenstertisch Platz genommen, von wo aus er den Börsenplatz gut im Blick behalten konnte, und trank strahlungsfreien

Kaffee. Zuerst hatte er überlegt, dem Mann in die Börse zu folgen, doch letztlich hatte er kein Verlangen danach verspürt, sich in die Schlangen vor den Durchlaufstrahlungsmeldern am Eingang einzureihen. Zudem wollte er nicht riskieren, dass ihm erneut verstrahlte Kleidungsstücke weggenommen wurden oder Hosen gekürzt werden mussten. Nur allzu wenig Ersatz hing in seinem Kleiderschrank, als dass er großzügig über jeden Verlust hinwegsehen konnte. So hatte er entschieden, dass es nicht nötig war, dem Verdächtigen weiter hinterherzulaufen. Irgendwann musste er die Börse auch wieder verlassen. Sollte der Hase doch seine Haken schlagen, am Ende würde er doch wieder an seinen Ausgangspunkt zurückkehren, wo Fischer geduldig auf ihn wartete.

»Hier ist Ihr Salat, mein Herr.« Der Kellner stellte den Teller auf den Tisch, hielt einen portablen Strahlungsmesser über den Salat, schwenkte ihn zur Seite und dann wieder zurück über den Salat. Das Knacken des Detektors blieb unverändert gering. Die Plusminusnull-Läden, von denen es in der Innenstadt mehrere gab, garantierten strahlungsfreies Essen und Trinken in einer komplett in Weiß gehaltenen, steril wirkenden Umgebung. Auf dem Fliesenboden aufgemalte »Nullen« und eine gläserne Theke in Form eines »Plus«-Zeichens waren die Erkennungszeichen der Filialen. »In Ordnung«, antwortete Fischer. Der Kellner nickte und entfernte sich. Lustlos stocherte Fischer mit der Gabel in den Salatblättern herum, dann nahm er ein Blatt auf, tauchte es in ein Gemisch aus Öl und Joghurt ein und kostete es. Durch seinen eingeschränkten Geruchssinn konnte er das Aroma des Gemüses nur noch schwerlich einschätzen, doch zumindest – so viel konnte er sagen – bereitete ihm das Kauen auf den fasrigen Blättern kein Vergnügen. Viel lieber hätte er jetzt Fleisch gegessen, doch das gab es hier nicht, da die Gäste der Filiale ausschließlich Börsenmakler waren, die nur Salat aßen, und den meisten mit einer Portion Kaviar. Fischer hörte, wie sie sich an den Nachbartischen unterhielten, mit den Erfolgen ihrer letzten Geschäfte prahlten, aber auch mit der Unberechenbarkeit der Aktienkurse haderten. Fast ehrfürchtig sprachen sie von ihrem Arbeitsplatz, als wäre die Börse ein Wesen mit magischen Kräften, eine Art Gottheit und das Gebäude ein Tempel, der zu ihren Ehren errichtet war. Fischer freilich verstand genauso viel vom Börsengeschehen, wie sie wahrscheinlich über die Arbeit beim Staatsschutz wussten. Nämlich nichts. Aufgeregtes Volk, dachte er, das keine Ruhe kannte. Menschen, die ein schnelles Leben führten und bereit dazu waren, den Tribut dafür zu zahlen. Die meisten von ihnen waren abhängig von Methylamphetamin, einer Droge, die ihre Leistung steigerte und sie euphorisierte, aber auch aggressiv machte. Die Wirkung der Substanz war Fischer noch aus dem Kolonialkrieg bekannt. Als »Panzerschokolade« bezeichnet, gehörte sie zum Vorrat eines jeden Soldaten und vertrieb die Müdigkeit nach tagelangen Einsätzen, aber auch die Furcht vor nahenden Offensiven. Er holte die Dose mit dem Pulver hervor, die er im Krankenhaus erhalten hatte, und dachte, dass er nichts über die Zusammensetzung seiner Medikamente wusste, es sich ebenso gut um Methylamphetamin handeln konnte. Aber störte es ihn? Er öffnete die Dose und streute eine Spatelspitze des Pulvers über den Salat.

»Doch nicht so offen«, mische sich eine Maklerin ein, die am Nachbartisch saß. »Das ziemt sich aber nicht«, ergänzte sie gespielt vorwurfsvoll.

Fischer sah zu ihr hinüber. »Das sind meine Medikamente«, sagte er.

»Ja, natürlich, wir nehmen alle nur unsere Medikamente«, bestätigte sie augenzwinkernd.

»Vielleicht wird der Salat ja so ein bisschen bekömmlicher.«

»Ein wenig Kaviar drauf, und es wird ein himmlischer Genuss.« Sie lächelte ihn an. Die Haare zu einem Dutt nach oben gebunden und die schmalen Lippen dezent geschminkt, erschien sie in ihrem Hosenanzug auf den ersten Blick kühl und elegant, aber auch wesentlich älter, als es ihr jugendliches Gesicht vermuten ließ.

Fischer steckte die Dose wieder in die Manteltasche und lächelte sie an. »Kleine, schwarze Fischeier? Ich weiß ja nicht.«

»Sie verpassen da was. Glauben Sie mir.«

»Na, das nächste Mal vielleicht«, versprach Fischer, obwohl jeder wusste, dass es nur schwarz eingefärbtes Kaviar-Imitat war, das hier verkauft wurde, denn die Gewässer, in denen der Stör lebte, waren zu stark verstrahlt, als dass sich dort noch der Fischfang lohnte.

»Wissen Sie, es tut gut, ein neues Gesicht zu sehen«, sagte sie. »Wir sind hier sehr unter uns.«

»Das sieht man.«

»Daher auch die abweisenden Blicke der anderen, als Sie reingekommen sind.«

»Mhm, hab' mich schon gewundert, dachte, es läge an meinem Dreitagebart«, sagte er mit ironischem Unterton.

»Nein, nein, der Bart ist es nicht.« Sie neigte ihren Kopf zur Seite. »Ganz bestimmt nicht.«

»Komm, wir müssen jetzt los«, forderte ein Makler sie auf, der neben ihr am Tisch saß und das Gespräch aufmerksam verfolgt hatte. Kurz sah sie zu ihm hinüber und lächelte beiläufig, bevor sie sich wieder Fischer zuwandte. »Also, wir sehen uns«, sagte sie und stand zusammen mit ihrem Kollegen auf.

»Bis dann und viel Spaß ... ich meine, viel Spaß bei dem, was Sie da drinnen auch immer treiben«, sagte Fischer.

Als die Maklerin zur Tür ging, wippte sie auffällig mit den Hüften hin und her, dann blickte sie über ihre Schulter zurück und lächelte, als sie bemerkte, dass Fischer sie anstarrte. Verlegen kratzte er sich hinter dem Ohr, nahm den Löffel in die Hand, rührte seinen Kaffee um, obwohl weder Milch noch Zucker darin waren, und trank ihn in einem Zug aus.

»Darf ich nachschenken?«, bot der Kellner an und hielt eine Kanne über die leere Tasse. Ohne, dass es Fischer aufgefallen war, hatte sich der Kellner genähert.

»Ja, bitte.«

Der Kellner füllte die Tasse auf und hielt den Strahlungsmelder über den Kaffee. Fischer nickte, als er sah, dass der Zeiger nicht ausschlug.

»Möchten Sie noch etwas zu Ihrem Salat? Vielleicht etwas Kaviar?«

»Kaviar«, wiederholte Fischer gedankenversunken.

»Eine Portion?«

Fischer sah zum Kellner auf. »Wo kommt Ihr Kaviar eigentlich her?«

»Aus Nordstadt.«

»Und welcher Fisch?«

»Tiger-Hecht. Tiger-Hecht aus einer Aquakultur.«

»Aquakultur? Und wie steht es da mit der Radioaktivität?«

»Das ist kein Problem. Die Fischbecken sind in einer Halle vor dem Regen geschützt.«

»Ist das so?«

»Wir garantieren beste Qualität.«

» ... die ihren Preis hat.«

»Unsere Gäste legen großen Wert auf Exklusivität.«

»Exklusive Imitate meinen Sie wohl.«

»Mein Herr, ich darf doch bitten. Wir tun unser Bestes. Sie können ...« Der Kellner stockte, schien sich dann auf die Professionalität einer Bedienung zu besinnen, welche die Launen der Gäste klaglos zu ertragen hatte, und fragte freundlich: »Darf ich Ihnen vielleicht eine Kostprobe bringen, um Sie zu überzeugen?«

»Nein, danke. Zur Zeit nicht.«

»Wie Sie wünschen.« Der Kellner ging zu einem Nachbartisch, an dem jemand mit Handzeichen auf sich aufmerksam gemacht hatte. Fischer nahm seine Tasse in die Hand. Der Kaffee war so dünn, dass er bis auf den Boden der Tasse blicken konnte. Sicherlich der fünfte oder sechste Aufguss. Er starrte auf eine mit Tusche überzogene Wimper, die auf der Oberfläche des Kaffees schwamm, und dann dachte er an die vermummte Frau vom Heldenplatz, die mit dem Verdächtigen gesprochen hatte. Wer sie wohl war? Es erschwerte die Arbeit eines Staatsschützers ungemein, dass die Schutzkleidung bei Frauen zu einer regelrechten Mode geworden war, die viele auch dann trugen, wenn durch den vom Regen noch feuchten Boden wenig Staub in der Luft war. Wenn sie tatsächlich in die Serie von Anschlägen verwickelt war, würde das, was er gesehen hatte, für eine Identifizierung kaum ausreichen, schließlich gab es in Neustadt zweifellos mehr als eine blonde Frau von mittlerer Größe und schlanker Figur. Nicht einmal ein Wort ihrer Unterhaltung mit dem Verdächtigen hatte er vernommen. Konnte sie die anonyme Anruferin bei Reich sein, die Frau, zu der sich die Stimme auf dem Tonband zuordnen ließ? Fischer setzte die Tasse ab und überlegte, was es zu bedeuten hatte, dass sie in seine Richtung sah, bevor sie in den Wagen stieg. Sie war auf ihn aufmerksam geworden. Aus welchem Grund auch immer.

Immer weiter wanderte der Schatten der Sonne auf der Fassade der Börse nach oben. Ein kurz nach dem Krieg errichteter Plattenbau zeichnete seine Konturen auf die Kanneluren der Säulen. Die meisten Börsianer waren zurück an ihren Arbeitsplatz gegangen, einige wenige saßen noch mit aufgeknöpften Hemden auf den Treppenstufen. Fischer drehte seinen Kopf zur Seite, stützte seinen Ellenbogen von der Tischplatte ab und versuchte instinktiv, sein Gesicht hinter der Handfläche zu verbergen. Storch von der Direktion 1 des Staatsschutzes war gerade am Ladenfenster vorbeigegangen. Storch, die rechte Hand Wegeners. Sollte er ihn entdecken, würde er von ihm sicherlich eine Erklärung abverlangen, was er hier zu suchen habe und warum er nicht in Ostend ermittelte. Und dann würde Storch betonen, dass es seine Direktion war, die sich um die Sicherheit in der Innenstadt kümmerte. Was auch immer er ihm antwortete, misstrauisch wie Storch war, würde er anschließend zu Wegener ins Krankenhaus fahren, um ihm Rapport zu erstatten. Am Ende würde Südhausen sich erklären müssen, und es könnte herauskommen, dass sie von Reich einen Anruf abgehört hatten und die Information über die Anruferin nicht weitergaben. Fischer legte einen Geldschein auf den Tisch, knöpfte den Mantel zu und stand auf, bereit dazu, den Laden zu verlassen, sobald Storch hereinkam. Auf diese Weise wollte er die Unterhaltung zumindest so kurz wie möglich gestalten. Als er beiläufig zur Börse hinübersah, bemerkte er, dass der Verdächtige die marmorne Treppe herunterstieg. Den Stoffbeutel mit den Flugblättern hatte er nicht mehr bei sich. Fischer sah zur Tür, doch niemand kam herein. Ob Storch nun noch in der Nähe war oder nicht, er musste jetzt handeln, wollte er seine Zielperson nicht aus den Augen verlieren. Er ging zur Tür, öffnete sie, und als er auf die Bodenplatte vor dem Eingang trat, begannen die Bürstenköpfe des Schuhreinigers zu rotieren.

»Das glaub' ich nicht!«, rief jemand. Es war aber nicht Storch, sondern der Börsianer, den Fischer vom Kolonialwarenladen her kannte. »Seht euch das an. Wen haben wir denn hier?« Der Börsianer ging auf ihn zu. »Könnt ihr euch das vorstellen? Die Staatsschützer glauben, dass sie privilegierter sind als wir«, sagte er zu seinen Kollegen, die auf der Treppe saßen. »Und als mich der Türsteher am Kragen gepackt hat – wie frech er dabei gegrinst hat.« Er tippte mit dem Zeigefinger auf Fischers Brust. »Hier bist du aber in meinem Revier, Freundchen. Da hilft dir dein Ausweis gar nichts!«

Fischer sah gleichgültig über die Schulter des Maklers hinweg. Der Verdächtige entfernte sich immer weiter von ihm. Schon beim nächsten Häuserblock konnte er um die Ecke biegen und aus Fischers Blickfeld verschwinden. Viel Zeit blieb ihm nicht, um den Makler loszuwerden. »Haben Sie denn mittlerweile ihre Waren erhalten oder wurden Sie durch die Tumulte vor Kaufmanns Laden erneut davon abgehalten, sich bei den exotischen Früchten zu bedienen?«, fragte Fischer scheinbar teilnahmslos.

Der Makler stellte sich direkt vor ihn, Gesicht an Gesicht. Da sie gleich groß waren, berührten sich fast ihre Nasenspitzen. »Du Klugscheißer!«, schrie er ihn an. »Was glaubst du eigentlich, wer du bist?«

Fischer ging einen Schritt zurück und wischte sich mehrere Speicheltropfen vom Gesicht. »Ihre Aussprache ist etwas feucht, mein Herr, auch darf ich darauf hinweisen, dass Ihre Manieren zu wünschen übrig lassen.« Er griff mit der Hand in die Manteltasche und holte die Packung Chicle heraus, die er im Kolonialwarenladen gekauft hatte, brach sich einen Streifen der Kaumasse ab, steckte sie in den Mund und begann, darauf herumzukauen.

»Das ... das ... du ... das gibt's doch nicht«, stotterte der Makler fassungslos, bevor er das Gesicht wutentbrannt verzog. »Du bekommst jetzt 'ne Abreibung, wie du sie noch nie erhalten hast.« Er ballte die rechte Hand zu einer Faust, doch bevor er zuschlagen konnte, umklammerten die Kollegen, die herbeigeeilt waren, seinen Arm. »Komm, lass gut sein, das gibt nur Ärger«, redete einer von ihnen beschwichtigend auf den Makler ein.

»Zum Teufel! Der kriegt jetzt eine rein.«

»Lass ihn in Ruhe. Der ist es doch gar nicht wert. Komm, lass uns zurück. Die Union-Aktie steigt wieder.«

»Hören Sie auf ihren Kollegen«, sagte Fischer, der – die Hände in die Manteltaschen gesteckt – weiterhin auf seinem Kaugummi kaute.

»Du kriegst noch das, was du verdienst. Hörst du? Irgendjemand wird dir noch die Fresse stopfen«, sagte der Makler. Flankiert von zwei Kollegen, die ihm unter die Arme griffen, hatte er sich immer noch nicht beruhigt.

»Meine Herren, es war mir eine Freude, doch ich muss sie jetzt verlassen. Noch einen angenehmen Tag.« Fischer drängte sich an den Maklern vorbei, die ihm nur widerwillig Platz machten. Betont langsam entfernte er sich von ihnen, damit es nicht den Anschein hatte, dass er floh.

»Willst dich wohl aus dem Staub machen? Du Feigling«, zischte der Makler hinterher.

Fischer verzichtete darauf, ihm zu antworten.

»Du kannst mich doch nicht einfach so stehen lassen.«

Fischer drehte sich noch einmal zu ihm um. »Wer sagt denn, dass Sie stehen müssen? Sie können sich ruhig auf die Stufen setzen.«

»Der Mann weiß nicht, wann Schluss ist. Der weiß es einfach nicht.« Der Makler versuchte, sich von seinen Kollegen loszureißen, die Mühe hatten, ihn zurückzuhalten.

Fischer wandte ihm wieder den Rücken zu. Er wunderte sich darüber, dass der Börsianer handgreiflich geworden war. Seit einiger Zeit bemerkte er zwar, wie sich neben den Flüchtlingen in Ostend zunehmend auch die Einheimischen in den anderen Bezirken abfällig über den Staatsschutz äußerten und seine Handlungsfähigkeit in Frage stellten – die Erfolglosigkeit bei der Suche nach den Terrorverdächtigen hatte dem Ansehen der Behörde nachhaltig Schaden zugefügt –, aber bisher hatte es niemand gewagt, ihn offen zu attackieren. Die Frage, wie sich der zunehmende Autoritätsverlust auf seine Arbeit auswirken würde, beschäftigte ihn weiterhin, als er dem Verdächtigen durch die Innenstadt folgte.

Zwei Häuserblocks von der Börse entfernt lag der untergegangene Stadtteil, in dem Fischer nach dem Anschlag auf die Zentrale der Stahl-Union Unterschlupf gefunden hatte. Die Zufahrtswege wurden nun durch Soldaten des Heimatschutzes blockiert. Ihre Gewehre geschultert, standen sie gelangweilt neben den mit Stacheldraht umwickelten Absperrungen aus Holz. Während sie den Verdächtigen passieren ließen, ohne ihn anzuhalten, stellte sich Fischer ein Soldat in den Weg, als er den Kontrollpunkt erreichte.

»Ausweis«, forderte er.

»Den vor mir haben Sie aber nicht kontrolliert.«

»Wen wir hier kontrollieren, ist unsere Sache.«

Widerwillig holte Fischer seinen Ausweis aus der Manteltasche heraus und zeigte ihn wortlos vor.

»Staatsschutz? Meine Güte! Haltet ihr 'ne Versammlung ab oder so was?«, fragte der Soldat.

»Was meinen Sie?«

»Sie wissen schon.«

»Was soll ich wissen?«

»Sie haben keinen Schimmer?«

»Wovon zum Teufel sprechen Sie?«

»Na, Sie sind nicht der Erste.«

»Bin ich nicht?«

»Nee, drei Ihrer Kollegen waren auch schon da.«

»Drei meiner Kollegen?«

»Wenn ich richtig gezählt hab'.«

»Wie sahen die denn aus?«

»Mhm, weiß nicht.« Der Soldat musterte Fischer mit kritischem Blick.

»Nun?«, forderte Fischer ihn auf zu reden.

»Nichts für ungut, aber ich will keinen Ärger, verstehen Sie, wirklich nicht ...« Der Soldat rückte den Stahlhelm zurecht, der nur locker auf seinem Kopf saß, da der Kinnriemen nicht zugezogen war.

»Raus mit der Sprache.«

»Also, wie soll ich sagen ...«

»Wie es Ihnen in den Sinn kommt.«

»... komische Vögel waren das.«

»Komische Vögel? Geht's vielleicht auch etwas präziser?«

»Ich will einfach keinen Ärger.«

»Den bekommen Sie schon nicht.«

»Also gut.« Der Soldat nickte. »Eben war so 'ne Bohnenstange hier und vorhin war so 'ne fette Qualle da, der hatte so geschminkte Augenbrauen gehabt, glaub' ich. Ganz unnatürlich sah das aus. Und bei dem war so 'n aufgepumptes Muskelpaket. Kaum in seinen Anzug gepasst hat der.«

Storch hatte er selbst gesehen, die beiden anderen konnten der Beschreibung nach nur Marbod und Heinrich gewesen sein. Doch hatten sie von Südhausen nicht den Auftrag bekommen, Reich zu beschatten? Warum also waren sie hier gewesen?

Der Soldat holte eine Schachtel Zigaretten aus der Brusttasche, nahm eine Zigarette heraus und steckte sie sich in den Mund. Dann klopfte er seine Hosentaschen ab, ohne das zu finden, was er suchte. »Haben Sie vielleicht Feuer?«

Fischer holte sein Sturmfeuerzeug aus der Manteltasche, öffnete die Kappe und drehte am Zündrad. Der Tabak glomm auf, als der Soldat an der Zigarette zog. Er atmete den Rauch tief in die Lungen ein, hustete einmal beim Ausatmen und nickte anerkennend. »Auch eine?«

»Nein, danke. Rauche nicht.«

»Jeder wie er will.« Der Soldat steckte die Schachtel Zigaretten wieder in die Tasche.

»Gab's sonst noch irgendwelche Vorkommnisse?«

»Nee, das ist hier wie auf'm Friedhof. Also, wenn Sie mich fragen, ist das hier vollkommen sinnlos. Straßensperre und so, mein' ich. In den Bruchbuden da leben eh nur noch 'n paar alte Säcke.« Der Soldat deutete mit dem Zeigefinger auf den Verdächtigen, der stehen geblieben war und sich offenbar erschöpft mit einer Hand an einem mit Moos bewachsenen Steinmäuerchen abstützte.

»Wahrscheinlich haben Sie recht.« Fischers Blicke wanderten über baufällige Häuser, bei denen die Fensterscheiben eingeschlagen oder mit Brettern vernagelt waren.

»Also, dann ...« Der Soldat steckte sich die Zigarette betont lässig in den Mundwinkel, rückte das Gewehr auf der Schulter zurecht und gesellte sich zu seinen Kameraden, die vor einem Militärtransporter standen.

Der Verdächtige brauchte einige Zeit, um sich zu erholen und quälte sich dann weiter die Straße hinunter, die Schritte kürzer als zuvor und den Körper leicht nach vorne gebeugt. Fischer zog den Kragen seines Mantels hoch und folgte ihm in gebührendem Abstand. Der Mann bog in die vor dem verlassenen Schrottplatz liegende Seitenstraße ein und ging dicht an der Begrenzungsmauer entlang, die sich durch den

Druck der meterhoch aufgetürmten Fahrzeugwracks bereits zur Seite neigte. Ein altes Fahrrad lag auf der Bordsteinkante des Bürgersteigs, die Reifen verbogen, als wäre ein Fahrzeug darüber hinweggefahren. In der Mitte der Straße hatte sich ein tiefer Krater gebildet. Durch die Unterspülung des Asphalts nach einem Rohrbruch entstanden, ragte die gebrochene Wasserleitung noch aus dem Erdreich hervor. Ein Fahrzeug, das in das Senkloch gerutscht war, verrostete in einigen Metern Tiefe. Der Krater erstreckte sich bis zur anderen Straßenseite, wo die Außenmauer eines Hauses bis zum ersten Stockwerk weggebrochen war. Ein Sofa und ein Tisch standen nun auf den verbliebenen Holzdielen des Wohnzimmerbodens unmittelbar am Abgrund. Der Verdächtige hielt sich an den Ästen der Kletterpflanzen fest, die an der Mauer des Schrottplatzes wuchsen, und ging vorsichtig, aber ohne zu zögern, auf dem schmalen Streifen entlang, der vom Bürgersteig übrig geblieben war. Fischer drehte sich um und beobachtete aufmerksam den Abschnitt bis zur Einmündung der Straße. Zum einen wusste er nicht, wo Storch geblieben war, nachdem er ihn auf dem Börsenplatz aus den Augen verloren hatte, und zum anderen konnten sich auch Marbod und Heinrich ganz in der Nähe aufhalten, ließ die Beschreibung des Soldaten doch keinen Zweifel daran, dass sie es waren, die den Kontrollposten des Heimatschutzes passiert hatten. Als sich Fischer sicher war, dass keiner von den Dreien mehr auftauchen würde, nahm er wieder die Verfolgung des Mannes auf, der inzwischen den Engpass überwunden hatte. Einen Moment unaufmerksam, kam Fischer dem Rand des Kraters zu nah. Ein Stück Asphalt brach von der Kante ab, er rutschte mit dem Fuß weg, verlor das Gleichgewicht und schlug mit dem Körper auf den Bürgersteig auf. Sich mit den Ellenbogen vom Boden abstützend, den Kopf gehoben, wartete er ab, was passieren würde. Der Mann schien jedoch nichts bemerkt zu haben. Unbeirrt ging er bis zur nächsten Kreuzung weiter und bog dann in eine Sackgasse ein. Fischer stand auf und rückte seine Kleidung zurecht. So gut es ging, wischte er den Schmutz von seinem Mantel. Unbedingt musste er ihn gründlich reinigen lassen, wollte er die Strahlungsmelder im nächsten öffentlichen Gebäude passieren. Als er zum Verdächtigen aufschloss, musste er vor Schmerz sein verletztes Bein nachziehen.

»Antiquariat Hermann .ogelfrei«, stand an der Wand des frei stehenden Hauses am Ende der Sackgasse. Das »V« des verwitterten Schriftzugs war heruntergefallen und ließ sich nur noch als ein heller Abdruck auf der ansonsten rußgeschwärzten Backsteinwand erahnen. Fischer suchte hinter einem Bus Deckung, der umgestürzt auf der Straße lag, und beobachtete von dort aus den Verdächtigen. Der Mann überprüfte die mit Spanplatten gesicherten Schaufensterscheiben des maroden Hauses und ging dann zur Eingangstür, um den Sitz der Bretter zu begutachten, mit denen die Tür verbarrikadiert war. Er musterte jedes der Fenster im ersten Stockwerk – einige davon waren noch intakt –, verschwand hinter dem Haus, tauchte kurze Zeit später auf der anderen Seite wieder auf und stieg die Kellertreppe hinab. Offenbar, so reimte es sich Fischer zusammen, lebte der Verdächtige im ersten Stockwerk über der Buchhandlung und nutzte die Kellertür als Eingang. Er wartete solange, bis das Licht in den Kellerfenstern anging, verließ dann seine Deckung und schlich zur Treppe. »Das Antiquariat ist weiterhin geöffnet. An- und Verkauf freitags von 10-18 Uhr«, stand auf dem Schild, das am Treppengeländer befestigt war. Und in roter Schrift war ergänzt worden: »Hermann Vogelfrei lässt sich nicht verdrängen. Niemals!« Der Name, der am Haus stand, war also tatsächlich der Name des Verdächtigen. Fischer strich mit Zeigefinger und Daumen über sein Kinn. Langsam zog sich die Schlinge zu. Ein Entkommen war nun nicht mehr möglich für den Mann, der Hermann Vogelfrei hieß.

Fischer hielt sich am Geländer fest und stieg die Treppe hinunter. »Hausieren verboten«, war mit einem Graphitstift auf die Kellertür geschrieben worden und daneben: »Auf Einbrecher wird geschossen!« Die Tür hatte ein Buntbartschloss, das leicht mit einem Dietrich geöffnet werden konnte. Im Schlüsselloch sah er den runden Schaft des Schlüssels, der von der Gegenseite hineingesteckt war. Ganz bestimmt musste es im Haus kompromittierendes Material geben, etwas, das Vogelfrei zweifelsfrei mit den Anschlägen in Verbindung brachte. Erst wenn er etwas Greifbares in den

Händen hielt, wollte er Südhausen informieren. Da es noch zu früh war, bei Vogelfrei einzubrechen, stieg er die Kellertreppe wieder hoch und begutachtete die Rückseite des Hauses. In der nach außen gewölbten Backsteinwand – der Mörtel in den Fugen war bereits brüchig geworden – gab es weder Türen noch Fenster und von dem Haus, das direkt nebenan gestanden hatte, waren nur noch Trümmer übrig geblieben. Durch eine blaue Plane, die über den Kaminstumpf gelegt war, drang das Licht einer Lampe. Es mussten Obdachlose sein, die in der Ruine des Nachbarhauses Unterschlupf gefunden hatten.

Fischer ging zur Vorderseite von Vogelfreis Haus zurück und kniete sich vor einem der Kellerfenster hin. Mit beiden Händen stützte er sich am Boden ab und beugte sich nach vorne, um mit dem Kopf so nah wie möglich an das Gitter heranzukommen, das den Lichtschacht bedeckte. Das Kellerfenster war verschmutzt, dennoch konnte er durch die trübe Scheibe einen Vitrinentisch erkennen. Er stand auf und ging zum benachbarten Lichtschacht, aus dem das monotone Tuckern eines Dieselmotors drang. Statt eines Fensters gab es hier eine Tür, mit der man eine Art von unterirdischer Terrasse betreten konnte. Zwei Stühle mit Stoffbezügen verschimmelten dort unten im Schmutz. Ein Notstromaggregat stand direkt vor der Tür, die nur angelehnt war. Hinter dem zugezogenen Vorhang zeichnete sich der Schatten Vogelfreis ab, der an einem Tisch zu sitzen schien. Fischer kniete sich hin, umfasste die Gitterstäbe mit den Händen und ruckelte vorsichtig daran, bemüht darum, so wenig Lärm wie möglich zu verursachen. Zwei der vier Befestigungen wackelten. Er ließ die Gitterstäbe wieder los und stand auf. Aus der Entfernung hörte er das Gelächter einiger Betrunkener, aber auf der Straße war niemand zu sehen.

Da Fischer zurzeit nichts unternehmen konnte, entschied er sich, in der Nähe auszuharren, bis die Nacht hereinbrach. Er ging zum Wrack des Busses und blieb vor dem geborstenen Heckfenster stehen. Warum nur lag der Bus auf der Seite? Er hielt sich am Fensterrahmen fest – die Mantelärmel über die Hände gestülpt, damit er sich nicht an den Glassplittern schneiden konnte – und stieg in den Passagierraum ein. Unter seinen Schuhen knirschte es, als er auf den zersprungenen

Scheiben der Seitenfenster entlangging. Mehrere aufgeklappte Koffer, verteilt inmitten der Scherben. Kleidungsstücke, längst vergammelt. War der Busfahrer etwa bei den Unruhen im letzten Frühling falsch abgebogen, in die Sackgasse gefahren, und der Bus dann von den Aufständischen umgeworfen worden? Wie die Hindernisse in einem Hürdenlauf ragten die Haltestangen jetzt quer durch den Fahrgastraum. Er hielt sich an den Lehnen der Hartschalensitze fest und kletterte über mehrere Stangen hinweg, bis er bei der Dachluke angelangt war. Obwohl die Scharniere verzogen waren, gelang es ihm, die Luke einen Spalt zu öffnen. Er bückte sich und sah nach draußen. Von hier aus hatte er Vogelfrei Haus gut im Blick, vor allem die Kellertreppe, die den einzigen Zugang zum Haus darstellte, konnte er gut einsehen. Durch das Heckfenster des Busses konnte er zudem die Straße bis zur Kreuzung überblicken, so dass er jemanden, der zu Vogelfrei wollte, rechtzeitig bemerkte. Er zog einen Koffer vor die Dachluke und setzte sich darauf. Hinter Vogelfrei Haus zeichneten sich in der Dämmerung die Wolkenkratzer des Bankenviertels ab. Mächtige Gebäude als surreale Kulisse einer Ruinenlandschaft. Die Warnlichter an den Antennen der Hochhäuser blinkten in regelmäßigen Abständen rot auf, während über der Plattform der Neustädter Bank ein Drehflügler zur Landung ansetzte. Er lehnte sich mit der Schulter an das Blechdach des Busses, neigte den Kopf zur Seite und streckte die Beine aus. Dann schloss er die Augen.

Etwas Feuchtes berührte seine Hand. Als Fischer die Augen aufriss, sah er in der Dunkelheit einen Hund, der sich angeschlichen hatte und mit eingekniffenem Schwanz unterwürfig seine Hand ableckte, wohl, um etwas zu fressen zu bekommen. Er hob die Hände, zeigte dem streunenden Hund die leeren Handflächen, und als ob das Tier die Geste deuten konnte, senkte es den Kopf und verschwand durch ein Loch im Dach. Fischer strich sich mit der Hand über den Nacken und gähnte. Die Nacht war hereingebrochen, und obwohl die Straßenlaternen im Abbruchviertel nicht mehr funktionierten, drang doch etwas Licht von den Hochhäusern des Bankenviertels in den Innenraum des Busses. Er sah durch die Luke zu Vogelfrei Antiquariat hinüber. Ein Fenster im ersten Stockwerk war erleuchtet, im Kellergeschoss hingegen war es dunkel. Auf diese Gelegenheit hatte er nur gewartet. Jetzt, da sich Vogelfrei in seine Wohnung zurückgezogen hatte, schien der geeignete Zeitpunkt gekommen zu sein, in die Buchhandlung einzusteigen.

Fischer verließ den Bus über die geborstene Heckscheibe und sondierte die Lage auf der Straße. Niemand war zu sehen. Er schlich zur Kellertreppe und ging die Stufen nach unten. Vor der Kellertür war es stockdunkel. Er streckte seine Hand in Richtung der Türklinke aus, und nachdem er sie ertastet hatte, drückte er sie nach unten. Abgeschlossen. Wie sollte es auch anders sein. Etwas ratlos stand er vor der Tür und überlegte, wie vorzugehen war. Er hatte immer einen Dietrich bei sich, wusste aber nicht, wie man ihn richtig einsetzte. Im »Leitfaden für Staatsschützer«, den er zu Beginn seiner zweiwöchigen Ausbildung erhalten hatte, war zwar ein ganzes Kapitel dem unbemerkten Einsteigen in Wohnobjekte verdächtiger Personen gewidmet, doch handelte es sich um abstrakt formulierte Vorgehensweisen. Vergiss das Handbuch, hatte ihm Heinrich einmal gesagt, als er noch mit ihm redete. Der Dietrich muss zu deinen verlängerten Fingern werden. Du musst das Schloss fühlen, wenn du es öffnen willst. Als wenn das so einfach war. Für Fischer blieb der Dietrich nur ein Stück gebogener Draht, mit dem er eher ziellos im Schlüsselloch herumstocherte, anstatt dass er ihn geplant einzusetzen vermochte. Heinrich war demgegenüber zweifellos ein Meister im Öffnen verschlossener Türen, selbst die neumodischen, mit Kartenlesern versehenen Türen, die es auch in seinem Hotel gab, konnte er mit Hilfe eines elektronischen Handgeräts überwinden. Wer nicht dazu in der Lage war, auf raffinierte Art und Weise vorzugehen, dachte Fischer, dem blieben nur die brachialen Methoden. Er ging die Kellertreppe wieder nach oben und begab sich zum Schutzgitter, das den großen Lichtschacht auf der Vorderseite des Hauses verschloss.

Nachdem er sich vergewissert hatte, dass niemand in der Nähe war, holte er seinen Sägedraht aus der Manteltasche. Er kniete sich vor dem Gitter hin, zog einen der beiden Griffringe über den Zeigefinger, schlang den Draht um eine verrostete Verankerung herum, nahm mit dem anderen

Zeigefinger den zweiten Ring des Drahts auf und begann, die Befestigung durchzusägen. Es dauerte eine ganze Weile, und seine Finger begannen zu schmerzen, weil sich die Ringe in die Haut einschnürten, aber letztlich gab die Eisenstange nach. Dann zog er zur Entlastung der Zeigefinger die Griffringe über die Mittelfinger und sägte eine weitere Verankerung des Gitters durch. Da diese schon stark korrodiert war, hatte er mit ihr wesentlich weniger Mühe als mit der vorigen. Er setzte sich auf die Kante des Lichtschachts, stemmte sich mit den Beinen gegen die Eisenstreben und drückte das Gitter mit aller Gewalt zur Seite weg. Dann sah er in den Schacht hinab, schätzte die Tiefe ab und überlegte, ob er ohne Leiter wieder herausklettern konnte. Er musste es wagen – was blieb ihm anderes übrig? Er fixierte den Platz in der Mitte des Schachts, um nicht auf den Stühlen zu landen, deren Umrisse er in der Dunkelheit gerade noch wahrnahm, zögerte kurz, dann stieß er sich mit den Armen von der Kante ab und ließ sich fallen.

Finsternis um ihn herum. Der Boden war weich, doch er versank mit den Schuhen nicht im Schlamm, wie er befürchtet hatte. Nur langsam ließ der stechende Schmerz in seinem Bein nach. Er ging auf das Notstromaggregat zu, tastete sich zur Tür vor, hielt dann inne und horchte. Nur das Geräusch des Generators, sonst schien da nichts zu sein. Er öffnete die Tür gerade so weit, dass er hindurchgehen konnte, griff nach dem Sturmfeuerzeug in der Manteltasche, öffnete die Schutzkappe und drehte am Zündrad. Im flackernden Licht der Flamme sah er ein am Generator angeschlossenes Stromkabel, das über die Türschwelle gelegt war. Er schob den dünnen Vorhang beiseite und betrat den Keller. Die Decke war so niedrig, dass er das Gefühl hatte, sich bücken zu müssen, um nicht mit dem Kopf anzustoßen. Ungewöhnlich für eine Kelleretage, gab es hölzerne Bodendielen. Hinter der Tür stand ein Schreibtisch, darunter waren mehrere Kanister mit Diesel gelagert. Auf dem Tisch lag aufgeklappt ein völkerkundliches Buch über die Lebensweise der Menschen in der Bergkolonie, illustriert mit Zeichnungen, auf denen Alltagsszenen der einheimischen Bevölkerung dargestellt waren. Vogelfreis Exzerpte lagen daneben, geschrieben mit einem altertümlichen Füllfederhalter. Fischer leuchtete mit dem Feuerzeug in die Dunkelheit. Bücherstapel reihte sich an Bücherstapel, fast bis zur Decke reichend. Angeordnet, um einen Gang zu einer Holztreppe freizulassen, die nach oben führte, und einen Korridor zur Kellertür auf der anderen Seite zu bilden. Er stellte sich auf die Zehenspitzen, hielt das Feuerzeug hoch und sah durch den Spalt, der zwischen den Büchern und der Decke frei geblieben war. Massive Holzpfeiler trugen das Gewicht der oberen Etagen.

Als er in Richtung Kellertür ging, fuhr er mit dem Feuerzeug über die teilweise aufwändig vergoldeten Buchrücken. Es handelte sich um Abhandlungen über Philosophie, Kunst, Religion, Numismatik und Architektur, zudem lagerten hier Romane und Almanache. Dort, wo sich ein kleines Kellerfenster befand, gab es eine Nische, in der ein Vitrinentisch und ein großer Standglobus aufgestellt waren. Er hielt die Flamme dicht an den altertümlich aussehenden Globus mit dem verzierten Dreibein: Nicht alle Kontinente waren darauf dargestellt – auch die Kolonien fehlten –, und die Gestalt jener Länder, die abgebildet waren, entsprach nicht den Vorstellungen, die er von ihnen hatte. Seltsam verzogen und in sich verdreht auf Leinen aufgemalt, gaben sie das Bild der Welt aus einer längst vergangenen Zeit wieder, als sich die Menschen durch ihre Erkundungsreisen langsam des Aussehens der Erde bewusst wurden, auf der sie seit vielen Jahrtausenden lebten.

Hinter der Glasscheibe des Vitrinentisches, den er durch das Kellerfenster schon von draußen hatte sehen können, befand sich eine umfangreiche Sammlung von Orden aus dem Großen Krieg, eine Handfeuerwaffe, Münzen und ein Stahlhelm mit einem Einschussloch. Plötzlich herrschte Stille. Das Notstromaggregat musste ausgegangen sein. Er riss sein Feuerzeug herum, drückte sich mit dem Rücken gegen einen Bücherstapel und horchte. Zuerst vernahm er nichts, doch dann hörte er das Geräusch von jemandem, der die Holztreppe hinunterstieg. Als Fischer sich hinkniete, um sich unter dem Vitrinentisch zu verstecken, entdeckte er auf den Bodendielen die Spuren, die seine schmutzigen Schuhe hinterlassen hatten. Mit der Hand verwischte er eilig die Schuhabdrücke vor der Vitrine, kroch rückwärts unter die massive Tischplatte, legte sich mit angewinkelten Beinen auf die Seite und klappte sein Feuerzeug zu. Durch den Spalt zwischen der Decke und den Bücherstapeln drang etwas Licht, dann strich der Lichtkegel einer Taschenlampe über die Dielen. Vogelfrei war im Keller angekommen.

Holzdielen knarrten und ein metallisches Klappern zweier Gegenstände, die gegeneinander schlugen, war zu hören. Dann herrschte wieder Stille. Fischer zog sich so weit unter die Vitrine zurück, dass er mit dem Rücken an die kalte Außenwand stieß. Er hoffte, dass Vogelfrei nicht der Schmutz auf den Dielen auffiel und auch nicht das verbogene Schutzgitter über dem Lichtschacht. Der Generator wurde gestartet, kurz darauf gingen mehrere Lampen im Keller an, eine davon befand sich direkt über der Vitrine. Fischer betrachtete die Spinnweben an den Tischbeinen, in denen noch die vertrockneten Chitinpanzer von Kellerasseln hingen, und den Rattenkot unter dem Globus. Plötzlich stand Vogelfrei vor ihm. Aus seinem Versteck heraus konnte Fischer nur dessen Beine erkennen und eine zweiläufige Schrotflinte, deren Lauf nach unten gerichtet war. Sollte Vogelfrei ihn entdecken, kannte er sicherlich keine Skrupel, ihn zu töten, um sein Geheimnis zu bewahren und der Guillotine zu entfliehen. Verzweifelte Menschen waren zu allem bereit, das wusste Fischer aus eigener Erfahrung. Möglicherweise war es ein folgenschwerer Fehler gewesen, dass er Südhausen nicht informiert hatte, bevor er ins Haus eindrang. So bestand die Möglichkeit, dass Vogelfrei und seine Komplizen weiterhin ungestört mordeten, während seine Leiche in irgendeiner Grube verweste, ohne dass es auch nur den geringsten Hinweis auf seinen letzten Einsatzort gab. Obwohl Fischer keine Waffe bei sich trug, wollte er sich nicht kampflos in sein Schicksal ergeben. Er fixierte Vogelfreis Beine, bereit dazu, sich nach vorne zu katapultieren, mit einem Arm die Unterschenkel zu umklammern und ihn zu Boden zu werfen, während er im selben Augenblick den Lauf der Schrotflinte packte und von sich wegdrückte. Im Zweikampf Mann gegen Mann auf Leben und Tod hatte er schon einmal gesiegt. Vielleicht konnte ihm diese Erfahrung jetzt nützlich sein.

Vogelfrei lehnte sich über den Vitrinentisch, verharrte so einen Moment, dann drehte er sich zur Seite weg und ging in

Richtung Kellertür. Offenbar hatte er ihn nicht bemerkt. Fischer lauschte angestrengt, doch das Geräusch des Dieselmotors übertönte die Schritte auf den Dielen, so dass er nicht genau sagen konnte, wo Vogelfrei sich aufhielt. Als er das Quietschen eines Scharniers vernahm, begriff er, dass Vogelfrei mittlerweile in einen Bereich des Kellers vorgedrungen war, den er noch nicht kannte. Irgendwo hinter der Wand aus Büchern musste er sich befinden. Fischer überlegte, ob es sinnvoll wäre, sich ein neues Versteck zu suchen, doch dann hörte er, wie eine schwere Metalltür zugeschlagen wurde. Kurze Zeit später kam Vogelfrei zurück, blieb diesmal aber nicht vor der Vitrine stehen, sondern ging geradewegs weiter. Fischer lauschte aufmerksam, um mitzubekommen, was Vogelfrei als Nächstes unternahm, aber hören konnte er nur das monotone Tuckern des Generators. Dann gingen die Lichter im Keller aus.

Fischer wartete so lange, bis er glaubte, dass Vogelfrei wieder in seiner Wohnung im ersten Stockwerk angekommen war, entzündete das Feuerzeug, verließ sein Versteck und ging zur Kellertür. Verankert durch Metallspangen an der Wand, war ein Holzbalken von innen vor die Tür geschoben worden, so dass er sie selbst dann nicht von außen hätte öffnen können, wenn er das Schloss überwunden hätte. Rechts neben der Tür ließen die bis zur Decke gestapelten Bücher eine schmale Öffnung frei. Fischer zwängte sich durch den Spalt hindurch, schob einen Vorhang beiseite und leuchtete in die Dunkelheit. Auf der anderen Seite der Bücherwand, verborgen vor den neugierigen Blicken der Antiquariatsbesucher, herrschten chaotische Zustände: Nur noch vereinzelt sorgfältig übereinander gestapelt, waren die meisten Bücher scheinbar achtlos auf Haufen geworfen worden, aufgeschüttet wie Briketts in einem Kohlekeller. Es gab kaum eine Stelle, wo die Bodendielen noch zum Vorschein kamen. Er wischte den Staub von der Glasscheibe eines kleinen Vitrinentisches und betrachtete die Exponate. Auf einem Kupferstich war ein Mann dargestellt, der mit einem Schwert in der Hand ausholte, um einen am Boden Liegenden zu erschlagen. »Zorn«, stand auf der Klinge. Daneben lag ein Gemälde, auf dem dämonenhafte Kreaturen abgebildet waren, die nackte Menschen folterten, ihnen die Gliedmaßen abtrennten und sie ihre eigenen Exkremente schlucken ließen, um sie schließlich in Brunnen zu werfen, aus denen Flammen hochschlugen. Albtraumhafte Szenen in einer bizarren Landschaft, in der sich von einem überdimensionalen, nach hinten geneigten Gesicht ohne Unterkiefer die Haut ablöste, um mit der Ebene zu verschmelzen.

Fischer blickte wieder auf und schwenkte das Feuerzeug herum. Es gab keine Tür, die Vogelfrei geöffnet haben konnte, nicht einmal ein Fenster. Die einzige Möglichkeit, die er sah, war, dass es irgendwo eine verborgene Klappe in den Bodendielen gab. Er kniete sich hin, räumte die Bücher zur Seite, die vor der Vitrine lagen, und klopfte die Dielen ab. Es hörte sich aber nicht so an, als befände sich unter ihnen ein Hohlraum. Ein zerfleddertes Buch mit rotem Einband und weißer Frakturschrift lenkte ihn von seiner Suche ab. Es waren die verbotenen Schriften des Diktators, die er seit einer langen Zeit erstmals wieder in den Händen hielt. Beim Aufklappen des Schutzumschlags entdeckte er einen Speckkäfer, der in einem Loch in den Innenseiten hauste. Der Anblick der gesammelten Werke brachte die Erinnerung an manch eine Schulstunde zurück, die er und seine Klassenkameraden mit dem Rezitieren wichtiger Passagen verbracht hatten. In der Alten Ordnung als Idol verehrt, war das Buch zu seiner Schulzeit eine Pflichtlektüre gewesen, die ständig griffbereit gehalten werden musste. Es war das Vermächtnis jenes Mannes, der am Ende des Großen Krieges – also einige Jahre vor seiner Geburt – umgekommen war, kurz bevor sein Land die Feinde durch den Einsatz von Spaltungsfernraketen besiegt hatte. Nun aber, gut zehn Jahre nach dem Untergang der Alten Ordnung, hatte sich die Bedeutung des Buches ins Gegenteil gekehrt: Da für die Republik das einstige Idol ein mordender Tyrann war, dessen Andenken aus der Geschichte getilgt werden musste, stand selbst der Besitz des Buches unter Strafe. Südhausen ging sogar so weit, dass er jene Menschen verachtete, die die Worte des Diktators lasen, sie als Ewiggestrige titulierte, die niemals verstehen würden, was damals passiert war. Fischer klappte das Buch zu und warf es achtlos auf einen Bücherhaufen. Für ihn war, ob nun Held oder Tyrann, der Mann seit langer Zeit tot, und das Buch interessierte ihn nur insofern, dass es Vogelfrei als Sympathisanten der Alten Ordnung enttarnte und somit bestätigte, was er ohnehin vermutet hatte.

Fischer ging zum anderen Ende des Kellers, wo zu Bündeln verschnürt Tausende von Zeitschriften lagerten, und inspizierte die Bodendielen. Er kniete sich hin und klopfte sie ab, ohne auffällige Ritzen oder andere Unregelmäßigkeiten zu finden. Eine Pflanze war in ihrem Kübel schon vor langer Zeit verdorrt, davor lag auf dem Boden ausgebreitet eine Landkarte von der Seekolonie. Fischer stutzte, weil es ihm so erschien, als wäre die Karte dort bewusst platziert worden. Er rollte sie ein und fand darunter eine metallische Bodenklappe. Er öffnete die Klappe und hielt sein Feuerzeug in einen Schacht hinein, dessen Ende in der Dunkelheit verschwand. Dann trat er auf die oberste Sprosse der Leiter, die an der Schachtwand verankert war, und nachdem er sich sicher war, dass sie sein Gewicht tragen würde, stieg er in die Tiefe hinab.

Am unteren Ende des Schachts befand sich eine Metalltür, hinter der ein mit Stahlbeton ausgekleideter Raum lag, kaum vier mal vier Meter groß. Es gab dort ein Regal mit Konserven und Gläsern, vier Etagenbetten, die an die Wand geklappt waren, und einen Tisch, auf dem eine Druckerpresse stand. In einer Ecke, von einem Vorhang abgetrennt, befand sich ein Toilettenbecken auf dem vom eingedrungenen Grundwasser feuchten Boden. Im Regal lagerten Konserven mit Fleisch und Gläser mit eingelegten Früchten, die Jahrzehnte alt sein mochten, sowie mehrere Kanister mit Trinkwasser. Ein hilfloser Versuch, sich in Anbetracht der zerstörerischen Kräfte der Spaltungswaffen einen sicheren Unterschlupf zu schaffen. Tief eingegraben unter der Erde und mit Nahrungsvorräten für mehrere Wochen ausgestattet, hoffte der Erbauer so auf ein Überleben der Apokalypse.

Fischer wandte sich der Druckerpresse zu, einem durch Muskelkraft betriebenen Handtiegel, bei dem über einen Hebel das eingespannte Papier gegen die Druckvorlage gepresst wurde. Die für die Erstellung des Satzspiegels notwenigen Letter befanden sich in Kästchen nach Buchstaben geordnet in einer Schublade unter der Presse. »Die

Enteignung des kleinen Mannes: Wie man uns systematisch aus der Innenstadt verdrängt«, war die Überschrift des Flugblatts, das auf dem Tisch lag. Es war der gleiche Handzettel, den Vogelfrei schon auf dem Marktplatz verteilt hatte und worauf Fischer einen kurzen Blick werfen konnte, als er vom Brunnen sprang. Hingegen war ihm die Überschrift des Textes, dessen Druckvorlage in die Presse eingespannt war, unbekannt: »Warum die Anschläge notwendig sind.« Weil es ihm zu mühsam erschien, den spiegelverkehrt gesetzten Text zu lesen, überlegte er, die Presse in Betrieb zu nehmen und das Flugblatt zu drucken. Er strich mit den Fingern über die Farbwalzen. Sie waren noch voller Druckerschwärze. Da er kein leeres Blatt Papier fand, nahm er das alte Flugblatt, legte es mit der bedruckten Seite nach unten auf den Tiegel und drückte den seitlichen Hebel der Presse nach unten. Die Farbwalzen rollten über die Letter, dann wurde der Tiegel mit dem Papier gegen den Satzspiegel gepresst, löste sich wieder von den Lettern und gab das Flugblatt frei. Fischer nahm es in die Hand und überflog den frisch darauf gedruckten Text:

»... eine Bande sogenannter Revolutionäre hat vor zehn Jahren unter dem Vorwand der Beseitigung des alten Regimes das einfache Volk in unvorstellbarem Ausmaß bestohlen und sich die Taschen selbst vollgestopft. Wir müssen uns dagegen wehren, nein, wir haben geradezu die Pflicht dazu, dagegen aufzubegehren. Anschläge und Gewalt sind dabei ein legitimes Mittel gegen die Willkür und Unterdrückung dieses neuen Staates ... Das Streben aller aufrechten Bürger und eines jeden Arbeiters sollte es daher sein, die Türme der Macht zu attackieren, um die Herrschaft des Volkes wiederherzustellen. Zeigen wir DENEN, welche Macht WIR haben. Der Anschlag auf die Neu-Energie kann nicht der letzte ...«, dann brach der Text mitten im Satz ab. Offenbar war Vogelfrei mit dem Setzen der Zeilen nicht fertig geworden. Mit Türmen der Macht konnte er nur die Hochhäuser entlang eines Gürtels um die westliche Innenstadt meinen, in denen sich die großen Banken und die Firmensitze der umsatzstarken Unternehmen befanden. Es passte ins Bild, dass mit Ausnahme des ersten Anschlags, der auf eine bedeutende Textilfabrik in Ostend verübt wurde, alle

Terrorakte genau diesen Machtzentren des Landes gegolten hatten. Die Zeilen lasen sich wie die Abrechnung eines Mannes, dem Unrecht widerfahren war und der es für seine Aufgabe, wenn nicht sogar für seine Berufung hielt, das Land mit Angst und Schrecken zu überziehen. Fischer nahm das Flugblatt, faltete es mehrmals und steckte es in die Manteltasche. Endlich hatte er das Beweisstück gefunden, das er gesucht hatte, um Vogelfrei zu überführen.

6.

Eine Filzdecke über die Beine gelegt, saß Fischer in seinem Wagen, aß Fleischpastete aus einer Konservendose und trank dazu etwas Wasser. Einen kleinen Vorrat von Nahrungsmitteln hatte er im Handschuhfach für den Fall deponiert, dass er für viele Stunden auf seinem Posten ausharren musste. Vielleicht eine Stunde hatte er geschlafen und selbst hier draußen, fernab seiner Wohnung, war er, bevor er die Augen geöffnet hatte, auf jene sich im Gegenlicht abzeichnende Silhouette zugegangen, die für ihn der Inbegriff von Wärme und Zuneigung war. Noch immer konnte sich Fischer nicht erklären, was diese Vision zu bedeuten hatte. Waren es Stimmen aus seinem Unterbewusstsein und eine Aufforderung, sich auf eine wie auch immer geartete Suche zu begeben oder doch nur wirre Phantasien eines sich ordnenden Verstandes, der sich nach dem Chaos der Träume langsam den Gesetzmäßigkeiten der Realität ausgesetzt sah?

Nachdem Fischer mitten in der Nacht Vogelfreis Haus mit dem Beweisstück in der Hand über die Kellertür verlassen und danach seinen Wagen am Markplatz geholt hatte, war er bis an die Absperrungen herangefahren, die das Abbruchviertel umgaben, und hatte sein Fahrzeug in der Nähe des Schrottplatzes so geparkt, dass er durch eine Baulücke Vogelfreis Haus beobachten konnte. Den Großteil der Nacht hatte er auf dem Fahrersitz verbracht und abgewartet, ob sich jemand mit Vogelfrei traf. Irgendwann hatte Vogelfrei die Lichter in seiner Wohnung ausgeschaltet, ohne dass ihn jemand aufgesucht hätte, und jetzt, in den frühen Morgenstunden, war es in der ersten Etage immer noch dunkel. Nachdenklich strich Fischer mit der Hand über sein Kinn und starrte auf den Fernschreiber, der auf dem Beifahrersitz lag. »Umgehend in der Direktion melden. Voigt übernimmt den Fall. Gezeichnet Südhausen«, stand auf dem Papierstreifen, den das Gerät soeben ausgedruckt hatte. Der Geheime Rat musste dem Staatsschutz den Fall entzogen und dem Innenministerium unter der Leitung von Hartmut Voigt die

Ermittlungsarbeit übertragen haben. Das darf nicht sein, dachte Fischer. Nicht so kurz vor dem Erfolg. »Habe Kontakt hergestellt. Sichere Beweismittel. Melde mich später wieder«, gab er über das Typenrad ein und schaltete den Fernschreiber auf »Senden«. Ein paar Stunden konnte er Südhausens Nachricht sicherlich noch ignorieren – eine aberwitzig kurze Zeitspanne, um die Terrorzelle zu enttarnen, zu der Vogelfrei gehörte. Fischer kurbelte die Seitenscheibe herunter und spuckte ein Stück Knorpel auf die Straße, das im viel zu salzigen Fleisch gesteckt hatte. Dann drückte er die Sprungfeder des Sitzes zurück, die sich in seinen Rücken bohrte, warf die Decke von seinen Beinen und lehnte sich zurück. Irgendwie musste er Vogelfrei dazu bewegen, sich mit seinen Komplizen zu treffen, ehe Voigt auf dem Spielfeld erschien. Er sah zu den Soldaten des Heimatschutzes in ihren grüngefleckten Tarnanzügen hinüber, die am Ende der Straße um brennende Ölfässer herumstanden, um sich aufzuwärmen. Schon bald würden die schwarz uniformierten Polizisten des Innenministeriums die Szenerie beherrschen, um zuerst die Innenstadt mit den Banken und dem Regierungsviertel unter ihre Kontrolle zu bringen und dann systematisch die Straßen von den Mitarbeitern des Staatsschutzes zu säubern. Voigt musste sie alle festsetzen, denn auf keinen Fall konnte er es riskieren, dass ihn der Staatsschutz in dem Moment, da er nach der Macht griff, um seinen Erfolg brachte.

»Ausgangssperre!«, schrie jemand Fischer an. »Wollen Sie, dass ich Sie über den Haufen schieße?« Etwas Kaltes drückte sich gegen seine Schläfe. Aus den Augenwinkeln erkannte Fischer einen groß gewachsenen Soldaten des Heimatschutzes, der neben dem Wagen stand und ihm den Lauf eines Sturmgewehrs an den Kopf hielt.

»Sie sollten wissen, dass die Ausgangssperre für die Straße gilt, nicht aber für einen Wagen, der am Straßenrand geparkt ist«, rechtfertigte sich Fischer. »Der Raum innerhalb eines derart abgestellten Fahrzeugs ist ein Privatraum, der durch das Gesetz ausdrücklich geschützt ist.«

»Was soll das geschwollene Gelabere?« Der Soldat trat gegen die Tür. »Meine Waffe ist gerade in Ihre Privatgemächer eingedrungen, mein Herr, und fürwahr, Ihre juristische Haarspalterei geht mir am Arsch vorbei.«

Fischer wollte gerade in die Manteltasche greifen, um seinen Ausweis herauszuholen, als sich der Lauf der Waffe fester gegen seine Schläfe bohrte.

»Keine Bewegung! Hände an die Lenksäule, verdammt nochmal!«

Fischer drehte seinen Kopf zur Seite und blickte geradewegs in die Mündung des Gewehrs. »Habt ihr nichts Besseres zu tun, als einem Mann bei seinem Nickerchen zu stören?«

»Schnauze!« Ohne die Waffe zu senken, griff der Soldat in die Innentasche von Fischers Mantel und holte dessen Ausweis hervor. »Staatsschutz?«, wunderte sich der Soldat und zog die Waffe zurück. »Sagen Sie das doch gleich.«

»Was soll das überhaupt? Ihr kennt mich doch – schließlich bin ich schon 'ne ganze Weile hier. Muss ich mich denn bei jedem von euch einzeln vorstellen oder was?«

»Immer schön ruhig, Mann. Ich bin nur die Ablösung. Keine Ahnung, wer Sie sind.«

»Meine Güte, gibt es denn bei euch keine Übergabe?«

»Na klar, normalerweise schon, aber der Hauptmann dreht gerade komplett durch.«

»Was ist denn los?«

»Die Schwarzmäntel sind los, würd' ich sagen.«

»Voigts Leute?«

»So sieht es aus.«

»Sind schon welche da?«

»Hab' noch keinen gesehen, aber lange dauert das bestimmt nicht mehr, bis sie mit ihren Panzerwagen vorfahren.«

»Nicht besonders beliebt bei euch, die Schwarzen, was?«, fragte Fischer, obwohl er genau wusste, dass das Verhältnis zwischen den Soldaten des Heimatschutzes, die der regulären Armee angehörten, und den Polizisten des Innenministeriums von Feindschaft geprägt war.

»Kann ich nicht behaupten. Spielen sich immer so auf.«

Fischer lächelte. »Sag den anderen Bescheid, wer ich bin, damit mir nicht jeder von euch 'ne Waffe gegen die Schläfe drückt.«

»Mach' ich.«

»Und noch was ...«

»Ja?«

»Gib mir doch Bescheid, wenn Voigts Leute hier eintrudeln. Wir beim Staatsschutz sind bekanntlich auch keine Freunde der Schwarzmäntel.«

»Sollen ruhig wegbleiben. Niemand braucht die hier.«

»Hoffen wir das Beste.«

Der Soldat salutierte und setzte seine Patrouille entlang des Ruinenbezirks fort. Fischer rückte seinen Mantel zurecht und sah zum Antiquariat hinüber. Vogelfrei war mittlerweile aufgestanden und zog sich im Lichtkegel der Deckenlampe an. Spätestens wenn er das Haus verließ, würde ihm der fehlende Balken vor der Kellertür auffallen und dann wusste er, dass jemand in seine Wohnung eingebrochen war. Fischer fragte sich, ob Vogelfrei auch merken würde, dass der Eindringling in der geheimen Druckerei im Luftschutzkeller war, als er das laute Krächzen Dutzender Rabenkrähen hörte. Die schwarzglänzenden Vögel ließen sich auf den oberirdischen Fernsprechkabeln nieder, die an halb verfaulten Holzmasten befestigt waren. Fischer hielt inne, dann folgte er dem Verlauf eines Kabels quer durch das Abbruchviertel, bis es hinter einem eingefallenen Haus verschwand. Er stieg aus dem Wagen aus und ging ein paar Schritte die Straße hinunter. Auf der anderen Seite der Ruine tauchte das Kabel wieder auf und endete in der Hauswand des Antiquariats. Fischer überlegte, wie er sich zunutze machen konnte, dass Vogelfrei noch mit dem Fernsprechnetz verbunden war. Vielleicht war das eine Möglichkeit, ihn zu täuschen. Er ging zur nächstgelegenen Fernsprechzelle, die sich am Börsenplatz befand, nahm den Hörer ab, warf einen Groschen in den Münzschlitz und wählte die »0«.

»Auskunft«, meldete sich eine Stimme am anderen Ende der Leitung.

»Verbinden Sie mich bitte mit Hermann Vogelfrei.«

»Ort?«

»Neustadt.«

»Einen Moment, bitte.« Am anderen Ende der Leitung raschelte es. »Hören Sie?«

»Ja.«

»Frisör oder Buchhandlung Hermann Vogelfrei?«

»Buchhandlung.«

»Einen Augenblick. Ich verbinde ...« Das Freizeichen ertönte, doch es dauerte eine Weile, bis sich am anderen Ende der Leitung jemand meldete: »Vogelfrei.«

Fischer schwieg.

»Hallo? Ist da jemand? Hier spricht Hermann Vogelfrei, Antiquariat und Buchhandlung.«

»Ich beobachte Sie«, sagte Fischer mit gedämpfter Stimme.

»Was?«

»Ich beobachte Sie«, wiederholte Fischer.

»Sind Sie es wieder? Hören Sie auf, mich zu belästigen! Ich werde mich nicht aus meiner Wohnung vertreiben lassen.«

»Ich weiß, was Sie getan haben.«

»Da können Sie mich noch so viel terrorisieren, sie bekommen mich hier nicht weg. Nicht in tausend Jahren! Hören Sie?«

»Dafür werden Sie brennen.«

»Was?« Vogelfrei schwieg eine Weile. »Wer sind Sie?«, fragte er nun unsicher.

»Der Mann, der Sie zur Strecke bringen wird.«

»Mich?«

»Ich habe Beweise für Ihre Schuld.«

Vogelfrei schwieg.

»Es war unvorsichtig von Ihnen, die Beweismittel nicht zu zerstören.«

»Waren Sie etwa in meinem Laden?«

»Ja.«

»Was wollen Sie von mir?«

»Ich weiß, was Sie getan haben.«

»Wer sind Sie?«

»Viel Zeit bleibt Ihnen nicht mehr.«

»Ich ...«

»Dafür werden Sie büßen.«

Vogelfrei schwieg.

»Sie werden mit Ihrem Leben bezahlen«, sagte Fischer in die Stille hinein. Dann knackte es in der Leitung. Vogelfrei hatte die Verbindung unterbrochen.

Fischer ging wieder zurück zu seinem Wagen und stieg ein. Den Blick auf Vogelfreis Haus gerichtet, wartete er geduldig ab, was passieren würde. Kurz nach Sonnenaufgang verließ Vogelfrei seine Wohnung mit einem Koffer in der Hand.

Fischer kurbelte die Scheibe seines Wagens hoch, klappte die Rückenlehne um und stellte den Innenspiegel so ein, dass er die Straße im Blick hatte, wenn er sich zurücklehnte. Vogelfrei ging die baufällige Außenmauer des Schrottplatzes entlang, überwand den Krater in der Mitte der Straße und passierte die Absperrungen des Heimatschutzes. Als er in Richtung Bahnhofsviertel ging, wirkte er unsicher und drehte sich mehrmals um. Fischer wartete, bis Vogelfrei außer Sichtweite war, ehe er aus dem Wagen ausstieg. Dann folgte er ihm, ruhig und abgeklärt, in der Gewissheit, Vogelfrei nicht aus den Augen verlieren zu können, weil er dessen Ziel bereits kannte.

Die fast dreißig Meter hohe Halle des Hauptbahnhofs von Neustadt mit ihren stählernen Rundbögen und den vom Schmutz der Jahrzehnte verkrusteten Glasscheiben, die nur noch wenig Licht in das Innere ließen, war seit Jahren baufällig. Da sich ab und zu größere Bestandteile aus der maroden Konstruktion lösten und zu Boden stürzten, waren die Fahrkartenschalter und Kioske bis hin zu den Bahnsteigen mit einfachen Schutzgerüsten in geringer Höhe überdacht worden. Netze und Holzbretter sollten die Passagiere vor herunterfallenden Glasteilen und Stahlbolzen schützen. Vogelfrei stand am Kassenhäuschen der Unterseehafen-Express-Linie, um sich eine Karte für die Magnetschwebebahn zu kaufen. In den frühen Morgenstunden war die Fahrt in die unter der Wasseroberfläche liegende Hafenstadt die einzig mögliche Verbindung, dementsprechend herrschte auf dem Bahnhof noch wenig Betrieb. Fischer beobachtete Vogelfrei aus einigen Metern Entfernung vom Stehtisch eines Kiosks aus, während er vorgab, die »Neustädter Nachrichten« zu lesen, die letzte überregionale Zeitung, die noch in gedruckter Form erschien. Das Licht seines Fernschreibers begann zu blinken. Er stellte den Aktenkoffer auf den Tisch und klappte ihn gerade so weit auf, dass er die Nachricht lesen konnte, die auf den Papierstreifen gedruckt wurde: »Mach keinen Unsinn, Einar.«

Fischer war verblüfft darüber, dass er von Südhausen zum ersten Mal überhaupt geduzt wurde. Normalerweise redete dieser ihn zwar mit Vornamen an, achtete aber peinlichst darauf, das förmliche »Sie« zu verwenden. Ganz offensichtlich war Südhausen in großer Sorge um ihn. Da er aber seine Hartnäckigkeit kannte, musste er wissen, dass es zwecklos war, ihn umzustimmen. Fischer hielt den Kofferdeckel einen Spalt geöffnet und gab auf dem Typenrad seine Antwort ein: »Verdächtigen identifiziert. Name: Hermann Vogelfrei. Flieht mit Unterseehafen-Express. Nehme Verfolgung auf.« Kurz überlegte er, ob es seine letzte Nachricht war, die er im Dienst des Staatsschutzes absetzte, dann schob er den Schalter auf »Senden«. Er schloss den Koffer, stellte ihn neben sich auf den Boden ab und sah zum Schalter der Unterseehafen-Express-Linie hinüber. Vogelfrei hatte sich mittlerweile eine Fahrkarte gekauft und ging zum Bahnsteig, an dem die Schwebebahn bereits stand. Fischer bückte sich nach seinem Aktenkoffer, aber seine Hand griff ins Leere. Als er unter den Tisch sah, bemerkte er, dass der Koffer verschwunden war. Er drehte sich zur Kioskverkäuferin um, die gerade Zigarettenschachteln in die Auslage einsortierte. »Was soll das?«

»Was soll was?«

»Mein Koffer ist weg!«

»Ja und? Was hab' ich damit zu schaffen?«, fragte die Verkäuferin teilnahmslos.

»Das gibt's doch nicht. Ich hab' ihn nur für ein paar Sekunden neben mir abgestellt.« Fischer schaute in alle Richtungen, sah aber niemanden wegrennen.

»Das ist nichts Neues. Passiert ständig. Bedanken Sie sich bei den Peons, die hier immer rumlungern.« Sie zeigte auf eine Gruppe von Männern, die bei den Schließfächern stand. »Dieses verfluchte Pack stiehlt, was nicht niet- und nagelfest ist. Diese Penner sollten in die Berge zurück, wo sie hergekommen sind.«

Fischer sah zu den Männern hinüber. »Ich seh' meinen Koffer aber nirgendwo.«

»Wie auch? Den haben die doch schon irgendwo in Sicherheit gebracht.«

»Wer von denen war es?«

»Woher soll ich das wissen?«

»Sie müssen doch etwas gesehen haben.«

»Gar nichts hab' ich. Ich muss mich um meinen eigenen Kram kümmern und kann nicht auf anderleuts Koffer aufpassen«, sagte sie abweisend.

»Letzter Aufruf für die Passagiere des Unterseehafen-Express«, ertönte eine blecherne Stimme aus den Lautsprechern, die behelfsmäßig am Schutzgerüst befestigt waren. »Finden Sie sich umgehend auf Bahnsteig 7 ein.«

Fischer beobachtete die Peons, die gegen die Türen der Schließfächer gelehnt, scheinbar gelangweilt in die Luft starrten. Er überlegte, ob es Sinn machte, sie zur Rede zu stellte, klemmte sich dann aber die Zeitung unter den Arm und ging zum Fahrkartenschalter hinüber. Noch einmal drehte er sich zu den Männern um und wunderte sich darüber, wie es ihnen gelungen war, seinen Koffer zu stehlen.

»Da haben Sie aber Glück gehabt, ich wollte gerade zumachen«, sagte die Frau im Kassenhäuschen, während sie sich die Hände an ihrer Schürze abwischte. Die Scheibe des Schalters war von innen so stark mit Kondenswasser beschlagen, dass Fischer Mühe hatte, sie zu erkennen.

»Wohin möchte der Herr?«

»Eine gute Frage«, murmelte Fischer vor sich hin. Wenn die Komplizen nicht bereits im Zug auf Vogelfrei warteten, musste er sich entweder in Nordstadt mit ihnen treffen – dem einzigen Halt auf der Strecke – oder aber in Unterseehafen, wobei Fischer die Stadt unter der Wasseroberfläche für ein konspiratives Treffen für ungeeignet hielt, da sie einer gut bewachten Festung glich. Dennoch hielt er es für ratsam, sich vorsichtshalber eine Karte bis zur Endhaltestelle der Schwebebahn zu besorgen. »Einmal Unterseehafen, bitte.«

»Hätte der Herr gerne ein Abteil mit Digitalfenster?«

»Nein, danke, aber ...« Fischer überlegte kurz. »Ein Abteil für mich alleine wäre nicht schlecht.«

»Kostet aber um einiges mehr.«

»Kein Problem.«

»Das macht dann achtundvierzig Taler und fünfzig Pfennige, bitte.«

Fischer legte einen Fünfziger in die Durchreiche. »Stimmt so.«

»Vielen Dank, mein Herr. Einen Moment, bitte.« Die Frau drehte sich zu dem Kochtopf um, der neben ihr auf einem kleinen Gaskocher stand, und rührte die Suppe darin um. Dann riss sie eine Fahrkarte von der Rolle, füllte sie mit einem Kugelschreiber aus und stempelte sie ab. »Hinter Nordstadt haben Sie den Zug fast für sich alleine«, bemerkte sie, nahm den Geldschein und legte die Fahrkarte in die Durchreiche.

»Fahren wohl nicht mehr viele dahin«, stellte Fischer nüchtern fest.

»Das können Sie laut sagen.«

»Hätt' ich nicht gedacht.«

»Früher war das auch anders.«

»Früher war alles anders.«

»Ich kann mich noch an die großen Ausreisewellen erinnern, brechend voll war es da«, schwelgte die Frau in Erinnerungen. »Die Leute haben sich mit Sack und Pack auf den Weg gemacht. Sogar mit ihren Tieren. Können Sie sich das vorstellen? Die wollten mit Schweinen und Ziegen in den Zug. Früher, da hatten ...«

»Mein Zug ...«, unterbrach Fischer sie und steckte die Fahrkarte ein, die mit einer Schicht fettiger Suppe überzogen war.

»Ja, natürlich.« Die Verkäuferin tauchte die Suppenkelle in den Eintopf ein. »Etwas Erbsensuppe für die Reise?«

Fischer ignorierte ihre Frage und eilte zum Bahnsteig, wo die Schwebebahn zur Abfahrt bereit stand. Der Schaffner wartete auf der unteren Stufe der hinteren Tür, die Pfeife schon im Mund. Mit einer Handbewegung bedeutete er ihm, sich zu beeilen. Fischer hielt sich am Türgriff fest, sprang auf das Trittbrett und schob sich am Schaffner vorbei in den Zug. Der Schaffner pfiff, schloss die Tür, und der Zug setzte sich langsam in Bewegung.

»Das war aber knapp«, sagte der Schaffner und lächelte ihn freundlich an. »Seien Sie das nächste Mal bitte pünktlich.«

»Ich bin aufgehalten worden.« Fischer zog die von der Suppe aufgeweichte Karte aus der Tasche und zeigte sie vor.

»Die gute Margarete und ihre berühmte Erbsensuppe, was?«

»Schätze schon.«

Der Schaffner warf einen flüchtigen Blick auf die Karte. »Wagen 2, Abteil 1, gleich neben der Bar. Da müssen Sie leider durch den halben Zug gehen.« Er öffnete die Wagentür für ihn.

»Wie weit ist's denn?«, fragte Fischer.

»Drei Wagen, dann kommt Ihrer.«

»Und wo ist die Bar?«

»Gleich im Wagen dahinter. Möchten Sie die heutige Empfehlung des Hauses erfahren?«

»Eigentlich nicht.«

»Rum aus der Seekolonie. Und falls es Sie interessiert: Hinter der Bar liegen dann noch die Kabinen der Premiumklasse mit den Digitalfenstern. Zu dem Bereich haben Sie allerdings nur Zutritt, wenn Sie den entsprechenden Aufpreis bezahlen.«

»Nein, kein Interesse.«

»Sie können es sich ja noch überlegen. Wenn ich nicht im Zug unterwegs bin, finden Sie mich jedenfalls in der Schaffnerkabine gleich neben Ihrem Abteil. Die Fahrt ist lang, wie Sie sicherlich wissen, denn ein Schnellzug sind wir schon lange nicht mehr.«

»Ist die Trasse etwa immer noch nicht repariert worden?«

»In einigen Abschnitten schon, in anderen noch nicht. Machen Sie sich jedenfalls auf eine unruhige Fahrt gefasst.«

Fischer ging den Seitengang des Wagens entlang, vorbei an Abteilen, deren Gardinen allesamt zugezogen waren. Es waren nur die dumpfen Schläge zu hören, wenn der Wagen gegen die in sich verschobenen Betonplatten der Trasse schlug, aus den Abteilen selbst drangen keinerlei Geräusche. Da die Schwebebahn schon am Bahnsteig stand, bevor er eintraf, wusste er nicht einmal, wie viele Reisende überhaupt im Zug saßen. Er versuchte, eine Abteiltür zur Seite zu schieben, um nachzusehen, ob darin jemand saß. »Mein Herr, bitte halten Sie sich an Ihre Reservierung. Wagen 2 ist weiter vorne«, schritt der Schaffner ein. »Was hätten die Reservierungen denn für einen Sinn, wenn sich niemand daran hält.«

Fischer ging den Gang weiter, wechselte über die ziehharmonikaartige Verbindung in den nächsten Wagen und passierte die Abteile, ohne dass es ihm möglich war, sagen zu können, ob sich hinter den zugezogenen Gardinen Fahrgäste aufhielten. Schließlich erreichte er sein Abteil und schob die Tür zur Seite. Zwei Sofas mit abgenutztem Bezug und eine Stehlampe mit Lampenschirm gehörten zur Ausstattung der kleinen Kabine, deren Decke gelb war vom Zigarettenrauch. Das Fenster ließ sich nicht öffnen, doch die Luft zirkulierte, wie die flatternden Papierstreifen an den Luftschlitzen der

Klimaanlage verrieten. Der Standaschenbecher in der Mitte des Raums quoll über von Zigarettenkippen. Er schob die Gardine zurück, damit er sehen konnte, wer an seinem Abteil vorbeiging, dann setzte er sich auf das Sofa in Fahrtrichtung, legte die Zeitung neben sich und sah nach draußen. Die auf Betonstelzen geführte Trasse verlief in einigen Metern Höhe an den Fabrikhallen des Industriegebiets vorbei, dann machte sie am Gasometer der Stahl-Union einen Schwenk nach Norden.

Aus dem Wasserhahn lief nur ein Rinnsal brauner Brühe in das kleine Handbecken. Fischer drehte den Hahn zu und beobachtete, wie das verunreinigte Wasser langsam in den Ausguss tropfte. Mit der trockenen Hand wischte er über sein Gesicht, sah in den Spiegel und strich sich mit den Fingern durch die Haare. Nach der Nacht in seinem Wagen hatte er sich frisch machen wollen, doch nun musste er darauf verzichten. Er öffnete die Tür zur Toilette, die sich am Ende des Wagens befand, und sah den Gang hinunter. Bis auf den Schaffner war er noch niemandem im Zug begegnet, auch von Vogelfrei fehlte jede Spur. Fischer wechselte in den nächsten Wagen und öffnete die Schwingtür zur Bar. Die Luft war rauchgeschwängert. Am vorderen Tisch unterhielten sich ein Mann und eine Frau mittleren Alters, beide in Uniformen der Marine, einen Tisch weiter saß ein älterer Mann, der in sich zusammengesunken ein Bierglas umklammerte. Eine ältere Dame, die in einem Ohrensessel saß und einen kleinen Hund auf ihrem Schoß streichelte, blickte kurz zu ihm auf, ansonsten nahm niemand von ihm Notiz. Fischer setzte sich auf einen der hölzernen Hocker an der Theke und musterte die Spirituosenflaschen, die im Glasregal vor einem Wandspiegel standen. Nichts, wonach er frühmorgens Verlangen verspürte. Er drehte sich zur Seite. Am anderen Ende der Theke saß ein junger Mann, der gierig an seiner Zigarette zog, während er mit den Fingern auf den Tresen trommelte. Der Barmann leerte den Aschenbecher des Mannes, dann erst bemerkte er Fischer und kam auf ihn zu. »Was darf ich Ihnen anbieten?«
»Einen Kaffee, bitte.«

»Gerne, der Herr.« Der Barmann nahm die Kaffeekanne von der Herdplatte, stellte eine Blechtasse auf die Theke und füllte sie auf. »Unser Kaffee ist der Beste weit und breit. Schön kräftig. Der wird Sie munter machen.«

Fischer fächerte sich den Dampf zu, der aus der Tasse aufstieg, ohne etwas riechen zu können, wobei ihn die Farbe des Kaffees an das braune Wasser erinnerte, das in das Handbecken gelaufen war. »Woher kommt eigentlich das Wasser?«

»Bitte?«

»Womit überbrühen Sie den Kaffee? Ich meine, was ist das für Wasser?«

»Nun, ganz normales, würde ich sagen.« Der Barmann kratzte sich verlegen an der Wange. »Ich weiß wirklich nicht, was Sie meinen.«

»Ich rede von den Wassertanks. Gibt es denn einen speziellen Tank für die Bar?«

»Einen speziellen Tank? Soweit ich weiß, gibt es in jedem Wagen einen Tank, aber so ganz genau kann ich Ihnen das auch nicht sagen.« Der Barmann zog seine schwarz gestreifte Weste zurecht. »So was Komisches hat mich noch keiner gefragt.«

»Machen Sie sich denn keine Gedanken?«

»Gedanken? Worüber?«

»Nun, welche Qualität das Wasser hat?«

»Qualität?«

»Nun, ob es zum Beispiel belastet ist?«

»Belastet?«

»Ja.«

»Der Herr meint radioaktiv belastet«, mischte sich jemand in das Gespräch ein. Fischer drehte sich um und erkannte Vogelfrei, der direkt hinter ihm stand. Er war in die Bar gekommen, ohne dass Fischer ihn bemerkt hatte. Das Gesicht kalkweiß, die Tränensäcke unter den Augen noch ausgeprägter als am Vortag. »Einen Rum, bitte«, sagte er zum Barmann, dann wandte er sich Fischer zu. »Der ist garantiert unbelastet.« Vogelfrei lächelte und man konnte sehen, dass ihm die mittleren Schneidezähne fehlten.

»Für mich auch einen«, sagte Fischer und tippte mit dem Finger auf die Theke.

Der Barmann stellte zwei Schnapsgläser auf die Tischplatte, nahm eine Flasche Rum vom Glasregal, zeigte sie den beiden Männern, und nachdem diese genickt hatten, schenkte er ihnen ein.

»Sie haben Angst vor der Strahlung?«, fragte Vogelfrei.

Fischer nahm sein Glas in die Hand und starrte vor sich hin. Er hätte vorgezogen, sich nicht mit Vogelfrei zu unterhalten. Er wusste bereits genug über ihn, trug sogar das Beweismittel seiner Schuld in der Manteltasche bei sich. Auch wenn Südhausen davon überzeugt war, dass man einen Verdächtigen nur dann richtig einschätzen konnte, wenn man ihn auf möglichst subtile Weise befragte, glaubte Fischer, dass ein Gespräch die unmittelbare Sicht auf einen Menschen verhinderte, dergestalt, dass man während eines Dialogs mit einem Verdächtigen fortwährend damit beschäftigt war, die Wahrheit von der Lüge zu trennen. Diese ewigen Täuschungsmanöver der in die Enge Gedrängten konnte Fischer nur schwerlich ertragen, und es war zweifellos genau jene manipulative Kraft der Konversation, die er nicht sonderlich gut beherrschte. Ganz abgesehen von diesem Umstand erschwerte es die weitere Observation ungemein, wenn Vogelfrei ihn kannte. Doch blieb ihm eine Wahl? Notgedrungen musste Fischer sich in das Unvermeidliche fügen.

»Haben Sie wirklich Angst vor der Strahlung?«, wiederholte Vogelfrei seine Frage und trank den Rum in einem Zug aus.

Als Fischer zu ihm hinübersah, fielen ihm die Mottenlöcher in seiner hellen Weste auf und der Schmutz, der sich unter den langen Fingernägeln angesammelt hatte. »Nein, Angst hab' ich nicht. Bin einfach nur vorsichtig«, stieg Fischer in das Gespräch ein.

»Wenn es wirklich überall Strahlung gäbe, könnten wir uns sowieso nicht schützen.«

»Nun, schützen kann man sich immer.«

»Radioaktivität durchdringt aber alles.«

»Ja und?«

»Die Regierung sagt, dass das Land verseucht ist.«

»Die Regierung? Sie glauben also nicht daran?«

»Die Strahlung ist doch nur ein Vorwand.« Vogelfrei drehte das leere Schnapsglas in seiner Hand und bewunderte die Reflexionen in den rautenförmigen Verzierungen.

»Ein Vorwand?«

»Genau.«

»Wofür?«

»Ein Vorwand, um Menschen auszugrenzen.«

Fischer nippte an seinem Rum. »Das ist ja lächerlich.«

»Lächerlich? Meinen Sie? Was sonst sollten die Melder am Eingang von öffentlichen Einrichtungen für einen Sinn haben?«

»Welchen schon?«

»Sagen Sie's mir.«

»Die Verstrahlten müssen davon abhalten werden, ins Gebäude zu gelangen, damit dort nicht alles radioaktiv verseucht wird.«

Vogelfrei lehnte sich zurück und schloss die Augen. »Das glauben Sie, aber das macht für mich keinen Sinn. Strahlung ist nicht ansteckend. Der Verstrahlte nimmt seine Radioaktivität ja wieder mit nach Hause.« Vogelfrei lächelte. »Ich denke, es geht einzig allein darum, den Zugang zu kontrollieren. Darum, Menschen zu selektieren.« Er beugte sich zu Fischer hinüber und fixierte ihn mit seinem Blick. »Was sind Sie?«

»Was meinen Sie?«

»Was sind Sie?«, wiederholte Vogelfrei seine Frage.

Fischer schwieg.

Vogelfrei legte die Hände auf den Tresen. »Eine Eins. Sie sind eine Eins, möchte ich wetten«, sagte er.

»Wie kommen Sie darauf?«

»Sie scheinen nicht arm zu sein. Das sieht man an Ihrer Kleidung. Bis auf Ihre Arbeitsschuhe sind Sie mit einem feinen Zwirn ausgestattet, wenn ich das so sagen darf. Dazu kommt das attraktive Äußere. Sie haben sicherlich eine gehobene Position inne, sind eine Stütze der Gesellschaft. Deshalb sind Sie eine Eins.«

»Wenn man verstrahlt ist, ist man verstrahlt, ob man nun Geld hat oder nicht.«

»Ach ja? Warum sind die Ärmsten der Armen dann allesamt eine Fünf?«

»Weil man keine richtige Arbeit bekommt, wenn man verstrahlt ist. Man wird gemieden und abgesondert. Ohne

Arbeit, kein Geld und ohne Geld folgt der Abstieg. Sie verwechseln Ursache und Wirkung.«

»Wirklich? Ich habe gelesen, dass es Wohlhabende gibt, die verstrahlt sind und trotzdem überall reinkommen. Warum sollte man Reiche auch meiden. Ihr Geld ist ja schließlich nicht verstrahlt.«

»Wahrscheinlich war die Radioaktivität nicht in sie eingedrungen. Die Radionuklide haben in ihrer Kleidung gesteckt oder waren noch auf der Haut. Sie haben sich einfach etwas Neues angezogen, sich dann unter die Dusche gestellt und alles war gut. Hat jeder von uns schon x-mal so gemacht.«

»Das erklärt aber trotzdem nicht die Tatsache, dass vor allem Arme von den Strahlungsmeldern aussortiert werden.«

»Vielleicht können sie die Kleidung einfach nicht so häufig wechseln.«

»Jetzt werden Sie aber zynisch.«

»Mag sein. Aber so einfach, wie Sie sagen, ist es nicht. Wenn ich darüber nachdenke, ist eher das Gegenteil der Fall. Seit es zu einer Änderung der Klassifizierungskriterien gekommen ist – was ja nichts anderes heißt, als dass man die Grenzwerte der kumulativen Strahlenschäden nach oben korrigiert hat – werden weitaus weniger Menschen an den Rand drängt, als es früher der Fall war. Was vor fünf Jahren eine Vier war, ist heute eine Drei. Wenn man wirklich in erster Linie gewollt hätte, jemanden auszugrenzen, würden heute viel mehr Menschen als Vier oder Fünf ohne ihre Bürgerrechte rumlaufen. Nein, ich sage Ihnen, Strahlungsmelder sind unbestechlich und objektiv.«

»... wenn sie denn die Strahlung messen würden.«

»Was sollen sie denn sonst messen?«

»Denken Sie doch mal nach.«

»Etwa den Reichtum?«

»Was würde dagegen sprechen?«

Fischer lachte auf.

»Wissen Sie, wie Strahlungsmelder funktionieren?«, schob Vogelfrei nach. »Wissen Sie das überhaupt?«

»Natürlich nicht. Woher denn auch?«

»Sehen Sie? Die Strahlungsmelder können im Grunde genommen alles und nichts messen. Es könnten Attrappen sein, und wir würden es nicht merken.«

»Sie glauben an eine Verschwörung?«

»Nennen Sie es, wie Sie wollen.«

»Ich weiß, dass viele Leute Probleme mit der Radioaktivität haben, weil man sie nicht sieht oder schmeckt. Was aber sehr wohl auffällig ist, sind die hohen Krebsraten, hervorgerufen durch die zellulären Schäden und die Mutationen des Erbguts in Folge der ionisierenden Strahlung. Dazu kommen noch die Missbildungen bei den Neugeborenen in den am stärksten verseuchten Gebieten.«

»Sie klingen wie der Gesundheitsbotschafter, der vor Jahren an meiner Haustür geklingelt hat.«

»Schauen Sie, ich will es anders versuchen. Wenn Sie recht hätten, müssten unheimlich viele Leute Teil dieser Konspiration sein. Sie müssten nämlich nicht nur die einfachen Strahlungsmelder manipulieren, sondern auch die teuren Durchleuchter in den Gesundheitszentren, die dazu in der Lage sind, Gewebeproben zu entnehmen. Das hieße unterm Strich, dass die ganze Untersuchung in den Zentren – nach der sich die Klassifizierung einzig und allein richtet – eine Farce wäre.«

»Nur weil etwas aufwändig ist, heißt ja nicht, dass es nicht gemacht wird. Und nicht jeder der Mitarbeiter muss zwangsläufig auch eingeweiht sein. Die kriegen irgendwelche gefälschten Daten aus den Maschinen und interpretieren sie dann nach bestem Wissen und Gewissen.«

»Warum denken Sie, dass es eine Verschwörung gibt?«

»Ich hab' meine Gründe.«

»Sind Sie etwa deklassifiziert worden?«

»Oh nein, das ist es nicht. Gott sei Dank noch nicht. Ich bin als Drei eingestuft. Amtlich auf meinem Ausweis festgehalten. Wahrscheinlich bin ich immer noch produktiv genug, dass man mich am öffentlichen Leben teilhaben lässt ... und noch nicht arm genug.« Vogelfrei lachte höhnisch auf.

Der Barmann, der die ganze Zeit im Hintergrund zugehört hatte, schüttelte den Kopf und ging wieder zum jungen Mann am Ende des Tresens.

»Warum meinen Sie aber, warum ist die Lebenserwartung in den letzten Jahrzehnten so stark gesunken, wenn es nicht an der Strahlung liegt?«, fragte Fischer.

»Armut tötet.«

»Eine Ausrede.«

»Vielleicht, weil die Menschen aus Kummer einfach zu viel trinken. Wahrscheinlich verteilt die Regierung deshalb so viel billigen Schnaps. Und der Tabak ist ja auch nicht gerade teuer. Und was meinen Sie, warum man den Schwarzhandel mit Zigaretten duldet?«

»Plausibel klingt das aber nicht.«

»Und warum glauben Sie, haben die Alten fast immer eine hohe Nummer?«

»Weil sie im Laufe der Jahrzehnte viel Strahlung in ihren Körpern akkumulieren.«

»Nicht, weil man sie nicht mehr braucht?«

»Gut, gut.« Genüsslich trank Fischer seinen Rum aus. Allmählich fing er an, am Streitgespräch mit Vogelfrei Gefallen zu finden, was vor allem daran lag, dass er sich ihm überlegen fühlte. Und nicht zuletzt schmeichelte die Aussicht, ihn argumentativ in seine Schranken weisen zu können, seiner Eitelkeit. »Lösen wir uns mal gedanklich von Neustadt und gehen weiter nach Osten. Wenn die Strahlung nicht das Problem ist, warum gibt es dann ein Sperrgebiet, in dem sich eine ganze Stadt befindet? Und warum sind alle Menschen, ob nun arm oder reich, aus dieser Stadt geflohen, die zufällig auch noch die größte Stadt des ganzen Landes war?«

»Glauben Sie wirklich, dass die Menschen geflohen sind, weil die Stadt radioaktiv verseucht wurde?«

»Warum wohl sonst?«

»Ich sage Ihnen was: Die Evakuierung war nicht nötig gewesen. Die Radioaktivität, die durch die Explosion des Spaltungswerks freigesetzt wurde, war nicht so hoch, wie alle sagen. Nein, die Menschen haben die Gelegenheit beim Schopfe gepackt und sind geflohen, weil sie die Alte Ordnung satt hatten und diese trostlose Stadt mit ihren Hochbunkern und unterirdischen Bunkersystemen nicht mehr ertragen konnten. Sie haben ein Sperrgebiet um ihre eigene verseuchte Vergangenheit gelegt, ihre eigenen Verbrechen, haben versucht, sich auf diese Weise reinzuwaschen und all das

Böse, das sich im Laufe der Jahrzehnte dort aufgestaut hat, zurückzulassen. Sie wollten die Dämonen der Vergangenheit abschütteln.«

»Zehntausende haben sich der Evakuierung entzogen. Und die lagen dann nach ein paar Tagen tot auf den Straßen. Wie erklären Sie sich die?«

»Opfer von Plünderungen und Gewaltexzessen nach dem Abzug der Polizei.«

»Na ja. Ein bisschen viele Tote, denk' ich. Abgesehen davon gibt es in Ihrer Argumentation noch eine andere klitzekleine Ungereimtheit.«

»Ich bin ganz Ohr.«

»Die Alte Ordnung ist nicht sofort nach der Explosion des Spaltungswerks und der Evakuierung der Hauptstadt untergegangen, sondern erst zehn Jahre danach. Es gibt also keinen unmittelbaren zeitlichen Zusammenhang.«

»Das alte System war so verkrustet, dass es seine eigene Beerdigung verschlafen hat. Ein zehn Jahre andauerndes Koma, bevor man sich erbarmt hat, die Geräte abzuschalten.«

Fischer war von der Hartnäckigkeit beeindruckt, mit der Vogelfrei seine Position zu verteidigen suchte, doch es war ein anderer Umstand, der ihn aufhorchen ließ: die Abschätzigkeit, mit der er dabei über die Alte Ordnung sprach. Er schien kein Anhänger des untergegangenen Systems zu sein, wie Fischer zunächst geglaubt hatte. Wenn Vogelfrei nicht log, gehörte er somit nicht zur Gruppe derer, die der Diktatur nachtrauerten. Das war eine Wende in diesem Fall, die Fischer noch nicht einzuordnen vermochte, war es doch das vorrangige Anliegen des Staatsschutzes, die Unterstützer der Alten Ordnung zur Strecke zu bringen. Vielleicht konnte er ihm das Motiv noch entlocken, das Vogelfrei antrieb, den Staat abzulehnen und zu bekämpfen. »Nehmen wir mal an«, sagte er, »sie hätten tatsächlich recht damit, dass sich die Klassifizierung der Bevölkerung danach richtet, wie viel Geld man hat. Dann stellt sich für mich aber die alles entscheidende Frage: Warum sollte sich unser System so etwas unfassbar Kompliziertes mit der Lüge einer alles umfassenden Verstrahlung ausdenken? Was macht das für einen Sinn?«

»Kompliziert nennen Sie das? Kompliziert? Für mich ist das genial. Es ist einfach und effektiv, weil es den Menschen eine

Wahrheit suggeriert, gegen die sie nicht aufbegehren können, weil es sie glauben lässt, dass sie schuld sind an ihrem Schicksal. Schuld daran sind, verstrahlt zu sein, und es als Strafe Gottes empfinden. Das ist doch nicht kompliziert. Viel schwieriger wäre es doch, für Gerechtigkeit zu sorgen. Stattdessen hat die sogenannte Neue Ordnung mit der Radioaktivität ein nur scheinbar objektives Kriterium erschaffen, mit dessen Hilfe Menschen beliebig ausgestoßen werden können, indem ihnen die Bürgerrechte entzogen werden. Ohne ein Verfahren. Von einem Tag auf den anderen ist man VERSTRAHLT.«

»Gerechtigkeit. Was für ein edles Wort. Sie wissen, dass wir uns Gerechtigkeit nicht leisten können. Unser Land hat doch gar nicht die Kapazitäten dafür. Es liegt am Boden, während wir die Fehler der Alten Ordnung ausbügeln müssen.«

»Mir kommen die Tränen.« Vogelfrei drehte sich zum Barmann um. »Noch zwei!«, rief er. »Auf meine Rechnung.«

»Das ist wirklich nicht nötig.«

Vogelfrei reichte ihm die Hand. »Verzeihen Sie, es war unhöflich von mir, mich nicht vorzustellen. Gestatten. Mein Name ist Alfred Berger.«

So sehr Fischer Menschen nach dem bloßen Augenschein einzuschätzen vermochte, so wenig war es ihm möglich, ihre Absichten während eines Gesprächs zu deuten. Dass Vogelfrei unter falschem Namen reiste, wunderte ihn nicht, aber was nur hatte er vor? Marbod hätte sich sicherlich nicht mit Interpretationsversuchen aufgehalten, sondern Vogelfrei die Wahrheit mit Gewalt herausgetrieben. Und mit Heinrich hatte er einen Folterknecht gefunden, unter dessen Pranken bisher alle das gestanden hatten, was auch immer sie von ihnen hören wollten. »Angenehm. Einar Fischer«, antwortete er und gab ihm die Hand.

»Wohin reisen Sie?«

»Nach Unterseehafen.«

»Ach, sieh an. Darf ich fragen, was der Grund Ihrer Reise ist?«

»Mein Besuch dort ist beruflicher Natur. Ich bin Ingenieur«, war die Lüge, die sich Fischer für den Fall überlegt hatte, dass ihm jemand genau diese Frage stellte.

»Das erklärt natürlich Ihre Obsession für die Strahlung.«

»Ich stelle lediglich Tatsachen fest.«

»Muss wahrscheinlich einiges repariert werden in Unterseehafen. Was man so hört, ist das ja nur noch ein Rattenloch.«

»Sagen wir mal so: Es gibt dort viel zu tun. Die Stahlkonstruktion wird durch das Meerwasser stark angegriffen. Sie müssen bedenken, dass der militärische Bereich seit vierzig Jahren dort unten im Wasser vor sich hin rostet. Und der zivile Teil auch schon seit fast zwanzig Jahren. Eine enorme Herausforderung, das alles instand zu halten, vor allem in Zeiten knapper Ressourcen.«

»Sicherlich eine Mammutaufgabe.« Vogelfrei rückte seine Brille zurecht, während der Barmann die beiden Schnapsgläser wieder mit Rum auffüllte. »Eine Buchhandlung zu führen, ist aber auch kein Zuckerschlecken, kann ich Ihnen versichern«, fuhr Vogelfrei fort.

»Sie sind Buchhändler?«

»Seit fünfundvierzig Jahren.«

»Eine lange Zeit …«

»Wie Sie sich vorstellen können, haben die Leute heute nur noch wenig Interesse an Büchern. Sitzen lieber den ganzen Tag vor ihren Digitalfenstern.«

»Und was macht ein Buchhändler im Zug nach Unterseehafen?«

»Er will auswandern.«

»In welche Kolonie?«

»Bergkolonie. Für mich kommt nur die Bergkolonie in Frage. Ich habe mich immer nur für diese Kolonie interessiert, habe die Bräuche der Einheimischen studiert. Wissen Sie, ich hatte seit geraumer Zeit meinen Koffer gepackt, aber habe mich nie dazu entschließen können, mein Land wirklich zu verlassen. Einen alten Baum verpflanzt man nicht mehr, wie man so sagt. Mein Leben lang habe ich gegen DIE gekämpft, doch jetzt bin ich müde geworden.«

»Darf ich Sie was fragen?«

»Schießen Sie los.«

»Gab es einen besonderen Anlass dafür auszuwandern, etwas, das sie bewogen hat, nach all den Jahren gerade jetzt diesen Schritt zu wagen?«

Vogelfrei zögerte. Er schien von der Frage überrascht worden zu sein und nun seine Antwort ganz genau abwägen zu wollen. »Nein, einen Anlass gab es eigentlich nicht«, setzte er dann zögerlich an. »Meine Tochter wohnt schon lange dort. Sie hat immer wieder gesagt, dass ich nachkommen soll. Und nach dem Tod meiner Frau gibt es eigentlich auch nichts mehr, was mich hier noch hält. Haben Sie Kinder, Herr Fischer?«

»Ja, Fra ...« Fischer stockte plötzlich. »... ist acht«, setzte er wieder an. »... und Ute ... sie ist ...« Er hielt inne.

Vogelfrei nahm das Glas in die Hand. »Auf die Familie ....« Der Wagen schlug gegen die Trasse, so dass der Rum über den Glasrand schwappte.

»Auf die Familie«, erwiderte Fischer und stieß mit Vogelfrei an. Aus den Augenwinkeln sah er, dass der junge Mann am Ende des Tresens ihn argwöhnisch zu mustern schien, dann seine Zigarette im Aschenbecher ausdrückte, aufstand und die Bar verließ. Vogelfrei schien keine Notiz davon zu nehmen, so dass Fischer nicht recht einschätzen konnte, ob die beiden sich kannten. Er wartete so lange, dass es nicht den Anschein erweckte, dass er dem Mann folgen wollte, legte einen Taler für den Kaffee und seinen ersten Rum auf den Tresen und erhob sich vom Barhocker. »Danke für die Einladung.«

»Keine Ursache.«

»Ich wünsche Ihnen jedenfalls alles Gute, Herr Berger.«

»Leben Sie wohl. Und machen Sie was aus dem, was ich Ihnen gesagt habe.« Vogelfrei hob die Hand, und der Barmann füllte sein Schnapsglas wieder auf.

Fischer eilte die Flure der Wagen entlang, bis er das Ende des Zuges erreichte, doch der junge Mann schien längst in einem der Abteile verschwunden zu sein. So ging er unverrichteter Dinge wieder zurück. Als er gerade seine Kabine betreten wollte, öffnete sich die Toilettentür am Ende des Flurs, und der junge Mann kam heraus. Er musste nach dem Besuch der Bar sogleich die Toilette aufgesucht haben. Ohne den Blickkontakt zu suchen, ging der Mann an ihm vorbei. Obwohl er nicht älter als Mitte zwanzig sein konnte, hatte er tief eingefallene Augen, außerdem bemerkte Fischer ein nervöses Zucken des rechten Augenlids. Der Mann öffnete die Tür des Nachbarabteils, und noch bevor er sie hastig wieder zuschieben konnte, erkannte Fischer die übereinandergelegten, schlanken Beine einer Frau, die auf dem Sofa direkt hinter der Tür saß. Da die Vorhänge des Abteils zugezogen waren, lauschte er an der Tür, hörte wegen des brummenden Fahrgeräusches aber nicht, ob die beiden sich unterhielten.

Fischer ging in sein Abteil, zog die Tür zu, setzte sich auf das Sofa und sah nach draußen. Die Schwebebahn hatte die weite Ebene durchquert und fuhr nun durch Ruinenstadt. Die durch die Erosion stumpf gewaschenen Trümmer der Gebäude ragten wie Termitenbauten in die Höhe. Nach dem Waffenstillstand vor mehr als vier Jahrzehnten hatte man angesichts der immensen Schäden, die durch die Bombardierungen im Großen Krieg entstanden waren, die Stadt für unbewohnbar erklärt, um sie in der Folge dann endgültig aufzugeben. Fischer musste beim Anblick der Ruinen unweigerlich daran denken, dass die eigentliche Apokalypse weder die zahllosen Unfälle in den Spaltungswerken – der bei weitem größte davon fand in der einstigen Hauptstadt statt – noch die radioaktive Verseuchung durch die oberirdischen Waffentests war, sondern der Krieg selbst. Eine Urkatastrophe, von der sich sein Land bis heute nicht erholt hatte. Er nahm die Zeitung in die Hand, die er auf das Sofa gelegt hatte, und blätterte darin herum. Dann legte er sie wieder zur Seite, lehnte sich nach hinten und blickte auf die Ruinenlandschaft, die auf der anderen Seite des Fensters an ihm vorbeizog. In den Trümmern der einstigen Innenstadt ragten vereinzelt Kaminrohre in den Himmel, aus denen Rauch aufstieg. Noch immer lebten hier Menschen.

»Ihre Zeitung?«, fragte jemand.

Fischer musste eingenickt sein. Als er die Augen öffnete, sah er Vogelfrei, der in sein Abteil gekommen war und auf dem anderen Sofa Platz genommen hatte. »Ja«, brummte Fischer.

»Darf ich?« Vogelfrei deutete mit dem Zeigefinger auf die Zeitung.

»Tun Sie sich keinen Zwang an.« Fischer verschränkte seine Arme und sah wieder nach draußen.

»Verzeihen Sie die Störung. Da sie den Vorhang nicht zugezogen haben, habe ich Sie vom Gang aus gesehen. Bei mir ist die Klimaanlage ausgefallen, müssen Sie wissen, und da musste ich mir vorübergehend eine andere Bleibe suchen.

Aber keine Sorge, der Schaffner will sich zügig um das Problem kümmern.« Vogelfrei beugte sich zu ihm hinüber. »Sie reisen ohne Koffer?«

»Wurde mir geklaut«, antwortete Fischer, gedanklich noch immer abwesend.

»Geklaut?«

»Halb so schlimm. Hab' mein ganzes Zeug sowieso in Unterseehafen. Ich war ja nur kurz zu Besuch bei meiner Familie.«

Vogelfrei nahm sich die »Neustädter Nachrichten« zur Hand. »Ehrlich gesagt wundert es mich, dass sie noch das gedruckte Wort lesen.«

Fischer schob den Kragen seines Mantels zur Seite und kratzte sich an seiner Narbe am Hals. »Warum finden Sie das ungewöhnlich?«

»Na ja, sie sind Ingenieur und könnten sich sicherlich eine Kabine mit Digitalfenster leisten.«

»Könnte ich das?«

»Ich denke schon.«

»Vielleicht bin ich etwas altmodisch.«

Vogelfrei lächelte.

»Und außerdem muss ich zugeben«, fuhr Fischer fort, »dass mich der neueste Klatsch und Tratsch nicht sonderlich interessiert.« Fischer wusste nur zu gut, dass die Redakteure der digitalen Nachrichten Schritt für Schritt ihre Inhalte dem Bedürfnis der Menschen angepasst hatten, vor ihrem tristen Alltag zu fliehen und sich ganz ihrer Vergnügungssucht hinzugeben. Wenn die Schlagzeilen keine spektakulären Enthüllungen über das luxuriöse Leben der Neustädter Eliten versprachen, lasen die Benutzer der Digitalfenster erst gar keine virtuelle Zeitung, sondern tauchten sogleich in Neuwelt ab, in der sie nach ihren eigenen Regeln glücklich werden konnten. Waren die digitalen Medien der politischen Selbstzensur unterworfen, indem sie die Probleme des Landes unter dem Deckmantel politischer Neutralität verbargen, versprühten die Neustädter Nachrichten demgegenüber noch den Charme des subversiven Diskurses.

»Immer mehr sind rechtlos – Anteil der Menschen ohne Bürgerrechte schon bei 26 %«, las Vogelfrei die Schlagzeile des Aufmachers vor. »Es wird immer schlimmer, sehen Sie?«

Fischer schwieg und dachte daran, dass die hohe Anzahl von Rechtlosen damit zu erklären war, dass nicht nur Verstrahlte der Klassen 4 und 5 ihre Bürgerrechte verloren, sondern ebenso verurteilte Verbrecher. Hinzu kam, dass die Einwanderer aus den Kolonien von vornherein keinen Anspruch auf derlei Privilegien besaßen.

»Der Artikel ist von Friedhelm Denker, meinem Lieblingsredakteur«, erläuterte Vogelfrei. »Haben Sie den Kommentar schon gelesen?«

»Nein«, antwortete Fischer missmutig.

Vogelfrei schob seine Brille nach vorne. »Ich zitiere: 'Die Wahlen sind als reine Scheinveranstaltungen anzusehen, die es einem Zirkel von Menschen in unserem Land ermöglicht, scheinbar demokratisch legitimiert den Einfluss untereinander aufzuteilen. Dabei wird darauf geachtet, dass das System für den überwiegenden Teil der Menschen aus den ärmeren Schichten undurchdringlich bleibt. Neben all dem Leid, das die Anschläge verursachen, ist die besondere Tragik, dass sie von den wahren Problemen des Landes ablenken, indem sich die Unterdrückten mit ihren in Not geratenen Unterdrückern solidarisieren.' Sehen Sie? DIE haben den Staat unter sich aufgeteilt. Ich bin nicht der Einzige, der so denkt.« Bei seiner letzten Anmerkung konnte Vogelfrei ein leichtes Lallen nicht mehr unterdrücken.

Fischer lehnte seinen Kopf gegen das Zugfenster. »Sie sprechen immer von DENEN, aber all diese Gesetze wurden von UNS abgesegnet, zumindest von der Mehrheit von uns. In demokratischen Wahlen.«

»Demokratische Wahlen? Was für ein Unsinn. Was ist für Sie denn daran demokratisch? Ich kann mich zum Beispiel nicht daran erinnern, dass wir über unsere neue Verfassung abstimmen durften. Und die Verfassung ist das Grundübel, nicht einzelne Gesetze, die später kamen, als es sowieso schon zu spät war. Die Septemberrevolutionäre haben ein tiefes Misstrauen dem Volk gegenüber gehabt. Die ganze Macht musste in die Hände einiger weniger Repräsentanten gelegt werden. Wenn unsere Repräsentanten aber nicht mehr unsere Interessen vertreten, was glauben Sie, hat das noch mit einer Demokratie zu tun?« Vogelfrei hatte einen Frosch im Hals, doch er redete unbeeindruckt fort, ohne sich zu räuspern.

»Nur noch die Interessen der Banken und der Großindustrie spielen eine Rolle, nichts weiter, diese verfluchte Bande, die uns alle in Geiselhaft genommen hat. Und Sie reden davon, dass wir DIE DA OBEN gewählt hätten. Was hat das mit Gleichheit zu tun, wenn nicht alle Menschen Digitalfenster besitzen und sie sich bei den Wahlen in die langen Schlangen vor den öffentlichen Digitalfenstern einreihen müssen, so dass nicht alle drankommen können, weil nach zwölf Stunden die Wahllokale geschlossen werden? Und was ist mit den Kranken und den Alten, die sich nicht für Stunden in eine Schlange stellen können?« Aus dem Speichel in Vogelfreis Mundwinkeln bildete sich durch das pausenlose Sprechen allmählich eine weißliche Schaumschicht.

»Die Vernetzung der Digitalfenster schreitet weiter voran. Wir sind nur noch nicht so weit, dass alle eins haben können«, warf Fischer ein, obwohl er keine große Lust mehr dazu verspürte, mit Vogelfrei zu diskutieren.

»Ach, Sie sehen das alles immer nur aus der Sicht des Ingenieurs.«

»Was hat das denn mit meinem Beruf zu tun?«

»Der Beruf prägt uns, das ist doch klar. Ich zum Beispiel komme mit den Gedanken unterschiedlichster Menschen in Kontakt. Ich sehe die Dinge aus vielerlei Perspektiven.«

»Von welchen Gedanken reden Sie?«, fragte Fischer, plötzlich hellwach.

»Von Gedanken, die Menschen in sich tragen und dann niederschreiben.«

»Auch Gedanken, die heute verboten sind?«

»Worauf wollen Sie hinaus?«

»Zum Beispiel Gedanken, die in geächteten Büchern festgehalten sind?«, nutzte Fischer die Gelegenheit, die sich bot, um Vogelfrei zu prüfen.

»Ich halte mich an die Gesetze, wenn Sie das meinen.«

»Sie sammeln also keine verbotenen Bücher?«

»Nein, das tue ich nicht.«

»Und wenn Ihnen eins in die Hände fällt, was würden Sie dann damit machen?«

»Von welchem Buch sprechen Sie?«

»Sagen wir mal, Ihnen würde jemand das verbotene Buch des Diktators anbieten.«

»Bisher ist das nicht vorgekommen.«

»Vernichten Sie es?«

Vogelfrei überlegte nur kurz. »Ein Buch ist ein Buch. Und ich bin ein Buchhändler. Wer bin ich, dass ich es zerstöre?«, antwortete er entschieden. Offenbar beleidigt von Fischers offensiver Gesprächsführung, widmete er sich dann wieder demonstrativ der Lektüre der Neustädter Nachrichten, wobei er das Umblättern von einer Seite zur anderen geradezu zelebrierte und meinte, es mit einem lang anhaltenden Rascheln verbinden zu müssen. Fischer versuchte sich derlei Aufdringlichkeit durch das Studium der am Zugfenster vorbeiziehenden Kiefern zu entziehen.

»Haben Sie die Sache mit der Notstandsgesetzgebung mitbekommen?«, brach es nach einiger Zeit aus Vogelfrei heraus, als er nicht mehr an sich halten konnte. »Das ist unerhört, wie schamlos die Politik jetzt schon offen ihre Verflechtungen mit der Wirtschaft zugibt, indem sie doch tatsächlich die Spitzenvertreter der Unternehmen und Banken mit an den Tisch holt und das auch noch als den GEHEIMEN RAT bezeichnet. Damit verhöhnen sie uns auch noch.«

»An den Notstandsgesetzen sind doch die Terroristen und ihre Anschläge schuld. Wie wollen Sie ein Land im Ausnahmezustand denn anders regieren?«

»Die Anschläge sind nur ein willkommener Vorwand, um die Gesetze zu verschärfen.«

»Sie meinen also, man hat nur auf so eine Gelegenheit gewartet?«

»Sieht ganz so aus.«

»Wenn dem so wäre, hätte man doch sofort diesen Rat installieren können und nicht so viele Anschläge abwarten müssen.«

»Das wäre zu auffällig gewesen.«

»Geplant schien mir die Präsidentin aber nicht agiert zu haben. Eher hilflos.«

»Jedenfalls hat sich unsere liebe Regierung durch die Anschläge jetzt selbst demaskiert und ihr wahres Gesicht gezeigt.«

»Mag sein.«

»Dann stimmen Sie mir also zu, dass die Anschläge auch ihr Gutes hatten?«

»Es ist alles eine Frage der Verhältnismäßigkeit.«

»Das bedeutet?«

»Nur weil mir etwas nicht gefällt, kann ich ja nicht in der Gegend rumlaufen und Bomben legen, wie es die Attentäter tun. Es gibt sicher andere Wege, um seine Ablehnung auszudrücken, ohne dass Menschen sterben müssen.«

»Nein, nein!«, sagte Vogelfrei entschieden und schlug mit der Faust auf die Sofalehne. »Gewalt ist das einzig wirksame Mittel, wenn alles andere gescheitert ist. Der revolutionäre Untergrund muss für Gerechtigkeit sorgen, wenn niemand sonst es tun kann. Die Reichen sollen die Furcht spüren, in der die Armen leben, den Schweiß der Verzweiflung über den täglichen Überlebenskampf sollen sie einatmen, diese verdammten Bastarde!«, redete sich Vogelfrei weiter in Rage.

»Verbitterung ist ein schlechter Ratgeber«, sagte Fischer beiläufig.

Vogelfrei sah ihn abschätzig an. »Ich frage mich wirklich, welche Gründe Sie haben, die Republik so vorurteilsfrei zu verteidigen. Naiv scheinen Sie ja eigentlich nicht zu sein.«

»Ich male eben nicht alles so schwarzweiß wie Sie.«

»Tue ich das?«

»Die Republik versorgt mich nun mal gut.«

»Dann sind Sie ein Opportunist?«

»Nein, ich bin ein Pragmatiker.«

»Das ist doch dasselbe.«

»Das ist es überhaupt nicht. Ein Opportunist sieht nur seinen eigenen Vorteil, ohne eine Überzeugung zu haben.«

»Na und? Das macht ein Pragmatiker auch.«

»Nein, ein Pragmatiker fügt sich in das Unausweichliche – das kann zum Beispiel eine bestehende Ordnung sein – bleibt aber seiner eigenen Haltung treu, auch wenn es für ihn von Nachteil ist.«

»Das sind Spitzfindigkeiten. Im Prinzip beschreibt es ein und denselben Menschenschlag.«

»Sie kennen Marbod nicht, Herr Berger, dann wüssten Sie, dass es einen Unterschied zwischen ihm und mir gibt.«

»Wen?«

»Ein andermal vielleicht.«

»Also geht es Ihnen letztlich nur ums Geld? Auch in der Alten Ordnung konnte man gut leben.«

»Ja, aber der Preis, den man dafür zu zahlen hatte, war verdammt hoch.«

»Warten Sie nur ab – die Rechnung der Republik ist noch nicht gestellt. Ich sage Ihnen: Dieser neue Staat ist fest auf den Fundamenten des alten Systems aufgebaut. Eine neue Fassade, mehr nicht, auf den Gräbern der Diktatur errichtet. Sehen Sie sich nur das Innenministerium an. Dort sitzen jetzt praktisch dieselben Leute an den Schalthebeln wie früher. Nichts hat sich doch geändert!«

»Nicht alles läuft gut in unserem Land, das habe ich nie behauptet.«

»Ich sage Ihnen etwas über die Moral der sogenannten Neuen Ordnung und wie wenig sie sich von der Alten Ordnung unterscheidet. Vielleicht kommen Sie dann ins Grübeln.« Vogelfrei legte die Zeitung beiseite und sah durch das Zugfenster nach draußen. »Damals während des Großen Krieges fing alles an ...«

»Oh bitte, Erbarmen, muss jetzt auch noch der Krieg herhalten«, fiel Fischer ihm bewusst despektierlich ins Wort.

»Nun hören Sie doch zu.«

Fischer lächelte bemüht. »Ich versuche es ja ...«

»Die Verluste an den Fronten waren gigantisch und die Niederlagen mehrten sich«, fuhr Vogelfrei fort. »Die Bevölkerung verlor nach vier langen Kriegsjahren den Mut, war zermürbt von den ewigen Bombardierungen ihrer Städte. So sahen sich die Militärs veranlasst, die Entwicklung der Waffentechnik zu beschleunigen, was letztlich – wie wir alle wissen – zum Bau der Spaltungsraketen geführt hat.« Vogelfrei zog eine nicht ganz aufgerauchte Zigarette aus dem Standaschenbecher, brach den Filter ab und bog das zusammengedrückte Zigarettenpapier mit den Tabakresten gerade. Dann schob er den Zigarettenstummel in den Mund, entzündete ihn mit dem elektrischen Anzünder, der am Standfuß des Aschenbechers montiert war, und nahm einen tiefen Zug. »Was aber ...« Ein kurzer Hustenanfall unterbrach ihn in seinem Redefluss. Fischer erhob sich aus dem Sofa, um Vogelfrei seine Hilfe anzubieten, doch der winkte ab und fuhr fort: »Was aber in der Öffentlichkeit nahezu unbekannt ist, ist, dass man nicht nur bestrebt war, die Waffentechnik zu verbessern, sondern auch den – sagen wir – Benutzer dieser tödlichen Waffen. Der Soldat selbst sollte optimiert werden, mit der Absicht, ihn auf dem Schlachtfeld widerstandsfähiger zu machen und ihn mit höherer Schlagkraft und Ausdauer zu versehen.«

Fischer setzte sich wieder. »Sie sprechen von Drogen?«

»Ja.« Vogelfrei hustete erneut.

»Ein alter Hut.«

»Methamphetamin vor allem, auch mit Kokain und Morphin wurde viel experimentiert und weiß der Teufel, was noch für Substanzen ausprobiert wurden. Wie Sie sich vorstellen können, schert sich im Krieg ja keiner darum, ob die Soldaten von den Drogen Psychosen bekommen, wenn sie doch sowieso später im Kampf traumatisiert werden. Für einen Forscher ein wahres Schlaraffenland: Hunderttausende junger Männer, die als Versuchskaninchen zum Abschuss freigegeben sind.«

»Sie können der Neuen Ordnung doch nicht die Verbrechen von damals anlasten.«

»Haben Sie Geduld, ich muss etwas ausholen, um Ihnen die Zusammenhänge klarzumachen. Die Möglichkeiten im Großen Krieg waren begrenzt und das Wissen um die pharmakologische Wirkungsweise vieler Substanzen noch unzureichend, aber die Begehrlichkeiten der Militärs waren geweckt. Zehn Jahre später, im Ersten Kolonialkrieg, wurden die geheimen Experimente fortgeführt, ohne jedoch einen entscheidenden Durchbruch zu erlangen. Doch wie man gemeinhin weiß, sind Militärs geduldig und fast zwanzig Jahre später sollte sich ihnen mit dem Zweiten Kolonialkrieg eine weitere Gelegenheit bieten, die nächste Generation junger Männer zu Versuchszwecken zu missbrauchen. Mittlerweile hatte sich die Wissenschaft aber so rasant weiterentwickelt, dass man sich nicht mehr nur damit begnügen musste, die Kampfkraft von Soldaten durch das Verabreichen von Drogen und Aufputschmitteln zu erhöhen.« Vogelfrei zog ein letztes Mal an der Zigarette – die Glut hatte mittlerweile seine von einer schwarz eingefärbten Hornschicht überzogenen Fingerkuppen erreicht – und drückte den Stummel im Aschenbecher aus. »Das Zeitalter der Gentechnologie hatte begonnen und die Möglichkeit, die sich dadurch bot, erstmals das Erbgut von Menschen verändern zu können und in die

Schöpfung einzugreifen, wollten die Militärs natürlich nicht ungenutzt lassen. Die Vorgaben an die Genetiker der damaligen Zeit waren klar definiert: einen überlegenen Soldaten zu erschaffen, einen Soldaten, der durchhielt und nie zerbrach, egal, was auf ihn einprasselte, einen Soldaten, der nach dem Gemetzel nicht unter Gewissensbissen litt. Eine reine Kampfmaschine, die keine Angst empfand.«

»Das ist doch absurd«, platzte es aus Fischer heraus.

»Ach ja?«

»Ich bin selbst ein Veteran des Zweiten Kolonialkriegs. Glauben Sie mir, ich weiß, wovon ich rede.«

»Sie waren im Krieg?«, fragte Vogelfrei sichtlich verwundert.

»Ja.«

»Sie sehen nicht wie ein Soldat aus.«

»So? Wie sollte Ihrer Meinung nach denn ein Soldat aussehen?«

»Anders. Die Soldaten, denen ich begegnet bin, sehen jedenfalls anders aus.«

»Ich war Sanitäter in der 3. Mobilisierten Infanterie.«

»Sanitäter?«

Fischer nickte.

»Das macht mehr Sinn«, sagte Vogelfrei.

»In der Heimat sind zwar viele Gerüchte über uns kursiert, ich kann mich aber nicht daran erinnern, dass wir irgendwelche Übersoldaten in unseren Reihen hatten. Tapfere Männer ja, aber nur allzu menschlich.«

»Und was ist mit Goldstaub?«

»Goldstaub?«

»Ja.«

»Die Erfolge der Division sind legendär, aber Sie wissen so gut wie ich, dass sie am Ende des Krieges vollständig aufgerieben wurde.«

»Natürlich wurde sie das! Weil das Menschenexperiment schrecklich aus dem Ruder gelaufen ist. Die Soldaten dieser Division, die gezüchtet waren, um die Feinde gewissenlos abzuschlachten, haben begonnen, sich gegenseitig zu massakrieren.«

»Die Soldaten haben eine ganze Woche lang heldenhaft gegen eine riesige Übermacht gekämpft. Sie haben die

124

Stellung trotz härtester Gefechte gehalten, bis die Verstärkung kam.«

»Das ist die offizielle Version. Die Wahrheit ist aber, dass es in dieser Woche zwar Kämpfe gab, aber zu keiner Zeit Feindkontakt bestand. Die haben sich gegenseitig ins Jenseits befördert.«

Fischer schüttelte den Kopf. »Behauptungen über Behauptungen. So kommen wir nicht weiter. Und überhaupt frage ich mich, was das alles mit der Neuen Ordnung zu tun hat. Wollten Sie mir nicht zeigen, wie unmoralisch unser Staat ist? Dabei hat sich der erste Präsident doch eindeutig von der Barbarei der Kolonialkriege distanziert.«

»Das ist genau der springende Punkt, Herr Fischer. Offiziell hat man die Untaten der Alten Ordnung natürlich verurteilt, aber insgeheim versuchte man, zum Beispiel Nutzen aus den Menschenversuchen zu ziehen.«

»Wofür sollte man in Friedenszeiten überlegene Soldaten brauchen?«

»Ein wenig Fantasie, Herr Fischer. Ein wenig Fantasie. Wer sagt denn, dass die Früchte dieser niederträchtigen Forschung nur für das Militär geeignet sind? Wo doch allgemein bekannt ist, dass die Regierungen dieser Welt in Friedenszeiten all ihre Anstrengungen darauf richten, nicht den äußeren Feind zu bekämpfen, sondern das eigene Volk zu kontrollieren.«

»Tut mir leid, ich muss wohl den Faden verloren haben.«

»Herr Fischer, Öffentlichkeitsarbeit ist kein Kriterium für die Behörde, von der ich spreche. Ich habe Informationen, dass in dieser Behörde, die doch so sehr im Verborgenen arbeitet, vor einigen Jahren damit begonnen wurde, die alten Genexperimente zu sichten.«

Es klopfte an der Abteiltür. Die beiden Männer drehten sich zur Seite, und im gleichen Augenblick schob der Schaffner die Tür auf. »Meine Herren, in zwanzig Minuten erreichen wir Nordstadt«, sagte er zu ihnen und ergänzte, zu Vogelfrei gewandt: »Es tut mir leid, aber ich konnte Ihre Klimaanlage nicht reparieren. Wenn Sie möchten, kann ich Ihnen jetzt aber ein Ersatzabteil zeigen, das frei wird.«

»Das ist sehr freundlich«, willigte Vogelfrei ein. »Einen Moment bitte, ich möchte mich nur von diesem netten

Herren hier verabschieden, der mir Unterschlupf gewährt hat.«

»Selbstverständlich – ich warte draußen.« Der Schaffner schob die Abteiltür wieder zu.

»Von welcher Behörde haben Sie gesprochen?«, fragte Fischer.

»Das kann ich Ihnen nicht sagen«, flüsterte Vogelfrei und deutete mit einer Kopfbewegung auf den Schaffner, der vor der Tür stand. »Ich weiß nicht, ob er lauscht.«

Fischer lächelte. »Der Schaffner wird ihr Geheimnis schon nicht verraten.«

»Sie verstehen mich nicht, Herr Fischer. Ich will Ihnen weit mehr geben als nur den Namen der Behörde.« Vogelfrei sah ihn mit durchdringendem Blick an. »Ich denke nämlich, dass Sie als ein bedingungsloser Unterstützer der Republik bestens dazu geeignet sind, diesen Skandal aufzudecken. Ihnen wird man glauben, wenn Sie über die Abgründe unseres Staates berichten. Verstehen Sie, die Menschen müssen die Wahrheit erfahren, und ich kann jetzt nicht mehr eingreifen, weil ich das Land verlasse. Sie sind noch jung, Herr Fischer. Sie können noch etwas bewirken. Ich werde Ihnen zum Abschied ein Geschenk machen. Ich werde Ihnen sagen, wo Sie meinen Informanten finden können, der alles über das Geheimprojekt weiß.«

»Ein Informant?«

»Genau.«

»Und wo soll der sich aufhalten, dieser Informant?«

»Auf der anderen Seite.«

»Der anderen Seite?«

»Ein zwielichtiger Bursche. Seien Sie also vorsichtig, wenn Sie mit ihm reden. Aber sein Wissen um die geheimen Machenschaften unseres Staates ist bemerkenswert.«

»Ich weiß wirklich nicht, wovon Sie sprechen.«

Vogelfrei sah zum Schaffner, der vor der Glastür stand und unruhig auf seine Armbanduhr schaute. »Ich traue dem Schaffner nicht über den Weg.«

»Sie können mir den Namen des Informanten ruhig zuflüstern, wenn Sie meinen, dass der Schaffner lauscht«, sagte Fischer belustigt.

»Nein, besser nicht. Vielleicht kann er von den Lippen lesen. Ich hab' eine bessere Idee.« Vogelfrei holte einen Zettel aus seiner Westentasche und schrieb etwas mit einem Kugelschreiber darauf. Dann faltete er den Zettel, steckte ihn Fischer in die Manteltasche und sagte: »Für später.«

Fischer ließ ihn gewähren und schwieg. Vogelfrei stand auf und öffnete die Abteiltür. »Leben Sie wohl«, sagte er, »und machen Sie das Beste aus Ihrem Leben.«

»Auf Wiedersehen. Und grüßen Sie Ihre Tochter.«

»Bitte hier entlang.« Mit einer Handbewegung deutete der Schaffner die Richtung an, in die Vogelfrei vorgehen sollte. »Entschuldigen Sie bitte die Unannehmlichkeiten«, verabschiedete sich der Schaffner von Fischer und schloss die Tür.

Fischer wartete kurz, dann öffnete er die Tür und sah den Seitengang hinunter. Der Schaffner wechselte zusammen mit Vogelfrei in den nächsten Wagen. Fischer überlegte, ob er ihnen folgen sollte, als sich mehrere Abteiltüren öffneten und Marinesoldaten in den Gang traten. Durch das Zugfenster konnte er in der Ferne nun die Kräne von Werftanlagen und die spitzen Türme der Kirchen erkennen. Sie hatten Nordstadt erreicht.

Die meisten Passagiere, die im Nordstädter Bahnhof die Schwebebahn verließen, waren Marineinfanteristen, die wegen der allgemeinen Mobilisierung nach der Ausrufung des Notstandes wieder zurück auf ihre Kriegsschiffe beordert wurden. Gegen den Rahmen der Zugtür gelehnt, beobachtete Fischer, wie sie schweigend über den Bahnsteig gingen, wohl wissend, wieder für Monate von ihren Familien getrennt zu sein. Die Tür des Nachbarabteils, in dem der junge Mann mit den tief eingefallenen Augen und die Unbekannte saßen, war geschlossen geblieben, und auch Vogelfrei hatte den Zug nicht verlassen. Einige Minuten stand die Schwebebahn nun schon im Bahnhof, viel zu lange für einen normalen Halt, vor allem, wenn man bedachte, dass keine Passagiere zugestiegen waren. Als erwartete er noch einen Fahrgast, stand der Schaffner zusammen mit mehreren Mitarbeitern der Unterseehafen-Expresslinie an der Bahnsteigkante. Ein Polizeiwagen des Innenministeriums fuhr vor, schwarz uniformierte Polizisten stiegen aus und sicherten den Bahnsteig. Wenige Augenblicke danach traf eine Limousine ein und hielt direkt vor der Schwebebahn. Die hintere Tür des mit getönten Scheiben versehenen Wagens öffnete sich und ein Mann mit rotgelockten Haaren stieg aus. Fischer erkannte den gebrechlich wirkenden Mann sofort, der sich auf einen Stock gestützt, zum hinteren Eingang des Zuges mühte. Es war Voigt, der Leiter des Ressorts für Terrorismusbekämpfung beim Innenministerium. Unwillkürlich trat Fischer einen Schritt zurück, um im Türrahmen Deckung zu suchen. Obwohl der Hauptsitz des Ministeriums nur wenige Kilometer entfernt lag, hatte er nicht mit Voigts Anwesenheit gerechnet, und er fragte sich, warum der Direktor es vorzog, nach Unterseehafen zu fahren, statt höchstpersönlich in Neustadt die Entmachtung des Staatsschutzes zu überwachen. Warum sollte es wichtiger sein, einen Zug zu durchsuchen, der an die Staatsgrenze fuhr? Zwei Polizisten stiegen mit Voigt in den hinteren Wagen des Zuges ein, zwei weitere liefen über den Bahnsteig und sprangen im ersten Wagen auf, in dem sich die Premiumkabinen mit den Digitalfenstern befanden. Der Schaffner pfiff, die Türen schlossen sich und die Schwebebahn setzte sich in Bewegung. Fischer ging in sein Abteil zurück und zog die Vorhänge zu. Lange konnte es nicht mehr dauern, bis sie ihn aufgespürt hatten. Hier an der Küste, fernab von Neustadt, war er auf sich allein gestellt. Traditionell kontrollierten seit dem Zweiten Kolonialkrieg die Polizisten des Innenministeriums die Hafenstädte, selbst die Neue Ordnung hatte sich nicht getraut, an diesem Privileg zu rütteln. Da er von Südhausen keine Hilfe erwarten konnte, war er nun ganz der Willkür Voigts und der Polizisten jener Behörde ausgesetzt, unter deren Namen in der Alten Ordnung die Bevölkerung geradezu tyrannisiert wurde. Ob Vogelfrei sich ins Ausland absetzen wollte oder plante, sich mit seinen Komplizen in Unterseehafen zu treffen, war für ihn nur noch zweitrangig, jetzt, da er selbst zum Gejagten wurde. Er fragte sich, wie wohl Südhausen auf die letzte Nachricht reagierte, die er abzuschicken vermochte. Dann setzte er sich auf das Sofa, lehnte sich zurück und reflektierte das lange Gespräch mit Vogelfrei. Bei dem Versuch, seine merkwürdigen Andeutungen einzuordnen, holte er den Zettel hervor, den Vogelfrei ihm zugesteckt hatte, und faltete ihn auseinander. Die ersten drei Wörter auf dem vergilbten Papierfetzen waren durchgestrichen, dann folgte ein flüchtig geschriebener Text, der offensichtlich für ihn bestimmt war:

»~~Eier~~

~~Speck~~

~~Batterien~~

Gehe über den eisernen Steg und frage HEIMLICH nach WOLFSBRUT.«

7.

»Gib Voigt Bescheid, dass ich einen habe«, befahl der Scharführer des Innenministeriums dem jungen Sturmmann, nachdem er Fischers Ausweis begutachtet hatte.

»Sucht der Oberst nicht nach ihr?«, wandte dieser ein.

»Der Beifang wird ihn trotzdem interessieren. Also los!«

»Jawohl.« Der Sturmmann rückte sein Barett mit dem Totenkopfemblem zurecht und verließ das Abteil.

»Was machst du hier?« Der Scharführer hob sein Sturmgewehr, und obwohl er die Waffe nicht direkt auf Fischer richtete, musste dieser die Bewegung dennoch als Bedrohung auffassen.

»Sind wohl ganz heiß drauf, es uns zu zeigen.«

Der Scharführer lächelte, so dass sich die tiefen Furchen in der großporigen Haut seines Gesichts noch deutlicher abzeichneten. »Wurde auch langsam Zeit, dass wir den Laden übernehmen.«

»Ihnen fehlt was.«

»Mhm?«

»Ein Knopf.«

»Was?«

»Na, ein Knopf Ihrer Uniform ist nicht an seinem Platz.«

Der Scharführer sah an seinem schwarzen Uniformmantel hinab und bemerkte die Lücke in der Reihe vergoldeter Messingknöpfe.

»Wenn das mal der Herr Voigt bemerkt.«

»Das hat dich nicht zu interessieren«, sagte der Scharführer ungehalten. »Also nochmal: Was machst du hier?«

»Was Sie auch machen.«

»Was soll das heißen?«

»Zug fahren.«

»Das meine ich nicht, Mann. Ich meine, was hast du vor?«

»Ich will nach Unterseehafen ...«

»Das weiß ich auch. Jetzt stell dich doch nicht dümmer, als du bist. Was hast du in Unterseehafen vor?«

Fischer sah den Polizisten mit gespieltem Unverständnis an und fragte mit scheinbar unsicher-naivem Unterton: »U-Boot fahren?«

»Jetzt werd' mal nicht unverschämt!« Der Scharführer richtete die Waffe auf ihn. »Ich frag' dich zum allerletzten Mal: Was machst du hier?«

»Was soll ich hier machen?«

»Woher soll ich das wissen?«

»Warum fragen Sie mich nicht?«

»Was fragen?«

»Was ich hier mache?«

»Du kannst mich mal!« Der Scharführer holte mit dem Sturmgewehr aus, als wollte er Fischer mit dem Kolben schlagen, hielt dann jedoch inne und senkte die Waffe wieder. »Gleich kommt der Oberst, der wird dir die Flausen schon austreiben, das versicher' ich dir. Hat es schon mit ganz anderen aufgenommen, die 'ne dicke Lippe riskiert haben. Waren ganz klein danach.«

Das Geräusch eines harten Gegenstands, der gegen den Teppichboden im Seitengang pochte, kam näher, dann trat Voigt in den Türbereich des Abteils. Es schien, als könnte der rothaarige Mann mit den vielen Sommersprossen nur mit Mühe das Gleichgewicht halten, während er sich auf seinen Gehstock stützte. Seine weichen, jungenhaften Gesichtszüge standen im Widerspruch zu den gebrechlich wirkenden Bewegungen, die denen eines Greises ähnelten. Er hatte – so besagten zumindest die Gerüchte, die in Neustadt kursierten – irgendeine Art von Knochenkrankheit, die seine Bewegungen angestrengt und ungelenk wirken ließen.

Der Scharführer salutierte. »Herr Oberst, ich hab' hier einen vom Staatsschutz.«

»Staatsschutz?« Voigt sah sich den Ausweis an, den der Scharführer ihm entgegenhielt. »Direktion 4. Einer von Südhausens Leuten«, stellte er fest, ohne Fischer auch nur eines Blickes zu würdigen. »Was macht der denn hier?«

»Wollte er nicht verraten. Ist stattdessen frech geworden.«

Voigt schloss die Augen und verharrte einen Moment, dann öffnete er sie wieder und wandte sich Fischer zu, wobei er sich so weit nach vorne beugte, dass es den Anschein hatte, er könnte sich jederzeit auf ihn stürzen. »Werden Sie es mir denn verraten?«

Fischer faltete die Arme auf der Brust und lehnte sich zurück. »Das kommt darauf an.«

»Worauf?«

»Was Sie hören wollen.«

»Wie wär's denn mit der Wahrheit?«

»Das genau ist mein Problem.«

»Inwiefern?«

»Die kann ich Ihnen nicht verraten.«

Voigt runzelte die Stirn. »Sagen Sie, wissen Sie überhaupt, in welcher Lage Sie sich befinden?«

»Wenn ich mir der Aufmerksamkeit des Innenministeriums sicher bin? In keiner guten, schätze ich.«

»Herr Oberst!«, rief ein weiterer Sturmmann aufgeregt, als er ins Abteil geeilt kam. »Wir haben sie!«

»Sehr gut«, sagte Voigt, ohne sich von Fischer abzuwenden. »Wo ist sie?«

»Gleich nebenan.«

Voigt fixierte Fischer mit durchdringendem Blick. »Zu Ihnen kommen wir später.« Dann drehte er sich zum Scharführer um. »Halten Sie ihn hier im Abteil fest. Ziehen Sie die Vorhänge zu und bleiben Sie bei ihm, bis der Zug in den Bahnhof einfährt. Dann warten Sie, bis wir den Zug vollständig geräumt haben.«

»Jawohl.« Der Scharführer nickte unterwürfig.

»Gehen Sie dann mit ihm in die Abfertigungshalle. Halten Sie ihn dort fest, bis Sie weitere Anweisungen bekommen. Ich verlass' mich auf Sie, Müller, hören Sie?«

»Jawohl, Herr Oberst.«

»Sie bleiben auch hier, Schulz«, befahl Voigt dem jungen Sturmmann, der die ganze Zeit im Hintergrund gewartet hatte. Dann verließ Voigt das Abteil, unerwartet gewandt, als wäre er vom Wissen um die Anwesenheit der gesuchten Person im Nachbarabteil beflügelt worden.

Die Schwebebahn erreichte die Küste, und als sie beim alten Empfangsgebäude aus rotem Backstein in den Tunnel nach Unterseehafen einfuhren, wurde es im Abteil einen Augenblick lang dunkel, bevor sich die Lampen automatisch anschalteten. Der Scharführer schloss die Kabinentür und zog die Gardine zu. »Schulz, nimm unserem Gefangenen die Waffe ab.«

»Gefangenen?«, fragte Fischer scheinbar überrascht. »Welches Verbrechens bezichtigen Sie mich denn, meine Herren?«

Der Sturmmann baute sich drohend vor ihm auf. »Aufstehen! Dann umdrehen und Hände auf die Hutablage!«

»Ich muss Sie enttäuschen, meine Herren. Ich führe keine Waffe mit mir«, gab Fischer zu bedenken.

»Kann ja jeder sagen. Also los, sonst mach' ich dir Beine.«

Ohne weitere Einwände folgte Fischer der Anweisung und ließ sich durchsuchen.

»Komisch. Der hat wirklich nichts dabei. Nur diesen Draht hier.« Verwundert musterte der Sturmmann den Sägedraht, den er in Fischers Manteltasche gefunden hatte.

»Gib her. Den nehm' ich.« Der Scharführer steckte den Draht ein.

Fischer drehte sich zu den beiden um, ohne jedoch die Hände von der Hutablage zu nehmen. »Könnten Sie mich wohl über das weitere Prozedere aufklären? Ich muss heute noch einen wichtigen Termin wahrnehmen.«

Der Sturmmann lachte höhnisch auf. »Termin wahrnehmen, sagt der. So ein Trottel.«

»Schnauze, Schulz.« Der Scharführer wandte sich Fischer zu. »Du hast doch gehört, was der Herr Oberst gesagt hat. Er wird sich noch früh genug um dich kümmern.« Dann fügte er mit sarkastischem Unterton hinzu: »Sollte er noch einen Termin frei haben in seinem Kalender.«

Die Schwebebahn verlangsamte ihre Fahrt. In nicht enden wollender Abfolge zogen am Fenster die an der Tunnelwand befestigten Stromkabel vorbei, ehe der Zug schließlich in der Betonröhre zum Stehen kam. »Du bleibst jetzt genau hier sitzen.« Der Scharführer stieß Fischer auf das Sofa und stellte sich vor die Abteiltür, um zu verhindern, dass sich sein Gefangener der Anweisung widersetzen konnte. Fischer sah durch das Fenster nach draußen. »Unterseehafen«, las er auf den vom Schmutz verdunkelten Kacheln des nur spärlich beleuchteten unterirdischen Bahnhofs, die Schrift überzogen von einem öligen Film. Das Licht der Stehlampe begann zu flackern, dann gab sie einen summenden Ton von sich und ging aus. Die Notbeleuchtung über der Tür tauchte das Abteil in ein gelbrotes Licht. Fischer legte den Arm auf die Sofalehne und sah zum Sturmmann hinüber. »Erzählen Sie mir doch einen Schwank aus Ihrer Jugend, Herr Schulz. Jetzt, wo sich allmählich die anheimelnde Atmosphäre von Lagerfeuerromantik hier breitmacht.«

»Lass dich nicht auf seine Spielchen ein. Diese Maden arbeiten mit allen Tricks.« Der Scharführer zog den Vorhang der Kabinentür einen Spalt zurück und lugte in den Gang hinaus. »Sieht ganz so aus, als wär' niemand mehr im Zug. Halt ihn hier fest, ich seh' mal nach.« Der Scharführer öffnete die Tür und verließ das Abteil. Sein Sturmgewehr auf Fischer gerichtet und ihn nicht aus den Augen lassend, schob der Sturmmann die Tür wieder zu. Als wollte Fischer eine Verspannung lösen, legte er seinen Kopf in den Nacken und streckte ihn dann nach vorne. »Ganz schön nervös, der Herr Müller. Gibt es einen bestimmten Grund dafür?«

»Klappe.«

Fischer gähnte und reckte sich. »Könnten Sie mich wohl auf die Toilette lassen?«

»Versuchen Sie's erst gar nicht. Der Scharführer hat mich ja gewarnt.«

»Wovor? Meinem Harndrang?«

»Seien Sie doch still.«

»Sie können ja vor der Toilette Wache halten, damit ich nicht fliehe. Wollen Sie wirklich, dass ich mir in die Hose pisse?«

»Halten Sie die Schnauze, verdammt.«

Jemand öffnete die Abteiltür. »Wir können los«, sagte der Scharführer beim Hereinkommen in die Kabine.

»Soll ich ihm Handschellen anlegen?«

»Ich denke, die braucht es nicht. Wohin sollte er schon fliehen?«

Von den beiden Polizisten des Innenministeriums flankiert, wurde Fischer aus dem Zug geführt. Über einen schmalen Bahnsteig gingen sie bis zum Ende der Betonröhre und nahmen, da sich die offenen Kabinen des Umlaufaufzugs nicht bewegten, die Rolltreppe in die Unterebene. Auf altertümlich wirkenden Holzstufen fuhren sie in die Tiefe hinab, begleitet vom monotonen Geräusch eines ausgeschlagenen Drehlagers. Am Ende der Rolltreppe angelangt, gingen sie einen Korridor entlang, passierten ein Schott und betraten die Abfertigungshalle.

Fischer sah das Entsetzen in den Gesichtern seiner Bewacher, die, den Kopf in den Nacken gelegt, an die Decke der kuppelartigen Stahlkonstruktion starrten. Die einstmals grüne Lackierung der gewölbten Hallendecke, die von massiven Stahlpfeilern getragen, in ihrer Form einem riesenhaften Schildkrötenpanzer ähnelte, war bereits großflächig abgeplatzt und dort, wo noch eine der Deckenleuchten funktionierte, konnte man die weißen Salzablagerungen erkennen, die sich zwischen den genieteten Stahlplatten gebildet hatten. Unaufhaltsam schien das Meerwasser in die Anlage einzusickern. Ab und zu verriet ein Knarren, das sich über die gesamte Konstruktion auszubreiten schien, wie immens der Wasserdruck sein musste, der auf der Decke lastete.

»Was ist denn nur hier los?« Entgeistert sah der Sturmmann zum Scharführer hinüber.

»Ich wusste nicht, dass es so schlimm ist. Aber ich war auch schon lange nicht mehr hier.«

»Die scheiß Decke sieht so aus, als könnte sie jeden Augenblick runterkommen.«

»Nicht nervös werden, Junge. Wird schon gutgehen«, versuchte der Scharführer ihn zu beruhigen.

»Das ist ja hier wie ausgestorben.« Gebannt blickte sich der Sturmmann um. Auf den Hunderten von hölzernen Klappstühlen, die in mehreren Reihen dicht nebeneinander auf dem geteerten Boden der Halle standen, saß niemand, auch die Schalter der Grenzkontrolleure und der U-Boot-Gesellschaft waren verwaist. »Wo zum Teufel sind die alle hin?«, flüsterte der Sturmmann, als wollte er die Ruhe in der Halle nicht stören.

»Ich hab' mitgekriegt, dass Voigt die Besatzung nach Neustadt abkommandiert hat. Hätt' aber nicht gedacht, dass die keinen zurücklassen.« Der Scharführer packte Fischer unter den Arm und zerrte ihn zu einem nahegelegenen Stuhl. »Hinsetzen!«, befahl er ihm schroff.

Fischer hielt seine Handfläche auf und sah mit zuge-kniffenen Augen nach oben. »Ich möchte darauf hinweisen, dass es hier von der Decke tropft.«

»Dann rück eben noch ein bisschen durch. Genug Platz haben wir ja.«

Unweit des Schalters der Unterseelinie, der lediglich aus zusammengeschraubten Sperrholzplatten bestand, die sich durch die Feuchtigkeit in der Halle allmählich zu verbiegen begannen, setzte sich Fischer hin. »Und was jetzt?«

»Wir warten.« Der Scharführer zog einen Klappstuhl aus der benachbarten Stuhlreihe heraus, drehte ihn um und setzte sich seitlich darauf, einen Arm auf die Lehne gelegt.

»Wie lange gedenken Sie, mich hier noch festzuhalten?«

»Bis der Herr Oberst vorbeikommt. Und keine Dumm-heiten!« Der Scharführer tippte mit dem Gewehr auf die Stuhllehne. »Sonst machst du Bekanntschaft mit meinem Freund hier.«

Fischer rieb sich über den Nacken, legte die Unterarme auf die Oberschenkel, die er leicht spreizte, und beugte sich nach vorne. Er fragte sich, wo Vogelfrei wohl war, dann tauchte er einen Schuh in eine Pfütze ein, die sich auf dem Teerbelag gebildet hatte, und ließ das von Ölschlieren überzogene Wasser in die Rille eines Schienenstrangs ablaufen. Er neigte seinen Kopf zur Seite und folgte der Spur des Gleises bis hin zum Schleusentor der äußeren Landungsbrücke. Die Schienen mussten noch ein Überbleibsel aus der Zeit sein, als die Abfertigungshalle als Güterbahnhof genutzt wurde. Im Zweiten Kolonialkrieg waren hier Waffen und Ausrüstung verladen worden, um sie auf U-Booten nach Übersee transportieren zu können. Einzig und allein mit Hilfe der U-Boote war es damals möglich gewesen, die Seeblockade des Feindes zu durchbrechen und den Nachschub in die Kolonien zu sichern. Die übermächtige Flotte gegnerischer Kriegs-schiffe, die zuvor Dutzende Handelsschiffe aufgebracht und die Ladung vernichtet hatte, war fortan zum Nichtstun verdammt, denn die einzige Möglichkeit, den unterseeischen Transport zu unterbinden, wäre eine Bombardierung von Unterseehafen gewesen, die einen Gegenschlag seines Landes mit Spaltungswaffen provoziert hätte. Eine Eskalation, die auch der Feind um jeden Preis zu vermeiden suchte. Nach dem Ende des Kolonialkrieges – besser gesagt der Kampf-handlungen, denn offiziell war der Krieg noch immer nicht beendet worden – hatte die Station schlagartig an Bedeutung verloren und sollte erst wieder in Betrieb genommen werden, als es nach dem Untergang der Alten Ordnung zu einer Auswanderungswelle in die Kolonien kam. Die Halle wurde kurzerhand umgebaut und die Flotte an Fracht-U-Booten eingesetzt, um Menschen nach Übersee zu befördern. Und noch immer diente die Halle diesem Zweck, wahrscheinlich so lange, bis die dicken Stahlplatten endgültig dem Wasserdruck nachgaben und sich das Meerwasser seinen Raum zurück-eroberte.

Hinter einer Passagierschleuse hatte ein U-Boot an einer der wenigen noch nicht versandeten Landungsbrücken angedockt, die wie eine Reihe von Dornen aus der Station herausragten. Die wahre Größe des Bootes konnte man, obwohl von Scheinwerfern diffus erhellt, anhand seiner Silhouette hinter der Fensterreihe aus Panzerglas nur erahnen.

»Wollte der Herr Oberst nicht jemanden vorbeischicken?« Der Sturmmann blickte zum Schott hinüber, das zur Polizeiwache führte.

»Diese Stille gefällt mir nicht. Ganz und gar nicht.« Der Scharführer sah auf seine Uhr. »Ich geh mal gucken, wo die bleiben. Pass du auf ihn auf.« Er entsicherte die Waffe, ging zum Schott und hielt seinen Ausweis an den Kartenleser. Die Verriegelungsbolzen der Luke schnappten zurück. Kurz hielt der Scharführer inne und sah zu ihnen hinüber, als dachte er darüber nach, umzukehren. Dann öffnete er die Luke und betrat die Wache.

»Könnte ich wohl auf die Toilette?« Fischer wippte unruhig mit den Beinen hin und her.

»Nicht schon wieder diese Masche.«

»Entschuldigung, aber da Sie mich nicht auf die Toilette gelassen haben, hat sich mein Problem ja nicht in Luft aufgelöst.«

In der Polizeiwache schoss jemand. Der Sturmmann sprang auf. Der Schall eines weiteren Schusses drang durch die Luke und verhallte in der Halle. »Verdammt nochmal.« Rote Lichter an der Decke begannen aufzuleuchten. Im selben Augenblick erklang ein Warnton und zwei an den äußeren

Enden der Halle liegende Schleusentore fuhren herunter. Fischer blieb ruhig sitzen. »Der Alarm, wenn ich mich nicht irre.«

»Verdammte Scheiße.«

»Lassen Sie mich auf die Toilette, danach können wir nachsehen, was da los ist.«

»Was?«

»Da drüben ist eine Toilette – sehen Sie? Wenn ich nur ...«

»Ich werd' Sie auf keinen Fall ...«, widersprach der Sturmmann, sein ängstliches Gesicht vom pulsierenden Rotlicht der Alarmbeleuchtung erhellt. Er nahm sein Gewehr von der Schulter und entsicherte es. »Verdammt, verdammt«, murmelte er in sich gekehrt vor sich hin und strich sich mit den Fingern nervös über den dünnen Oberlippenbart. Dann zog er ein Paar Handschellen aus der Tasche und ging mit der Waffe im Anschlag auf Fischer zu.

»Immer mit der Ruhe«, versuchte der ihn zu beschwichtigen.

»Stillhalten.« Der Sturmmann ließ die Handschelle an Fischers Handgelenk einrasten. Er sah sich beinahe verzweifelt um und zögerte, dann kettete er ihn an die Lehne des Klappstuhls.

»Was soll das werden, wenn's fertig ist?«, fragte Fischer.

»Sie bleiben hier, bis ich zurückkomme.«

»Hören Sie, an Ihrer Stelle würde da nicht reingehen.«

Der Sturmmann aber achtete längst nicht mehr auf Fischers Worte, wischte sich den Schweiß von der Stirn, umklammerte seine Waffe und schritt die Stuhlreihen entlang, den Blick beständig auf die geöffnete Luke gerichtet, die in die Polizeiwache führte. Hinter einem Stahlträger suchte er Deckung, musterte nochmals die Luke des Schotts, atmete tief durch und stürmte nach vorne. So ein Idiot, dachte Fischer. Er sah ihm hinterher, bis er in der Wache verschwunden war. Beim Aufstehen riss Fischer unversehens den Klappstuhl mit sich in die Höhe, an den er gekettet war. Die Handschelle schnürte sich schmerzhaft in sein Handgelenk ein. Um den Zug auf seinen Arm zu verringern, klappte er den Stuhl zusammen und hielt die Lehne fest. Auf der anderen Seite der Halle, dicht hinter den Schaltern der Grenzkontrolleure, senkten sich mehrere Rollgitter zu Boden.

Der Weg zum unterirdischen Bahnhof war nunmehr abgeschnitten, doch er störte sich nicht daran. Es gab eine
Reihenfolge, die einzuhalten war, und mit voller Blase zog
man nicht in die Schlacht. Er klemmte sich den Stuhl unter
den Arm, ging am Schalter der Unterseelinie vorbei zu den
Toiletten und folgte dem Gang zum Pissoir. Der Urin in der
gemauerten Auffangrinne stand zentimeterhoch, und er
dachte, dass es jetzt von Vorteil war, nicht mehr gut riechen zu
können. Er stellte den Stuhl neben sich ab, die Rückenstütze
gegen sein Bein gelehnt, und als er gepinkelt hatte und sich
gerade vom Urinbecken wegdrehen wollte, merkte er, wie er
die Kontrolle über seinen Körper verlor. Etwas hatte seinen
Kopf getroffen, doch er spürte keinen Schmerz. Bevor es um
ihn herum dunkel wurde, kam ihm in den Sinn, dass es ein
glücklicher Umstand war, seitlich zu Boden zu sinken und
ihm erspart blieb, nach vorne zu fallen und womöglich in
seiner eigenen Pisse und der Dutzend anderer zu ersaufen.

»Wo sind die anderen?«
Fischer öffnete die Augen, aber er konnte nichts sehen, als
wäre er blind. Er glaubte, dass er auf einem Stuhl saß, doch
sicher war er sich nicht. Das Letzte, woran er sich erinnern
konnte, war, dass er auf die Toilette gehen wollte. Obwohl er
nicht glaubte, dass er sich in angemessener Weise Erleichterung verschafft hatte, schien seine Hose trocken zu
sein. Um sich zu vergewissern, neigte er seinen Kopf nach
vorne und vergaß dabei, dass seine Welt aus Dunkelheit
bestand. Irgendwann spürte er eine raue Textilfaser auf seiner
Gesichtshaut und vermutete, dass ihm etwas übergestülpt
worden war. »Wo sind die anderen?«, fragte erneut ein Mann,
der unmittelbar vor ihm stehen musste. Ein Schlag traf ihn am
Kinn. Fischer versuchte, sich die Arme schützend vor sein
Gesicht zu halten, aber er konnte sie nicht nach oben reißen.
Er versuchte, nach dem Angreifer zu treten, doch seine Beine
blieben wie festgenagelt am Boden. Dann, auf einmal, war er
sich darüber im Klaren, dass er an einen Stuhl gefesselt,
vollkommen wehrlos, der Willkür eines Fremden ausgeliefert
war. »Welche anderen?« Seine Stimme war ihm noch nicht
genommen worden. Ein harter Schlag traf ihn in der
Magengegend. Fischer stöhnte auf und krümmte sich nach

vorne, schnappte nach Luft, versuchte sich wegzudrehen, wand sich und zappelte mit Armen und Beinen, um sich loszureißen – doch all die Mühe war vergeblich. Vornübergebeugt, die Zähne zusammengebissen, unterdrückte er dann schicksalsergeben den Schmerz so gut es ging. »Ich weiß zwar nicht, was ihr sonst so macht«, presste er unter Stöhnen heraus, jederzeit dazu bereit, den nächsten Schlag in Empfang zu nehmen, »aber einen Mann beim Pinkeln hinterrücks eins überzuziehen, ist nicht besonders heroisch.« Er hörte, wie der Angreifer einatmete, dann traf ihn ein weiterer Fausthieb in der Magengegend. »Wo sind die anderen?« In schneller Folge trafen ihn weitere Schläge, immer auf dieselbe Stelle. Fischer hatte sich aber darauf eingestellt: Wenn er hörte, wie der Mann einatmete, wusste er, dass kurz darauf ein Fausthieb folgte, und dann spannte er seine Bauchmuskeln an, um die Wucht des Schlags bestmöglich abzufangen. Derjenige, der sich an ihm abarbeitete, hatte offenbar wenig Übung im Foltern anderer, nicht so wie Heinrich, der, einem Meister seines Faches gleich, mit wenigen Fausthieben aus dem Nichts heraus den Widerstand eines Menschen zu brechen vermochte, stets darauf bedacht, asynchron zuzuschlagen, während er die Grausamkeit der Worte einsetzte, um dem Geschundenen die Ausweglosigkeit der Lage zu verdeutlichen, in der er sich befand. »Wo sind die anderen, du Dreckschwein.« Weitere Schläge trommelten auf Fischer ein, aber fortwährend in die Magengegend gesetzt, waren sie für ihn zweifelsfrei ein Hinweis darauf, dass er am Leben bleiben durfte. Es war nichts, was ihn beunruhigen musste. Nicht so wie Schläge auf die Nieren zum Beispiel. Verletzungen der stark durchbluteten Organe konnten schwere innere Blutungen zur Folge haben, die häufig tödlich endeten. Von Heinrich hatte er gelernt, dass sie ein beliebtes Mittel waren, um Verdächtige zu beseitigen, ohne äußerlich Spuren der Misshandlung an ihnen zu hinterlassen.

Durch das grobe Netz eines Jutesackes hindurch konnte Fischer nun die Umrisse des Mannes erkennen, der ihn malträtierte. Dessen starkes Schnaufen bei der Arbeit verriet ihm, dass er nicht sonderlich ausdauernd war. Irgendwann ließ er von ihm ab, keuchend, die Arme auf die Knie gestützt, mit dem pfeifenden Geräusch beim Atmen wie das eines Asthmatikers. Fischer hörte das Quietschen eines Türscharniers und glaubte, das Flüstern einer Frau zu vernehmen. Dann verlor er wieder das Bewusstsein.

»Aufwachen, du Schwein.«

Jemand schlug mit der Faust in sein Gesicht. Fischer öffnete die Augen, und diesmal war es hell. Zu hell. Er musste blinzeln und versuchte, sich an das grelle Licht zu gewöhnen. Schützend wollte er sich die Hände vor die Augen halten, aber sie waren immer noch gefesselt.

»Na, was ist? Zeigst du dich nun kooperativer?«

Allmählich gewöhnten sich Fischers Augen an die Helligkeit, und er verstand, dass es der nervös wirkende junge Mann aus dem Zug mit den tief eingefallenen Augen war, der da vor ihm stand. Dieser hatte ihn in einen schmalen Raum geschleppt, kaum mehr als ein Korridor zu nennen, in dem es – soviel Fischer erkennen konnte – zwei Luken und ein Bullauge gab. In einem vergitterten Schacht über ihm rotierte ein Ventilator. Zuerst konnte er die Schrift über den Luken nur verschwommen wahrnehmen, dann las er über der linken Luke »Zum Kontrollraum« und über der rechts von ihm gelegenen Luke »Zu den Zellenblöcken«. Er musste sich in irgendeinem Verbindungsgang innerhalb der Polizeiwache befinden. »Dachte zuerst, die Schwarzmäntel hätten mir eins übergezogen, aber selbst die haben mehr Ehre«, sagte Fischer und sah an sich hinab. Mit Klebeband waren Unterarme und Knöchel an den Klappstuhl gefesselt, der sein ständiger Begleiter war, seitdem der junge Sturmmann glaubte, ihn mit Handschellen daran ketten zu müssen. Fischer spuckte auf den Boden aus. Rote Spritzer auf den vom Schmutz verkrusteten Bodenfliesen. Mit der Zungenspitze prüfte er seine Zähne. Ein Schneidezahn wackelte leicht. »Hast mich ganz schön in die Mangel genommen.«

»Hallo, Einar«, flüsterte ihm jemand unvermittelt ins Ohr. Eine Frau, die hinter ihm stehen musste. Fischer war die Stimme vertraut, doch an diesem Ort und zu dieser Zeit – das war unmöglich. »Ingrid?«, fragte er ungläubig. Die Frau strich mit ihrer Hand über seinen Nacken, ging mit federnden Bewegungen um ihn herum und stellte sich neben seinen

Peiniger, den Arm angewinkelt auf dessen Schulter gelegt. Ganz in schwarz gekleidet, mit eng anliegender Hose und kniehohen Stiefeln war es zweifelsfrei jene vermummte Frau, die er zusammen mit Vogelfrei am Heldenplatz gesehen hatte. Ingrid? Wie konnte das sein? Sie zog die Kapuze nach hinten, riss sich die schwarze Staubmaske vom Gesicht, und als sie ihre Schutzbrille mit den großen, getönten Gläsern abnahm, wusste Fischer, dass er sich nicht geirrt hatte. Es war tatsächlich Ingrid: die Frau, mit der er zusammen in der alten Hauptstadt auf die Oberschule gegangen war. Die er abgöttisch geliebt hatte. Sie fuhr sich mit den Händen durch ihre blonden Haare. Fischer hatte nicht den geringsten Zweifel daran, dass sie zu den Terroristen gehörte. Mit ihrem Komplizen war sie im Nachbarabteil nach Unterseehafen gefahren und ließ es jetzt zu, dass er misshandelt wurde. »Ingrid?«, fragte er.

»Lange Zeit nicht gesehen.«

»Was soll das?«

Ingrid legte die Hände auf ihre Hüften und lächelte, ohne ihm jedoch zu antworten. Noch immer war sie eine schöne Frau, musste Fischer unweigerlich denken. Anmutig wie eh und je. Eine Frau, der auch das Alter nichts anhaben konnte, die mit fast vierzig noch dieselbe unwiderstehliche Anziehungskraft auf Männer verströmte wie mit zwanzig. Waren in ihrer Jugend viele Frauen von strahlender Schönheit, gelang es nur wenigen, diese magische Ausstrahlung auch zu bewahren. Und sie gehörte zweifellos dazu. Obwohl es für ihn ungewohnt pathetisch klang, hatte er immer gedacht, dass es eine Frau war, bei deren Anblick ein Mann auf die Knie fiel, um Gott zu danken für solch ein Geschenk. Er musste schlucken, doch seine Kehle war trocken. »Was ...« Seine Stimme versagte, so dass er sich räuspern musste. »Was machst du hier?«

»Arbeitest jetzt für'n Staatsschutz, wie?«

»Woher ... woher weißt du das?« Er konnte sich daran erinnern, dass er sie vor zwei Jahren zum letzten Mal gesehen hatte, kurz bevor er sich beim Staatsschutz bewarb. Mit niemandem hatte er darüber geredet, dass er bei der in Ostend so verhassten Behörde eine Stelle angenommen hatte, bei seinem Weg zur Arbeit stets darauf geachtet, nicht verfolgt zu werden. Woher wusste sie also, dass er dort arbeitete? Seinen Ausweis, auf dem sein Beruf vermerkt war, hatte schließlich der Scharführer eingesteckt. Ingrid beugte sich nach vorne, strich ihm mit einer Hand zärtlich über die Wange und flüsterte ihm ins Ohr: »Von deiner Frau.« Dann zog sie den Kopf langsam wieder zurück und neigte ihn zur Seite. »Von deiner Frau, Einar«, hauchte sie ihm ins Gesicht.

Von meiner Frau, dachte er. »Du warst bei ihr?«

»Ja.«

»Warum nur?«

»Eine Freundin aus alten Zeiten wird doch mal vorbeikommen dürfen.«

»Hast du ihr etwa was angetan?«

»Wo denkst du hin? Wir haben nur nett miteinander geplaudert. So von Frau zu Frau.«

»Ingrid, wir müssen sofort abhauen«, warf Fischers Peiniger ein.

»Gib mir noch ein wenig Zeit, Ludger. Er wird mir schon noch alles verraten.« Sanft berührte sie Fischers Kinn. »Wenn ich ihn ganz lieb danach frage.« Sie rollte mit dem Zeigefinger eine Haarsträhne zu einer Locke.

Fischer beugte seinen Oberkörper zur Seite und sah zu Ludger hinüber, der sich vergeblich mühte, das Sturmgewehr durchzuladen, das er einem der Polizisten abgenommen haben musste. Der Schlagbolzen schien sich verklemmt zu haben.

»Ludger?«, fragte Fischer, zu Ingrid gewandt.

»Gefällt er dir?«

»Nun, wir hatten in der Vergangenheit unsere Schwierigkeiten miteinander, denke ich.« Fischer lächelte. »Ganz schön jung auf jeden Fall.«

»Das sagt der Richtige.«

»Was meinst du?«

»Wenn ich mir so deine Frau angucke.«

»Wir leben nicht mehr zusammen.«

»Wie du dir denken kannst, weiß ich auch das bereits.«

»Natürlich.«

»Sie hat mir so einiges über dich erzählt.«

»Hat sie das?«

»Hast sie einfach so sitzen lassen mit den ach so kleinen, kleinen Kindern.« Sie legte eine Hand auf Fischers Knie und fuhr zärtlich seinen Oberschenkel hinauf.

»Ich hatte meine Gründe.«

»Hätt' ich nicht von dir gedacht.«

»Ich versorge alle drei sehr gut.«

Ruckartig nahm sie die Hand von seinem Oberschenkel und sah ihn nachdenklich an. »Ich kenne dich jedenfalls anders.«

»Du weißt gar nicht, was vorgefallen ist. Ich hatte keine andere Wahl.«

»Sieht dir jedenfalls nicht ähnlich.«

»Wenn wir gerade so von Enttäuschungen sprechen ...«

Ingrid wandte ihren Blick von ihm ab und drehte ihr Gesicht zur Seite. »Auch ich hatte meine Gründe.«

»Lass die Ratte in Ruhe, Ingrid. Zum Teufel nochmal, wir müssen verschwinden.« Ludger nahm einen Cortisoninhalator aus der Hosentasche, umschloss das Mundstück mit den Lippen und atmete tief ein, während er die Aluminiumpatrone in den Applikator drückte, um das Aerosol freizusetzen.

»Wo sind die anderen?«, fragte Ingrid, plötzlich ernst und kalt.

»Welche anderen?«

»Wer schon? Deine Freunde vom Staatsschutz natürlich.«

»Was weiß denn ich? Bin ich ihr Kindermädchen?«

»Das Schwein wird dir nichts verraten, Ingrid«, mischte sich Ludger ein. »Der kooperiert nicht.«

»Ich kooperiere nicht? Ach ja?« Fischer beugte sich nach vorne und schien die von Schimmelflecken überzogenen Beine des Klappstuhls einer genauen Inspektion zu unterziehen. Dann sah er wieder nach oben. »Wer überhaupt hat jemals schon seinen eigenen Stuhl zum Verhör mitgebracht?«

Ludger hustete einmal, steckte den Inhalator ein und fuhr sich mit dem Handrücken über den Mund. »Was für ein Komiker.«

Ingrid lächelte. »Du hältst wohl immer noch die Leute zum Narren.«

»Na ja, zumindest bemühe ich mich. Offenbar in zunehmendem Maße ohne Erfolg.«

Sie beugte sich zu ihm nach vorne und legte ihre Hände sanft auf seine Schultern, als beabsichtigte sie, ihn zu umarmen. »Für den Staatsschutz also.« Dann umklammerten ihre Hände seinen Hals, ohne jedoch allzu viel Druck auszuüben. »Du Verräter.«

»Jeder muss sich im Leben entscheiden, denke ich. Sieht ganz so aus, als hätten wir unterschiedliche Seiten gewählt.«

»Mir kannst du es doch anvertrauen«, säuselte sie ihm zu, mit ihren Lippen fast die seinen berührend. Dann senkte sie ihren Kopf und küsste seine Narbe am Hals.

»Du gehst zu weit.« Fischer drehte sich zur Seite weg.

»Die zwei, die dich begleitet haben, haben wir schon. Wo sind die anderen, Einar?«, fragte sie energisch. »Ich muss es wissen.«

»Wen habt ihr?«

»Wen schon? Die zwei Polizisten natürlich, mit denen du in die Halle gekommen bist.«

»Du hast gesehen, wie ich in die Halle gekommen bin?«

Ingrid nickte. »Ich war ganz schön erschrocken, als du mit den beiden im Schlepptau durch das Schott marschiert bist. Musste Hals über Kopf aufs Klo flüchten. Erst dreht Voigt durch und dann tauchst du auch noch auf. Und alle wollen nur die arme, arme Ingrid.«

»Dann hast du mich niedergeschlagen?«

»Nicht, dass es mir gefallen hat.«

»Na ja, zumindest hast du mich abschütteln lassen.«

Ingrid fuhr mit ihrer Zunge über die Oberlippe, dann löste sie den Griff von Fischers Hals und richtete sich wieder auf. »Wir brauchen mehr Waffen und genug Munition, um uns hier rauszuschießen«, sagte sie entschlossen zu Ludger. Der nickte und verließ den Korridor durch die Luke, die zum Kontrollraum führte.

Ingrid verschränkte ihre Arme und schüttelte den Kopf. »Einar, Einar.« Sie drückte einen Zeigefinger auf seine Stirn. »Was geht nur in deinem Kopf vor?«

»Dass du mich losmachen solltest.«

»Das würde Ludger sicherlich nicht gefallen, wo er sich doch solche Mühe gegeben hat, dich zu verschnüren.«

Er lehnte sich zurück und dachte daran, dass es das Beste wäre, sie zu überreden, ihn von seinen Fesseln zu befreien, bevor Ludger zurückkehrte. »Warum wolltest du mich eigentlich besuchen? Hast dich in den letzten Jahren doch ziemlich rar gemacht.«

»Wenn ich mich recht erinnere, warst du es doch, der einen Schlussstrich gezogen hat.«

»Hast mich wohl vermisst.«

»Sei nicht so eitel.«

»Ganz falsch liege ich aber nicht.«

Sie strich sich die Haare hinter das Ohr und neigte ihren Kopf nach hinten. »Und du? Denkst du häufig an früher?«

»In letzter Zeit nicht mehr.«

»Ach ja?«

»Ist so.«

»Mir kannst du nichts vormachen. Du lügst doch!«

»Wenn du meinst.«

»Denkst du, ich weiß nicht, wie du mich immer angesehen hast?«

»Hab' ich das?«

»Das Verlangen in deinen Augen, als wir uns am Neuen Steintor verabschiedet haben. Glaubst du, das ist mir entgangen?«

»Das ist lange her.«

»Nur zwei Jahre.«

»Immerhin.«

»Das ist nichts.«

»Seitdem ist viel passiert.«

»Blödsinn. Du hast mich immer begehrt. Seitdem wir uns kennen. Ich habe dieses Verlangen in deinen Augen geliebt. Und jetzt? Das soll jetzt alles vorbei sein?« Sie lehnte sich zu ihm nach vorne. »Und überhaupt ... wie du mich ansiehst ... so merkwürdig ...«

Fischer blickte an seinem geschundenen Körper herab, der mit Klebeband an den Stuhl gefesselt war. Dann sah er ihr in die Augen. »Was erwartest du? Du lässt mich fesseln und verprügeln. Soll ich davon begeistert sein? Wenn ich mich recht erinnere, war unsere Beziehung damals von anderer Natur.«

»Davon rede ich nicht.« Sie fuhr ihm mit dem Zeigefinger zärtlich über die geschwollene Lippe. »Du siehst mich so an ... so komisch. So, als wäre ich eine Fremde.«

»Wahrscheinlich eine kleine Unpässlichkeit wegen des Schlags auf den Kopf.«

Sie senkte ihren Blick. »Du und deine Sprüche. Wenigstens das hat sich nicht geändert.«

»Wo ist eigentlich die andere Frau?«, fragte er, als sie wieder zu ihm aufsah.

»Wen meinst du?«

»Die Frau, die bei Reich angerufen hat. Du warst es ja nun nicht.«

Sie schwieg, und obwohl sie sich äußerlich nicht anmerken ließ, was in ihr vorging, konnte er ihre Verunsicherung spüren. »Und wo ist Vogelfrei?«, fragte er.

»Vogelfrei?«

»Genau der.«

»Nie etwas von einem Vogelfrei gehört.«

»Am Heldenplatz habt ihr euch doch ganz gut verstanden.«

»Was redest du nur für einen Unsinn?«

»Hat mein Anruf doch gefruchtet. Wolltet ihr euch wohl alle absetzen?«

»Wovon sprichst du?«

»Unterseehafen für eure Flucht auszuwählen, war wohl keine so gute Idee.«

Sie runzelte die Stirn und tippte mit dem Zeigefinger mehrmals auf ihre Lippe. »Du hast überhaupt keine Ahnung, was hier vor sich geht, oder?« So stand sie regungslos da und schien nachzudenken, dann, als aus dem Kontrollraum ein Geräusch zu hören war, drehte sie sich um. Ludger kam zurück, ein Sturmgewehr schussbereit in den Händen, ein anderes geschultert, zwei Ersatzmagazine unter die Schnalle seines Gürtels gesteckt.

»Ist Vogelfrei der Kopf eurer Terrorzelle? Oder wer hat sonst das Kommando? Der da hinten sieht ja nicht so aus, als hätte er den Grips dazu«, sagte Fischer so laut, dass es Ludger verstehen musste.

»Halt's Maul, du Arschloch.«

»Nichts für ungut, Ludger, aber der Hellste scheinst du ja wirklich nicht zu sein.«

»Halt dein Maul, ich hab' schon welche umgelegt.«

»Meinst du, ich hab' Angst vor so einem kleiner Mörder wie dir?«

»Mach nur so weiter. Auf einen mehr oder weniger kommt es auch nicht an. Ich werd' dir schon ...«

Ingrid hob ihre Hand, um Ludger Einhalt zu gebieten. »Weiß einfach nicht, wann Schluss ist, der gute Einar.«

»Ich könnte kotzen. So viel sinnlose Gewalt«, sagte Fischer.

»Sinnlos?«

»Führt euch hier auf wie trotzige, kleine Kinder, die ihre Süßigkeiten nicht bekommen haben.«

»Was weißt du denn schon? Wir treten für unsere Ideale ein. Wir sind die Avantgarde einer neuen ...«

»Tüchtig«, unterbrach Fischer Ingrid.

Sie sah ihn argwöhnisch an. »Und was machst du? Du bist nur eine Marionette der Republik.«

»Wie weit willst du eigentlich gehen? Wie viele Menschen sollen noch sterben?«

»So viele, wie nötig sind«, sagte sie kalt und abweisend.

»Die vielen Toten reichen dir immer noch nicht?«

»Blut muss fließen. Mehr Blut ...«

»Du kennst dein Schicksal, wenn du so weitermachst.«

»Jeder muss irgendwann sterben.«

Fischer atmete tief durch. »Und ihn? Würdest du ihn auch opfern, ohne mit der Wimper zu zucken?«

»Ludger? Ein prima Kerl. Geht durchs Feuer für mich und für das, wofür wir eintreten.« Ingrid ging zu Ludger hinüber, der den Kopf gesenkt hatte und in sich gekehrt neben der Luke stand. Sie streichelte ihm über den Nacken. »Du musst jetzt einen kühlen Kopf bewahren, hörst du?«

»Ich hab' sie alle umgebracht.«

»Du musst jetzt hart sein, Ludger.«

Ludger hob seinen Kopf. »Ingrid, da kommen Männer hierher.«

»Was meinst du?«

»Auf den Bildfenstern im Kontrollraum hab' ich ein paar dieser schwarzen Bastarde gesehen, die versuchen, in die Halle zu kommen.«

»Wie das?«

»Die schweißen ein Gitter auf, glaub' ich.«

»Wir müssen sofort hier weg.« Sie packte Ludger am Arm, und als sie sah, dass er immer noch apathisch war, schüttelte sie ihn. »Ludger!«, schrie sie ihn an. »Wird es gehen?«

Ludger nickte. Er reichte ihr das Sturmgewehr, das er in der Hand hielt, dann drehte er sich plötzlich irritiert um.

»Was ist?«, fragte sie.

»Ich hab' was gehört. Im Kontrollraum.« Er nahm das zweite Gewehr von der Schulter und entsicherte es. »Ich schau mal nach.«

»Sei aber vorsichtig und ... beeil dich.« Als Ludger durch die Luke gegangen war, drehte sich Ingrid zu Fischer um, ihren Gesichtsausdruck von einem Augenblick zum nächsten von angespannt und ernst zu verführerisch lächelnd wechselnd. »Zeit, sich zu verabschieden.«

»Du musst verzeihen, dass ich nicht aufstehe.«

»Ach, Einar.«

»Du blutest«, stellte er mit kritischem Blick fest.

Sie fuhr sich mit der Hand über das Gesicht.

»Nein, unterm Kinn.«

Sie versuchte, sich das bereits eingetrocknete Blut von der Haut abzuwischen. »Das ist nicht von mir.«

»Nicht von dir? Was habt ihr gemacht?«

Sie antwortete ihm nicht.

»Ingrid, was habt ihr nur gemacht?« Er sah durch die offen stehende Luke, die zum Kontrollraum führte, konnte aber nur einen kurzen Korridorabschnitt einsehen. Fast teilnahmslos starrte sie ins Leere, fing sich dann wieder und blickte ihn an, ernst und entschlossen. »Nichts, was nicht unbedingt notwendig gewesen wäre.«

»Mach mich los.« Er ruckelte an seinen Fesseln. »Ingrid!«

Ludger kam aus dem Kontrollraum zurück. »Der ist weg!«

»Was?«

»Der Typ, der so stark nach Alkohol gestunken hat, ist weg.«

»Der mit dem faltigen Gesicht, der mit Einar gekommen ist?«

»Ja.«

»Ich dachte, du hast ihn erledigt?«

»Ja, hab' ich auch gedacht. Aber er liegt nicht mehr da.«

»Hast du ihn gesehen?«

»Nein.«

»Verdammt.«

»Aber weit kommt er bestimmt nicht.«

»Was kümmert's uns? Wir verschwinden sowieso.«

Ludger hob sein Sturmgewehr, lud es durch und zielte auf Fischer. »Und was ist mit ihm?«

»Was schon? Wir lassen ihn hier zurück.« Ingrid legte die Hand auf die Waffe und drückte den Lauf nach unten.

»Er wird uns nur verraten, Ingrid. Er muss sterben.«

»Nein«, sagte sie herrisch. »Du lässt ihn in Ruhe.« Dann ging sie zur gegenüberliegenden Luke, die zum Zellenblock führte, und hielt eine Magnetkarte an den Kartenleser. Die Bolzen schnappten zurück, so dass sie die Luke öffnen konnte. »Hier entlang, übers Gefängnis«, sagte sie. Ludger stieg als Erster durch die offene Luke, dann folgte sie ihm nach.

»Du kannst mich hier doch nicht einfach so zurücklassen!«, rief Fischer ihr hinterher.

Sie drehte sich zu ihm um. »Keine Sorge, deine Freunde werden dich gleich befreien.«

»Aber Ingrid«, sagte er ruhig und eindringlich, »die Schwarzmäntel sind doch nicht meine Freunde.«

Sie sah ihn ernst an, dann nickte sie. »Die Schwarzmäntel sind niemandes Freund.« Sie zog ein Teppichmesser aus ihrer Hosentasche und ging zu ihm hinüber. Dann fuhr sie die blutverschmierte Abbrechklinge des Messers aus, durchschnitt das Klebeband am rechten Arm und gab ihm einen Kuss auf die Stirn. »Mach's gut.«

»Die andere Seite auch noch.« Fischer lächelte. »Siehst du?« Die Handschellen raschelten, als er den vom Klebeband befreiten Arm anheben wollte. »Immer noch festgekettet.«

Sie beugte sich über ihn, und als sie auch das Klebeband auf der anderen Seite durchgeschnitten hatte, ließ sie sich auf seinen Schoß fallen. Er drückte sie fest an sich und dachte, dass es sich gut anfühlte.

»So wie früher?« Sie legte ihren Kopf auf seine Schulter.

Er streichelte mit seiner freien Hand über ihre Hüfte und fuhr zärtlich mit seinen Fingern ihre Taille entlang. »So wird es nicht mehr sein«, sagte er nachdenklich und zog seine Hand zurück.

»Nein, das wird es nicht«, stimmte sie zu und stand auf.

Fischer sah ihr hinterher, wie sie durch die Luke trat, sich noch einmal umdrehte, in ihrem Gesicht ein flüchtiges Lächeln, und dann den Eingang zum Gefängnis hinter sich schloss.

Er beugte sich nach vorne und zog am Klebeband, das seinen linken Knöchel an den Stuhl fesselte. Da es mehrmals um das Stuhlbein gewickelt war, ließ es sich nicht so einfach zerreißen. Er entdeckte den Anfang des Klebestreifens und bohrte seine Fingernägel solange unter die Folie, bis er sie zu greifen bekam. Als er das Klebeband Stück für Stück abwickelte, dachte er darüber nach, was aus Ingrid geworden war, der Frau, die er kannte, seitdem sie zusammen in der alten Hauptstadt auf die Oberschule gegangen waren. Auf den ersten Blick schien sie unverändert zu sein, doch etwas hatte sich an ihr gewandelt, und er konnte nicht genau benennen, was es war. Seit jeher war sie kalt und berechnend, ihre Aura der Unnahbarkeit hatte ihn früher schon gleichermaßen fasziniert und abgeschreckt. Eine Frau, die auf eine merkwürdige Art idealistisch war, indem sie sich für die Schwachen und Benachteiligten einsetzte, doch, immer das große Ganze im Blick behaltend, dem Einzelnen ein erstaunliches Maß an Gleichgültigkeit entgegenbrachte, das bisweilen an Verachtung grenzte. Dass sie in die Anschläge verwickelt war, vielleicht sogar als treibende Kraft dahinter steckte, war es nicht, das ihn so befremdete. Darüber wunderte er sich am wenigsten, denn fast erschien es ihm wie die logische Konsequenz ihres bisherigen Lebens. Schon in der Schule hatte sie sich gegen die bestehende Ordnung aufgelehnt, hatte den Unterricht gestört und die Lehrpläne zur politischen Unterweisung der Lächerlichkeit preisgegeben, wohl wissend, dass ihr Vater, ein einflussreicher Textilfabrikant, sie protegierte, wenn Strafe drohte. Und er, der Sohn eines Plakatmalers, der durch Talent und Fleiß aufs Gymnasium gelangt war, hatte sie dabei unterstützt. Auf der Schreibmaschine ihres Vaters – und ohne sein Wissen – hatten sie Flugblätter geschrieben und diese heimlich auf dem Schulhof verteilt. Um ihr zu imponieren, war er dabei immer waghalsiger vorgegangen, hatte ihre jugendlich naiv geschriebenen Pamphlete, die doch voller idealistischer Inhalte waren, mal vor das Zimmer des Direktors gelegt, mal auf die Büste des Idols geklebt. Zusammen scheinbar unverwundbar, waren sie fortan ein Paar, das niemanden sonst in ihre Pläne einweihte und gegen das System Widerstand leistete, bis zu jenem schicksalhaften Augenblick, als das Spaltungswerk explodierte und sie aus der Stadt fliehen mussten.

Fischer befreite auch den anderen Knöchel vom Klebeband und stand auf. Es gab aber schon damals diesen tief in Ingrid sitzenden Stachel, einen nahezu unbegrenzten Zorn, den sie nur schwerlich im Zaum halten konnte. Getrieben von ihren Erfolgen, hatte sie schon zu Schulzeiten Fantasien entwickelt, mit Gewalt für eine gerechtere Gesellschaft zu kämpfen, und er hatte mehr als einmal stundenlang auf sie einreden müssen, damit ihre Aktionen friedlich blieben. Offenbar war diese Wut in ihr nun angesichts der Missstände im Land neu entfacht worden und richtete sich, da die Alte Ordnung längst untergegangen war, nun gegen die Republik.

Er ging zur stark korrodierten Außenwand des Verbindungsgangs, stellte sich dicht vor das Bullauge und sah ins trübe Wasser hinaus. Schräg unter ihm auf dem Meeresgrund lag der militärische Bereich von Unterseehafen, doch lediglich der vordere Teil der hufeisenförmigen Anlage, aus deren Schleusentoren die schnellen Jagd-U-Boote binnen Minuten auslaufen konnten, war zu erkennen.

Je mehr er über Ingrid nachdachte, desto deutlicher wurde ihm bewusst, dass sie ihm fremd geworden war. Sie hatte recht gehabt mit ihrer Behauptung, er sehe sie anders an als früher. Wenn man von dem Verlangen absah, das ein Mann im Anblick einer unwiderstehlich schönen Frau verspürte, fühlte er nichts für sie, schlimmer noch, gab es keinerlei Vertrautheit. Diese Frau vorhin auf seinem Schoß hatte auf ihn gewirkt wie ein Abziehbild von Ingrid, seltsam leer, entkernt und eine Rolle spielend, eine bis ins Detail stimmige Kopie zwar, versehen mit den kleinen Makeln – dem Grübchen, das sich auf der linken Wange bildete, wenn sie lächelte und dem an der Spitze abgebrochenen Schneidezahn –, aber eben nur dem äußeren Schein nach die Person, die sich vor zwei Jahren bei ihm ausgeweint hatte wegen ihres herzlosen Vaters.

Er hatte versucht, sich nichts anmerken zu lassen. Hatte versucht, ihr Spiel mitzuspielen. Vorzugeben, dass sie ihm vertraut war, und er etwas für sie empfand. Ganz so, wie er es bei seiner Familie getan hatte. Auch in ihrer Gegenwart hatte er sich verstellt bei dem Bemühen, die Rolle des Ehemanns und Vaters einzunehmen, für die er vorgesehen war. Er erinnerte sich an die irritierten Blicke seiner Frau und seiner Kinder, die in sein ausdrucksloses Gesicht starrten, wartend auf eine Regung, den Austausch von Freundlichkeiten, wenn man gemeinsamer Erlebnisse gedachte. Er wusste, dass er etwas für sie empfinden sollte, etwas für sie empfinden musste, doch jeden weiteren Tag, den er mit ihnen zusammen verbrachte, erschienen sie ihm deutlicher als ausgetauschte Körper, die nicht den Menschen entsprachen, die er in Erinnerung hatte. Nachbildungen, gleichsam künstlich zusammengesetzt aus den Bestandteilen der Originale, wie Doppelgänger, nahezu perfekt in ihrem Abbild, aber eben nicht vollkommen, ohne dass er im Detail beschreiben konnte, was ihnen fehlte. Um nicht die Arbeit beim Staatsschutz zu verlieren, hatte er sich nicht den Gesundheitsbeamten anvertraut, zu ungeheuerlich war sein Verdacht, seine Frau und die Kinder wären durch andere Personen ersetzt worden. Zu abwegig erschien ihm diese Theorie ja selbst, als dass er mit jemandem darüber sprechen konnte. Irgendwann hatte er ihre Anwesenheit nicht mehr ertragen können. Er hatte sie verlassen und war in das Hotel am Rande der Innenstadt gezogen, wo er fernab seiner Familie lebte und peinlichst darauf achtete, keine dauerhaften Kontakte zu anderen aufzubauen, um zu vermeiden, dass er erneut von Menschen umgeben war, denen er nicht vertraute.

Fischer klappte den Stuhl zusammen, an den er noch immer mit der Handschelle gekettet war. Erst seine Familie und nun Ingrid. Von einem Einzelfall konnte da keine Rede mehr sein, vielmehr zeichnete sich darin ein Muster ab. Es schien sich um einen Prozess zu handeln, an dessen Ende die Menschen in seiner Umgebung durch Doppelgänger ersetzt waren. Er ging zur Luke hinüber, die zu den Zellenblöcken führte. Sie war verriegelt und ließ sich nur mit einer geeigneten Magnetkarte öffnen. Er war sich unschlüssig darüber, ob er die Frau, die so aussah und sich so verhielt wie Ingrid, überhaupt verfolgen sollte. Zwar verspürte er ihr gegenüber keinerlei Verbundenheit, aber sie hatte ihn verschont, und er war ein Mensch, der darauf achtete, niemandem etwas schuldig zu bleiben. Unschlüssig darüber, wie weiter vorzugehen war und verwirrt von den Ereignissen, die sich um ihn herum abspielten und ihn wie eine Spielfigur erscheinen ließen, dachte er an Vogelfrei. Sicherlich war er ein Feind der Republik, doch als ein Mann, der dazu im Stande war, Dinge zu hinterfragen, konnte er ihm vielleicht weiterhelfen. Vielleicht erging es auch anderen Menschen so wie ihm, und er war nur ein Teil einer Verschwörung größeren Ausmaßes, von der Vogelfrei wusste. Unbedingt musste er ihn finden, um über seine Erlebnisse zu sprechen.

Fischer klemmte sich den Stuhl unter den Arm, ging durch die offen stehende Luke, bog den Gang rechts ab und gelangte über eine unverschlossene Kugelschleuse in den Kontrollraum. Eine niedrige Decke, Neonröhren dicht an dicht. Dutzende von Bildfenstern zur Überwachung der Abfertigungshalle standen auf Tischen, die in mehreren Reihen angeordnet waren. Auf einigen Bildfenstern flackerten die unscharfen Überwachungsbilder des Wartebereichs, auch die Schalter der Grenzkontrolleure und die Landungsbrücken waren zu sehen, andere Bildfenster wiederum waren ausgeschaltet. Seine Aufmerksamkeit erregte jedoch eine Gesamtansicht der Halle, auf der starker Funkenflug zu sehen war. Wie schon von Ludger befürchtet, versuchten mehrere Männer eins der Rollgitter aufzusägen, das durch den Alarm heruntergefahren war. Schwarz uniformierte Polizisten sammelten sich hinter dem Gitter, bereit dazu, in den Komplex einzudringen. Viel Zeit blieb Fischer nicht mehr.

Das erste Opfer der Terroristen lag hinter einem umgerissenen Drehstuhl. Auf dem Bauch liegend, das Gesicht in einer Blutlache versunken, die Haarspitzen in das Blut getaucht wie die Borsten eines Pinsels, der mit Ölfarbe getränkt wurde. Patronenhülsen und herumgewirbeltes Papier auf dem Fliesenboden, in den Rigipsplatten der Wandverkleidung mehrere Projektileinschläge. Von Einschusslöchern durchsiebt, stand die Tür zur Toilette einen Spalt offen. Ein toter Techniker in einem blauen Anzug lag blutüberströmt dahinter, die Arme und Beine unnatürlich verdreht. Die Spanplatten der Tür hatten dem Mann, der anscheinend zur Besatzung der Polizeiwache gehörte, keinen Schutz bieten können. Etwa zwei Meter weiter, direkt neben einem Alarmmelder, zog sich an der Wand ein Blutstreifen etwa von Brusthöhe an nach unten, als wäre ein von Kugeln Getroffener gegen die Wand geprallt und dann zu Boden geglitten. Blutige Fußabdrücke führten von der Stelle weg, doch die Spur verlief sich nach wenigen Schritten. Er ging die Tischreihen mit den Bildfenstern entlang bis zu einem halbrunden Schaltpult, auf dem eine schematische Karte der Abfertigungshalle und der dazugehörenden Module dargestellt war. Dioden, die grün und rot aufleuchteten, Kippschalter, in Gruppen angeordnet. Der junge Sturmmann saß inmitten einer Blutlache auf dem Boden, den Rücken an das Pult gelehnt, kreidebleich, mit leicht hängendem Kopf. Der Blutmenge auf den Fliesen nach zu urteilen, hatte er schon fast zwei Liter Blut verloren und noch immer sickerte es aus ihm heraus. Die Augen halb geöffnet, starrte er schon in Agonie vor sich hin. Eine Hand am Klappstuhl, die Schuhspitzen in das Blut eingetaucht, kniete sich Fischer vor ihm hin.

»Die haben alle tot gemacht«, sprach der Sturmmann ohne eine Regung aus. Die Hauptschlagader seines linken Beins war durch ein Projektil durchtrennt worden, ein weiterer Schuss hatte seine Leber getroffen.

»Ganz ruhig«, flüsterte Fischer.

Der Sturmmann blickte zu ihm auf. »Werd' ich sterben?«

Unsicher darüber, ob er ihm die Wahrheit sagen sollte, schwieg Fischer eine ganze Weile, ehe er ihm antwortete: »Es tut mir leid.«

Der Sturmmann wandte seinen Blick ab. »Schon gut.« Er hob seine Hand, streckte sie ihm entgegen, und Fischer erwiderte seinen Griff. Mit aller Kraft drückte der Sturmmann zu, als klammerte er sich an sein Leben. In dem Moment, als seine Hand erschlaffte, sank sein Kopf zur Seite weg. Den Blick auf den sterbenden Mann gerichtet, nahm Fischer aus den Augenwinkeln einen Schatten wahr, der sich bedrohlich schnell näherte. Als sich der Angreifer auf ihn stürzte, riss

Fischer den Klappstuhl herum, und ein Messer bohrte sich in die Sitzfläche. Durch die Wucht der Attacke zu Boden geschleudert, schlug Fischer mit dem Rücken gegen das Pult. Er sah die goldenen Messingknöpfe einer schwarzen Uniformjacke, bemerkte den einen fehlenden Knopf, dann blickte er in das Gesicht des Scharführers. In einem Moment noch hassverzerrt, entglitt dem Scharführer die Mimik, er ließ die Arme sinken, sackte in sich zusammen, schlug auf dem Boden auf und blieb regungslos liegen. Seine starren Augen blickten ins Nichts. Fischer drückte eine Hand gegen seinen schmerzenden Ellenbogen und atmete tief durch. Der Scharführer hatte kurz vor seinem Tod noch die Kraft und diesen schier unbändigen Willen aufgebracht, ihn anzugreifen, obwohl Ludger ihn mindestens zweimal in die Brust geschossen haben musste. Fischer richtete sich auf und ging zum Sturmmann hinüber, den Klappstuhl an der Kette hinter sich herziehend, auf den Fliesen Abdrücke seiner blutgetränkten Schuhsohlen hinterlassend. Er holte sich die Schlüssel für die Handschellen aus der Seitentasche des Uniformmantels, öffnete das Schloss und klappte den Metallring der Handschelle auf, so dass der Stuhl zu Boden fiel. Er rieb sich über das schmerzende Handgelenk, dann beugte er sich noch einmal über den Sturmmann, um auch die anderen Manteltaschen zu durchsuchen. »Siegfried Schulz«, stand auf dem Ausweis, den er in der Innentasche fand. Mit gerade einmal achtzehn Jahren gestorben, im selben Alter, in dem auch sein Kamerad Franz im Kolonialkrieg gefallen war. Fischer steckte den Ausweis ein, dann schloss er die Augenlider des Toten.

Seine Blicke wanderten zunächst ziellos umher, ehe seine Aufmerksamkeit auf ein verglastes Büro in der Ecke des Kontrollraums fiel. Die Jalousien des Büros waren heruntergelassen, doch die Lamellen waren in die Waagerechte gedreht, so dass er erkannte, dass dort jemand auf dem Boden lag. Er ging zum Büro hinüber, öffnete die Tür und sah sich um. Ein Schwarzmantel lag mit durchschnittener Kehle hinter dem Schreibtisch, zusammengekrümmt, die Arme noch dicht am Hals, als hätte er bis zuletzt verzweifelt versucht, das Blut zurückzuhalten, das unaufhörlich aus ihm herausgelaufen war. Zu seinen Füßen lag Voigt, das Gesicht nach oben gerichtet und die Augen geschlossen, als schliefe er. Fischer kniete sich neben ihn hin, öffnete seinen Mantel und inspizierte seinen Körper. Es gab keine sichtbaren Stich- oder Schussverletzungen. Er kontrollierte den Puls am Hals, zuerst an der linken, dann an der rechten Schlagader. Es war nichts zu ertasten. Er beugte sich über ihn. Keine Atmung, doch die Lippen waren noch nicht blau verfärbt. Er riss das Hemd auf, so dass die Knöpfe zur Seite wegsprangen, ertastete das untere Ende des Brustbeins, legte die Hände übereinander und drückte mit den Handwurzeln den Brustkorb ein. Die Rippen brachen beim ersten Zudrücken mit einem knackenden Geräusch, porös, wie bei einem Neunzigjährigen. Er überstreckte den Kopf nach hinten, klappte den Unterkiefer nach oben und beatmete ihn über die Nase. Der Brustkorb hob und senkte sich, ganz so, wie er den Rhythmus vorgab. Dann drückte er den Brustkorb erneut ein, um die Herzmassage fortzuführen, immer wieder, in schneller Folge, bis er irgendwann dachte, nur noch eine breiige Masse unter seinen Händen zu spüren. Blut quoll Voigt aus dem Mund. Fischer prüfte den Puls an der Halsschlagader. Nichts zu spüren. Er wischte sich mit der Handfläche über die Stirn und stand auf. Er ging zum Waschbecken, befeuchtete sein Gesicht mit Wasser und betrachtete wie hypnotisiert die rot eingefärbten Schlieren, die im Porzellanbecken abliefen. Eingetrocknete Blutreste am Wasserhahn. Er war nicht der Erste, der sich hier die Spuren der Gewalt abwusch.

Eine Explosion erschütterte den Kontrollraum. Die Scheiben des Büros barsten, und er wurde zu Boden geschleudert. Auf dem Rücken liegend, blickte er an die Decke. Hinter einer runden Scheibe aus Panzerglas, die in einem kunstvoll ornamentierten Rahmen eingefasst war, lag das Meer. Wie Wolken, die langsam über den Himmel wanderten, zogen die Rauchschwaden der Explosion über ihn hinweg. Bruchteile von Sekunden, die ihm vorkamen wie Stunden. Losgelöst von der Welt um ihn herum. Dann, urplötzlich, kam sein Gehör zurück, und er vernahm die donnernden Schritte von jemandem, der heranstürmte. Die Luke, die zur Abfertigungshalle führte, war aufgesprengt und ein Schwarzmantel lief mit der Waffe im Anschlag in den Kontrollraum, den Blick auf die zerschossene Toilettentür gerichtet. Die Glasscherben des zersprungenen Fensters knirschten unter Fischers Mantel, als er aus dem Büro herauskroch, einige blieben auch am Leder haften und wurden über die Fliesen mitgeschleift. Noch immer bewegten sich die durch die Explosion verbogenen Lamellen der Jalousien an ihren Schnüren hin und her. Er robbte zur vorderen Tischreihe und suchte hinter einem Schaltschrank Deckung. Ein dumpfer Einschlag im Metallgehäuse. Der Schwarzmantel musste ihn bemerkt haben. »Staatsschutz!«, rief Fischer mit aller Kraft, doch das Urteil über ihn war gefällt. Der Schwarzmantel feuerte erneut auf ihn, zuerst einen Schuss, dann eine ganze Salve. Die Röhre eines Bildfensters implodierte, Teile der Tischplatte platzten weg, Papier wirbelte zu Boden. »Hier ist er!«, rief der Schwarzmantel. »Kommt her!«

Fischer kroch unter zwei Tischen hinweg in die dritte Reihe mit Digitalfenstern und versteckte sich hinter einem Stromaggregat. Aus mehreren Gewehren wurde gefeuert, jedoch ziellos, ohne die Kenntnis seiner Position, verteilten sich die Einschläge im gesamten Kontrollraum. Fischer arbeitete sich bis zur hinteren Tischreihe vor, und nachdem er sich vergewissert hatte, dass sie nicht bereits dort auf ihn warteten, kroch er bis zum Kugelschott. »Feuer einstellen!«, hörte er einen der Schwarzmäntel von der anderen Seite des Raums brüllen. Fischer wartete, bis der letzte Schuss gefallen war, dann sprang er auf und hechtete durch die offene Luke des Schotts. Noch auf dem Boden liegend, stieß er sie von der anderen Seite mit den Füßen zu. Er hörte die Einschläge im Metall, doch die Projektile konnten die zentimeterdicken Stahlplatten des Schotts nicht durchschlagen. Er stand auf und torkelte den Korridor entlang bis zu jenem Raum, in dem Ingrid und Ludger ihn verhört hatten. Er hob das Sturmgewehr vom Boden auf, das Ludger zurückgelassen hatte, lief zur Luke, die zum Gefängnis führte, und hielt den Ausweis des Sturmmanns an den Kartenleser. Die Verriegelungsbolzen sprangen zurück, und er öffnete die Luke. Dann schlug er mit dem Gewehrkolben auf den Kartenleser ein, bis der Leseschlitz mitsamt dem Gehäuse auseinander-sprang. Das sollte seine Verfolger eine Weile lang aufhalten. In dem Augenblick, als er die Luke hinter sich schloss, rückten die Schwarzmäntel vor. »Schnappt euch das Schwein! Der hat

Voigt getötet!«, rief einer von ihnen. Gerade noch rechtzeitig rasteten die Bolzen ein und verriegelten die Luke.

Fischer passierte zwei unverschlossene Tore und erreichte Gefängnisblock A. Die Zellen zu beiden Seiten, in den oberen Etagen mit Metallgeländern gesicherte, schmale Laufbalkone. Für schätzungsweise mehr als dreihundert Gefangene ausgelegt, saß jetzt niemand mehr in den nach vorne offenen Zellen ohne jegliche Privatsphäre ein, die nicht einmal breit genug waren, um die Arme auszustrecken und gerade so lang, dass ein Bett und ein Klosett mit einem winzigen Waschbecken hineinpassten. An den mit Kratzspuren übersäten Wänden hingen noch vereinzelt Fotografien und Porträtzeichnungen. Verblichene Überreste früherer Insassen, die zu Zeiten der Diktatur in diesem metallischen Sarkophag am Meeresgrund eingesperrt waren. Vor allem unliebsame politische Gegner, die mit dem Versprechen angelockt wurden, das Land über den Hafen für immer verlassen zu dürfen, hatten sich in den feuchten Zellen wiedergefunden. Festgehalten ohne Aussicht auf Entlassung und der Brutalität der Wärter ausgesetzt, während die Angehörigen sie im Ausland in Sicherheit wähnten.

Rot blinkende Lichter an der Decke erloschen. Der Alarm war abgeschaltet worden, und lange konnte es nicht mehr dauern, bis die Schwarzmäntel kamen. Er lief bis zum Ende des Zellentrakts vor und sah sich um. Geradeaus ging es zur Küche, nach rechts zum Zellenblock B. Er ging nach rechts, passierte zwei offen stehende Gittertore und stand vor gut einem halben Dutzend Isolationskammern. Eine der Schiebetüren, mit der sich die Zellen hermetisch abriegeln ließen, stand offen. Dahinter lag ein winziger, wie ein Verlies wirkender Raum, in dem nicht einmal ein Bett stand. In vollkommener Dunkelheit hatten Isolationshäftlinge hier tagelang ausharren müssen. Darum bemüht, in der Einsamkeit nicht verrückt zu werden, hatte sich einer von ihnen – so hatte er zumindest in dessen Biographie gelesen – damit beschäftigt, wieder und wieder Knöpfe seines Hemds auf den Boden zu werfen und dann in der Dunkelheit danach zu suchen. Stundenlang. Tagelang. In schier endloser Abfolge das Einzige, was seiner Existenz einen Sinn zu geben schien. Ohne einen Bezug zur Welt und nicht wissend, ob es noch ein Mensch war, der da auf dem Boden kroch und die Stahlplatten abtastete.

Die offenen Zellen, die hinter den Isolationskammern lagen, waren ein wenig größer als die im vorigen Trakt. Durch das eingesickerte Meerwasser porös geworden, löste sich der Mörtel mitsamt der grünen Farbe bereits von den Seiten- und Rückwänden. Dann bemerkte er, dass in einer der hinteren Zellen noch jemand einsaß. Ein älterer Mann, der die Gitterstäbe fest umklammert hielt. Es war kein Unbekannter. »Herr Vogelfrei!«, rief Fischer ihm zu, doch dieser nahm ihn nicht wahr. Apathisch auf den Boden starrend, drehte sich Vogelfrei nicht einmal zu ihm um. Aus der Ferne vernahm Fischer tumultartigen Lärm und Rufe, die Kommandos sein mochten. Seinen Verfolgern war es gelungen, in den benachbarten Zellentrakt einzudringen. So schnell wie möglich musste er fliehen. In der Mitte des Korridors führte eine Treppe ins Untergeschoss. Ein letztes Mal sah er zu Vogelfrei hinüber, blickte in sein teilnahmsloses Gesicht, dann stieg er die Stufen nach unten in die Dunkelheit.

Fischer nahm sein Feuerzeug aus der Tasche und entzündete das Gas mit dem Zündrad. Ein Gang lag vor ihm, der gesäumt war von leeren Kanistern und ausgedienten Lattenrosten. Die eingedrückten Metallplatten der Decke waren gestützt von Holzpfeilern, wie in einem Bergwerkstollen. Er versteckte das Sturmgewehr unter einem Karton, in dem eingestaubte Uniformmäntel lagerten, und ging den Flur bis zum Ende weiter. Ein unscheinbares Zimmer befand sich dort mit einem schlichten Holzkreuz an der Wand. Erst als er im Türrahmen stand, begriff er, dass es ein Hinrichtungsraum war. Die Guillotine stand in der hinteren Ecke des gefliesten Zimmers. Sie war wesentlich kleiner als die Modelle, die er aus den Schauprozessen zu Zeiten der Alten Ordnung kannte und wirkte auf den ersten Blick wie eine Attrappe, nicht wie ein reales Mordinstrument. Keine zwei Meter war die abgeschrägte Schneide des Fallbeils über den beiden Brettern mit den halbmondförmigen Aussparungen, in die der Kopf des Verurteilten gesteckt wurde. Statt des Klappbretts, auf das normalerweise die Delinquenten geschnallt und zur Enthauptung unter die Klinge geschoben wurden, gab es nur eine massive Bank. Vermutlich wurde der Verurteilte von Henkers-knechten solange festgehalten, bis das Beil sein Leben beendete. Das Holz mit Politur eingerieben, die Klinge geschärft, schien die Guillotine noch immer in Benutzung zu sein. Unter dem geflochtenen Korb, der die vom Körper abgetrennten Köpfe auffing, war ein Abfluss im Boden. Er schob den Korb zur Seite und hob den Gitterdeckel an. Darunter verlief ein Kanalisationsrohr, das groß genug war, um sich dort gebückt fortbewegen zu können. Er hielt das Feuerzeug dicht über den Boden und betrachtete die Flamme, die unverändert hell blieb. Dann sprang er in das Rohr hinab und passte, um seinen Fluchtweg zu verbergen, den Gitterdeckel wieder im Rahmen ein. Eingetrocknete Rückstände von Abwasser, einige Ratten, die flüchteten. Wenn der Anschluss nicht mehr genutzt wurde, war das von Vorteil. Er folgte dem Verlauf des Rohrs in die Richtung, von der er glaubte, sie führte ihn weiter weg von den Schwarzmänteln. Nach gut hundert Metern ging es so steil bergab, dass er nur deshalb nicht wegrutschte, weil das alte Abwasserrohr von einem spröden Rostbelag überzogen war. Die Kammern und Hallen von Unterseehafen mit ihrem weit verzweigten System von Verbindungsgängen über sich, ging es immer weiter in die Tiefe hinab. Mit der Flamme seines Feuerzeugs leuchtete er ein Schott aus und ging dann weiter, bis er in der Ferne Licht sah, bald so viel, dass er sein Feuerzeug zuklappen konnte.

Ein Rohrsegment war durch die Korrosion so stark zerfressen, dass es aus der Verankerung gebrochen und auf den Boden einer Halle gestürzt war. Die Abwasserleitung endete nun in einem tief unter der Wasseroberfläche liegenden Trockendock. Unter der Decke befand sich ein auf Schienen laufender Brückenkran, mit dem tonnenschwere Ersatzteile von einer Rampe aus zielgenau zu jeder Stelle der Halle transportiert werden konnten. Eines der großen Fracht-U-Boote, mehr als einhundert Meter lang und gut fünfzehn Meter hoch, lag hier zur Reparatur. Auf Holzblöcken gebettet, die nahezu vollständig im Schlick versunken waren, schien das U-Boot so verrostet zu sein wie die von mehreren hundert Lampen in ein gelbes Licht getauchten Wände der Wartungs-halle. Der Turm war vor Ewigkeiten eingerüstet worden und man konnte fast den Eindruck gewinnen, als bildeten die über die Gerüstrohre gezogenen lederartigen Planen mit dem U-Boot mittlerweile eine Einheit. Wie ein gestrandetes Schiff auf einer Sandbank war es zur Seite geneigt. Der einstige Stolz des Landes, nun kurz vor der Abwrackung. Ein Schleusentor auf der anderen Seite des Docks führte ins Meer hinaus. Wenn die Arbeiten beendet waren, konnte die Halle geflutet werden und das U-Boot wurde ins Meer gespült. So verkrustet, wie das Tor aber aussah, war es das letzte Mal vor Jahren bedient worden.

Ein Windhauch streifte ihn. Lüftungsschächte in den Wänden und in der Decke sorgten dafür, dass sich in der Halle keine Fäulnisgase anreichern konnten. Er stellte sich an die Abbruchkante des Abwasserrohrs, beugte sich nach vorne und versuchte, die Entfernung zum Hallenboden abzuschätzen. Drei bis vier Meter mochten es sein. Er ging in die Hocke, schlug seine Hose nach oben und dachte darüber nach, ob er springen sollte. Wenn die Klimaanlage nicht mehr richtig funktionierte, würde er jämmerlich ersticken wie ein Bauer, der allzu unvorsichtig in sein Silo hinabstieg. Doch was blieb ihm übrig? Er musste das Risiko eingehen.

Fischer versank knöcheltief in einer öligen, viskosen Flüssigkeit. Neben ihm Dutzende von Ölfässern, zu Haufen aufgetürmt in einer schlickartigen Sedimentschicht. Er stapfte zu einem behelfsmäßig angelegten Steg aus Brettern und Blechen, der die einzelnen Holzblöcke des Trockendocks miteinander verband. Ein pfeifendes Geräusch, dicht neben seinem Kopf. Instinktiv wischte er sich über das Ohr, um die Stechmücke zu vertreiben, doch im selben Augenblick verstand er, dass jemand auf ihn geschossen hatte. Sofort sprang er hinter eins der Ölfässer in Deckung. Das nächste Projektil durchschlug das Fass in spitzem Winkel, verfehlte ihn aber ebenso. Der Schütze feuerte von oben auf ihn, von einer Position direkt unter dem Hallendach aus. Fischer war ihm schutzlos ausgeliefert. Er sprang auf und rannte den Steg entlang. Weitere Schüsse verfehlten ihn nur knapp. Er warf sich auf den Boden. Keine Deckung, nur die im Sand versunkenen Holzblöcke. Der hoch aufragende Stahlkörper des U-Boots, der ihm Schutz bieten könnte, noch zu weit weg. Er blickte zum Brückenkran hinauf. In der Führerkanzel saß niemand. Zwei Einschläge in den Holzplanken. Es war beileibe kein guter Schütze, der da auf ihn feuerte, aber mit ausreichend Patronen traf auch er irgendwann einmal. Das Sturmgewehr ist der Freund des Blinden, wie man in seiner Kompanie sagte. Fischer stand auf, rannte zum Gerüst am U-Boot-Turm, zerrte die darüber gespannte Plane zur Seite und suchte unter den Holzböden Deckung, die im Gerüstrahmen eingehängt waren. Eine Zeit lang stand er einfach nur da und lauschte. Es fiel kein weiterer Schuss. Trotzdem war er nicht in Sicherheit, denn kamen die Schwarzmäntel hierher, saß er in der Falle. Fischer sah eine Leiter und stieg die Sprossen in die erste Ebene hinauf. Ein mehrere Meter langer und gut einen halben Meter breiter Riss klaffte in der Außenhaut des U-Bootes, vermutlich entstanden durch die Kollision mit einem Felsen. Er hielt sich vorsichtig an einer der aufgeschlitzten Platten der äußeren Hülle fest, beugte sich nach vorne und inspizierte den inneren Stahlmantel. Jemand hatte ein Loch in den Druckkörper geschnitten. Die Beine auf eine Strebe gestützt, die den Druckkörper mit der äußeren Hülle verband, zog Fischer sich an der glatten Schnittkante hoch und kletterte in das U-Boot hinein.

Sitzbänke und Tische, in Gruppen angeordnet, eine gerahmte Schwarzweißfotografie der alten Hauptstadt an der Wand. Es war die Messe, hell erleuchtet, als wäre die Besatzung noch an Bord. Unter einer Tischplatte robbte er auf dem Boden entlang, der durch die Neigung des Bootes leicht abschüssig war. Plötzlich sprang ein Kind hinter einer Sitzbank hervor und lächelte ihn an. Dann schlug es auf seine Schulter, als ob es ihn beim Versteckspielen entdeckt hätte. Er streichelte dem Jungen über die zerzausten Haare, kroch unter der Tischplatte hervor und stand auf. In der Messe aufgespannte Hängematten, in denen Männer, stumpf auf Kokablättern herumkauend, vor sich hindösten. Eine Frau, die am Nachbartisch saß, säugte gerade ihr Baby. Es waren Peons, die hier lebten. Eingewickelt in Stoffumhänge und die Strickmützen mit den Ohrenklappen derartig verschmutzt, dass das bunte Streifenmuster darunter kaum noch zum Vorschein kam. Ursprünglich als Hilfsarbeiter zur Reparatur der U-Boote eingesetzt, schienen sie darauf zu warten, irgendwann wieder gebraucht zu werden. Kleingewachsenes Volk aus der Bergkolonie. Gestrandet wie das Boot, das sie reparieren sollten. Wahrscheinlich ernährten sie sich von den

Abfällen, die in Unterseehafen anfielen oder sie stahlen Vorräte aus den Lagerhallen, wenn es denn dort noch welche gab.

Die Frau bemerkte ihn zuerst. Sie blickte zu ihm auf, und als sie realisierte, dass ein Fremder vor ihr stand, riss sie die Augen auf. Starr vor Schreck verharrte sie so einen Augenblick mit offenem Mund. »Ich tue euch nichts«, versuchte Fischer beruhigend auf sie einzureden, doch es war vergeblich. Sie presste ihr in ein Tuch gewickeltes Baby an die Brust, sprang auf, packte den Jungen am Arm, zerrte ihn mit sich und rannte durch die offen stehende Bugluke. Gleichgültig, als gehe sie das alles nichts an, sahen die Männer in den Hängematten zu ihm hinüber. Von ihnen konnte er keine Hilfe erwarten, aber irgendjemand musste ihm sagen, wie er wieder an die Oberfläche gelangte.

In der Kombüse nur verrostete Pfannen, Kakerlaken und von Schimmelflecken überzogene Kacheln als Zeugnisse des Verfalls. Auf dem Boden der angrenzenden Vorratskammer lagen aufgerissene, leere Jutesäcke. Ein Peon, der nach vorne gebeugt in einem der Regalfächer saß, angelte sich mit dem Zeigefinger einen Ananasring aus einer Konservendose. Er stopfte sich die Scheibe in den Mund und trank dann den Saft aus der Dose, ohne sich daran zu stören, dass er sich die Lippen am scharfkantigen Deckel aufschnitt. Es wirkte so, als bemerkte er die blutende Wunde nicht einmal. Fischer passierte die nächste Luke und gelangte in den Schlafbereich.

Die Kojen mit Gittern gesichert, dicht an dicht, auf drei Etagen übereinander. Über die Matratzen laufende Wanzen und anderes Getier. Ein weiterer Peon lag in einer der unteren Kojen, benommen und mit verdrehten Augen, die Hände noch um eine Plastiktüte geklammert, die mit der lackartigen Substanz gefüllt war, die er inhaliert haben musste. Als Fischer an ihm vorbeiging, schrak der Peon hoch, kam ans Haltegitter der Koje vor, riss seinen Mund auf und zeigte ihm, drohend wie ein Tier, die Zähne.

»Immer schön ruhig bleiben.« Fischer rührte sich nicht.

»Du hier weg!« Der Peon holte ein Messer unter dem Kopfkissen hervor, schwang es ruckartig durch die Luft und hielt es sich dann selbst an die Kehle, um ihm zu bedeuten, dass er nicht zögern würde, ihn umzubringen. »Du hier weg!«

Das Gesicht des Mannes war von den rot gepunkteten, perlenschnurartig aufgereihten Einstichen der Bettwanzen geradezu übersät. Kaum dazu in der Lage, das Messer koordiniert zu führen, stellte er für ihn keine Gefahr dar, aber sein Geschrei konnte andere alarmieren. Und so war es auch. Ein Ruf von der anderen Seite des Gangs. Ein Wort, das Fischer zwar nicht verstand, aber wie ein Befehl ausgesprochen war. Dann ein Pfiff. Ein alter Peon kam durch die offene Luke auf der Bugseite. Barfuß, seine Jacke von Flecken übersät, die Hose nur bis zu den Knöcheln reichend. Das durch die Sonne gegerbte Gesicht durch das Leben unter Tage längst bleich geworden. Er ging zu dem Mann in der Koje, der zu zucken begann, riss ihm das Messer aus der verkrampften Hand, drückte ihm ein paar Kokablätter in den Mund und flüsterte ihm etwas ins Ohr.

»¡Bicho, patrón, bicho!«, stieß der Mann panisch hervor. »Diese Viecher! Sie weg!«

Der alte Peon hielt seine Stirn und drückte ihn wieder nach hinten in die Koje zurück. »No hay nada ... no hay nada«, sagte er sanft.

Der Mann schüttelte seinen Kopf, dann legte er sich auf die Seite, den Kopf auf den Ellenbogen gestützt. »Mi cabeza ... me duerle ...«, murmelte er unruhig, von Krämpfen geplagt vor sich hin, durch das Kauen auf den Kokablättern kaum noch zu verstehen.

Der alte Peon deckte ihn behutsam zu und schob das Messer unter die Matratze. Dann drehte er sich zu Fischer um, lächelnd und die offenen Handflächen präsentierend als Zeichen, dass er nicht beabsichtigte, ihm etwas zuleide zu tun. »Du kannst hier nicht bleiben«, sagte er ruhig.

»Ich bin nicht euer Feind.«

»Das will ich hoffen.«

»Ich will nur nach draußen.« Fischer deutete mit dem Zeigefinger nach oben.

Der Peon hielt kurz inne und sah ihm in die Augen. Dann senkte er den Kopf, fast unterwürfig, griff nach seinem Arm und zog leicht daran. »Komm mit.«

»Nach draußen?«

»Si.« Der Peon ließ ihn los und ging die Reihe der Kojen entlang bis zur vorderen Luke. Fischer folgte ihm. Sie erreichten einen Gang, in dessen Mitte eine Metallleiter montiert war, die senkrecht nach oben führte, direkt in einen schmalen Schacht hinein. Der Peon war die ersten Sprossen schon hinaufgestiegen, als Fischer ihn am Knöchel festhielt. »Zum Notausstieg am Turm?«

Der Peon nickte.

»Das geht nicht. Da oben beim Kran sind Leute, die mich erschießen wollen.«

»¿Los negros?«

»Ja, es sind die Schwarzmäntel.«

»¿Por qué?«

»Die glauben, ich wär' ein Mörder.«

Der Peon stieg die Sprossen wieder nach unten und sah ihn unsicher an. »Wirst du mir was antun?«

»Was? Dir? Wo denkst du hin?« Fischer legte eine Hand auf die Schulter des Peons. »Es muss doch noch eine andere Möglichkeit geben, hier rauszukommen«, sagte er.

Der Peon überlegte kurz. »Ja, die gibt es. Ich zeige dir den Weg.« Er öffnete eine Luke in der Mitte des Korridors, und sie betraten den am Bug gelegenen Frachtraum. Mehrere Reihen von Containern, die auf Laufschienen festgezurrt waren, standen hier. In einem Zwischenraum war ein kleines Zeltdach gespannt worden, darunter, auf zusammengefalteten Kartons, saß eine Frau im Schneidersitz. Ihr Baby, das sie sich vor die Brust gewickelt hatte, zeigte mit der vorspringenden Stirn und den verformten Handgelenken die Symptome einer schweren Rachitis, verursacht durch den Vitamin-D-Mangel unter Tage. Als sie an ihnen vorbeigingen, schaute die Frau, die gerade einen Flicken auf eine Hose nähte, zu ihnen auf. Fischers Begleiter, der Patron der Peons, gab ihr mit einer Handbewegung zu verstehen, dass sie sich keine Sorgen machen musste. Fischer blieb stehen und blickte kurz in die Augen der Frau, die merkwürdig trüb waren. Dann folgte er wieder dem Peon. »Habt ihr das Loch in den Rumpf geschnitten?«, fragte er ihn.

»Ja.«

»Damit ihr ins Boot kommt?«

»War alles zu.«

»Wissen die Schwarzmäntel eigentlich, dass ihr hier lebt?«

»¿Los negros? Die kümmert es nicht. Weißt du, die kommen nicht oft hier runter. Das Boot ist sehr alt. Ist ganz wertlos für sie.« Im Gehen drehte sich der Peon zu ihm um, eine Hand über das gewellte Blech eines Containers streifend. »Warum bist du hier?«

Fischer lächelte ihn an. »Wenn ich das so genau wüsste. Die Dinge entwickeln sich manchmal anders, als man denkt.«

»Wie meinst du das?«

»Nun, ich hab' einen Mann verfolgt, von dem ich dachte, er wäre böse. Doch jetzt bin ich mir nicht mehr so sicher. Er hat mich zu einer Frau geführt, von der ich dachte, ich kenne sie. Aber sie ist nicht die, für die sie sich ausgibt.«

»Ich verstehe nicht, was du meinst.«

»Geht mir genauso ...« Fischer strich sich mit dem Zeigefinger über den Nasenrücken. »Ich hab' überhaupt gar keine Ahnung mehr, was hier vor sich geht.«

Der Peon sah ihn ungläubig an und schüttelte den Kopf. Der Widerhall Dutzender Projektile, die im Rumpf des U-Boots einschlugen, ließ ihn aufschrecken. Ohrenbetäubender Lärm, ein Quietschen und Knarren, als würde etwas Großes bewegt werden, das lange nicht mehr in Gang gesetzt wurde. Sie blieben stehen, und der Peon sah ängstlich zur Decke des Frachtraums hoch. »La grúa«, rief er ehrfürchtig.

»Was? Der Kran?«

»Er bewegt sich«, las er dem Peon von den Lippen ab. Der Lärm wurde immer lauter. Der Frachtraum erzitterte, der Sicherungsgurt eines Containers sprang weg, leere Bierflaschen vibrierten in ihren Kästen. Dann war es wieder still.

»Ich muss hier sofort raus, sonst bringe ich euch alle in Gefahr!«, rief Fischer. Der Peon nickte, und sie eilten bis zu einem Schott auf der anderen Seite des Frachtraums. Hastig öffnete der Peon eine Luke. Sie betraten einen schlauchförmigen Raum, in dem an Ketten befestigte, halb demontierte Torpedos ohne Propellerantriebe hingen. Der Peon öffnete die Klappe des einzig vorhandenen Torpedoschachts und kroch hinein. Fischer folgte ihm, und es bereitete ihm wesentlich mehr Mühe, sich durch das enge Rohr zu zwängen als dem Peon, der wesentlich kleiner und schmächtiger war. Am Ende des Torpedoschachts angekommen, warf der Peon eine Strickleiter aus, die an der äußeren Torpedoklappe befestigt war. Er drehte sich auf den Rücken und griff nach der obersten Holzsprosse der Leiter, zog sich dann aus dem Rohr heraus und stieg nach unten. Fischer vergewisserte sich zunächst, dass die Schwarzmäntel nicht bereits draußen auf sie warteten, dann stieg auch er, den gewölbten Rumpf des U-Bootes als Deckung über sich wissend, an der wackligen Strickleiter hinab.

»Du musst durch die Tür und dann nach oben.« Im Schlick stehend, deutete der Peon auf eine Luke in der Hallenwand, die direkt neben dem Schleusentor lag.

»Ist dahinter ein Schacht oder was?«

»Ja, ein Schacht.«

»Den Schacht also nach oben?«

Der Peon nickte. Als er sich vom U-Boot entfernen und auf die Luke zugehen wollte, hielt Fischer ihn zurück. »Warte«, sagte er. Da er noch immer nicht wusste, von welcher Position aus der Heckenschütze geschossen hatte, stapfte er selbst, seinen Blick stets aufmerksam nach oben gerichtet, vorsichtig durch den Schlick in Richtung der Luke. Als die Stahlträger des Brückenkrans in sein Sichtfeld rückten, das Führerhaus jedoch noch vom Rumpf des U-Boots verdeckt war, blieb er stehen und drehte sich zum Peon um. »Den Schacht nach oben und wie geht's dann weiter?«

Wortlos beschrieb der Peon mit dem Zeigefinger den Weg unter dem Hallendach entlang. Zuerst verstand Fischer nicht, was der Peon damit meinte, doch dann erkannte er, dass sich auf den Querstreben, mit denen die Führungsschiene des Krans in der Hallenwand verankert waren, Gitteroste befanden, die eine schmale Plattform bildeten. »Auf dem Laufgitter da oben soll ich lang?«

»Ja.«

»Du meinst, das geht? So ohne Deckung?«

»Du musst dich ganz klein machen.«

»Und es gibt keinen anderen Weg?«

»Nein.«

»Dann hab' ich wohl keine andere Wahl.«

»Nein, du hast keine Wahl.«

»Und was mach' ich, wenn ich das andere Ende der Halle erreicht hab'? Wie geht's dann weiter?«

»Da oben ist eine Luke. Dahinter sind viele Korridore. Gucke, wo etwas an der Wand steht.«

»Was steht da?«

»Elevador.«

»Fahrstuhl?«

»Ja. Geh' diesen Korridor lang. Immer weiter. Dann kommst du zum Fahrstuhl.«

»Und der führt mich dann nach draußen?«

»Zur Casa rocha.«

»Wohin? Zum alten Empfangsgebäude?«

Der Peon nickte. »Gut für dich?«

»Weiß nicht. Ich hoffe mal.«

Der Peon sah unsicher zu ihm auf. »Ich gehe jetzt wieder zurück zu meinen Leuten.«

Fischer lächelte. »Mach nur. Ich hab' nichts dagegen.«

»Du wirst mir also nichts antun?«

»Was glaubst du? Dass ich ein Mörder bin oder was?«

»Ich weiß nicht, was du bist.«

»Auf jeden Fall nicht das, was du denkst.«

Der Peon ging wieder zur Strickleiter zurück, stieg die Sprossen nach oben, und als er beim Torpedorohr angelangt war, zog er die Leiter ein. Fischer entfernte sich so weit vom U-Boot, dass er die Führerkanzel des Brückenkrans sehen konnte, die nicht mehr war als ein offener Drahtkäfig, der von der Trägerschiene aus über eine Treppe zu erreichen war. Irgendjemand musste den Greifarm direkt beim Turmeinstieg des U-Bootes hinabgelassen haben, aber das Schaltpult des Krans war nun verwaist. Fischer stapfte zur Luke in der Hallenwand hinüber und entriegelte sie. Vom Schlick blockiert, musste er mehrmals ruckartig an der Luke ziehen, bis sie so weit offen stand, dass er sich durch eine schmale Öffnung zwängen konnte.

Ein zentimeterdickes Stahlseil wurde durch ein Räderwerk in den Schacht gelenkt und verschwand über ihm in der Dunkelheit. Vermutlich gehörte es zu dem System von Seilwinden, mit dessen Hilfe die U-Boote in der Halle bewegt wurden. Steigeisen führten in den Schacht hinauf, daneben gab es eine Sicherungsschiene, in die man sich mit einem Karabinerhaken einklinken konnte. Nur das Licht, das durch die offene Luke fiel, ansonsten herrschte Dunkelheit. Er kletterte die Steigeisen nach oben, und da er sich nicht festschnallen konnte, tat er es sehr bedächtig, eine Hand immer am Eisen, mit den Füßen sorgsam nach Tritt suchend. Obwohl er wegen der Dunkelheit bald nicht mehr dazu in der Lage war, die Haltebügel zu sehen, nach denen er griff, kletterte er weiter, bis er am oberen Ende des Schachts angelangt war. Einen Arm um ein Steigeisen geschlungen, holte er sein Feuerzeug aus der Manteltasche und entzündete es. Ölkännchen, Besen, Eimer und Holzlatten in einem kleinen Raum, kaum mehr als eine Kammer zu nennen. Das Stahlseil wurde von einem Umspannrad in die Waagerechte gezwungen und verschwand in der Wand neben einer Luke. Er klappte das Feuerzeug zu und stieg, sich an einem Bügelgeländer festhaltend, aus dem Schacht heraus. Dann entzündete er sein Feuerzeug wieder, fuhr mit der Flamme über das Verschlusssystem der Luke und öffnete die Riegel.

Lichtstrahlen fielen auf sein Gesicht. Als sich seine Augen an die Helligkeit gewöhnt hatten, nahm er die Führungsschiene wahr, auf der sich der Brückenkran bewegte. Er klappte sein Feuerzeug zu und betrat den Gitterrost der Plattform, die dicht unter dem Dach der Halle auf die andere Seite hinüberführte. Plötzlich bemerkte er, dass sich unten am U-Boot etwas bewegte. Eine Hand am Geländer, kniete er sich hin und sah hinab. Gesichert von zwei Kameraden, bestieg ein Schwarzmantel gerade die Rettungskapsel, die am Turm des U-Bootes angebracht war. Fischer wartete, bis alle drei in der Rettungskapsel verschwunden waren, dann ging er gebückt weiter. Schmutz löste sich von seinen Schuhsohlen, rieselte durch den Gitterrost und fiel in die Tiefe. Gebannt blieb er stehen und sah zum U-Boot hinab. Ein Peon floh über die Strickleiter am Torpedoschacht nach draußen. Kurz darauf folgte ein zweiter. Fischer schlich bis zum Brückenkran weiter, kniete sich hin und sah sich um. Es war niemand mehr hier. Dann richtete er seinen Blick auf die offen stehende Luke am Ende der Plattform und pirschte sich heran. Als er nur noch wenige Schritte von der Luke entfernt war, blieb er irritiert stehen. Ein alter Mann in der Uniform der Schwarzmäntel saß hinter der Luke auf dem Boden, den Rücken an die Wand gelehnt, die Beine mit den Reiterstiefeln zur Seite hin ausgestreckt. Ein Greis geradezu, hochdekoriert, mit mehreren

Reihen von Orden am Revers, darunter mit den Großen Vaterlandsorden die höchste Auszeichnung der Alten Ordnung. Die Augenlider durch die dicken Brillengläser stark vergrößert, schien er fest zu schlafen. Auf seinem Schoß ein altes StG-55, eine Waffe, die noch aus dem Ersten Kolonialkrieg stammte. Ein ausgeschossener Lauf und schlechte Augen hatten Fischer gerettet. Er blickte eine lange Zeit in das hagere Gesicht des alten Kämpfers. Friedlich eingeschlafen, nachdem sich das Adrenalin in seinem Körper verflüchtigt hatte, mit einem zufriedenem Lächeln auf dem Gesicht, glückselig ob des unerwarteten Gefechts, das vielleicht das letzte in seinem Leben sein mochte. Vorsichtig stieg Fischer über ihn hinweg. Kein Grund, ihn zu wecken.

Fischer suchte an den mit Nieten überzogenen Eisenplatten des angrenzenden Gangs nach den Wegmarkierungen, von denen der Peon gesprochen hatte, fand aber keine vor. Er öffnete eine Luke, und da es im Gang dahinter dunkel war, entzündete er sein Feuerzeug. An der Decke angebrachte Rohrleitungen, ausgestattet mit Ventilen, an denen das Öl heruntertropfte. Ein Gang führte geradeaus, einer nach rechts und der andere in spitzem Winkel nach links. Wie sich labyrinthartig verzweigende Stollen in einem Bergwerk. So leise wie möglich schloss Fischer die Luke hinter sich, um den alten Schwarzmantel nicht zu alarmieren. Mehrere Schüsse, weit entfernt aus Sturmgewehren und Pistolen abgefeuert, verhallten in der Dunkelheit. Womöglich hatten die Schwarzmäntel Ingrid und Ludger aufgespürt.

Phosphoreszierende Markierungen waren auf die Wände aufgetragen worden: »Zum Kondensatorenraum« und »Zu den Generatoren«. Dann las er den mit Kohle geschriebenen, fast zerlaufenen Hinweis, den er gesucht hatte: »elevador«. Die Wände mit seinem Feuerzeug ausleuchtend, folgte Fischer dem markierten Gang, und wenn er von Zeit zu Zeit stehen blieb, um nach verräterischen Geräuschen zu lauschen, beobachtete er die Wassertropfen, die an den Eisenwänden herunterliefen. Die sich mit anderen Tropfen vereinigten, an Fahrt aufnahmen und wieder abgebremst wurden, wenn sie die Nieten der Eisenplatten erreichten. Im Zickzackkurs auf dem Weg nach unten, auf Pfaden, die nicht zufällig waren.

Fischer öffnete die Tür eines Schotts und gelangte in einen Korridor, kaum drei Meter hoch und nicht mehr als fünf Meter breit, der mit Stahlbeton ausgekleidet war. In der Oberfläche des Betons waren die Abdrücke der Holzbretter zu sehen, die beim Gießen als Schalung dienten. An der Decke hingen Grubenlampen und spendeten Licht, in Nischen befanden sich Kondensatorbänke und verschiedene Mess-vorrichtungen. In den Gestein getrieben, konnten solche Gänge sicherlich bis unter die oberirdischen Empfangs-gebäude und Kasernen an der Küste führen, dachte er. Er ging weiter und öffnete die nächste Luke. Korridore, die nach rechts und links abbogen und der sich ablösende Schriftzug »elevador« an der Wand des zentralen Gangs. Die Ahnung einer Gefahr am äußersten Rand seines Sichtfelds ließ ihn zusammenzucken. Der Lauf einer Waffe, die auf ihn gerichtet war. In Sekundenbruchteilen reagierte Fischer und warf sich zu Boden. Der Schuss verfehlte ihn nur knapp. Er sprang auf und rannte los, einen schier endlosen Korridor vor sich wissend, die nächste Luke viel zu weit weg, um sie rechtzeitig erreichen zu können. »Kontaaakt!«, rief jemand hinter ihm. Fischer suchte in einer Nische Deckung. Einschläge von Projektilen in den Abdeckblechen der Kondensatoren, Querschläger im Beton. Noch ein einzelner Schuss, und er hörte nur noch mehrmaliges Klicken. Fischer nutzte die Gelegenheit, verließ seine Deckung und rannte auf den Schwarzmantel zu, der auf dem Boden hockte und gerade ein neues Magazin in die Waffe schob. Der Schwarzmantel blickte Fischer entsetzt an und riss sein geladenes Gewehr hoch. Doch es war zu spät. Die harte Sohle des Schuhs traf ihn mitten ins Gesicht. Ohne einen Laut von sich zu geben, sank er nach hinten weg und fiel zu Boden, mit dem Hinterkopf zuerst aufschlagend. Fischer stellte sich vor den jungen Mann und sah dabei zu, wie ihm das Blut aus Nase und Mund lief, und er zu röcheln begann. Bestücke dein Magazin vor der Schlacht, hatte sein Kamerad Franz die anderen immer wieder ermahnt. Sonst konntest du es bereuen. Fischer beugte sich über den Schwarzmantel und drehte ihn auf die Seite, damit er nicht erstickte. Dann holte er sein Taschentuch hervor und putze sich seine blutigen Hände daran ab. Sollte er ihn töten? Sein Leben einfach so auslöschen? Wenn er den Mann jetzt umbrachte, könnte dieser später einmal nicht mehr darüber berichten, wie er in Unterseehafen das Gefecht mit den Terroristen überlebt hatte. Könnte seinen Enkelkindern nicht davon erzählen, wie er dabei mitgewirkt hatte, dem Staatsschutz Einhalt zu gebieten. Die alte Ordnung wiederherstellte. Würde seine Liebste nicht in die Arme nehmen mit dem Gefühl, ein Gewinner zu sein. Jemand, der den Kampf überlebt hatte. Würde nicht auf wundersame Weise gerettet worden sein. So wie er. Der junge Mann wäre nur ein weiteres Opfer. Jemand, der nicht durchkam. Jemand, der vielleicht immer alles in seinem Leben richtig gemacht und dieses eine Mal einen Fehler begangen hatte. Dieses eine Mal sein Magazin nicht überprüft hatte, ob es noch voll war. Der Schwarzmantel stöhnte. Seine Augenlider zuckten, dann erbrach er sich. Fischer überstreckte dessen Kopf nach hinten und zog einen Arm unter dem Körper hinweg, damit er stabil auf der Seite lag. Halb verdaute, mit Schinkenstücken versetzte Kartoffelbröckchen ergossen sich breiig über die Metallplatten. So erbärmlich du jetzt auch am Boden liegst, du wirst ein Gewinner sein, dachte Fischer. Gerettet von dem Mann, den du erschießen wolltest. Er nahm das Sturmgewehr, lud es durch und stand auf. Ein Gewinner unter all den Verlierern, die er kannte. All seinen Kameraden, die den Krieg nicht überlebt hatten. Die im Feld verreckt waren, selbst wenn sie keine Fehler gemacht hatten. Gefallen waren, weil es der Zufall so wollte. Oder in Stücke gerissen wurden, weil sie tapfer und selbstlos waren. So wie Franz. Fischer zielte mit dem Sturmgewehr in den abzweigenden Korridor, aus dem das Trampeln von Militärstiefeln drang. Die Gewinner waren die Überlebenden. Sie zeichneten das Bild des Krieges. Gaben weiter, dass es sich lohnte zu beten, dass man auch in schwierigsten Situationen nicht aufgeben durfte. Es immer Hoffnung gab. Die, die es nicht geschafft hatten, taugten nur noch als stumme Helden. Verehrt, aber ungehört. Was sie wohl zu erzählen hätten? Er schoss mehrmals, kaum, dass er zielte.

»Deckung!«, rief jemand in der Dunkelheit des Seitenflurs. Fischer drehte sich um und folgte dem Verlauf des Gangs, der ihn zum Aufzug führen sollte. Er öffnete die nächste Luke auf seinem Weg, verriegelte sie von der anderen Seite und verkeilte das Sturmgewehr zwischen der Gummidichtung des Rahmens und einem Verschlussriegel. Eine Treppe führte steil nach unten. Die ersten Stufen waren noch trocken, doch der Rest der Treppe stand unter Wasser. Davon hatte der Peon nichts erzählt. Dumpfe Schläge gegen das Metall der Luke. Er lauschte. »Bemüh' dich nicht. Das Schwein sitzt jetzt sowieso in der Falle«, hörte er jemanden auf der anderen Seite der Luke sagen.

»Der wird nasse Füße bekommen«, fügte ein anderer hinzu. Gelächter. Mindestens drei Männer verfolgten ihn. Fischer prüfte, ob das Sturmgewehr den Riegel noch blockierte. Um es zu stabilisieren, hob er eine Holzplanke vom Boden auf und schob sie unter die Schulterstütze des Gewehrs. Er betrachtete die gefluteten Stufen der Treppe. Selbst unter Wasser funktionierten die Deckenlampen noch. Wie Leuchttürme, an denen er sich orientieren konnte, erhellten sie den Weg in die Tiefe. Er stieg die Stufen hinab, bis seine Schuhe nass waren. Die Radioaktivität, so sagte man, war im Nordmeer stark verdünnt. Auf jeden Fall nicht so hoch wie in den Binnengewässern. Er ging die Treppe weiter nach unten, bis auch die Hose nass war und der Saum des Mantels auf der Wasseroberfläche aufschwamm. Eine Minute konnte er die Luft sicherlich ohne Probleme anhalten. Das letzte Mal hatte er so etwas als Kind im Schwimmbad ausprobiert. Er konnte sich nicht recht erinnern, wie lange er damals unter Wasser blieb, doch mehr als eine Minute war es sicherlich nicht gewesen. War ein Erwachsener ausdauernder als ein Kind? Die Lungenkapazität vergrößerte sich erheblich, doch der ausgewachsene Körper verlangte auch nach mehr Sauerstoff. Die Luft anhalten. Fähigkeiten, die man nicht trainierte, wenn man erwachsen war. Dreißig Sekunden auf Erkundungstour und wieder zurück. Was sollte da schiefgehen? Er atmete tief ein und tauchte unter.

Sechzig Sekunden. Das von Deckenlampen erleuchtete Wasser war klar und kalt. Auf den Treppenstufen hatte sich eine Rostschicht abgelagert, die er nun aufwirbelte. Einem Stromkabel an der Decke folgend, tauchte er weiter in die Tiefe hinab. Vielleicht hätte er seinen Mantel ausziehen sollen. Fünfzig Sekunden. Er hatte nun das untere Ende der Treppe erreicht. Ein Korridor, keine fünf Meter lang, dann eine Luke. Er versuchte die Luke zu öffnen, doch die Hebel schienen verklemmt zu sein. Vermutlich festgerostet. Noch einmal riss er an einem der Hebel. Vergeblich. Verbrauche nicht zu viel Energie, dachte er und sah zur Decke hinauf. Ein Belüftungsschacht, senkrecht nach oben führend, mit einem Gitter gesichert. Vier Schrauben. Er hielt sich mit beiden Armen an einem Steigeisen fest, das neben dem Gitter angebracht war, und als hinge er an Turnringen, schwang er die Beine nach oben und trat, stark abgebremst durch den Widerstand des Wassers, mit den Füßen gegen das Gitter. Dennoch verschob es sich. Zweiunddreißig. Er griff unter den Rahmen, zog daran und hängte sich mit seinem Körpergewicht an das Gitter. Die korrodierten Schrauben brachen, und das Gitter sank zu Boden. Fünfundzwanzig. Er musste wieder zurück. Beim nächsten Mal aber konnte er es schaffen.

Das Wasser tropfte an seinem Mantel herunter. Er strich sich über das Gesicht. Fühlte kaum noch seine Hände. Zitterte vor Kälte. Er rieb die Hände aneinander, hielt sie sich vor den Mund und versuchte, sie mit seinem Atem zu wärmen. Wohin der Lüftungsschacht wohl führte? Der Eingang lag gut vier Meter unter der Wasseroberfläche, optimistisch geschätzt. Aber er musste es versuchen. Er atmete tief durch und tauchte erneut unter.

Das Wasser war durch die aufgewirbelten Rostpartikel so trüb geworden, dass er kaum mehr als einen halben Meter weit sehen konnte. Er erreichte den Lüftungsschacht und ließ sich nach oben treiben. Sechsunddreißig. Plötzlich legte sich etwas um seinen Körper und hielt ihn fest. Ein Kabel. Er wand sich und zappelte, konnte sich aber nicht befreien. Er wollte sich wieder nach unten sinken lassen, doch er steckte fest. Einundzwanzig. Sich wie eine Schlange windend, versuchte er, das Kabel abzuschütteln, während er sich mit den Fingernägeln in den geriffelten Metallmodulen des Schachts festkrallte, um sich Stück für Stück nach oben zu arbeiten. Der Zug auf das Kabel erhöhte sich. Es gab einen Ruck, und er befreite sich davon. Er stieß sich ab, paddelte mit den Beinen und ließ sich dann nach oben treiben. Acht, sieben. Sein Kopf knallte gegen etwas. Er öffnete die Augen und konnte fast nichts erkennen. Nur soviel, dass der Schacht jetzt waagerecht verlief. Drei, zwei, eins. Viel Zeit blieb ihm nicht mehr, und er würde in einem Lüftungsschacht ertrinken. Es gab Geschichten, die nur das Leben schrieb.

Vom schweren Mantel und seiner Kleidung zunehmend behindert, schwamm er auf eine Lichtquelle zu. Die Lüftungsanlage mündete in einen Fahrstuhlschacht. Das Wasser war klar, und es gab Lampen an den Wänden. Ein, zwei kraftvolle Schwimmstöße führte er noch aus, dann schloss er die Augen und ließ sich nach oben treiben. Früher hatte er immer gedacht, wie ungerecht es war, zehntausende Male zu atmen und dann, unter Wasser, tat man es ein dutzend Mal nicht und alles war vorbei. Doch so war das Leben. Es gab keinen Kredit, den man sich aufbauen konnte, und erst recht gab es keine Sicherheit. Man lebte im Hier und Jetzt und für jede Sekunde auf dieser Welt hatte man zu kämpfen. Und zu atmen. Als er an die Oberfläche kam, schnappte er instinktiv nach Luft. Flutete seine Lungenflügel mit Sauerstoff, als täte er es zum ersten Mal. Dann öffnete er die Augen. Er war am Leben, und das war ein gutes Gefühl.

Die Fahrgastkabine befand sich einige Meter über ihm. Er schwamm zu einer Reihe von Steigeisen und kletterte zur Kabine hinauf, mit den eiskalten Händen kaum noch in der Lage zuzufassen. Er stieg auf das Dach der Kabine und bemerkte erst jetzt das Loch in seiner Hose. Eine blutende Wunde, die Haut aufgerissen von einem Nagel oder Ähnlichem. Keine Zeit, sich darum zu kümmern. Er sah in den Schacht hinauf. Das obere Ende verschwand in der Dunkelheit. Er öffnete eine Klappluke und ließ sich in die Kabine fallen.

Laut Bedienfeld war er auf Ebene »-8«. Die Knöpfe für Ebene »-9« und »-10« waren mit einem rot-weiß gestreiften Band überklebt worden, und er fragte sich, ob der Aufzug überhaupt funktionieren konnte, wenn die zwei unteren Etagen unter Wasser standen. Er drückte die Taste »E«, als sich unvermittelt die Tür des Aufzugs öffnete und ein Schwarzmantel hereinkam. Fast ein Dutzend Aktenordner mit den Armen umgreifend und mühsam mit dem Kinn stabilisierend, sah er Fischer erschrocken in die Augen. Dann schien er einen Augenblick abzuwägen, ob er die Pistole erreichen konnte, die in seinem Gürtelholster steckte.

»Soll ich für Sie drücken?«, fragte Fischer ohne den Anflug von Aggression.

»Nein, Erdgeschoss ist gut.« Der Schwarzmantel sah ihn unsicher an, dann stellte er sich neben ihn, den Blick zur Fahrstuhltür gerichtet. Ein Aktenordner glitt vom Stapel herab und fiel auf den Boden, doch er bückte sich nicht danach. Die Tür schloss sich, und die Kabine setzte sich in Bewegung.

»Noch viel zu tun?«

Der Mann nickte, vermied es aber, Fischer in die Augen zu sehen.

»Nehmen wohl die Arbeit mit nach Hause, was?«

»Mhm.«

»Sind ja ganz schön alte Dokumente. Richtig vergilbt.«

Der Schwarzmantel sah zu ihm hinüber. »Ich hab' Sie hier noch nie gesehen.«

»Das wundert mich nicht. Ich bin auch der Neue.«

»Der Neue?«

»Soll im Archiv arbeiten. Muss da alles auf Vordermann bringen.«

Der Schwarzmantel sah zur Wasserlache herab, die sich unter Fischer gebildet hatte. Dann musterte er den Mann mit der durchnässten Kleidung, der, zitternd vor Kälte, die Arme vor der Brust verschränkt, neben ihm stand. Eine aufgeplatzte Oberlippe und einen Bluterguss um das rechte Auge herum.

»Bin eine Etage zu weit runter gefahren. Passiert mir auch nicht mehr«, sagte Fischer.

»Verstehe.« Der Schwarzmantel blickte zur Anzeige, und als der Fahrstuhl auf Etage »-2« angekommen war, ließ er die Aktenordner zu Boden fallen und griff nach seiner Pistole.

»So haben wir nicht gewettet, Freundchen.« Fischer stürzte sich auf ihn, stemmte seine Schulter gegen dessen Brustkorb und drückte ihn gegen die Wand der Kabine. Der Schwarzmantel riss die Arme nach oben und versuchte, Fischer von sich wegzudrücken, dann schlang er die Hände um Fischers Hals und begann, ihn zu würgen. Fischer stolperte über einen Aktenordner und zog, das Gleichgewicht verlierend, am Uniformmantel des Mannes, worauf beide zu Boden fielen. Der Schwarzmantel riss die Pistole aus dem Holster und richtete sie auf ihn. Ein Signalton, und die

Fahrstuhltür öffnete sich. Dann fiel ein Schuss. Den Blick erstarrt, ließ der Schwarzmantel die Pistole fallen. Wie aus einer Fontaine schoss das Blut aus einem Loch in seiner Schläfe, um sich auf die Aktenordner zu ergießen. Als hätte jemand ein Ventil zugedreht, ebbte der Strahl nach kurzer Zeit ab. Fischer sah auf. Heinrich stand in der offenen Fahrstuhltür, seine Waffe noch immer erhoben. Einen Augenblick dachte Fischer, dass Heinrich auch auf ihn schießen würde, doch dann senkte dieser die Waffe und lächelte ihn an. »Hier ist noch einer von uns! Hört ihr? Das ist einer unserer Männer!«, rief er, den Kopf zur Seite gewandt. Dann steckte er seine Waffe in sein Schulterholster, reichte ihm die Hand und half ihm auf. Zitternd vor Kälte, konnte sich Fischer nicht auf den Beinen halten, sackte zur Seite weg und fiel hin. »Wir brauchen eine Trage! Schnell!« Heinrich kniete sich vor ihm hin und klopfte ihm auf die Schulter. »Das wird schon wieder.«

Die Aktenordner verstreut auf dem Boden, die Deckel blutbespritzt, eine Lache dunkelroten Bluts neben dem bleichen Kopf des erschossenen Schwarzmantels. Inmitten des Geschehens fühlte sich Fischer seltsam weit weg, als wäre er ein Unbeteiligter. Er wurde auf eine Trage gehoben und abtransportiert. Zwei steinerne Figuren von Grubenarbeitern flankierten die Tür des Aufzugs, in dem der tote Schwarz-mantel lag. An der Decke des roten Backsteinbaus, hoch wie eine Fabrikhalle, naiv anmutende Gemälde in bunten Farben von Arbeitern mit Spitzhacken und Schaufeln. »Es wird ihm kein Haar gekrümmt«, hörte er Marbods Stimme.

»Geht es ihm denn gut?«, erkundigte sich Südhausen besorgt. Fischer konnte seine Kollegen hören, doch er sah sie nicht. Nur flüchtige Bilder von auf dem Boden knienden Schwarzmänteln, die – bewacht von Soldaten des Heimat-schutzes – als Zeichen der Unterwerfung ihre Hände über dem Kopf verschränkt hatten. Fischer schloss die Augen, dann verlor er das Bewusstsein.

8.

Etwas blieb immer zurück. So wie die eingetrockneten Rückstände einer Flüssigkeit, die im Appartement über ihm ausgelaufen war. An sonnigen Tagen, wenn viel Licht ins Zimmer fiel, war der dunkelbraune Fleck an der Decke fast unsichtbar, doch an regenverhangenen Tagen wie heute lag er wie ein Schatten über dem Küchentisch. Er tauchte den Löffel in den Joghurt ein, zog ihn wieder heraus und beobachtete, wie die fermentierte Milch langsam am Löffelrand ablief. Zwölf Flaschen Rum, eine Stiege Konserventomaten, zwei Stangen Zigaretten und drei Paletten Joghurt. Das war der Anteil, der ihm nach der Beförderung zum ordentlichen Ermittler zustand. Konfisziert von einem Großhändler, der in seinen Lagerhallen Devotionalien der Alten Ordnung verkauft hatte. Er fuhr sich mit der Hand über das Kinn. Die Wunden im Gesicht waren gut verheilt, die Schwellungen am Kopf zurückgegangen. Auch vom blutunterlaufenen linken Auge, den Abschürfungen an Armen und Händen und der Verletzung am Bein war nichts zurückgeblieben. Nur die angebrochene Rippe, die ihm Ludger beigebracht hatte, als er ihn verhörte, bereitete ihm noch Probleme, besonders dann, wenn er tief einatmete.

Auf dem Bildfenster liefen die Spätnachrichten. Ein Fahndungsfoto von Ingrid war zu sehen, aufgenommen von einem der wenigen Überwachungsaugen in Unterseehafen, die noch funktionierten. Aufgedunsen wirkte sie und übernächtigt. Als Einzige war ihr die Flucht aus der maroden Anlage gelungen, indem sie sich mehrere Tage in einer der unterirdischen Kammern verkrochen hatte und erst wieder ans Tageslicht gekommen war, als die Suchmannschaften abgezogen waren. Im Anschluss an die Fahndungsmeldung sprach die Präsidentin zu den Zuschauern. Sie beteuerte ihre unerschütterliche Treue zum Staatsschutz und dankte allen Mitarbeitern für ihre hervorragende Arbeit. Sie verkündete, dass die Notstandsgesetze wegen der noch flüchtigen Ingrid Markgraf weiter in Kraft blieben und die im Herbst anberaumten Wahlen auf einen späteren, noch unbekannten

179

Termin verschoben wurden, um sich auf die vollständige Liquidierung der Terrorzelle, wie sie es nannte, konzentrieren zu können. Dabei hob sie die Bedeutung des Geheimen Rates hervor, der bis auf weiteres die Geschicke des Landes lenken sollte. Sie deutete an, dass ausländische Mächte die Terroristen unterstützt hätten und in Voigt einen Mitstreiter fanden. Als sie erwähnte, dass sie das Innenministerium vollständig zerschlagen wollte, um die Kompetenzen dem Staatsschutz zu übertragen, wandte sie sich Südhausen zu, dem als Einzigen die Ehre zuteil wurde, gemeinsam mit ihr auftreten zu dürfen. Obwohl er die ganze Zeit nichts gesagt hatte, war er doch der eigentliche Gewinner der denkwürdigen Ereignisse in Unterseehafen. Zum wichtigsten Mann im Staatsschutz aufgestiegen, hatte er Wegener abgelöst, der – durch seine beim Terrorakt auf das Hochhaus der Stahl-Union erlittenen Gesichtsverletzungen gezeichnet – in den vorzeitigen Ruhestand versetzt wurde. Fischer drehte sich um und sah durch das Panoramafenster zu den Hochfackeln der Raffinerien hinüber, die den Nachthimmel erhellten. Den Lagertanks, die in Gruppen geordnet, für Monate dem Land den Nachschub mit Treibstoff sicherten. Und ganz unvermittelt wurde ihm bewusst, wie fremd ihm diese Welt geworden war, die sich jenseits seines Fensters abzeichnete.

Seit nunmehr einer Woche hatte er sein Appartement nicht mehr verlassen und über den Fall gegrübelt. Besuch hatte er nur vom Zimmermädchen erhalten, wenn es saubere Wäsche brachte und die schmutzige mitnahm oder vom Wasserlieferanten, der regelmäßig den Behälter im Bad auffüllte. In den Nächten, in denen er Verlangen nach einer Frau verspürt hatte, hatte er sich eine Prostituierte aufs Zimmer geholt. Nachdem seine Fleischkonserven aufgebraucht waren, war er vor drei Tagen dazu übergegangen, den Joghurt zu essen, der in seinem Kühlschrank stand. Kein leichtes Unterfangen für einen Mann, der es gewohnt war, sich von Fleisch zu ernähren. Für ihn ergaben die Vorfälle in Unterseehafen keinen Sinn und ganz besonders wunderte er sich, wie bereitwillig Südhausen und Marbod über all die Ungereimtheiten hinwegsahen, die es offensichtlich gab. Marbod, der normalerweise alles in Frage stellte und anzweifelte, schien erstaunlich schnell der offiziellen Version zuzustimmen, wonach Vogelfrei bei einem Schusswechsel ums Leben kam. Vogelfrei, den Fischer das letzte Mal hilflos in einer der Zellen gesehen hatte. Er ging zum Schlafsofa hinüber und schaltete das Bildfenster aus. Mehr denn je fühlte er sich wie jemand, der zu viel grübelte und zu wenig verstand.

Am nächsten Morgen ging er ins Bad und sah in den Spiegel. Das Gesicht mit Schweißperlen benetzt, der Mund wie ausgetrocknet, die Zunge pelzig. Sein Körper in Aufruhr, sein Geist am Zweifeln. Erfasst von einer inneren Unruhe, die er so schon lange nicht mehr in sich gespürt hatte. Das Bewusstsein, etwas Entscheidendes verloren zu haben, ohne einen Schmerz zu fühlen. Eine Leere in sich tragend, die ihn entkernte und ihm den Atem nahm. Eine Leere, der nur die Sehnsucht entgegentrat, dass da draußen etwas existierte, das dieses Nichts auszufüllen vermochte. Er drehte den Hahn des Wasserbehälters auf. Luftblasen stiegen im Tank auf, dann rann das klare Wasser durch den Plastikschlauch. Er ließ das Wasser in einen Becher laufen und trank es gierig.

Beim Erwachen aus dem Schlaf Visionen, intensiv und vergänglich. Flüchtige Blicke auf eine fremde Welt, für ihn unerreichbar und mysteriös, die in sich kollabierte, sobald der Verstand die Dominanz zurückgewann. Botschaften, die er nicht zu deuten vermochte. Viel länger als sonst war er auf die Silhouette im Gegenlicht zugegangen, die für ihn der Inbegriff von Wärme und Geborgenheit war, von einer Stimme tief in seinem Inneren geleitet, die ihm sagte, dass die Welt aus seinen Visionen, mit der er eine Verschmelzung suchte, die richtige, die wahrhaftige war. Je näher er der Silhouette kam, in dem Drang, der fast instinktiv zu nennen war, desto weniger dachte er, dass es sich um einen Menschen handelte, auf den er sich zubewegte. Viel zu groß war die Gestalt und, ähnlich einer Kirchenglocke, verbreiterte sie sich nach unten hin. Er füllte den Becher erneut auf und trank einen Schluck. Dann betrachtete er die Tropfen, die am Glas hinunterliefen, sich vereinigten und an Geschwindigkeit aufnahmen, um schließlich in einem Meer von Tropfen aufzugehen. Das Gefühl der Wärme, das er empfand, wenn er auf die glockenförmige Gestalt im Gegenlicht zuging, war vergangen, doch die Sehnsucht, das zu finden, was er dort sah, war geblieben. Er verstand die Botschaft seines Unterbewusstseins nicht, doch so wie ein Durstiger sich auf die Suche nach Wasser begab, musste auch er dieses Verlangen in sich befriedigen. Nur wusste er weder, wo seine Suche beginnen konnte, noch wohin sie ihn führte.

Eine Stunde später verließ er das Hotel, stieg in seinen Wagen ein und fuhr ziellos durch die Innenstadt. Es hatte aufgehört zu regnen, doch es war niemand auf den Straßen. Er passierte die Buntsandsteinkirche, als ihm die Schienenbahn entgegenkam, auf den alten, gebogenen Gleisen auf- und abwiegend. In einer Bahn war man ein Reisender, der Weg war vorgezeichnet und das Ende bestimmt. Er drückte die Sprungfeder in den Sitz zurück und legte den linken Arm auf die Türleiste. Dann schloss er die Augen gerade so weit, dass er nur noch die Umrisse der Straße sehen konnte. Sich im Auto treiben lassen, wo auch immer die Bestimmung einen hinführte.

Er fuhr auf das Abbruchviertel zu – die Absperrungen des Heimatschutzes waren weggeräumt –, bog in die Seitenstraße vor dem Schrottplatz ein, drosselte die Geschwindigkeit und hielt den Wagen an. Der Krater, der zuletzt noch die Straße unterbrochen hatte, war mit Erde zugeschüttet worden. Er drückte das Gaspedal durch und fuhr über den frisch planierten Boden, auf dem sich die Spuren eines Kettenfahrzeugs abbildeten, bog nach rechts in die Sackgasse ein, und als er Vogelfreis Buchhandlung erreicht hatte, stellte er seinen Wagen neben einer Limousine ab, die vor dem umgestürzten Bus geparkt war. Er stieg aus und nickte dem Chauffeur zu, der im Wagen saß und die Scheibe herunterkurbelt hatte. Dann ging er zu einem alten Mann in dunkelblauem Anzug, der neben dem mit Brettern verbarrikadierten Backsteinhaus stand, auf dem vor kurzem noch »Antiquariat Hermann Vogelfrei« zu lesen war. Die Mundwinkel leicht nach unten gezogen und ernst dreinblickend. Die Haut wie feines Schmirgelpapier, rau geworden durch tausendmaliges Rasieren, die Schulterpartien mit einer feinen Schicht von Schuppen überzogen. Etwas schien schwer auf ihm zu lasten. Er wirkte eingefallen und ausgelaugt, so, als ob seine Lebensenergie im gleichen Maße schwand, wie seine Macht und sein

Einfluss zunahmen. Ein Kran stand neben der Bücherei, die Ketten tief im schlammigen Untergrund des benachbarten Grundstücks eingegraben. An einer langen Kette hing eine Abrissbirne, die durch eine Drehbewegung des Krans nach hinten schwang.

»Das Alte wird nun endgültig beseitigt«, sagte Südhausen, den Blick auf die Abrissbirne gerichtet, die gegen das Haus krachte und ein Loch in die Backsteinwand schlug.

»Waren verdammt viele Bücher da drin.« Feiner Staub rieselte auf die Kellertreppe.

Südhausen drehte sich zu Fischer um. »Ein völlig neu angelegter Stadtteil soll hier entstehen.«

»So wie es in Südend geplant war?«

»Es war doch das Beste, was passieren konnte, dieses Viertel abzureißen.«

»Finden Sie?«

»Ich weine Südend keine Träne nach.«

»Man sollte sich seine Tränen auch gut einteilen.«

»Wo nichts mehr steht, kann kein Gesindel unterkriechen.«

»Die Armen werden jetzt nach Ostend ziehen.«

Südhausen nickte. »Weit weg, in die Berghänge zu den Deklassifizierten wird es sie treiben.«

»Dorthin, wo alle Verlierer über kurz oder lang enden.«

»Ja ... ja. Sie sind diesem Moloch aber noch rechtzeitig entkommen.«

»Das ist wahr.«

»Mittlerweile wohnen Sie alleine in einem Hotel?«

Fischer nickte, sagte aber nichts.

»Ist es denn gut, Ihr Hotel?«

»Lässt sich dort angenehm leben, denke ich.«

»Freut mich zu hören.«

Die beiden Männer blieben eine Zeit lang stumm, bis Fischer schließlich das Schweigen brach: »Was haben Sie eigentlich gegen die Flüchtlinge aus der Stadt?«

Südhausen nahm seine Brille ab und rieb sich mit den Fingern über die roten Druckstellen auf dem Nasenrücken. »Ganz so, wie Sie denken, ist es nicht.«

»Hassen Sie uns, weil wir Armut und Elend nach Neustadt gebracht haben?«

»Es geht nicht darum, was ihr in euren Koffern hattet oder nicht.« Südhausen setzte seine Brille wieder auf und klopfte sich mit dem Zeigefinger an die Stirn. »Es geht darum, welches Gedankengut ihr mitgebracht habt. In welchen Kopf man auch reinguckt, nur die verseuchten Gedanken der Alten Ordnung.«

»Ich frage mich, ob Sie schon mal die breite Ausfallstraße entlanggefahren sind.«

»Natürlich. Was denken Sie?«

»Ich meine so weit, dass Sie die hufeisenförmigen Mietskasernen und die Barackensiedlung längst passiert hatten und die Hütten der Verstrahlten in den Berghängen vor Ihnen lagen.«

»Dafür blieb bisher keine Zeit.«

»In Ostend, sagt man, thronen die Verstrahlten über dir. Immer. Die Menschen dort denken, dass deren Schicksal auch irgendwann das ihre sein wird. Sie irgendwann ein letztes Mal die Straße hinunterziehen müssen bis in die Berge, ohne jemals wieder zurückzukehren.«

Südhausen sah ihn an, die Augenbrauen nach oben gezogen. »Als ich von den Anhängern der Alten Ordnung sprach, habe ich nicht Sie gemeint.«

Fischer nickte, dann sahen beide wieder zu Vogelfreis Haus hinüber. Er wusste, dass sich Südhausen wie die meisten Neustädter von den Flüchtlingen bedroht fühlte, bildeten diese doch eine Schicksalsgemeinschaft, die zusammengeschweißt wurde durch die Erlebnisse in der strahlenverseuchten Hauptstadt und den Verlust der Heimat. Überlebende einer anderen Welt, auf Wanderschaft geschickt und niemals irgendwo angekommen. Ein Schicksal teilend, das sich einem Neustädter nicht im Ansatz erschloss.

»Ich habe nichts gegen Sie, Einar. Im Gegenteil. Ich weiß, dass Sie es nicht leicht haben, weil sie bei uns arbeiten.«

»In Ostend ticken die Uhren anders. Für die Leute dort bin ich ein Verräter, weil ich für den Staatsschutz arbeite.«

»Sie haben viel für unsere Sache aufgegeben. Nicht nur deshalb bin ich Ihnen zu großem Dank verpflichtet. Der Erfolg in Unterseehafen ist allein Ihrer Hartnäckigkeit zu verdanken.«

»Mein Anteil war nur marginal.«

»Seien Sie nicht so bescheiden. Sie sind ein Held.«

»Ein Held ...«, wiederholte Fischer gedankenversunken.

»Ohne Sie wäre der Fall keinesfalls aufgeklärt worden und wir wären dem Mottenkugelmann niemals auf die Spur gekommen.«

»Wem wären wir nicht auf die Spur gekommen?«

»Dem Mottenkugelmann.«

»Wer soll das denn sein?«

»So hat Marbod diesen Vogelfrei genannt, weil er danach gemuffelt hat.«

Fischer wandte seinen Blick von Südhausen ab und tippte sich mit dem Zeigefinger an die Nase. »Ich rieche nicht mehr sonderlich gut.«

Die rückwärtige Wand barst, als die Abrissbirne dagegenschlug. Dann kippte der Dachstuhl zur Seite weg und das Haus brach in sich zusammen. Rotbrauner Staub wurde aufgewirbelt und durch den Wind in Richtung des Bankenviertels getragen, dorthin, wo die Wolkenkratzer triumphierend thronten. Riesigen Bäumen gleich, die kein Leben in ihrer Nähe duldeten, schienen die mächtigen Gebäude dem einst lebhaften Viertel die Lebensenergie Schritt für Schritt entzogen zu haben, bis nichts mehr davon übrig geblieben war.

In Südhausens Gesicht war ein Anflug von Freude zu sehen. »Ein genialer Schachzug. Wie sind Sie nur auf Hermann Vogelfrei gekommen?«

»Nun, er hat einfach nicht ins Gefüge gepasst.«

»Was meinen Sie damit?«

»Er war wie ein Fremdkörper.«

»Ein Fremdkörper?«

»Ja.«

»Wie haben Sie ihn überhaupt aufgespürt?«

»Ich hab' nicht gezielt nach ihm gesucht, wenn Sie das meinen. Wenn ich ehrlich bin, hab' ich einfach auf dem Marktplatz gestanden, mir die Leute angesehen und gewartet.«

»Identifizierung des Verdächtigen per Augenschein?«

»So ist es.«

»Verrückt.«

»Viele hundert Menschen habe ich dazu analysiert. Wahrscheinlich sogar einige tausend. Als ich ihn gesehen habe, wusste ich, dass er etwas Besonderes ist. Er ragte aus der Masse hervor. Er hatte etwas, das mir sagte, dass er der Richtige ist.«

Südhausen runzelte die Stirn. »Ihre Methoden verstehe, wer will, aber der Erfolg gibt Ihnen ja recht. Von uns wäre wohl niemand auf die Idee gekommen, einen verschrobenen alten Sonderling wie Vogelfrei zu verfolgen.«

»Ich richte mich nicht nach Äußerlichkeiten.«

»Eben deshalb sind Sie für uns so wertvoll.«

»Wenn Sie es sagen.«

Südhausen fasste Fischer an die Schulter. Seine Mundwinkel waren so weit nach oben gezogen, dass man einen Moment lang fast den Eindruck gewinnen konnte, als lächelte er. »Ich habe alles auf eine Karte gesetzt, als Ihre Nachricht vom Fernschreiber ausgedruckt wurde.«

»Die letzte Nachricht, die ich absetzen konnte, bevor mir der Koffer geklaut wurde.«

»Einar, ich habe Ihnen blind vertraut, und Sie haben mich nicht enttäuscht. Ich bin persönlich zur Präsidentin gegangen und habe gesagt, dass wir die Terrorzelle enttarnt haben. Zuerst hat Sie nichts davon wissen wollen, doch als ich ihr versichert habe, dass das Risiko ganz allein beim Staatsschutz läge, hat Sie mir die Vollmacht gegeben, Unterseehafen zu stürmen. Eigens dafür hat sie mir eine Eliteeinheit des Heimatschutzes anvertraut.«

»Drei Tote auf der Seite der Schwarzmäntel hab' ich gehört?«

»Einen davon hat Herr Allerwelt erschossen.«

»Ist mir nicht entgangen.«

»Dazu kommen noch die fünf Schwarzmäntel, die die Terroristen ermordet haben. Und natürlich Voigt.«

»Ich war bei ihm gewesen.«

»Bei Voigt?«

»Ja.«

»Als er noch gelebt hat?«

»Ich weiß es nicht genau. Er lag auf dem Boden und hat sich nicht gerührt. Ich konnte bei ihm keinen Puls mehr spüren, aber rein äußerlich habe ich keinerlei Verletzungen gesehen.«

»Er war ein kranker Mann. Da hat vermutlich ein Schlag gereicht.«

»Man erzählt sich was von Glasknochen.«

»So etwas Ähnliches war es wohl.«

»Ist er obduziert worden?«

»Soweit ich weiß nicht.«

»Er schien überrascht zu sein, mich im Zug vorzufinden.«

»Wundert Sie das? Sie müssen sich vorstellen, was es für ihn bedeutete, dass ein Staatsschützer im Zug war. Im selben Zug, in dem die Terroristen saßen, mit denen er kollaborierte. Er musste befürchten, dass man ihm auf die Schliche gekommen war.«

»Dann ist es wahr? Er hat tatsächlich mit den Terroristen gemeinsame Sache gemacht?«

»Es ist ein Fakt.«

»Verrückt. Voigt wollte mich in Unterseehafen noch verhören.«

»Verhören? Sie hätten nie mehr das Tageslicht erblickt.«

»Das mag sein. Der Scharführer jedenfalls hat sich noch mit letzter Kraft auf mich gestürzt, um mir den Garaus zu machen.«

»So haben Sie es in Ihrem Bericht vermerkt.«

Fischer rieb sich über die Stirn. »Etwas anderes steht aber nicht in meinem Bericht.«

»Nämlich?«

»Es geht um Vogelfrei.«

»Ja? Ich höre?«

»Herr Südhausen, ich bin mir nicht mehr sicher, ob Vogelfrei tatsächlich etwas mit den Anschlägen zu tun hatte.«

»Natürlich hatte er das.«

»Da hab' ich meine Zweifel.«

»Seien Sie kein Zauderer, Einar.«

»Man muss die Dinge hinterfragen.«

»Freilich muss man das, aber man darf die Augen auch nicht vor der Wahrheit verschließen.«

»Der Wahrheit?«

»Es passt alles zusammen. Wir haben das unvollendete Bekennerschreiben, das Sie im Luftschutzbunker hier unter uns gefunden haben. Die Buchhandlung war voller Devotionalien der Alten Ordnung, dazu das Buch des Idols. Was wollen Sie denn noch mehr?«

»Je mehr ich darüber nachdenke, desto weniger ergibt das für mich einen Sinn.«

»Vogelfrei war ein skrupelloser Mann. Soll ich Ihnen etwas verraten? Heinrich hat herausgefunden, dass er vor zwei Jahren mit einer Schrotflinte auf die Beamten geschossen hat, die ihm das Enteignungsschreiben für sein Haus überbringen wollten.«

»Er hat sein Hab und Gut verteidigt. Das macht ihn noch nicht zum Terroristen.«

»Wenn es dabei geblieben wäre. Dass er sein Haus verlassen musste, war aber nur der Stein, der alles ins Rollen gebracht hat. Nach dem Tod seiner Frau hatte er dann wohl keinen Halt mehr.«

»Wie ist seine Frau eigentlich gestorben?«

»An Krebs.«

»Und Sie meinen, dass er sich dadurch radikalisiert hat?«

»Er hat sich, wie es aussieht, immer mehr in die Sache hineingesteigert, sah in allem eine Bedrohung und witterte überall nur Verrat. Stellen Sie sich es so vor: Jeden Tag sieht er die Wolkenkratzer vor sich. Sieht, wie ein Hochhaus nach dem anderen errichtet wird, während sein Haus immer mehr verfällt und der Bezirk, in dem er sein ganzes Leben verbracht hat, allmählich dem Erdboden gleichgemacht wird. Und dann stirbt auch noch seine Frau – der letzte Halt in seinem Leben ...«

»Glauben Sie etwa, er hat die Menschen, die in den Wolkenkratzern arbeiten, für seine Situation verantwortlich gemacht?«

»Er wollte das vernichten, was er tagtäglich als Bedrohung vor Augen hatte.«

»Wie aber hat er Kontakt zu den anderen aufgenommen? Er war doch eher ein Einzelgänger.«

»Schlechte Menschen finden immer zusammen.«

Fischer strich sich über die Bartstoppeln am Kinn und schüttelte den Kopf. »Vielleicht hat er den Terror gutgeheißen, aber das heißt nicht, dass er selbst ein Terrorist war.«

»Versetzen Sie sich doch in ihn hinein: Früher, in der Alten Ordnung, war er ein angesehener Mensch und in der Republik nur eine Randerscheinung. Wie muss er diesen Staat verachtet haben.«

»Ich hatte nicht den Eindruck, dass er hinter den Anschlägen steckt.«

»So? Woraus schließen Sie das?«

»Ich hab' lange mit ihm gesprochen.«

»Was genau hat er Ihnen erzählt? In Ihrem Bericht steht fast nichts darüber.«

»Es schien mir so, als wollte er sich etwas von der Seele reden.«

»Meinen Sie, er hat bemerkt, dass Sie für den Staatsschutz arbeiten?«

»Das denke ich nicht.«

»Wie können Sie sich da so sicher sein?«

»Er hat sehr offen mit mir geredet.«

»Das hat nichts zu sagen. Vogelfrei wollte doch nur ihr Vertrauen gewinnen.«

Fischer runzelte die Stirn. »Ich weiß nicht, ob das seine Absicht war. Er hat so merkwürdige Andeutungen gemacht über eine Verschwörung.«

»Verschwörung?«

»Er ist davon überzeugt, dass die Reichen die alleinige Macht haben und dass unser Staat die Strahlung nur erfunden hat, um die Leute unter Kontrolle zu halten.«

»Du meine Güte! Wahnvorstellungen eines verwirrten Menschen.«

»Ich geb' ja auch nicht viel auf derlei Verschwörungstheorien, aber dann hat er noch etwas anderes erwähnt ...« Fischer griff in seine Manteltasche und tastete nach dem Zettel, den Vogelfrei ihm zugesteckt hatte. Er überlegte, ihn Südhausen zu zeigen, doch noch zögerte er. »Vogelfrei redete von Menschenversuchen in der Alten Ordnung. Es klingt jetzt irgendwie lächerlich, aber er ist davon überzeugt, dass diese Experimente von der Republik weitergeführt werden.«

Südhausen lachte so laut auf, dass Fischer zusammenzuckte. »Was für ein Geschwätz. Sie lassen sich allzu leicht manipulieren, Einar.«

»Es schien ihm sehr wichtig zu sein.«

»Der Mann war ein Teufel, der Ihnen etwas vorgespielt hat.«

Fischer zog die Hand aus der Tasche, ohne den Zettel hervorzuholen. »Vielleicht haben Sie recht.«

»Natürlich habe ich das. Vogelfrei war der intellektuelle Wegbereiter der Anschläge. Einer, der seine Komplizen aufgehetzt hat. Sehen Sie sich doch nur das Flugblatt an. Das sagt doch alles über ihn aus – was für ein Mensch er war. Solche Aufwiegler wie er waren der eigentliche Grund für den Aufstieg der Alten Ordnung. Glauben Sie mir, die sind viel schlimmer als diejenigen, die den Finger am Abzug haben. Es sind immer die geistigen Brandstifter, die solche Gräuel erst ermöglichen.«

»Gedanken sind kein Verbrechen.«

»Wenn man aufwieglerische Gedanken mit anderen teilt, dann ist es ein Verbrechen. Volksverhetzung ist ein Straftatbestand.«

»Das ist mir bekannt.«

»Einar«, Südhausen sah ihn eindringlich an, »Vogelfrei war beileibe nicht so aufrecht, wie er Ihnen vorgespielt hat. Vielleicht hat er über die verkommenen Reichen gewettert, aber er hat selbst an der Börse spekuliert.«

»Er hat spekuliert?«

»Auch wenn es nicht den Anschein hatte, war er ein recht vermögender Mann. Mit einem Teil seines Geldes hat er sich Aktien der Neu-Energie gekauft.«

»Das wusste ich nicht.«

»Nach dem Anschlag auf den Konzern waren die Aktien nichts mehr wert, und er hat auf steigende Kurse gesetzt. Wenn ich richtig informiert bin, hat er dabei einige Tausend Taler Gewinn gemacht.«

»Das Geld wird seine Tochter in Übersee sicherlich gut gebrauchen können.«

»Sie wird keinen Groschen bekommen. Ihr Vater wurde postum als Staatsfeind eingestuft, und der Betrag ist von uns beschlagnahmt worden.«

»Natürlich. Ich habe das übliche Prozedere vergessen.«

»Wussten Sie, dass er das ganze Geld bei sich gehabt hat?«

»Nein. Woher auch?«

»Er hatte sich einen Gürtel um den Bauch geschnallt. Die Scheine waren in kleinen Taschen versteckt, die er am Gürtel befestigt hatte.«

Fischer nickte anerkennend. »Gar nicht schlecht.«

»Sie werden ihren Anteil schon bald erhalten, Einar. Die drei Prozent, die Ihnen als ordentlicher Ermittler jetzt zustehen.«

Fischer aber hörte nicht mehr, was Südhausen zu ihm sagte. Geistesabwesend starrte er auf den Trümmerhaufen aus Backsteinen, der vor ihm lag. Die gebrochenen Dachbalken und zerschlagenen Ziegeln. »Ich bringe die einzelnen Teile einfach nicht zusammen«, sagte er dann, die Augen ziellos über die vom Staub bedeckten Zeitungsfetzen wandernd, die im Schutt begraben lagen.

»Wie meinen Sie das?«

»Ich glaub' ja nicht mal mehr, dass Vogelfrei und Ingrid sich überhaupt kannten.«

»Sie sprechen von der flüchtigen Frau Markgraf?«

»Ja.«

»Wie kommen Sie denn darauf?«

»Als ich seinen Namen erwähnte, schien es so, dass sie überhaupt nicht wusste, von wem ich sprach.«

Südhausen schwieg.

»Die Begegnung mit ihr hat mich wirklich nachdenklich gemacht«, fuhr Fischer fort.

»Sie sind mit ihr zur Schule gegangen?«

»Ich war mit Ingrid in einer Klasse.«

»Merkwürdige Zufälle gibt es im Leben.«

»Das kann man sagen.«

»Sie haben doch gesehen, wie Frau Markgraf Herrn Vogelfrei am Heldenplatz getroffen hat.«

»Ich hab' gesehen, wie sie sich kurz miteinander unterhalten haben.«

»Was wollen Sie denn noch mehr?«

»Vielleicht hab' ich mich getäuscht, und sie sind sich nur zufällig begegnet.«

»Zufällig? Sie waren Zeuge eines konspirativen Treffens.«

»Die Dinge sind manchmal nicht so, wie sie scheinen. Das haben Sie selbst einmal gesagt.«

Südhausen schwieg.

»Was ist, wenn es in diesem Fall so war?«

»Ach, Unsinn.«

»Wir reden doch von einer Terrorzelle, zu der Hermann Vogelfrei, Ingrid Markgraf und Ludger Weiß gehören, oder?«

»Das tun wir. Die Terrorzelle, die durch Ihre Ermittlungen enttarnt wurde.«

»Vogelfrei ist aber nicht zu Ludger und Ingrid ins Abteil gegangen.«

»Er wollte eben seine Tarnung bis zuletzt aufrechterhalten.«

»Das letzte Mal, als ich ihn lebend sah, war er in einer Gefängniszelle eingesperrt. Und Ingrid und Ludger haben ihn daraus nicht befreit.«

»Sicherlich sind die beiden später noch einmal zu ihm zurückgekommen.«

»Meinen Sie?«

»Irgendjemand hat schließlich die Zellentür aufgeschlossen.«

»Das sind aber Mutmaßungen.«

»Glauben Sie mir, ich habe es mir bei der Analyse der Vorfälle nicht leicht gemacht. Ich habe die Tatsachen wieder und wieder beleuchtet, und es ist die einzige mögliche Erklärung, die übrig bleibt. Auch Herr Wandelbar und Herr Allerwelt denken so wie ich.«

»Sie haben gesagt, dass der tote Vogelfrei die Dienstwaffe von Voigt in der Hand hielt?«

»Ja, die Pistole wurde bei seiner Leiche gefunden.«

»Hat er die Waffe etwa von Ingrid bekommen?«

»Offenbar.«

»Merkwürdig.«

»Es ist aber so.«

»Was haben eigentlich die Soldaten des Heimatschutzes ausgesagt, die in die Anlage gestürmt sind?«

»Nicht viel.«

»Keiner hat gesehen, wer Vogelfrei erschossen hat?«

»Die Situation war unübersichtlich. Die Terroristen waren auf der Flucht, und es gab Gefechte zwischen den Soldaten und den Schwarzmänteln.«

»Was hat sich beim Verhör der Schwarzmäntel eigentlich ergeben?«

»Niemand hat etwas gesehen und alle, die wir verhört haben, haben abgestritten, Vogelfrei umgebracht zu haben.«

»Aber es stimmt, dass das Projektil, das Vogelfrei traf, aus einem Sturmgewehr stammt, wie die Schwarzmäntel es benutzen?«

»Ja.«

»Ist die Tatwaffe mittlerweile aufgetaucht?«

»Obwohl wir das Gefängnis nochmals gründlich abgesucht haben, haben wir sie nicht gefunden.«

»Und die Überwachungsaugen im Gefängnis waren abgeschaltet?«

»Weder im Gefängnis noch in der Polizeiwache gibt es noch ein funktionierendes System.«

»Dann werden wir wohl nie erfahren, was wirklich passiert ist.«

Südhausen zog die Mundwinkel nach unten, und seine Miene verfinsterte sich. »Der Mörder wird sein Wissen mit ins Grab nehmen.«

»Und Ludger? Haben Sie schon etwas aus ihm rausbekommen?«

»Sie meinen aus Herrn Weiß?«

»Ja.«

»Zunächst hat er sich gewehrt, doch schließlich ist er eingebrochen und hat geredet. Wie Sie wissen, sind Herr Wandelbar und Herr Allerwelt Experten darin, an Informationen zu kommen.«

»Was hat er gesagt?«

»Er hat zugegeben, dass sie nach Unterseehafen gefahren sind, um sich neuen Sprengstoff zu besorgen.«

»Sprengstoff?«

»Kiloweise hochmoderner plastischer Sprengstoff aus dem Ausland.«

»Was?«

»Versteckt im U-Boot, das in Unterseehafen vor Anker lag. Und es war beileibe nicht die erste Lieferung.«

»Erstaunlich.«

»Voigt war der Verbindungsmann der Terroristen beim Innenministerium. Er hat Ihnen Zugang zu Unterseehafen gewährt und die Lieferungen organisiert.«

»Warum hat er das nur riskiert?«

»Er wollte damit der Präsidentin zeigen, dass wir vom Staatsschutz unfähig sind, den Terror zu bekämpfen.«

»Dass wir nicht in der Lage sind, unser Volk zu beschützen?«

»Er wollte den Staatsschutz vorführen, um sich selbst als Retter anzubieten.«

»Steckt sonst noch jemand dahinter? Ich meine, kann er denn auf eigene Rechnung gehandelt haben?«

»Wenn es noch Mitwisser gab, werden wir sie identifizieren und unschädlich machen. Da können Sie sicher sein.«

»Und als er sein Ziel erreicht hatte und die Präsidentin ihm alle polizeilichen Hoheiten übertragen wollte, waren die Terroristen ihm natürlich im Weg.«

»Voigt wollte sie persönlich aus dem Verkehr ziehen, um sicherzustellen, dass sie ihn nicht verrieten.«

»Deshalb ist er selbst nach Unterseehafen gefahren, anstatt nach Neustadt, um die Entmachtung des Staatsschutzes zu überwachen.«

Südhausen nickte. »Genau.«

»Sein Plan wäre auch beinahe aufgegangen.«

»Wenn die Terroristen ihm nicht zuvorgekommen wären.«

»Jedenfalls hat Voigt Ingrid nur als Mittel zum Zweck benutzt.«

»Einar?«

»Ja?«

»Könnten Sie mir einen Gefallen tun?«

»Was meinen Sie?«

»Würden Sie Frau Markgraf bitte nicht beim Vornamen nennen? Diese Vertrautheit ist mir zuwider. Vergessen Sie nicht, dass Sie eine skrupellose Terroristin ist.«

Fischer schwieg.

»Sie glauben also allen Ernstes, dass sie die Anführerin ist und nicht Vogelfrei?« Südhausen legte die Stirn in Falten.

»Ich halte das für absolut wahrscheinlich. Sie weiß genau, was Sie will. Und Sie hat Ambitionen.«

»Wie ist es ihr in Unterseehafen nur gelungen, Voigt zu überwältigen? Konnte er sich nicht denken, wie gefährlich sie ist?«

»Wahrscheinlich hat sie ihm etwas vorgespielt, ihn ein wenig bezirzt und dann auf einmal, als er sich sicher war, die

Situation unter Kontrolle zu haben, hat sie das Messer gezogen.«

»Das Teppichmesser.«

»Die Schwarzmäntel müssen es bei der Leibesvisitation übersehen haben.«

»Sie sind also davon überzeugt, dass sie Hauptmann Stahl die Kehle durchgeschnitten hat?«

Fischer nickte. »Danach hat Weiß wahrscheinlich Stahl das Sturmgewehr abgenommen und den Schichtführer und den anderen Schwarzmantel, der bei Voigt war, erschossen. Und als Weiß gerade in Fahrt war, hat er auch noch den Sturmmann und den Scharführer umgebracht, die mich aus dem Zug eskortiert haben.«

»Ein wahres Massaker.« Südhausen sah ihn an. »Sie kennen Frau Markgraf doch gut. Hat sich das schon in der Schule abgezeichnet?«

»Was meinen Sie?«

»Ich meine, war sie früher schon gewalttätig gewesen?«

Fischer dachte an ihre gemeinsame Zeit in der alten Hauptstadt. Daran, wie sie auf dem Schulhof Schulblätter gegen die Diktatur verteilt hatten und von einem gerechteren Land träumten. »Wir waren doch noch so jung.«

»Und Sie zeigte nicht schon damals Verhaltens-auffälligkeiten?«

»Was ist schon auffällig bei einer Jugendlichen? Das Einzige, das ich weiß, ist, dass Ingri... Frau Markgraf niemals eine Anhängerin der Alten Ordnung war.«

»Vielleicht war sie das früher nicht, aber Dinge ändern sich«, sagte Südhausen.

Fischer musste nun daran denken, wie fremd Ingrid auf ihn gewirkt hatte. Dass er beinahe davon überzeugt war, es mit einer Doppelgängerin zu tun zu haben. »Manches will mir nicht in den Kopf.«

»Es ist sicherlich schwer zu akzeptieren«, bemerkte Südhausen, »dass die Frau, die Sie seit ihrer Jugend kennen, eine eiskalte Mörderin ist und weit mehr als zweihundert Menschen auf dem Gewissen hat.«

»Ja ... das wird es sein«, stimmte Fischer zu, doch es wirkte dahingesagt und ohne Überzeugung ausgesprochen.

»Geben Sie sich keine Schuld, Einar.«

»Das ist es nicht, Herr Südhausen.« Fischer senkte seinen Blick.

»Was dann?«

Fischer schwieg und starrte vor sich hin.

»Einar?«

»Ja?«

»Was ist mit Ihnen?«

»So ganz genau weiß ich es auch nicht.« Fischer biss sich auf die Unterlippe. »Geben Sie mir noch etwas Zeit, dann kann ich es Ihnen vielleicht erklären.«

»Einar?«

»Ja?«

»Ich muss mir doch keine Sorgen um Sie machen?«

Fischer lächelte gequält. »Ich werde es schon schaffen.«

»Sie sind ein guter Mann.« Südhausen fasste ihn an die Schulter. »Ich habe noch so viel mit Ihnen vor.«

Dann sahen beide wieder zu den Resten von Vogelfreis Buchhandlung hinüber. Als der Fahrer den Kran zurücksetzte, gruben sich die Fahrzeugketten tief im feuchten Boden ein und eine schwarze Rauchwolke drang aus dem Auspuffrohr.

»Haben Sie eigentlich einen Hinweis darauf, wo Frau Markgraf jetzt ist?«, fragte Fischer.

»Wir wissen nur, dass sie Unterseehafen vor zwei Tagen verlassen hat. Mehr nicht.«

»Unglaublich, dass ihr die Flucht gelungen ist.«

»Frau Markgraf muss da unten Hilfe gehabt haben. Anders kann ich es mir nicht vorstellen. Unsere Männer haben alles systematisch durchsucht und sie nicht gefunden.«

»Immerhin konnten sie Weiß aus seinem Versteck ziehen.«

»Weiß hat zusammengekauert in einem der Verbindungskorridore gesessen und sich widerstandslos festnehmen lassen.«

»Gut, dass er nicht bis zur letzten Patrone gekämpft hat, wie er mir gesagt hat, sonst hätte es viel mehr Opfer gegeben.«

Südhausen nickte. »So war es eine erfolgreiche Operation. Vogelfrei und Voigt sind tot, Weiß wurde verhaftet, das Innenministerium wurde entmachtet. Und Frau Markgraf werden wir auch bald ergreifen. Ewig wird sie sich nicht verstecken können.«

»Sie vergessen da aber noch jemanden.« Fischer fuhr sich mit der Zungenspitze über die Unterlippe. »Eine ganz bestimmte Person.«

»Wen?«

»Reich.«

»Reich?«

»Über ihn haben wir überhaupt noch nicht gesprochen, dabei war er ursprünglich unsere heiße Spur gewesen.«

»Ich habe ihn nicht vergessen.«

»Welche Rolle hat er bei den Anschlägen gespielt?«

»Wenn er überhaupt involviert war.«

»Wo wir bei der anonymen Anruferin wären.«

»Vielleicht hatte der Anruf gar nichts mit dem Anschlag zu tun.«

»Die Katze ist bei den Elfen läufig? Nicht gerade ein gängiges Gesprächsthema, würde ich vermuten.«

»Ich gebe Ihnen ja recht, dass der Anruf in der Tat merkwürdig ist.«

»Das meine ich aber auch.«

»Und Frau Markgraf war es nicht, die sich bei Reich gemeldet hat?«

»Das auf dem Tonband ist definitiv nicht ihre Stimme. Es muss eine Frau sein, die wir noch nicht kennen.«

»Vielleicht hat die Anruferin überhaupt nichts mit den Anschlägen zu tun, und es war eine falsche Spur.«

»Oder wir haben eine Verbindung der Terrorzelle zu jemandem, der gar kein Unterstützer der Alten Ordnung ist.«

»Was wollen Sie damit sagen?«

»Was ist, wenn Markgraf und Weiß gar nicht mit Vogelfrei zusammengearbeitet haben, sondern mit Reich? Dann wäre es ein vollkommen neuer Sachverhalt. Nicht ein mutmaßlicher Sympathisant der Alten Ordnung wäre einer der Urheber der Terrorwelle, sondern ein Mann aus der Elite der Republik.«

»Jetzt spekulieren Sie aber. Ein bisschen viel, wie mir scheint.«

»Es sind Hinweise, denen man nachgehen sollte.«

»Hören Sie auf damit, Einar«, sagte Südhausen energisch. »Ich werde keinen Rufmord an einem angesehenen Bürger Neustadts begehen. Außerdem haben die Terroristen gemeinsame Sache mit Voigt gemacht, und der Mann – das kann ich Ihnen versichern – ist der Inbegriff der Alten Ordnung.«

»Wenn Sie es sagen«, sagte Fischer leise, obwohl er die Verbindung der Terroristen zum untergegangenen Regime für konstruiert hielt. Er sah einen neuen Gegner, der sich dem Staatsschutz entgegenstellte. Einen Gegner, auf den sie nicht vorbereitet waren.

»Es ergibt jetzt alles einen Sinn«, fuhr Südhausen fort. »Der erste Anschlag fand auf die Textilfabrik in Ostend statt, die Gustav Markgraf, dem Vater von Ingrid Markgraf, gehört.«

»Ich kenne Herrn Markgraf noch von früher.«

»Frau Markgraf war ortskundig und konnte ihren Komplizen leicht den Zutritt zur Firma verschaffen.«

»Sie hat ihren eigenen Vater in den Ruin getrieben.«

»Der Anschlag auf die Textilfabrik in Ostend war aber nur die Generalprobe für die Anschläge auf die Wolkenkratzer im Herzen Neustadts. Danach gab es für sie keine Grenzen mehr. Sie dachten, niemand könnte sie stoppen.«

»Herr Südhausen?«

»Ja?«

»Ich hab' noch eine Bitte an Sie?«

»Eine Bitte? Ich höre?«

»Kann ich mit Weiß reden? Vielleicht kann ich ihm noch was entlocken.«

»Das geht nicht.«

»Warum nicht? Ich würde vorsichtig vorgehen, das verspreche ich Ihnen. Ich muss wissen, ob Reich ein Mitverschwörer ist.«

»Das glaube ich Ihnen gerne.«

»Also kann ich zu ihm?«

»Das hätte keinen Sinn.«

»Warum nicht?«

»Nun, wie soll ich es sagen ... Herr Wandelbar und Herr Allerwelt haben ... na ja, sie haben Herrn Weiß allzu intensiv verhört.«

»Was meinen Sie damit?«

»Dass er im Koma liegt.«

»Was?«

»Die Ärzte sagen, er hätte Hirnblutungen. Wir wissen nicht, ob er jemals wieder zu Bewusstsein kommt.«

»Wie konnte das nur passieren?«

»Herr Allerwelt schießt manchmal ein wenig übers Ziel hinaus.«

»Das kann man wohl sagen.«

»Vergessen Sie nicht, dass er Ihnen das Leben gerettet hat.«

»Das hab' ich nicht.«

»Ich weiß, was Sie von den Methoden Ihrer Kollegen halten, Einar. Es ist schwer – auch für mich. Aber es ist ein notweniges Übel.« Südhausen schloss die Augen. »Irgendwie müssen wir durchhalten, denn noch sind die Unterstützer der Alten Ordnung stark.« Er öffnete die Augen und sah ihn eindringlich an. »Der Kreislauf muss durchbrochen werden. Mit allen Mitteln. In zehn Jahren ist die Alte Ordnung nur noch ein dunkler Schatten aus der Vergangenheit, an den sich die Leute nur noch vage erinnern. Dann wird eine neue Generation herangewachsen sein, die mit den monströsen Verbrechen von damals nichts zu tun hat.« Er ballte die rechte Hand zu einer Faust. »Bis dahin müssen wir aber Härte zeigen und diese Wucherung des Bösen, dieses Geschwulst der Hölle, mit aller Macht bekämpfen ... auch wenn an unseren Händen Blut kleben sollte.«

Fischer nickte.

»Ich muss jetzt zur Präsidentin, um zu besprechen, wie wir die Aufgaben des Innenministeriums verteilen«, sagte Südhausen.

»Ich verstehe: Politik machen.«

»Geht es Ihnen denn mittlerweile wieder besser?«

»Ja.«

»Dann melden Sie sich bitte einsatzbereit.«

»Das werde ich.«

»Ach, und vergessen Sie nicht, dass ihr Dienstort jetzt Direktion 1 ist.«

»Am Heldenplatz, ich weiß.«

»Es wartet viel Arbeit auf uns. Kommen Sie morgen gleich in mein Büro. Sie sind von jetzt an befugt, eine Waffe zu tragen.« Südhausen ging zur Limousine, drehte sich dann aber noch einmal um. »Bevor ich's vergesse: Wir haben Ihren Aktenkoffer gefunden.«

»Tatsächlich? Wo war mein Koffer denn?«

»Bei der Zeitungsverkäuferin am Hauptbahnhof.«

»Die, die den Kiosk betrieben hat?«

»Ja. Sie muss schon seit einiger Zeit zusammen mit den Peons die Fahrgäste beklaut haben.«

Fischer schüttelte den Kopf. »Also Sachen gibt's.«

»Der Fernschreiber war schon verkauft. Sie müssen sich noch ein wenig gedulden, bis wir Ihnen einen Ersatz stellen können.« Südhausen ging zur Beifahrerseite der Limousine hinüber. »Bleiben Sie ruhig sitzen, Herr Fuhrmann«, hielt er seinen Chauffeur zurück, als er sah, dass dieser aussteigen wollte, um ihm die Tür aufzuhalten. »Einsteigen kann ich noch selbst.« Südhausen öffnete die Hintertür, setzte sich auf die Rückback und schlug die Tür zu. Der Chauffeur stieß die Limousine zurück, wendete und fuhr los.

Fischer sah dem Wagen hinterher, bis er beim Schrottplatz um die Ecke bog. Im Gegensatz zu Südhausen war für ihn der Fall noch längst nicht abgeschlossen. Nicht, ehe alle Mosaiksteine zusammengesetzt waren und sich ein schlüssiges Bild ergab. Er spürte, dass der alte Mann ihm nicht die ganze Wahrheit gesagt hatte und etwas vor ihm verbarg – doch noch wusste er nicht, was es war. Er tastete mit der Hand nach dem Zettel, den Vogelfrei ihm zum Abschied in die Manteltasche gesteckt hatte. Er holte ihn heraus und entfaltete ihn. »Gehe über den eisernen Steg und frage HEIMLICH nach WOLFSBRUT«, murmelte er den Inhalt des Zettels vor sich hin. Das war eine Spur, der er nachgehen konnte. Und mehr noch. Jetzt, da Vogelfrei tot war, war diese Botschaft sein Vermächtnis. Fischer stieg in seinen Wagen ein und fuhr los. Er verließ das Abbruchviertel, passierte die eingerüsteten Betonsäulen des Denkmals am Heldenplatz und fuhr bis zum Fluss hinunter.

Ein langsam fließendes Gewässer, trüb und verschmutzt, Plastikmüll und der aufgeblähte Kadaver einer Kuh auf der Wasseroberfläche treibend. Früher – so erzählten es zumindest die Alten – war das Wasser so klar, dass man bis auf den Grund blicken und den Fischen dabei zusehen konnte, wie sie sich elegant in der Strömung bewegten. Er parkte den Wagen vor einer schmalen Fußgängerbrücke und kurbelte die Scheibe herunter. Eiserner Steg, so nannte der Volksmund die von zwei Pfeilern getragene Brücke aus Stahlfachwerk, die baufällig und verrostet, wie sie war, längst nicht mehr passiert werden konnte. Ein mit Stacheldraht gesichertes Tor versperrte jetzt den Zugang. Auf der anderen Seite des Ufers, wo früher die verwinkelten Gassen von Südend lagen, stand nichts mehr. Die einstmals dicht an dicht stehenden Fachwerkhäuser waren abgerissen worden, um einem neuen Stadtteil Platz zu schaffen, der niemals verwirklicht wurde. »Gehe über den Eisernen Steg ...«, wiederholte er die Worte auf dem Zettel. Was hätte es für einen Sinn, über die Brücke zu gehen? Jener Stadtteil, der von Straßenbanden beherrscht worden war, existierte längst nicht mehr. Was auch immer Vogelfrei ihm damit sagen wollte, blieb ihm ein Rätsel. Auch fragte er sich, was es zu bedeuten hatte, dass die Worte »HEIMLICH« und »WOLFSBRUT« hervorgehoben waren. Wie nur sollte er im Geheimen nach etwas wie Wolfsbrut fragen? Er ließ seinen Wagen an, kurbelte die Scheibe hoch und fuhr am Ufer entlang. Eine brennende Hütte jenseits des Flusses. Obdachlose, die sich einen Unterschlupf gezimmert hatten und von der Obrigkeit vertrieben wurden. In Südend war es niemandem mehr gestattet zu leben.

Vorm Krankenhaus »Zum barmherzigen Samariter« musste er seinen Wagen anhalten. Mit Schlagstöcken und Schilden bewaffnete Soldaten des Heimatschutzes hatten die Zugänge zum Krankenhaus abgeriegelt und blockierten die Straße. Mehrere Hundert Deklassifizierte versuchten derweil, das fensterlose Gebäude zu stürmen, indem sie gegen die Phalanx der Bewaffneten drängten, nicht willens, sich mit ihrem Schicksal abzufinden, dass sie von nun an keine Bürgerrechte mehr besaßen. Außer sich vor Wut, dass sie Verstrahlte waren, die den Rest ihres Lebens auf sich allein gestellt blieben.

Fischer setzte den Wagen zurück und fuhr über einen Umweg zu seinem Hotel am nördlichen Ende der Innenstadt. Er parkte sein Fahrzeug auf einem Schotterfeld direkt vor einer wild wachsenden Hecke. Er stieg aus, sicherte die Tür mit dem Vorhängeschloss und sprang über eine Pfütze hinweg, die vom letzten Regen übrig geblieben war. Dann sah er an der schwarzen Fassade des Hotels hinauf und begutachtete die Reihe von Wasserspeiern, die am Übergang zu den oberen Stufenterrassen des Hochhauses angebracht waren. Noch immer hing der Vorhang, der aus der

Nachbarwohnung gefallen war, über einer der dämonenhaften Steinfiguren. Der Wind riss und zog am dunklen Stoff, und beinahe wirkte es so, als wollte der Wasserspeier seinen neuen Umhang um keinen Preis wieder hergeben.

Das Foyer des Hotels wurde mit dem Panzerlied beschallt. Eine Zeit lang war der Text verboten gewesen, doch dann hatten sich die Veteranenverbände beschwert, und die Republik hatte das Verbot aufgehoben. Der Archivar saß hinter dem Tresen und ordnete Karteikarten in einen Schuber ein, ohne auch nur einmal zu ihm aufzusehen. Fischer ging zum Treppenhaus und öffnete seinen Briefkasten. Ein merkwürdiges Gerät aus Metall lag darin. Es war rund und hatte eine Schlaufe, in die man einen Finger stecken konnte. Was das wohl war? Er zog das Gerät über den Mittelfinger, und als er mit der anderen Hand das Metall berührte, zuckte er zusammen. Dann musste er lächeln, denn er verstand, dass es ein Handschocker war, ein Scherzartikel, mit dem man jemandem einen schwachen elektrischen Schlag verabreichen konnte, wenn man ihm die Hand gab. Sofort musste er an die Unterwegers denken, denen er die Zinnsoldaten in den Briefkasten geworfen hatte. Wie hatten sie ihn nur derart missverstehen können? Er wollte an den Vorhang kommen und hatte ganz bestimmt nicht vorgehabt, die Zinnsoldaten für einen Scherzartikel wie diesen hier einzutauschen. Den genauen Wortlaut aber, den er auf den Tapetenstreifen geschrieben hatte, konnte er sich nicht mehr ins Gedächtnis zurückrufen. Er zog den Handschocker vom Finger ab und steckte ihn ein.

Der Fahrstuhl steckte in der elften Etage fest. Er lief die Treppe hoch, stieg in die Kabine ein, die wie so häufig nicht richtig verriegelt war, und fuhr in das neununddreißigste Stockwerk hinauf. Er hielt seinen Ausweis an den Kartenleser und öffnete die Tür zu seinem Appartement. Dann legte er seinen Mantel an der Garderobe ab, ging ins Bad und befeuchtete sein Gesicht. Er sah in den Spiegel und berührte mit dem Zeigefinger die Narbe am Hals. Den Abdruck einer Bisswunde nachzeichnend, fuhr er über die feinen Linien des verhärteten Gewebes. Dann ging er zum Kühlschrank, holte sich einen Joghurt heraus, schraubte den Deckel ab, und als er sich einen Löffel aus der Schublade holen wollte, bemerkte er einen braunen Briefumschlag auf dem Küchentisch. »Fischer«, war darauf in großen Buchstaben handschriftlich vermerkt.

Er stellte den Joghurt beiseite, ging zum Küchentisch hinüber, riss den Umschlag vorsichtig am oberen Ende auf und schüttete den Inhalt auf die Tischplatte. Es war ein Bündel von Tausendtalerscheinen. Er zählte fünfzehn Scheine – mehr als ein Jahresgehalt. Und wenn man bedachte, dass ein Neustädter im Monat durchschnittlich neunzig Taler verdiente, war es ein kleines Vermögen. »Ist da jemand«, rief er durch die Wohnung, obwohl er von der Küchennische aus sein Appartement gut überblicken konnte und wusste, dass er allein war. Um sicherzugehen, öffnete er seinen Kleiderschrank und sah hinein. Dann ging er zu seinem Bettsofa, hob die Polster hoch und lugte in den Bettkasten. Nochmals ging er ins Bad, um sich zu vergewissern, dass keiner in der Wanne lag. Niemand hatte Zutritt zu seiner Wohnung, selbst der Archivar hatte seines Wissens nach keine Schlüsselkarte. Wie nur konnte jemand in sein Appartement gelangen, ohne dass es Einbruchsspuren gab? Er ging zum Loch in der Backsteinwand, schob das Handtuch zur Seite und kroch in die Nachbarwohnung hinüber. Doch auch hier war alles unverändert: die Tapete von den Wänden gerissen, die Wohnung leergeräumt bis auf die Werkbank, die von den Arbeitern zurückgelassen wurde. Sogar das teure Schweißgerät befand sich noch an seinem Platz, dazu die Sauerstoff- und Acetylenflaschen, von denen zwei geborsten waren. Er ging zur Wohnungstür hinüber. Sie war zwar nicht abgeschlossen, aber er hatte die Türkette in die Schiene eingehakt. Und dort hing sie noch immer. Er ging zum zerbrochenen Panoramafenster, hielt sich am Rahmen fest und beugte sich nach vorne. Über dem Wasserspeier hängend, flatterte der Vorhang im Wind. Der schwarze Stoff war mittlerweile so weit nach vorne gerutscht, dass das Gesicht des Dämons verhüllt wurde. Man konnte es als ein schlechtes Omen deuten, wenn man bedachte, dass in früheren Zeiten die Aufgabe dieser figürlichen Wasserspeier war, den Teufel fernzuhalten, indem sie ihm seine eigene

Hässlichkeit vor Augen führten. Fischer hielt sich zwar nicht für abergläubisch, aber er wusste um die Macht der Suggestion, die Stück für Stück das Urteilsvermögen untergrabend, das Handeln manch eines aufgeklärten und rational agierenden Menschen – für den er sich selbst hielt – beeinflusst hatte. Er kroch durch das Wandloch wieder in sein Appartement zurück. Dann rückte er den Kleiderschrank ein Stück von der Wand weg, schob ihn unmittelbar vor das Loch und rückte ihn wieder an die Wand heran. Jetzt gelangte niemand mehr unbemerkt in seine Wohnung.

Er ging zu seinem Sofa, setzte sich und lehnte sich zurück, mit dem Kopf auf der harten Polsterung Halt suchend. Dann blickte er auf den Bildschirm des Digitalfensters und versuchte, sich an das Gespräch mit Vogelfrei zu erinnern. Hatte er nicht davon geredet, dass er seinen Informanten immer auf der anderen Seite traf? Die jenseitige Uferseite konnte er keinesfalls damit gemeint haben, denn in Südend stand nichts mehr. Was bedeuteten Vogelfreis kryptische Andeutungen nur? Seine Blicke fielen auf die Tastatur des Digitalfensters, die auf dem Sofatisch stand, und plötzlich wurde er stutzig. Die millimeterdicke Staubschicht auf der Tastaturhülle war mit Fingerabdrücken übersät. Die breiten Daumenabdrücke wiesen auf grobschlächtige Hände hin. Pranken geradezu. Und dann kam ihm ein Name in den Sinn: Heinrich. Für ihn stellte ein Schloss mit einem Kartenleser kein Hindernis dar. Heinrich musste in seine Wohnung eingedrungen sein und ihm den Briefumschlag auf den Küchentisch gelegt haben. Doch warum nur interessierte er sich für sein Digitalgerät? Fischer stand auf, ging zur Tür und sah durch den Spion. Die sich vom Putz ablösende Tapete mit Blumenmuster, eingetaucht in das gelbe Licht der Wandbeleuchtung. Das Brummen des Stromgenerators im Flur. Niemand war zu sehen. Er verriegelte die Tür mit einem Metallhaken, den er in eine Öse steckte, und hängte die Vorhängekette ins Schloss. Nicht wirklich ein Hindernis, aber besser als nichts. Er setzte sich wieder auf das Sofa und starrte auf den dunklen Bildschirm des Digitalfensters. Auf der anderen Seite, war der Gedanke, der sich in seinem Kopf verfangen hatte, wiederkehrend, in einer schier endlosen, ermüdenden Schleife seines wegdämmernden Verstandes.

Stimmen im Flur, die durch die Tür gedämpft wurden. Er richtete sich auf und realisierte, dass er auf dem Sofa eingeschlafen war, ohne sich auszuziehen. Sein Kopf war die ganze Zeit durch die Sofalehne zur Seite gedrückt worden, so dass jetzt sein Nacken schmerzte. Es musste früh am Morgen sein: Die Schornsteine der Fabriken und die Hochfackeln der Raffinerien warfen durch die aufgehende Sonne noch lange Schatten. Er ging zur Tür und sah durch den Spion. Eine Prostituierte schrie auf den Mieter der gegenüberliegenden Wohnung ein, der – nur mit einem Unterhemd bekleidet – die Frau am Unterarm aus seinem Appartement zerrte. Die Wimperntusche zerlaufen und ihr Oberteil in der Hand haltend, war sie so stark betrunken wie der Mann, der torkelnd und kaum dazu in der Lage, sich auf den Beinen zu halten, die Tür hinter sich zuschlug, nicht ohne sie zum Abschied wüst zu beschimpfen. Die Prostituierte hämmerte mit der Faust gegen die Appartementtür, verfluchte den Mann und verkündete, sich zur Seite drehend und der Aufmerksamkeit der anderen Hotelgäste versichernd, was er für ein Versager wäre.

Nur eine weitere Episode jenseits der Tür, dachte Fischer. Er ging zum Kühlschrank, holte sich ein Glas Joghurt heraus und stellte es auf den Küchentisch. Dann sah er verärgert zur Wohnungstür hinüber. Hätte man ihn nicht so abrupt aus dem Schlaf gerissen, wäre er sicherlich wieder auf die Silhouette zugegangen, die sich im Gegenlicht abzeichnete. Derart aus dem Schlaf gerissen, fühlte er sich um die Möglichkeit betrogen, mehr von diesem Geschöpf zu erfahren, das nicht die Gestalt eines Menschen zu haben schien, wie er anfangs geglaubt hatte, sondern von der Form eher einer Kirchenglocke glich. Er ging zur Küchenzeile, nahm einen Metallbecher, in dem noch etwas Kaffee war, und stellte ihn auf die Herdplatte. Es war sonderbar, aber seitdem er seine Ernährung notgedrungen umgestellt hatte und auf Fleisch verzichtete, waren seine Visionen, die ihn beim Erwachen verfolgten, immer intensiver geworden. Auf eine beinahe groteske Art und Weise schien der Joghurt etwas zu verstärken, was tief in seinem Inneren verborgen war. Er drehte den Schalter der Herdplatte um, doch die Kontrolllampe ging nicht an. Aus dem Flur drang das Fluchen der Prostituierten – aus der Ferne und leiser werdend, als ginge sie zum Fahrstuhl. Er nahm sich aus der mittleren Schublade des Küchenschranks einen kleinen Gaskocher, stellte ihn auf die Arbeitsplatte, legte einen Grillaufsatz oben auf, positionierte darauf wiederum den Becher und drehte den Gashahn auf. Dann holte er einen Anzünder aus der oberen Schublade heraus und drückte die Bügel zusammen. Der Zündstein fuhr über die Flachfeile, und die Funken entzündeten das ausströmende Gas. Von Zeit zu Zeit prüfte er die Temperatur des Bechers mit den Händen, und als der Henkel der Tasse warm war, nahm er den Kaffee von der Flamme und drehte den Gashahn zu. Er nahm einen Schluck vom lauwarmen Kaffee, doch so sehr er auch die dunkelbraune Flüssigkeit auf der Zunge umherwandern ließ, das Aroma der Bohnen herausschmecken konnte er nicht. Er stellte den Becher in die Spüle, drehte sich um und betrachtete, die Arme auf eine Stuhllehne gestützt, die Tausendtalerscheine auf dem Küchentisch. Das Porträt des ersten Präsidenten der Republik darauf. Die hagere, asketische Erscheinung des verstorbenen Mannes, der Südhausen erstaunlich ähnlich sah, wenn man sich den Vollbart wegdachte.

Dreiviertel des Geldes waren für seine Frau und die beiden Kinder bestimmt. Daran hielt er sich selbst jetzt noch, nachdem er erkannt hatte, dass sie nicht mehr dieselben waren wie früher. Substanzlos hatten sie auf ihn gewirkt, wie die virtuellen Hüllen in Neuwelt. So fremd, dass er ihre Anwesenheit nicht mehr ertragen konnte und in das Hotel gezogen war. Zunächst hatte er sie noch regelmäßig besucht, dann immer weniger und schließlich überhaupt nicht mehr. Ihnen das Geld zu geben, stellte für ihn nicht mehr als eine ritualisierte Handlung dar, die er gewissenhaft ausübte, seitdem er sie verlassen hatte.

Er sah sich in seinem Appartement um. Solange er das Geld in der Wohnung aufbewahrte, musste er es irgendwo verstecken. Er ging zum Küchenschrank, holte Aluminiumpapier und Gummis aus einer Schublade und setzte sich an den Küchentisch. Dann rollte er einen Schein zusammen und spannte einen Gummi darum. Nachdem er auch die übrigen Scheine zusammengerollt und mit Gummis gesichert hatte, riss er ein Stück Aluminiumpapier ab und breitete es auf dem Tisch aus. Er legte die zusammengerollten Scheine der Reihe nach auf das Aluminiumpapier und wickelte die Folie um die Scheine. Er knickte die Enden um und faltete das Papier mehrmals, damit alles wasserdicht verschlossen war. Dann ging er ins Badezimmer, stellte einen Eimer unter das Waschbecken und schraubte die Dichtungen des Siphons ab. Er entfernte das U-förmige Rohr, ließ einen schleimigen Film von Abwasserrückständen in den Eimer ablaufen, schob die silbern glitzernde Rolle mit dem Geld in die gebogene Leitung und schraubte den Siphon wieder an, ein Ende des Aluminiumpapiers über das Gewinde gefaltet. Er leerte den Eimer im Klobecken und tupfte die Dichtungen vorsichtig mit einem Lappen ab, darauf achtend, den Schmutz nicht zu verwischen.

Als er das Geld in einem sicheren Versteck wähnte, ging er zum Panoramafenster und ließ seinen Blick ziellos über die Raffinerien mit ihren verschlungenen Rohrleitungssystemen, den Tanklagern und den Hochfackeln wandern. Drückte alsbald seine Stirn an die Scheibe und sah hinab zu den wenigen Fahrzeugen, die auf dem geschotterten Parkplatz standen. Selbst aus der Höhe konnte er seinen Wagen mit der blass gewordenen blauen Farbe und dem eingedrückten Dach gut erkennen. Dann fiel ihm etwas Merkwürdiges auf. Verdeckt von der Hecke, vor der er seinen Wagen abgestellt hatte, stand ein Transporter. Der Schriftzug auf der Motorhaube kam ihm bekannt vor. Doch konnte das sein? Er ging zum Küchenschrank, nahm sein Fernglas aus der untersten Schublade heraus, ging zum Fenster zurück, hielt sich das Fernglas vor die Augen und fokussierte es, als er den Transporter im Sucher hatte. Tatsächlich – es gab nun keinen Zweifel mehr. Dort unten auf dem Schotterplatz stand, umgeben von einer wild wachsenden Hecke, der Transporter der Klempnerei Unhold, jenes vom Staatsschutz beschlagnahmte Fahrzeug, das er auf dem Hof der Direktion gesehen hatte. Niemand schien hinter der Lenksäule zu sitzen, soweit man es von hier oben aus beurteilen konnte. Er suchte die Umgebung nach Kollegen vom Staatsschutz ab, doch ohne Erfolg. Waren etwa Marbod und Heinrich auf ihn angesetzt? Sie hatten sich schon in seiner Nähe aufgehalten, als er

Vogelfrei über den Börsenplatz gefolgt war. Dann kam ihm sein Aktenkoffer in den Sinn. Er war sich sicher, dass dort ein Peilsender versteckt war, der es Südhausen erlaubt hatte, seine Position zu orten. So hatte der Direktor auch so schnell herausfinden können, dass sich der Koffer bei der Kioskverkäuferin befand, nachdem dieser ihm gestohlen wurde. Die ganze Zeit war er Observierender und Observierter zugleich gewesen.

Er ging zum Kleiderschrank und vergewisserte sich, dass dieser noch vor dem Loch in der Backsteinwand stand. Er drückte ihn nochmals gegen die Wand, obwohl die Fußklötze bereits die Bodenleiste berührten. Er ging zum Sofa, setzte sich auf das harte Polster und blickte auf das Digitalfenster. Betrachtete den ovalen Rahmen des Bildschirms, den Rechnerbeutel und die Seh-Sprech-Haube. »Auf der anderen Seite«, flüsterte er – das genau waren Vogelfreis Worte gewesen. Der Informant, der ihm die geheimen Auskünfte zuspielen sollte, musste sich dort aufhalten. Südend konnte Vogelfrei nicht gemeint haben. Nicht den realen, zur Brache verkommenen Stadtteil zumindest. Doch was war, wenn er von der anderen Seite des Schirms sprach? Konnte das des Rätsels Lösung sein? Traf er den Informanten etwa in den virtuellen Weiten von Neuwelt?

Fischer nahm die Hülle von der Tastatur und sah sich die Fingerabdrücke auf der Staubschicht an, die Heinrich hinterlassen haben musste. Er legte die Hülle zur Seite und strich über die Ziffern der Tastatur. Seit Wochen hatte er das Digitalfenster nicht mehr angetastet, war nicht mehr in die Rolle seines virtuellen Gegenparts geschlüpft. Es gab einen Zeitpunkt, einen jener raren Augenblicke vollkommener Erkenntnis, als ihm bewusst geworden war, dass die zwei Welten, die reale und die fiktive, miteinander zu verschmelzen begannen. Das Merkwürdige dabei war, dass die Grenzen von Realität und Virtualität sich nicht etwa auflösten, während er mit aufgesetzter Haube durch die künstlichen Landschaften zog – dazu fehlte das körperliche Empfinden in Neuwelt, einer Simulation, die sich auf visuelle und akustische Reize beschränkte –, sondern erst Tage danach, nämlich dann, wenn er über das Geschehene nachdachte.

Auf der anderen Seite des Schirms. Es blieb ihm keine Wahl. Er musste herausfinden, ob es sich dabei um Neuwelt handelte, auch wenn er mit seinen Prinzipien brach. Er setzte sich die Seh-Sprech-Haube auf den Kopf, drückte auf den Rechnerbeutel und spannte die Finger in die Tastaturschlaufen ein. Der Beutel hob und senkte sich in einem langsamen Rhythmus, dann erhellte sich der Schirm.

»Hallo«, erklang eine Frauenstimme aus den Lautsprechern, die am Bildschirm angebracht waren.

»Hallo.«

»Bist du Einar Fischer?«

»So steht es zumindest in meinem Ausweis.«

»Das verstehe ich nicht.«

»Nun ja, der bin ich.«

»Was möchtest du heute unternehmen, Einar?«

»Wer hat das System das letzte Mal hochgefahren?«

»Darüber liegen mir keine Informationen vor.«

»Und wann gab es den letzten Zugriff?«

»Darüber liegen mir keine Informationen vor.«

»Warum nicht?«

»Meine Gedächtniseinheit steht mir nicht zur Verfügung.«

»Was? Dein Speicher ist leer?«

»Das ist korrekt.«

»Wie ist das nur passiert?«

»Der Löschbefehl ist erfolgt.«

»Etwa eine Formatierung?«

»Ja.«

»Von wem?«

»Darüber liegen mir keine Informationen vor.«

»Und es ist gar nichts mehr übrig?«

»Die Grundeinstellungen sind noch vorhanden, aber alle Protokolle der letzten zwölf Monate sind überschrieben worden.«

»Ist es vielleicht möglich, die Daten wiederherzustellen?«

»Erinnerungsfragmente können durch eine Systemüberprüfung gerettet werden.«

Fischer überlegte. »Dafür ist jetzt keine Zeit. Hast du noch Zugriff auf Neuwelt?«

»Ja.«

»Dann bring mich dorthin.«

»Verstanden ... ich starte Neuwelt ... bitte gedulde dich einen Moment.« Ein summender Ton war aus dem Rechnerbeutel zu vernehmen. Auf dem Bildschirm erschienen Nebelschwaden, dann tauchte darin der als Handelsname geschützte Begriff »Neuwelt« auf.

»Welche virtuelle Hülle soll ich für dich laden?«, fragte die digitale Frauenstimme.

Er überlegte. »Den Namenlosen – so wie immer.«

»Verstanden.« Einige Sekunden vergingen. »Unantastbarer Der Namenlose ist geladen.«

»Gut.«

»Sind Modifikationen erwünscht?«

Fischer blickte auf den Schirm, auf dem seine Spielfigur abgebildet war. Die den Kopf nach links drehte, wenn er ihn in diese Richtung drehte. Die sich nach vorne bewegte, sprang oder sich duckte, wenn er es mit dem jeweiligen Tastendruck signalisierte. »Nein, keine Änderungen.«

»Was möchtest du gerne spielen?«

»Nun, ich wähle den Zugang Hermann Vogelfrei«, wies er an, darauf vertrauend, dass dieser seine Abenteuer nicht passwortgeschützt hatte.

»Dieser Zugang ist mir nicht bekannt.«

»Bist du dir sicher?«

»Es gibt keinen Zugang mit diesem Namen. Und du weißt, dass ich keine Fehler mache.«

»Keine Fehler? Ach ja? Jeder irrt sich mal – auch du. Erinnere dich an die Zeit vor der letzten Aktualisierung.«

»Das ist mir nicht möglich.«

Er lächelte. »Gibt's wohl nicht gerne Fehler zu. Wusste gar nicht, dass eine künstliche Intelligenz so eitel sein kann.«

»Ich erinnere mich nicht, weil meine Gedächtniseinheit inklusive der Fehlermeldungen gelöscht wurde.«

»Eine verdammt gute Ausrede. Muss ich mir merken.«

»Das verstehe ich nicht.«

»Das brauchst du auch nicht.«

»Soll ich ein Abenteuer für dich laden?«

»Warte, lass mich kurz nachdenken.« Er fragte sich, welchen Zugang Vogelfrei eingerichtet haben konnte, als ihm einfiel, dass er in der Schwebebahn einen Decknamen benutzt hatte. »Hallo?«

»Ja?«

»Bist du noch da?«

»Ich stehe dir zur Verfügung.«

»Gibt es vielleicht einen Zugang von ... sagen wir ... Alfred Berger?«

»Ja, dieser Zugang existiert«, antwortete die Stimme aus den Lautsprechern unverzüglich.

»Welche Abenteuer sind frei zugänglich?«

»Im öffentlich zugänglichen Bereich des Kontos von Alfred Berger ist nur ein Abenteuer hinterlegt: Geheime Projekte der Neuen Ordnung: Das Mysterium um Wolfsbrut.«

»Wolfsbrut? Bist du dir sicher?«, fragte er aufgeregt.

»Das ist richtig. Unterteilt in fünfzehn Episoden.«

»Fünfzehn«, flüsterte er.

»Soll ich Episode 15 laden?«

»Was? Wie heißt die Episode denn?«

»Die Berghänge der Verstrahlten.«

Er zögerte. »Nein ... das bringt mich nicht weiter.«

»Das verstehe ich nicht.«

»Warte mal ...« Er überlegte, was auf Vogelfreis Zettel stand. »Gibt es vielleicht eine Episode mit einer Brücke oder sonst was in der Art? Ich meine Steg oder so?«

»Ja, die gibt es. Episode 8: Der Eiserne Steg.«

»Das ist es!«, schrie er in die Sprechmuschel.

»Bitte wiederhole deine Anweisung.«

»Entschuldige den Gefühlsausbruch«, beruhigte er sich wieder. »Ich meine, kannst du die Episode für mich laden?«

»Einen Moment, bitte.«

»Ich habe keine Eile. Lass dir ruhig Zeit.«

Nach wenigen Sekunden meldete sich die Stimme aus den Lautsprechern wieder: »Die Episode ist ein begleitetes Abenteuer und beinhaltet eine Nomadenseele.«

»Hervorragend.« Es musste seine Kontaktperson sein, die als Nomadenseele in unterschiedliche Charaktere im Spiel schlüpfte, um die Geheiminformationen an ihn weiterzugeben.

»Dein Kreditrahmen beträgt zurzeit eintausend Taler. Willst du die Kosten von achtzig Talern übernehmen oder möchtest du lieber mit einer künstlichen Intelligenz spielen?«

»Unbedingt.«

»Das verstehe ich nicht.«

»Ja, ich will mit einer Nomadenseele spielen.«

»Verstanden. Die Kosten werden nun vom Konto Einar Fischer abgebucht. Die Nomadenseele wird benachrichtigt. Bitte gedulde dich ...«

Fischer betrachtete den Ladeschirm. Zuerst das Ölbild eines Fachwerkbezirks, dann ein Aquarell von einem Papierschiff, das, umringt von spielenden Kindern, in einer Abwasserrinne entlangfuhr.

»Die Nomadenseele steht nun bereit. Du kannst jederzeit mit dem Spielen beginnen.«

»Das freut mich.«

»Hast du einen Termin vorgemerkt, an dem ich das Abenteuer unterbrechen soll?«

»Nein. Keine Zeitbegrenzung – so wie früher.«

»Ich erinnere mich nicht an früher.«

»Oh, natürlich.«

»Ich wünsche dir viel Spaß.«

»Das weiß ich zu schätzen«, sagte er, lehnte sich zurück und wartete geduldig auf den Beginn seines Abenteuers.

Fast vollständig in Nebel gehüllt, tauchte eine Brücke mit zwei Pfeilern vor seiner virtuellen Spielfigur auf. Sie sah genauso aus wie der Eiserne Steg, doch anders als in der Realität gab es hier weder Absperrungen noch Stacheldraht, die eine Überquerung unmöglich machten. Fischer knöpfte den Mantel des Namenlosen auf und zog die automatische Handfeuerwaffe aus dem Schulterpolster. Er prüfte, ob das Magazin voll war, dann steckte er die Waffe wieder zurück ins Holster und sicherte sie mit einer Lederschlaufe. Er steuerte den Namenlosen am genieteten Stahlfachwerk entlang bis zum ersten Brückenpfeiler, an dem er stehenbleiben musste. Auf einer Länge von mehr als zwanzig Metern war der Bodenbelag weggebrochen, so dass nur noch die nackten Eisenträger der Brückenkonstruktion hervorragten. Holzplanken bildeten eine notdürftig angelegte Passage auf die andere Seite hinüber. Eine gute Gelegenheit, sich wieder mit der Steuerung der Spielfigur vertraut zu machen. Er schritt auf die erste Holzplanke und balancierte zum nächsten Querträger. Dort blieb er kurz stehen und bewunderte die spiegelglatte Oberfläche des Flusses. Die Reflexionen im Wasser waren hervorragend in Szene gesetzt. Er ging weiter, stets darauf bedacht, die knarrenden Planken nicht über Gebühr zu beanspruchen. Als er wieder sicheren Boden unter den Füßen hatte, sah er auf. Der Nebel hatte sich mittlerweile gelichtet, so dass erstmals die Fachwerkhäuser am anderen Ufer zu sehen waren. Die Dächer vermoost, die Schindeln sich allmählich lösend, aus den Schornsteinen der aufsteigende Rauch der Kaminfeuer. Inmitten der verwinkelten Gassen erhob sich der Turm der Kirche, deren freihängenden Glocken zur vollen Stunde schlugen. Und es dauerte nicht lange, da drangen von den Schuten, die im Hafen angelegt hatten, die Stimmen der Arbeiter zu ihm vor. Am Ende der Brücke stand ein mit roten und weißen Streifen bemaltes Wachhäuschen. Ein Soldat mit gezwirbeltem Oberlippenbart schlief darin auf einem Bänkchen, das Gewehr mit dem aufgepflanzten Bajonett an sich gedrückt, einen leeren Bierkrug zu seinen Füßen. Der Namenlose passierte den Kontrollpunkt und erreichte den Hafen. Der Kai war aufgeweicht und matschig, da es keine Pflasterung gab, sondern nur Stroh ausgelegt war, das dem Boden die Feuchtigkeit entziehen sollte. In purpurne Umhänge gehüllt, die Symbole ihrer Zünfte auf den Broschen tragend, hatten sich die Händler und Kaufleute vor den Hafenkneipen versammelt. In ihren Händen mehr oder minder volle Bierkrüge, blockierten sie den Weg für diejenigen, die den Hafenbezirk über eine der Seitengassen verlassen wollten. Und aus einem unerfindlichen Grund wurden das plötzlich immer mehr. Der Namenlose wurde angerempelt, von der Menschenmenge erfasst und zu einem Ochsenkarren abgedrängt, der mit Radbruch liegengeblieben war. Etwas stieß gegen sein Schienbein. Ein Mann ohne Unterkörper, der auf einem Wägelchen festgeschnallt war, blickte zu ihm auf. Die Kleidung flickenartig aus Textilresten zusammengenäht, den Kopf kahlrasiert, hielt der Krüppel in den Händen Holzklötze, auf die er sich stützte, wenn er sich fortbewegte. »Ein paar Groschen für den Halbmann?«, fragte er.

Der Namenlose zuckte zurück und schüttelte den Kopf. »Tut mir leid, hab' nichts.« Eine Handvoll Leute, die wild gestikulierend mit einem Hütchenspieler stritten, lenkten ihn ab. »Gehe nach Südend und frage HEIMLICH nach Wolfsbrut«, rezitierte der Namenlose seinen Auftrag und dachte, dass es nicht einfach werden würde, in den mit Menschen überfüllten Gassen etwas heimlich zu tun.

»Den Herrn Doktor kenn' ich«, hörte er den Krüppel zu seinen Füßen sagen.

»Was meinst du?«, fragte der Namenlose.

»Der Herr hat gesagt, dass er zum Doktor will. Ich kann den Herrn dorthin bringen.«

»Wovon sprichst du eigentlich? Ich hab' nichts von einem Doktor gesagt.«

»Doch, doch. Ich hab's genau gehört. Der Herr sprach vom Doktor.«

»So ein Unsinn.«

»Der Herr sprach vom Doktor Heimlich. Das weiß ich genau.«

»Doktor Heimlich?«, fragte der Namenlose verblüfft und hielt inne. Dann fasste er sich an die Stirn, denn er verstand schlagartig, dass es nicht darum ging, etwas heimlich zu tun, sondern dass dies der Name des Informanten war.

»Doktor Heimlich, ich hab's genau gehört.«

»Schon gut, schon gut. Du hast ja recht. Ich will tatsächlich zu ihm.«

»Wusst' ich's doch«, sagte der Krüppel triumphierend.

»Kannst du mir denn zeigen, wo's langgeht?«

Der Krüppel nickte und schlug die Holzklötze auf den Boden. »Das kann ich tun, mein Herr.«

»Wo wohnt er?«

»Immer die Engelsgrube weiter bis zur Magd Hilde«, sagte der Krüppel aufgeregt, »die mir immer den leckeren Brei gibt und manchmal legt sie mir auch ein Stück Brot in den Beutel, wenn es hart ist und die Gänse keinen Hunger mehr haben. Und ich hab' noch gute Beißerchen.« Der Krüppel öffnete seinen Mund und präsentierte stolz die zwei ihm verbliebenen Schneidezähne.

»Und weiter?«, fragte der Namenlose ungeduldig.

»Also dann ...« Der Krüppel stockte, drehte seinen Kopf zur Seite und blickte verschmitzt zu ihm hoch. »Wie sieht es mit einer Spende für den Halbmann aus, mein Herr?«

Der Namenlose griff nach dem Kleingeld in seiner Hosentasche, zählte vier Groschen ab, bückte sich und legte die Münzen in einen kleinen Beutel, den der Krüppel um den Hals hängen hatte.

»Vergelt's Gott«, sagte dieser.

»Also geradeaus und dann bei der Magd Heidi abbiegen oder was?«

Der Krüppel lachte. »Der Magd Hilde.«

»Wer auch immer. In welchem Haus wohnt die Magd denn?«

»Im großen Haus mit der grünen Tür.«

Der Namenlose stellte sich auf Zehenspitzen und versuchte, über die Menschen hinwegzusehen, die sich in der Seitengasse langsam voranschoben. »In welchem Haus meinst du?«

»Das mit der grünen Tür«, wiederholte der Krüppel.

»Geht's nicht etwas präziser?«

»Präser ... was?«

»Präziser.« Der Namenlose blickte zum Krüppel hinab, der ihn fragend ansah. »Beim großen Haus mit der grünen Tür also nach rechts oder links abbiegen?«

»Nach links ... nein nach rechts. Also nicht dahin, wo die vielen Leute sind.«

»Wohin nicht?«

»Nicht in die Schildhauergasse.«

»Käme mir auch nicht in den Sinn.«

»Der Herr muss in die andere Richtung gehen bis zum verkohlten Haus, das früher so schön war. Dann kam der Herr Pfarrer und hat gesagt, die Frau ist eine Hure und der liebe Gott mag das nicht. Dann lag der Fluch über ihnen. Und am Sonntag nach Ostern war das Haus schwarz – da war der Teufel da.«

»Das will ich alles gar nicht wissen.« Der Namenlose winkte ab. »Und Doktor Heimlich? Wo hat der sich verkrochen?«

»Der Herr Doktor wohnt dahinter.«

Straßenschilder gab es nicht und die Beschreibung des Krüppels konnte den Namenlosen nicht überzeugen, war sie doch zu sehr von eigenen Erfahrungen und Eindrücken geprägt, als dass sie allgemein verständliche Ortsbeschreibungen enthielt. »Also nochmal: Wo ist das Haus mit der grünen Tür denn nun genau?«, fragte der Namenlose.

»Da, wo die Magd Hilde ist.«

»Was weiß denn ich, wo die wohnt?«

»Der Herr kennt die Magd Hilde nicht? Die mit dem guten Herzen.«

»Ist mir gänzlich unbekannt.«

»Die kennt doch jeder.«

»Ich aber nicht, verdammt.«

Der Krüppel kicherte.

»Am besten, du kommst mit und zeigst mir, wo's langgeht«, sagte der Namenlose, um Fassung bemüht.

Der Krüppel schüttelte den Kopf. »Das kann ich nicht«, presste er heraus.

»Warum nicht?«

»Nein, nein«, widersprach der Krüppel.

»Jetzt zier' dich nicht. Sind noch'n paar Groschen für dich drin.«

»Der Herr Doktor ...«

»Ja?«

»... der Herr Doktor ...«

»Was ist mit ihm?«

»Er macht mir Angst«, flüsterte der Krüppel.

Der Namenlose stöhnte.

»Seine Augen ...«

»Es sind zwei, nehme ich an.«

»Der hat den bösen Blick, der Herr Doktor.«

»Den bösen Blick?« Der Namenlose lachte auf. »Was für ein Unsinn.«

»Der Herr müsste seine Augen sehen, dann würde er mir glauben.«

»Du meine Güte, stell dich nicht so an.«

»Nein«, der Krüppel schüttelte energisch den Kopf, »da komme ich nicht mit.«

»Du kannst mir das Haus ja von Weitem zeigen, wenn du willst.«

»Kann ich das? Vielleicht ein gutes Stück weit weg?«

Der Namenlose nickte. »Ist 'n ganzer Taler für dich drin.«

»Ein ganzer Taler?«, fragte der Krüppel ungläubig, die Augen weit aufgerissen.

»Nur für dich.«

Der Krüppel kratzte sich am Hinterkopf und sah unsicher zu ihm hoch. »Für einen ganzen Taler bringe ich den Herrn ... bis ... sagen wir zum verkohlten Haus.«

»Abgemacht.«

»Der Herr soll mir jetzt folgen.« Der Krüppel wendete seinen Wagen und schob sich mit Hilfe der kleinen Holzblöcke durch die mit Menschen überfüllte Gasse. Wenn ihm nicht schnell genug Platz gemacht wurde, fuhr er mit seinem Wägelchen gegen ihre Beine. Einige traten nach ihm, andere beließen es auch dabei, ihm mit geballten Fäusten die Pest an den Hals zu wünschen. Immer wieder verfing sich das auf dem Boden ausgelegte Stroh in den Rädern des Wägelchens und blockierte sie. Behände zog der Krüppel jedes Mal die um die Achsen gewickelten Halme heraus. Er fuhr weiter und bog in eine Seitengasse ein. Auf Wäscheleinen, die in einigen Metern Höhe zwischen den Häusern gespannt waren, trockneten Unterhosen und Schlüpfer. Die meisten Fensterläden waren geschlossen, als wäre niemand zu Hause. Ganz dem Wuchs der verwendeten Baumstämme gehorchend, waren die Fassaden der Fachwerkhäuser nach außen gewölbt. Vor dem Eingang zu einer Kellerspelunke stand eine Frau, die ein Tragjoch geschultert hatte, in das zwei Eimer eingehängt waren. Im Schutz eines darüber geworfenen Umhangs erleichterte sich gerade jemand, von dem nur der herunterhängende Lederschurz zu sehen war. Der Krüppel mühte sich mit seinem Wägelchen eine Anhöhe hinauf, vorbei an Kindern mit kurzen Hosen, die ein Papierboot in einer Wasserrinne fahren ließen, ungeachtet ihrer aufgeschlagenen und blutenden Knie. Fasziniert beobachtete der Namenlose, welchen Spaß die Kinder mit diesem kleinen Stück Papier hatten, während sie die Welt um sich herum vergaßen.

»Bis hierher und nicht weiter«, sagte der Krüppel, als sie beim ausgebrannten Haus angelangt waren. »Da hinten wohnt der Herr Doktor.« Er deutete auf ein Fachwerkhaus mit zwei Erkern, das auf dem Gipfel des Hügels stand. Es hatte Giebelleisten, die aufwändig mit bunten Holzfiguren verziert waren. Nachdem der Krüppel den versprochenen

Taler erhalten hatte, bedankte er sich mit einem Kopfnicken, wendete sein Wägelchen und ließ es den Hügel hinunterrollen. Der Namenlose ging indes zur Tür von Heimlichs Haus und klopfte an. »Hallo? Jemand da?«, rief er – doch er erhielt keine Antwort. Dann bemerkte er den Zettel, der an der Tür klebte. »Bin in fünf Minuten zurück!«, stand darauf. Plötzlich schlug ihm jemand die Faust in den Rücken. »Verdammt! Was soll das?«, fluchte der Namenlose und drehte sich um. Drei Männer hatten ihn umringt, zwei standen – die Hände in den Taschen ihrer Mäntel – nur untätig herum, der dritte jedoch bedrohte ihn mit einem Messer. »Geld her. Sofort!«, sagte er.

»Was seid ihr denn für Spießgesellen?«, fragte der Namenlose unbekümmert.

»Geld her, wenn dir dein Leben lieb ist«, wiederholte der Straßendieb seine Forderung.

Obwohl ihm der junge Mann das Messer an die Kehle hielt, ließ sich der Namenlose nicht davon beeindrucken. Blitzschnell ergriff er das Handgelenk des Angreifers, drehte die Klinge von sich weg und schlug ihm den Ellenbogen ins Gesicht. Als sich der Mann nach vorne krümmte, stieß er ihm das Knie gegen den Kopf, so dass er zu Boden fiel und bewusstlos liegenblieb. Starr vor Schreck verharrten die beiden anderen im Hintergrund, und noch bevor sie reagieren konnten, hatte der Namenlose bereits seine Pistole aus dem Holster gezogen und in schneller Folge vier Schüsse abgegeben. In die Beine getroffen, stürzten die beiden Diebe zu Boden. Einer blieb regungslos liegen und nässte sich ein, der andere versuchte noch, mit letzter Kraft wegzukriechen, eine Blutspur im Schmutz zurücklassend. »Das ist doch kein Benehmen, meine Herren«, sagte der Namenlose ruhig und gelassen, als er die Pistole auf ihn richtete.

»Gnade!«, flehte der Dieb ihn an.

»Warum? Weil du noch so jung bist?«

»Gnade«, stöhnte der Unglückliche, eine Hand an die stark blutende Wunde am Bein gepresst.

»Wie viele Menschen habt ihr schon auf dem Gewissen, hä?« Der Namenlose richtete seine Waffe auf den Kopf des Mannes.

»Nur ausgeraubt haben wir sie, nicht umgebracht. Ich schwöre es.«

»Ach ja? Lüg mich nicht an!«

»Nein, ich lüge nicht. Ich schwöre es!«, jammerte der junge Mann. Ein quietschendes Geräusch ließ den Namenlosen aufhorchen. Der Fensterladen im angrenzenden Haus öffnete sich und ein alter Mann lugte hervor, drohend die Hand zur Faust geballt und ein Jaulen von sich gebend wie das eines Wolfes. Ein Pfeifen am anderen Ende der Gasse schien die Antwort auf das verabredete Signal zu sein. Und tatsächlich: Fensterläden und Türen öffneten sich und kurz darauf strömten Menschen in die Gasse, einige von ihnen mit Holzlatten bewaffnet. »Wir sehen uns später wieder«, sagte der Namenlose zu dem am Boden Liegenden, der sich in Erwartung des Schusses die Hand vor das Gesicht hielt. Er steckte die Waffe ins Holster, lief bis zur Spelunke zurück und sah sich um. Seine Verfolger hatten sich derweil vor den drei jungen Männern versammelt, offenbar, um herauszubekommen, was vorgefallen war. Einige Augenblicke blieben dem Namenlosen noch, ehe sich die aufgebrachte Menge auf ihn stürzen würde, aufgehetzt durch die verletzten Straßenräuber. Er rannte die Treppe hinunter zur Spelunke, öffnete die Tür, und nachdem er sie wieder geschlossen hatte, stemmte er sich mit dem Körper dagegen und lauschte. Wenig später rannte der Mob an der Spelunke vorbei. Obwohl die Männer nicht zu wissen schienen, wo er Zuflucht gesucht hatte, konnte es nicht lange dauern, bis sie zurückkamen.

Der Namenlose sah sich um: ein niedriges Kellergewölbe, dreibeinige Hocker auf unebenem Steinbelag, hinter der Theke gestapelte Fässer. Männer, die Pfeife rauchten und schweigend ihr Bier tranken. Bis jetzt hatte ihn niemand bemerkt. Der Namenlose ging zur Theke, setzte sich auf einen Hocker und legte einen Groschen auf den feuchten Tresen. »Ein Bier«, sagte er. Der Wirt, untersetzt und mit verschmutzter Schürze, den Vollbart mit Speiseresten verklebt, sah ihn gleichgültig an, während er mit dem Geschirrtuch einen Krug trocken rieb.

»Ganz schön ungemütlich da draußen«, fuhr der Namenlose fort und deutete mit einer Handbewegung auf den Ausgang. »Wollte eigentlich nur bei Doktor Heimlich vorbeisehen wegen dieses Kratzens.« Er fasste sich an den Hals.

»Männer«, sagte der Wirt zu seinen Gästen gewandt, »hier will doch jemand tatsächlich zu unserm Heiler.« Gelächter brach aus. Einige Männer schlugen ihre Bierkrüge auf den Tisch.

»Was ist denn daran so komisch?«, fragte der Namenlose den Fremden, der neben ihm am Tresen saß. Dieser drehte sich zu ihm um, ohne ihn jedoch anzublicken. »Wenn man krank ist, sollte man umgehend zum Doktor Heilmich«, rief er, mehr an die anderen Besucher der Spelunke gerichtet als an ihn.

»Der Doktor Heilmich hilft in allen Lebenslagen«, brüllte jemand im Hintergrund, beantwortet vom Johlen der anderen.

»So? Ihr wollt mit mir spielen? Das könnt ihr gerne haben!«, sagte der Namenlose. »Staatsschutz«, ergänzte er reflexartig und ohne nachzudenken.

»Staatsschutz?« Der Fremde zog die Augenbrauen hoch.

Mitten ins Abenteuer geworfen, kannte der Namenlose seine wahre Aufgabe noch nicht, die ihm in dieser Welt zugewiesen war. Einmal ausgesprochen, fand er jedoch Gefallen an der Vorstellung, die Obrigkeit zu verkörpern, und blieb in der eingenommenen Rolle. »Das hättest du jetzt nicht gedacht, oder?«

»Kennen wir nicht. Brauchen wir nicht«, sagte der Fremde und drehte sich wieder zu seinem Bierkrug um.

»Keine Angst, die Bürgerrechte zu verlieren?«

»Bürgerrechte? Mann, geh lieber wieder zurück auf die andere Seite des Flusses. Hier jedenfalls kannst du dir deine Bürgerrechte in den Arsch schieben«, brummte der Fremde vor sich hin.

»Dennoch repräsentiere ich auch in dieser finsteren und gottverlassenen Gegend die Staatsmacht«, sagte der Namenlose.

»Zuerst repräsentierst du hier jemanden, der nichts zu trinken bekommt«, widersprach der Wirt. Erneut brach Gelächter aus. Einige prosteten sich mit ihren Bierkrügen zu. Dann klopfte es an die Eingangstür. Der Namenlose zog seine Pistole aus dem Holster.

»Gemach, gemach. Verstehst wohl keinen Spaß, was?«, redete der Wirt beschwichtigend auf ihn ein.

Jemand trat mit dem Schuh gegen die Tür.

»Kommt nur rein! Ich bin vorbereitet!«, schrie der Namenlose. Die Gäste der Spelunke sahen sich verwundert an, dann legte einer von ihnen den Kopf in den Nacken und riss seinen Mund auf. Doch statt eines Lachens drang daraus nur ein unerträglich schriller, alles durchdringender Ton. Die Waffe in der Hand haltend, presste sich der Namenlose die Handwurzeln an die Ohren. »Was wollt ihr nur von mir, ihr Bastarde? Was wollt ihr nur?«

Fischer zog sich die Seh-Sprech-Haube vom Kopf. Es klopfte an seine Appartementtür. Wie lange schon, konnte er nicht mit Gewissheit sagen. Er blieb auf dem Sofa sitzen und rührte sich nicht. Die Türschelle läutete. »Wir wissen, dass du da bist!«, hörte er Marbod im Flur rufen. Fischer stand auf, schlich zur Tür und schaute durch den Spion. Das in die Länge gezogene Gesicht seines Kollegen näherte sich dem Guckloch. »Fischer, ewig kannst du dich hier nicht verkriechen. Schließlich wirst du nicht fürs Faulenzen bezahlt«, brüllte Marbod durch den Flur, während er mit der Faust gegen die Tür schlug. Marbod ging einen Schritt zurück, wischte sich mit dem Zeigefinger die Reste von Schnupftabak von der Nase und steckte sein Hemd in die Hose, die Knöpfe durch seinen Bauch aufs Äußerste gespannt. Nun war auch Heinrich im Spion zu sehen, der mit dem Rücken an die Flurwand gelehnt, an einer Brauseflasche nippte.

»Dieser arbeitsscheue Phlegmatiker«, beschwerte sich Marbod. »Warum hat Südhausen ausgerechnet ihn ausgesucht?«

»Er ist nun mal sein Liebling, das weißt du doch«, antwortete Heinrich und schlug die Ärmel seines Hemdes hoch. Dann verschränkte er – den Hals der Brauseflasche mit Zeige- und Mittelfinger umklammert – die Arme, spannte den Bizeps an und bewunderte sein eigenes Muskelspiel.

»Wie lange macht der Alte das noch mit?«

»Nach diesem Erfolg? Das kannst du dir doch selbst beantworten.«

»Ach, dieser Schwachkopf trägt doch gar keinen Anteil daran.«

»Das sieht Südhausen aber anders.«

»Fischer hier, Fischer da! Ich kann das nicht mehr hören. Noch so ein Dilettant bei uns und wir können den Laden dicht machen.«

»Komm, lass gut sein.«

»Ich kann diesen Typen einfach nicht ausstehen.«

»Was willst du? Für uns hat es sich doch ausgezahlt. So eine Beförderung kommt nicht alle Tage. Und du hast beste Aussichten, Südhausen zu beerben, wenn er in Pension geht. Ganz so, wie du es immer wolltest.«

Marbod trat mit dem Schuh gegen die Tür. »Hör mal zu«, flüsterte er, als wüsste er, dass Fischer dahinter stand, »mach auf und komm mit. Deine Arbeit ist zu wertvoll für uns, als dass du in der Wohnung versauern solltest.«

Heinrich lachte höhnisch auf, dann trank er seine Limonade in einem Zug aus und hämmerte mit seinem Rubin besetzten Ring, dessen goldene Fassung eine dornenartige Bewehrung aufwies, auf das Glas der Flasche. »Lass uns los. Der kriegt sich schon wieder ein.«

»Dieser verdammte Penner«, zischte Marbod, kritisch den Spion beäugend. »Was treibt der nur da drinnen?«

Vor sich hinpfeifend, schlenderte Heinrich lässig den Flur entlang zum Aufzug und warf dabei die leere Brauseflasche auf den Boden. Als sich auch Marbod von der Tür abwandte und Heinrich folgte, schlich Fischer sich wieder zum Sofa zurück und setzte sich. Er schlug die Hände vor das Gesicht und dachte, dass er vollständig isoliert war. Umgeben von Menschen, die ihm feindselig gegenüberstanden, ohne, dass er den Grund dafür kannte. Seine Familie Schritt für Schritt von Doppelgängern ersetzt, konnte er niemandem mehr trauen. Er war ein Fremder in dieser Welt und das Einzige, das ihm so etwas wie Halt und Orientierung gab, war der Instinkt in seinem Inneren, der ihn dazu trieb, sich auf die Suche zu begeben. Eine Suche, von der er nicht wusste, wohin sie ihn führte. Gehe über den Eisernen Steg und frage Heimlich nach Wolfsbrut. Er setzte sich die Seh-Sprech-Haube auf und zog die Tastaturschlaufen über die Finger.

Von Gästen und Wirt gleichermaßen bloßgestellt, verließ der Namenlose die Spelunke, vergewisserte sich, dass seine Verfolger nicht in der Gasse auf ihn warteten und ging den Hügel hinauf zum Haus des Doktors. Es war niemand mehr zu sehen, doch Schleif- und Blutspuren auf dem Boden belegten, dass die von ihm niedergeschossenen jungen Männer in umliegende Häuser gezogen wurden.

»Bin zurück«, verkündete ein Zettel am Eingang. Der Namenlose klopfte, dann drückte er die Klinke nach unten und öffnete die Tür. Vor ihm lag ein von Fackeln erleuchteter Gang. Die gewölbte Decke rußgeschwärzt. Er zog die Pistole aus dem Holster, wechselte das Magazin und ging weiter bis zur nächsten Tür. »Doktor iurisprudentiae Ferdinand Heimlich«, stand auf einem vergoldeten Schild. Heimlich war kein Arzt, sondern ein Anwalt. Nun verstand der Namenlose, warum sich die Kneipenbesucher über ihn lustig gemacht hatten. In einem Schacht hinter der Tür baumelte ein Seil, das am Klöppel einer Glocke befestigt war, die im Dachstuhl hing. Er steckte die Pistole ins Holster und hangelte sich den Schacht hinauf, mit den Schuhen in den Kerben Halt suchend, die in die Wände getreten waren. Oben angekommen, schwang er sich zum Dachboden hinüber. Der Klöppel schlug gegen die Glocke, und ein heller Ton kündigte seinen Besuch an. Der Dachstuhl war marode und an den Stellen, an denen Ziegel fehlten, fiel das Licht herein. Auf Wäscheleinen, die kreuz und quer gespannt waren, trockneten fleckig graue Bettlaken. Er hob ein Bettlaken an, tauchte darunter hinweg und stand vor einem Mann, der hinter einem Schreibtisch saß. Dessen Aussehen war irritierend, wurde das Gesicht doch in zwei gänzlich unterschiedliche Erscheinungsformen geteilt. Mitten über die Stirn, den Nasenhöcker, die Lippenfalten bis hinunter zum Adamsapfel verlief eine scharfe Trennlinie. Die rechte Kopfhälfte, die von Lichtstrahlen erhellt wurde, war makellos: die Haare fein säuberlich zu einem Seitenscheitel gekämmt, die Haut glattrasiert und gepflegt. Ekel und Abscheu mussten den Betrachter jedoch beim Anblick der anderen, im Schatten liegenden Kopfhälfte überkommen: umschwirrt von Fliegen, die Haare zerzaust, dazu eine Vielzahl von Pusteln, die sich unter dem scheckigen Bart abzeichneten.

»Was führt Sie in meine Kanzlei?«, fragte der Mann hinter dem Schreibtisch.

»Sind Sie Doktor Heimlich?«

»Höchstpersönlich. Und wer sind Sie, wenn ich fragen darf?«

»Sagen wir, ich bin jemand, der Ihre Dienste in Anspruch nehmen möchte.« Der Namenlose setzte sich auf den Stuhl, der vor dem Schreibtisch stand, ohne dass Heimlich es ihm angeboten hätte.

»Was ist ihr Problem?«, fragte Heimlich.

»Wer sagt denn, dass ich eins hab'?«

»Hätten Sie sich sonst die Mühe gemacht, zu mir zu kommen?«

»Nun, wahrscheinlich nicht«, stimmte der Namenlose zu.

»Woher wissen Sie von mir?« Heimlich legte seine Ellenbogen auf die Tischplatte, faltete seine Hände und stützte sein Kinn darauf ab.

»Sagen wir, jemand hat Sie empfohlen.«

»Und wer?«

»Ein gemeinsamer Bekannter.«

»Etwa einer meiner Mandanten?« Heimlich beugte sich so weit nach vorne, dass Fischer sah, dass eines seiner Augen blau war und das andere braun. Der böse Blick, den der Krüppel Heimlich zusprach, war nicht mehr als eine Heterochromie der Iris, eine seltene Anomalie, bei der ein Mensch zwei unterschiedliche Augenfarben aufwies.

»Möglich«, antwortete der Namenlose, vollkommen unbeeindruckt von Heimlichs ungewöhnlicher Erscheinung.

»Wenn Sie mir den Namen nicht verraten, kann ich Ihnen natürlich nicht helfen.«

Der Namenlose verschränkte seine Arme im Nacken und lehnte sich zurück. »Bevor ich Ihnen den Namen nenne, muss ich zuerst eine Vorstellung davon bekommen, wie Ihre Hilfe überhaupt aussieht.«

Heimlich lachte. »Ein Mann, der weiß, was er will.«

»Und? Was haben Sie anzubieten?«

»Am besten wäre es, wir würden zunächst mein Honorar festlegen.«

»Honorar? Mal nicht so voreilig. Einen Schritt nach dem anderen. Was bekomme ich überhaupt für mein Geld?«

»Informationen.«

»Was für Informationen?«

»Über die Welt da draußen.«

Der Namenlose lächelte. »Das hört sich für mich nicht nach Juristerei an.«

»Juristerei?«, fragte Heimlich verwundert.

»Ja und? Sind Sie etwa kein Anwalt?«

»Damit kann man doch schon lange kein Geld mehr verdienen.«

»Ach ja?«

»Nicht südlich des Flusses.«

»Und was heißt das?

»Sagen wir, es bedeutet, dass man flexibel auf geänderte Rahmenbedingungen reagieren muss«, erklärte Heimlich.

Der Namenlose deutete in einer raumgreifenden Armbewegung auf die ausgehängten Bettlaken. »Und zum Waschweib werden muss oder was?«, spottete er.

»Sehen Sie sich mein Haus an«, sagte Heimlich. Während sich seine sinistre Gesichtshälfte verfinsterte, blieb die andere, makellose Hälfte unberührt von dem in ihm aufkommenden Zorn. »Ich denke, dass ich irgendwas richtig mache.«

»Sie meinen, weil Sie so eine Bruchbude besitzen?«

»Sie wissen ja nicht, was Sie sagen. Es ist das beste Haus in der Gegend.«

»Na und? Ich bin nicht an materiellen Dingen interessiert.«

»Unsinn. Jeder strebt nach Reichtum.«

»Ich aber nicht.«

»Ach ja? Die, die das verleugnen, sind Heuchler.«

»Besser ein Heuchler als ein Scharlatan.«

Heimlich hob den Zeigefinger. »Passen Sie auf, was Sie sagen.«

»Sonst passiert was?«

»Worte sind schon so manchem zum Verhängnis geworden.«

»Eine Lebensweisheit?«

»Nur ein Ratschlag, wie man Unannehmlichkeiten vermeidet.«

»Wird der auch schon in Rechnung gestellt?«

Heimlich lächelte ihn abschätzig an. »Nein, für den Ignoranten ist der Ratschlag umsonst.« Er lehnte sich zurück, schlug die Beine übereinander und sah an die Decke. »Also nochmal von vorne. Wer schickt Sie?«

»Ich arbeite auf eigene Rechnung.«

»Und Sie wollen, dass ich Ihnen helfe?«

»Käme mir entgegen.«

»Warum sollte ich das tun?«

Der Namenlose hob den Mantel an, so dass Heimlich seine Schusswaffe sehen konnte.

»Sie wollen mir drohen?«

»Sagen wir es so: Ich will meiner Bitte Nachruck verleihen.«

»Ich hab' keine Angst vor Ihnen.«

»Das ist äußerst bedauerlich.« Geduld war keine Eigenschaft, die den Namenlosen auszeichnete. Er war davon überzeugt, dass sich ein Mann durch sein Handeln und nicht durch seine Worte definierte. Nach den Erfahrungen mit den widerspenstigen Einwohnern des Viertels wusste er, dass es notwendig war, seinem Anliegen mit Entschiedenheit Nachdruck zu verleihen. Er sprang auf, hechtete über den Schreibtisch – eine Hand wie auf einem Turnpferd abgestützt – und packte Heimlich am Kragen. Noch während er mit der Faust ausholte, überlegte er, welche Hälfte des Gesichts seine Entschlossenheit zu spüren bekommen sollte. Als er sich entschieden hatte, bereute er seine Wahl bereits. Der Schlag traf ein Furunkel oder Schlimmeres, das unter dem Geflecht aus verfilzten Barthaaren versteckt war, so dass sich der Inhalt der Entzündung – begleitet von einem Geräusch, als stampfe man gekochte Kartoffeln – über seine Hand ergoss. Zumindest aber die Fliegen waren für kurze Zeit vertrieben. Als der Namenlose den Eiter an seiner Hand am Mantelkragen des Doktors abwischte, dachte er, dass ein zweiter Hieb angebracht war, doch in die verdorbene Hälfte mochte er nicht mehr schlagen und die andere, makellose Seite verdiente keine abschätzige Behandlung. Er ließ Heimlich los, der in sich zusammensackte und vornüber auf den Boden fiel. Der Namenlose setzte sich nun in den Sessel. »Jetzt, wo wir alle Höflichkeitsfloskeln ausgetauscht haben, können wir uns ja meinem Anliegen zuwenden«, sagte er.

Auf dem Boden liegend, presste sich Heimlich die Hand an die aufgeplatzte Lippe. »Sie meinen doch nicht etwa, dass mir Schläge etwas anhaben können, oder?«

»Irgendwie hab' ich eben die Beherrschung verloren. Stolz bin ich ja nicht«, entgegnete der Namenlose.

»Glauben Sie, dass ich Ihnen jetzt noch helfe?«

»Warum denn nicht?«

»Das können Sie vergessen.«

»Auch wenn ich Ihnen das Zauberwort sage?« Der Namenlose beugte sich zu Heimlich nach unten. »Wolfsbrut«, flüsterte er ihm mit einem Lächeln zu.

»Was?«, fragte Heimlich überrascht.

»Sie wollten einen Namen, und ich habe Ihnen einen Namen gegeben.«

»Sie sollten mir selbstverständlich Ihren Namen sagen oder zumindest den meines Mandanten, von dem Sie die Empfehlung haben.«

»Alles zu seiner Zeit. Also, was wissen Sie über Wolfsbrut?«

»Ich weiß gar nicht, wovon Sie sprechen.«

»Von Ihrem Mandanten hab' ich da eine andere Information.«

»Dann hat er sich geirrt.«

»Das denke ich nicht.« Der Namenlose zog die Pistole aus dem Holster heraus und zielte, den Arm auf die Lehne des Sessels gelegt, auf Heimlichs Kopf. »Also, was ist nun?«

»Drohungen fruchten bei mir nicht, Sie Schwachkopf.«

Der Namenlose spürte diesen Drang in sich, Heimlich auf der Stelle zu erschießen, doch wollte er etwas über Wolfsbrut in Erfahrung bringen, musste er sich beherrschen. »Alfred Berger hat gesagt, dass ich Sie nach Wolfsbrut befragen soll.«

»Herr Berger?«, fragte Heimlich ungläubig.

»Sie kennen ihn?«

»Natürlich kenne ich ihn. Er ist ... er war einer meiner Mandanten.«

»Dann wissen Sie also von der Sache?«

»Selbstverständlich.«

»Dass er tot ist?«

»Wirklich äußerst bedauerlich.«

»Weshalb war er bei Ihnen gewesen? Haben Sie ihm Informationen zugespielt?«

Heimlich setzte sich auf, schüttelte den Kopf und starrte nachdenklich auf den Boden. »So dicht war ich dran. Hätt' ich gewusst, dass er etwas damit zu tun hat … hätt' ich doch nur …«

»Was?«

»Teufel nochmal … hätt' ich das nur gewusst …«

»Wovon reden Sie?«

»Es ist der Beweis, dass meine Methode funktioniert. Besser als die des alten Mannes«, flüsterte Heimlich.

»Welches alten Mannes?«

»Nun wird es mir niemand glauben …«

»Was? Wolfsbrut?«

Heimlich sah zu ihm auf. »Sie wissen doch gar nicht, was das ist.«

»Ich weiß aber, wen ich danach fragen muss.« Der Namenlose legte den Fuß auf das Bein von Heimlich und übte mehr und mehr Druck darauf aus.

»Verschwiegenheit ist eine meiner Grundsätze«, sagte Heimlich. »Gewalt wird das nicht ändern können, mein unbekannter Eindringling.«

Der Namenlose stand auf, sah zu Heimlich hinab, der ihm die sinistre Hälfte zugewandt hatte, und wusste, dass er versagt hatte. Zu ungestüm war er vorgegangen. Mit Gewalt konnte er aus diesem zwielichtigen Mann die Wahrheit nicht herauspressen. Er steckte seine Pistole ins Holster und ging um den Schreibtisch herum.

»Ich habe nicht gesagt, dass ich Ihnen nicht helfe.« Auf einmal erhob sich Heimlich, viel schneller, als man es von jemandem erwarten konnte, der gerade eben niedergeschlagen wurde.

»Dann tun Sie es doch«, sagte der Namenlose, beim Weggehen eins der an den Wäscheleinen hängenden Bettlaken anhebend.

»Das kann ich erst, wenn ich weiß, dass Sie bereit sind, die Wahrheit auch zu akzeptieren.«

Der Namenlose drehte sich um und ließ das Bettlaken los. »Welche Wahrheit?«

»Es gibt Dinge auf dieser Welt«, sagte Heimlich, »Dinge, die wir uns nicht einmal vorstellen können.«

»Dinge?«

»Dinge, die wir nicht bereit sind zu akzeptieren.«

»Keine Ahnung, wovon Sie reden.«

»Ich spreche von unterschiedlichen Wahrnehmungen der Realität.«

»Ja und?«

»Sehen Sie mich an. Was sehen Sie?«

»Wenn ich Sie ansehe?«

»Ja.«

»Nun, was soll ich sagen?«

»Was Ihnen in den Sinn kommt.«

»Einen Schizophren?«

»Ist das alles?«

»Einen Wahnsinnigen?«

»Sie enttäuschen mich.«

»Was sollte ich Ihrer Meinung nach denn sehen?«

»Dass wir die Realität in unterschiedlicher Weise wahrnehmen.«

»Und Ihre alberne Kostümierung soll das veranschaulichen?«

»Und wenn dem so wäre?«

»Vielleicht sind Sie auch einfach nur verrückt.«

»Ihnen fehlt die Vorstellungskraft, mein namenloser Gewalttäter. Wie meinem alten Herrn. Er war sein Leben lang ein rechtschaffender, ein pflichtbewusster Mann. Ein Mann, der wie Sie glaubte, dass ihn nichts erschüttern könnte. Doch dann, eines Tages, hatte er einen Schlaganfall und danach hat er sich grundlegend verändert. Er hat sich nur noch eine Hälfte seines Gesichts rasiert und sich auch nur diese eine Hälfte gekämmt. Und wenn er gegessen hat, dann ließ er immer die Hälfte seines Mahls auf dem Teller liegen. Fein säuberlich. Als ob er in der Mitte des Tellers eine unsichtbare Linie gezogen wäre.«

»Worauf wollen Sie hinaus?«

»Die Ärzte haben gesagt, mit seinen Augen wäre alles in Ordnung, doch sein Gehirn weigerte sich beständig, die andere Hälfte der Realität wahrzunehmen.«

»Ich denke, dass ich meinen Teller immer ganz aufesse.«

»Was macht Sie da so sicher?«

»Ich weiß, dass mein Teller rund ist.« Der Namenlose lächelte selbstzufrieden.

»Das denken Sie.«

»Sie etwa nicht?«

»Ich denke, dass wir immer nur einen Teil der Realität wahrnehmen, und dieser Teil zu unserer ganzen Wahrheit wird.«

Der Namenlose ging zu Heimlich zurück, blieb aber vor dem Schreibtisch stehen. »Also gut, sagen wir, ich wäre bereit zu akzeptieren, was Sie da sagen. Was wäre dann?«

»Das wäre ein Anfang.«

»Wo finde ich diese versteckte Wahrheit, von der Sie sprechen?«

Heimlich lächelte, zuerst nur mit der rechten Gesichtshälfte, dann, nach einigen Augenblicken, schien diese Heiterkeit auch auf die sinistre Hälfte überzugehen. »Wenn jemand bereit ist anzuerkennen, dass das von ihm Wahrgenommene nicht die Realität ist ...« Heimlich stockte und sah ihn auffordernd an.

»Ich bin bereit ...«

»Dann und nur dann würde ich ihm sagen: Dein Schicksal wird sich in der verwunschenen Stadt erfüllen, wenn du im Schloss inmitten des finsteren Waldes die Fährte des Wolfs aufnimmst und die wahre Natur seiner Brut erkennst.«

»Ein Rätsel?«

»Für die einen ist es ein Rätsel, für die anderen die Anleitung für ihre Suche.«

»Die verwunschene Stadt? Was soll das wieder für ein Unsinn sein?«

»Was ich damit meine, ist nicht von Belang. Sie werden die Fährte des Wolfs aufnehmen, wenn Sie bereit sind, die Dinge wahrzunehmen, die andere nicht sehen wollen.«

Der Namenlose hielt sich den Zeigefinger an die Lippe und schien nachzudenken. »Es ist kein Werwolf, nehme ich an«, sagte er dann spöttisch.

»Was?«

»Auch nicht der böse Wolf, schätze ich.«

»Machen Sie sich ruhig lustig.« Heimlich griff unter die Schreibtischplatte. »Es war reine Zeitverschwendung, mit Ihnen zu reden. Es ist ja doch alles verloren ...«

Der Namenlose hörte das Geräusch eines Zahnrades, das unter ihm in Bewegung gesetzt wurde. Eine Falltür öffnete sich, und er stürzte eine Rutsche hinab, glitt ein Rohrsystem entlang, wurde durch eine Kurvenbahn hin- und hergeschleudert, bis er vom Haus ausgespuckt, in einem Heuhaufen landete. Er stand auf und wischte sich die Grashalme vom Mantel. Ein Nachtwächter, ausgerüstet mit Laterne und Lanze, stand in der Gasse und blickte ihn an. »Ich habe zu verkünden: Es ist acht Uhr und die Kanzlei des Herrn Doktor ist jetzt geschlossen.«

9.

Fischer ging ganz dicht an die Wand heran und sah sich das Blumenmuster der Tapete an. Es war nicht mehr als eine Marotte, die er entwickelt hatte, um sich der Unterschiede zwischen der Realität und der virtuellen Welt zu versichern. Immer weiter näherte er sich der Wand, untersuchte die Struktur der aufgedruckten Blüten, verfolgte den Weg der verschlungenen Blätter. In Neuwelt konnte die programmierte Oberfläche irgendwann nicht mehr dem Scharfsinn seiner Augen standhalten. Die Texturen, aus denen die Programmierer die virtuelle Welt zusammensetzten, wurden sichtbar und die Illusion einer künstlichen Welt war zerstört. Doch die Tapete bestand die Prüfung – selbst kleinste, körnerartige Erhebungen, die der raue Putz in die Tapete drückte, waren zu erkennen. Details, die in Neuwelt niemals zu sehen waren.

Er ging zum Panoramafenster und schaute hinab. Der Transporter der Firma Unhold stand immer noch auf dem Schotterplatz vor dem Hotel. Wer beschattete ihn nur? Und warum? Das Läuten des Fernsprechers riss ihn aus seinen Gedanken. Er ließ es fünfmal klingeln, dann erst nahm er den Hörer ab.

»Ja?«

»Guten Tag, Herr Fischer. Hier spricht Fräulein Wegmann, die Empfangsdame der Neustädter Bank. Wissen Sie noch, wer ich bin?«

»Natürlich.«

»Herr Reich möchte Sie gerne sehen und fragt, ob es Ihnen möglich wäre, gleich einmal bei ihm vorbeizuschauen.«

»Jetzt?«

»Könnten Sie das wohl einrichten?«

»Das ist gerade nicht so günstig.« Er sah an sich herunter. Die Unterhose, die er trug, die Strümpfe, von denen einer ein Loch am großen Zeh aufwies.

»Er hat mich ausdrücklich darauf hingewiesen, wie dringend sein Anliegen ist. Er sagte, dass es auch in Ihrem Interesse liegen würde vorbeizuschauen.«

»Ich weiß nicht recht, ob ich heute noch kommen kann ...«

»Versuchen Sie es doch bitte.«

»Fräulein Wegmann?«

»Ja?«

»Woher haben Sie eigentlich meine Nummer?«

Sie lachte. »Ich hab' da so meine Methoden.«

»Verstehe.«

»Unterschätzen Sie niemals die Fähigkeiten einer Frau.«

»Werd' mich bemühen.«

»Also bis nachher?«

»Fräulein Wegmann?«

»Ja?«

»Stehe ich im Nummernverzeichnis?«

Sie lachte erneut. »Wie soll ich sagen ...«

»Ist es so?«

»Ja, da ist ihr Name vermerkt.«

»Gut zu wissen.«

»Und was meinen Sie? Kann ich bei Herrn Reich ihren Besuch ankündigen?«

»Machen Sie nur.« Fischer hängte den Hörer ein, ging ins Bad, machte sich frisch und zog sich an. Nur wenige Minuten nach der Beendigung des Gesprächs mit Fräulein Wegmann verließ er seine Wohnung. Da der Aufzug nicht kam, nahm er die Treppe nach unten, verließ das Hotel über den Haupteingang und ging zum Transporter der Klempnerei, der hinter der Hecke stand. Die Reflexionen im Glas durch seine Handflächen abgedeckt, sah er durch die Seitenscheibe. Niemand saß im Fahrgastraum. Mehrere leere Flaschen Schnaps lagen auf der Rückbank, im Aschenbecher quollen die Zigarettenstummel über. Er vergewisserte sich, dass niemand in der Nähe war, dann öffnete er das Ventil des rechten Vorderreifens und ließ die Luft herausströmen, bis der Reifen platt war. Er schlüpfte durch die Hecke, entfernte das Vorhängeschloss an der Tür seines Wagens, stieg ein und startete den Motor. Er setzte zurück, fuhr an mehreren geparkten Fahrzeugen vorbei, die allesamt unbesetzt waren, und als er die Straße erreicht hatte, hielt er an. Nur ein Gast, der gerade das Hotel betrat, sonst rührte sich nichts. Er drückte das Gaspedal durch und fuhr am Hotel entlang in westliche Richtung, während er im Rückspiegel beobachtete, ob ihm jemand folgte. Vor einer Kreuzung stoppte er den Wagen nochmals und wartete eine Zeit lang. Mehrere Automobile fuhren an ihm vorbei, ohne anzuhalten oder hinter der Kreuzung auf ihn zu warten. Er trommelte mit den Fingern auf die Lenksäule, sah in den Rückspiegel und dann nach vorne zu den beiden Türmen der Neustädter Bank. Wie eine zweidimensionale Kulisse wirkten sie, als wäre eine gläserne Attrappe der Wolkenkratzer für den nächsten Akt auf die Bühne geschoben worden.

Fischer parkte den Wagen in der Einfahrt der Neustädter Bank, stieg aus und betrat das Foyer. Unter den Blicken der beiden Wachleute säuberte er seine Schuhe im gewässerten Bürstenreiniger und trocknete sie im Flusenstreifen dahinter. Als er den Durchlaufstrahlungsmelder passierte, blinkte das Kontrollfeld gelb auf. »Einen Moment, bitte«, ordnete einer der beiden Wachleute an. Ihn nicht aus den Augen lassend, legte der andere Wachmann die Hand auf sein Pistolen-holster. »Sie haben erhöhte Strahlungswerte«, erklärte er ihm.

»Das kann nicht sein, war gerade bei der Evaluierung«, widersprach Fischer und zeigte seinen Ausweis mit der darauf vermerkten Klasse »1« vor.

»Vielleicht Ihre Kleidung?« Ein Wachmann zog sich einen Gummihandschuh über und schlug eine große Plastiktüte auf. »Den Mantel, mein Herr.« Fischer zog den Mantel aus und reichte ihn dem Wachmann, der ihn, den Arm nach vorne ausgestreckt, vorsichtig in die Plastiktüte legte, den Handschuh dann auszog und die Tüte zuschnürte.

»Bitte noch einmal«, wies der zweite Wachmann ihn an. Fischer durchschritt nochmals den Durchlaufstrahlungs-melder, und diesmal leuchtete ein grünes Licht an der oberen Querleiste auf.

»Hab' ich's doch gewusst.« Der Wachmann drückte ihm die Tüte mit dem Mantel in die Hand. »Bitte geben Sie den Beutel bei Fräulein Wegmann ab.«

Fischer ging die Treppe zur Rezeption hinauf. Den Schalldeckel mit den goldenen Zierstreifen über sich, wirkte Fräulein Wegmann in ihrem weißen Kostüm und den blonden Locken beinahe wie eine engelhafte Erscheinung. Sie sah ihn zuerst irritiert an, doch dann lächelte sie, fast überschwänglich. »Ist bei Ihnen alles in Ordnung, Herr Fischer?«

»Warum denn nicht?«

»Sie sehen etwas ... nun ... ich meine derangiert aus.«

Er strich sich durch die Haare, dann fuhr er mit der Hand über seinen Zehntagebart. »Hatte keine gute Woche.«

»Geben Sie mir doch die Tüte. Dann kann ich Ihre Kleidung absaugen lassen.«

»Das ist nett.« Er legte den Beutel mit seinem Mantel auf den Tresen. Fräulein Wegmann drückte auf eine Taste unter der Tischplatte. Kurze Zeit später öffnete sich die Tür des Personalaufzugs und ein Dienstmädchen erschien. Sie kam zum Tresen, nahm den Beutel, nickte und ging wortlos zum Fahrstuhl zurück.

»Direktor Reich wartet bereits auf Sie.« Fräulein Wegmann deutete auf den mit Marmorplatten verkleideten Fahrstuhl, der direkt hinter der Rezeption lag.

»Ach, mir ist heute nicht so nach Aufzügen.«

»Bitte?«

»Gab in letzter Zeit nur Ärger.«

»Mit Aufzügen?«

»Bleiben ab und zu mal stecken, diese Dinger. Nein, der werte Herr Reich soll heute mal zu mir runterkommen.«

»Sie meinen hier runter ins Foyer?«

»Warum denn nicht?«

»Das hat er noch nie gemacht.«

»Dann wird's ja höchste Zeit.« Er lehnte seine Ellenbogen auf den Tresen. »Also, mir gefällt's hier bei Ihnen ganz gut.«

»Herr Fischer, Sie sind mir ja einer.« Sie lächelte. Dann gähnte sie.

»Der Herr Reich begibt sich wohl nicht gerne hinab zum Pöbel«, sagte Fischer.

Sie lachte auf, hielt sich aber sogleich die Hand vor den Mund, als schämte sie sich für ihre Reaktion. »Wenn man zu ihm will«, sagte sie, »muss man nach oben. Ich glaube, dass er das Haus überhaupt immer nur mit dem Drehflügler verlässt.«

»Ach ja?«

»So ist er nun mal.«

»Was halten Sie von ihm?«

»Von Direktor Reich?«

»Ja.«

»Nun, er ist mein Vorgesetzter.«

»Und weiter? Das kann ja nicht alles sein.«

»Ich weiß ja nicht ...«

»Nur zu, unser Gespräch ist vertraulich.«

»Ich denke nicht, dass ich über ihn reden möchte.«

»Haben Sie etwa Angst vor ihm?«

»Das ist es nicht«, flüsterte sie und bedeutete ihm mit einer Handbewegung näher zu kommen. »Meine Großmutter sagte immer: Wenn du nichts Gutes über einen Menschen sagen kannst, sag am besten überhaupt nichts über ihn.«

Er lächelte. »Netter Ratschlag.«

»Ich werde Herrn Reich Bescheid geben, dass Sie hier sind.« Sie ergriff den Hörer des Fernsprechers, wählte auf der Scheibe die »1« und wartete. »Guten Tag Herr Direktor Reich«, sagte sie nach einigen Sekunden, »hier spricht Fräulein Wegmann von der Rezeption. Herr Fischer ist bei mir ... ja, genau ... er hat gesagt, dass er hier unten auf Sie warten möchte ... nein ... das will er nicht ... nein, er will auch nicht von mir nach oben gebracht werden ... gut, ich versuche es.« Sie hielt den Hörer mit der Hand zu. »Herr Reich sagt, dass er oben auf Sie wartet.«

»Na, dann viel Spaß«, entgegnete Fischer, »ich bleibe jedenfalls hier unten. Wenn er mit mir sprechen will, soll er runterkommen.«

Fräulein Wegmann presste ihre Lippen zusammen. Dann nahm sie die Hand vom Hörer. »Herr Fischer möchte auf keinen Fall zu Ihnen nach oben kommen ... nein ... es tut mir leid ... bitte, Herr Direktor Reich ...« Sie legte den Hörer auf. »Herr Reich wird definitiv nicht nach unten kommen.«

»Das stört mich überhaupt nicht. Ich will schließlich nicht mit ihm reden.«

Die Tür des Personalaufzugs öffnete sich und das Dienstmädchen kam heraus, den dekontaminierten Mantel über den Unterarm gelegt. Sie stieg die Treppe zur Rezeption hinauf und legte den Mantel auf den Tresen. »Ist jetzt sauber«, sagte sie.

»Dank dir.« Fräulein Wegmann schob den Mantel zu Fischer hinüber.

»Fühlt sich gleich viel besser an«, sagte er beim Anziehen.

Der Fernsprecher läutete, und Fräulein Wegmann nahm den Hörer ab. »Rezeption ... ja, er ist noch hier ... in Ordnung, ich werde es ihm ausrichten.« Sie hängte den Hörer ein. »Herr Reich bittet Sie, sich noch ein wenig zu gedulden. Er ist auf dem Weg nach unten.«

»Na, geht doch.«

»Sie können es sich gerne dort hinten auf dem Sofa im Wartebereich bequem machen. Gleich vor dem Aquarium auf der Sitzecke.«

»Wenn Sie erlauben, bleib ich hier.« Fischer setzte sich auf die oberste Stufe der Treppe und sah zum Fahrstuhl, der die Stockwerke nach unten zählte. Im Foyer angekommen, öffnete sich die Tür. Zunächst schien es so, als wäre niemand in der Kabine, doch dann lugte ein Kopf hervor. Es war Reich, der den Fahrstuhl verließ, sich unsicher umsah, und – bevor sich die Tür wieder schloss – in die Kabine zurücksprang. Dann öffnete sich die Tür abermals, Reich stürzte heraus und hastete zur Rezeption hinüber.

»Guten Tag, Herr Direktor Reich. Herr Fischer wartet bereits auf Sie«, begrüßte ihn Fräulein Wegmann, als er die Treppe zum Tresen hinaufeilte.

Reich wischte sich über die Schulterpartien seines schwarzen Anzugs und rückte mehrmals seine Krawatte zurecht. Von der Selbstsicherheit, die er bei seinem letzten Besuch ausgestrahlt hatte, war nichts geblieben. Die roten Hosenträger, die er getragen hatte und im Bankwesen als Zeichen von Dynamik und Handlungsstärke galten, hatte er abgelegt. Hautunreinheiten und Pickel waren durch die letzte hastige Nassrasur deutlich hervorgetreten. Reich drehte sich zu Fischer um, der immer noch auf der Stufe saß, den Kopf in den Nacken gelegt und die Arme auf den Marmorboden lässig nach hinten gestützt.

»Warum wollten Sie mich sprechen?«, fragte Fischer.

»Nun, könnten wir vielleicht woanders ...« Reich sah sich um, ruckartig den Kopf zur Seite drehend und wieder nach vorne, wie es ein Vogel tat, der sein Umfeld absuchte. Obwohl nur die Empfangsdame in Hörweite war, schien er sich nicht wohl zu fühlen bei dem Gedanken weiterzureden. Er machte kehrt und stieg mit dem rechten Fuß voran die Treppe hinab, verharrte dann mitten in der Bewegung und drehte sich zu ihm um, den linken Fuß immer noch auf der obersten Stufe verweilend, als schien er zerrissen zu sein zwischen dem Wunsch, oben zu bleiben, und dem Verlangen, sofort das Weite zu suchen.

»Sie haben keine Hosenträger mehr an, wie ich sehe«, stellte Fischer fest, derweil er sich am Bart kratzte.

»Es geht darum, sich neu zu positionieren«, sagte Reich nervös. »Eindruck schaffen. Vertrauen gewinnen«, fügte er schnell hinzu.

»Mit 'nem teuren Anzug?«

»Kleider machen Leute.«

»Aber sie machen sie nicht besser.«

Reich sah ihn einen Augenblick lang irritiert an. »Sie können mich nicht leiden, oder?«

»Das ist es nicht.«

»Was dann?«

»Wie alt sind Sie?«

»Vierundzwanzig. Warum?«

»Mit vierundzwanzig Jahren muss man sich heutzutage neu positionieren?«

»Ich hab' mich schon mehr als einmal neu erfunden.«

»Ein Mann sollte sich treu bleiben.«

Reich kratzte sich am Hinterkopf, dann sah er zu Fräulein Wegmann hinüber, die den Blick nach unten gerichtet, etwas auf einem Block niederschrieb. Er beugte sich zu Fischer hinüber, die Hand am Knie abgestützt. »Die wollen mich nicht«, flüsterte er ihm zu.

»Wen meinen Sie?«

»Die Präsidentin, die Minister und die anderen Direktoren«, sagte Reich nun mit fester Stimme.

»Sie wollen Sie nicht?«

»Sie wollen mich nicht haben. Für sie bin ich nur ein Emporkömmling, ein ... ich bin ein Homo novus. Keiner aus ihren Reihen.«

»Sie sprechen vom Geheimen Rat?«

»Ja, verdammt.«

»Das haben sie Ihnen gesagt?«

»Natürlich nicht so offen. Aber ich hab' gemerkt, dass es so ist. Ihr Schweigen, als ich in den Raum gekommen bin. Und dann hat der Rat getagt, und ich war nicht eingeladen. Ich hab' Claus zur Rede gestellt.«

»Wen?«

»Claus von Plünderer vom Aufsichtsrat. Diese kleine Ratte hat gesagt, dass es wohl ein Versehen wäre, dass die Einladung zur Sitzung mich nicht erreicht hätte. Aber ich wusste, dass er gelogen hat. Und das nach all dem, was ich für ihn getan hab'. Ich könnte dieses Schwein umbringen.« Reich ballte die Fäuste.

»Seien Sie lieber vorsichtig mit dem, was Sie sagen. Sie wissen doch, für wen ich arbeite.«

»Was hab' ich denn jetzt noch zu verlieren? Ich steh sowieso am Abgrund. Verdammte Scheiße! Ich hab' diese ganze Saubande am Leben gehalten. Ich hab' die Präsidentin mit großzügigen Spenden bei ihrem Wahlkampf unterstützt.«

»Undank ist nun mal der Welten Lohn ... wissen Sie doch.«

»Mit nur ein paar Talern in der Tasche bin ich nach Neustadt gekommen und hab' die Bank zu dem gemacht, was sie heute ist. Und jetzt verraten die mich«, sagte er, das Gesicht hassverzerrt.

»Vielleicht haben sie ja einen Grund.«

»Einen Grund?«

»Ja, einen Grund«, mutmaßte Fischer genüsslich. »Vielleicht glauben sie ja, dass Sie in die Anschläge verwickelt sind?«

»Ich?« Reich fasste sich auf die Brust. »Spinnen Sie? Warum sollte ich?«

»Vielleicht denken sie, dass Sie die Regierung verachten.«

»Verachten? Gott bewahre. Wie kommen Sie nur darauf, so etwas zu behaupten?«

»Mögen Sie die Präsidentin etwa?«

»Wie? Mögen?«

»Ist sie nicht ein Hindernis für den Handel? Ein Mensch ohne Visionen?«

»Wer sagt das?«

»Der ein oder andere.«

»Jetzt passen Sie aber auf, was Sie sagen.«

»Ich bin Staatsschützer und kein Personenschützer.«

»Solange die Präsidentin für stabile Verhältnisse sorgt, kann sie meinetwegen ewig regieren.«

»Sie schiebt dem Ausland die Hauptschuld für die Anschläge zu.«

»Sie will ihre Macht nach innen festigen. Das würde ich an Ihrer Stelle auch machen.«

»Ich bin ja kein Aktienhändler, aber die Isolation des Landes ist doch Gift fürs Geschäft, wenn ich mich nicht irre.«

Reich räusperte sich. »Wissen Sie, dieses Klein-Klein interessiert mich sowieso nicht mehr. Ich denke nicht in der Fläche, ich will nach oben.«

»Sie wollen Präsident werden?«

»Weiter nach oben. Zum Himmel hinauf.«

»Zu Gott?«

Reich runzelte die Stirn und schien darüber nachzudenken, ob Fischer sich über ihn lustig machte. »Ländergrenzen sind irrelevant geworden. Das ist das alte, zweidimensionale Denken. Ich aber bin ein Visionär.«

»Sind Sie das?«

»Sie müssen die dritte Dimension mit einbeziehen. Und die dritte Dimension – das ist der Weltraum. Können Sie sich vorstellen, was dort für Ressourcen sind?«

»Ich bin nicht so der Sternengucker.«

»Ressourcen, die nur darauf warten, ausgebeutet zu werden. Dazu das außerirdische Leben, das ich unterjochen kann. Diese Möglichkeiten«, sagte Reich schwärmerisch, während er sein rechtes Bein auf die oberste Stufe der Treppe zurückzog. »Neue Dienerkasten auf anderen Planeten, riesige Fabriken, Gewinnmaximierung ... es bleibt nur eine Frage ...«

»Woher kommen wir?«

»Wer wird das Rennen machen?«, fuhr Reich unbeirrt fort. »Wer wird zu den Gewinnern zählen und wer zu den Verlierern? Wie häufig habe ich mit Voigt nachts auf dem Dach des Innenministeriums zu den Sternen hinauf gesehen und darüber sinniert.«

»Mit Voigt zusammen?«, fragte Fischer überrascht.

Reich sah zu ihm hinab. »Wussten Sie, dass er Legastheniker war?«

»Nein. Woher auch?«

»Er hat kein einziges Wort richtig schreiben können, nicht einmal seinen Namen.« Einen Augenblick heiterte sich Reichs Blick auf. »Mit ihm konnte man sich vertrauensvoll unterhalten, weil er sich nie etwas notiert hat. Er hat sich nie Dossiers angelegt über die Leute, mit denen er Geschäfte gemacht hat.«

»Sie waren oft bei ihm in Nordstadt?«

»Wer redet denn von Nordstadt?«

»Sie sagten doch, dass Sie mit ihm auf dem Dach des Innenministeriums waren.«

Reich lächelte. »Ich rede hier vom Innenministerium in der einzig wahren Stadt.«

»In der einzig wahren Stadt?«

»Exakt.«

»Sie sprechen etwa von …? Nein, das kann nicht sein.«

»Doch, das ist es.«

»Sie meinen tatsächlich das Ministerium in der alten Hauptstadt?«

»Genau das meine ich.«

»Sie waren mit ihm im Sperrgebiet?«

»So sieht es aus.«

»Wie geht das denn?«

»Ich bin kein Herr Allerwelt«, sagte Reich mit einem breiten Grinsen und vor Selbstzufriedenheit trotzend, fast wie bei ihrem ersten Gespräch.

»Gibt es da nicht die Flugverbotszone?«, fragte Fischer.

»Na klar.« Reich drehte eine Hand zu seinem Gesicht und sah sich seine Fingernägel an. »Für gewöhnliche Menschen gibt es das Flugverbot schon, aber für mich doch nicht.« Er pustete über die Fingerkuppen. »Wenn man der stolze Besitzer eines brandneuen Tarnkappen-Drehflüglers ist, kann man das Flugverbot leicht umgehen.«

»Und das haben Sie gemacht?«

»Ich bin mit Voigt immer nachts im Tiefflug von Norden auf die Stadt zugeflogen und dann auf dem Dach des Innenministeriums gelandet«, sagte Reich mit einem Anflug von Stolz in der Stimme, wie er von jemandem stammte, der wusste, dass er etwas Exklusives unternahm.

»Man hört viel von Diebesbanden, die sich im Sperrgebiet rumtreiben. Nicht zu vergessen die Mörder, die dort untertauchen.«

»Das ist ja der Vorteil, wenn man oben bleibt. Die kommen gar nicht aufs Dach des Ministeriums.«

»Und warum sollten sie nicht?«

»Ein paar bauliche Veränderungen haben ausgereicht ...«

»Veränderungen?«

»Eine Tür da zugemauert, einen Eingang dort verschlossen ...«

»Und die Strahlung?«

»Man bleibt ja nicht länger als ein paar Stunden da. Und gegen den radioaktiven Staub hilft ein Schutzanzug und die Sauerstoffmaske, die sollte natürlich auch nicht fehlen.«

»Aber wozu der ganze Aufwand? Der Blick auf die Sterne ist doch überall gleich, egal, wo man ist.«

»Sie haben aber auch überhaupt keine Ahnung.« Reich schüttelte demonstrativ den Kopf. »Nichts ist erhabener, als dort oben auf dem Dach des Innenministeriums zu stehen. Wenn man seinen Blick die Prachtallee entlang schweifen lässt bis hin zum Runden Platz mit der Büste des Idols und weiter zum Triumphbogen ... diese durch die Radioaktivität für tausende von Jahren konservierte Stadtkulisse, einzig und allein erhellt durch das Licht des Mondes ... es ist einfach unbeschreiblich. Irgendwann wendet man sich ab und sieht nach oben zu den Sternen. Und dann, mein Freund, weiß man, dass es keine Beschränkungen gibt. Grenzenlose Möglichkeiten, grenzenloser Reichtum. Wie häufig habe ich mit Voigt zusammen dort oben auf dem Dach gestanden, im Zentrum dieser verwunschenen Stadt.«

»Wo?«

»In der alten Hauptstadt. Auf dem Dach des Ministeriums. Wovon zum Teufel rede ich denn die ganze Zeit?«

»Wie haben Sie die Stadt genannt?«

»Verwunschene Stadt oder was meinen Sie?«

»Warum nennen Sie sie so?«

»In dieser verwunschenen Stadt, mitten im Niemandsland. Kennen Sie nicht?«

»Nein.«

»In dieser verwunschenen Stadt, mitten im Niemandsland, wo ich meine Liebste hab' zum letzten Mal gesehn. Von Robert Trugschluss.«

»Dem Dichter?«

Reich nickte und fuhr mit der Hand über den durch die Rasur geröteten Hals. »Herr Fischer«, sagte er, »lassen Sie uns doch die kleinen Streitigkeiten vergessen und nochmal von vorne anfangen. Vielleicht hab' ich Sie auf dem falschen Fuß erwischt. Wir können ein Arrangement treffen, das beiden Seiten nützt.«

»Können wir das?«

»Eins müssen Sie mir aber zuerst verraten ...«

»Was wollen Sie wissen?«

»Ermittelt der Staatsschutz gegen mich?«

Fischer lachte auf. »Ohne Umschweife gleich zur Sache.«

»Und? Stimmt es?«

»Darüber darf ich nicht mit Ihnen reden.«

»Und worüber dürfen Sie reden?«

Fischer erhob sich und stellte sich neben Reich. »Dass wir mehr über die Hintermänner der Anschläge wissen werden, sobald Frau Markgraf verhaftet ist. Und der ein oder andere vielleicht vorher ein Geständnis ablegen sollte, um sein Strafmaß zu verringern.«

»Da hab' ich nichts zu befürchten.«

»Täuschen Sie sich da mal nicht. Frau Markgraf wird im Verhör alles gestehen und die Hintermänner preisgeben. Wir haben da unsere Leute, glauben Sie mir. Sie werden die Wahrheit aus ihr herausquetschen.«

»Sie denken, dass Sie mich beschuldigen wird?«

»Nun, das wird auf jeden Fall spannend.«

»Wer weiß, ob Sie Ingrid überhaupt finden werden.«

»Ingrid? Sie kennen Frau Markgraf persönlich?«

»Natürlich. Sehr gut sogar. Sie war häufig mit bei den Festen oben im Turm. Ein bisschen alt schon, aber doch noch verdammt lasziv.« Reich drehte sich zu Fräulein Wegmann um, und als er bemerkte, dass sie zu Fischer hinübersah, fuhr er fort: »Und gut im Bett war sie auch. Verdammt gut. Hat sich nicht einfach so hingelegt und die Beine breit gemacht.« Reich lächelte, als Fräulein Wegmann verlegen nach unten sah. Dann plusterte er die Wangen auf und ließ die Luft wieder entweichen. »Konnte die Hölle aus meinem Schwanz rauslutschen.«

»Sie kannten Frau Markgraf und außerdem kannten Sie Voigt. Und dann fragen Sie sich, warum Sie nicht in den Geheimen Rat kommen?«, fragte Fischer.

»Mein ahnungsloser Freund.« Reich versuchte, ihn bemüht mitleidig anzusehen. »Ich muss Sie mal auf eine meiner Feste einladen. Was meinen Sie, wer sich da alles rumtreibt. Die Elite der Elite ist bei mir oben im Turm versammelt. Die ganzen Schleimscheißer rennen einem nur so die Bude ein, wenn's Kaviar gibt, strahlungsfreien Champagner und was Gutes zu vögeln.«

Fischer rieb sich über die Stirn und atmete durch. »Warum wollten Sie eigentlich mit mir sprechen?«

»Ist das nicht offensichtlich?«

»Nein.«

»Es geht darum, Allianzen zu schmieden.«

»Und ich hab' gedacht, Sie wollten ein Geständnis ablegen.«

»Geständnis? Sie glauben tatsächlich, dass ich schuldig bin?«

»Und? Sind Sie es denn?«

»Ich denke, dass nun eine andere Person im Fokus steht.«

»Sie weichen der Frage aus.«

»Wussten Sie, dass alle über Sie reden?«

»So was interessiert mich nicht.«

»Herr Südhausen hat Ihre Arbeit so dermaßen gelobt, dass selbst die Präsidentin beeindruckt war. Sie sind einer der kommenden Männer beim Staatsschutz, das sagen alle. Ihre Heldentat in Unterseehafen wird man Ihnen nie vergessen. Sie haben die Voraussetzungen, um aufzusteigen – und ich, ich habe die finanziellen Mittel, um Ihnen dabei zu helfen. Zusammen wären wir unschlagbar.«

»Zusammen?«

»Ich brauche beim Staatsschutz einen zuverlässigen Mann. Jemandem, dem ich vertrauen kann.«

»Wofür?«

»Wollen Sie wirklich, dass ich Ihnen die Frage beantworte?«

»Sie müssen mir schon ein wenig auf die Sprünge helfen.«

»Sagen wir zum Meinungsaustausch und zur Abstimmung gemeinsamer Interessen.«

»Die da wären?«

»Das können Sie sich doch selbst beantworten.«

»Sie müssen verzeihen, aber ich bin da etwas naiv.«

»Das sehe ich aber ganz anders.«

»Was sollte ich von unserer Zusammenarbeit haben?«

»Sie haben Feinde beim Staatsschutz, wussten Sie das?«

»Jeder hat Feinde.«

»Ich habe Erkundigungen über Sie angestellt.«

»So?«

»Ich weiß, dass Sie aus der Stadt kommen.«

»Ja und?«

»Ich mag die Flüchtlinge. Sie wissen, was Verlust ist. Sie wissen, wie die Armut schmeckt.«

»Warum erzählen Sie mir das?«

»Wir sind vom selben Schlag. Auch ich bin jemand, der von ganz unten kommt. Der nichts hatte.«

»Das glauben Sie wirklich?«

»Sehen Sie nicht die Möglichkeiten, die sich uns beiden zusammen bieten?«

»Ich bin nicht der Einzige beim Staatsschutz ...«

»Sie sind genau der richtige Mann. Nicht so ein säuerlicher Moralist wie Südhausen und auch nicht so ein Opportunist wie Wandelbar.«

»Sie kennen sich gut aus.«

»Mein Erfolg kommt nicht von irgendwoher.«

»Dacht' ich mir.«

»Versuchen wir's anders. Ich möchte Ihnen eine einfache Frage stellen, Herr Fischer: Werden Sie gebraucht?«

»Worauf wollen Sie hinaus?«

»Kümmern Sie sich um jemanden?«

»Ich denke schon.«

»Ich auch. Ich hab' eine Gemeinde.«

»Gemeinde? Ich dachte, wir reden hier von Familie.«

»Es gibt da keinen Unterschied für mich. Meine Gemeinde ist wie eine Familie für mich. Eine Familie, die ich unterstützen muss. Ohne mich geht sie unter. Verstehen Sie, was ich meine?«

»Sie werden gebraucht.«

»Exakt. Meine Gemeinde ist vollständig abhängig von mir. Verstehen Sie, worauf ich hinaus will?«

»Ich bin nicht so schnell.«

»Liebe braucht Exklusivität.«

»Und Sie meinen, Ihre Gemeinde liebt Sie, weil Sie für sie sorgen?«

»Ich bin ihr Missionar.«

Fischer lachte auf. »Ihr was?«

»Ihr Missionar.«

»Sie überraschen mich«, sagte Fischer mit einem breiten Lächeln.

»Was ist daran so lustig?«

»Was wollen Sie uns Ungläubigen denn beibringen? Die heiligen Regeln der Börse?«

»Die Aufgabe eines Missionars besteht nicht darin, andere zu unterweisen. Ein Missionar hat nur die eine, ganz wesentliche Funktion: die Gemeinde finanziell zu versorgen.«

»Na, das ist wenigstens ehrlich.« Fischer ließ seine Blicke durch das Foyer schweifen. »Und wenn ich mir ihren Reichtum so ansehe, kann ich wohl vermuten, dass Ihre Mission ein durchschlagender Erfolg war.«

»Sie haben mir sicherlich schon eine Statue errichtet.«

»Und von allen – sagen wir – spirituellen Aufgaben sind Sie entbunden?«

»Dafür ist unser Priester verantwortlich.«

»Das macht Sinn. Kenne ich Ihre Gemeinde vielleicht?«

»Wir sind eine Art Urgemeinde, die versteckt und zurückgezogen lebt.«

»Verraten Sie mir, wo das ist?«

»Das hätten Sie wohl gern. Denken Sie lieber über mein Angebot nach. Und noch was: Wenn Sie mit mir zusammen arbeiten, gibt es kein Zurück. Exklusivität. Sie wissen schon – wovon ich eben gesprochen habe.«

»Aber von Liebe zwischen uns sprachen Sie nicht oder ist das auch eine Ihrer Bedingungen?«

Reich runzelte die Stirn. »Sie machen sich gerne über andere lustig, wie?«

»Wenn es sich nicht vermeiden lässt ...«

»Nun, ich werde mich daran gewöhnen.«

»Das müssen Sie nicht.«

Reich ignorierte Fischers letzte Bemerkung, hastete die Stufen hinunter und lief zum Aufzug. Mit einer Fernbedienung, die er aus der Hosentasche zog, öffnete er die Fahrstuhltür, sah sich mehrmals hektisch um und betrat die Kabine. Reich war ein rastloser, ein getriebener Mensch, der nicht in der Lage war, das zu genießen, was er erreicht hatte.

Jemand, der nach jedem Strohhalm griff, doch das Trinken vergaß.

Als Fischer in seinen Wagen einstieg, dachte er daran, dass er sich nicht manipulieren lassen durfte. Reich spielte ein falsches Spiel mit ihm, das spürte er deutlich. Dann kamen ihm Heimlichs Worte in den Sinn:

»Dein Schicksal wird sich in der verwunschenen Stadt erfüllen, wenn du im Schloss inmitten des finsteren Waldes die Fährte des Wolfs aufnimmst und die wahre Natur seiner Brut erkennst.«

Ohne es zu wollen, hatte Reich ihm den Hinweis gegeben, dass es sich bei der verwunschenen Stadt um die alte Hauptstadt handeln musste. Obwohl die Fahrt ins Sperrgebiet eine Reise ohne Wiederkehr sein konnte, fühlte Fischer tief in seinem Inneren, dass ihm keine Wahl blieb. Als wäre er eine Maschine, bei der ein internes Programm gestartet wurde, musste er herausfinden, was es mit Wolfsbrut auf sich hatte. Er sah ins Handschuhfach: drei Konserven mit Fleisch und zwei Flaschen Wasser. An den Vorrat in seinem Wagen hatte er gar nicht mehr gedacht. Mit diesem Proviant ausgestattet, konnte er bedenkenlos nach Altmark fahren, einer Garnisonsstadt, die erste Anlaufstelle für all jene war, die sich in die verbotene Zone einschleusen lassen wollten. Er fuhr aus der Einfahrt der Neustädter Bank heraus auf die Straße. Wie ein Durstiger sich auf die Suche nach Wasser begab, musste er die Antwort auf die Frage finden, wer oder was sich hinter der Silhouette verbarg, die er beim Erwachen im Gegenlicht sah. An der Tankstelle vor der Kreuzung zur Hauptstraße hielt er an. In einem Fahrzeug, das am Straßenrand geparkt war, saß ein Mann, interessiert in einer Zeitung blätternd. Fischer stieg aus, ging zur Zapfsäule, hängte den Zapfhahn in den Tankstutzen und beobachtete den Mann, der kurz zu ihm hinübersah, die Zeitung weglegte und dann mit dem Auto davonfuhr. Ob er ihn beschattete? Wenn er für den Staatsschutz arbeitete, hatte Fischer ihn noch nie zuvor gesehen. Als er vollgetankt hatte, hängte er den Zapfhahn in den Haken ein, ging zum Kassenhäuschen und bezahlte.

Seit nunmehr fünf Stunden war Fischer in seinem alten Wagen unterwegs nach Altmark. Nur ab und zu überholte ihn ein Fahrzeug, ansonsten herrschte auf der Autobahn wenig Betrieb. Die Berghänge der Verstrahlten hatte er großräumig umfahren, um nicht Gefahr zu laufen, bei einer Panne überfallen zu werden. Zwei Straßensperren des Heimatschutzes hatte er auf seinem Weg durch die Mittelgebirge ohne Probleme passiert, jetzt verließ er die gebirgige Landschaft und fuhr in die Ebene hinab. Schon früh hatte er seinen Mantel ausgezogen, um damit die Sprungfeder abzupolstern, die sich ihm in den Rücken bohrte. Ein verrostetes Schild am Straßenrand, das Blech verbogen und die Farbe vergilbt, wies auf eine Raststätte hin. Er verlangsamte seine Fahrt und fuhr von der Autobahn ab.

Der Rasthof war in einem runden Luftschutzbunker mit spitzem Dach untergebracht, wie sie tausendfach nach dem Krieg errichtet worden waren. Ähnlich wie bei einem Eisberg der größte Teil unter der Wasseroberfläche lag, war es auch hier: Die Schutzräume befanden sich unter der Erde, sichtbar war nur der Eingangsbereich mit dem kleinen Restaurant. Der grüne Tarnanstrich hatte sich mit der Zeit von der Betonwand gelöst und die eisernen Fensterläden begannen allmählich durchzurosten. Zwei Wagen waren vor dem Bunker geparkt. Fischer stellte sein Fahrzeug direkt daneben ab und ging ein paar Mal vor dem Bunker auf und ab, um sich die Beine zu vertreten, bevor er sich zum Eingang begab. Pfeile an den Wänden wiesen den Weg zu den Schutzräumen in den Kellergeschossen aus, daneben gab es Illustrationen, wie man sich bei einem Angriff mit Spaltungswaffen zu verhalten hatte, wenn man es nicht rechtzeitig in den Bunker schaffte: Am Straßenrand parken, mit seiner Familie unter den Wagen flüchten, den Mund öffnen und sich die Augen zuhalten.

Die eigene Armee nahezu vernichtend geschlagen, tobende Straßenkämpfe in der Hauptstadt, hatten Spaltungsfernraketen vor fünfundvierzig Jahren einen entscheidenden Anteil daran gehabt, die Feinde zu einem Ende der Kampfhandlungen zu zwingen. Nach der Zerstörung mehrerer gegnerischer Städte kam es zu einem Waffenstillstand, ohne dass jedoch ein Friedensvertrag ausgehandelt wurde. Als der Feind schon einige Monate später im Rennen um Massenvernichtungswaffen gleichgezogen hatte, rechneten nicht wenige mit Vergeltungsschlägen. Es folgte die eigene Nachrüstung, der Aufbau eines Drohszenarios und die Gewissheit, dass ein Angriff des Feindes den unmittelbaren Gegenschlag auslöste.

Hinter zwei Luftschutztüren gelegen, war der Speisesaal über einen schmalen Flur zu erreichen. Mehrere kleine Fenster ließen nur wenig Licht in den Raum, der sich in die Rundung des Bunkers einfügte. Zwei Männer und eine Frau, alle drei im mittleren Alter, saßen auf einer der kargen Sitzecken. Ein Kellner stand hinter einer Glasvitrine, in der nichts ausgelegt war. Ein Wasserbehälter mit dem Qualitätssiegel »Null Toleranz« deutete darauf hin, dass es hier zumindest strahlungsfreies Wasser gab. Der Kellner starrte auf ein an der Wand befestigtes Bildfenster, auf dem gerade eine Folge der Serie »Jagen leichtgemacht« zu sehen war. Fischer setzte sich in eine Sitzecke, streckte zunächst seine Beine aus, dann auch die Arme.

»Was darf's sein« rief der Kellner hinter der Glasvitrine zu ihm hinüber, den Blick beständig auf das Bildfenster gerichtet.

»Nur einen Kaffee, wenn's recht ist«, antwortete Fischer. Er sah zur Betondecke hinauf, in die sich die Faserung der Schalungsbretter abdrückte, dann fielen seine Blicke auf einen alten Strahlungsmelder mit Zeiger, der an der Wand hing.

Letztlich waren es keine Spaltungsraketen gewesen, die dafür gesorgt hatten, dass sich die Radioaktivität immer weiter durchs Land fraß – die Drohkulisse Tausender Raketen auf beiden Seiten hatte sich als äußerst effektiv erwiesen –, sondern die Explosion des Spaltungswerks Ost in der alten Hauptstadt und unzählige Störfälle in weiteren Kraftwerken. Eine Großmacht, in den Jahrzehnten nach dem Krieg an Bedeutung verlierend, in den Händen die potente Technik längst vergangener, glorreicher Zeiten. Hinzu kamen oberirdisch durchgeführte Versuche mit Spaltungswaffen, die erst vor zehn Jahren mit dem Untergang der Alten Ordnung ein Ende fanden. Und als wäre das alles nicht schon genug, brachte der Regen seit einigen Monaten große Mengen radioaktiver Substanzen mit sich, hinübergetragen durch die Luftmassen aus der Ferne. Hartnäckig hielt sich das Gerücht, dass es nicht immer Unfälle in Spaltungswerken waren, die zur Freisetzung der Radionuklide geführt hatten, sondern dass das Ausland gezielt Attacken verübte, wenn die Luftströmungen günstig waren. Beweise für derlei Vorwürfe gab es allerdings nicht.

Der Kellner kam zu ihm und stellte eine Tasse Kaffee mit Untersetzer auf den Tisch, dazu ein Kännchen Milch. »Kann ich gleich abkassieren?«

»Sicher. Was bin ich Ihnen schuldig?«, fragte Fischer und kramte sein Kleingeld hervor.

»Einen Groschen«, antwortete der Kellner.

Fischer legte zwei Groschen und fünf Pfennige auf den Tisch. »Stimmt so.«

Der Kellner nickte und strich das Geld in seinen Umhängebeutel ein. Fischer sah zum Bildfenster hinüber, auf dem die Sprecherin der Abendnachrichten erschien. Sie verkündete, dass der Geheime Rat ein Vermummungsverbot für Frauen in der Öffentlichkeit beschlossen hatte. Unaufgefordert waren von ihnen Masken und Schutzbrillen abzuziehen, sobald Soldaten oder Ordnungshüter passierten. Es folgte eine Schaltung zu einem Reporter, der in einem Fracht-U-Boot an einem manipulierten Torpedo demonstrierte, wie die Terroristen den Sprengstoff geschmuggelt hatten. Ausländische Mächte, die versuchten, das Land zu destabilisieren, wurden als die wahren Drahtzieher hinter den Anschlägen identifiziert und die Terrorzelle als willfährige Handlanger und Landesverräter bezeichnet. Separatisten, die das Land spalten wollten. Die Zusammenarbeit mit dem Ausland sollte solange ausgesetzt werden, bis Klarheit über die Verwicklungen der feindlichen Mächte in die Terroranschläge bestand. Während die Sprecherin die Liste der vom Importstopp betroffenen Firmen vorlas, erklang im Bunker eine Sirene. Gelassen setzte sich der Kellner einen Stahlhelm auf den Kopf und ging zum Nachbartisch. Er redete kurz mit den drei Gästen, die daraufhin aufstanden und ihre Mäntel anzogen. Dann ging der Kellner zu Fischer. »Mein Herr, ich muss Sie bitten, mir in die Schutzräume zu folgen.«

»Was ist denn los?«

»Die freitägliche Alarmübung.«

»Heute ist Freitag?«

»Ja.«

»Und bei Ihnen gibt's immer noch 'ne Alarmübung?«

»Wir nehmen das hier sehr genau.«

»Tüchtig.« Fischer griff nach seinem Ausweis in der Manteltasche und zeigte ihn vor. »Gehen Sie ruhig, ich bleib' hier sitzen.«

»Wie Sie wünschen.« Zusammen mit den anderen Gästen verließ der Kellner den Speiseraum. Fischer goss in den Kaffee etwas Milch, die sogleich ausflockte. Die Sprecherin beendete die Abendnachrichten mit der Fahndungsmeldung nach Ingrid. Das Bild, auf dem sie so ausgelaugt und alt aussah, wurde gezeigt und die Sprecherin wies darauf hin, dass die Terroristin Markgraf mittlerweile ihr Erscheinungsbild durch einen anderen Haarschnitt oder eine Brille verändert haben könnte. Äußerste Vorsicht wäre angebracht gegenüber dieser Frau, die mutmaßlich bewaffnet war und vor einem Mord nicht zurückschreckte. Fischer starrte auf die ausgeflockte Milch, die sich auch durch mehrmaliges Umrühren nicht mit dem wässrigen Kaffeefiltrat mischte, und musste daran denken, wie fremd Ingrid auf ihn in Unterseehafen gewirkt hatte. So fremd und unzugänglich, wie ihm auch seine Familie geworden war. Wie Doppelgänger kamen sie ihm allesamt vor. Entkernt und ohne Seele. Dann begann er sich zu fragen, wer ein Interesse daran haben konnte, die geliebten Menschen in seiner Umgebung nach und nach durch Fremdwesen zu ersetzen. Er legte den Löffel beiseite. Und wenn diese Menschen nur Kopien waren, wo befanden sich dann die Originale?

Er stand auf, verließ den Bunker und ging zu seinem Wagen zurück. Den Türgriff in der Hand, stand ein Peon vor seinem Fahrzeug und musterte den Innenraum.

»Was machen Sie da?«, schrie Fischer ihn an.

Erschrocken drehte sich der Peon um. »Nix.«

»Verziehen Sie sich! Aber schnell!«

Der Peon rannte davon und verschwand hinter dem Schutzbunker. Fischer stieg in den Wagen ein und prüfte, ob etwas in seinem Handschuhfach fehlte. Als er sich sicher war, dass der Peon nichts gestohlen hatte, startete er den Motor und fuhr zurück auf die Autobahn.

Nach einer halben Stunde Fahrt erreichte er bei einsetzender Dämmerung die Abfahrt nach Altmark. Wiesen, soweit er blicken konnte, ein paar Bäume und Sträucher. Er fuhr von der Autobahn herunter, und kein einziges Fahrzeug folgte ihm. »Altmark 30 km«, verkündete ein Schild am Straßenrand. »Keine Schutzbunker auf der Strecke«, stand auf einem zweiten Schild darunter. Er schaltete die Lichter seines Wagens an, doch wie erwartet funktionierte nur der linke Vorderstrahler. Der Teerbelag der Landstraße, die nun folgte, war brüchig, und es gab unzählige Schlaglöcher. Er wurde im Wagen hin- und hergeschüttelt, und da es keine Federung gab, übertrug sich jeder Schlag auf seinen Rücken. Die Straße wurde bald so schlecht, dass er nur noch im Schritttempo fahren konnte. Als irgendwann der Motor ohne Vorwarnung ausging, steuerte er an den Straßenrand und ließ den Wagen auslaufen. Den Fuß auf dem Gaspedal, versuchte er vergeblich, den Motor wieder zu starten. Obwohl die Tankanzeige auf Einviertel gestanden hatte, schien der Wagen kein Benzin mehr zu haben.

Fischer nahm sich eine Taschenlampe und eine Flasche Wasser aus dem Handschuhfach, stieg aus, sicherte die Tür mit dem Vorhängeschloss und holte sich den leeren Benzinkanister aus dem Kofferraum. Er ging an der Straße entlang, und als die Nacht hereinbrach, schaltete er die Taschenlampe ein. Im Lichtkegel der Lampe zeichneten sich mehrere Reifenstapel und ein ausgedienter Mähdrescher ab. Er ging weiter, bis er zu einer verlassenen Tankstelle kam. Das einfache Blechdach, das die Zapfsäulen und das Kassenhäuschen vor der Witterung schützte, war verrostet und in den Ritzen zwischen den Betonplatten wucherte das Unkraut. Die Hähne von zwei Zapfsäulen lagen auf dem Boden, nur der Hahn der dritten Säule war noch eingehängt. Er nahm den Hahn vom Haken und öffnete den Verschluss, doch es kam kein Benzin heraus. Die Scheiben des Kassenhäuschens waren eingeschlagen und an der Tür, die halb aus den Angeln gehoben war, hing ein Zettel. »Gehe nach Norden«, war dort notiert. Und darunter hatte ein anderer ergänzt: »Dann gehe ich nach Süden.« Er leuchtete durch eine zerbrochene Scheibe in den kleinen Laden hinein: ein leergeräumtes Regal, ein Tisch, auf dem mehrere heruntergebrannte Kerzen standen, ein Stuhl, zwei Matratzen, leere Flaschen und geöffnete Konservendosen. Eine Schlafstätte, die offenbar noch in Benutzung war. Zuerst überlegte er, ob er hier übernachten sollte, doch dann ging er wieder zu seinem Wagen zurück. Er verstaute den leeren Benzinkanister im Kofferraum, entfernte das Vorhängeschloss und stieg ein. Er trank etwas Wasser, aß ein wenig Fleisch, dann klappte er den Sitz so weit wie möglich nach hinten und lehnte sich zurück. Darum bemüht, seine Gedanken zu ordnen, fand er in der Nacht nur wenig Schlaf.

Als die Sonne aufging, steckte sich Fischer eine Flasche Wasser und die nicht angebrochene Konservendose ein, holte den Benzinkanister aus dem Kofferraum und ging zur Tankstelle zurück. Hinter dem Kassenhäuschen befanden sich mehrere leere Ölfässer, Holzpaletten und ein altes Fahrrad mit platten Reifen. Die Tür zur Toilette stand offen: Das Klosett war gestohlen worden und das Waschbecken zertrümmert. Hier gab es nichts Brauchbares für ihn. Er schlug den Kragen seines Mantels hoch und sah die Straße nach Altmark hinunter. Ein Schild besagte, dass es noch fünf Kilometer waren.

Wiesen, auf denen das Gras meterhoch wuchs, und Felder, die nicht mehr bestellt wurden. Immer dem Verlauf der Straße folgend, ging er vorbei an ausgeschlachteten Panzern aus der Zeit der Alten Ordnung, die auf dem Seitenstreifen verrotteten. Er begegnete nur einigen Kindern, die im Wrack eines Schützenpanzers Verstecken spielten, sonst niemand.

Altmark lag hinter einem bewaldeten Hügel. Baracken, so weit man blicken konnte, aus Holz gezimmert und baufällig. Gusseiserne Laternen, wie sie seit mindestens zwanzig Jahren nicht mehr hergestellt wurden, säumten die rechtwinklig zueinander ausgerichteten Straßen. Auf Litfasssäulen sich ablösende Werbebanner längst insolventer Firmen und Plakate mit kinematographischen Motiven, wie sie früher sein Vater gemalt hatte, als er noch gut beschäftigt war. Die Straßen weder geteert noch gepflastert, nur sandiger Boden, von tiefen Furchen durchzogen, die das ablaufende Wasser des letzten Regens hinterlassen hatte. Die Betonplatten des schmalen Bürgersteigs waren brüchig und verschoben, die Bordsteinkanten unterspült. Klägliche Behausungen mit verblasstem Farbanstrich, wie Ruinen in einem Freilichtmuseum. In den verwahrlosten Gärten türmte sich der Abfall, beinahe überwuchert vom hohen Gras. Ein Mann lag volltrunken vor einem ausgemusterten Wagen in seinem Erbrochenen, eine Frau klopfte einen Teppich aus, der über einer Wäscheleine hing. Nur diese zwei einsamen Gestalten, sonst sah er niemanden. Er erreichte das Zentrum der Stadt, das aus nicht mehr als ein paar zweigeschossigen Steinhäusern bestand. Ein Ladengeschäft, eine Kneipe und ein Hotel stachen hervor.

Wenn er ins Sperrgebiet wollte, musste er unbedingt einen Schleuser finden, der ihm den Weg vorbei an den Wächtern zeigte, die den Grenzstreifen sicherten. Ohne dessen Hilfe wäre das Risiko zu hoch, aufgegriffen zu werden. Fischer ging zur Kneipe, die den Namen »Zum Feuchten Hahn« trug, öffnete die Tür und betrat einen holzverkleideten Gastraum mit einer Galerie, die über eine Holztreppe zu erreichen war. Soldaten in den Vierzigern und Fünfzigern saßen an den runden Tischen in ihren mehr oder weniger verschlissenen Uniformen, in der Mehrheit geschmückt mit den Tapferkeitsabzeichen aus dem Zweiten Kolonialkrieg. Die Ellenbogen auf die Tische gestützt, schienen sie wie in Trance ihre Schnäpse zu trinken. Dazwischen saßen ebenso apathisch wirkend stark geschminkte Frauen, die Haare hochtoupiert. Er ging zum Tresen und setzte sich auf einen Barhocker. Der Wirt, eine Zigarette im Mund und eine Schnapsflasche in der Hand, kam sogleich auf ihn zu. »Was darf's sein?«, fragte er, beim Ausatmen ein pfeifendes Geräusch aus der Lunge lassend.

Fischer hielt den Benzinkanister über den Tresen. »Wo finde ich die Tankstelle?«

»Tankstelle? Da wirst du keinen Erfolg haben.« Der Wirt nahm die Zigarette aus dem Mund und drückte sie im Aschenbecher aus. Eine massige Erscheinung, ein aufgeschwemmter Körper und ein hochroter Kopf. Korpulent, aber kräftig.

»Wie? Sie haben keine?«, fragte Fischer nach.

»Ganz genau. Wir haben keine.«

»Und wo tanken Sie, wenn ich fragen darf?«

»Ich hab' mein eigenes Fass.«

»Ihr eigenes Fass? Wie meinen Sie das?«

»Wie ich es gesagt hab'.«

»Und das bedeutet für den Laien?«

»Dass ich eben mein Fass hinten im Garten hab'.«

»Ja und?«

»Was?«

»Dann kann ich von Ihnen vielleicht etwas Benzin bekommen?«

»Ist kein Benzin. Ist Diesel.«

»Sie meinen also, dass Sie kein Benzin haben?«

»Sieht ganz so aus. Bin ja auch keine Tankstelle.«

»Und woher bekomme ich nun mein Benzin?«

»Du müsstest jemanden finden, der dir Benzin gibt.«

»Was Sie nicht sagen. Und wo könnte ich so jemanden finden?«

»Lass mich mal überlegen.« Der Wirt kratzte sich an der Stirn und gab vor nachzudenken, obwohl er die Antwort bereits zu wissen schien. »Ein Tankwagen kommt jeden zweiten Freitag vorbei. Dummerweise hast du den aber um ein paar Stunden verpasst.«

»Das ist mal Pech.«

»Meinen Diesel würd' ich dir aber verkaufen.«

»Was soll ich damit anfangen?«

Abgelenkt von zwei Soldaten, die im Toilettengang miteinander rangelten, antwortete der Wirt ihm nicht. Stattdessen nahm er einen Knüppel, der unter der Spüle lag, ging um den Tresen herum, eilte zu den Soldaten hinüber und trennte sie mit mehreren gezielten Schlägen voneinander. Als wäre nichts geschehen, gingen die Soldaten dann ineinander eingehakt zu einem Tisch und tranken weiter.

»Pack schlägt sich, Pack verträgt sich«, kommentierte der Wirt, als er zum Tresen zurückkam.

»Was ist nun?«, fragte Fischer.

»Was soll nun sein?« Der Wirt legte den Knüppel wieder unter die Spüle und wischte sich mit einem Geschirrtuch den Schweiß von der Stirn.

»Wo bekomme ich nun was?«

»Was zu trinken? Bei mir natürlich. Was glaubst du? Schließlich bin ich Wirt.«

Fischer dachte einen Augenblick, ein flüchtiges Lächeln im Gesicht des Wirts bemerkt zu haben, als spielte er mit ihm. »Wie Sie wissen, sprachen wir von Benzin.«

»Und ich sagte dir, dass du meinen Diesel gerne haben kannst. Ich brauche meinen Wagen nämlich nicht mehr.«

Fischer schüttelte den Kopf. »Mit Diesel kann ich nichts anfangen.«

»Tut mir echt leid. Einen Schnaps zum Trost?« Der Wirt hielt ihm eine Flasche hin.

»Nein, danke.«

»Ein Bier stattdessen?«

»Nein ... aber ... ein Kaffee wär' nicht schlecht.«

»Kaffee?«

»Strahlungsfrei, wenn's recht ist.«

Der Wirt lachte laut auf. »Bestimmt aus Neustadt, was?«

»Wie kommen Sie darauf?«

»Nur ein Neustädter würde ein Schnäpschen ablehnen und so ein Brimborium um die Strahlung machen.«

»Mit der Strahlung ist nicht zu scherzen, gerade hier nicht.«

»Was du nicht sagst.«

»Ich wäre an Ihrer Stelle jedenfalls vorsichtig.«

»Bisher sind wir ganz gut ohne Strahlungsmelder ausgekommen.«

»Das ist aber nicht klug.«

»Also an meinem Schnaps ist jedenfalls noch keiner gestorben.«

»Nicht sofort vielleicht.«

»Nicht sofort? Was meinst du damit?«

»Es dauert eben ein paar Jahre oder vielleicht sogar Jahrzehnte.«

»Ach ja? Ich geb' dir einen guten Rat: Du musst hier bei uns ein wenig ruhiger werden.«

»Ruhiger?«

»Ja, zum Teufel. Entspann dich. In Altmark ticken die Uhren anders als in Neustadt.«

»Es gibt hier wenig alte Menschen, wenn ich mich so umsehe.«

»Ach was. Die sitzen zu Hause hinterm Ofen.«

Fischer runzelte die Stirn. »Oder liegen längst auf'm Friedhof.«

»Sterben müssen wir alle.«

»Den Zeitpunkt kann man aber beeinflussen.«

»Wofür? Das hier ist Altmark. Genieße den Augenblick, sterben kannst du auch noch morgen.«

»Jeder wie er will.«

Der Wirt verschränkte seine Arme und stützte sich auf der Theke ab. »Und was willst du hier bei uns?«, fragte er ihn provozierend.

»Jemanden finden, der mich ins Sperrgebiet bringt«, sagte Fischer frei heraus.

»Zu trinken meine ich.«

»Wenn Sie keinen Kaffee haben, will ich nichts.«

Der Wirt tupfte sich die Stirn mit dem Geschirrtuch ab und warf es sich über die Schulter. Dann lächelte er. »Junge, Junge. Du bist mir ja einer. Machst so ein Geschisse um die Strahlung und dann willst du ins Sperrgebiet.«

»Das eine kann man beeinflussen, das andere nicht. Ich muss ins Sperrgebiet. Es ist notwendig. Ein ganz und gar unausweichliches Übel sozusagen.«

»Es ist verboten.«

»Ich würd' dafür bezahlen.« Fischer legte einen Zwanziger auf den Tresen.

»Nein, tut mir leid.«

»Geben Sie sich doch einen Ruck.«

»Komm in dreißig Jahren wieder, dann darfst du ganz legal ins Sperrgebiet.«

»Wie? In dreißig Jahren? Sind Sie verrückt geworden oder was?«

»Die Alten dürfen rein, die Jungen nicht. So lautet das Gesetz.«

»Das weiß ich auch.«

»Dann warte noch ein bisschen, nimm da hinten Platz, trink ein paar Schnäpschen und komm wieder, wenn es soweit ist.«

»Das kann nicht Ihr Ernst sein.« Fischer atmete tief durch. »Natürlich muss ich jetzt ins Sperrgebiet.«

»Dann frag mich nicht.«

Fischer ließ den Kopf sinken und dachte nach. »Es sind unsere Gesetze ... nicht Ihre«, murmelte er vor sich hin. Dann hob er den Kopf und sah den Wirt an, ein verschmitztes Lächeln im Gesicht. »Sagten Sie nicht, dass hier die Uhren anders ticken? Lassen Sie sich etwa neuerdings von den Neustädtern sagen, was Sie zu tun und zu lassen haben? Machen Sie etwa das, was wir Ihnen vorschreiben?«

Der Wirt pfiff einmal anerkennend. »Bist wohl'n ganz Schlauer, was?«

»Also, was ist nun? Helfen Sie mir?«

Der Wirt wischte sich mit dem Handrücken die Schweißperlen von der Stirn. »Na ja, was soll's. Will mal nicht so sein. Frag doch mal den da hinten.« Er zeigte auf einen Mann, der allein an einem Tisch in der Ecke saß. »Den mit den krausen Haaren und der Nickelbrille. Vielleicht weiß der mehr.« Dann nahm der Wirt den Zwanziger in die Hand, hielt den Schein gegen das Licht, um anhand des Wasserzeichens seine Echtheit zu überprüfen, und steckte ihn ein. »Endlich mal wieder einer, der nicht anschreiben lässt.«

Fischer ging zu dem ausgemergelt wirkenden Mann in ölverschmierter Monteurskleidung hinüber. Über sein Schnapsglas gebeugt, starrte dieser auf die in die Tischplatte geritzten Namen und Parolen. Schmallippig, die Mundwinkel nach unten gezogen, die Augen zusammengekniffen, als hinge er düsteren Gedanken nach.

»Entschuldigung«, suchte Fischer das Gespräch mit ihm, »der Wirt hat mich an Sie verwiesen.«

»Hat er das?«

»Ja.«

»Nun ...«

»Darf ich mich setzen?«

»Warum nicht? Ist ja genug Platz da.«

Fischer setze sich neben den Mann, der ihm, ohne aufzusehen, die Hand reichte. »Alfons Knecht.«

Fischer fiel Knechts schwacher Händedruck auf. Die Haut spröde, wie Schmirgelpapier. »Angenehm. Einar Fischer.«

»Bist du mit dem Wagen hier?« Knecht deutete mit der Hand auf den Benzinkanister. Obwohl er jeden Blickkontakt vermied, schien es Fischer so, als beobachtete er ihn genau.

»Bin liegengeblieben.«

»Wo hat's dich denn erwischt?«

»Stadtauswärts. Bei der Tankstelle. Die, die verlassen ist, meine ich.«

»Bist also an diesem gottverlassenen Ort gestrandet?«

»Ja.«

»Mein Beileid.«

»Haben Sie vielleicht Benzin?«

»Nee, hab 'nen Diesel.«

»Das ist schlecht.«

»Bin gerade dabei, den Wagen wieder flott zu machen. Ein paar Ersatzteile fehlen mir noch und dann kann ich endlich weg aus diesem Dreckskaff.«

»Wo wollen Sie hin?«

»Keine Ahnung – nur weg von hier.«

»In Neustadt werden gute Mechaniker gebraucht.«

»Mechaniker?« Knecht sah verwundert an sich hinab. »Ach so, die Kleidung. Na, schön wär's.« Dann bog er die Drahtbügel seiner Nickelbrille zurecht. »Geisteswissenschaftler sind aber sicherlich nicht so gefragt bei euch.«

»Was haben Sie denn studiert?«

»Politische Unterweisung. In der Alten Ordnung natürlich.«

Fischer schwieg.

Knecht sah ihn für einen Augenblick an, dann starrte er wieder auf das Schnapsglas, das vor ihm stand, und nickte. »Dacht ich's mir. Aber was soll's. So ist nun mal der Lauf der Dinge. Alles zerfällt. Und Wissen hat eine viel kürzere Halbwertszeit als so manch ein radioaktives Isotop. Das ist mal sicher.«

»Vielleicht könnte ich Ihnen dennoch Arbeit verschaffen.«

»Was meinst du damit?«

»Ich muss ins Sperrgebiet.«

»Ins Sperrgebiet? Und was sprichst du dann mit mir?«, fragte Knecht, ohne dass er im Geringsten über Fischers Anliegen überrascht zu sein schien.

»Der Wirt hat mir erzählt, dass Sie Leute ins Sperrgebiet schleusen würden.«

»Wilhelm? Der erzählt viel, wenn der Tag lang ist.«

Fischer holte sein Bündel Geldscheine aus der Tasche, hielt es unter der Tischplatte verborgen, so dass Knecht nicht sehen konnte, wie viel er dabei hatte, zählte hundert Taler ab und legte die Scheine auf den Tisch. »Ich brauche ihre Hilfe.«

Knechte starrte auf das Geld. »Und da glaubst du, du könntest dir meine Dienste erkaufen?«

»Es ist genügend Geld, um Ihren Wagen wieder flott zu machen.«

»Na, ich weiß ja nicht. Sind teuer, so Ersatzteile.«

Fischer legte noch zwei Zwanziger auf den Tisch.

Knecht sah die Geldscheine regungslos an. »Ist jetzt aber keine Saison mehr.«

»Saison? Was meinen Sie damit?«

»Im Juli und im August geht's hoch her. Da ist Altmark voll von Leuten. Wenn es richtig heiß ist, dann, ja dann kommen sie alle ... die Abenteurer, die Diebe, die Waghalsigen und ... und auch die Schnüffler.«

»Schnüffler?«

»Bist du einer?«

»Ein Schnüffler?«

»Ja?«

»Wie kommen Sie darauf?«

»Du siehst so wie 'n Schnüffler aus.«

»Und wie hat ein Schnüffler Ihrer Meinung nach auszusehen?«

»Na, so wie du.«

Fischer rieb sich über die Stirn und dachte darüber nach, wie er ihm antworten sollte. »Darf ich Ihnen etwas erzählen?«

»Nur zu ...«

»Etwas über Bestimmung?«

»Mach nur. Ich hab' Zeit.«

»Ich glaube, dass es im Leben etwas gibt, woran wir uns orientieren können.«

»Gut zu wissen.«

»Kreise, auf denen wir uns bewegen.«

»Kreise?« Knecht lachte abschätzig. »Was denn für Kreise?«

»Abertausende von Kreisen, übereinandergelagert und in sich verschachtelt. Ganz und gar unübersichtlich. Meistens gehen wir nur ein Stück auf dem einen Kreis, verlassen ihn dann wieder und wechseln zum nächsten Kreis über, ohne dass wir uns überhaupt darüber im Klaren sind, wo ein Kreis endet und der andere beginnt.«

Knecht drehte sein Schnapsglas auf dem Tisch, als würde er eine Schraube fixieren. Die anfängliche Heiterkeit in Anbetracht von Fischers Erläuterungen war verflogen, und er wirkte nun nachdenklich. »Worauf willst du hinaus?«

»Manchmal bekommt man eine Chance. Wirklich nicht häufig, verstehen Sie?«

»Ich versuch's ja.«

»Manchmal bekommt man also die Möglichkeit weiterzugehen. Unter all den anderen in sich verschlungenen Kreisen erkennt man diesen einen und geht den Weg bis zum Ende weiter. Und das Ende ist zugleich auch der Anfang. Verstehen Sie, was ich meine?«

Knecht nickte. »Ein Kreis, der sich schließt.«

»Genau.«

»War bei mir schon lange nicht mehr der Fall.«

»Wollen Sie wissen, wie es bei mir ist?«

»Ich höre ...«

»Ich bin aus der Stadt vor der Strahlung geflohen, doch etwas habe ich dort zurückgelassen. Etwas, das ich mir jetzt zurückholen will.«

»Du bist ein Städter?«

Fischer nickte. »Die Stadt hat mir ihr Brandzeichen verpasst.«

»Verstehe.«

»Zwanzig Jahre ist es her, dass ich das letzte Mal da war.«

»Bin mir nicht sicher, ob du im Sperrgebiet das finden wirst, was du in der Stadt verloren hast.«

»Warum nicht?«

»Die Ruinen der Stadt haben nichts mit dem zu tun, was du kennst.« Knecht füllte sein Schnapsglas voll und trank es in einem Zug aus. Dann griff er sich an den Bauch, das Gesicht schmerzverzerrt.

»Alles klar bei Ihnen?«, fragte Fischer.

»Ach, es ist nichts.« Knecht atmete mehrmals tief durch, dann fuhr er fort: »Im Sperrgebiet ist die Vergangenheit lebendig. Und das ist nicht gut für die Menschen. Denn es verändert sie.«

»Inwiefern?«

»Es ist ein düsterer Ort. Ein Ort voller schauerlicher Erinnerungen. Die Leute sagen, dass die Dämonen der Alten Ordnung noch immer dort umherwandern.«

»Und Sie? Was denken Sie?«

»Ich glaub' nicht an Geister, wenn du das meinst. Aber merkwürdige Dinge gehen dort schon vor sich, das ist mal sicher. Es ist so: Das Sperrgebiet, es fasst dich irgendwie von innen. Als würde es dich kennen. Es zeigt dir, wer du wirklich bist. Und manch einer hält das nicht aus.«

»Was meinen Sie damit?«

»Eine Menge Baracken und eine Menge Stricke.«

Fischer sah Knecht lange an, studierte sein von Pockennarben gezeichnetes Gesicht. »Sie haben es aber all die Jahre ausgehalten, nicht wahr?«

»Ich kenne die Stadt nur zu gut«, sagte Knecht nicht ohne Stolz in der Stimme, »obwohl ich dort nicht geboren wurde. Ich kenne sie in ihrer Blütezeit und ich kenne ihren verstrahlten Kadaver.«

»Sie sind hier nie weggekommen?«

Knecht schüttelte den Kopf. »Ich war gleich nach dem Unfall mit bei den Säuberern dabei, die den ganzen Scheiß aufgeräumt haben.«

»Sie haben das Spaltungswerk nach der Katastrophe gesichert?«

Knecht nickte.

Fischer klopfte mit der Faust dreimal auf den Tisch. »Anerkennung und Ehre unseren glorreichen Säuberern.«

Knecht hob sein Glas und nippte einmal am Schnaps. »So hat es früher immer geheißen. Lang ist's her.«

»Wie sind Sie überhaupt bei den Säuberern gelandet? Ich meine, Sie haben doch studiert?«

»Das Vaterland hat gerufen, und ich bin dem Ruf gefolgt.«

»Sie haben sich freiwillig gemeldet?«

»Verrückt, was? Ich konnte damals gar nicht genug kriegen. Orden und so. Ich hab' am ersten Betonsarkophag mitgebaut, der über das Spaltungskraftwerk gezogen wurde.«

»Der, der vor ein paar Jahren in sich zusammengebrochen ist?«

»Ein Teil davon ist eingestürzt. Nur ein Teil«, sagte Knecht plötzlich aufgebracht. »Das war aber nicht unsere Schuld. Die Strahlung ist mörderisch, da wird der Beton schnell spröde.«

»Nur die Ruhe. Sollte keine Beleidigung sein.«

»Ja, ja, schon gut«, sagte Knecht abwinkend. »Geschenkt.«

»Ich weiß zu schätzen, was die Säuberer für uns geleistet haben.«

»Der Preis, den wir gezahlt haben, war auch verdammt hoch. Heute bin ich zu nichts mehr zu gebrauchen. Jemand, der ständig Schmerzen hat. Das Einzige, was bei mir noch wächst, ist der Tumor. Und glauben Sie, die Republik schert sich um mich? Und um die anderen? Sehen Sie sich die Männer hier an? Soll das etwa Demokratie sein?« Er drehte sich um und sah in die Runde. »Wissen Sie was? Dann scheiße ich auf die Demokratie!« Die anderen Gäste der Kneipe wurden kurz aufmerksam und einige stimmten mit Schmährufen auf die Republik ein. Doch als wäre es ein Ritual, beugten sich alle schon bald wieder über die Tische und schienen sich, die Schnapsgläser fest umklammert, erneut in den Erinnerungen an längst vergangene Zeiten zu verlieren.

Knecht füllte sein Glas randvoll auf und trank es in einem Zug aus. Dann füllte er sein Glas erneut auf. »Und was ist deine Geschichte?«

»Ich denke«, sagte Fischer und legte einen Fünfziger auf den Tisch, »wir belassen es dabei, dass ich ins Sperrgebiet will und Sie die Gründe nicht zu interessieren haben. Je weniger Sie über mich wissen, desto besser ist es für Sie.«

»Nicht mal gleich so empfindlich. Ich will nur wissen, wen ich vor mir hab'.«

»Einigen wir uns darauf, dass wir beide nicht wissen, wer uns gegenübersitzt.«

»Da hast du auch wieder recht.«

»Sehen Sie auf den Tisch, dann wissen Sie, was bald Ihnen gehört. Geld lügt nicht.«

»Na ja, viel ist es ja nicht.«

»Sie sprachen davon, dass jetzt keine Saison mehr wäre. Warum nicht?«

»Weil es nicht mehr so heiß ist.«

»Was hat das damit zu tun?«

»Die Wächter sind jetzt wieder viel aufmerksamer. Gammeln nicht mehr so in ihren Türmen rum und patrouillieren wieder.«

»Keine guten Zeiten für Schleuser?«

»Nein, beileibe nicht.«

»Dann kommt Ihnen das Geld doch gerade recht.«

»Das mag sein. Doch auch mein Risiko ist hoch.« Knecht schien seine Entscheidung abzuwägen, dann nahm er die Scheine in die Hand, zählte sie und steckte sie in seine Brusttasche. »Du weißt ja, wo die verlassene Tankstelle im Süden ist ...«

»Ja.«

»Komm morgen früh bei Sonnenaufgang dorthin.«

»Ist gut.«

Knecht trank den Schnaps aus und erhob sich von seinem Stuhl. »Ich geh jetzt lieber, bevor Wilhelm merkt, dass ich Geld bekommen hab'.«

Fischer verließ die Kneipe ein paar Minuten, nachdem Knecht gegangen war. Er blickte zum Hotel auf der anderen Straßenseite hinüber und fragte sich, ob er sich dort ein Zimmer nehmen sollte. Allemal besser als eine weitere Nacht auf seinem durchgesessenen Wagensitz, dachte er. Ein Peon-Junge, der auf der Bordsteinkante neben einem Hydranten gesessen und ihn beim Verlassen der Kneipe aufmerksam gemustert hatte, kam auf ihn zu. Er reichte ihm wortlos einen Zettel, dann rannte er sogleich davon und verschwand hinter dem nächsten Haus.

»Komm zum alten Tanklaster am Ende der fünften Straße. Ich warte dort auf dich«, lautete die Botschaft auf dem Papierstreifen. Obwohl in Druckschrift geschrieben, war der Text kaum lesbar, als wäre der Verfasser nicht geübt im Schreiben. Fischer fragte sich, wer überhaupt wissen konnte, dass er hier war. Er ging die Hauptstraße hinunter, orientierte sich an der zweiten und dritten Straße, die als Einzige noch mit Straßenschildern ausgewiesen waren, und bog in die fünfte Straße ein. Der Tanklaster war etwa einen Kilometer entfernt, und obwohl er sich nicht sicher war, ob er in eine Falle gelockt werden sollte, ging er weiter.

Die Dächer eingestürzt, die Fensterscheiben zerschlagen, schienen die Baracken, die abseits der Hauptstraße lagen, unbewohnt zu sein. Die meisten Familien hatten Altmark wohl verlassen, als Hunderttausende von Soldaten nach dem Zusammenbruch der Alten Ordnung aus dem Militärdienst entlassen worden waren.

Der Tanklaster stand mit geplatzten Reifen quer auf der Straße. Der Fahrer musste den Wendevorgang abgebrochen und das Führerhaus dann verlassen haben. Die abblätternde Lackierung »Quelle des Lebens« verriet, dass mit dem Laster früher Trinkwasser befördert wurde. Fischer sah sich um. Niemand schien hier auf ihn zu warten. Dann hörte er das Stöhnen einer Frau. Er ging um das Führerhaus herum und bemerkte, dass die Frau sich im hohen Gras hemmungslos einem Mann hingab, der – die Hose bis zu den Knien heruntergelassen – auf ihr lag.

»So wie wir früher, Einar?«, hörte er eine vertraute Stimme sagen. Die Tür des Führerhauses öffnete sich, und Ingrid stieg aus. Die Schutzmaske um den Hals gehängt und die Schutzbrille auf die Stirn gesetzt, trug sie einen bunten Poncho, wie es bei den Peons üblich war. Die blonden Haare schwarz gefärbt. Wunderschön, auch mit den tiefen Augenringen von der tagelangen Flucht. Begehrenswert, auch wenn es nicht die Ingrid war, die er kannte, sondern diejenige, der er schon in Unterseehafen begegnet war. »Sind sie nicht ein hübsches Paar?«, fragte sie.

»Woher soll ich das wissen? Hab' nur den Hintern von ihm gesehen.«

Sie lächelte. »Da hast du auch wieder recht. Komm, lassen wir sie in Ruhe.«

»Ist gut.«

Die beiden hatten sich einige Schritte vom Laster entfernt, als die Frau mehrmals laut aufstöhnte. Es folgte ein tiefer Seufzer des Mannes, dann herrschte Ruhe.

»Na, das ging schnell«, bemerkte Ingrid.

»Ein kurzes Vergnügen, möchte man meinen«, ergänzte Fischer. »Wahrscheinlich zuviel Druck auf der Leitung.«

Die beiden kicherten wie kleine Kinder.

»Zurück zur Hauptstraße?«, fragte sie.

»Warum nicht?«

Immer wieder Blicke austauschend, schlenderten sie die fünfte Straße entlang, vorbei an den baufälligen Baracken und den zugewucherten Gärten.

»Hast du die Botschaft an mich geschrieben? Ich hab' deine Schrift gar nicht erkannt.«

»Hab' mit links geschrieben.«

»Ach so.«

»Sollte schließlich eine Überraschung werden.«

Er lächelte. »Was machst du in Altmark?«

»Was glaubst du? Untertauchen natürlich.«

»Kein schlechter Ort dafür«, sagte er und ließ seine Blicke über die verlassenen Baracken schweifen.

»Beileibe nicht.«

»Bist du schon länger hier?«

»Seit zwei Tagen.«

»Wo bist du untergekommen?«

»Da hinten.« Sie deutete auf eine Baracke zu ihrer Rechten. Das Dach eingestürzt, schützte jetzt eine Plane vor dem Regen. »Bei den Kindern der Berge.«

»Bei wem? Den Peons?«

»Ich mag es nicht, wenn du sie so nennst.«

»So nennt man sie nun mal. Ich hab' mir den Namen ja nicht ausgedacht.«

»Es sind einfache Menschen, denen nichts geschenkt wird.«

»Ehrlich gesagt finde ich es merkwürdig, dass sie dir helfen.«

»Was soll daran merkwürdig sein?«

»Warum um alles in der Welt riskieren sie das?«

»Du kannst das wirklich nicht verstehen oder was?«

»Dann erklär's mir doch.«

Ingrid fuhr sich durch das lange Haar. »Für diese Menschen bin ich eine Heldin.«

»Eine Heldin? Donnerwetter«, spottete er.

»Mach dich nur darüber lustig.«

»Wie käm' ich dazu? Heutzutage kann jeder ein Held sein. Auch ein Terrorist.«

»Du bist ein Ignorant, Einar.«

»Ach ja?«

»Für sie bin ich die Einzige, die gegen die Ungerechtigkeit im Lande vorgeht. Kapierst du das nicht? Die sich an die wahren Verbrecher herantraut. An die, die Macht haben. Eine, die nicht gegen die Ärmsten der Armen vorgeht, sie aus ihren Häusern vertreibt, sie zu den Sündenböcken für all die Probleme im Land macht.«

Er starrte sie an, ohne ihr zuzuhören. Doch es war weder Unverständnis noch Misstrauen, das er in sich trug. Was er beim Anblick dieser Frau verspürte, war Verlangen. Grenzenloses Verlangen.

»Was siehst du mich so an?« Sie wischte sich über das Gesicht, als wollte sie einen Makel beseitigen.

»Ach, nichts.«

»Ich weiß, meine Schönheit ist nicht mehr viel wert.« Sich ihres Aussehens unsicher, wandte sie ihr Gesicht von ihm ab. »Verwelkt bin ich.«

»Unsinn.«

»Doch, ich weiß, dass es so ist.«

»Du bist eine schöne Frau.«

»Das sagst du nur so.«

»Ich denke, dass du weitaus dringlichere Probleme hast als dein Aussehen.«

»Du meinst, man kann noch mehr Probleme haben, als in Altmark zu sein? Am Abgrund zu stehen, im Angesicht der Menopause?«

»Kann ich nicht beurteilen. Als Mann bekommt man es mit anderen Problemen zu tun.« Sie lachten beide, doch dann wurde er plötzlich ernst. »Du solltest dich stellen. Vielleicht kannst du dann der Guillotine entkommen.«

»Das kannst du vergessen.«

»Du hast 'ne Menge Leute auf dem Gewissen.«

»Es musste sein, Einar. Irgendwann wirst du das verstehen.«

»Da wird viel Zeit ins Land gehen.«

Sie zeigte auf die Baracke mit Veranda, die vor Ihnen lag. »Guck, da bin ich untergekommen.« Dann ergriff sie seine Hand und führte ihn zu einer Bank, die unter dem halb eingefallenen Vordach stand. Sie setzen sich. »Woher wusstest du, dass ich hier bin?«, fragte er.

»Die Kinder der Berge haben es mir geflüstert.«

»Wie soll ich das verstehen?«

»Sie haben ein weit gespanntes Netz, geheime Wege der Kommunikation.«

»So? Und woher wissen sie, wie ich aussehe? Ich meine, wie hat mich der Peon-Junge erkennen können?«

»Ich hab' ihm ein Foto von dir gezeigt ...«

»Ein Foto? Du hast ein Foto von mir?«

»Stell dir vor.«

»Wusst' ich gar nicht.«

»Ich weiß schon seit gestern, dass du hier bist. Enrique hat gesehen, wie du am Straßenrand im Wagen gepennt hast.«

»War 'ne lange Fahrt.«

Sie legte ihre Hand auf seine. Er zuckte zuerst zurück, doch dann ließ er sie gewähren. Sie streichelte seinen Handrücken. »Einar?«

»Ja?«

»Du warst doch nicht auf der Suche nach mir, oder?«

»Nein, ausnahmsweise mal nicht.«

»Einar?«

»Ja?«

»Kommen noch mehr Staatsschützer?«

»Kann ich dir nicht sagen.«

»Wirst du mich verhaften?«

»Warum? Das hätte ich schon in Unterseehafen machen können. Hab' ich aber nicht.«

»Da warst du ja auch gefesselt.«

»Du hast mich befreit, vergiss das nicht.«

»Ich konnte dich doch nicht so zurücklassen.«

»Wie hast du eigentlich fliehen können? Alles war abgesperrt, überall waren Soldaten.«

»Ein kluges Mädchen findet immer einen Ausweg.«

»Und welchen Ausweg hat dieses kluge Mädchen gefunden?«

»Ich bin gar nicht geflohen. Zumindest am Anfang nicht. Ich hab' einfach den Kopf eingezogen und mich versteckt.«

»In den Kammern?«

»Ja.«

»Du hattest Freunde dort unten, nicht wahr?«

Sie nickte, sagte aber nichts.

»Wieder diese kleinen Peons, nehme ich an.«

»Die Unterwelt von Unterseehafen ist ihr Reich.« Sie griff nach seinem Arm. »Weißt du eigentlich, was mit Ludger ist?

In den Nachrichten haben sie gesagt, er sei verhaftet worden? Stimmt das? Oder ist das nur Propaganda?«

»Warum hast du ihn im Stich gelassen?«

»Wir sind getrennt worden.«

»Getrennt?«

»Ja.«

»Dann hast du mehr Glück gehabt als er.«

»Dann ist es wahr? Ihr habt ihn?«

Er nickte.

»In welchem Gefängnis ist er?«

»Er ist im Krankenhaus.«

»Ist er verletzt?«

»Ja. Schwer sogar. Er liegt im Koma.«

Sie ließ seinen Arm los. »Im Koma«, wiederholte sie.

»Ja.«

»Besteht noch Hoffnung?«

»Denke nicht.«

Sie starrte ins Leere. »Gut ... gut. Dann soll es so sein.«

Er zog die Augenbrauen hoch. »Du scheinst nicht über Gebühr traurig zu sein.«

»Was?« Noch in Gedanken, sah sie zu ihm hinüber. »Warum auch? Er hat das ultimative Opfer gebracht. Ein Märtyrer für unsere Sache.«

»Märtyrer?«

»Ganz genau.«

»Ein Märtyrer – so wie Vogelfrei?«

»Was soll das nun schon wieder. Ich hab' dir schon mal gesagt, dass ich diesen Typen überhaupt nicht kenne.«

»Warum lügst du nur?«

»Einar, verdammt nochmal. Du musst nicht immer alles glauben, was in den Nachrichten kommt.«

»Auch nicht das, was ich mit meinen eigenen Augen gesehen habe?«

»Ihr habt einen Unschuldigen erschossen, ihr Dummköpfe.« Sie lächelte.

»Lenk nicht ab.«

»Einar, ich hab' diesen Mann noch nie im Leben getroffen. Das schwöre ich.«

»So? Und was ist mit dem Denkmal?«

»Was für ein Denkmal?«

»Das am Heldenplatz. Direkt unter den Säulen. Da habt ihr euch doch neulich ganz angeregt unterhalten.«

»Ich weiß wirklich nicht, wovon du sprichst.« Sie winkte ab. »Nein, warte«, schien sie sich dann doch an etwas zu erinnern, »ich hatte da tatsächlich mit jemandem geredet … ja, ja … ich habe kurz mit so einem alten Kauz gesprochen. Übers Wetter wahrscheinlich, wie man es immer tut, glaub' ich. Nein, halt, der wollte mit mir diskutieren. Er hat gesagt, dass man dem Staat nicht trauen könne und so weiter. Dachte dann kurz, es wäre einer von euch, der mich testen will. Und das soll Vogelfrei gewesen sein? Kann mich gar nicht mehr an sein Gesicht erinnern. Gut, ich hatte natürlich die Schutzbrille auf, da sieht man nicht sonderlich gut.«

Fischer atmete tief durch. »Das soll ich dir glauben?«

»Ich überlasse es dir.«

»Nehmen wir mal an, du sagst tatsächlich die Wahrheit. Rein hypothetisch. Was hast du dann auf der Baustelle gemacht?«

»Das soll ich dir verraten?« Sie überlegte. »Ich weiß ja nicht.«

»Was auch immer euer Plan war, ihr könnt ihn sowieso nicht mehr durchziehen. Also los, rede.«

»Da hast du auch wieder recht. Obwohl …« Sie sah ihn mit prüfendem Blick an. »Vielleicht gibt es da noch eine Möglichkeit …«

»Also? Was ist nun?«

»Ich hab' mir … hab' mir einen Bohrer ausgeliehen.«

»Einen Bohrer?«

»Die Betonsäulen in der Neustädter Bank sind ganz schön hart.«

Er runzelte die Stirn. »Du verwirrst mich.«

Sie lachte. »Der Polier war mir noch einen Gefallen schuldig. Ich hatte ihm mal einen …«

»Das will ich gar nicht wissen«, unterbrach er sie. »Was habt ihr mit dem Bohrer gemacht?«

»Um Sprengstoff zu platzieren, muss man Löcher bohren.«

»Und dafür habt ihr den Bohrer gebraucht?«

»Du bist ein Fachmann, ich wusste es.«

»Wolltet ihr die Bank etwa sprengen oder was?«

»Ganz genau. Und wir hätten es durchgezogen, wenn dieser bescheuerte Voigt uns nicht verraten hätte.«

»Ich verstehe das nicht. Reich war doch euer Verbündeter?«

»Verbündeter? Spinnst du jetzt?«

»Verbündeter ... oder Drahtzieher. Nenn ihn, wie du willst.«

»Du bist so auf dem Holzweg, Einar. Das tut fast schon weh.«

»Irgendwer muss ja hinter den Anschlägen stecken.«

»Warum? Weil eine Frau die Anschläge nicht planen kann? Ist es das?«

»Du willst doch nicht etwa sagen, dass ihr das zu zweit durchgezogen habt? Etwa nur du und Ludger?«

»Warum denn nicht?«

»Unsinn ...«

»In deiner beschränkten Welt vielleicht.«

»Ein kluger Mann sagte einmal ...«

»Welcher Mann?«

»Wie? Welcher Mann? Das ist doch nur so 'ne Redensart.«

»Dann könnte es auch eine Frau gewesen sein?«

»Was hat das damit zu tun?«

»Eine ganze Menge ...«

»Könnte ich jetzt vielleicht weiterreden?«

»Wenn's denn sein muss.«

»Ein kluger Mann sagte einmal ...« Er sah zu ihr hinüber. »Nun, er sagte, wie ich gehört habe, auf Anraten seiner Frau ...«

»Ja, was denn nun?«, ging sie nicht auf seine Anspielung ein.

»Er sagte, dass hinter solchen Anschlägen eine Terrorzelle stecken muss.«

Sie lachte. »Einar, du bist ein Phänomen.«

»Ich hab' also recht?«

»Du liegst aber so was von absolut falsch.«

»Blödsinn.«

»Reich wusste nichts. Überhaupt nichts.«

»Du lügst doch. Es muss noch andere Hintermänner gegeben haben. Es muss einfach. Südhausen ist fest davon überzeugt.«

»Schon dieses Wort! Hintermänner! Und wenn es doch eine Frau war?«

»Etwa die anonyme Anruferin?«

»Die Anruferin?« Sie runzelte die Stirn. »Wovon redest du jetzt schon wieder?«

»Die Katze ist bei den Elfen läufig. Jetzt tu nicht so, als wüsstest du nicht, wovon ich spreche.«

Plötzlich lächelte sie. »Hab' ich's mir doch gedacht. Ihr habt Reich tatsächlich abgehört.«

»Dann stimmt es?«

Sie beugte sich zu ihm hinüber und streichelte über seine Wange. »Mein guter, guter, unwissender Einar. Willst du wirklich wissen, wer die Anruferin war?«

»Jetzt spann mich nicht so auf die Folter.«

»Sie war bei den Feiern mit oben im Turm.«

»Oben im Turm?«

»Im Luxusappartement von Reich.«

»Wer ist sie?«

»Nur eine der Frauen, die Reich abserviert hat. Und das sind gar nicht wenige.«

»Eine seiner Gespielinnen?«

»Mir gefällt das Wort nicht.«

»Nun sei nicht so empfindlich.«

»Wenn du nicht so starrsinnig bist.«

»Also manchmal ...« Er wandte sich kurz ab, dann sah er sie wieder an. »Das macht doch alles keinen Sinn. Was sollte der Anruf dann?«

»Nun, ich hab' gedacht, dass so ein Anruf Reich ein bisschen unter Druck setzen würde.«

»Dann hast du sie dazu überredet?«

»Ich wusste, dass sie kein Geld mehr hatte. Ich hab' ihr gesagt, dass sie so eine schöne Stimme hat, und ich hab' sie gebeten, für meine Nichte ein Märchen auf ein Tonband zu sprechen.«

»Du hast keine Nichte. Du bist ein Einzelkind.«

»Das weiß sie doch nicht.«

»Dann ist sie gar nicht eingeweiht?«

»Iwo. Sie hat keine Ahnung. Ich hab' den Satz so im Märchen untergebracht, dass sie keinen Verdacht schöpfen konnte.«

»Und du hast dann Reich auf dem Marktplatz vom öffentlichen Fernsprecher aus angerufen und das Tonband mit ihrer Stimme abgespielt?«

»Es war ganz einfach.«

»Warum hast du das getan? Nur, um Reich eins auszuwischen? Da hätte es doch sicher auch andere Möglichkeiten gegeben.«

»Überleg doch mal, weshalb ich es getan haben könnte. Streng doch mal deine grauen Zellen ein wenig an.«

»Nun, wir mussten Reich verdächtigen wegen des Anrufs ...«

»Das tust du doch noch immer.«

»Wenn er in die Anschläge verwickelt war, würde er seine Bank niemals selbst in die Luft sprengen ...«

»Nur weiter ...«

» ... und du und Ludger konnten dann ganz in Ruhe die Sprengsätze dort platzieren.«

»Haargenau.«

»Du musst einen guten Draht zu ihm haben.«

Sie neigte ihren Kopf zur Seite. »Mag sein«, sagte sie selbstzufrieden.

»Ich hab' gesehen, wie du am Heldenplatz in seine schwarze Limousine eingestiegen bist. RE3 ist doch einer seiner Wagen oder etwa nicht?«

»Ich hab' mir die Limousine öfters mal ausgeborgt.«

»Ihr hattet eine Affäre?«

»Er hat gute Beziehungen zum Innenministerium. Besonders zu Voigt.«

»Wie bist du an ihn rangekommen?«

»Er schmeißt immer Feste oben im Turm. Und so ein nettes Mädchen wie ich kommt schnell auf die Gästeliste. Und wenn ich erst mal in seiner Nähe bin ... du kennst mich.«

»Nur zu gut.«

»Er ist auch nur ein Mann.«

»Du kannst sehr überzeugend sein.«

»Weißt du, Einar«, sie strich über den Kragen seines Mantels, »da oben im Turm, da gibt es ein Schwimmbad. Da sollten wir auch mal gemeinsam eintauchen.«

»Du weißt doch, dass ich nicht schwimmen kann.«

»Wer redet denn vom Schwimmen?« Sie lächelte ihn an und dann musste auch er lächeln, obwohl er sich so sehr bemüht hatte, ernst zu bleiben. »Dann wusste nur Voigt Bescheid und Reich nicht?«

»Reich wusste nichts.«

»Du wolltest ihn also tatsächlich mit seiner Bank in die Luft jagen?«

»Was weißt hier wollte? Das will ich noch immer. Das Schwein hat es mehr als verdient.«

»Es kommt aber nicht mehr dazu.«

»Es sei denn ...«

»Was?«

»Es sei denn, du tust mir einen Gefallen.«

»Einen Gefallen? Worauf willst du hinaus?«

»Das kannst du dir doch denken.«

»Soll ich dir etwa helfen, ihn zu töten? Das kann nicht dein Ernst sein.«

»Du musst ihn schon nicht abstechen. Es wird reichen, – sagen wir – einen Knopf zu drücken.«

»Ich bin kein Mörder.«

»Du hast im Krieg getötet, vergiss das nicht.«

»Das war Notwehr.«

»Und wo liegt der Unterschied zu dem, was wir tun?«

»Ich hab' es nicht freiwillig gemacht.«

»Und wir etwa? Glaubst du das? Glaubst du, dass uns das Spaß macht? Glaubst du das wirklich?«

»Da bin ich mir nicht sicher.«

»Wir sind gezwungen, uns gegen die Ausbeutung und die Unterdrückung durch die herrschende Kaste zu wehren. Es geht ums Überleben der kleinen Leute. Der Menschen, die sich keine Anwälte leisten können.«

»Und du hältst dich für den Anwalt der kleinen Leute?«

»Wir müssen ein Zeichen setzen. Wir müssen den Menschen Hoffnung geben, dass sie nicht machtlos gegen die Mächtigen sind.«

»Ich hab' mich früher schon gefragt, woher dieser Fanatismus nur kommt.«

»Man muss für sein Anliegen mit Herzblut kämpfen.«

»Ein Mord bleibt ein Mord.«

»Du nun wieder. Der ewige Zauderer. Der, der sich mit nichts richtig identifizieren kann.«

»Immer noch besser, als sich zu verrennen. Angetrieben vom Hass und einem vorgeschobenen Idealismus.«

»Dir fehlt einfach der Überblick. Ich dachte schon, dass du dich verändert hast, aber du bist immer noch der Alte.«

»Der Überblick, den du natürlich hast.«

»Reich hat den Tod doppelt und dreifach verdient. Weißt du, was er macht? Weißt du eigentlich, was das für ein perverses Schwein ist?«

»Er ist kein Unschuldslamm, das weiß ich auch. Er ist ein übler Spekulant, aber das rechtfertigt noch keinen Mord.«

»Glaub' mir, er ist viel mehr als das. Das ist eine heimtückische Ratte, Einar.«

»Was weißt du über ihn?«

»Mir wird ganz schlecht bei der Vorstellung, wenn ich daran denke, welche Menschen bei uns an der Spitze sind.«

»Jetzt rück schon raus damit. Was weißt du über ihn?«

»Reich fliegt immer ins Sperrgebiet.«

Fischer lachte auf. »Das ist eine Straftat, aber kein Verbrechen.«

»Er tötet dort Menschen.«

»Er tötet sie?«

»Ja.«

»Du meinst, wenn er angegriffen wird?«

»Nein, er wird nicht angegriffen.«

»Dann ist es keine Notwehr?«

Sie sah ihn nachdenklich an. »Er nennt es Safari.«

»Safari?«

»Er geht im Sperrgebiet auf Menschenjagd.«

»So ein Blödsinn.«

»Vom Dach des Innenministeriums aus erschießt er die Ahnungslosen aus großer Entfernung mit seinem Scharfschützengewehr.«

»Das ist ja aberwitzig.«

»Es ist aber die Wahrheit.«

»Warum tischst du mir so eine Lüge auf? Damit ich ihn kalt mache?«

»Er war sturzbetrunken und hatte zuviel Kokain genommen. Er hatte sich nicht mehr unter Kontrolle und hat damit vor mir geprahlt, dass er Menschen umbringen kann, ohne dass er irgendwelche Konsequenzen befürchten muss.«

»Du willst Gerüchte in die Welt setzen.«

»Der Mann ist ein Psychopath. Er faselte irgendwas davon, dass er ein Missionar wäre, der für seine Gemeinde sorgen muss. Irgendeinen Schwachsinn davon, dass er der Auserwählte ist, und er neben sich keinen dulden kann.«

»Missionar? Das hat er dir gesagt?«

»Der Mann ist vollkommen durchgeknallt.«

»Das ist er sicher nicht. Er ist gerissen.«

»Bringt man euch beim Staatsschutz denn überhaupt nichts bei? Er ist ein Psychopath und kein Idiot.«

»Er hat versucht, mich auf seine Seite zu ziehen.«

»Er braucht neue Verbündete, nachdem Voigt tot ist und das Innenministerium aufgelöst wurde.« Sie sah ihn an, und er wusste nicht, ob es Bewunderung oder Verachtung war, die sich in ihrem Gesicht spiegelte. »Wie ich dich kenne, beißt er da sicherlich auf Granit.«

Er lächelte. »Meinst du?«

»Du bist loyal. Du würdest den Staatsschutz nie verraten.«

»Und dennoch bittest du mich, einen Anschlag auf Reich zu verüben.«

»Das ist was anderes. Das wäre ganz im Sinne des Staatsschutzes, glaub' mir.«

»Du weißt genau, dass ich das nicht tun kann.«

Sie setzte zur Antwort an, doch dann hielt sie inne. »Lass uns nicht streiten, Einar.« Sie legte einen Zeigefinger auf seine Lippen. »Wer weiß, wie viel Zeit uns noch bleibt.«

Er nickte. »Ist gut.«

Sie legte ihren Kopf auf seine Schulter. »Weißt du noch, wie es früher war?«

»Ist schon so lange her.« Er drehte sich zu ihr hinüber, strich ihr durch die Haare und dachte, dass er diese Frau nicht kannte, obwohl sie ihm vertraut sein sollte. Durch das marode Dach der Veranda fielen einzelne Sonnenstrahlen, und sie musste blinzeln. Doch spielte es eine Rolle, dass eine Fremde neben ihm saß, die nur so aussah wie seine Jugendliebe? Er umfasste zärtlich, aber bestimmt ihren Nacken und drehte ihr Gesicht zu sich. Sie befeuchtete ihre Lippen, und er küsste sie. Als sich ihre Zungen berührten, zog sie ihren Kopf zurück.

»Ich will es, Einar«, flüsterte sie ihm zu, »aber nicht hier draußen.«

Er zog ihr die Schutzbrille ab und küsste sie zärtlich auf die Stirn. »Wollen wir ins Hotel?«

Sie lächelte verzückt. »Ja, ist gut.« Sie hakte sich bei ihm unter, und sie schlenderten zum Hotel hinüber. Als er die Eingangstür öffnete, setzte sie sich die Schutzbrille auf, die er für sie gehalten hatte, und zog sich die Staubmaske über.

Das Foyer des Hotels war nicht mehr als ein breiter Flur. Zwei Jugendliche saßen auf schlichten Holzstühlen, die dicht an die Wand geschoben waren. Es waren Nachzügler der Sommersaison. Ein Mann, beide Unterschenkel amputiert, saß in einem Rollstuhl vor einem Nagelbrett, an dem die Zimmerschlüssel hingen. »Concierge«, stand auf dem Pappschild, das er mit einer Nadel an sein mit braunen Flecken überzogenes Unterhemd gesteckt hatte.

»Hier brauchen Sie keine Schutzkleidung«, bemerkte der Concierge, als er Ingrid sah. »Was Sie in Neustadt machen ist mir egal, aber hier zeigen wir einander unser Gesicht.«

Doch Ingrid folgte nicht der Aufforderung des Concierge und ließ ihre Schutzkleidung an.

»Meine Frau ist übervorsichtig«, versuchte Fischer Ingrid in Schutz zu nehmen.

»Ihre Frau?«

»Ja.«

»Sie trägt keinen Ring, Ihre Frau.«

»Was?«

»Ich stellte lediglich fest, dass Sie keinen Ehering trägt.«

»Nun«, Fischer musterte seinen goldenen Ring, den er trug, »die Zeiten sind hart ... wir mussten ihren Ring versetzen. Bin nicht stolz darauf.«

»Sie sind mir keine Erklärung schuldig, mein Herr.«

»Bin ich nicht?«

»Sie sind nicht der erste verheiratete Mann, der sich hier vergnügt.«

Fischer schwieg.

»Die Männer werden ihren Frauen untreu, sobald die Nächte länger werden.«

»Dann haben Sie Verständnis dafür?«

»Nein, das habe ich nicht. Ich wollte Ihnen nur demonstrieren, dass mir nichts entgeht. Auch wenn ich äußerlich nicht mehr viel hergebe, hab' ich meinen Verstand noch beieinander. Und meine Augen sehen alles.«

»Wie soll ich das verstehen?«

»So, wie ich es gesagt habe.«

»Als Drohung?«

»Seien Sie unbesorgt. Ihr Geheimnis ist bei mir gut aufgehoben. Verschwiegenheit ist unser oberstes Gebot.«

Fischer nickte, ohne etwas zu sagen.

»Ich hätte ein schönes Zimmer für sie.«

»Wie viel?«

»Zwei Taler die Nacht – zu zahlen im Voraus.«

»Zwei Taler?«

»Ist das in Ihren Augen nicht angemessen?«

»Doch, doch. Ich muss mich nur an die Preise außerhalb von Neustadt gewöhnen.« Fischer sah zu Ingrid hinüber, die den Kopf abgewandt, die Lampenschirme zu betrachten schien, die an der Wand montiert waren. Es wirkte so, als wollte sie ein Gespräch mit dem Concierge vermeiden.

»Was ist ihr bestes Zimmer?«, fragte Fischer.

»Die Präsidentensuite.«

»Und was kostet die?«

»Zehn Taler pro Nacht.«

»Ist strahlungsfreies Wasser inklusive?«

»Selbstverständlich, mein Herr. Ein neuer Kanister mit bestem Wasser in ihrem eigenen Bad und einer eigenen Küche. Dazu ein freier Blick aufs Sperrgebiet. Ich frage Sie: Ist Ihnen das keine zehn Taler wert?«

»Hört sich gut an.« Fischer holte sein Geld aus der Tasche. »Hier sind dreißig Taler für die nächsten drei Nächte im Voraus.«

»Sehr wohl.« Der Concierge drehte mit einer geübt wirkenden Handbewegung den Rollstuhl um die eigene Achse, griff nach dem Zimmerschlüssel und zog ihn vom rostigen Nagel. »Zimmer 201 im zweiten Stockwerk. Die Treppe ist da hinten. Ich wünsche einen angenehmen Aufenthalt.«

Wie es der Concierge versprochen hatte, war die Präsidentensuite mit einer Kochnische und einer eigenen Toilette ausgestattet. Eine Standuhr mit Pendel, daneben ein Ohrensessel. Wenig Staub, nur ein oder zwei Kakerlaken krochen auf dem Dielenboden herum, mehr nicht. Das breite Bett schien frisch mit einem weißen Bettlaken bezogen zu sein. Er zog sich den Mantel aus und hängte ihn am Garderobenhaken auf. Sie riss sich die Schutzbrille vom Gesicht und ließ sie zu Boden fallen, entledigte sich in gleicher Weise des Ponchos, um sich dann aufs Bett zu werfen. Dann streckte sie ihre Arme und Beine aus und ruderte mit ihnen auf dem Laken auf und ab. »Wirst du mein Beschützer sein?«, fragte sie beschwingt.

Er stand am Fenster, den Blick aufs Sperrgebiet gerichtet. Nur der Wald war zu sehen, die Häuserruinen aber waren verdeckt von den Bäumen. Der Triumphbogen, das Innenministerium und die Ruine des Spaltungskraftwerks waren zu weit entfernt, als dass sich ihre Silhouetten noch vom Horizont abheben konnten.

»Wirst du mein Beschützer sein?«, fragte sie erneut.

»Was?«, erwiderte er noch in Gedanken.

Sie räkelte sich auf dem Bett. »Komm doch rüber zu mir. Ich bin ganz einsam hier.«

»Gibt es hier einen Fahrstuhl?«

»Einen Fahrstuhl?« Sie drehte sich auf die Seite, stützte ihren Kopf mit dem Ellenbogen vom Bett ab und strich mit der Hand des anderen Arms über das Bettlaken. »Du stellst vielleicht Fragen ...«

»Wie kommt der Concierge eigentlich hier hoch?«

»Vielleicht muss er das gar nicht.« Sie malte mit dem Finger ein Herz auf das Laken. »Vielleicht hat er seine Helfer und jemand trägt ihn über die Schwelle.«

»Ja, vielleicht.« Er setzte sich aufs Bett, beugte sich zu ihr hinüber, umgriff ihre Hüfte und küsste ihre Taille. Sie lächelte, dann ließ sie sich aufs Bett zurückfallen. »Ach, Einar, erinnerst du dich an früher?«

»Nicht richtig.«

»Wie jung wir damals waren – und wie unschuldig.«

»Ich weiß nur noch, was passiert ist ... nicht mehr, wie es sich angefühlt hat.«

Sie runzelte die Stirn. »Wie bist du denn drauf?«

»Ich versuch ja, mich zu erinnern.«

Sie zog sein Hemd aus der Hose, schob ihre Hand darunter und streichelte seine Brust. »Soll ich deine Erinnerungen ein wenig auffrischen?«

»Fühlt sich gut an.«

»Weißt du noch, Einar?«

»Ich ...«

»Weißt du noch, wie unbekümmert wir damals gegen die Diktatur gekämpft haben?«

»Es war eine gerechte Sache.«

Sie lachte. »Wie naiv unsere Aktionen waren?«

»Der Kampf ist lange vorbei, Ingrid. Die Alte Ordnung existiert nicht mehr.«

»Wenn man die Zeit doch nur festhalten könnte.«

»Ja, wenn man sie nur festhalten könnte.«

Sie strich ihm durchs Haar. Dann befeuchtete sie ihren Daumen und wischte ihm über die Wange. »Was ist denn das für Dreck?«

»Weiß nicht.«

»Wo hast du dich nur wieder rumgetrieben?«

Er lächelte sie an.

»Einar, was ist nur mit uns passiert?«

»Das Spaltungswerk ist explodiert, denk' ich.«

»Und wir mussten aus der Stadt fliehen. Unsere magischen Orte verlassen, an denen wir uns immer getroffen haben.«

»Das Schicksal war gegen uns.«

»Warum haben wir uns aus den Augen verloren?«

»Dein Vater.«

»Natürlich – mein Vater ...«, sagte sie in abwertendem Tonfall.

»Wer kann es ihm verdenken? Als Flüchtlinge waren wir in Neustadt Fremde. Eindringlinge, die nicht gerne gesehen waren.«

»Mein Vater ist ein Idiot.«

»Er wollte nur das Beste für dich. Er wollte, dass du einen Mann von deinem Stand heiratest. Jemanden aus einer alten Neustädter Familie. Beileibe angemessener für eine feine Dame, als den Sohn eines Plakatmalers zu ehelichen.« Er lächelte.

»Du machst dich über mich lustig, oder?«

»Vielleicht.«

»Das ist nicht komisch.«

»Nein, das ist es nicht.«

»Hör auf, so zu reden, als wärst nicht du der Sohn des Plakatmalers, und es ginge nicht um uns.«

»Du hast nie geheiratet. Warum eigentlich nicht?«

»Etwa einen von den Spinnern, die er mir vor die Nase gesetzt hat? Sollte ich mich verscherbeln lassen wie eine kleine Prinzessin? Das kannst du vergessen. Dann heirate ich lieber nie.«

»Och, meine kleine Prinzessin.« Er küsste ihre Nasenspitze, doch sie drehte sich verärgert weg.

»Warum glaubst du eigentlich nicht, dass eine Frau hinter den Anschlägen stecken kann?«

Er sah sie mit prüfendem Blick an. »Ging es dir etwa darum? Wolltest du das mit den Anschlägen beweisen? Dass eine Frau so etwas planen und durchziehen kann?«

»Du weichst der Frage aus.«

»Ich denke ...«, setzte er an.

»Ja?«

»Ich denke, dass ein Mann die Welt verändern kann. Im Positiven wie im Negativen.«

»Und eine Frau? Eine Frau etwa nicht?«

Er knöpfte ihre Bluse auf, öffnete den Büstenhalter, streichelte ihre Brüste und küsste sie.

»Einar ...«

»Hör auf, ich muss mich konzentrieren.«

»Also?«

Er blickte zu ihr auf. »Na ja, eine Frau kann die Welt eines Mannes verändern«, antwortete er mit einem verschmitzten Lächeln.

»Also manchmal bist du echt 'n Arsch.«

Er strich ihr über die Wange. »Aber du lässt es mir durchgehen.«

»Ja, du hast recht. Ich lass es dir durchgehen.« Sie fuhr mit der Hand zärtlich über seinen Nacken. »Jeden anderen hätte ich die Augen ausgekratzt für so eine Bemerkung.«

»Das mag sein.« Er küsste sie auf die Lippen.

»Warum warst du nicht da, Einar?«, flüsterte sie, die Augen noch geschlossen.

»Was meinst du?« Er fuhr ihr zärtlich mit den Fingern über das Ohr und streichelte mit dem Daumen ihre Wange.

»Du warst immer so vernünftig«, flüsterte sie. »Warum warst nicht da, Einar? Warum nicht?«

Plötzlich richtete er sich auf. »Jetzt verstehe ich. Du wolltest mich gar nicht dazu überreden, dass ich mitmache. Du wolltest, dass ich dir die Anschläge ausrede.«

Sie schwieg.

»Deshalb kamst du mich besuchen vor knapp einem Jahr.«

»Warum warst du nicht da, Einar? Als ich dich gebraucht hab'.«

Nachdenklich senkte er seinen Kopf. »Wir können uns die Dinge manchmal nicht aussuchen.«

»Nein, das können wir nicht.« Sie streichelte seinen Hinterkopf und drückte ihre Stirn fest gegen die seine.

»Ich bin ein verheirateter Mann.«

»Du bist ein verheirateter Mann, Einar. Aber das sind nicht die Brüste deiner Frau, auf die du starrst.«

Er lächelte. »Was spielt das hier für eine Rolle? Hier, so nah am Sperrgebiet. Wo nur das Heute zählt.«

»Du hast dich doch verändert.«

»Hab' ich das?«

Sie warf den Kopf nach hinten, und er küsste ihren Hals. »Deine neue Art gefällt mir. Sehr sogar«, sagte sie.

»Was meinst du?«

Sie hob ihren Kopf und sah ihn an. »Dass du nicht zurückblickst.«

»Tue ich das nicht?«

»Wären wir sonst hier zusammen im Bett?«

»Wahrscheinlich nicht.«

»Glaubst du, wir hätten eine Chance gehabt?«

»Wenn das Spaltungswerk nicht explodiert wäre und wir nicht hätten fliehen müssen aus der Stadt. Wer weiß das schon ...«

»Was ist nur aus uns geworden, Einar?«

»Das, was wir verdient haben.«

»Ja – das, was wir verdient haben.«

Er stand vor dem Wasserbehälter im Bad und betrachtete das Siegel darauf, das zerbrochen war. Ob es sich tatsächlich um strahlungsfreies Wasser handelte oder ob es aus irgendeinem der verseuchten Seen entnommen wurde, ließ sich so nicht mit Sicherheit feststellen. Rasierzeug, Schminke, Seife, Zahnbürsten und Zahnpasta. Eingestaubt, von Spinnweben überzogen, aber noch zu gebrauchen. Er rasierte sich, dann zog er sich aus, setzte sich in die Badewanne, öffnete die Klammer am Schlauch des Wasserbehälters und ließ sich ein wenig Wasser über den Kopf laufen. Er wischte sich über das Gesicht, dann saß er eine Zeit lang einfach nur da und dachte nach.

Als er zurück ins Zimmer ging, stand Ingrid in der Kochnische und erhitzte gerade auf einer Herdplatte das Konservenfleisch, das er mitgebracht hatte. Sie summte eine Melodie vor sich hin. Es war das alte Lied von einem zurückgelassenen Kind in einem verbrannten Land, dessen Vater im Krieg gefallen war.

»Trink nicht das Wasser aus dem Behälter«, riet er ihr und holte aus seinem Mantel die Wasserflasche heraus.

»Du übertreibst mit deiner Vorsicht, mein Liebling.«

»Man sollte einfach nicht dumm sein.«

Sie drehte sich um, den Kochlöffel in der Hand. »Du hast dich ja rasiert?«

»Gefällt es dir denn?« Die Wasserflasche in der Hand, ging er zu ihr.

Sie lächelte. »Du gefällst mir. So oder so.« Er stellte das Wasser neben dem Herd ab, legte seine Hände um ihre Taille, drückte sie an sich und küsste sie auf die Lippen.

»Einar?«

»Ja?«

»Bist du etwa besorgt um mich?«

»Was denkst du?«

Sie legte ihre Hände auf seine Schultern. »Ich denke schon ...«

»Das war schon immer so.«

Sie atmete erleichtert durch, schloss die Augen und legte ihren Kopf auf seine Schulter. »Wollen wir etwas essen?«

Er drückte ihren Kopf sanft an sich und fuhr mit den Fingern zärtlich durch ihre Haare. »Ja, lass uns essen.«

Er deckte den kleinen Tisch mit zwei Blechtellern. Nur Löffel – Messer und Gabeln gab es nicht. Sie legte eine Holzplatte auf den Tisch, stellte den Topf darauf, beugte sich darüber und fächerte sich den Dampf zu. »Es riecht köstlich. Findest du nicht auch?«

»Ich rieche nicht mehr so gut.«

»Seit wann denn das?« Sie verteilte das Fleisch auf die beiden Teller.

»Seit einiger Zeit.«

»Mein armer Schatz.« Sie streichelte mit dem Handrücken seine Wange. »Kann ich dir irgendwie helfen?«

»Weiß nicht.«

Sie biss mit ihren Zähnen auf die Unterlippe. »Warte – vielleicht hab' ich da eine Idee.«

»Da bin ich aber gespannt.«

»Du kannst dich doch noch daran erinnern, als du zum ersten Mal bei uns zu Besuch warst, oder?«

»Ja, natürlich. Was denkst du?«

»Wie du mit meiner Mutter, meinem Vater und mir an der Tafel gesessen hast?«

»Na klar.«

»Du hast ganz schön geschwitzt.«

»Als wäre eine Heizplatte unterm Stuhl gewesen.«

»Aber du hast dich tapfer geschlagen beim Kreuzverhör meiner Eltern.«

»Vielleicht.«

»Weißt du noch, was es damals zu essen gab?«

»Nein, fällt mir gerade nicht ein.«

»Kannst du dich nicht an dieses köstliche Fleisch erinnern, das uns die Diener aufgetischt haben? So saftig und zart, mit einer braunen Kruste, getränkt in einer Bratensoße.« Sie setzte sich auf seinen Schoß und legte einen Arm um seinen Hals.

»Nein, da ist nichts.« Er umgriff ihre Taille und streichelte ihren Oberschenkel.

»Läuft dir da nicht das Wasser im Mund zusammen, wenn du daran denkst?«

»Ich muss wirklich passen.«

Sie schüttelte den Kopf. »Also dann weiß ich auch nicht, wie ich dir helfen kann.« Sie nahm mit dem Löffel ein Stück Fleisch vom Teller und kostete es. »Nicht schlecht. Woher hast du es?«

»Aus dem Kolonialwarenladen beim Rathaus.«

Sie nahm noch etwas Fleisch mit dem Löffel auf und bot es ihm an. Er kaute darauf herum, ließ es auf der Zunge hin- und herwandern und schluckte es dann herunter.

»Schmeckt es dir?«

Er lächelte. »Ist gut, das Fleisch«, antwortete er, obwohl es für ihn nach nichts schmeckte.

»Hat sicherlich 'ne Menge Geld gekostet.«

»Ich kann es mir leisten.«

Sie legte den Löffel beiseite. »Wie konntest du nur beim Staatsschutz anfangen?«, fragte sie vorwurfsvoll.

»Du hast leicht reden. Deine Eltern sind reich. Du musstest dir nie Sorgen ums Geld machen.«

Sie erhob sich von seinem Schoß und setzte sich auf den anderen Stuhl. »Geld, immer nur Geld. Ist das alles, was zählt?«

»Es bringt Vorteile, Geld zu haben. Ich wäre nie zur Armee gegangen, wenn ich Geld gehabt hätte. Da wäre mir einiges erspart geblieben, glaub' mir.«

»Ich sag' dir was, Einar: Geld ist nicht alles.«

»Aber Geld lässt einem die Wahl, das zu tun, was man will.«

»Ach ja? Meine Eltern hatten immer nur Sinn fürs Geld. Geld, das war alles, was in ihrer Welt gezählt hat. Sie hatten die Wahl, sind aber ihr ganzes Leben lang Arschlöcher geblieben.«

»Du weißt nicht, was Armut bedeutet. Du weißt nicht, wie der Mangel den Menschen verändert.«

»Du hast aber von deiner Familie viel mehr bekommen als Geld. Das, was mir meine Eltern nie geben konnten: Zuneigung und Liebe.«

»Warum sprichst du so schlecht von ihnen? Du bist gut behütet aufgewachsen.«

»Das Einzige, was gut ist, wenn ich an sie denke, ist zu wissen, dass sie sich jetzt wegen mir schämen müssen. Meinen Vater gedemütigt zu wissen, weil seine einzige Tochter eine Terroristin ist. Wenn ich es doch nur sehen könnte, wie er vor seinen feinen Freunden dasteht. Verlegen und entblößt.«

»Du bist hart.«

»Ach ja? Bin ich das?«

»Das haben sie nicht verdient.«

»Du kennst meine Eltern nicht.«

»Das hat niemand verdient.«

»Wusstest du, dass ich von einem Kindermädchen großgezogen wurde?«

»Du hast davon erzählt. Wie hieß sie doch gleich? Maria?«

»Maria war mein Kindermädchen, als ich fünf wurde. Zumindest die Maria, von der ich dir erzählt habe. Davor gab es aber noch eine andere.«

»Eine andere?«

»Meine Mutter hat es mir vor zwei Jahren erst erzählt, als sie so schwer krank war. Wenn man dem Tod ins Auge blickt, wird man wohl milde. War ihr ganzes Leben eiskalt und unnahbar, aber im Angesicht des Schöpfers wollte sie wohl reinen Tisch machen ...«

»Sie lebt doch noch, oder?«

»Sie hat sich wieder aufgerappelt. Ein kaltes Herz schlägt langsam, aber es schlägt zuverlässig.«

»Was hat sie dir erzählt?«

»Meine liebe, gute Maria ... was aus ihr geworden ist, weiß ich nicht.«

»Deine Maria?«

»Die wahre Maria, das Kindermädchen, das ich hatte, bis ich fünf war.«

»Sie hieß auch Maria?«

»Sie wurde schwer krank. Und was meinst du, haben meine Eltern gemacht? Was meinst du wohl? Sie haben sie aus dem Haus gejagt. So wie man es bei einem Hund macht. Und dann haben sie einfach ein neues Kindermädchen eingestellt.«

»Sie haben sie aus dem Haus gejagt?«

»Jetzt siehst du, wie sie wirklich sind.«

»Was ist denn aus ihr geworden?«

»Ich weiß es nicht. Meine Mutter wollte es mir nicht sagen. Wahrscheinlich ist sie schon lange tot. Es ist so, als hätte sie nie existiert. Als wäre sie nur die Fantasie eines kleinen Mädchens.«

»Du weißt aber, dass es sie gab.«

»Meine Eltern taten so, als wäre die andere Maria die echte. Aber ich wusste, dass es nicht so war. Das kleine Mädchen hat ihren Eltern nicht geglaubt. Sie sagten: Was willst du? Es ist Maria. Schau sie dir an. Sie war nur beim Frisör. Aber dieses kleine Mädchen wusste, dass es nicht ihre Maria war. Nicht die Frau, die sich um sie kümmerte, wie es ihre Mutter hätte tun sollen. Ein kleines Mädchen muss artig sein, aber es wusste, dass ihre Eltern sie anlogen. Ich wusste es! Hörst du, Mutter! Ich wusste es«, rief sie, den Kopf zur Decke gerichtet, Tränen in den Augen.

Er legte seinen Arm um ihre Schulter und drückte sie an sich.

»Ihr habt sie einfach so ausgetauscht«, sagte sie verzweifelt. »Aber euer kleines Mädchen wusste es«, schluchzte sie dann.

»Schon gut.« Er drückte sie an sich, und sie schmiegte ihren Kopf an seine Brust. »Du hast sie damals nicht für echt gehalten, obwohl sie wie die wahre Maria aussah?«

»Ach was.« Sie wischte sich die Tränen von den Wangen. »Wo denkst du hin? Sie sahen nicht gleich aus. Die falsche Maria hatte brünette Haare, meine Maria aber blonde. Außerdem hatte meine Maria so eine lange Nase, nach der ich immer gegriffen hab'.« Ingrid lächelte. »Viel mehr weiß ich aber nicht von ihr. Es sind eher Gefühle, die in mir aufkommen, wenn ich an sie denke. Weniger ihr Aussehen.«

»Gefühle ...«

»Wenn ich an sie denke, sehe ich mich auf einer grünen Wiese mit vielen, vielen roten Blumen. Ich spring' und tanze auf der Wiese herum und dann kommt Maria. Ich seh' nicht ihr Gesicht, sondern nur die Hand, die sie mir reicht. Wie sie mir zärtlich über den Kopf streicht. Dieses Gefühl der Wärme und des Vertrauens. Weißt du? Ich weiß, dass ich nicht alleine bin auf dieser Welt. Dass ich geliebt werde.«

»Deine Mutter liebt dich sicherlich auch.«

»Oh Gott, meine Mutter. Sie hat nichts Herzliches an sich, das weißt du doch. Sie konnte mir keine Liebe geben. Meine Mutter hat mir nicht viel auf den Weg mitgegeben, aber ihre Kälte, die hat sie mir vererbt.«

»Sei nicht zu hart zu dir.«

»Doch, es ist wahr. Vielleicht hab' ich deshalb zu solch einem Bastard wie Reich so einen guten Draht. Mir hat es nie etwas ausgemacht, mit solchen Drecksäcken zu verkehren.«

»Dass du mit mir darüber redest, zeigt, dass du nicht so bist wie sie.« Er wischte ihr eine Träne von der Wange.

»Denkst du das wirklich?«

»Natürlich. Meinst du, ich mach' dir was vor?«

Sie wischte sich den Schnodder von der Nase. »Ich sehe sicherlich ganz furchtbar aus.«

»Das tust du nicht.«

»Die Augen ganz verquollen, heule ich dumme Pute hier 'rum.«

Er küsste sie zärtlich auf die Augenlider.

»Warte, mein Geliebter, ich hab' eine Idee. Gib mir ein bisschen Zeit.« Sie stand auf, gab ihm einen Kuss und ging ins Bad. Sie lächelte, dann schloss sie die Tür hinter sich.

Er ging zum Fenster und kippte es. Es dämmerte bereits. Er zog den Vorhang zu und schaltete das Licht ein. Im Bad plätscherte das Wasser in die Wanne. Er ging zum Bett hinüber und setzte sich. Dann schaltete er das Radio ein. Statisches Rauschen. Er versuchte, einen Sender einzustellen, doch es gelang ihm nicht. Nur dieses statische Rauschen, manchmal unterbrochen von der Ahnung einer Stimme oder einer Melodie. Er trank einen Schluck Wasser, knüllte das Kopfkissen zusammen und legte seinen Kopf darauf. Er sah zur Badezimmertür hinüber, das monotone Plätschern des Wassers in den Ohren.

»Liebling?« Warmer Atem, etwas berührte seine Wange. »Bist du etwa eingeschlafen?«

»Kurz weggenickt.« Er öffnete seine Augen. Mit einem Bademantel bekleidet, hatte sie sich neben ihn aufs Bett gesetzt und beugte sich über ihn. Um die Augen hatte sie schwarzen Lidstrich gezogen und die Wimpern mit Tusche bedeckt. »Gefalle ich dir?«, flüsterte sie.

Er strich ihr die Haare aus dem Gesicht. »Atemberaubend.«

Sie knöpfte seine Hose auf. Die Schlaufe des Bademantels gelockert, konnte er ihre Brüste sehen. »Einar«, flüsterte sie ihm ins Ohr. »Versprich mir, dass du für mich da bist. Sie strich ihm durchs Haar. »Versprich es mir.« Sie zog ihm das Hemd aus, und er streichelte ihre Brüste.

»Sei vorsichtig.«

»Das bin ich doch immer.«

Sie lag neben ihm im Bett. Ihr Brustkorb hob und senkte sich regelmäßig unter der Decke, ihr warmer Atem strich an seinem Gesicht vorbei. Behutsam hob er ihren Arm an, den sie um ihn geschlungen hatte. Er setzte sich auf die Bettkante, schaltete die Nachttischlampe an und deckte sie zu. Die Sonne war noch nicht aufgegangen, und sie schlief ganz fest. Am Ende ihrer langen Flucht hatte sie in seinen Armen Ruhe gefunden. Er beugte sich über sie und musterte ihr Gesicht. Die vollen, mit den feinen Linien überzogenen Lippen, das Grübchen auf der Wange. Ging ganz dicht an sie heran und betrachtete die Details, wie er es tat, wenn er sich der Unterschiede zwischen der Realität und der virtuellen Welt versichern wollte. Prüfte die vielen kleinen Sommersprossen auf dem Nasenrücken, die ihre nach vorne zeigende Nasenspitze aussparten. Sie war real, daran zweifelte er nicht.

Keine Visionen beim Erwachen. Nichts. Nur Leere. Als bereitete sich sein Unterbewusstsein auf das vor, was an Unbekanntem auf ihn wartete. Er erhob sich vom Bett. Bevor sie aufwachte, musste er zum Sperrgebiet aufbrechen. Er schrieb eine Botschaft auf einen Zettel, bat sie darin, hier auf ihn zu warten, bis er zurückkam. Zwei Tage sollte sie ihm geben. »Ich suche nach Antworten«, schloss er den Brief an sie. Dann legte er den Zettel auf den Tisch und sah zu ihr hinüber. Das Gefühl war verschwunden, das sie in der Nacht miteinander verband. Die zarte Bande, die entstanden war, zerschnitten. Erinnerungen, wie in Nebelschwaden gehüllt. Er ging zum Fenster und blickte nach draußen. Heruntergekommene Baracken, in Reih und Glied an den Straßen ausgerichtet. Er betrachtete die abgeplatzte Farbe am Fensterrahmen. Die Scheibe, die, von Laufnasen überzogen, am unteren Ende viel dicker war als oben. Einer Flüssigkeit gleich, war Glas der Schwerkraft ausgesetzt, lief wie in Zeitlupe nach unten, über Jahrzehnte, unsichtbar für das Auge, wie so vieles andere auch. Und er dachte bei sich, wie fremd ihm diese Welt geworden war.

10.

»Hab' schon geglaubt, du kommst nicht mehr.« Knecht saß breitbeinig auf einem Stuhl vor dem Kassenhäuschen der Tankstelle und wippte mit den hinteren Stuhlbeinen. Er hatte ein Fernglas um den Hals hängen und trug einen Tarnanzug mit braun-grün gesprenkeltem Muster. »Du bist spät dran«, sagte er vorwurfsvoll. »Sieh nur, die Sonne ist schon aufgegangen.«

»Hab' mir noch was besorgt«, rechtfertigte sich Fischer und deutete auf den Rucksack, den er bei sich trug. »Musste den Ladenbesitzer dafür extra aus dem Bett klingeln.«

Knecht kippte die Stuhllehne gegen das Kassenhäuschen und stand auf. »Wir müssen die verlorene Zeit gutmachen. Also los.«

Sie verließen die Tankstelle, gingen noch ein Stück auf der Straße entlang, bogen in einen Feldweg ab und hasteten weiter, bis sie in einen dichten Fichtenwald kamen. Sie folgten dem Pfad zu einem Bach, den Knecht, über einen umgestürzten Baumstamm balancierend, überquerte. Fischer zurrte die Bänder seines Rucksacks fest und folgte ihm. »Wen schleusen Sie sonst noch so ins Sperrgebiet?«, fragte er, als er auf der anderen Seite vom Stamm heruntersprang.

»Ich trage daran keine Schuld.«

»Was?«

»Ich will es nicht.«

»Was meinen Sie?«

»Dass sie nicht zurückkommen.«

»Sie meinen die, die Sie ins Sperrgebiet schleusen?«

»Ich bin kein Unmensch. Ich rate den Jungs sogar davon ab, ihre Pläne durchzuziehen. Aber die wollen nicht hören.«

»Dann sind es vor allem junge Menschen?«

»Diese Blödmänner. Die haben keine Angst.«

»Was zieht sie so an?«

»Abenteuerlust, Wagemut. Was weiß denn ich?«

»Stimmt es, was man sagt, dass in den Ruinen noch Tausende von Menschen leben?«

»Ich hab' sie nicht gezählt. Rein gehen jedenfalls viele, und raus kommen sie nicht mehr.«

»Was passiert? Sterben sie?«

Knecht drehte sich zu ihm um. »Möglich.«

»Ist das Sperrgebiet denn so tödlich?«

»Ich weiß nicht genau, wie ich es beschreiben soll.«

»Versuchen Sie's.«

»Nun, ich denke, das Sperrgebiet, es absorbiert Menschen.«

»Es absorbiert sie?«

»So muss man es wohl ausdrücken.«

»Was soll das heißen? Absorbiert sie?«

»Weißt du, was im Juli und August passiert? Wenn der Sommer heiß und trocken ist? Dann kommen sie in Bussen vorgefahren, dicht ans Sperrgebiet ran.«

»Wer kommt dann?«

»Die Alten. Wie in einer Prozession ziehen sie über die Straße ins Sperrgebiet hinein. Wie ferngesteuert. Als würde ein Instinkt ihnen sagen, dahin zu gehen.«

»Und die Wächter lassen sie passieren, weil sie alt sind?«

»Die Gesellschaft braucht sie nicht mehr. Die Alten dürfen rein und die Jungen nicht – so ist das Gesetz seit den Zeiten der Alten Ordnung.«

»Aber raus darf keiner von beiden.«

»Nein, raus darf keiner mehr.«

»Nur ein paar Jugendliche und eine Legion von Alten stellen doch keine Gefahr dar.«

»Es sind ja nicht nur die. Vergiss nicht die Mörder, die sich da noch tummeln. Und das ganze andere Pack aus Neustadt, das dort untertaucht.«

»Wie viele von denen hast du schon ins Sperrgebiet geschleust?«

»Von denen? Keinen! Da kannste Gift drauf nehmen. Nicht in tausend Jahren.«

»Was ist gefährlicher? Die Menschen oder die Strahlung?«

»Kommt drauf an.«

»Worauf?«

»Wie man es sieht. Die Strahlung tötet langsam, und der Mensch, der tötet schnell.«

Sie verließen den Fichtenwald und überquerten eine Wiese, die eine Anhöhe hinaufführte. Das Gesicht von den Strahlen der aufgehenden Sonne erwärmt, strich Fischer mit der Hand gedankenversunken über die hohen Grashalme. »Was gibt es sonst noch für Gefahren?«

»Muss wohl einige geben. Viele kommen ja nicht zurück.«

»Was könnte der Grund sein?«

»Woher soll ich das denn wissen? Die, die nicht zurückkommen, können ja nicht sagen, was sie getötet hat.« Knecht blieb stehen und sah ihn misstrauisch an. »Glaub' immer noch, dass du 'n Schnüffler bist.«

»Und? Würde es was ändern?«

Knecht überlegte kurz, dann schüttelte er den Kopf. »Jetzt nicht mehr.« Er ging weiter. »Wir sind spät dran«, sagte er mürrisch. »Verdammt spät.«

Kurz bevor sie die Anhöhe erreicht hatten, gebot Knecht ihm stehenzubleiben. Gebückt ging er weiter, legte sich dann ins hohe Gras und robbte den letzten Wegabschnitt den Hügel hinauf. Von dort aus suchte er die Umgebung mit dem Fernglas ab. Nach wenigen Minuten gab er ihm mit einer Handbewegung zu verstehen näherzukommen. »Da hinten sind sie«, sagte Knecht, als Fischer neben ihm im Gras lag. Er deutete auf eine Lichtung im angrenzenden Buchenwald. »Siehst du sie?« Knecht reichte ihm das Fernglas.

Fischer suchte die Lichtung ab, konnte aber niemanden sehen. »Wo sollen sie sein?«

»Siehst du das schmale, helle Band, das sich durch den Wald schlängelt?«

»Ja.«

»Das ist die alte Autobahn, also die Grenze zum Sperrgebiet. Wenn du dem Verlauf der Straße folgst, wirst du auf die Wachtürme stoßen.«

»Das soll die alte Ringbahn sein?«

»Was sonst?«

»Weiß auch nicht. Ist ja kaum wiederzuerkennen.«

»Zwanzig Jahre sind eben eine verdammt lange Zeit. Da ist vieles zugewuchert.«

Fischer suchte mit dem Fernglas die Autobahn ab und entdeckte schon bald den ersten Wachturm, der hinter dem Blätterdach der Bäume fast vollständig verschwand. Als er den

Fokus auf den Ausblick des Turms richtete, konnte er hinter der Glasscheibe einen Mann erkennen, der den Grenzstreifen beobachtete. Ein Lastwagen näherte sich dem Wachturm, hielt an und ein weiterer Mann mit grauem Schutzanzug, ausgestattet mit Mundschutz und Schutzbrille, stieg aus. Rote Schulterklappen verrieten, dass es sich um einen der Wächter handelte. Eine Metallkiste in den Händen, ging er zum Eingang des Turms.

»Sind wieder früh auf den Beinen«, sagte Knecht und forderte von Fischer das Fernglas zurück, indem er ihn an die Schulter tippte. »Wir müssen vorsichtig sein.«

»Können wir nicht woanders rüber?«, fragte Fischer, als er ihm das Fernglas reichte.

»Dann sag' mir auch wo? Im Norden haben die jetzt einen Zaun errichtet – da wurden Selbstschussanlagen und Sichtaugen eingebaut.«

»Dann ist es hier wirklich besser?«

»Hier sind nur die Wachtürme und sonst nichts. Der Wald ist noch grün und die Türme stehen weit genug auseinander. Außerdem kenne ich eine geheime Passage.«

Fischer nickte. »Also gut.«

»Na, dann lass uns los.«

Die beiden verließen die Anhöhe, zogen sich wieder in den Fichtenwald zurück und folgten dem weiteren Verlauf des Bachs. Als dieser stromaufwärts in einen Kanal überging, stiegen sie in das breite Betonbecken hinunter, in dem das langsam fließende Gewässer nur noch wie ein Rinnsal wirkte. Plastiktüten und die Skelette von Hunden und Füchsen lagen halb versunken im angespülten Sand. Sie gingen weiter, bis sie einen fast zwei Meter hohen und gut zehn Meter breiten Hochwasserschutztunnel erreichten, der unter der alten Autobahntrasse hindurchführte. Ohne etwas zu sagen, ging Knecht voran. Fischer setzte sich die in den Kragen eingenähte Kapuze des Mantels auf, legte seine Schutzbrille und die Staubmaske an und folgte ihm in die Dunkelheit der Unterführung.

Auf der anderen Seite des Tunnels blieb Knecht stehen. Als er sah, dass sich Fischer die Schutzkleidung angelegt hatte, musste er lächeln. »Willkommen im Sperrgebiet«, spottete er und verneigte sich, eine einladende Handbewegung aus-

führend. »Besucher sind nicht länger angehalten, Schutz-
massnahmen zu ergreifen. So oder so haftet der Vergnügungs-
park nicht für Schäden an Leib und Leben.«

»Das ist jetzt tatsächlich das Sperrgebiet?«

»Klar.«

»Das war reichlich unspektakulär.«

»Was hast du erwartet?«

»Weiß auch nicht. Hab' es mir jedenfalls irgendwie anders
vorgestellt.«

»Anders?«

»Ja, irgendwie schon.«

Knecht deutete mit dem Zeigefinger auf die Staubmaske.
»Die wird dir hier nichts bringen. Wenn du in einem Nest
stehst, ist es so oder so für dich gelaufen.«

»In einem Nest?«

»Da ist die Strahlung besonders hoch. Durchdringt dann
alles.«

»Und wo sind diese Nester?«

»Ich will es mal so sagen: Wenn du hinterher tot bist, weißt
du, dass du in einem gestanden hast.«

»Großartig.« Fischer rückte seine Schutzmaske auf dem
Gesicht zurecht. »Aber gegen den radioaktiven Staub hilft die
Maske schon.«

»Der Staub ist doch nicht das Problem. Die Radioaktivität
ist nach so vielen Jahren längst in den Boden gewandert.«

»An der Oberfläche ist also gar nichts mehr?«

»Nicht ganz. Die Pflanzen nehmen über ihre Wurzeln die
Strahlung ja aus dem Erdreich auf und speichern sie dann in
ihren Blättern.«

»Ist sie da noch gefährlich?«

»Nur wenn es Waldbrände gibt.«

»Was passiert dann?«

»Dann wird die Radioaktivität natürlich wieder freigesetzt.«

»Und?«

»Und was?«

»Gab es einen Waldbrand?«

»Ja – hier ganz in der Nähe.«

»Dann gibt es also doch gefährliche Stäube in der Luft.«

»Wer kann das schon sagen«, relativierte Knecht seine Aussage mit einem Grinsen, als bereitete es ihm Vergnügen, Fischer im Ungewissen zu lassen.

»Hat es hier in letzter Zeit denn geregnet?«, fragte Fischer nach.

»Warum?«

»Wegen des radioaktiven Niederschlags.«

Knecht zog die Augenbrauen hoch. »Kinkerlitzchen.«

Sie gingen weiter, bis sie zu einer Stelle kamen, an der ein Erdrutsch die Stahlbetonwände eingedrückt und den Kanal verschüttet hatte. Dort kletterten sie, sich an abstehenden Stahlfasern festhaltend, aus dem künstlichen Wasserlauf heraus. Die Wachtürme waren längst hinter dem dichten Gestrüpp des Waldes verschwunden. Sie stampften durch den morastigen Boden und stiegen über vermoderte Baumstämme hinweg. Kämpften gegen die Stechmücken an, die im Spätsommer besonders aggressiv waren, weil sie spürten, dass ihre Zeit abgelaufen war. Nach einer guten halben Stunde erreichten sie einen Binnensee, dessen Ufer dicht mit Schilf bewachsen war.

»Für mich ist hier Schluss«, entschied Knecht.

»Wie Schluss?« Fischer sah sich um. Es gab im dichten Bewuchs keinen Weg, dem er folgen konnte, nicht einmal einen Trampelpfad. Nur die Ruinen der Vorstadt am anderen Ufer des Sees, die konnte er erkennen. »Und wie soll's jetzt weitergehen?«

Knecht lächelte. »Du kannst ja schwimmen.«

»Was soll der Scheiß?« Fischer hob die Staubmaske an, um besser reden zu können. »Warum haben Sie mich hierher geführt? Das ist 'ne Sackgasse.«

»Nicht unbedingt.«

»Was?«

»Nicht, wenn man ein Boot hat.«

»Ein Boot? Wir haben aber keins.«

»Du vielleicht nicht.«

»Was sagen Sie da?«

»Wie viel Geld hast du noch?«

»Ich verstehe nicht ...«

»So eine Bootsfahrt ist natürlich nicht umsonst.«

»Das ist nicht Teil unserer Abmachung.«

»Ach ja? Wenn ich mich recht erinnere, besagt unsere Abmachung nur, dass ich dich ins Sperrgebiet bringe. Das habe ich hiermit getan.«

»Was Sie hier machen, ist nicht in Ordnung.«

»Man muss sehen, wo man bleibt.«

Fischer überlegte, ob es eine andere Möglichkeit gab, in die Stadt zu gelangen, doch da ihm keine einfiel, musste er notgedrungen einwilligen. »Wie viel?«, fragte er.

»Für zweihundert Taler würd' ich dich bis zur Bucht hinter dem Aussichtsturm bringen.«

»Ans nördliche Ende des Stadtwaldes also?«

»Ja.«

»Für zweihundert Taler?«

»Sprit inklusive.«

»Wie großzügig.« Fischer holte sein Geld aus der Manteltasche, zählte die Scheine ab und gab ihm den ausgemachten Betrag.

»Es ist mir immer ein Vergnügen, mit dir Geschäfte zu machen.« Die Halme zur Seite drückend, zwängte sich Knecht durch das Schilf hindurch, und Fischer folgte ihm, indem er in dessen Fußstapfen trat. Bald schon gelangten sie zu einem provisorisch angelegten Steg. Holzplanken führten sie zu einem kleinen Motorboot, das mit einem Seil an einem Pfahl befestigt war. Knecht kletterte ins Boot, schöpfte mit einer leeren Konservendose das Wasser heraus, das sich am Boden angesammelt hatte, nahm die Abdeckung des eingeklappten Außenbordmotors ab und steckte einen Schlüssel ins Zündschloss. Fischer stieg ins Boot und setzte sich auf die Holzleiste am Bug. Knecht löste den Knoten des Seils, nahm sich ein Paddel, stieß das Boot mit dem Fuß vom Steg ab und steuerte es mit einigen Paddelschlägen durch das Schilf. Dann ließ er es weiter vom Ufer wegtreiben, derweil er das Paddel beiseite legte und mit dem Fernglas den Wald absuchte. Das Wasser war an dieser Stelle nicht tief, so dass man bis auf den Grund sehen konnte. Fische, die ihre schmalen Körper in der schwachen Strömung wanden. Als sich Knecht sicher zu sein schien, dass keine Gefahr drohte, klappte er den Propeller des Motorantriebs ins Wasser und drehte den Zündschlüssel um.

»Funktioniert noch einwandfrei«, befand er zufrieden, als das Tuckern des Dieselmotors erklang.

Langsam glitt das Boot über die Wasseroberfläche. Kleine Seen voraus, wie Perlen an einer Kette aufgereiht. Birken, Weiden, Buchen und Kiefern, gewachsen bis nahe an die Wasserkante. Graureiher, die zwischen dem Schilf am Ufer nach Nahrung suchten. Bald schon begleiteten Möwen das Boot, stießen neugierig zu ihnen hinab, prüfend, ob für sie etwas Futter abfiel.

»Sieht alles ganz friedlich aus«, sagte Fischer, die Stimme durch die Staubmaske gedämpft, »eigentlich wie im Naturparadies.«

»Kommt auf die Perspektive an.«

»Welche Perspektive?«

»Ob man ein Mensch oder ein Tier ist.«

»Was macht das für einen Unterschied?«

»Die Tiere stören sich nicht daran, wenn ihr Nachwuchs krank ist. Sie verstoßen ihn einfach.«

»Leukämie?«

»Oder Schlimmeres.« Knecht deutete auf eine Stelle hinter einer verfallenen Hütte, wo es kein Grün gab, sondern nur noch abgestorbene Baumstämme in den Himmel ragten. »Sieh nur. Da ist besonders viel runtergekommen. Auf jeden Fall ein Nest.«

»Zwanzig Jahre, und es reicht noch immer nicht aus«, sagte Fischer vor sich hin.

»Strontium-90 hat eine Halbwertszeit von neunundzwanzig Jahren. Nicht mal die Hälfte ist davon jetzt zerfallen. Und Plutonium ist für die Ewigkeit. Das sind viele Jahrzehntausende, die es hier noch munter vor sich hinstrahlt.«

»Sie wissen ziemlich gut Bescheid.«

»Die Dinge ändern sich hier nicht mehr, weißt du, da hat man genug Zeit, sich damit anzufreunden.«

Sie passierten die Brücke des Eisenbahndamms und erreichten die verfallenen Villen der Vorstadt, die direkt am Ufer lagen. Efeu und Knöterich überzog die Fassaden, die häufig Brandspuren aufwiesen. Nicht gewillt, ihren Reichtum anderen zu überlassen, hatten die Besitzer ihre Villen angezündet, bevor sie evakuiert wurden. Die Boote waren an den Stegen des Hafens versunken. Dutzende von Masten, jetzt wie Lanzen aus dem Wasser ragend. Kein Mensch weit und breit, nur zwei Reisende, die einander nicht trauten. Fischer schnallte sich den Rucksack ab und prüfte seinen Inhalt: zwei Flaschen Wasser, eine Konserve mit Tomaten und ein in Folie eingeschweißtes Brot. Er dachte daran, wie sehr sich der Ladenbesitzer darüber aufgeregt hatte, für derart wenig Proviant aus dem Bett geklingelt worden zu sein. Dann lauschte Fischer dem monotonen Tuckern des Dieselmotors und ließ alsbald seine Blicke über das Wasser schweifen. Die Wellen vor dem Bug, das Glitzern auf der Oberfläche durch die aufgehende Sonne. Bootshäuser, reetgedeckt. Kraniche, die in Formation über sie hinwegflogen. Der zinnenbewehrte Turm des alten Dampfmaschinenhauses, wie die Kulisse in einem Märchen. Einige Bäume waren ins Wasser gestürzt, andere hielten ihre Baumkronen noch einige Zentimeter über der Wasseroberfläche, klammerten sich mit ihren Wurzeln ans wegbrechende Ufer, als trotzten sie beharrlich ihrem Schicksal. Am Südzipfel einer Insel stand ein Schlösschen mit zwei Treppentürmchen, dazwischen war eine Brücke gespannt. Die Fassade immer noch strahlend weiß, als wäre die Zeit stehengeblieben. In romantischem Stil schon als Ruine gebaut, die Fensterbögen der dritten Etage nur angedeutet, fügte es sich jetzt auf eine beinahe befremdliche Art in seine Umgebung ein. Ganz in der Nähe stand ein Gewächshaus, durch das Glasdach eine Baumkrone stoßend. Ein Bootshaus aus Stein, das Portal ornamentiert. Längst vom Schilf umwachsene Kojen. Die Fähre, die früher Besucher auf die Insel befördert hatte, halb versunken am Bootsanleger. Überbleibsel einer untergegangenen Stadt – wie Echos aus der Vergangenheit. Der Verfall allgegenwärtig. War es etwa das, was die Alten hier suchten? War es das, was seine Eltern verloren hatten? Die sich nie an die neue Umgebung in Neustadt gewöhnen konnten und immer noch eine Rückkehr in ihre alte Heimat planten. Irgendwann, sagten sie, würde es so weit sein. Irgendwann, Einar, du wirst sehen, werden wir gehen. Irgendwann, du wirst es erleben, wenn wir alt sind, werden wir dem Ruf der Heimat folgen. Doch was würden sie hier finden? Nicht mehr als zerstörte Erinnerungen.

Der See verbreitete sich, und er erkannte in einer Ausbuchtung die langgezogenen, flachen Häuser des Strandbads. Die Strandkörbe, die verloren im Sand standen. Unweit dahinter im Wald, hochaufragend, der rote Backstein des Aussichtsturms.

»Wie komme ich am besten zur Ost-West-Achse? Am Ufer lang?«

»Schwer zu sagen.«

»Oder doch besser durch den Wald?«

»Weiß nicht.«

»Was ist gefährlicher?«

»Am Ufer sehe ich ab und zu jemanden. Die sehen nicht gerade vertrauenswürdig aus. Was sich im Wald abspielt, davon hab' ich keine Ahnung.«

Nachdem sie den Aussichtsturm passiert hatten, fuhr Knecht in eine Bucht hinein. Er drosselte den Motor und prüfte mit dem Fernglas, ob sich in den Sträuchern der angrenzenden Böschung jemand versteckt hielt. Dann steuerte er das Boot ans Ufer. Da es kein Schilf gab, fuhr er weiter, bis der Rumpf des Bootes im Sand aufsetzte. Fischer sprang an Land. Die Muschelschalen am schmalen Strandabschnitt knirschten unter seinen Schuhsohlen. »Wann holen Sie mich ab?«

»Ich komme heute Abend vorbei.«

»Wann genau?«

»Sagen wir bei Sonnenuntergang. Ich werde draußen auf dem Wasser für eine Stunde warten.«

»In Ordnung.«

Knecht räusperte sich.

»Was ist?«

»Das ist nicht umsonst. Das würde dann nochmal zweihundert Taler machen. Das Geld, das du noch bei dir hast.«

»Nun«, entschied Fischer, der nicht einmal überrascht war über Knechts neuerliche Forderung, »hier haben Sie fünfzig Taler dafür, dass Sie heute und morgen Abend bei Sonnenuntergang hier auf mich warten. Den Rest bekommen

Sie, wenn Sie mich heil zurückbringen. Heute und morgen bei Sonnenuntergang – haben Sie verstanden?«

Knecht steckte das Geld ein. »Wie du willst.«

»Noch etwas ...«

»Ja?«

»Ich denke, dass Sie kein aufrechter Mensch sind, Knecht.«

»Was macht das für einen Unterschied?« Knecht stieß das Boot mit dem Paddel vom Ufer ab. »Ich rate dir, dein Geld zusammenzuhalten. Ohne Geld, keine Rückfahrt.«

»Wo zum Teufel sollte ich mein Geld denn ausgeben?«

Knecht lächelte. »Sei pünktlich. Wenn du nicht spätestens morgen bei Sonnenuntergang kommst, gehe ich davon aus, dass du tot bist.«

Fischer sah Knecht hinterher, wie er das Boot aus der Bucht steuerte und dann hinter der Landzunge verschwand. Er zog die Riemen seines Rucksacks fest und stieg vorsichtig, darauf bedacht, mit den Händen nicht in die Erde greifen zu müssen, die Böschung zur Uferstraße hinauf.

Dutzende Schichten mehr oder weniger verrotteten Laubs, darunter, nur ab und zu zum Vorschein kommend, die brüchige Teerdecke. Alte Begrenzungssteine zwischen dem Gehweg und der Straße. Die knorrigen Äste der alten Eichen über sich, ging er weiter. Am Straßenrand tiefe Mulden, von Wildschweinen ausgehoben, die nach Eicheln gesucht hatten. Eine Bushaltestelle, das Wartehäuschen mit Laub bedeckt, die Scheiben eingeschlagen. Aus der Ferne Hundegebell. Die Zufahrten zu den Forstwegen immer noch mit Schranken blockiert. Die Schilder, die vor der Waldbrandgefahr im Sommer warnten, verwittert, die Wege nicht mehr auszu-machen, der Wald viel dichter, als er ihn in Erinnerung hatte. Aussichtsbänke, die früher einmal einen freien Blick auf den Fluss boten, jetzt inmitten der dünnen Stämme junger Buchen. Das eingezäunte Grundstück eines Rudervereins: die Häuser eingefallen, die löchrigen Bootsrümpfe zwischen dem Schilf aufgereiht. Hinter der nächsten Biegung lagen die stählernen Bögen einer Brücke, die den Uferbereich über-spannte und zu einer Halbinsel führte. An die Steinfunda-mente waren Bretterverschläge gebaut, die längst verlassen waren. Vorbei an den mit Reliefen verzierten Fundamenten der Brückenkonstruktion stieg er über eine Treppe zur Fahrbahn hinauf.

Auf der Brücke war vor längerer Zeit eine Barrikade aus Fahrzeugwracks errichtet worden, die auf Höhe der Führungsschiene der Schwebebahn durchbrochen war. Als Fischer die Spuren vergangener Konflikte betrachtete, fragte er sich, warum er bisher niemandem begegnet war. Er wandte sich von der Barrikade ab und blickte stadteinwärts. Gesäumt von den majestätischen Baumkronen der Platanen, wirkte die Ost-West-Achse wie die Tangente in einem Park. Über eine Anhöhe hinweg führte die sechsspurige Straße quer durch die ganze Stadt, vorbei an der Siegessäule über die Große Halle, die der damalige Sitz des Innenministeriums war, bis hin zur gut zwanzig Kilometer entfernt liegenden Ruine des Spaltungswerks.

»Dein Schicksal wird sich in der verwunschenen Stadt erfüllen, wenn du im Schloss inmitten des finsteren Waldes die Fährte des Wolfs aufnimmst und die wahre Natur seiner Brut erkennst.«

Das Schloss im Park lag keine sieben Kilometer entfernt, das Stadtschloss mindestens dreizehn Kilometer. Beide Prunkbauten waren über die Ost-West-Achse gut zu erreichen. Er ging auf dem aus Beton gegossenen Straßenbelag entlang, der erstaunlich gut erhalten war. Hinter dem offenen Blätterdach der Platanen zeichneten sich Monolith-Bauten ab. Gigantische Wohnverliese aus Stahlbeton, die Fenster klein, die Mauern meterdick, mit angeschlossenem unterirdischen Bunkersystem, das für einen Angriff mit Spaltungswaffen ausgelegt war. Auf den Dächern installierte Sonnenwandler, die eine Energieversorgung während der Blockade hatten gewährleisten sollen, als aus dem Ausland keine fossilen Brennstoffe mehr eingeführt werden konnten. Zwischen den Monolith-Bauten streckten zerbombte und ausgebrannte Mehrfamilienhäuser ihre Stümpfe in die Höhe. Die Ruinen des Großen Krieges, von dem manche Leute sagten, er wäre die eigentliche Katastrophe gewesen und die Explosion im Spaltungswerk nicht mehr als der Abgesang an eine Stadt, deren Seele längst vergangen war.

»Märchenpfad«, wies das halbrunde Schild auf einem steinernen Eingangsportal noch immer aus. Darunter stand die Bronzefigur eines Wolfs, der verschlagen lächelnd die Besucher zu einem Spaziergang in den Stadtwald einlud. Konnte die Fährte des Wolfs etwa sprichwörtlich gemeint sein? Es schien ihm einen Versuch wert zu sein. Der geschotterte Weg war zwar schon dicht vom Bewuchs umklammert, aber noch konnte Fischer ihn benutzen. Skulpturen von Wölfen, mal mit halb zugenähtem, mit Steinen gefülltem Bauch, mal mit der Haube der Großmutter im Bett liegend. Das Hexenhaus aus einem anderen Märchen, lebensgroß als hölzerne Kulisse, verwachsen mit dem Gestrüpp. Andere Motive wiederum, an die er sich noch erinnern konnte, waren längst hinter dem Grün des Waldes verschwunden. Am Ende des Märchenpfades verabschiedete ein Geißlein, das aus einer Standuhr heraussprang, den Besucher.

Er ging einen Trampelpfad entlang, der von wem auch immer noch benutzt wurde. Umgestürzte, verfaulte Bäume passierend, gelangte er zu einer verwitterten Werkshalle mit einem hohen Schornstein, der mit Moos bewachsen war. Es war das Wasserwerk am alten See. Der Himmel verdunkelte sich zusehends, und als die ersten Regentropfen den sandigen Boden trafen, entschied er sich, die anstehende Schauer in der Halle abzuwarten.

Im Eingangsbereich ein farbiges Mosaik, das die Arbeiterbewegung anpries: muskulöse Männer mit Spitzhacke bei schwerer körperlicher Arbeit. Die Dampfmaschinen mit den großen Schwungrädern und die Schöpfpumpen in der Halle waren merkwürdigerweise gut erhalten, als hätte sie jemand all die Jahre gewartet. Die hohen Fenster eingeworfen, schien das Dach demgegenüber fast unversehrt zu sein. Nur an wenigen Stellen lief das Regenwasser in das Gebäude hinein. Kritzeleien an den Backsteinwänden, unleserliche Botschaften, manchmal auch nur der Name eines Besuchers, mit Datum versehen. Er ging über eine Wendeltreppe zum Kontrollraum hinauf. Verschmutzte Matratzen auf dem Boden, ein Ölfass mit heruntergebrannten Kerzen darauf, leere Flaschen, die verrosteten Heizrippen eines Ölradiators.

Eine verwaiste Schlafstätte. Er setzte sich auf den Stuhl, der am Kontrollpult stand. Der Regen prasselte auf das Dach, doch auf die Fliesen tropfte nichts herunter. Dann drehte er sich zur Seite und sah durch eine zerbrochene Scheibe nach draußen. Zwischen den Baumkronen gelegen, blickte er auf einen der turmähnlichen Eckrisaliten der Wehrtechnischen Fakultät. Der helle Stein der Fassade, die im Wind wiegenden Äste der Kiefern davor. Und er dachte, dass man mit etwas Fantasie das Hauptgebäude der nach dem Krieg gegründeten Fakultät der Technischen Universität leicht für ein Schloss halten konnte.

Fischer wartete in der Halle die Regenschauer ab und begab sich dann wieder nach draußen. Die Humusschicht war nur dünn, und der Sand darunter hatte das Regenwasser geradezu aufgesaugt. Über einen gepflasterten Weg, der umgeben war von Birken und Farnen, ging er weiter bis zu einem hohen, mit Stacheldraht gesicherten Maschendrahtzaun. Schon vor der Explosion war das Gelände der Wehrtechnischen Fakultät nicht öffentlich zugänglich gewesen, und noch immer verriegelte ein Vorhängeschloss das Zugangstor. Ganz in der Nähe jedoch waren mittlerweile mehrere Stahlpfosten durch einen Erdrutsch weggebrochen und hatten den Zaun mitgerissen. Er stieg auf das Holzbrett, das jemand zum Schutz vor dem Stacheldraht ausgelegt hatte, und balancierte auf das Gelände der Fakultät hinüber.

Als wäre die Zeit stehengeblieben, waren die in dem Wäldchen vor der Fakultät gelegenen Reste eines Vergnügungsparks noch immer geschmückt für den Feiertag zum Kriegsende. Fähnchen, an Schnüren aufgehängt und zwischen die Kiefern gespannt, die Drahtschlingen längst eingewachsen in die Baumrinden. Wimpel, an einer Schießbude befestigt. Die Fetzen einer Fahne am Kettenkarussell, die rote Farbe längst herausgewaschen. Miniatur-Panzer standen auf einer umzäunten Fahrfläche, aus der sich die Holzleisten herausgelöst hatten. Einst für die Kinder der Parteibonzen gedacht, um sich gegenseitig damit zu rammen. Ein Augenblick der Vergangenheit, wie in einer Zeitkapsel eingefangen.

Er ging auf das hohe Bogenportal des Haupteingangs der Wehrtechnischen Fakultät zu. Die Tore geöffnet, als erwartete man ihn. Über dem Torbogen der Fakultät, als in Stein gemeißeltes Relief, gekrönt von einem Adler mit ausgebreiteten Schwingen, verkündete wie ehedem das *Hakenkreuz*, das verbotene Symbol der Alten Ordnung, seinen Machtanspruch.

Im Zentrum des Innenhofs, umgeben von den Säulenarkaden des quadratischen Hauptgebäudes, stand die lebensgroße Bronzeskulptur des Idols. Der strenge Blick und die in Falten gelegte Stirn des rachsüchtigen Mannes mit dem Zweifingerbart, den Blick auf denjenigen gerichtet, der das Portal durchschritt, den Arm zum Gruß nach oben gestreckt. Es war einer der ganz wenigen Plätze in der Stadt, wo man des Idols noch gedachte, denn schon in der Alten Ordnung war der Diktator nicht mehr die zentrale Figur der Heldenverehrung gewesen. Eine mehrere Meter hohe Büste am Runden Platz und ein nach ihm benannter See nördlich von der Großen Halle, sonst gab es im Stadtbild nichts, was an ihn erinnerte. Auch ideologisch hatte man sich noch zu Zeiten der Diktatur von ihm gelöst. Einige Jahre nach dem Krieg wurden bewusst Hinweise gestreut, dass er Selbstmord begangen hatte und nicht, wie lange Zeit behauptet wurde, bis zu seinem letzten Atemzug im Führerbunker gekämpft hatte. Die Massenmorde im Krieg wurden – nicht nur hinter vorgehaltener Hand – von der Führungsriege kritisiert, wenn auch peinlichst darauf geachtet wurde, dass die Partei davon keinen Schaden nahm. Um der Gefahr entgegenzutreten, dass die Bewegung geschwächt wurde, hatte sich der kleine Mann auf der Straße jedoch keinesfalls despektierlich über das Idol zu äußern. Darauf achtete die Obrigkeit streng. Für Fischer, der einige Jahre nach dem Krieg geboren wurde, war das Idol kein wirklicher Mensch mehr, sondern viel eher so etwas wie eine Kunstfigur, ehrfürchtig behandelt wie eine Ikone, die nur an Feiertagen hervorgeholt wurde, ohne aber einen Einfluss auf den Alltag zu haben.

Die Türen zur Fakultätsleitung waren abgeschlossen und das Tor, das zu den Instituten führte, war mit Brettern vernagelt worden. Eine eher unscheinbare Seitentür, über die man in den Keller gelangte, stand aber offen. Er schaltete seine Taschenlampe an und stieg die Treppe hinab. Zerbrochenes

Glas knirschte unter seinen Schuhen. Er ging einen Flur entlang und leuchtete in eine Waschküche hinein. »Biologische Gefahr«, stand auf dem Schild am Eingang. Große Autoklaven zum Sterilisieren von Labormaterial und Nährmedien rosteten vor sich hin. Er ging weiter und kam zu einer Metalltür, die mit einem Riegel gesichert war. Er versuchte, die Tür zu öffnen, doch es gelang ihm nicht. Aufbruchspuren am Türrahmen, die darauf hindeuteten, dass er beileibe nicht der Erste war, der in den Raum gelangen wollte. Ein mechanisches Zahlenschloss mit einem achtstelligen Code war in die Wand eingelassen. Die Räder allesamt auf der Null stehend. Welcher Code wohl den Zutritt zum Raum freigab? Südhausen hatte ihn immer darauf hingewiesen, wie leicht die Anhänger der Alten Ordnung auszurechnen waren. Das Naheliegende ist bei diesen einfach strukturierten Menschen oftmals die Lösung, wurde er nicht müde, ihm zu versichern. Achtstellig. Konnte es ein Datum sein? Er stellte »20041889« ein, den Geburtstag des Diktators. Nichts geschah. Dann versuchte er es mit der Zahlenkombination »30011933«, dem Datum der Machtergreifung. Ein Klacken war zu hören. Er schob den Riegel zur Seite und öffnete die Tür. Im Lichtkegel der Taschenlampe zeichneten sich meterlange Regale ab, mit Konserven und Gläsern gefüllt. Koffer mit Verbandsmaterialien und Medikamenten. Im hinteren Ende des Raums waren Getränkekisten gestapelt. Er betrat den Vorratskeller, der wie ein Verlies wirkte, und leuchtete mit der Taschenlampe die Reihen der Konserven entlang: »10 Jahre Spaltungswerk Ost«, stand auf Hunderten davon. »Jubiläumsfleischpastete«. Die Konserven waren über dreißig Jahre alt. Damals in rauen Mengen überproduziert, eingelagert und dann vergessen.

In den Holzkisten lagerten Flaschen mit schwarzer und gelber Brause, abgefüllt noch vor der Explosion und – geschützt hinter den meterdicken Wänden im Keller – möglicherweise unverstrahlt. Er steckte zwei Flaschen und eine Konservendose in seinen Rucksack ein, bevor er die Vorratskammer wieder verließ. Als er die Tür schloss, verschob sich der Riegel in die Fassung, und der Zahlencode verstellte sich automatisch.

Er stieg die Treppe ins Erdgeschoss hinauf, schaltete die Taschenlampe aus und steckte sie wieder ein. Die Fenster zum

Innenhof waren überzogen mit Schmutz und Staub, der Flur bedeckt mit einer weißen Schicht, die wie Puder aussah, in Wahrheit aber Putz war, der von der Decke rieselte. Ein Kronleuchter lag auf dem Boden. Er kam in ein mit Säulen geschmücktes Foyer, in dem eine Reihe von Büsten aufgestellt war. Bekannte Professoren der Fakultät. Seine Aufmerksamkeit fiel auf die Büste des Dekans im Zentrum, einen Mann im besten Alter mit kantigem Kinn und Zweifingerbart darstellend, stolz nach vorne blickend, die Haare zur Seite gescheitelt. »Wolf«, stand auf dem Messingschild des Sockels. Und auf einmal verstand Fischer. Seine Aufgabe war es keineswegs, ein Tier zu suchen, sondern bei Wolf handelte es sich um den Namen eines Mannes. Dann hielt er inne, weil er glaubte, ein Geräusch gehört zu haben. Ein Pfeil wies den Weg zum Hörsaal. Kamen die Geräusche etwa von dort? Obwohl er am Ende seiner Reise angelangt war, verspürte er keinerlei Aufregung, selbst sein Instinkt, der ihn bis an diesen Ort getrieben hatte, schien auf irgendeine Art unterdrückt zu sein. Er ging bis zur Flügeltür des Hörsaals, lehnte sich gegen den Türrahmen und lauschte. Das Flüstern von jemandem. Gegenstände, die auf einem harten Untergrund bewegt wurden. Vielleicht war es besser, sich zuerst einen Überblick zu verschaffen. Er ging zum Treppenhaus, stieg die Stufen hinauf und betrat die mit Säulenbögen verzierte Galerie des Hörsaals. Die Säulen seltsam scheckig, als hätte sich Schimmel in den Stein gefressen. Die Farbe von den Wänden abblätternd. Trübes Glas an der Decke, in quadratische Fassungen eingelassen. Dort, wo mehrere Gläser zerbrochen waren, wucherten Triebe von Knöterich in den Saal. Er schlich zum Geländer, das leicht nach vorne geneigt, aus seiner Verankerung zu brechen drohte. Unter ihm steil aufsteigend die Ränge mit Klappsitzen, von Schmierereien überzogen. Wasser tropfte auf die Stühle der hinteren Reihe. Eine dreiteilige Tafel an der Vorderfront. Ein Pult, das sich beinahe über die gesamte Breite des Hörsaals erstreckte mit zwei gegenüberliegenden Waschbecken, in der Mitte ein Rednerpodest. Auf dem mit roten Fliesen gekachelten Pult Hunderte von Aktenordnern und Büchern, einige sortiert, die meisten aber nur wild übereinandergeworfen. In einem Ordner blätternd, stand vor dem Pult ein Mann von merkwürdig anmutender Erscheinung: bucklig, in zerschlissener Kleidung und eine Art Maske mit einem langen Vogelschnabel über den Kopf gezogen.

Fischer verließ die Galerie, stieg die Treppe hinab und betrat den Hörsaal über die zweiflüglige Tür. Er zog Staubmaske und Schutzbrille ab und näherte sich dem Mann, der die langsamen Bewegungen eines Greisen hatte, tief atmend, als wäre jede Sekunde ein Kampf ums Überleben. Früher musste er von hünenhaft großer Erscheinung gewesen sein, doch das Alter hatte ihn längst seiner stattlichen Statur beraubt. Er hatte sich eine Pestmaske übergezogen, wie sie vor Jahrhunderten von Ärzten getragen wurde, nur den Vorderkopf bedeckend und die Augen aussparend, mit einer langen, schnabelförmigen Ausstülpung, in die ein Kräutersäckchen gelegt werden konnte. Er trug eine Chemikerbrille mit doppelt gehärtetem Glas und seitlichen Schutzkappen und war bekleidet mit einem zerschlissenen Laborkittel. Statt einer Hose hatte er sich blaue Plastiksäcke über die Beine gezogen. »Henriette?«, fragte er, als er sich zu ihm umdrehte, den Kopf in den Nacken gelegt, um trotz seines hochgradigen Buckels noch nach vorne blicken zu können.

»Da muss ich Sie enttäuschen.«

»Wer zum Teufel ... wer sind Sie?« Durch die Brillengläser vergrößerte Augen, die ihn musterten.

»Fischer. Staatsschutz.«

»Staatsschutz?«

»Ja.«

»So?« Der maskierte Alte drehte den Kopf zur Seite und sah die Reihen mit den beschmierten Klappstühlen hinauf. »Sie kommen zu spät. Es gibt nichts mehr, das sich zu schützen lohnt.«

»Nicht diesen Staat vielleicht.«

»Was?«, fragte der Alte, als hätte er ihn nicht richtig verstanden. »Wohl ein Republikaner, wie?«, schob er verächtlich nach.

»Sieht ganz so aus.«

»Was wollen Sie hier?«

»Mich ein bisschen umsehen.«

»Haben Sie keine Angst vor mir?«

»Angst? Warum sollte ich?«

»Die Maske? Nein?«

»Vor einer Maske hab' ich keine Angst.«

»Auch nicht vor Pest und Cholera?«

»Es ist nur ein Ding aus Leder.«

»Nun gut.« Der Alte zog zuerst die Schutzbrille ab und dann die Pestmaske. Er trug einen Vollbart, das Gesicht hager, die Haare dünn und doch erkannte Fischer in ihm sofort den Mann, dessen Ebenbild er soeben im Foyer gesehen hatte. Professor Wolf stand vor ihm, um Jahrzehnte gealtert und längst nicht mehr mit der Kraft eines Fünfzigjährigen ausgestattet, sondern nur noch ein trauriges Abbild der in Stein gemeißelten Vitalität vergangener Tage. Wolf setzte sich die Brille wieder auf und beobachtete mit seinen trüben Augen, wer da vor ihm stand. »Haben Sie Frau Lachs gesehen?«

»Wen?«

»Frau Lachs. Meine Doktorandin. Sie wollte mir noch ihre neuen Ergebnisse präsentieren.«

»Mir ist niemand über den Weg gelaufen.«

»Dann machen Sie sich mal nützlich und suchen Sie nach ihr.« Wolf griff nach einem Aktenordner und hielt ihn Fischer hin. »Die Daten müssen unbedingt validiert werden.«

»Deswegen bin ich nicht hier«, erwiderte Fischer. »Ich ... ich ...«, stotterte er, dann hielt er inne. »Das gibt's doch nicht«, sagte er, sein Blick wie elektrisiert auf einen Aktenordner gerichtet, der unter einem Stoß von Papieren lag.

»Was?«

»Ich ...«, sagte Fischer, auf den Titel des Aktenordners starrend, »ich bin nicht hier, um Ihnen zu helfen.«

»Sind Sie nicht?«

»Nein.«

»Weswegen dann?«

»Ich ...«

»Hat Professor Gutenberg Sie etwa geschickt?«

»Ich komme vom Staatsschutz, wie ich schon sagte«, erwiderte Fischer, die Hand nach dem Ordner ausgestreckt.

»Was wollen Sie dann hier?«

Fischer zog den Aktenordner, von dem er die ganze Zeit seinen Blick nicht hatte abwenden können, unter dem Stapel hervor und hielt ihn Wolf vor das Gesicht.

»PROJEKT WOLFSBRUT«, las der alte Mann den Titel langsam vor.

»Das ist der Grund meiner Anreise, und ich hätte nicht gedacht, dass ich so schnell fündig werde.«

»Was haben Sie damit zu schaffen?«, fragte Wolf misstrauisch. »Das Projekt ist längst eingestellt.«

Fischer überlegte, wie er am besten vorging, um Wolf zu täuschen. Schließlich musste es sein Geheimnis bleiben, dass er auf eigene Faust ermittelte und nicht im Auftrag der mächtigsten Behörde des Landes unterwegs war. »Wir verdächtigen jemanden aus dem inneren Zirkel einer Geheimorganisation in Neustadt, die Forschung weitergeführt zu haben«, log er.

»Wen? Gutenberg?«

»Nein, den nicht«, sagte Fischer mit einer Überzeugung, als kannte er den Mann tatsächlich.

»Diesem Plagiator wäre alles zuzutrauen«, sagte Wolf zornig.

»Ich denke nicht, dass er etwas damit zu tun hat.«

»Sie sagen, die Forschung ist in Neustadt wieder aufgenommen worden?«

»Daran haben wir keinen Zweifel.«

»Sind die Resultate etwa publiziert worden? Ich durfte damals natürlich nicht veröffentlichen, weil alles streng geheim war. Wissen Sie, wie es ist, keinen Ruhm für seine Arbeit zu erlangen? Trotz bahnbrechender Erfolge in der wissenschaftlichen Welt nicht gewürdigt zu werden? Ich meine, es ist meine Arbeit ... meine ... ich wurde doch in angemessener Weise zitiert, ja? Nun sagen Sie schon.«

»Ich denke nicht, dass es den Hintermännern um wissenschaftliches Publizieren geht«, sagte Fischer und betrachtete den alten Mann, der sich, schwer atmend, am Pult abstützte.

Wolf bemerkte, wie er mit kritischem Blick gemustert wurde. »Was sehen Sie mich so an?«

»Wie sehe ich Sie an?«

»Als wäre ich nur ein ... irgendein alter ...«

»Nein, nein«, widersprach Fischer halbherzig.

»Sie finden mich wohl lächerlich in meinem Aufzug?«

»Keineswegs«, entgegnete Fischer, auf die mit Schnüren am Kittel befestigten Hosenbeine aus Plastik blickend.

»Ich habe überlebt. Von Feinden umgeben ... Feinden, hören Sie – war ich doch auf mich allein gestellt.«

»Wie lange sind Sie schon hier im Sperrgebiet?«

»Sperr... was? Ich ...«, setzte Wolf an und hielt dann inne. Bevor er antwortete, schien er gründlich nachzudenken, um sich keine Blöße zu geben. Dann schüttelte er den Kopf. »Alt geworden bin ich. Alt und ungehört.« Er sah die leeren Stuhlreihen des Hörsaals hinauf. »Früher hat man mir zugehört. Da hatte mein Wort Gewicht.« Dann stieß er ein höhnisches Gelächter hervor. »Ich hätte nach einem Mittel für die ewige Jugend suchen sollen. Doch verschwendet habe ich meine Jahre«, sagte Wolf bitter. »Das Alter verspottet den Herrenmenschen, Herr, ... wie war doch gleich ihr Name?«

»Fischer.«

»Wissen Sie, alt werden wollen wir alle, aber alt sein, das will niemand.«

Fischer tippte mit den Fingern auf den Aktenordner. »Sie sind mir noch eine Antwort schuldig geblieben. Was ist nun das Projekt Wolfsbrut?«

»Das ist lange her ...«

»Sie sind Professor für ...?«

»Wehrtechnische Mikrobiologie und Hygiene.«

»Was ist das für eine Forschung? Mit Bakterien?«

»Sehen Sie sich das nur an«, sagte Wolf verzweifelt und zeigte auf kleine Pappkartons, in denen schmale Plastikgefäße mit Schraubdeckeln standen. »Meine ganzen Bakterien- kulturen sind aufgetaut ... für immer hinüber ... mein Lebenswerk ... es ist vernichtet.«

»Hören Sie, das Projekt ...«

»Was?«

»... Wolfsbrut.«

Wolf lächelte. »Eine der wenigen Kulturen, die ich aus der Stadt retten konnte. Ich hätte nicht gedacht, dass das Projekt jemals wieder aufgenommen wird.« Er drehte sich zu ihm um. »Nach dem Debakel, das wir erlebt haben.«

»Debakel?«

Wolf schüttelte heftig den Kopf. »Es ist alleinig meine Verantwortung.«

»Was ist Ihre Verantwortung?«

»Goldstaub lastet einzig und allein auf meinen Schultern.«

»Sie sprechen von der Division? Meinen Sie etwa die Division Goldstaub?«

»Der Einsatz des Neurotoxins war eine Katastrophe. Kampfmoral und Aggression sanken ins Bodenlose, die Kameradschaft verschwand. Wir haben die Langzeit-motivation der Soldaten nicht bedacht. Für wen kämpft jemand, dem seine emotionalen Erinnerungen abhanden gekommen sind?«

»Hat das Schicksal der Division etwas mit dem Projekt Wolfsbrut zu tun?«

»Unsere beste Truppe, verdammt. Und dann so etwas. Vollständig aufgerieben. Soldaten, die den Tod nicht fürchten, können auch ein Fluch sein. Denn man muss etwas zu verlieren haben, muss sich ans Leben krallen. Soldaten, die massenhaft den Heldentod sterben, nützen uns nichts. Sie müssen Ausdauer zeigen, um am nächsten Tag wieder in die Schlacht ziehen zu können ... aber ich habe meine Lektion gelernt ...«

»Was haben Sie den Soldaten gegeben? Ein Nervengift?«

»Neurotoxin W sollte sie leistungsfähiger machen, sie sollten psychisch unverwundbar sein. All das Grauen ertragen, ohne zu zerbrechen.« Wolf schlug mit der Faust auf den Tisch, mit jener Kraft, die einem weit über Achtzig-jährigen noch zur Verfügung stand. »Wir haben die Folgen nicht richtig bedacht.«

»Sie haben den Soldaten ein Nervengift gespritzt?«

»Gespritzt?« Wolfs ernster Blick wandelte sich in ein Lächeln. »Wir waren – was rede ich, ich war viel intelligenter. Das Neurotoxin zu spritzen, hätte schließlich nicht gereicht. Die Wirkung des Gifts ist reversibel. Das Neurotoxin muss langfristig verabreicht werden, immer in derselben Dosis, und zwar so, dass der Soldat keine Fragen stellt und sich nicht weigern kann.«

»Was haben Sie ihnen nur angetan?«

Wolf sah Fischer an. Seine Augen begannen zu funkeln, und er schien seinen Verstand fokussieren zu können. »Sie sind gar nicht im Auftrag des Staatsschutzes hier«, sagte er scharf. »Habe ich nicht recht?«

»Doch, das bin ich«, widersprach Fischer energisch.

»Das glaube ich Ihnen nicht.« Wolf drehte den Kopf zur Seite und sah ihn aus den Augenwinkeln an, die Stirn in Falten gelegt. »Jetzt verstehe ich ... in Ihrem Körper ... in Ihrem Körper fließt das Neurotoxin!«

»Nur in Ihrer Fantasie vielleicht.«

»Nein, nein. Ich bin mir ganz sicher. Sie sind eins meiner Kinder. Sie sind ein Wolfskind.«

»Was bin ich?«

»Man hat sie ausgewählt? Das wundert mich.« Wolf wollte nach Fischers Kinn greifen, doch der wehrte ihn ab. »Ihre Physiognomie ist ja nicht gerade astrein. Haben Sie Ihre Abstammungsdokumente dabei? Ja?«

»Wie gelangt das Neurotoxin eigentlich in den Körper, wenn es nicht gespritzt wird?«, versuchte Fischer ihn von seinem Exkurs in Rassenkunde abzulenken.

»Daran ist schon während des Großen Krieges experimentiert worden«, ging Wolf darauf ein. »Meinen Vorgängern stand aber noch nicht die Gentechnik zur Verfügung. Die wussten gerade einmal, dass die DNS das Erbgut beinhaltet und nicht, wie früher angenommen, die Proteine.« Wolf setzte sich auf einen der Klappstühle in der ersten Reihe, faltete die Hände auf der Brust und streckte die Beine aus. »Es gab viel Geld für die Forschung mit gentechnisch veränderten Organismen«, sagte er, sich wieder in seine frühere Rolle eines Dozenten einfindend.

»Sie meinen, Sie haben das Erbgut von Mikroben verändert?«

»Genial, nicht wahr? Bakterien, die das Neurotoxin produzieren und langsam, aber unaufhörlich freisetzen.«

»Ich kann Ihre Begeisterung nicht ganz teilen.«

»Zunächst wollten wir Bodenbakterien so umprogrammieren, dass sie Toxine produzieren«, erklärte Wolf zunehmend kraftvoll. »Über Feindesland abgeworfen, sollten sie sich im Ökosystem verbreiten und für die Vergiftung der Äcker und des Getreides sorgen. Doch unsere Freilandversuche waren höchst unerfreulich.« Er stockte kurz und dachte nach. »Ich weiß nicht, woran es lag. Ich bin immer noch davon überzeugt, dass es klappen kann.« Er kratzte sich an der Wange und sah an die Decke. »Wir waren gerade dabei, den Mechanismus besser zu verstehen ... wie die DNS von der Zelle aufgenommen wird und sich ins Genom integriert. Meine Doktoranden waren wirklich gut, die Gelder waren da, im Überfluss kann man sagen – doch dann kam diese verdammte Explosion. Ich habe es immer gesagt: Diese selbstgefälligen Physiker sind noch unser Unglück. Glauben doch tatsächlich, sie hätten mit der Natur nichts zu tun«, schweifte Wolf immer weiter ab. »Oh, ich kann mich noch gut an ihre Überheblichkeit erinnern, wenn sie mit uns Biologen, die wir uns durch Achtung vor der Natur auszeichnen, geredet haben. Mein werter Kollege Luther. Wie sehr hat er doch damit geprahlt, dass ihre Erfindung den Krieg entschieden hatte. Er hat immer davon erzählt, dass es niemals zu einer Kernschmelze kommen kann, dieser eitle Kerl. Dass es kein Problem sei, dass das Spaltungswerk mitten in der Stadt errichtet wurde, ich nur neidisch sei, weil es das Zeitalter der Physiker wäre und nicht das der Biologen und dieses Bauwerk, was ich als Monstrum bezeichnete, die Zukunft wäre. Doch als es soweit war, als es im Spaltungswerk zur Kernschmelze kam, ist er als Erster aus der Stadt geflohen, hat alles stehen und liegen lassen.« Wolf lachte bitter. »Hat der Luther gesehen, dass es kein idealer Raum war, in dem sein Spielzeug stand.«

Fischer verstand nicht, was all das mit ihm zu tun haben sollte. »Sie sagen, dass Sie Menschen ein bestimmtes Nervengift verabreicht haben?«, versuchte er, das Gespräch wieder in die richtige Richtung zu lenken.

»Neurotoxin W ist ein Peptid, das wir aus einem Pilz isoliert haben. Die Wirkung haben wir nur durch Zufall herausgefunden. Wir haben die korrespondierende DNS in ein Plasmid eingefügt und damit Clostridien transformiert.«

Fischer hatte nicht die geringste Ahnung, wovon Wolf sprach, hielt es aber für angeraten, ihn ausreden zu lassen. Das Wesentliche, worauf es ankam, würde er verstehen.

»Das ist keine leichte Sache, kann ich Ihnen sagen«, fuhr Wolf fort. »Diese kleinen Dinger haben keine natürliche Kompetenz. Am Ende haben wir die Clostridien aber buchstäblich dazu gezwungen, das Neurotoxin für uns zu produzieren.« Er lachte. »Wie kleine Fabriken. Es war eine Sternstunde der Wissenschaft.«

»Dieses Nervengift verabreichen Sie also nicht einfach so, sondern Sie lassen es von Bakterien produzieren, ich meine, wo auch immer ...«

»Im Darm. Clostridien können im menschlichen Darm leben. Dort stellen sie es her.«

»Sie meinen, dass in mei... im Körper eines Menschen dann Bakterien leben, die das Nervengift permanent absondern?«

»Genial, nicht wahr?«

»Wie ... wie kommt es nur dazu? Ich meine, wie fängt man sich so was ein? Durch eine Tröpfcheninfektion?«

»Nein, zu einer Infektion kommt es gar nicht. Die Clostridien bleiben ja ganz normal im Darm, wo sie allmählich die anderen Mikroorganismen verdrängen.«

»Werden die Bakterien denn gespritzt?«

»Meinen Sie in die Venen? Sind Sie verrückt? Das würde zur Sepsis führen und den Probanden töten. Es ist doch viel leichter.«

»Ich verstehe nicht.«

»Wissen Sie überhaupt, wie viele Billionen Bakterien im Darm leben? Man muss die Probanden einfach eine Bakteriensuspension trinken lassen. Die Bakterien passieren den Magen und gelangen dann in den Darm, wo sie sich ganz von alleine vermehren.«

»Man muss also etwas trinken?«

»Nicht notwendigerweise. Wer trinkt schon gerne eine Flüssigkeit mit zweifelhaftem Geruch? Das Praktische bei Clostridium ist, dass seine Endosporen kaum zu zerstören sind. Die überstehen Hitze und ihnen macht Trockenheit nichts aus. Für die Massenversuche mit den Soldaten der Division ist das optimal. Wir haben kleine Kapseln mit Sporen hergestellt – die sehen aus wie ein gewöhnliches Medikament.«

»Also ist Wolfsbrut ein Nervengift, das von Bakterien im Darm produziert wird?«

»Wir Biologen konnten den Physikern doch nicht nachstehen. Auch wir mussten dem Militär etwas liefern.«

»Warum gerade Neurotoxin W? Wie genau wirkt es?«

»Nun, die Amygdala ist zuständig ... Erinnerungen werden ... werden«, stotterte Wolf, »werden an bestimmte Emotionen geknüpft.« Dann schien er sich gesammelt zu haben. »Ich bin kein Neurowissenschaftler, aber das Neurotoxin setzt genau da an: Es entkoppelt die Erinnerung von der Emotion.«

»Was soll das heißen?«

»Sie können sich noch an alles erinnern, wissen aber nicht, die einzelnen Erinnerungen einzuschätzen.«

»Ich weiß nicht, wie ich meine Erinnerungen einschätzen soll?«

»Stellen Sie sich vor, Ihre Erinnerungen wären auf Millionen von Karteikarten niedergeschrieben und archiviert worden, doch Sie haben kein System, keine Ordnung. Sie wissen nicht, welche Karteikarten wichtige Informationen enthalten und welche unwichtige.«

»Wie ein Erinnerungsbrei ...«, sagte Fischer nachdenklich.

»Sie sprechen aus eigener Erfahrung, wie mir scheint, ja?« Wolf lächelte zufrieden. »Dann hatte ich also recht.«

»Würde Ihnen das Genugtuung verschaffen? Dass ich so viel vergessen hab'?«

»Au contraire, mon fils. Sie haben nichts vergessen. Alle Erinnerungen sind noch in Ihrem Kopf. Und die Erinnerungen, die Sie zweifelsohne suchen, gehören dazu.« Wolf stand auf und stellte sich neben Fischer, der, in sich gekehrt, regungslos dastand. »Tief in Ihrem Inneren verborgen, als gleichwertig erachtet gegenüber dem Gang zur Toilette, untergegangen neben den Erinnerungen an das tägliche Zähneputzen.« Wolf legte seinen Arm um Fischers Schulter. »Es gibt ein Gedächtnis für Daten und ein emotionales Gedächtnis, das die Gefühle zu den jeweiligen Daten speichert.«

»Meine Frau ...«

»Was ist mir ihr?«

»Sie ist die Richtige?«

»Was glauben Sie? Dass sie nicht echt ist? Haben Sie etwa gedacht, dass Ihre Frau durch eine Doppelgängerin ersetzt wurde?«

Fischer sah Wolf fassungslos an. »Woher wissen Sie das?«

»Ganz typisch für Wolfskinder. Sie sind da keine Ausnahme. Ihr Verstand sagt Ihnen, was Sie empfinden sollten, wenn Sie Ihre Frau sehen. Sie sehen diesen vertrauten Menschen, verbinden ihn aber nicht mehr mit den Gefühlen, die die Vertrautheit zu ihm begründen. Und dann kommt es zu einem Konflikt, den Sie rational nicht lösen können. In Ihrem Streben nach Kausalität ist der einzige Ausweg Ihres Verstandes, dass es nicht wirklich Ihre Frau ist. So enttarnen Sie Ihre Liebste als Doppelgängerin.«

»Das ist mal starker Tobak.«

»Sie müssen es als eine Ehre betrachten, auserwählt worden zu sein.«

Fischer senkte den Kopf. »Dann habe ich gar keine Gabe. Viel eher ist es ein Makel. Eine Krankheit«, sagte Fischer leise.

»Welche Gabe ist keine Krankheit in den Augen anderer?«

»... nicht fähig zu fühlen.«

»Sie können Gefühle empfinden. Sie haben nur später nicht die Möglichkeit, Ihre Erfahrungen mit den dazugehörenden Emotionen abzurufen. Deshalb müssen Sie alle Erfahrungen gleichfalls von Neuem machen, quasi wie ein Kind, das das erste Mal erfährt, was es bedeutet, eine heiße Herdplatte zu berühren. Oder im ersten Schnee herumzutollen. Sehen Sie es doch als ein Geschenk an: Da Sie Gefühle immer wieder neu erleben müssen, können Sie diese sogar intensiver empfinden.«

Fischer blickte Wolf hasserfüllt an. »Sie Bastard.«

»Sehen Sie, was ich meine? Die Emotionen sind noch da. Ob sie nun einen Apfel gegessen, mit einer Frau geschlafen oder jemanden umgebracht haben, spielt nach einer gewissen Zeit nur einfach keine Rolle mehr. Sie sind nicht mehr dazu in der Lage, Ihre Erinnerungen emotional nachzuerleben. Verstehen Sie? Sehen Sie nicht die Möglichkeiten darin? Ein junger Mann wie Sie? Sie können mit so vielen Frauen schlafen, wie sie wollen. Keine Schuldgefühle. Sie können ihren Spaß haben. Und wenn die Zeit gekommen ist, das Vaterland ruft, können Sie in den Krieg ziehen. Und es wird keine Traumatisierung geben. Sie werden ein Wundersoldat, der jeden Tag wieder von Neuem in die Schlacht ziehen kann, ohne dass er durch die kleinen Morde vom Vortag seiner Kampfeslust beraubt ist.«

»Sie vergessen wohl, dass Ihr Experiment grandios gescheitert ist.«

»Der Probelauf vielleicht«, relativierte Wolf unbeeindruckt, »nur der Probelauf. Hätte man mir noch einen weiteren Versuch gewährt, hätte ich die Probleme in den Griff bekommen. Die tapferen Soldaten stellen einfach die falsche Population dar für mein Neurotoxin. Wir hätten die Feiglinge nehmen sollen oder die Zauderer. Oder die Verräter an der Heimatfront. Vielleicht hätte ich es auch an der Bevölkerung testen sollen, die den Krieg in den Kolonien zunehmend abgelehnt hat ...«

Fischer stieß Wolf von sich weg. »Sie scheinen ja überhaupt keine Skrupel zu kennen.«

»Stört Sie das?«

»Was meinen Sie, wie es ist, ein Betroffener zu sein?«

»Hassen Sie mich jetzt?«

»Was glauben Sie denn? Kann ich denn noch Hass empfinden?«

»Tun Sie es?«

»Es ist kein Hass, eher Verachtung«, presste Fischer heraus, die Hände zu Fäusten geballt.

»Ganz typisch für Wolfskinder«, gab Wolf wie die Zusammenfassung einer wissenschaftlichen Beobachtung wieder, »Gefühle aus der Situation heraus werden von ihnen als sehr stark beschrieben. Aber diese Gefühle halten nicht lange an.«

»Dann ist es wohl besser, gleich zuzuschlagen?«

»Warum?«

»Weil ich mich dann besser fühlen würde.«

»Die Genugtuung darüber würden Sie nicht lange genießen können. Bald schon würde die Erinnerung daran in einem Meer der Gleichförmigkeit untergehen.«

»Zumindest wäre es gerecht.«

»Was wäre in Ihren Augen gerecht? Einen alten Mann zu schlagen? Sie hätten vor dreißig Jahren kommen sollen, da wäre ich ein würdiger Gegner gewesen.«

»Ich kann nicht glauben, was Sie mir angetan haben.«

»Ich? Ich habe Ihnen die Kapsel ja nicht verabreicht.« Wolf sah zu den in Pappschachteln stehenden Plastikgefäßen auf dem Pult hinüber. »Meinen Sie, Sie könnten mir helfen, die Gefrierschränke wieder in Betrieb zu nehmen? Vielleicht kann ich meine Bakterienkulturen doch noch retten.«

Fischer dachte daran, Wolf auf der Stelle niederzuschlagen, doch der alte Mann hatte recht. Die Genugtuung darüber konnte er nicht lange genießen. Zweifellos war er nicht sein Richter, und vielleicht war es für Wolf die größte Strafe, jeden Tag aufs Neue zu sehen, dass sein Lebenswerk, der Inhalt seiner wissenschaftlichen Arbeiten, nicht aus mehr bestand als einem Haufen halb verschimmelter Aktenordner, aufgetürmt in der Ruine seiner Fakultät.

Jetzt, wo Fischer wusste, was mit ihm geschehen war, fragte er sich, ob es eine Heilungsmöglichkeit gab. Er erinnerte sich daran, dass sie beim Militär Spritzen mit Antidot gegen chemische Kampfstoffe erhalten hatten. Wenn es ein Mittel gegen Neurotoxin W gab, musste Wolf davon wissen. »Kann ich die Wirkung des Neurotoxins neutralisieren?«

»Nun, Sie könnten versuchen, sich gesünder zu ernähren«, antwortete Wolf mit sarkastischem Unterton. »Etwas weniger Fleisch und mehr Milchprodukte, dann stärken Sie Ihre natürlichen Darmbewohner und für Clostridium ist weniger Platz.«

Fischer begriff nun, warum er so aufgeschreckt und von innerer Unruhe ergriffen war, als er sich täglich von Joghurt ernährt hatte. Doch das Rätsel um die glockenförmige Gestalt, auf die er sich zubewegte, wenn er erwachte, hatte er auch mit Hilfe gesunder Ernährung nicht lösen können. »Das allein reicht nicht.«

»Ein gesunder Geist in einem gesunden Körper. Dazu braucht es Disziplin. Meinen Sie, ich bin so alt geworden, weil ich so ausschweifend gelebt habe?«

»Gibt es keinen einfacheren Weg?«

»Noch heute mache ich jeden Tag fünf Kniebeugen in der Früh.«

»Sie wollen mir also sagen, dass es nichts gegen das Neurotoxin W gibt? Bei der Armee hatten wir Spritzen mit Antidot gegen verschiedene Nervengifte.«

Wolf deutete eine Kniebeuge an. »Nun, da ist tatsächlich eine Möglichkeit. Es gibt zwar kein Antidot gegen das Neurotoxin selbst – zumindest ist mir keins bekannt –, Sie können die Clostridien aber direkt mit Antibiotikum bekämpfen.«

»Antibiotikum?«

»Es gibt da aber ein Problem …«

»Sagen Sie mir, welches Antibiotikum ich nehmen muss.« Fischer zerrte an Wolfs Kittel. »Sagen Sie schon!«

»Es ist nicht so einfach, wie Sie denken. Wir haben mit dem Plasmid auch Resistenzen gegenüber verschiedenen Antibiotika eingeschleust.«

»Was soll das heißen?«

»Dass wir unsere kleinen Freunde mit einigen Schutzschilden ausgestattet haben.«

»Sie meinen, es gibt nichts, was wirkt?«

»Nun, wir haben uns eine Hintertür offen gelassen.« Wolf durchstöberte die Aktenordner auf dem Tisch. »Ein Cocktail von verschiedenen antibiotischen Wirkstoffen kann die Clostridien wirksam bekämpfen. Irgendwo muss ich die Unterlagen haben ... Metronidazol und Vancomycin wirken nicht, es war eine Mischung von ...«

»Sind die Unterlagen vielleicht hier in der Fakultät? Soll ich Sie suchen?«

»Auf keinen Fall!«, schrie Wolf ihn erregt an. »Wagen Sie es ja nicht, meine Arbeiten zu durchwühlen!«

»Verdammt nochmal, ich will wissen, was das für ein Antibiotikum ist!«

»Sie unverschämter Kerl!«, stieß Wolf hervor. »Wie reden Sie eigentlich mit mir?«

»Ich hab' wirkliche keine Zeit für diese Spielchen.« Fischer griff in seine Jackentasche und holte sein Feuerzeug mit den eingravierten Palmenzweigen hervor. Er riss aus einem Aktenordner ein Blatt Papier heraus und entzündete es an einer Ecke. »Wenn Sie mir nicht helfen, werde ich den ganzen Laden hier in Brand stecken.«

»Was? Warten Sie! Sie Wahnsinniger!«

»Ich glaub' nicht, dass ich das Papier noch lange werde halten können«, warnte Fischer, während sich die Flamme langsam durch die Zellulose fraß.

»Halt!«, schrie Wolf. »Es müssten noch einige Ampullen oben sein.«

»Oben? Wo oben?«

»Hören Sie auf, zum Teufel!« Wolf stellte sich schützend vor die auf dem Pult aufgetürmten Aktenordner. »Im Versuchslabor. Wenn ich mich recht erinnere, müssten die Ampullen mit Antibiotikum oben im Versuchslabor sein.«

»Im Versuchslabor?«

Wolf nickte. Fischer ließ das brennende Blatt Papier auf den Boden fallen und trat die Flamme aus. »Ich nehme also eine Ampulle und dann bin ich geheilt?«

»Sie haben wohl keine Ahnung von Bakterien. Die kann man nicht so einfach ausrotten. Und schon gar nicht Clostridien. Sind wie die Peons. Man erwischt niemals alle.«

»Was bedeutet das für mich?«

»Wenn man das Antibiotikum absetzt, beginnt die Vermehrung der Bakterien von Neuem. Ganz langsam, aber unaufhörlich.« Wolf nahm die Brille ab und putzte die Gläser mit einem ölverschmierten Taschentuch. Mit zusammengekniffenen Augen sah er auf das Pult. »Meine schönen Kulturen ... sehen sie nur ...«, jammerte er.

»Wo ist das Versuchslabor? Im Institut für Mikrobiologie und Hygiene?«, fragte Fischer nach, doch Wolf – über die Pappschachteln mit den aufgetauten Stammkulturen gebeugt – antwortete ihm nicht. Fischer tippte mehrmals auf Wolfs Schulter, doch er konnte nicht mehr dessen Aufmerksamkeit zurückerlangen. Als sich Fischer sicher war, dass er von ihm keine Hilfe erwarten konnte, ging er in den Vorbereitungsraum hinter dem Hörsaal. Eine Matratze auf dem Boden, daneben leere Dosen mit Pastete und Brauseflaschen, die aus dem Vorratsraum im Keller stammen mussten. An der Wand hing eine Karte der Fakultät. Es war der Querschnitt des fünfgeschossigen Hauptgebäudes und der angrenzenden zweigeschossigen Institutspavillons, die – symmetrisch gruppiert in zwei Reihen – an das Hauptgebäude angrenzten. Nach außen geschlossen und nur über zwei Zugänge zu erreichen, war die Fakultät wie eine Kaserne errichtet. Das Institut für Wehrtechnische Mikrobiologie und Hygiene befand sich in dem Pavillon, der direkt hinter dem Hörsaal lag. Fischer verließ den Vorbereitungsraum über die Feuerschutztür und nahm die Treppe hinauf in die zweite Etage. Die Türen des vor ihm liegenden Korridors standen allesamt offen, so dass er einen Blick in die Institutsräume werfen konnte. Das Dach in Wolfs Büro war undicht und Wasser tropfte auf die Regale, die fast vollständig ausgeräumt waren. Er ging weiter, vorbei an Räumen mit Abzügen und Werkbänken zum sterilen Arbeiten. Brutschränke, vor denen

Petrischalen mit eingetrocknetem Nährmedium standen, die verrosteten Köpfe der Notduschen über den Türen. Eingestaubte Zentrifugen und Mikroskope, wie er sie im Krankenhaus gesehen hatte, als er für seine Ausbildung zum Sanitäter ein Praktikum machte.

Am Ende des Korridors lag ein Raum, in dem sich vier Krankenhausbetten befanden. »Applikationslabor Wolfsbrut«, stand an der Tür. Umgeworfene Ständer, an denen Infusionen hingen, deren Etiketten vergilbt waren, die Schubladen der Schränke weit offen. Medizinisches Besteck, Spritzen, Kanülen und Tupfer, verteilt auf den verschmutzten Fliesen. Hinter einer verglasten Regaltür standen eine halbvolle Flasche hochprozentiger Alkohol, ein Behälter mit Äther und mehrere Fläschchen mit isotonischer Kochsalzlösung. Als er bemerkte, dass auf den Fliesen in einer Ecke des Raums mehrere Ampullen lagen, hob er eine davon auf. »Antibiotikum W«, wies das Etikett aus. Das gelblich leuchtende Pulver schien seine Konsistenz verändert zu haben und klebte an der Glaswand, aber die Ampulle selbst war noch unversehrt. »Intravenöse Anwendung«, stand weiter unten auf dem Etikett und »zur Verd ...« – der Rest war unleserlich. Die Zeit für Antworten war nun gekommen.

Fischer hob eine Metallspritze mit Glaszylinder vom Boden auf, deren Kanüle zwar etwas verbogen, aber noch zu gebrauchen war. Er nahm eine Instrumentenwanne, leerte sie, holte die Alkoholflasche aus dem Schrank und goss gerade so viel Alkohol in die Wanne, dass der Boden bedeckt war. Er stellte die Wanne auf dem Instrumententisch ab, zog mit der Spritze etwas Alkohol auf und drückte die brennbare Flüssigkeit sogleich wieder aus dem Glaszylinder heraus. Er legte die Spritze in die Wanne, schwenkte sie im Alkohol und kippte die überschüssige Flüssigkeit ab. Dann klappte er sein Sturmfeuerzeug auf und entzündete den in der Wanne verbliebenen Alkohol. Die Flamme lief am Boden der Wanne entlang, erfasste die Spritze und erlosch, nachdem der Alkohol vollständig verbrannt war. Als sich das Metall abgekühlt hatte, nahm er ein Fläschchen mit isotonischer Kochsalzlösung, riss den Aluminiumdeckel ab, stach die Kanüle in die Membran, zog die Spritze mit der sterilen Flüssigkeit auf und entleerte sie auf den Boden. Abermals zog er die Spritze mit der

Kochsalzlösung auf, brach den Hals der Ampulle mit dem Antibiotikum ab und spitzte die Flüssigkeit hinein. Er zog das Gemisch mit der Spritze auf und drückte es in die Ampulle zurück, bis sich das Pulver vollständig aufgelöst hatte. Er krempelte den rechten Ärmel seines Hemdes hoch, hob einen Infusionsschlauch vom Boden auf und band sich den Oberarm ab. Er strich mit dem Finger über die Vene, die er punktieren wollte, und ließ etwas Alkohol über seine Armbeuge laufen. Er wartete ein paar Sekunden, bis der Alkohol verdunstet war, stach die Nadel in die Vene, entfernte den Infusionsschlauch und injizierte sich die Lösung. Dann warf er die Spritze auf den Boden und wartete darauf, dass das Medikament anschlug. Aber nichts dergleichen passierte. Er ging in den Flur zurück und fragte sich, ob sich sein Erinnerungsvermögen in irgendeiner Weise verändert hatte. Doch er war sich keines Unterschieds bewusst.

Als Fischer wieder den Hörsaal betrat, stand Wolf immer noch vor dem Pult.

»Ich hab' das Antibiotikum gefunden«, sagte Fischer, »aber es scheint nicht zu wirken. Vielleicht ist der Wirkstoff zu alt.« Er reichte ihm die leere Ampulle.

»Da ist nichts mehr drin?«, wunderte sich Wolf.

»Ich hab' mir alles gespritzt.«

»Haben Sie sich etwa den ganzen Inhalt der Ampulle injiziert?«

Fischer nickte.

»Sind Sie wahnsinnig? Den Wirkstoff muss man in einer Infusion verdünnen. Der muss über mehrere Stunden appliziert werden, sonst sind die Nebenwirkungen zu stark!«, schrie Wolf ihn an.

»Was? Welche Nebenwirkungen?« Fischer hielt sich die Hand vor das Gesicht, kniff die Augen zu und drehte den Kopf zur Seite. »Ich merke überhaupt nichts.«

»Es gibt sie! Es gibt sie!«, schrie Wolf.

»Was meinen Sie?«

»Wir haben die Nebenwirkungen nie unter Kontrolle bringen können. Die emotionalen Erinnerungen werden vollkommen übersteigert empfunden.«

»Was sagen Sie da?«

»Die Gedankenprojektionen können tödlich enden!«

»Die was?«

»Die HALLUZINATIONEN!!!«

Fischer hielt sich am Pult fest. Kalter Schweiß bildete sich auf seiner Stirn, als sich alles um ihn herum zu drehen begann. »Ich merke nichts!«, leugnete Fischer die Tatsachen. Dann rannte er aus dem Hörsaal und torkelte, sich an den Wänden abstützend, den Flur entlang bis zum Foyer. Das Gefühl, von etwas verfolgt zu werden, das kein Mensch war. Kälte strömte über die Füße in seinen Körper. Ein fremdes Wesen, unheilvoll und todbringend, war ihm dicht auf den Fersen. Er musste sofort hier raus. Mit aller Macht stemmte er sich gegen die Tür zum Hof, doch er konnte sie nicht öffnen. Der Schlüssel steckte im Schloss, aber seine Hände zitterten so stark, dass er den Griff nicht festhalten konnte. Er versuchte, seine Angst zu beherrschen, griff ein letztes Mal nach dem Schlüssel, schloss die Tür auf und stürzte in den Innenhof. Den blauen Himmel über sich, taumelte er über das Pflaster. Irgendwann schlug er gegen den Sockel der Bronzestatue und fiel hin. »Unser geliebtes Idol 1889-1945«, verkündete die Inschrift auf der Messingplakette. Unfähig aufzustehen und wegzurennen, vernahm Fischer ein metallisches Klicken von der anderen Seite des Hofs. Ein Projektor, der in einem Fensterrahmen stand, schaltete sich ein und bildete eine schwarzweiße Porträtaufnahme auf dem Kopf der Statue ab. Die Lippen des Idols begannen sich zu bewegen, dann vernahm er einen grunzenden Laut, gefolgt von einem unverständlichen Murmeln.

»Du bist nur aus Bronze, verdammter Hund! Nur aus Bronze!«, schrie Fischer.

Begleitet von einem lauten Knarren, neigte sich der Kopf des Idols nach vorne, um ihn mit rot glühenden Augen zu erfassen. »Hab' ich dich, mein Junge«, sagte das Idol mit hoher Fistelstimme, die Mundwinkel unwirklich zu einem Lächeln verschoben. »Zu guter Letzt hab' ich dich doch noch erwischt.«

11.

Fischer kauerte hinter einer Eiche und blickte sich ängstlich um. Er atmete tief ein und aus und rieb sich mit den Händen die Oberschenkel, die brannten. Die letzten Kilometer war er fast pausenlos gerannt, doch es war vergeblich – er hatte seine Verfolger nicht abschütteln können. Er sah nach oben. Die im Wind wiegenden Äste des alten Baums, ein Bussard, der über ihm kreiste. Etwas Warmes lief an seinem Hals herunter, und er bemerkte, dass seine alte Wunde wieder begonnen hatte zu bluten. Er presste die Hand an den Hals und stand auf. Ein Rufen und Pfeifen aus den Tiefen des Waldes. Hunde, die bellten. Die Hetzjagd begann von Neuem. Er rannte los, doch dann blieb er stehen und drehte sich um. Äste, die brachen. Ein Peon sprang aus dem Unterholz, gefolgt von einem zweiten und dann von einem dritten, panisch, wie aufgeschrecktes Wild flohen sie vor dem Unheil, das sich ihnen unerbittlich näherte. »¡La grúa!«, rief einer von ihnen, das Gesicht angstverzerrt. Fischer versuchte, ihnen zu folgen, doch seine Beine bewegten sich wie in Zeitlupe, als wären sie gelähmt. Er fiel zurück, bis die Peons irgendwann außer Sichtweite waren. Ein metallisches Quietschen, das Geräusch umstürzender Bäume. Er warf sich auf den Boden, kroch durch das Laub und suchte hinter einem halb vermoderten Baumstamm Deckung. Etwas Großes schob sich über ihn, die Baumkronen der alten Eichen erfassend und gewaltsam aus dem Weg befördernd. Brechende Äste, herausgesprengte Zweige, zu Boden rieselnde Blätter. Die Plattform des Brückenkrans verdunkelte den Himmel. Die Seitenstützen pflügten noch einen Moment durch den Waldboden, um dann stillzustehen. Er sah zur offenen Führerkanzel hinauf und erkannte Reich, der hinter dem Schaltpult stand. Ein Scharfschützengewehr in der Hand, legte er auf ihn an und schoss. Blut, das durch Fischers geöffnete Halsschlagader in Stößen herausspritzte. Eine Hand gegen den Hals gepresst, kroch Fischer weiter, wühlte sich durch das Laub, zwängte sich an den dünnen Stämmen nachwachsender Bäume vorbei. Plötzlich stieß er mit dem Kopf gegen ein Grammophon, das auf dem Waldboden stand. Der Tonarm schwenkte über die Vinylscheibe und senkte sich. Knackende Geräusche, dann hallte das Soldatenlied durch den Wald. Das Auge durch das Okular des Zielfernrohrs vergrößert, thronte Reich wie ein erbarmungsloser Henker über ihm, das Repetiergewehr beständig nachladend und auf ihn feuernd, hysterisch schreiend und lachend. Ein Schuss traf den geschwungenen Trichter des Grammophons, ein anderer die Kurbel, ein dritter schlug in der Rinde eines Baums ein. Fischer drehte sich auf den Rücken, um den tödlichen Schuss in Empfang zu nehmen – doch urplötzlich war der Brückenkran verschwunden. Stattdessen beugte sich der Archivar aus dem Hotel über ihn, einen Karteikasten in den Händen haltend. »Ich habe Ihre Karte gefunden, Herr Fischer«, bemerkte er mit der nüchternen Sachlichkeit eines Bürokraten, als er eine der Karteikarten aus dem Kasten herauszog.

»Stellen Sie unverzüglich das Glockengeläut in meiner Wohnung ein«, las Fischer die Karte durch, die ihm der Archivar hinhielt. Er schüttelte den Kopf. »Das muss ein Missverständnis sein. Die ist nicht von mir.«

»Da liegen Sie falsch, mein Herr«, sagte der Archivar unbeirrt. »Ich drehe die Karte um, damit Sie sehen, dass ich recht habe.«

Fischer las auch die Rückseite der Karte durch: »Die Glocke schlägt, doch es sind Kinderstimmen, die du hörst.«

Ein Schuss pfiff an seinem Ohr vorbei. Er rollte sich auf den Bauch und robbte weiter, ohne zu wissen, woher der Schuss überhaupt kam. Tiefe Spurrillen auf dem Waldboden, die Abdrücke von Reifenprofilen. Vor ihm leuchteten Scheinwerfer auf. Er sprang hoch, hechtete zur Seite, und der Wagen der Klempnerei Unhold raste hupend an ihm vorbei.

»Rückzug! Rette sich, wer kann!«, hallte die Stimme seines Leutnants durch den Wald. Mehrere Granateinschläge, ganz in der Nähe. Fischer rannte weiter, drückte die Äste mit den Händen beiseite, und noch bevor er sie zurückschnappen ließ, wechselte die Farbe der Blätter ins Bräunliche. Vor seinen Augen verdorrten wie im Zeitraffer die Bäume und Sträucher, der Wald wurde lichter, die Sonne brannte erbarmungslos vom Himmel, und der Schweiß ließ die Uniform an seinem Körper kleben. Er rückte seinen Stahlhelm zurecht, zurrte den

Riemen fest und blickte auf seine weiße Armbinde mit dem roten Kreuz, während die Gewehrkugeln dicht an seinem Kopf vorbeizischten. Eine Granate schlug neben ihm ein, und er wurde durch die Druckwelle zu Boden geschleudert.

»Rechte Flanke sichern!«, hörte er jemanden schreien. Der Geschmack von Blut im Mund, der Geruch von verbranntem Fleisch in der Nase. Auf dem Boden zappelnd, fuchtelte sein Leutnant mit den Armen wild herum. Den Schädel durch einen Granatsplitter geöffnet, quoll die helle Hirnsubstanz heraus. »Nicht alle auf einen Haufen! Schulz, rechte Flanke sichern! Nach vorne, Männer!« Zutiefst beunruhigt und aufgebracht, stieß er sinnlose Befehle hervor, die Toten galten. Fischer öffnete seine Sanitätstasche, holte eine Morphium-spritze heraus und injizierte sie ihm in den Oberschenkel. Dann sprang er wieder auf, rannte weiter und überließ den Leutnant seinem Schicksal.

»Sani!«, rief sein Kamerad Notger, sich am Boden krümmend vor Schmerzen. Fischer stürmte hinüber und warf sich, einem Granateinschlag ausweichend, neben ihn auf den Boden. »Meine Füße tun so weh«, klagte Notger. »Was ist nur mit meinen Füßen?«

Fischer drückte Kompressen auf die Stümpfe der Beine, die von den Knien an abwärts abgerissen waren, umwickelte sie mit Mullbinden und gab Notger eine Morphiumspritze.

»Bleib bei mir, Einar.«

»Das kann ich nicht.« Fischer hielt seine Hand, presste sie an seinen Körper. Eine Maschinengewehrsalve traf die Stämme der Bananenpflanzen, ließ Blätterstücke herunter-rieseln. »Mama«, stöhnte Notger noch, dann erschlaffte sein Händedruck, und er starrte ihn mit leeren Augen an. Fischer drückte Notgers Augenlider zu, stand auf, lief durch die Bananenplantage, taumelte an den in dichten Reihen stehenden Pflanzen vorbei, die nicht verholzten, kurzen Stämme zu beiden Seiten, die unreifen Früchte zum Greifen nah. Irgendwann stolperte er und fiel zu Boden. Als er den Kopf hob, sah er seinen Kameraden Franz vor sich sitzen, den Rücken an den Stamm einer Bananenpflanze gelehnt, einen Arm und ein Bein abgerissen, eine klaffende Wunde im Brustkorb. »Franz!« Fischer kniete sich neben ihn hin und holte die letzte Morphiumspritze aus seiner Tasche.

»Nein, kein Morphium«, weigerte sich Franz gefasst, »ich will bei Sinnen abtreten.« Er nahm sein Barett aus der Tasche, knüllte es zusammen und stopfte es in die klaffende Wunde in der Brust. Keine fünfzig Meter von ihnen entfernt schrie ein Soldat etwas. Obwohl in der Sprache des Feindes ausgesprochen, wussten sie sofort, was der Befehl zu bedeuten hatte: »Keine Gefangenen! Keine Gnade!«

»Geh nur«, sagte Franz ruhig. Fischer nahm die Pistole aus dem Holster seines Freundes und drückte sie ihm in die Hand. Einen Augenblick lang umklammerte er die blutige Hand mit der Pistole. Schatten, die sich näherten, das Mündungsfeuer der Gewehre. Fischer sah zu Siegfried und Otto hinüber, deren Leiber in Stücke gerissen waren und starrte auf den verfluchten Metalldraht, den er übersehen hatte. Dann stand er auf und lief wie betäubt durch die Plantage, unfähig, die großen Blätter der Pflanzen auf der Haut zu spüren, die ihn wie Fächer streiften. Sah auch gleichgültig zur alten Frau hinüber, die ihm entgegenkam, um den Hals Konserven mit Pansen hängend und einen Karren hinter sich her ziehend, in dem abgetrennte Beine und Arme lagen. Seine Wunde am Hals blutete derweil immer stärker. Ihm wurde schwindlig, er fiel zu Boden und sah nach oben. Ein riesenhafter Geier kreiste über Fischer, schien ihm noch einen Moment Zeit zu gewähren, dann stürzte er vom Himmel herab. Er trieb die Krallen seiner Fänge in Fischers Brust und begann, wie wild auf dessen Hals einzupicken. Fischer versuchte verzweifelt, ihn abzuwehren, doch der Geier wand sich immer wieder aus der Umklammerung und pickte, sich tiefer und tiefer ins Gewebe grabend, auf die Wunde am Hals ein. Von einem Raubvogel erlegt. Das durfte nicht sein. Fischer griff nach dem Messer, das in seinem Stiefel steckte, konnte es aber nicht erreichen. Dann ertasteten seine Hände einen Ast, der neben ihm lag. Er wollte dem Tier das spitze Holz mitten ins rechte Auge treiben, doch es war nicht der Geier, den er traf, sondern als er zustieß, bohrte sich das Astende in die Augenöffnung einer Pestmaske, die über den Kopf eines Menschen gestülpt war. Augenblicklich erstarrte der Angreifer und rollte von ihm herunter. Die Maske fiel ab, und Fischer erkannte, dass es ein feindlicher Soldat war, der sich auf ihn gestürzt hatte. Gerade einmal volljährig, mit rundem Gesicht und dünn gewachsenem Oberlippenbart, hatte er versucht, ihm die Kehle durchzubeißen. Fischer holte ein Dreieckstuch aus der Tasche, wickelte es sich um den Hals und presste seine Hand dagegen. Noch immer rann das Blut zwischen seinen Fingern hindurch und benetzte die Uniform. Aber der Biss hatte die Schlagader verfehlt. Rufe aus der Ferne, jedoch leiser werdend. Den Lärm der Schlacht hinter sich lassend, taumelte er zu einer verlassenen Stellung und suchte hinter einem Wall von Sandsäcken Schutz. Fischer rieb sich die Augen, wollte weinen, doch er konnte es nicht. Ein Schatten fiel auf ihn. Er sah zu dem Wesen hoch, das sich vor ihm aufbaute, und dann blickte er ihm ins Gesicht. Als wäre die Haut von innen ausgehöhlt worden und nur noch die Epidermis wie ein lederner Überzug auf dem Schädel verblieben, der kalkweiß durchschimmerte. Das Haar fein nachgewachsen, wie bei einem Toten. In die Stümpfe am Oberarm und Oberschenkel Äste gesteckt, dazu eine Pistole, die an einem Zweig baumelte.

»Franz? Bist du es?«

Der Untote ließ sich neben ihn auf den Boden fallen.

»Warum bist du nicht ...?«

»Warum bin ich nicht was?«

»Müsstest du nicht ...?«

»Müsste ich nicht was?«

»Tot sein?«

»Der Schlagbolzen hat geklemmt.«

»Was sagst du?«

»Ich hab' es immer wieder probiert, doch es hat nicht geklappt.«

»Du konntest dich nicht erschießen?«

»Das Scheißding hat einfach nicht funktioniert.« Er nahm die Pistole vom Zweig ab und warf sie hinter sich.

»Was ist passiert? Der Feind? Was hat er ...?«

»Die, die noch wegkriechen konnten, haben sie mit dem Bajonett erledigt.«

»Und du? Wie bist du entkommen?«

»Keine Ahnung. Ich hab' einfach dagesessen und drauf gewartet, dass sie mir den Rest geben. Doch es kam niemand. Irgendwann muss ich bewusstlos geworden sein, und als ich wieder zu mir kam, war keiner mehr da. Bis auf die Toten.« Er drückte seinen Unterkiefer nach oben, der sich ausgerenkt hatte. »Ich konnte mich nicht mehr bewegen. Hunderte von Fliegen um mich herum, dazu die Stechmücken. Die Ameisen auf mir, Käfer, Tausendfüßler, alles. Weißt du, wie lange es dauern kann, bis man stirbt? Wie lange einem die Zeit vorkommen kann?«

»Es tut mir so leid, Franz. So leid.«

Die von den Augenhöhlen losgelösten Augäpfel blickten zu ihm hinüber, zappelnd, als würden sie Halt suchen. Fischer sagte nichts mehr. Er wollte schlucken, aber er konnte es nicht.

Franz winkte ab. »Ach, was soll's.« Er deutete auf den Stein, den er sich in die klaffende Brustwunde gedrückt hatte. »Sieh mal, ich hab' jetzt die Wunde komplett abgedichtet. Geht so viel besser als mit dem Barett.«

»Tut das nicht weh?«

»Drückt zwar ein bisschen«, Franz schob den Stein zurecht, der den zerfetzten Lungenflügel ersetzt hatte, »trägt sich sonst aber eigentlich ganz gut.«

Fischer sah bekümmert zu seinem Kameraden hinüber, der sich den losen Unterkiefer festhielt, damit er überhaupt weiterreden konnte. Durch die löchrige Lederhaut an der Wange schimmerten die hinteren Backenzähne durch. Sein guter Kamerad Franz, der unerschütterlich optimistisch und zuversichtlich war wie früher.

»Haben wir wenigstens gewonnen?«

»Wir haben die Kolonien nicht hergegeben.«

»Na, das ist doch mal was.« Der Ast fiel aus seinem Armstumpf heraus, und Franz drückte ihn wieder zurück, ein wenig tiefer als vorher, dicht vorbei am zersplitterten Knochen. »Und wie läuft's in der Heimat? Mit dir und Ingrid?«

»Ingrid?« Fischer sprach den Namen so aus, als hätte er ihn eine Ewigkeit nicht gehört.

»Ja, Ingrid.«

»Was meinst du?«

»Hast du sie endlich geheiratet?«

Fischer schüttelte den Kopf.

»Warum denn nicht?«

»Hat sich irgendwie nicht ergeben.«

»Nicht ergeben?«

Fischer sah nach unten, sagte aber nichts.

»Du warst schon immer 'n Trottel.«

»Vielleicht hat du recht.«

»Ganz bestimmt hab' ich das. Und ... was ...« Franz zögerte einen Moment weiterzureden. »Was macht meine Liebste?«

»Anna?«

»Geht es ihr gut?«

»Ja, mach dir keine Sorgen.«

»Hast du sie mal besucht?«

»Hab' ich. Vier Jahre nach dem Krieg.«

»Hat sie ... weißt du ... hat sie?«

»Ja, sie hat geheiratet.«

»So?« Franz versuchte, seine Augen zu schließen, doch er konnte es nicht, da sich die ausgetrockneten Augenlider in die Augenhöhlen zurückgezogen hatten.

»Es tut mir leid.«

Franz winkte ab. »So ist das halt. Menschen sterben und Menschen werden vergessen.« Er strich sich durch die feinen Haare, die weit abstanden, als wären sie elektrisiert. »Wir hatten Pläne. Weißt du noch? Wir haben immer darüber gesprochen, was wir nach dem Krieg machen werden. Wenn die ganze Scheiße vorbei ist.«

»Ich weiß ...«

»Mein Mädchen, Einar.«

»Es tut mir leid.«

»Mein Mädchen ...«

»Es tut mir so leid.«

»Wen hat sie denn geheiratet?«

»Willst du das wirklich wissen?«

»Nun rück schon raus damit ...«

»Sie hat Hans Frei geheiratet.«

»Hans?«

»Ja.«

»Diesen Schwachkopf?«

Fischer nickte.

»Ausgerechnet den?«

»Sie hat zwei Kinder mit ihm.«

»Kinder?« Franz rieb sich über seine Wange, als wollte er eine Träne wegwischen. »Kinder ...« Es war eine ledrige Haut, die von knöchrigen Händen berührt wurde. »Wir waren für einander bestimmt.«

»Es tut mir so leid.« Fischer sah ihn an, obwohl er sich von seinem verfaulten Antlitz doch abwenden wollte.

Franz stocherte mit dem Ast, der in seinem Armstumpf steckte, im Boden herum. »Weißt du, Einar ...«

»Ja?«

»Ich würde es nicht noch mal so machen.«

»Was meinst du?«

»Ich würde mich noch mal vor dich werfen.«

Fischer nickte. »Dacht' ich mir.«

»Wir waren Freunde, Einar«, sagte Franz, nun mit aufkommendem Zorn in der Stimme. Er rammte den Ast so stark in den Waldboden, dass er tief in seinen Stumpf hineingetrieben wurde. »Und du hast mich im Stich gelassen.«

»Was konnte ich für dich denn noch tun?«

»Bei mir bleiben.«

»Dann wäre ich jetzt auch tot.«

»Kameraden stehen zusammen, und sie sterben zusammen.«

Eine Granate schlug neben ihnen ein. Fischer sprang auf und rannte los, verfolgt von Franz, der hinter ihm herhumpelte, den Ast im Stumpf seines Oberschenkels wie eine Prothese benutzend. »Warte!«

»Du bist nicht Franz! Franz ist tot! Lass mich in Ruhe, du Teufel!« Fischer rannte weiter, zunächst, um vor den Granateinschlägen zu fliehen, doch dann nur noch, um ihn abzuschütteln. Wenn Franz doch an irgendeiner Wurzel hängenblieb oder sonst wie zu Fall kam – nur weggehen sollte er.

Die Sonne bewegte sich über den Horizont, viel zu schnell, wie in Zeitraffer verging der Tag. Ein Kind stand vor ihm. Einen Poncho der Peons tragend, aber mit heller Haut. »Hast du meinen Papa gesehen?«

»Deinen Papa?«

»Ja, er wollte mich besuchen kommen. Er war so lange nicht mehr da.«

»Wie heißt du denn?«

»Magda. Magda Vogelfrei.«

»Du bist Vogelfreis Tochter?«

»Ja. Warum?«

»Wie kannst du noch so jung sein?«

»Ich bin nicht jung. Ich bin schon acht Jahre alt.«

Eine Granate schlug neben ihnen ein. Er umklammerte schützend das Kind. »Warte hier, ich muss meine Verfolger abschütteln. Ich bin gleich wieder da.«

»Das glaub' ich dir nicht.«

»Hab' keine Angst! Sie wollen mich, nicht dich.« Fischer ließ die Kleine zurück und rannte weiter, immer weiter. Dann sah er von weitem eine Gestalt auf dem Boden sitzen. Er lief darauf zu und erkannte sich selbst. Ins Leere starrend. Minutenlang. Stundenlang. Tagelang.

»Hier spielt die Musik«, rief Marbod ihm zu. Als sich Fischer umdrehte, sah er zu einem kleinen Mann hinüber, der an einen Stuhl gefesselt war. Es war Unhold, das Gesicht von Schlägen angeschwollen. Über ihn gebeugt, schlugen Heinrich und Marbod wie von Sinnen auf ihn ein. Südhausen stand im Hintergrund, ihnen den Rücken zugewandt. Marbod blickte Fischer auffordernd an. »Na, auch mal Lust zuzuschlagen, du Memme?« Heinrich lachte. Blutspuckend flehte Unhold um sein Leben. Heinrich, belustigt von der Todesangst des kleingewachsenen Mannes und euphorisiert von der Macht, über Leben und Tod entscheiden zu können, befreite Unhold von seinen Fesseln, hob ihn hoch und wuchtete ihn auf eine Trage. Er kettete Arme und Beine fest, legte ein feuchtes Tuch über dessen Kopf und ließ aus einem Kübel in einem dünnen Strahl Wasser auf das Tuch laufen.

Fischer stand schweigend da. Wie paralysiert. Dann tippte jemand auf seine Schulter. Er drehte sich um und sah Vogelfrei, der ein Einschussloch hatte, wo sein linkes Auge gewesen war. »Sagte ich es Ihnen nicht? Hatte ich nicht recht? Das ist die Republik. Das ist der Staat, den Sie beschützen.«

»Ich ...« Fischer stockte, angeekelt vom Gestank der Mottenkugeln, den Vogelfrei verbreitete.

»Brennen müssen sie, diese Schweine.« Vogelfrei packte ihn am Arm und krallte sich dort regelrecht fest. »Versprechen Sie es mir, dass Sie diese ganze Saubande in den Orkus schicken.«

»Ich ...« Fischer riss sich von Vogelfrei los und rannte weiter. Er rannte, stürzte zu Boden, stand wieder auf und rannte weiter. Dann erklang der Alarm einer Sirene, ein alles durchdringender auf- und abklingender Heulton. Er sprang über Leichen hinweg, halb verweste Leiber und erst kürzlich Verstorbene. Der Sturmmann und der Scharführer aus Unterseehafen saßen mit bleichen Gesichtern in einer heruntergekommenen Bushaltestelle. »Wissen Sie, wann ich dran bin?«, fragte der Sturmmann, ihm eine Wartenummer entgegenhaltend.

»Wird nicht mehr lange dauern«, erwiderte Fischer. Er rannte weiter, bis irgendwann der Archivar neben ihm auftauchte. Ihm aufgeregt eine Karteikarte präsentierend, lief er neben ihm her. »Herr Fischer, Herr Fischer, ich habe die Emotionen für Ihre Frau gefunden.«

Eine riesige Glocke läutete am Himmel, freihängend im Nirgendwo, erhellt vom Schein der Flakscheinwerfer. Fischer sprang über ein Steinmäuerchen, blieb zwischen Grabsteinen stehen, blickte in den rotverfärbten Himmel und drehte sich im Kreis. »Was wollt ihr von mir? Was wollt ihr nur?«

Ein harter Gegenstand traf seinen Hinterkopf, und er fiel zu Boden. Er pustete das Laub von sich weg, versuchte aufzustehen, doch es gelang ihm nicht. Die Welt um ihn herum wurde schwarz, als das Nichts seine Gedanken verdrängte. Wenn es doch immer so bliebe, dachte er zuletzt. Ich liebe das Nichts. Und wenn das Nichts alles ist.

Nach einer Ewigkeit in der Dunkelheit öffnete er die Augen. Ein Käfer lief dicht an seinem Kopf vorbei, ohne sich an seiner Gegenwart zu stören. Der Puls hämmerte in seinen Schläfen, sein Kopf dröhnte. Er fühlte sich schutzlos, sein Inneres nach Außen gekehrt, ohnmächtig und schwach. Wie ein Baby im Mutterleib hatte er sich zusammengekrümmt, nur das Gefühl von Geborgenheit wollte sich nicht einstellen. Er bemerkte die Erde in seinem Mund und spuckte sie aus. Dann dachte er an den Kolonialkrieg, in den er vor siebzehn Jahren gezogen war. Die Depressionen, die ihn immer wieder heimgesucht hatten, seitdem er zurückgekehrt war. Er erinnerte sich an die Erlebnisse in der Bananenplantage, als wäre es gestern gewesen. Wie sie aneinandergeraten waren, konnte er nicht sagen. Er hatte Franz mit der Pistole in der Hand zurückgelassen, um vor der heranstürmenden

Übermacht an Feinden zu fliehen, als er auf einmal vor ihm stand. Erschrocken waren sie beide. Im Handgemenge biss der stämmige Mann wie ein tollwütiger Hund in seinen Hals und gerade noch rechtzeitig, bevor sich dessen Zähne bis zur Halsschlagader vorgearbeitet hatten, war es ihm gelungen, an das Messer in seinem Stiefel zu gelangen und zuzustechen. Als Einziger seines Zuges hatte er überlebt. Die anderen Versprengten waren ums Leben gekommen. Gefallen, weil er einen Fehler gemacht hatte.

Nachdem der Leutnant und die meisten Kameraden seines Zuges tot waren, hatte er die Führung übernommen, weil er mit vierundzwanzig Jahren der Älteste war. Er war nur ein Sanitäter, der die Verwundeten im Kugelhagel behandelte, den Verletzten Trost spendete und den Todgeweihten die Hand hielt. Aber er hätte es wissen müssen. Der Leutnant hatte sie gewarnt. Er hätte den Stolperdraht erkennen müssen, der die Sprengladung zündete. Franz hatte sich schützend vor ihn geworfen und die Wucht der Detonation abgefangen. Fischer hätte es wissen müssen. Franz, Notger, Siegfried und Otto waren gefallen, weil er den Stolperdraht nicht gesehen hatte.

Fischer schloss seine Augen, doch er fand keine Ruhe. Im Gegenteil. Während sein Körper zerschunden und aufgebraucht war, schien sein Verstand hellwach zu sein, kreiste um die Ereignisse in der Vergangenheit, spielte die Szenen nach, suchte nach Auswegen. Begann wieder von vorne, bewegte sich an den Anfang zurück. Immer und immer wieder. Gedanken, die schmerzten. Die zerstörten und ihm die Hoffnung nahmen. Vielleicht war das Bakterium in ihm kein Parasit, dachte er, sondern in Wahrheit ein Symbiont. Zwei Lebewesen, die zusammengefunden hatten, weil sie füreinander bestimmt waren: das eine, das die Behausung bot, das andere, das eine Droge lieferte, die das Vergessen brachte. Vielleicht war es widernatürlich, in diese Gemeinschaft einzugreifen. Vielleicht wehrte sich sein Körper deshalb dagegen. Ich, das bedeutete Schwäche. Das Andere, das Fremde in ihm, bedeutete Stärke. Gefühle zu zeigen, für jemanden etwas zu empfinden, bedeutete nur schwach zu sein in einer Welt, die erbarmungslos war. Die längst verdrängten Schuldgefühle kamen zurück, die Pein, als Einziger von ihnen überlebt zu haben. Alte Wunden, die wieder aufbrachen, nie verheilt waren. Umgeben von narbigem Gewebe. Oh Gott, schenke mir Frieden.

Als Fischer die Augen aufschlug, sah er einen Mann mit nacktem Oberkörper, der einen Zylinder trug. Und er dachte, dass der Mann mit dem kugelrunden Bauch ihn gerade eben beraubt hatte. Fischer versuchte aufzustehen, doch er hatte keine Kraft. Er lag eine Zeit lang einfach nur so da und starrte auf einen mit Efeu überwachsenen Grabstein. Dann stellte sich jemand vor ihn hin. Mit weißen Socken und frisch geputzten Schuhen. Ein Mädchen in der Uniform der Völkischen Pioniere, das rote Tuch um den Hals gebunden. Eine Ledertasche mit einer langen Schlaufe umgehängt. Stand einfach nur regungslos da und sah zu ihm herab, wie er zusammengekrümmt am Boden lag. Sah ihn mit mitleidlosen Augen an. Er kannte sie nicht. Was wollte sie nur?

Wie lange er die Augen geschlossen hatte, wusste er nicht, doch als er sie öffnete, war das Mädchen immer noch da. Sie saß im Schneidersitz vor ihm, die Hose tiefblau und das Hemd strahlend weiß. Ein kantiges Gesicht mit hohen Wangenknochen, die Haare nach hinten gebunden. Kein Mädchen mehr, sondern vielmehr eine junge Frau. Wie eine Erscheinung aus einer fremden Welt.

»Hast keine Schuhe mehr«, sagte sie.

Er bewegte seine Zehen, drehte die Füße zur Seite und spürte nur die Socken. »Hab' ich mir schon gedacht.« Noch immer hatte er nicht genug Kraft, um sich aufzurichten.

»Wer ist Franz?«

»Was?«

»Du hast immerzu von ihm geredet.«

»Hab' ich das?«

»Die ganze Zeit.«

»Hast du mich niedergeschlagen?«

»Nein.«

»Weißt du, wer es war.«

»Einer der Läufer, denk' ich.«

»Wer?«

»Einer von den Leuten, die kommen und gehen.«

»Und was machst du hier?«

»Wie meinst du das?«

»Eine so junge Frau mitten im Sperrgebiet, ich bitte dich.«

Sie warf den Stein hinter sich, den sie auf dem Schoß liegen hatte. »Wollte dir damit den Rest geben.«

»Den Rest?«

Sie nickte.

»Da bist du nicht allein«, antwortete er unbeeindruckt. Er versuchte, den Arm zu bewegen, auf dem er lag, doch er vermochte es nicht. »Was hat dich umgestimmt?«

»Scheinst auch so schon genug Probleme zu haben.«

»Das mag sein.« Er rollte sich auf den Rücken. »Wenn du mir schon nicht mehr den Garaus machen willst, kannst du mir dann vielleicht hochhelfen?« Er streckte ihr den anderen Arm entgegen, und sie zog ihn so weit hoch, dass er sitzen konnte. Er bekam nicht genug Luft, legte den Kopf in den Nacken, stützte sich mit einem Arm am Boden ab und atmete tief durch. Dann sah er die junge Frau an. »Bist wohl doch echt.«

»Was meinst du?«

»Ach, nichts.« Er schüttelte seinen tauben Arm und ballte die Hand immer wieder zu einer Faust, bis der Arm so gut durchblutet war, dass er ihn wieder spürte. Dann sah er sich den Ort genauer an, an dem er niedergeschlagen wurde. Einfache Grabsteine, größtenteils überwuchert, wild wachsende Hecken, eine verfallene Kapelle. Zwei frische Gräber, eins davon mit einem einfachen Holzkreuz versehen. Umgeben von einer Steinmauer, konnte das nur der Friedhof sein, in dem früher die Selbstmörder bestattet wurden. Fernab der Wohngebiete, mitten im Stadtwald gelegen.

Er strich über die Beule am Kopf und fuhr mit der Hand über seinen Hals. Dann schob er das Tuch zur Seite, das er sich, getrieben von den Halluzinationen, um den Hals gewickelt hatte, und ertastete seine Narbe. Er prüfte, ob an seinen Fingern Blut kleben blieb, doch seine alte Wunde hatte sich nicht geöffnet. Sein Mund war trocken, die Zunge pelzig. Sie hielt ihm eine Wasserflasche hin. Ohne zu zögern trank er gierig ein paar Schluck daraus und wischte sich den Mund ab. Dann betrachtete er die Plastikflasche. Alt, das Etikett vergilbt. »Woher hast du das Wasser?«

»Aus dem See.«

»Was?« Augenblicklich ließ er die Flasche fallen und versuchte, das Wasser auszuspucken, steckte sich einen Finger in den Hals und begann zu würgen, doch, als wollte sein Körper die einmal aufgenommene Flüssigkeit nicht wieder hergeben, hatte er keinen Erfolg. »Wo ist meine Staubmaske? Verdammte Scheiße!« Er durchwühlte seine Jackentaschen. »Wie kannst du nur das Flusswasser trinken, du Wahnsinnige?«

»Was?«

»Wie zum Teufel kannst du mir so was geben?«

»Da ist kein Knacken drin«, sagte sie, ihn verwundert anstarrend.

»Verdammt! Einmal nicht aufgepasst und schon ist alles vorbei«, jammerte er. In seinen Taschen fand er weder die Staubmaske noch die Schutzbrille. Der Handschocker und der Dietrich waren noch da, sein Sturmfeuerzeug und der Ausweis hingegen waren ihm gestohlen worden. Auch den Ehering hatte ihm der Dieb vom Finger gezogen und den Rucksack mit der Verpflegung mitgenommen. Nur die zweihundert Taler hatte er ihm gelassen. Offenbar keine Währung, mit der man hier Rechnungen beglich. Zudem fand er eine schwarze Schatulle in seiner Manteltasche, die er noch nie zuvor gesehen hatte. Wahrscheinlich hatte sich der Dieb einen Spaß erlaubt und sie ihm zugesteckt. Doch all das interessierte ihn nicht. Er zog die Dose mit der Medikamentenmischung aus der Tasche, die ihm die Ärztin im Krankenhaus gegeben hatte, schraubte sie auf und nahm eine Spatelspitze des weißen Pulvers auf. Er lutschte das Pulver vom Spatel ab und versuchte, es herunterzuschlucken, obwohl sein Mundraum trocken war.

Die junge Frau verschränkte ihre Arme. »Du bist ja vielleicht 'n Angsthase.«

»Was?« Pulver rieselte von seinen Mundwinkeln herunter.

»Stellst dich ganz schön an.«

»Besser ein Angsthase als ein Dummkopf.«

»Du meinst, ich bin dumm?«

»Ich meine, dass ich nicht dumm sein will. Was du sein willst, ist nicht meine Angelegenheit.«

»Im See ist doch gar kein Knacken.«

»Knacken ... was redest du nur für 'nen Schwachsinn?«

»Mein Bruder hat einen Knackmelder ans Wasser gehalten.«

»Meinst du etwa einen Strahlungsmelder oder was?«

»Ja, einen Knackmelder.«

»Was sagt das schon aus? Vielleicht hat der Melder nicht richtig funktioniert, weil er alt war oder die Batterien leer waren.«

»Glaub' ich nicht. Den hatte ein Wächter bei sich.«

»Du hast ihn von einem der Wächter?«

»Der hatte gerade seinen Wagen verlassen, um zu pissen.«

»Hast du ihm den Melder geklaut oder was?

»War keine große Sache.«

»Und du meinst, im Flusswasser ist kein Knacken?«

»Nein.«

»Sicher?«

»Klar. Ich weiß ja, wo das Knacken ist.«

»Und? Wo ist es?«

»Na, in den Bäumen und in den Sträuchern.«

»Bist du sicher?«

»Siehst du die Kiefern da hinten?«

»Ja.«

»Hättest du da hinten gelegen, wärst du bald krank.«

»Weil die Kiefern knacken.«

Sie nickte.

»Wo noch?«

»Da gibt es noch so einige Stellen im Wald, wo wir nicht hingehen.«

»Wir?« Er sah sie auffordernd an, doch sie sagte nichts. »Du und dein Bruder oder was? Oder gibt es da noch andere?« Sie blieb ihm die Antwort schuldig, und er bemerkte, wie misstrauisch sie ihn beobachtete. »Geht mich ja eigentlich auch nichts an«, sagte er. »Habt ihr vielleicht eine Karte vom Wald mit den ... äh ... knackenden Stellen?«

»Eine Karte?«

»Ja, eine Karte, einen Plan, wo ihr vermerkt habt, wo die Strahlung hoch ist.«

Sie schüttelte den Kopf und hielt sich den Zeigefinger an die Stirn. »Alles in meinem Oberstübchen. Ich weiß, wo ich langlaufen darf und wo nicht.«

»Nicht schlecht.« Er nickte anerkennend. »Wie heißt du eigentlich?«

»Frauke. Frauke Junghans. Und du?«

»Einar. Den Nachnamen hab' ich vergessen.«

Ein flüchtiges Lächeln huschte über ihr ernstes Gesicht. »Das glaub' ich dir nicht.«

»Du bist ja auch noch jung – sechzehn vielleicht – da glaubt man eben nicht alles.«

»Ich bin schon achtzehn.«

»Siehst du, jetzt haben wir etwas gemeinsam.«

»Das wäre?«

»Das glaub' ich dir nämlich nicht.«

Sie lächelten beide, dann sah sie auf den Boden. »Was machst du hier, Einar?«

»Ich hab' nach Antworten gesucht.«

»Antworten?«

»Ja.«

»Und hast du sie gefunden?«

»Ich denke schon«, sagte er, rieb sich mit der Hand über die Stirn und schnaufte tief durch.

»Schmerzhafte Antworten?«

»Das kann man sagen.«

»Die Zeiten sind halt hart«, sagte sie ungerührt.

»Was weißt du denn schon vom Schmerz?«

Sie knabberte an ihren Fingernägeln und plötzlich ahnte er, dass sie eine große Last zu schultern hatte. »Meine Eltern«, begann sie ruhig, »meine lieben Eltern haben mich und meinen kleinen Bruder hier im Wald zurückgelassen. Da war ich acht.«

Er sah verschämt auf den Boden. »Verzeih' mir. Ich hätt' das nicht sagen dürfen.«

Sie nickte.

»Es tut mir wirklich leid. Ich bin nicht ganz bei mir, ich blöder Hund. Ich bin einfach zu sehr mit mir selbst beschäftigt.«

»Schon gut.«

»Ich wollte dich wirklich nicht verletzen.«

»Gebongt.«

Er lächelte. »Du lebst schon so lange hier im Wald? So viele Jahre?«

»Zwölf Winter sind es jetzt, acht davon ohne sie.«

»Seit zwölf Jahren bist du schon hier? Dann gehört ihr zu denen, die in der Alten Ordnung hier angesiedelt wurden?«

»Keine Ahnung. Meine Eltern haben mir gesagt, wir hätten Neustadt verlassen, weil die Menschen da böse sind.«

Er war sich sicher, dass ihre Familie zur Unterschicht zählte, die zu Zeiten der Diktatur das Sperrgebiet wieder neu besiedeln sollte. Die Proletarier, die niemand in Neustadt wollte. Nicht verstrahlt, aber dennoch unerwünscht. In Zügen wurden sie zu Tausenden hierher transportiert. Gelockt mit dem Versprechen auf ein besseres Leben in frisch renovierten Wohnungen, waren sie, umgeben von den Wächtern in ihren Türmen, doch eingesperrt wie in einem Gefängnis. Bis auf unregelmäßige Lebensmittelabwürfe aus der Luft sich selbst überlassen, verdammt dazu, sich allein in einer verstrahlen Umgebung zurechtzufinden, in der es keine staatlichen Strukturen gab. »Deine Eltern wurden von der Alten Ordnung getäuscht. Ihnen wurde erzählt, dass es hier wie im Paradies wäre.«

»Wie im Paradies?«

»Ja.«

»Was ist das?«

»Du weißt nicht, was das Paradies ist?«

»Nein.«

»Na, Gottes Reich, das Land, in dem Milch und Honig fließen.«

»Meinst du etwa das gute Land?«

»Ja, wenn du es so nennen willst.«

Sie biss mit den Zähnen auf ihre Unterlippe. »Ich glaub' nicht, dass uns irgendjemand was schenkt, und schon gar kein – wie hast du gesagt – Paradies?« Er nickte, und sie fuhr fort: »So geht das nicht.«

»Versteh' nicht ganz, was du meinst.«

»Wenn wir uns das Paradies nicht selbst bauen, wird es keiner für uns tun.«

»Das glaubst du?«

»Gott will, dass wir das Paradies für ihn hier auf der Erde bauen.«

»Will er das?«

»Er kann es doch nicht alleine machen.«

»Es soll also unsere Aufgabe sein?«

»Ja.«

Er sah sich um. »Nun, weit gekommen sind wir noch nicht.«

Sie nickte. Dann löste sie ihre Haarspange, öffnete ihre Haare, strich sie zurück und steckte die Spange wieder hinein.

»Warum bist du eigentlich im Sperrgebiet geblieben?«, fragte er. »Du hättest versuchen können, mit deinem Bruder zu fliehen.«

»Zu fliehen? Warum?«

»Weil das hier eine lebensfeindliche Umgebung ist? Der Vorhof der Hölle?«

Sie lachte einmal kurz auf. »Du hast keine Ahnung ...«

»Wie schlagt ihr euch denn hier durch? Ich meine, was esst ihr eigentlich?«

»Wildschweine, Kaninchen, Rehe und Eichhörnchen. Alles da.«

»Die müssen doch verstrahlt sein.«

»Sind sie aber nicht. Zumindest nicht alle.«

»Dann esst ihr das Wild?«

Sie nickte. »Außerdem gibt es da noch die Konserven in den Bunkern.«

»Und was macht ihr, wenn ihr krank seid?«

»Wir kennen einen Doktor, der uns hilft. Im roten Turm wohnt er.«

»Trotzdem merkwürdig.«

»Was?«

»Fühlst du dich hier nicht eingesperrt? Ich meine, hast du nie wissen wollen, was hinter den Türmen ist? Hast du nie versucht, hier raus zu kommen?«

»Doch, schon. Einmal hab' ich es versucht. Ein einziges Mal.« Sie sah nachdenklich auf den Boden. »Als er so krank war ... und der Doktor ihm nicht helfen konnte.«

»Krank? Wer war krank?«

»... die Wächter haben mich erwischt.«

»Sie haben dich erwischt?«

»Ja.«

»Wie bist du wieder freigekommen?«

»Ich hab' meine Methoden.«

»Womit hast du sie bestochen?«

»Ich hab' sie bezahlt.«

»Hast du denn Geld?«

Sie sah ihn trotzig an. »Ich hab' in der Währung einer Frau bezahlt.«

»In der Währung einer ...«, wiederholte er ungläubig. Dann verstand er. »Du meine Güte, du bist doch noch so jung.«

»Offenbar alt genug für sie.«

»Was für Schweine«, sagte er und musste im gleichen Augenblick an die Prostituierte denken, die er sich auf sein Hotelzimmer hatte kommen lassen. Die ihm davon erzählt hatte, dass ihre Eltern und Geschwister gestorben waren und sie niemanden mehr hatte. Früh morgens hatte sie zu ihm hinübergesehen, eine Zärtlichkeit oder ein liebes Wort einfordernd, und er hatte solange vorgegeben zu schlafen, bis sie aus seinem Appartement verschwunden war. Ein Schmerz fuhr ihm durch die Brust. Die angebrochene Rippe, die ihm Ludger zugefügt hatte, machte sich wieder bemerkbar. Als er versuchte aufzustehen, blieb ihm die Luft weg. Er torkelte und stürzte zu Boden. Ohne einzugreifen, sah sie zu. »Noch ein wenig ausruhen«, presste er heraus, sich mühsam mit einem Arm am Boden abstützend. Dann brach er zusammen.

Als er die Augen wieder öffnete, war die Nacht bereits angebrochen. Frauke hatte Äste und Zweige gesammelt und ein Lagerfeuer gemacht. Das Holz knisterte, und das Feuer wärmte sein Gesicht. Es fühlte sich gut an, ein Gefühl der Geborgenheit. Ein Licht in der Dunkelheit. Sie warf ein paar Zweige ins Feuer, dann deutete sie auf die Lackschuhe, die vor ihm auf dem Waldboden lagen. »Dürften deine Größe haben.«

»Die sind für mich?«

»Ja.«

»Danke.«

»Keine Ursache.«

Er setzte sich hin und streifte sich die Schuhe über. »Scheinen zu passen. Die sind brandneu. Woher hast du sie?«

»Ich weiß nicht, ob ich dir das sagen soll.«

»Brauchst du auch nicht. Ich denk', ich weiß es auch so.«

»Das glaub' ich dir nicht.«

»Nun, wahrscheinlich hast du sie aus der Fakultät.«

»Der Fakultät? Was ist das?«

»Das große weiße Gebäude mit den vier Türmen. Wo du auch deine Klamotten her hast.«

Sie sah ihn erstaunt an. »Woher weißt du das?«

»Das Spaltungswerk ist explodiert, als gerade die Feierlichkeiten zum Jahrestag vorbereitet wurden. Die Lager müssen noch randvoll sein mit den Uniformen der Völkischen Pioniere«, erklärte er ihr und band sich dabei die Schnürsenkel seiner Schuhe zu, »und mit den feinen Anzügen der Parteibonzen natürlich auch.«

»Völkische Pioniere? Was ist das schon wieder?«

»Eine Jugendorganisation in der Alten Ordnung.« Er sah in ihr Gesicht, das Unverständnis widerspiegelte. »Warum trägst du die Uniform überhaupt, wenn du ihre Bedeutung nicht kennst?«

»Warum?« Sie runzelte die Stirn. »Wir sind schließlich keine Wilden.«

»Irgendwie bizarr, dass du im Jahr 1990 in der Uniform der Pioniere ...« Er stockte. Abgelenkt von einem Geräusch, sah er zu den Gräbern hinüber, wo sich etwas zu regen schien. Der Efeu raschelte, und eine Gestalt kroch auf das Lagerfeuer zu. Die Beine nur noch Stümpfe, robbte der Mann mit dem aschfahlen Gesicht heran, setzte sich neben sie ans Feuer und rieb seine Hände, als wäre ihm kalt. Notger blickte ihn nicht an, sondern sah nur in die Flammen. Dann kam Franz hinter einem Baum hervor und humpelte zum Feuer, ein Bündel im Arm tragend. Er setzte sich neben Notger, legte das Bündel in das Laub und öffnete die Schlaufe. Die Schädel von Siegfried und Otto waren darin. Er stellte sie so auf, dass die Augenhöhlen zum Feuer gerichtet waren.

»Siehst du sie auch?«, flüsterte Fischer, zu seinen toten Kameraden hinüberstarrend.

»Wen?«

»Meine Kameraden?«

Frauke drehte sich in alle Richtungen um, doch schien sie nichts wahrzunehmen. »Hast wohl Angst in der Dunkelheit, was?« Sie lächelte. »Hatte ich recht. Bist doch 'n Angsthase.«

Er nickte gedankenversunken, den Blick zu den toten Kameraden gerichtet, die um das Lagerfeuer herumsaßen. In der Hölle wirst du brennen, hörte er eine Stimme in seinem Kopf sagen. In der Hölle, Einar Fischer.

»Hier, ich hab' was für dich.« Sie warf ihm eine Wasserflasche hin, doch, zu seinen toten Kameraden starrend, reagierte er nicht darauf. Sie ging zu ihm hinüber und rüttelte an seiner Schulter. »Hallo du?« Sie hob die Flasche vom Boden auf und hielt sie ihm vor das Gesicht.

Er sah zunächst zu ihr hoch, dann erst fielen seine Blicke auf die Wasserflasche. »Sieh an, sieh an. Mit Siegel. Die muss aus meinem Rucksack sein.«

»Na, dann trink.«

Er nahm die Flasche, schraubte den Deckel ab und trank gierig daraus.

»Hat der Dieb weggeschmissen«, sagte sie.

Er setzte die Flasche vom Mund ab und atmete mehrmals hastig durch. »War ... nur Ballast für ihn.«

Sie holte eine Konservendose aus ihrem Umhängebeutel und hielt sie ihm hin.

»Vegetarische Ravioli«, las er die Frakturschrift auf dem Aufdruck, »das Lieblingsgericht des Idols. Wenn das mal nicht passend ist.«

»Hast du Lust?«

»Ehrlich gesagt, hab' ich 'n Mordshunger.«

»Schön.« Sie öffnete die Konserve mit einem Schraubendreher, den sie aus ihrer Tasche holte, schnell und geübt, klappte den Deckel nach oben und stellte die Dose auf einen Stein, den sie dicht ans Feuer schob. Von Zeit zu Zeit drehte sie die Dose ein Stück, prüfte mit den Fingern die Temperatur des Blechs, und rührte mit einem Löffel die Tomatensoße um. Stumm saßen sie am Lagerfeuer und sahen in die züngelnden Flammen, die sich langsam durch das Holz fraßen. Als die Tomatensoße anfing zu dampfen, nahm sie ein Tuch, wickelte es um die Dose, und reichte sie ihm zusammen mit dem Löffel. »Du zuerst.«

»Nein, du.«

»Du hast es aber nötiger als ich.«

»Gut – wie du willst.« Er nahm die Dose und kostete vorsichtig von der Soße, um sich nicht zu verbrühen. »Die ist wirklich lecker«, sagte er, obwohl er die Tomaten nicht herausschmecken konnte. »Wenn man bedenkt, wie alt die ist.«

In Gedanken versunken, stocherte sie mit einem Stock in der Glut herum. »Kannst du lesen?«

»Wie kommst du darauf?« Er schob sich zwei Ravioli in den Mund. »Du etwa nicht?«

Sie holte ein Buch aus ihrer Umhängetasche und strich mit der Hand behutsam über den Buchrücken. »Wir haben es einem Mann abgenommen, den wir im Wald gefunden haben.«

»Einem Mann? War er tot?«

Sie nickte. »Es muss wichtig sein. Er hatte es in einer geheimen Tasche in seinem Mantel stecken.« Sie reichte ihm das Buch. »Was steht drauf?«

Er stopfte sich ein paar Ravioli in den Mund, stellte die Dose auf dem Boden ab und nahm das Buch in die Hand. »Du kannst wirklich nicht lesen?«, fragte er, noch mit vollem Mund.

Verlegen wandte sie ihren Blick ab. »Wer sollte es mir denn beigebracht haben?«

»Deine Eltern?«

»Die konnten selbst kaum lesen ...«

»Zeig mal her ...« Er las den Titel des Buches durch: »Wie man aus fünfzig Talern ein Vermögen macht.« Es war die Autobiographie von Josef Reich, die seinen kometenhaften Aufstieg in Neustadt erklärte. Das selbstgefällige Buch eines Narzissten, der sich für ein Genie hielt. Ein Einzigartiger, wie es sie zu Tausenden gab. »Da hast du dir ja das richtige Buch ausgesucht, meine Liebe.« Er lächelte sie an und wollte ihr gerade den Titel verraten, doch als er bemerkte, wie erwartungsfroh sie ihn ansah, fuhr er sich mit der Zunge über die oberen Schneidezähne und schwieg.

»Und?«

»Was und?«

»Was steht drauf?«

»Die Buchstaben verschwimmen vor meinen Augen«, log er. »Irgendwie seh' ich doppelt. Muss wohl am Schlag liegen.« Er tastete nach seiner Beule am Kopf.

»Eben warst du dir doch noch sicher?«

»Ja, eben, aber jetzt nicht mehr ...«

Sie rückte zu ihm hinüber. »Das muss eine Zahl sein«, sagte sie und deutete auf die »50«. »Versuch es noch mal.«

Er schlug das Buch auf und las die Überschrift des ersten Kapitels: »Die Börse, diese allumfassende Größe dieser neuen Welt, sie gibt und sie nimmt.« Dann schlug er das Buch wieder zu, kniff die Augen zusammen und gab vor, den Titel zu lesen. »Ich hab' keine Brille hier«, behauptete er. »Warte ... es ist eine Zahl, da hast du recht – eine Fünfzig muss es sein ...« Ich kann es nicht, dachte er, als er sie anblickte und sah, wie ihre Wangen vor Aufregung gerötet waren. Es hat eine so große Bedeutung für sie. Sollte sie etwa erfahren, was der Mann, kurz bevor er vor seinen Schöpfer trat, als wertvollstes Gut in seiner Geheimtasche stecken hatte? Dass der Mann sich an ein Buch von einem Menschen klammerte, dessen einzige Vision es war, Profit zu machen, ohne jegliche Rücksicht – kostete es, was es wollte? Den das Schicksal seiner Mitmenschen nicht im Geringsten interessierte? Sollte er ihr die Wahrheit sagen? Sollte sie erfahren, dass ihre Eltern sie und ihren Bruder im Stich gelassen hatten, um in Neustadt ein besseres Leben zu führen, unbeschwert vom Ballast, den sie in ihren Kindern sahen? Oder war es nicht besser, ihr Hoffnung zu schenken? »Wie ... aus fünfzig«, begann er, dann schloss er die Augen und atmete einmal tief durch. Sollte sie doch ihre Aufgabe bekommen. »Wie aus fünfzig Menschen eine Gemeinschaft wird.« Er gab ihr das Buch zurück. »So, jetzt weißt du es«, sagte er und blickte beinahe trotzig zu Frauke hinüber, die ihre Augen weit aufgerissen hatte. Den Kopf nach vorne gestreckt, als hätte er ihr gerade eine Heilsbotschaft verkündet. »Fünfzig Menschen ... das ist es«, sagte sie feierlich.

»Jetzt mach nicht mehr draus, als es ist.«

»Verstehst du nicht? Wie aus fünfzig Menschen eine Gemeinschaft wird ... weißt du nicht, was das bedeutet?«

»Keine Ahnung, ich kenn' das Buch ja nicht.« Er wünschte sich, ihr die Wahrheit gesagt zu haben. Denn schlimmer, als ihr die Hoffnung zu nehmen, war, ihr eine falsche Zuversicht zu geben. Eine Zuversicht, die auf einer Lüge beruhte.

»Man braucht also fünfzig. Deshalb hat es bei uns nicht geklappt. Eben nicht hundert, achtundvierzig oder sechsundvierzig. Verstehst du nicht?«

»Nein.«

»Vier fehlen uns also noch. Vier. Deshalb konnte es gar nicht klappen.«

»Wie? Vier? Seid ihr etwa sechsundvierzig?«

Sie nickte. »Nicht mehr und nicht weniger.«

»Gemeinschaft«, sagte er in abwertendem Tonfall, »die wurde in der Alten Ordnung auch immer beschworen.«

»Ich kenn' die Alte Ordnung nicht gut. Da war ich noch klein.«

»Da hast du Glück gehabt.«

»Was hat das mit Glück zu tun?«

»Als ich so alt war wie du, wollte ich auch was verändern, glaub' mir. Jetzt merke ich, dass das Einzige, was sich verändert hat, ich selbst bin, und die Welt um mich herum gleich geblieben ist. Alte Ordnung, Neue Ordnung. Es ist dieselbe Korruption und derselbe Hass.«

Sie schüttelte energisch ihren Kopf. Sie wirkte unglücklich über das, was er von sich gab, sagte selbst aber nichts.

»Das Leben besteht nur aus Verlust und Qual«, fuhr er fort. »Wenn du mich fragst, ist das nur was für Masochisten ...«

Sie sah in die Flamme, ihr Gesicht in das warme Licht des Feuers getaucht. »Hörst du das Holz?«, fragte sie.

»... eine nicht enden wollende Abfolge von ...«

»Hörst du es ...«

»... was sagst du?«

»Das Holz? Du musst hinhören – nur dann geht es.«

Zuerst wollte er weiterreden, doch dann sah er in die Glut und lauschte dem Knistern des Feuers.

»Hörst du es?«, fragte sie erneut.

»Ja«, erwiderte er leise.

»Weißt du, was ich mir immer vorgestellt hab'?«

»Was?«

»Ich hab' mir immer vorgestellt, dass jedes Mal, wenn das Holz knackt, ein böser Gedanke aus meinem Kopf verschwindet.«

»Hast du das?« Er sah in die Flammen und lauschte. Dann dachte er daran, wie dankbar er dafür war, aus dem Kolonial-krieg heimgekehrt zu sein, auch wenn es bedeutete, dass Franz in der Bananenplantage zurückgeblieben war. Und dafür, dass er so dachte, schämte er sich. Er legte sich auf die Seite, den

Kopf auf die Hände gestützt, und sah wie hypnotisiert ins Feuer.

»Da, schon wieder. Hast du es gehört?«, fragte sie.

»Ja, das hab' ich.«

»Und wieder ist ein böser Gedanke verschwunden.«

Es gab nicht viel um ihn herum. Eigentlich nur eine Lichtquelle in der Ferne, auf die er sich zubewegte. Instinktiv, wie eine Motte, die auf eine Laterne zuflog. Er sah keinen Boden unter sich, wusste nicht einmal, ob er Beine hatte, nur, dass er sich dem Licht immer mehr näherte. Alles in dieser Welt war ihm vertraut, war hundertmal erlebt, war ein Teil von ihm. Er hielt sich die Hand vor das Gesicht und bewegte sich langsam auf die Silhouette zu, die sich im Gegenlicht abzeichnete. War vollständig erfüllt von einem Gefühl der Wärme und der Güte. Er betrachtete die Umrisse, die sich zu verformen schienen, je näher er ihnen kam. Als er glaubte, eine Glocke erkennen zu können, war er sich sicher, aufwachen zu müssen, so, wie es ihm all die Male zuvor widerfahren war. Doch diesmal sollte es anders kommen. Er bewegte sich so weit auf die Silhouette zu, wie er es niemals zuvor tat. So weit, dass sich die seitlichen Auswölbungen der Glocke abspalteten, und er verstand, dass es in Wahrheit drei Menschen von unterschiedlicher Größe waren, auf die er sich zubewegte. Ein großer Mensch in der Mitte, umgeben von zwei kleineren. Längst vergessene Gefühle der Zuneigung und der Liebe erwachten in ihm. Als ihre Silhouette die Lichtquelle vollständig verdeckte, erkannte er ihre Gesichter. Es war seine Frau, die seinen Sohn an der linken Hand hielt und seine Tochter an der rechten. Er lachte, schrie ihre Namen und streckte die Arme aus, um sie zu umarmen. Wünschte sich nur noch, bei ihnen zu sein. Dann erwachte er.

Das Feuer war erloschen. Der Morgen dämmerte, und es war ihm kalt. Fischer zog den Kragen seines Mantel hoch, starrte in die Asche und dachte, wie sehr er seine Familie vermisste. Er sah zu Frauke hinüber, die neben ihm am Lagerfeuer lag, ihren Kopf auf die Umhängetasche gelegt, die Augen geschlossen.

»Ich hab' meine Frau und meine Kinder verlassen«, sagte er, obwohl er nicht wusste, ob sie schon wach war. »Ich bin nicht besser als deine Eltern.«

Sie schlug die Augen auf und hob ihren Kopf. »Du hast sie verlassen?«

»Es war die ganze Zeit so offensichtlich, und ich hab' es nicht gesehen. Ich hab' es einfach nicht gesehen ...«

»Was sagst du?«

»Irgendwie dachte ich, sie wären nicht echt. Als wäre mein Verstand benebelt gewesen.«

»Nicht echt?«

»Ach, frag nicht.«

»Wo sind sie?«

»In Neustadt.«

»Deine Frau ist bei deinen Kindern?«

»Ja.«

»Dann haben sie Glück gehabt. Nur einer, der sie im Stich lässt.«

Er schüttelte den Kopf und biss sich auf die Unterlippe. »Ich weiß nicht, wie es dazu kommen konnte. Wie nur?« Wieder schüttelte er den Kopf. »Vor gut neun Jahren hab' ich meine Frau kennengelernt, unsere Kinder wurden geboren, alles schien gut zu sein. Wir hatten wenig Geld und haben uns mehr schlecht als recht durchgeschlagen, aber so ergeht es nun mal den meisten. Es schien so gut zu sein ... doch vor einiger Zeit bin ich eines Nachts schweißgebadet aufgewacht und dachte, dass ich all mein Glück nicht verdient hätte. Dass all das um mich herum, meine Frau und meine Kinder, nur eine Illusion wäre. Ein geborgtes Leben, verstehst du? Und mein eigenes Leben in Wahrheit in dieser Bananenplantage geendet hatte. Ich nie aus dem Krieg heimgekehrt wäre. Sie hat natürlich bemerkt, dass ich immer unglücklicher wurde. Sie hat gesagt, dass ich all das vergessen müsste. Die Vergangenheit keine Rolle mehr spielte. Ich eine Familie hatte, um die ich mich kümmern müsste.«

Frauke sah ihn misstrauisch an, unterbrach ihn aber nicht.

»Ich wollte meiner Frau doch ein guter Mann sein. Und meinen Kindern ein guter Vater. Ich wollte doch für sie sorgen. Sie rausholen aus dieser elenden Mietskaserne so nah an den Berghängen. Einfach nur raus aus der Scheiße. Und dann hab' ich gesehen, dass der Staatsschutz nach Mitarbeitern sucht.« Er sah zu ihr hinüber, als warb er um ihr um Verständnis. »Eine Todsünde für jemanden aus Ostend, ein unverzeihlicher Verrat unter den Flüchtlingen. Es ist die Behörde der Neustädter, musst du wissen. Es sind diejenigen, die uns drangsalieren. Aber ich hab' es gemacht. Ich hab' es für meine Familie gemacht.« Er setzte sich hin, die Arme auf die Knie gestützt und starrte in die Asche. »Es ging mir immer besser, die Depressionen verschwanden, wir hatten Geld. Wir konnten uns eine tolle Wohnung ganz in der Nähe des Neuen Steintors leisten, und alles schien gut zu laufen. Doch es gab da etwas. Einen Haken. Ich hab' eine Kapsel geschluckt. Ich dachte, es wäre Medizin, doch in Wahrheit waren es Bakterien, die in meinem Körper ein Nervengift produziert haben, das mich vergessen lässt. Vergessen lässt, was ich für meine Frau und meine Kinder empfinde. Vergessen, was wir erlebt und erlitten hatten. Ich war nicht mehr als eine Maschine. Unfähig, etwas für sie zu empfinden.«

Sie blickte ihn ernst an. »Du meinst, du hattest einen Grund?«

»Einen Grund? Wofür?«

»Du wolltest deine Kinder eigentlich nicht verlassen?«

Er schloss die Augen und schüttelte den Kopf. »Niemals.« Er wollte weinen, doch er konnte es nicht.

»Und trotzdem hast du es getan.«

Zusammengekauert vor dem Lagerfeuer hockend, senkte er den Kopf, ohne ihr zu antworten.

»Du hast es getan«, wiederholte sie, stand auf, ging zu ihm, beugte sich über ihn und strich ihm durchs Haar. »Aber es gibt mir Hoffnung, Einar.«

Er blickte zu ihr auf. »Hoffnung?«

»Ja.«

»Warum das?«

»Vielleicht hatten meine Eltern auch einen Grund, meinen Bruder und mich hier zurückzulassen. Vielleicht sind sie nicht so schlecht, wie ich gedacht hab'.«

Er schnaufte tief durch. »Du glaubst nicht, dass ich schlecht bin?«

»Nein.«

Er presste die Luft zwischen Zähnen und Unterlippe heraus und atmete dann tief ein. »Das bedeutet mir was.«

»Einar?«

»Ja?«

»Du solltest zu ihnen zurück.«

Er schüttelte den Kopf. »Das kann ich nicht. Ich hab' versagt, und es gibt keine zweite Chance. Es ist niemals so. Glaub' mir.«

»Hör auf damit.«

»Zuerst hab' ich meine Kameraden im Stich gelassen und jetzt noch meine Familie.«

»Hör auf damit!«

»Ich ...«

»Hör auf, dich zu bemitleiden und denk an sie.«

»Wie könnte ich ihnen noch in die Augen schauen?«

»Sie brauchen dich.«

»Sie werden mich hassen.«

»Sie werden dich mehr hassen, wenn du nicht zurück-kommst.« Sie ergriff seine Hand. »Komm mit.«

»Was ist?«

»Na, komm schon.«

Er zögerte zuerst, doch dann stand er auf, und sie führte ihn über den Friedhof. Vorbei an der verfallenen Kapelle zu dem frischen Grab, das mit einem einfachen Holzkreuz versehen war. Es war ein Kindergrab. »Ich würde ihn nie verlassen«, sagte sie, auf das mit Schnüren gebundene Kreuz blickend. Und dann verstand er schlagartig, wer dort begraben lag. Er schaute zu ihr hinüber, sah, wie ergriffen sie dastand. Er wollte sie zuerst in den Arm nehmen, dachte dann aber, dass sie es falsch verstehen konnte. So legte er nur die Hand auf ihre Schulter. »Wie hie ... wie heißt er denn?«

»Wilhelm.«

»Wilhelm? Wilhelm Junghans?«

Sie nickte. Er kniete sich hin und hob einen spitzen Stein vom Boden auf. »Warte einen Augenblick.« Er nahm den Stein und ritzte den ersten Buchstaben ins Holz. Dann machte er sich auch an die nächsten Buchstaben, bis der Name ihres toten Kindes schließlich auf der Querstrebe des Holzkreuzes stand. »So, jetzt hat er wieder seinen Namen zurück.«

Sie kniete sich vor dem Kreuz hin und strich mit den Fingern über die frischen Einkerbungen. »Mein geliebter Sohn. Mein geliebter Wilhelm.« Sie küsste ihre Hand, fuhr mit dem Zeigefinger entlang der eingeritzten Buchstaben, faltete ihre Hände und betete. Sie bekreuzigte sich, dann rückte sie die Blumen zurecht, die auf der aufgeworfenen Erde lagen.

»Bist du in Ordnung?«, fragte er, als sie wieder aufstand.

Sie wischte sich eine Träne von der Wange. »Wir müssen los. Dich zu deiner Familie bringen. Sie braucht dich.«

Er sah sie lange an und dachte, wie sehr er sie dafür bewunderte, wie tapfer sie ihr Schicksal trug. Dabei war sie noch so jung.

Sie lächelte. »Ich bring dich über den Fluss. Folg mir.«

Die beiden verließen den Friedhof über ein Tor, folgten einem Pfad durch den Wald und erreichten, die aufgehende Sonne im Rücken, das Ufer unweit der Bucht, in der Knecht ihn an Land gelassen hatte.

»Welcher Tag ist heute?«, fragte er.

»Drei Tage vor Vollmond.«

»Den Wochentag kennst du wohl nicht zufällig?«

Sie schüttelte den Kopf.

Gefühlt war es eine Ewigkeit, aber wenn er richtig lag, war nur ein Tag vergangen, seitdem Knecht ihn ans Ufer gebracht hatte. Sicher war sich Fischer aber nicht. Möglich, dass er, von Halluzinationen getrieben, viel länger durch den Wald geirrt war. Er war nicht geheilt, wusste nicht, wann die Clostridien seinen Körper wieder mit Neurotoxin fluteten und die Gefühle für seine Familie allmählich vergingen. Ob Knecht noch kommen würde oder nicht, spielte daher keine Rolle. Bis zum Sonnenuntergang zu warten, dafür blieb ihm schlichtweg keine Zeit.

»Weißt du, wie ich ans andere Ufer komme?«

»Was denkst du?« Sie führte ihn zu einem Tretboot in der Form eines Schwans, das versteckt im Schilf lag. Früher einmal war es von Ausflüglern für Spazierfahrten auf dem Wasser benutzt worden. Der Kopf des Schwans war abgebrochen, aber der mit einer Rußschicht überzogene Rumpf aus Kunststoff schien unversehrt zu sein. Sie setzte sich ins Tretboot. »Was ist?«, fragte sie, als sie sah, dass er zögerte einzusteigen. Sie konnte nicht wissen, dass seine Schwimmbewegungen eher denen eines Hundes glichen, und er jämmerlich ertrank, wenn das Boot kenterte. »Ach, spielt keine Rolle«, antwortete er, als er sich schließlich neben sie setzte.

Sie traten gleichzeitig in die Pedale, und der geköpfte Schwan schob sich durch eine schmale Fahrrinne im Schilf. Durch das stampfende Geräusch des Schaufelrads aufgescheucht, flog ein Graureiher knapp über der Wasseroberfläche davon. Da die Strömung nur schwach war, kamen sie zügig voran.

»Kannst du noch?«

»Klar.«

»Wollte nur nachfragen.« Plötzlich spürte er etwas hinter sich. Die Anwesenheit von jemandem. Als er sich umdrehte, sah er, dass sich etwas im Schilf bewegte. Die Sonnenstrahlen blendeten ihn so stark, dass er die Augen zusammenkniff und sich die Hand vor das Gesicht hielt, um besser sehen zu können. Eingerahmt von den Fingern seiner Hand erkannte er, dass ein junger Mann in einem feinen Anzug am Ufer stand. Es war Franz, in all den Jahren um keinen Tag gealtert, weder verletzt, noch vom Krieg gezeichnet. Fischer schloss die Augen, um das Trugbild aus seinem Kopf zu vertreiben, und als er sie wieder öffnete, war eine Frau neben Franz getreten. Anna, die große Liebe seines Kameraden, stand Hand in Hand mit ihm am Ufer. Die beiden lächelten ihn an und winkten ihm zu. Als führte er sie zum Tanz, hob Franz dann mit seiner Hand die ihre an, die beiden drehten sich um und verschwanden im Dickicht des Schilfs.

Er saß eine Zeit lang einfach nur im Boot und dachte nach. Darüber, wie es hätte kommen können und doch nie gekommen war. Und er fragte sich, was Gerechtigkeit im Leben bedeutete. Ein Teil von ihm war in der Bananenplantage zurückgeblieben. Gefangen in der Vergangenheit, dazu bestimmt, die Wünsche und Träume von Franz zu bewahren. Und daran änderte sich nichts, solange er lebte. Und dieser Gedanke tröstete ihn. Er verschränkte seine Arme hinter dem Kopf und lehnte sich zurück. Er sah zu Frauke hinüber, blickte in ihr hübsches Gesicht, das von den Strahlen der aufgehenden Sonne erleuchtet wurde. Sie lächelte ihn an, und er glaubte, dass sie verstand, was ihn bewegte, als wären sie verbunden mit einem unsichtbaren Band. Dann hörte er auf, in die Pedale zu treten. »Komm, lass uns um die Wette fahren, ja?«

»Um die Wette? Im selben Boot? Spinnst du jetzt?«

»Traust dich wohl nicht, was?« Er begann wieder, in die Pedale zu treten, wurde schneller, sah auffordernd zu ihr hinüber und legte die Hände auf die Oberschenkel, um seine Trittfrequenz abermals zu erhöhen. Dann sah er sich um und tat so, als ob sie zurückblieb. »Ich hänge dich immer mehr ab, mein Fräulein.«

»Na warte.« Nun begann auch sie, in die Pedale zu treten. Das Wasser wurde aufgewühlt, die Gischt umschäumte den Bug. Fest hielt sie das Steuer umklammert, strampelte wie wild mit den Beinen und beugte sich dann nach vorne, um ihm zu bedeuten, ihn überholt zu haben. »Wo bleibst du nur?«

»Gnade! Gnade!« Er hörte auf zu treten, atmete tief ein und aus, beugte sich nach vorne und prustete vor Lachen. Dann hielt auch sie inne und lachte drauf los.

Sie trieben ans Ufer, zu einem Baum, der ins Wasser gestürzt war. Frauke vertäute das Tretboot an einem Ast, und sie gingen leichtfüßig, ja fast beschwingt, über den Baumstamm an Land. »Soll ich bis zur Grenze mitkommen?«

»Nein, meine Gute, das brauchst du nicht. Ich komm' schon klar.«

»Ich begleite dich gerne.«

»Du hast schon genug für mich getan. Geh lieber zu deinem Bruder zurück.«

Sie nickte. »Geradewegs durch den Wald musst du.«

»Mach' ich.«

»Geh nicht zu weit nach Norden, hörst du?«

»Ja, ist gut.«

»Lass die Sonne im Rücken und dann langsam über die linke Seite wandern.«

»Was ist im Norden?«

»Ein hoher Zaun. Du musst im Süden bleiben.«

»Ich versuch's.«

»Bleib da, wo die Wächter in ihren Türmen sind.«

»Gut.«

»Pass auf, die sind nicht immer abgefüllt.«

»Es wird schon nichts passieren.« Er sah sie an und lächelte. »Ich möchte dir danken, dass du mir den Kopf gewaschen hast ...«

Sie runzelte die Stirn. »Was hab' ich gemacht?«

»Mich wieder auf die Beine gestellt.«

»Ach, keine Ursache.«

»Sag mal ...«

»Ja?«

»Du wolltest mir doch nicht wirklich den Stein ... oder?«

Sie schüttelte den Kopf. »Ich bin keine Wilde, das hab' ich dir doch gesagt.«

»Nein, das bist du ganz sicher nicht.« Er sah sie lange an. »Es ist nicht leicht, einem fremden Menschen zu vertrauen ...«

Sie schüttelte den Kopf.

»Ich würde dir gerne etwas schenken, aber ich hab' nur einen Dietrich, diesen bescheuerten Handschocker und eine schwarze Schatulle. Ich weiß nicht mal, wofür die gut ist.«

»Lass nur. Vielleicht brauchst du das selber noch.«

»Willst du mein Geld?« Er hielt ihr die Scheine hin, doch sie lächelte nur. »Für euch ist das nur bedrucktes Papier, ich weiß.« Er holte die Dose aus der Manteltasche, die er im Krankenhaus bekommen hatte. »Willst du vielleicht das hier?«

»Was ist da drin?«

»Weiß nicht genau. Medikamente gegen die Strahlung, glaub' ich. Oder Vitamine.«

»Was soll ich damit?«

Er steckte die Dose wieder ein. »Dumme Idee, ich weiß.«

»Wenn du mir wirklich etwas schenken willst ...«, setzte sie an.

»Ja?«

»Wenn du mir wirklich etwas schenken willst, dann komm zurück und bring mir das Lesen bei.«

Er sah sie eine Weile lang an. »Versprechen kann ich es aber nicht.«

»Komm einfach vorbei, wenn die Zeit dafür reif ist«, bat sie ihn.

»Wo kann ich dich finden?«

»Beim Friedhof.«

»Ist gut.«

»Einar?«

»Ja?«

»Wie ist eigentlich dein Nachname?«

»Ich verrat ihn dir, wenn wir uns das nächste Mal treffen. Abgemacht?«

»Abgemacht.«

Sie standen sich eine lange Zeit gegenüber und sahen sich an. Froh darüber, einander begegnet zu sein. Zwei Menschen, die sich mitten im Sperrgebiet getroffen hatten. An einem Ort, an dem jede Ordnung fern war, an dem niemand eingriff, wenn der eine dem anderen Leid zufügte, und ein Mord ungeahndet blieb.

»Du bist ein guter Mensch, Frauke Junghans. Und in dieser Umgebung anständig zu bleiben, ist keine Kleinigkeit. Ich danke dir für alles. Und pass gut auf deinen Bruder auf.«

Sie sah verlegen auf den Boden. »Mach ich.«

Er verschwand im Wald, ohne sich noch einmal umzudrehen. Er passierte ein paar verfallene Gebäude und folgte einem alten Forstweg. Irgendwann traf er auf eine Gruppe von Peons, die in einer Hüttensiedlung lebte. Ihn aufmerksam beäugend, ließen sie ihn ziehen. Der Weg war länger, als er geglaubt hatte, doch als es fast Mittag war, erreichte er die alte Autobahn, die ringförmig um die Stadt führte. Durch das dichte Blätterdach hindurch sah er den ersten Wachturm. Er näherte sich der Autobahn zwischen zwei Türmen und stieg in einer alten Wildschweinfährte die dicht bewachsene Böschung hinauf. Er hielt sich an der Leitplanke fest und schaute mehrmals nach links und nach rechts. Auf der Straße, die jetzt als Patrouillenstreifen genutzt wurde, war niemand, und auch in den Ausgucken der Türme schien kein Wächter zu sitzen. Er stieg über die erste Leitplanke, lief über die Straße und blickte sich um. Niemand in der Nähe. Er sprang auf die Mittelleitplanke und lief dann über die Gegenfahrbahn. Plötzlich durchfuhr ihn ein Schmerz, als hätte er in eine Steckdose gefasst. Sein Körper erzitterte, seine Bewegungen wurden ziellos. Er taumelte noch ein paar Schritte weiter, dann spürte er, dass ihn etwas unweigerlich zu Boden zog. Er kämpfte dagegen an, versuchte sich aufzurichten, doch dieser unbändige, fremde Wille war stärker. Er brach zusammen und blieb auf der Straße liegen. Bewegungsunfähig starrte er auf die beiden Wächter in den grauen Schutzanzügen, die, ihre Schallgewehre im Anschlag, auf ihn zukamen.

»Hat der Knecht doch recht gehabt, dass er hier durchkommt«, hörte er den einen sagen.

»War 'n guter Tipp von ihm.«

»Ja. Für den bekommen wir sicher 'n gutes Kopfgeld.«

12.

»Wer ist da?« Fischer spürte eine Frau. Ihren Kopf in Dunkelheit gehüllt, konnte er nicht erkennen, wer es war. Ihre Hand näherte sich langsam. »Was haben sie mit dir gemacht, mein Liebling?« Sie streichelte seine Wange. Er wollte sich aufrichten, doch es gelang ihm nicht. Sie beugte sich über ihn, ihre Haare streiften sein Gesicht, und sie küsste seine Stirn.

»Warum hast du dir die Haare schwarz gefärbt, mein Liebling?«

»Die sind nicht gefärbt.«

»Nicht gefärbt?« Er strich ihre Haare zur Seite, doch ihr Gesicht blieb im Schatten. »Nadja? Bist du es?«

»Wer sonst?«

»Nadja«, sprach er voller Zuneigung ihren Namen aus.

»Ja, mein Geliebter.«

»Wie hast du mich finden können?«

»Es war ganz leicht.«

»Du bist gekommen, obwohl ich ...«

»Ich liebe dich, Einar. Weißt du das denn nicht?«

»Nach allem, was ich dir ... was ich euch angetan hab?«

»Wenn man sich liebt, muss man verzeihen können.« Sie ergriff seine rechte Hand und küsste sie. Dann fuhr sie mit ihren feingliedrigen Fingern zärtlich über seinen Handrücken. »Wo ist dein Ehering, mein Geliebter?«

»Mein Ehering? Nun, das ist nicht so einfach zu erklären ...« Plötzlich spürte er einen Schmerz. Als ob sie ihn mit den Fingernägeln in die Haut geschnitten hätte. »Warst du etwa bei ihr?«, fragte sie scharf.

»Ich ... die Dinge sehen manchmal anders aus ...«

»Was findest du nur an ihr?«

»Sie hat ...«

»Sie hat keine Kinder.«

»Nicht jede Frau will Kinder haben.«

»Wo wären wir ohne Kinder?«

»Nicht jeder kann es sich aussuchen.«

»Einar«, sie beugte sich über ihn. »Was findest du nur an ihr?«, wiederholte sie ihre Frage.

»Nadja, ich hab' eure Silhouetten im Gegenlicht gesehen. Zu euch wollte ich, nicht zu ihr. Vergiss das nicht.«

»Warum bist du nur fortgegangen?«

Er wandte sein Gesicht ab. »Ein Mann muss doch für seine Familie sorgen.«

»Warum hast du uns verlassen?«, schien sie seine Antwort nicht gelten zu lassen.

»Ich wollte doch, dass ihr ein besseres Leben habt. Nur deshalb bin ich zum Staatsschutz gegangen. Und deshalb hab' ich euch verloren.«

Sie senkte ihren Kopf. »Ich hab' versucht, die Familie zusammenzuhalten. Ich hab' mich so sehr darum bemüht ...«

Er streichelte ihre Wange. »Es war nicht umsonst, mein Schatz«, sagte er verzweifelt und griff nach ihrer Hand. »Ich komme zurück, glaub' mir. Ich komme zurück.«

»Schhh...« Sie presste ihr Gesicht an das seine. »Du klammerst dich an eine Vergangenheit, die es nicht mehr gibt«, flüsterte sie ihm ins Ohr. »Es wird nie mehr so sein wie früher, mein Geliebter. Nie mehr.«

Ein grelles Licht blendete ihn. Er kniff die Augen zusammen und hielt sich die Hand vor das Gesicht.

»Wer bist du?«, schrie ihn jemand an.

»Ich ...«

»Mach noch ein Foto von ihm.«

Das Blitzlicht blendete ihn abermals.

»Wer bist du?«, fragte eine zweite Stimme.

Das in die Netzhaut eingebrannte Abbild des Blitzes verblasste, und Fischer erhob sich von der harten Pritsche. Dann umfasste er die Gitterstäbe seiner Zelle im Keller des Wachturms und musterte seine Bewacher. Zwei Wächter in ihren grauen Schutzkleidungen mit den roten Schulterklappen, die Kapuzen nach hinten gezogen, Schutzbrillen und Schutzmasken nicht angelegt. Alt und verbraucht ihre Gesichter, wie die Überbleibsel der Stadt, die sie beschützten. Schwitzten in den Nächten den Alkohol heraus, den sie schluckten, während sie ihren verstrahlten Schatz bewachten, der einmal die Hauptstadt des Landes war. Als warteten sie darauf, dass aus den Trümmern dereinst wieder die untergegangene Ordnung erwachte. Die Wächter des Sperrgebiets, ehemalige Soldaten der Alten Ordnung allesamt, Veteranen des Großen Krieges, verdammt dazu, die Grenze zum Totenland zu bewachen.

»Wer bist du?«, fragte der größere der beiden Wächter, mit der Hand über seinen Stiernacken fahrend.

»Einar Fischer, Ermittler beim Staatsschutz, das hab' ich euch doch schon gesagt.«

»Das ist ja lächerlich.« Der kleinere der beiden Wächter winkte ab. Ihn mit einem ausdruckslosen Gesichtsausdruck beobachtend, mit leeren Augen, die vorgaben, schon alles im Leben gesehen zu haben, zog er an der Zigarette, die er im Mundwinkel stecken hatte, atmete den Rauch tief ein und wechselte das Blitzlicht des Fotoapparats.

»Diese Burschen denken sich doch immer wieder neuen Schwachsinn aus«, fügte der andere Wächter hinzu, zu seinem Kameraden blickend, als forderte er seine Zustimmung ein. Die Lampe an der Decke begann zu flackern. Fischer rieb sich mit der Hand über die Stirn. Dann sah er zu seinem Mantel hinüber, der vor der Dieselheizung auf dem Boden lag. Unerreichbar für ihn hinter dem Zellengitter. »Meinen Ausweis hat jetzt irgendsoein fetter Kerl mit Zylinder.«

»Was für einen Schwachsinn erzählst du da?« Wütend nahm der große Wächter einen Stock auf, der auf einem der beiden Dieseltanks lag, und schlug damit gegen das rostige Gitter der Zelle.

»Das ist die Wahrheit.«

»Ich glaub' auch nicht mehr an den Weihnachtsmann, mein Junge.«

»Ihr könnt ja Alfred Südhausen fragen.«

»Wen?«

»Alfred Südhausen, meinen Direktor beim Staatsschutz.«

»Kenn ich nicht.«

Der kleine Wächter warf den Zigarettenstummel auf den Boden, drückte ihn mit seinem ausgetretenen Armeestiefel aus und strich sich mit der Hand über den Mund. »Das ist jetzt die große Nummer dort«, versuchte er, seinem Kameraden die Bedeutung von Südhausen klarzumachen.

»Na und? Was ist das schon? Ein Name und mehr nicht. Meinst du, das beeindruckt mich?«

»Es ist der Name meines Direktors. Direktion 4, am Runden Platz in Neustadt.« Fischer schüttelte den Kopf. »Ich meine natürlich Direktion 1 am Heldenplatz«, berichtigte er sich.

»Glaubt du's?« Der große Wächter sah seinen Kameraden lächelnd an. »Jetzt hat der sich doch tatsächlich verplappert, dieser Trottel.«

»Nein, es stimmt. Wir sind gerade erst umgezogen. Direktion 1 am Heldenplatz ist natürlich richtig.«

»Diese Läufer werden aber auch immer dümmer.« Der Wächter schüttelte verächtlich den Kopf.

»Was soll's, in ein paar Stunden wird er abgeholt. Komm, lass uns wieder nach oben.« Der kleine Wächter ging zur Leiter, die ins Erdgeschoss führte, und stieg, mit den Stiefeln auf die Sprossen stampfend, hinauf.

»Voigt ist nicht mehr und das Innenministerium wurde aufgelöst«, murmelte Fischer vor sich hin, sich der Aufmerksamkeit des verbliebenen Wächters gewiss. »Damit ist der letzte Rest der Alten Ordnung endgültig begraben.«

»Was?« Der Wächter ging dichter an das Gitter heran.

»Wer soll euch denn jetzt beschützen, wo Voigt nicht mehr ist?«

»Was meinst du?«

»Was glaubst du? Was macht wohl Direktor Südhausen mit euch, wenn er mitkriegt, dass ihr einen seiner Mitarbeiter eingesperrt habt?«

»Worauf willst du hinaus, du Lump?«

»Kannst du dir das nicht denken?«

»Red nicht so mit mir. Ich bin nicht irgendein Kriecher. Ich bin ein loyaler Anhänger der Republik.«

Fischer spitzte seinen Mund, dann wandte er sein Gesicht vom Gitter ab. »Das wird sich zeigen.«

»Willst du mir etwa drohen?«

»Keinesfalls.«

»Was soll der Scheiß also?«

»Ich will nur darauf hinweisen, dass es in meiner alten Direktion einen dunklen Raum gibt.«

»Ja und?«

»Ein dunklen Raum, in dem Dokumente gelagert werden.«

»Dokumente?«

»Aus der Zeit der Diktatur. Genauer gesagt aus der Zeit des Großen Krieges. Unterlagen zu allen Einheiten der Armee. Schriftstücke über die Mitglieder von Spezialeinheiten und deren Strafaktionen. Glaub' mir, mein Junge, Direktor Südhausen ist ein fanatischer Hasser der Schergen der Diktatur. Für ihn ist das alles längst nicht vorbei. Nichts ist vergessen und nichts ist vergeben.« Er musterte das faltige Gesicht seines Bewachers. »Südhausen ist besessen davon, die Täter von damals zur Strecke zu bringen. Da spielt das Alter keine Rolle. Und jetzt nach dem Umzug in die größeren Räume wird es sicher auch mehr Platz geben für all die Dokumente in diesem dunklen Raum. Und dann wird so einiges wieder ans Licht kommen.«

»Was glaubst du, hat er vor?«

»Jetzt, wo das Innenministerium aufgelöst ist, wird er sich die Zeit nehmen, kann ich mir vorstellen. Er wird beim ‚A‘ anfangen.«

»Ich hab' nichts zu verbergen.«

»Wie ist dein Name?«

»Geht dich nichts an.«

»Also, wie heißt du?«

»Jäger«, sagte der Wächter nach kurzem Zögern.

»Nun, bis zum ‚J‘ dauert es sicherlich noch ein Weilchen. Du hast noch genügend Zeit, um dich vorzubereiten ...«

»Vorzubereiten? Red keinen Schwachsinn.«

Fischer winkte ab. »Stimmt, du hast ganz recht.« Er lächelte. »Ich wollte dir nur ein bisschen Angst machen. Wenn du ein reines Gewissen hast, hast du nichts zu befürchten.«

»Ich hab' sicher nichts zu befürchten.«

»Bist bestimmt anständig geblieben und hast dir die Hände nicht schmutzig gemacht.«

»Ganz genau.«

»Hast den anderen das Töten überlassen. Dich nicht an den Erschießungen von Zivilisten beteiligt. Keine kleinen Kinder abgeknallt.«

Jäger sah ihn feindselig an. »Was willst du von mir?«

»Kannst du dir das nicht denken?«

»Ich will es aber von dir hören.«

»Ich sag immer: Eine Hand wäscht die andere. Ein Anruf in der Direktion 1 kostet dich nichts. Sag, dass du Südhausen in meiner Sache sprechen willst. Sag ihm, ihr hättet mich aufgegriffen und dass ihr euch gut um mich gekümmert habt. Dann vergessen wir die ganze Geschichte, und ich werde dafür sorgen, dass er niemals zum ‚J‘ kommen wird.«

»Das kannst du tun?«

Fischer nickte. »Ich bin der kommende Mann beim Staatsschutz.«

»Was bist du? Willst du mich verarschen?«

»Nichts liegt mir ferner.«

»Der kommende Mann? Das soll ich dir glauben?«

»Glaub, was du willst. Nicht mein Problem.«

Jäger drehte sich von der Gefängniszelle weg und ging zur Leiter. »Was wolltest du eigentlich im Sperrgebiet?«, fragte er, als er sich nochmals zu ihm umdrehte. »Als kommender Mitarbeiter des Staatsschutzes, wie du sagst. Wie soll das zusammenpassen?«

»Warum wundert dich das?«

»In eine verstrahlte Stadt zu gehen? Dich so einem Risiko auszusetzen? Das ergibt für mich keinen Sinn.«

»Das ist ja genau der Punkt.«

»Was soll das heißen?«

»Es ist eine Prüfung.«

»Eine Prüfung?«

»Ja, ein Initiationsritual, um in den inneren Zirkel aufgenommen zu werden. Damit jeder zukünftige Direktor des Staatsschutzes weiß, wofür er steht und wogegen er kämpft.«

»Wogegen er kämpft?«

»Man muss seinen Feind kennen. Die Natur seines Gegners. Der Fratze der Diktatur ins Auge blicken.«

Jäger griff nach der Leiter und stieg die Metallsprossen nach oben. Dann, auf halber Höhe, hielt er inne und sah zu ihm hinüber. »Eine Hand wäscht die andere?« Fischer nickte, und Jäger stieg die Leiter ins Erdgeschoss hinauf.

Fischer lehnte seinen Kopf gegen das Gitter. Der Puls pochte gegen seine Schläfen. Erleichtert darüber, dass der Wächter gegangen war, atmete er tief ein und aus. Kaum mehr dazu in der Lage, zwischen Halluzinationen und der

Realität zu unterscheiden, hätte er Jäger nicht länger Stärke vorspielen können. Er sah Personen, die längst tot waren. Oder redete im Zwielicht des Heizungskellers mit Menschen, die er liebte. Er legte sich auf die Pritsche, zog die Beine an und legte den Kopf auf seinen Ellenbogen. Die Heizung in der Nische des Heizungskellers verbrannte mit einem brummenden Geräusch beständig den Diesel aus den Vorratstanks. Wenigstens war es warm. Er betrachtete die Spinnweben im Abzugsschacht, die vom Luftzug angehoben wurden und dann wieder nach unten sanken. Und wieder angehoben wurden und nach unten sanken. Immer und immer wieder.

»Bitte sag es.«

»Was meinst du?

»Du weißt schon.«

»Was soll ich sagen, meine süße Nadja?«

»Das, was wir uns immer gesagt haben.«

»Ich weiß nicht. Es klingt so kitschig.« Er legte seinen Kopf auf ihren Schoß.

»Früher hast du es gerne gesagt.« Sie fuhr mit den Fingern zärtlich über seine Schläfe und strich über die Bartstoppeln an seinem Kinn.

»Ja, früher.«

»Und heute nicht mehr?«

»Du weißt, wie ich denke.«

»Und du hast deine Einstellung nicht geändert?«

»Nein.«

»Woher soll ich das wissen?«

»Ich hätte es dir gesagt.«

»Sag mir lieber, was du früher gesagt hast.«

»Jetzt gleich?«

»Ja, natürlich.« Sie sah ihn an, und er erhob sich. Er streichelte mit den Fingern über ihre Wange und fuhr zärtlich mit dem Daumen über ihren Nasenrücken. »Du bist alles für mich«, sagte er und küsste sie auf die Stirn.

Sie lächelte. »Ohne dich ist alles nichts«, gab sie ihm als Antwort, und beide waren danach still und in sich gekehrt, als hätten sie ein altes Gelübde erneuert, das sie miteinander verband. Er nahm sie in den Arm und drückte sie fest an sich. »Jetzt bist du bei mir. Und ich gebe dich nie mehr her.«

»Ich bin dein.« Sie strich zärtlich über seinen Nacken und seinen Hinterkopf. Dann schob sie sein Halstuch beiseite und küsste seine Narbe am Hals.

Befremdet von ihrem Verhalten, zuckte er plötzlich zurück. »Du bist nicht Nadja.«

Sie lächelte. »Mein Liebling, ich bin Nadja.«

»Nein, sie ist anders als du. Sie ist nicht so ...«

»Einar, mein Liebling.« Sie stand auf, stellte sich neben ihn, drehte sich um die eigene Achse und hob ihren Rock an. So anmutig, wie er es nie zuvor bei ihr gesehen hatte. »Ich bin so, wie du mich haben willst, mein Geliebter.«

Er stand auf, wandte sich von ihr ab und umfasste die Gitterstäbe mit den Händen. »So, wie ich dich haben will ...«, sagte er, den Blick in die Ferne gerichtet.

Sie stellte sich hinter ihn, drückte ihren Körper gegen den seinen und küsste ihn auf die Schulter. »Ja, so bin ich.«

Fischer betrachtete die Fugen der Bodenfliesen, die mit Schimmel überzogen waren, und lauschte dem Brummen der Verbrennungsanlage: ein monotoner, aber beruhigender Ton. Irgendwann öffnete Jäger die Deckenluke, stieg mit einem Tablett in der Hand die Leiter herunter und schob es unter dem Zellengitter hindurch. »Hier ist was zu essen und zu trinken«, sagte er.

»Habt ihr meine Identität überprüft?«

Ohne ihm zu antworten, ging Jäger wieder zur Leiter zurück, stieg hinauf und schloss die Deckenluke hinter sich. Fischer hob das Tablett vom Boden auf, stellte es auf die Pritsche und setzte sich daneben. Kaffee in einer Blechtasse, ein Stück Brot und ein Eintopf mit Speckstreifen. Er nahm die Tasse in die Hand, wärmte seine Hände am Blech und betrachtete den dünnen Aufguss. Dann nippte er vorsichtig am heißen Kaffee. Damals in der Seekolonie hatten sie am ersten Abend nach der Überfahrt in einer Hafenkneipe zusammen gesessen. Vor dem ersten Gefecht, als alle noch gelebt hatten, und der Krieg für sie nur ein Abenteuer war. Die anderen hatten Rum getrunken, doch er hatte sich vom Kellner etwas anderes servieren lassen. Fischer pustete den aufsteigenden Dampf von der Tasse weg, trank den ersten Schluck, dann einen zweiten. Der Kaffee schmeckte nach nichts. Man sagte, dass Gerüche eine sehr lange Zeit im Gedächtnis haften blieben. Dass man sich an einen einmal wahrgenommenen Duft auch noch nach Jahrzehnten erinnern konnte. Er schloss die Augen, ließ die Flüssigkeit auf der Zunge umherwandern, fächerte sich den Dampf aus der Tasse zu und atmete ein. Zunächst nur eine Ahnung, bildete sich das Aroma des frisch gebrühten Kaffees von damals heraus, entfaltete sich für einen Augenblick zur Gänze, um sich dann wieder zu verflüchtigen. Doch das war genug. Er legte sich mit dem Rücken auf die Pritsche, verschränkte die Arme hinter dem Kopf, sah an die Decke und erinnerte sich. An den ersten Abend in der Seekolonie, als alle noch am Leben waren und der Kaffee so gut geschmeckt hatte wie niemals wieder.

»Den würde ich an deiner Stelle nicht mehr anziehen. Ist verstrahlt«, warnte Jäger, als er sah, wie der Mitarbeiter des Staatsschutzes, den er soeben aus der Zelle freigelassen hatte, seinen Mantel vom Boden aufhob.

»Hab' keinen anderen.« Fischer durchsuchte die Mantel-taschen. Die Pulverdose, der Dietrich, der Handschocker und die schwarze Schatulle waren noch da, doch etwas fehlte. »Du weißt nicht zufällig, wo mein Geld ist?«

Jäger schüttelte den Kopf. »Wir haben jedenfalls nichts genommen.«

»Natürlich nicht«, bestätigte Fischer mit sarkastischem Unterton.

»Willst du uns hier was unterstellen?«

Fischer sah ihn gleichgültig an. »Wann, sagtest du, kommt euer Kamerad mit dem Lastwagen?«

»In ein, zwei Stunden.«

»Und er kann mich bis nach Altmark bringen?«

»Ja.«

»Und Südhausen wartet dort auf mich?«

»Im Hotel. So hat er es mir jedenfalls am Fernsprecher gesagt.«

»Dann will ich mal hoffen, dass sich euer Kamerad nicht verspätet.«

Jäger strich mit dem Zeigefinger über seine Schläfe. »Und es bleibt dabei?«

»Wobei?«

»Bei dem, was wir besprochen haben?«

»Erfülle du deinen Teil der Abmachung, dann werde ich mich an den meinen halten.«

Der Lastwagen kam erst bei Anbruch der Nacht. Fischer musste im Laderaum Platz nehmen, und der Fahrer brachte ihn nicht wie versprochen bis nach Altmark, sondern nur bis zur verlassenen Tankstelle gut fünf Kilometer entfernt. Vergeblich hatte er versucht, ihn umzustimmen, doch der Mann war nicht so leichtgläubig wie Jäger, der ihm seine Lüge von einem dunklen Raum in der Direktion abgenommen hatte. Lange sah er dem wegfahrenden Lastwagen hinterher, bevor er seinen Blick abwenden konnte und die Straße hinuntersah, die nach Altmark führte. Vielleicht war es besser, bis zum Sonnenaufgang bei der Tankstelle zu bleiben. Er ging zu einem Strauch am Straßenrand, pinkelte und dachte, dass es nichts Herrlicheres gäbe, als in der freien Natur sein Wasser abzuschlagen. Dann ging er zum Kassenhäuschen, öffnete die nur noch halb in den Angeln hängende Tür und betrat den Verkaufsraum. Er hatte keine Taschenlampe mehr, doch der zunehmende Mond spendete genug Licht. Er stieg über die verschmutzten Matratzen hinweg, die auf dem Boden ausgelegt waren, ging zum Tisch, setzte sich auf den Stuhl, zog die mittlere Tischschublade heraus und legte seine Beine darauf. Dann ließ er seine Blicke über die ölverschmierte Tischplatte, die leere Ölkanne und den vergilbten Abreiß-kalender schweifen, der noch aus dem Jahr 1979 stammte. Jenem Jahr, in dem die Alte Ordnung unterging. Er fasste sich an den Bauch und fragte sich, ob die Wirkung des Antibiotikums bereits nachließ. Welche Ironie des Schicksals. Selbst Versklavten gleich, produzierten die Bakterien in ihm das Nervengift nicht einmal aus freien Stücken. Sie waren Getriebene, wie er einer war. Dieses verfluchte Nervengift, das ihn zu einem unbeschriebenen Blatt werden ließ, zu einem Mann ohne Vergangenheit, bindungslos in der Welt, umgeben von menschlichen Hüllen ohne Inhalt und Tiefe. Er erinnerte sich daran, dass es ihm zugesetzt hatte, wie er sich seiner Familie gegenüber verhielt. Er hatte verzweifelt dagegen angekämpft, doch es half nichts. Ihren fragenden Blicken standhalten zu müssen, wenn er mit ihnen redete, ihr betretenes Schweigen zu ertragen und unweigerlich zurückzuzucken, wenn sie ihn berühren wollten, war für ihn irgendwann unmöglich geworden. Bei Menschen, die ihm nicht nahestanden, konnte er Vertrautheit vortäuschen, doch seiner Familie konnte er nicht vorgeben, sie zu lieben, obwohl sie wie Fremde auf ihn wirkten. Durch die zerbrochene Scheibe des Kassenhäuschens sah er in den Nachthimmel hinaus. Er hatte ihnen eine bessere Zukunft ermöglichen wollen und doch alles zerstört. Wenn er Nadja und die Kinder nur noch einmal bei klarem Verstand wiedersehen könnte. Ihnen sagen, was er wirklich für sie empfand. Ob sie ihm verzeihen konnten, wenn sie verstanden, warum er sie verlassen hatte?

Flüchtige Bilder seiner Mutter und seines Vaters, seiner Geschwister und seiner Großeltern schossen wie Erinnerungsblitze durch seinen Kopf und vereinigten sich zu einem Gefühl der tiefen Verbundenheit mit ihnen. Erinnerungen, die Trost spendeten und ihm sagten, wer er war und woher er kam. Das Fundament der eigenen Existenz vor Augen, sah er zu den Matratzen auf dem Boden und dachte an seine Kinder. Wenn er sie ins Bett brachte, hatte er ihnen immer Geschichten von fernen Ländern erzählt. Gemeinsam waren sie dorthin aufgebrochen, allein durch ihre Vorstellungskraft durch die Lüfte gereist. Und manchmal, wenn seine Kinder nicht von den Abenteuern zurückkehren mochten, hatte er ihnen von Herrn Übermut erzählt. Der stolze Herr Übermut, der eines Tages den Beschluss gefasst hatte, mit den Füßen nicht mehr den Boden zu berühren. Weil es zu viel Lärm verursachte, und er die Ruhe doch über alles liebte. Unberührt von der Welt schwebte er seit dieser Zeit mehr als eine Elle über dem Boden. Und wahrscheinlich wäre es auch dabei geblieben, wenn eines Tages nicht ein Sturm aufgekommen wäre. Die Beine ausgestreckt und die Hände im Nacken verschränkt, schwebte Herr Übermut gerade dicht über seinem kleinen Haus, als ihn eine starke Windböe erfasste und davontrug. Er wurde hin- und hergewirbelt, mal zur Seite gedreht, mal auf den Kopf gestellt, bis er nicht mehr wusste, wo oben und unten war. Immer weiter trug ihn der Wind davon, kaum, dass er noch sein Grundstück sehen konnte.

Und als er schon glaubte, dass der Wind so stark war, dass er ihn von der Erde wegblies, ließ er plötzlich nach. Herr Übermut verlor langsam an Höhe und ein letzter Windhauch setzte ihn sanft in einem Strohballen ab. Wie froh er doch war, wieder festen Boden unter sich zu spüren. Er trat so heftig mit den Füßen auf, dass man ihn weithin hören konnte. Und fortan störte ihn der Lärm nicht mehr, sondern er genoss das Geräusch jedes einzelnen Schrittes, den er verursachte, so dankbar war er über jeden Fußabdruck, den er auf dieser schönen Erde hinterließ.

Der Morgen war kalt und grau. Ein Nebelschleier umhüllte die Tankstelle. Fischer verließ das Kassenhäuschen, ging über die angrenzende Wiese, strich mit der Hand über die vom Morgentau benetzten Grashalme und begann, sich zu erinnern. Daran, wie er als Kind die Welt erfahren hatte. Das Gras berührte, die Rinde des Baums, das Spinnennetz. Überzogen von Wassertropfen, wie an einer Perlenschnur aufgereiht. Eine Verbindung zu den Geschöpfen der Welt zu spüren, weil man kein Fremder war. Und er dachte, dass er ganz mit sich im Reinen war. Zum ersten Mal seit einer langen Zeit.

Er blickte über die Wiese und fragte sich, ob es Nadja hier gefallen würde. Liebe, gute Nadja. Er bewunderte sie dafür, dass sie sich so aufopferungsvoll um die Kinder kümmerte. Wenn sie den Kleinen sagte, dass sie liebend gerne ihre Schmerzen übernehmen wollte. Sie war anders als die Frau, die ihn im Kellergefängnis des Wachturms besucht hatte. Mit ihrer eher spröden, aber ehrlichen Art, die ohne Hintergedanken war. Eine Frau zu begehren und sie in der Erinnerung so zu sehen, wie sie nicht war. Wünsche und Sehnsüchte in sie hineinzulegen, die sie nicht erfüllen konnte. Trügerisch süße Erinnerungen. Als ob sich Ingrids Anmut in seiner Vorstellung mit der Güte seiner Frau vereinigt hätte. Ingrid konnte einem Mann das geben, was er wollte. Berechnend und manipulierend wie sie war, um letztlich das zu bekommen, was sie selbst begehrte. Plötzlich wurde ihm kalt. Ein Gedanke schoss durch seinen Kopf und ließ ihn nicht mehr los: Wenn Ingrid noch im Hotel auf ihn wartete?

Südhausen wollte ihn dort treffen. Fischer musste sofort zu ihr, um sie zu warnen. Er lief zur Straße und blickte sich um. Kein Fahrzeug in der Nähe, das ihn mitnehmen konnte. Dann rannte er einfach los, immer die Straße hinunter. Warum hatte er nur so viel Zeit verloren? Gut möglich, dass auch Marbod und Heinrich auf dem Weg waren.

Von zwei, drei kurzen Pausen abgesehen, lief er die ganze Strecke nach Altmark, ohne stehenzubleiben. Als er zum Hotel gelangte, schlug sein Puls bis zum Hals. In der Parkbucht war kein Fahrzeug abgestellt. Vielleicht war es noch nicht zu spät. Er ging am Concierge vorbei, der in seinem Rollstuhl schlief. Der Schlüssel für die Präsidentensuite hing nicht im Schlüsselkasten. Er eilte die Treppe hinauf und betrat das Zimmer, in dem er mit Ingrid die Nacht verbracht hatte. Die Bettdecke war aufgewühlt, aber es war niemand da. Keine Spur von ihr. Kein Kleidungsstück. Nichts. Nur ein Handtuch, das über den Ohrensessel gelegt war. Er ging ins Bad, doch auch hier war sie nicht. Dann ging er wieder zurück zum Empfang. Der Concierge zuckte zusammen, als Fischer ihn antippte. Er war sofort hellwach, als er verstand, wer da vor ihm stand.

»Wo ist meine Frau?«

»Ihre Frau?«

»Ich meine die Frau, mit der ich gekommen bin?«

»Sie ist nicht mehr hier.«

»Wann ist sie gegangen?«

»Vor gut einer Stunde vielleicht«, antwortete der Concierge zögerlich.

»Vor einer Stunde? So knapp hab' ich sie verpasst?«

»Ja.«

»Hat sie was gesagt?«

»Nein.«

»Wo ist sie hin?«

Der Concierge sah unsicher zu ihm hoch. »Sie hat nicht mit mir gesprochen.«

»Verdammt.« Fischer ging zum Treppenhaus zurück, betrachtete die abblätternde Farbe an der Wand und lauschte. Dann war ihm, als spürte er ihre Anwesenheit. Die Hand über das Geländer gleitend, stieg er langsam die Stufen nach oben.

Eine Gestalt huschte den Flur entlang, doch als er nachsah, war niemand da. »Ingrid?« Er ging zur Präsidentensuite, drehte den Türknauf um, öffnete ganz langsam die Tür und spähte in den karge eingerichteten Raum hinein. Ihm den Rücken zugewandt, die Decke bis zu den Schultern hochgezogen, räkelte sich eine Frau auf dem Bett. »Ingrid? Bist du es?«

Die Frau drehte sich zu ihm um. Sich mit einer Hand an der Matratze abstützend, richtete sie sich auf, stets darauf bedacht, das Laken gerade so weit oben zu halten, dass ihre Brüste bedeckt blieben. »Meine Eltern sind nicht da. Wir haben das Haus für uns alleine.«

Fischer sah zur Tür hinüber, dann blickte er zum Fenster hinaus. Der blaue Himmel, die Sommersonne. Ein schöner Tag. Im Hintergrund erhob sich der Triumphbogen. Die Arbeiter gingen gerade über den Innenhof der Fabrik zur Kantine hinüber.

»Ich hab' auf dich gewartet.« Sie fuhr mit dem Zeigefinger lustvoll über ihre Oberlippe.

»Ingrid«, sagte er seufzend. »Du bist es wirklich.« Dann setzte er sich auf die Bettkante, nahm sie in die Arme und drückte sie fest an sich. »Du bist es wirklich«, wiederholte er und atmete erleichtert aus.

Sie lächelte. »Was glaubst denn du?«

»Ich dachte, ich hätt' dich verloren.«

»So schnell wirst du mich nicht los.«

»Ach, meine Ingrid.« Er umfasste mit beiden Händen zärtlich ihre Taille und küsste sie auf den Mund.

Als sie die Augen wieder öffnete, lächelte sie ihn an. »Du bist gekommen, wie du es versprochen hast.«

»Immer würde ich zu dir zurückkommen.«

»Ja, ich weiß.«

»Immer.«

»Deshalb hab' ich auf dich gewartet.«

»Ingrid, meine Liebste.« Er drückte sie fest an sich. »Du gehörst jetzt mir. Mir ganz alleine.«

Eine plötzliche Kälte in ihrem Gesicht, stieß sie ihn von sich weg. »Ich gehöre niemandem.«

»Was?«

»Ich bin niemandes Besitz, hörst du?«

»So war das doch nicht gemeint ...«

»Wie denn wohl sonst?«

»Ich bin dein und du bist mein. Ganz harmlos.«

»Dafür bin ich nicht zu haben.«

»Lass es doch einmal gut sein«, sagte er kopfschüttelnd und sah aus dem Fenster auf Pappeln in der Ferne, die den Blick zum Sperrgebiet verdeckten. Saß auf dem Bett in einem schäbigen Hotel in Altmark. Die Zeiten hatten sich geändert, und doch war alles gleich geblieben.

Sie wischte sich eine Träne von der Wange, unglücklich darüber, was sie soeben gesagt hatte. »Ich kann es nicht.«

Er nickte resigniert. »Du wirst deinen Weg gehen. Bis zum Ende.«

»Bis zum bitteren Ende, Einar.«

»Und ich kann dich nicht aufhalten.«

»Dafür ist es längst zu spät.«

Er senkte den Kopf. »Ich verstehe es einfach nicht. Warst du wirklich die treibende Kraft bei den Anschlägen? Bist du für so viele Tote verantwortlich? Bist du wirklich die Anführerin der Terrorzelle?«

»Meinst du, dass ich mein Schicksal von einem Mann bestimmen lasse? Von einem Mann?«

»Nein. Sicher nicht.«

»Nicht mal im Traum würde mir das in den Sinn kommen.«

Er strich ihr die Haare aus dem Gesicht, musterte ihre Sommersprossen so intensiv, als zählte er sie, und küsste sie auf die Stirn. »Weißt du, warum du nicht in der Lage bist, eine Beziehung aufzubauen?«

»Jetzt bin ich aber gespannt.«

»Weil du dich mit dem Mann ständig messen musst. Du unbedingt führen willst.«

»Alles andere kommt für mich auch nicht in Frage.«

»Das ist aber das Problem: Ein Mann will, dass die Frau zu ihm aufsieht. Er will bewundert werden. Er will das Sagen haben, wo es langgeht.«

»Ach ja? Und eine Frau sitzt nur treudoof daneben? Das kannst du vergessen.«

»Es muss ja wohl einen dritten Weg geben jenseits von Herd und Terror. Eine Alternative dazu, dem Mann zu folgen oder ihm eine Kugel in den Kopf zu jagen.«

»Bei euch hilft nur Gewalt.«

»Du willst es einfach nicht begreifen oder was. Frauen haben ihre Strategien entwickelt, wie sie ihren Willen durchsetzen. Die Frau hat gelernt, den Mann auf subtile Art und Weise in die Richtung drängen, in die sie gehen will.«

»Subtil? Als ob das bei euch funktioniert.«

»Es funktioniert sogar sehr gut. Oder meinst du, ich treffe alle Entscheidungen alleine? Meinst du, meine Frau hat keinen Einfluss auf mich? Meinst du etwa, es war meine Idee, zum Staatsschutz zu gehen? Glaubst du das wirklich?«

»Wenn du dahinter gekommen bist, dass sie dich manipuliert, bringt es dir doch rein gar nichts.«

»Du begreifst es einfach nicht. Es sind die Spielregeln – seit Jahrzehntausenden.«

»Nicht in meinem Spiel.« Sie drückte ihren Zeigefinger auf seine Lippen. »Ich hab' meine eigenen Regeln ...«

»Ja, ich weiß ...«

»... und du, mein Liebster, musst etwas für mich tun«, flüsterte sie ihm ins Ohr.

Eingenommen von ihrem Charme, begann er unwillkürlich zu lächeln. »Muss ich das?«

»Ja«, hauchte sie ihm entgegen.

»Hat das nicht Zeit?«, flüsterte er und küsste sie auf die Lippen.

»Wofür sollte denn noch Zeit sein?« Sie küsste ihn auf die Stirn und schlang ihre Arme um seinen Hals.

»Ich kann mir da so einiges vorstellen.« Er küsste ihre Wangen, ihre Nasenspitze, dann ihren Mund.

»Ach, Einar.« Sie ließ ihren Kopf in den Nacken fallen, und er küsste ihren Hals. »Mir ist es gleich, was du getan hast, Ingrid. Ich werde dich beschützen. Sie werden dich niemals kriegen, glaub' mir.«

»Einar?«

»Ja?«

»Wenn du die Schatulle öffnest, dann denk an mich.«

»Was auch immer du mir damit sagen willst.« Er erhob sich, legte den Mantel ab, zog sich aus, stellte sich vor sie hin und sah sie voller Verlangen an. Die Pupillen geweitet, die Augen glasig, ihr Atem schneller und tiefer werdend, als sie sah, wie erregt er war, warf sie die Decke zurück, fuhr mit der Hand lasziv über ihr Becken und befeuchtete mit der Zunge ihre Lippen. Er kniete sich aufs Bett, beugte sich über sie, küsste ihren Bauchnabel, dann ihre Brüste. Sie schlang ihre Arme um ihn, und er spürte ihren heißen Atem auf seinem Gesicht. Er strich ihre langen Haarsträhnen behutsam hinter die Ohren, küsste sie auf die Lippen und ließ sie nach oben. Sie legte den Kopf in den Nacken, stützte sich, zitternd vor Erregung, mit den Armen von seinen Schultern ab, winkelte die Beine an und legte ihre Fußrücken auf seine Ober-schenkel, voller Verlangen darauf wartend, dass er in sie eindrang. Er schloss seine Augen, und sie beugte sich über ihn. Er streichelte ihre Taille, ihre Schenkel, fuhr mit der Hand zärtlich über ihren Bauch. Dann zog er sie gerade so weit an sich, dass ihre Brüste seinen Körper streiften. »Denk an mich, wenn du die Schatulle öffnest«, hörte er ihr Flüstern, wie ein Echo aus der Ferne.

»Wenn ich nur wüsste, wovon du sprichst.« Als Fischer die Augen öffnete, war sie verschwunden. Er saß auf der Bettkante, das Laken mit der Hand umklammert. Und dann verstand er, dass er ihren Atem nie wieder auf seiner Haut spüren würde.

Fischer erhob sich vom Bett und sah sich verzweifelt um, als suchte er nach einem Weg, das Schicksal abzuwenden. Er wollte schreien, doch er blieb stumm. Er wollte weinen, doch seine Augen blieben trocken. Dann stutzte er, weil er etwas Ungewöhnliches auf den Bodendielen sah. Auf den ersten Blick hatte das braune Häufchen wie Schmutz oder Rattenkot gewirkt. Doch es war etwas anderes. Etwas, das ihn erschaudern ließ. Er kniete sich hin und starrte auf den Schnupftabak, der auf den Boden gerieselt war. Er verzog die Mundwinkel nach unten und schloss die Augen. Seine schlimmsten Befürchtungen hatten sich bewahrheitet. Marbod war hier gewesen. Und sicherlich hatte er sein Schoß-hündchen Heinrich mitgebracht.

Fischer verließ das Zimmer und blickte sich im Flur um. Er lauschte, doch aus den Nachbarzimmern drang kein Geräusch. Es schien niemand hier zu sein. Er stieg die Treppe hinunter ins Erdgeschoss. Als der Concierge ihn kommen sah, unterbrach er sein Gespräch am Fernsprecher und legte den Hörer hastig auf.

»War jemand bei ihr gewesen, als sie das Hotel verlassen hat?«

»Ja.«

»Und? Wer war es?«

»Sie war in der Begleitung von zwei Herren.«

»Was? Zwei Männer waren bei ihr?«

»Ja.«

»Warum haben Sie das nicht gleich gesagt?«

»Es schien mir nicht wichtig zu sein«, sagte der Concierge mit Unsicherheit in der Stimme.

»Nicht wichtig?« Fischer baute sich drohend vor ihm auf.

»Beruhigen Sie sich doch bitte.«

»Wer waren sie?«

»So beruhigen Sie sich doch.« Der Concierge hielt sich die Hand schützend vor das Gesicht.

»So eine fette Tunte und ein Schrank von Mann etwa?«

»Ja, ja, genau ... so sahen sie aus.«

Fischer packte das Unterhemd des Concierge und zog daran. »Warum zum Teufel haben Sie ihr nicht geholfen?«

»Ich?«

»Wer denn wohl sonst?«

Panik in den Augen, versuchte der Concierge ihn zu beschwichtigen. »Hören Sie, sie hatte sich bei dem großen Mann eingehakt. Es sah wirklich nicht so aus, als brauchte sie meine Hilfe.«

Mit beiden Händen umfasste Fischer den Hals des Concierge und begann, ihn zu würgen. »Erzähl mir keinen Schwachsinn! Die beiden sind vom Staatsschutz, und du wusstest das! Du wusstest das!«

»Nein, nein!« Der Concierge versuchte, ihn von sich wegzudrücken, doch er war zu schwach.

»Du wusstest es, weil du sie verraten hast!«, schrie ihm Fischer ins Gesicht.

»Gnade!«, bettelte der Concierge mit hochrotem Kopf.

»Du verdammte Denunzianten-Ratte!« Fischer ließ seinen Hals los und schlug ihn mit der Handfläche hart ins Gesicht.

»Ich hab' nicht gewusst, wer sie ist«, wimmerte der Concierge. »Erst als sie mit den beiden mein Hotel verlassen hat, hab' ich verstanden, dass sie die Frau ist, nach der alle suchen.«

»Du mieser, kleiner ...« Fischer blickte voller Hass und Verachtung auf den Mann im Rollstuhl, der sich den Hals rieb und nach Luft schnappte.

»Sie ... müssen mich ... verstehen«, röchelte der Concierge. Dann drehte er sich um, um abzuschätzen, ob er die Tür erreichen konnte – doch sie war zu weit weg. »Versetzen Sie sich in meine Lage«, sagte er verzweifelt. »Ich muss mit denen zusammenarbeiten. Die würden mein Hotel sonst schließen. Die wissen doch, was ich für Gäste hier hab'. Sehen Sie mich an. Was soll denn sonst aus mir werden? Das Hotel ist doch alles, was ich hab'.« Er schlug mit den Handflächen auf seine dünnen, tauben Oberschenkel. »Wer stellt einen Krüppel denn schon ein?«

Fischer schüttelte den Kopf, atmete tief durch, mit den Augen in die Ferne starrend. »Man muss das nicht machen.«

»Sie ist doch eine Terroristin ...«

»Man muss niemanden denunzieren«, sprach Fischer in sich hinein. »Niemanden.« Er hielt sich die Hand an die Stirn, ihm wurde schwindelig, er torkelte zurück und schlug mit dem Rücken gegen die Flurwand. »Es muss einen anderen Weg geben. Es muss. Für sie.« Plötzlich sah er irritiert zum Treppenhaus hinüber. Geräusche. Eine Melodie. Eine Frau summte das Lied von dem Kind, das von seinen Eltern im Krieg verlassen wurde.

Er ging die Stufen nach oben und horchte im Flur, woher die Melodie wohl kam. Das Summen drang aus der Präsidentensuite. »Ingrid?, fragte er in das Zimmer hinein. Jemand ließ gerade Wasser in die Wanne laufen, doch die Tür zum Bad war verschlossen. Er hörte, wie die Frau das Lied summte, und als sie ein, zwei Wörter sang, erkannte er ihre Stimme. Dann lachte er vor Erleichterung auf. »Gott sei Dank! Ingrid!«, rief er – doch sie antwortete ihm nicht. Er presste sein Ohr gegen die Tür, flüsterte ihren Namen, und im selben Augenblick war ihr Summen auch schon verschwunden. Er schnaufte tief durch, hielt sich die Hand vor den Mund und schloss die Augen. Nur verhallende Sinnestäuschungen seines aufgebrachten Verstandes. Mehr nicht.

Er drückte seine Stirn gegen die Tür und dachte wehmütig an früher. Wie es war, als sie zusammen aufs Gymnasium gegangen waren. Er erinnerte sich, wie er in Politische Unterweisung das Buch des Idols absichtlich falsch rezitiert, den Sinn verfremdet und ins Lächerliche gezogen hatte. Er hatte es nicht etwa getan, um gegen das System zu rebellieren, sondern einzig und allein, um ihr zu imponieren. In der Erinnerung spielte Zeit keine Rolle. Jetzt, da sie weg war, fühlte er ihre Anwesenheit stärker, als es in ihrer Gegenwart der Fall war, und er fragte sich, warum diese Frau, die gegenüber anderen so wenig Mitleid empfand, noch immer sein Denken bestimmte. Eine Frau, die nahm, nicht gab. Die gütige Ingrid jedoch, nach der er sich immer gesehnt hatte und die er immer auch in ihr hatte sehen wollen, die hatte es nie gegeben. Warum ließ sie ihn nicht gehen? Er stand auf, ging zum Fenster und blickte zum Sperrgebiet hinüber. Der Wall aus Bäumen und Sträuchern in der Ferne, in dem die Klagelaute der Ruinen ungehört verhallten. Vielleicht suchten sie beide nach dem, was sie in der Stadt zurückgelassen hatten, waren vereint durch die Sehnsucht nach den unbeschwerten Tagen, die so jäh durch die Explosion des Spaltungswerks beendet wurden. Er ging zum Bett, setzte sich auf die Kante, senkte seinen Kopf und schlug sich die Hände vor das Gesicht. Hätte sie die Attentate in der Alten Ordnung durchgeführt, wäre sie heute zweifellos eine Heldin. Märtyrerin einer gerechten Sache im Kampf gegen die Schergen der Diktatur. Doch es war anders gekommen. Ihre Gewalt richtete sich gegen die Republik, und sie war nichts weiter als eine skrupellose Terroristin. Das war, was von ihrem Leben blieb.

Wie lange er mit gesenktem Kopf, die Hände vor das Gesicht geschlagen, auf der Bettkante gekauert hatte, wusste er nicht. Als er wieder aufsah, bemerkte er Südhausen, der im Ohrensessel neben der Wanduhr Platz genommen hatte. Die Haare sorgfältig nach hinten gekämmt, die Schicht feiner Schuppen auf den Schultern, das hagere Gesicht regungslos. Nur der hervorstehende Adamsapfel, der von Zeit zu Zeit auf-

und abwanderte. Die Mundwinkel in tiefen Furchen eingebettet, wie erstarrt nach unten gezogen, als hätten sich all die
negativen Erlebnisse eines langen Lebens in sein Gesicht
eingegraben.

»Sie sind keine Halluzination, nehme ich an.«

Südhausen blieb wie erstarrt sitzen und schwieg.

»Was wird jetzt mit ihr geschehen?« Fischer sah Südhausen
an, doch der schwieg beharrlich. »Was wird jetzt aus Ingrid?«

Südhausen fuhr sich mit der Hand über seine dünnen,
spröden Lippen, die sich in ihrer Farbe kaum von der seiner
fahlen Haut unterschieden. »Ich habe Ihnen schon einmal
gesagt, dass ich nicht möchte, dass Sie Frau Markgraf bei
ihrem Vornamen nennen.«

»Ich kenne Sie schon eine lange Zeit. Verdammt lange.«
Fischer deutete mit einer Kopfbewegung zum Fenster
hinüber. »Ich kenne sie aus der Zeit, als die Stadt noch voller
Leben war.«

»Ich verstehe Sie schon, Einar. Glauben Sie nicht, dass ich
blind bin. Die Markgraf ist ja wirklich eine bildschöne Frau.
Eine so außergewöhnlich mondäne Erscheinung. Aber was
nutzt das? Was nutzt all die Schönheit und die Erhabenheit,
wenn der Mensch schlecht ist?«

»Schlecht?«

»Sie ist eine Massenmörderin.«

Fischer nickte. »Das ist sie. Mörderin von zweihundert-
neunundachtzig Männern und Frauen.«

»Eine Terroristin. Eine Feindin der Republik.«

»Ja ... aber das war sie nicht immer.«

»Sie irren sich, Einar. Es hat schon immer in ihr gesteckt. Es
hat nur lange gedauert, bis ihr wahres Ich zu Tage trat.«

»Sie ist nicht ...«

»Wir sind das, was wir werden.«

»... oder was die Umstände aus uns machen.«

»Sie hat die Wahl gehabt, und sie hat sich entschieden.«

Fischer blickte in die Richtung seines Direktors, doch seine
Gedanken waren nur bei Ingrid. »Was wird nun aus ihr?«

»Sie wird einen ordentlichen Prozess bekommen.«

»Man wird sie zum Tode verurteilen.«

»Wenn man sie für schuldig befindet, ist das so.«

»Hat sie was gesagt?«

»Sie hat so einiges erzählt.«

»Hat sie das?«

»Sie hat einiges über Sie erzählt.«

»Über mich?«

»Ja.«

»Kann ich zu ihr?«

»Sie ist nicht mehr hier.«

»Wo ist sie?«

»Marbod und Heinrich bringen sie gerade zurück nach Neustadt.«

»Marbod«, warf Fischer verächtlich ein, »diese miese, kleine Ratte.« Er schlug mit der Faust fest auf die Bettkante. »Wenn er ihr auch nur ein Haar krümmt, bring ich das Dreckschwein um. Das schwöre ich.«

»Sie haben sich verändert, Einar.« Die Stirn in Falten gelegt, sah Südhausen ihn irritiert an. »Was ist nur mit Ihnen passiert?«

»Marbod und Heinrich.« Fischer schüttelte den Kopf. »Welche Ironie des Schicksals. Ausgerechnet die werden ihr zum Verhängnis. Selbst bei Voigt konnte sie ihren Charme noch spielen lassen. Doch bei den beiden? Eine sich schminkende Tunte und ein Steroid-geschwängerter Schläger, dessen Eier auf Erbsengröße geschrumpft sind.« Dann lachte er bitter auf. »Wahrscheinlich die einzigen beiden Männer, die ihrer ganz und gar sirenenhaften Art nicht verfallen.«

»Was ist nur mit Ihnen, Einar?«

Mit kalten Augen blickte Fischer den alten Mann im Ohrensessel an, doch er sagte nichts.

»Wo waren Sie gewesen?«

Fischer tippte sich an das Unterlid des linken Auges. »Ich kann nun sehen, Herr Südhausen.«

»Ich verstehe Sie nicht.«

Fischer biss sich mit den Zähnen auf die Unterlippe. »Ingrid hat mir vertraut, und ich hab' sie im Stich gelassen.«

»Woher wussten Sie überhaupt, dass Sie in Altmark untergetaucht ist?«

»Ich wusste es nicht.«

»Sie wussten es nicht?«

»Ich hab' gar nicht nach ihr gesucht.«

»Haben Sie nicht?«

»Nein, hab' ich nicht. Ich war in eigener Sache unterwegs.«

»Was meinen Sie damit?«

»Ich war im Sperrgebiet.«

»Wo waren Sie?«, fragte Südhausen entsetzt.

»Im Sperrgebiet war ich«, wiederholte Fischer, einen Blick auf ihn gerichtet, der an Verachtung grenzte.

»Warum?«

»Als ob Sie das nicht wüssten.«

»Warum nur?«

»Mir sind so einige Dinge klar geworden. Wer ich bin und was aus mir wurde.«

»So?«

»Ich weiß jetzt, dass ich ein kranker Mann bin.«

»Was reden Sie da?«

»Ich hab' nur noch wenig Zeit, bevor sich mein Verstand wieder eintrüben wird und die Dinge, die mir wichtig sind, die wahrhaftig von Belang sind in meinem Leben, langsam verschwinden werden.«

Südhausen nahm seine Nickelbrille ab, putzte die Gläser mit seinem Taschentuch, setzte sich die Brille wieder auf und legte seine Arme auf die Lehnen des Sessels. »Sie haben etwas herausgefunden, das Sie nicht wissen sollten.«

»Liegt wohl an dieser besonderen Gabe, die ich habe.«

»Wie sind Sie dahintergekommen?«

»Wie hat es Marbod doch gleich bezeichnet? Dass ich ein nutzloser Taugenichts bin, dem die Dinge einfach so zufallen, ohne dass ich etwas dafür tun muss? Dass ich einfach nur unverschämtes Glück hab'? Nun, ich denke, in dem Fall war es genau so.«

»Sie sprechen von Glück?«

»Ein Zettel von Vogelfrei.«

»Ich verstehe nicht …«

»Vogelfrei hat mich auf den Gedanken gebracht, dass die Republik die geheime Forschung jenes Staates weiterführt, der eigentlich ihr Todfeind ist.« Fischer wartete darauf, dass Südhausen antwortete, doch der schwieg. »Auf dem Zettel stand«, fuhr Fischer fort, »dass ich mit Doktor Heimlich in Neuwelt reden sollte.«

Südhausen warf die Stirn in Falten. »Mit Doktor Heimlich?«

»Verrückt, was? Ich hab' Doktor Heimlich auch dort getroffen. Er hat mir ein Rätsel aufgegeben, hat gesagt, dass ich
im Sperrgebiet die Antworten finden werde auf all meine
Fragen.«

»Und das hat Ihnen Doktor Heimlich erzählt?«

»Ja.«

Südhausen lehnte sich zurück, sagte aber nichts.

»Sie sprechen seinen Namen aus, als würden Sie ihn
kennen?«

»Das ist auch so.«

»Waren Sie etwa auch in Neuwelt?«

»Nein, das war gar nicht nötig. Ich kenne ihn nämlich aus
der realen Welt.«

Fischer horchte auf. »Sie meinen, Sie wissen, wer hinter
dem Doktor steckt? Sie kennen die Nomadenseele? Denjenigen, der ihm die Worte in den Mund legt?«

»Ja.«

»Wer ist es?«, fragte Fischer.

Südhausen sah nachdenklich auf den Boden. »Wegener«,
sagte er dann, als wäre es nur eine beiläufige Bemerkung.

»Wegener? Etwa Direktor Wegener?«

»Und ich Tor habe ihn im Krankenhaus besucht. Ich habe
ihm Mut zugesprochen, dass er sich von seiner schweren
Gesichtsverletzung möglichst bald erholen mag.«

»Wegener soll Doktor Heimlich sein? Er hat mir den Tipp
gegeben?«

»Es sieht ganz so aus.«

»Das verstehe ich nicht.«

»Das ist auch nicht so einfach zu verstehen.«

»Das ist doch Geheimnisverrat.«

»Ich hätte nicht gedacht, dass er soweit geht.«

»Warum hat er das riskiert? Wofür?«

»Natürlich hat er mein Projekt schon immer torpedieren
wollen.«

»Sie meinen das Projekt Wolfsbrut, nicht wahr?«

Südhausen saß regungslos in seinem Stuhl und schien
abwägen zu wollen, wie er reagieren sollte. Dann nickte er.
»Gut ... Sie sollen es erfahren.«

»Warum das alles? Wozu?«

»Das Projekt ist aus der Not heraus geboren.«

»Aus der Not heraus?«

»Die klassische Arbeit beim Aufspüren von Verbrechern ist an ihre Grenzen gestoßen. Wir haben nach neuen Methoden gesucht, wie wir die aufspüren können, die wir mit traditioneller Ermittlungsarbeit nicht zu fassen bekommen. Ich hatte mein Projekt Wolfsbrut eingebracht, Wegener aber hatte einen ganz anderen Ansatz, um die Ermittlungen unserer Behörde zu revolutionieren. Und sein Projekt Heimlich stand in unmittelbarer Konkurrenz zu meinem.«

»Sie wussten davon?«

»Teils, teils. Ich wusste natürlich nicht, dass er die Geheimnisse des Staatsschutzes verrät.«

»Es will mir nicht in den Kopf.«

»Wegener war schon immer ein rücksichtsloser Karrierist gewesen. Nur auf diese Weise ist er an den Direktorenposten in der Direktion 1 gekommen.«

»Aber warum so umständlich? Weshalb die vagen Andeutungen in Rätselform? Ich meine, warum hat er mir über seine Nomadenseele Heimlich nicht einfach gesagt, was das Neurotoxin ist und wie der Staatsschutz es einsetzt?«

»Stelle den Menschen ein Rätsel, und sie werden versuchen, es zu lösen. Er hat Ihnen etwas gegeben, worum ihre Gedanken gekreist sind, das sie nicht mehr loslässt. Ein Mensch muss denken, dass die Entscheidungen, die er trifft, seine eigenen sind, ohne dass ein Dritter Einfluss nimmt. Hätte er Ihnen gleich die Wahrheit über Wolfsbrut erzählt, hätten Sie es nur für eine Fantasterei gehalten.«

»Und Wegener denkt tatsächlich, dass der Staatsschutz seine Ermittlungsarbeit auf Neuwelt ausweiten soll?«

»Er glaubt, dass die Menschen in Neuwelt viel besser kontrolliert werden können. Er sagt, dass sie in der virtuellen Welt mitteilsamer sind als in der Realität und mehr von sich preisgeben. An einem Ort, wo es scheinbar keine Schranken gibt und sie sich ungehemmt und aggressiv austoben können.« Südhausen schüttelte den Kopf. »Ich war gegen dieses Projekt, glauben Sie mir.«

»Sie waren dagegen?«

»Solch eine Vorgehensweise lehne ich im Grundsatz als unethisch ab.«

Fischer lachte höhnisch auf. »Und was ist an Ihrer Methode besser?«

»Sie wollen allen Ernstes mein Projekt mit seinem vergleichen?«

»Wissen Sie überhaupt, was ihr Projekt aus den Menschen macht? Wissen Sie eigentlich, wie das Neurotoxin einen verändert? Wissen Sie das? Haben Sie eine Vorstellung davon?«

Südhausen schwieg.

Fischer senkte seinen Blick für einen Moment, dann sah er zornig zu ihm auf. »Warum haben Sie mir das angetan? Warum nur?«

Südhausen schüttelte den Kopf. »So ist es nicht.«

»Wie denn wohl sonst?«

»Das Gegenteil ist der Fall. Ich habe Ihnen nichts angetan. Ich habe Ihnen geholfen.«

»Mir geholfen? Und das glauben Sie wirklich?«

»Natürlich. Sie waren ein Wrack, als Sie zu uns kamen.«

»Unsinn!«, widersprach Fischer so laut, als wollte er Südhausen im Nachhinein übertönen.

»Einar, wissen Sie nicht mehr, wie Sie von den Dämonen der Vergangenheit gejagt wurden? Sie haben mir selbst erzählt, dass es für Sie jeden Tag wie eine Folter wäre. Erinnern Sie sich ...«

»Ich ... ich ... habe ...«

»Sie waren zufrieden nach Ihrer Einstellung. Sie sind sogar Ihre Depressionen losgeworden. Ihr Leben war wieder geordnet.«

»Geordnet?«, wiederholte Fischer mit sarkastischem Unterton. »Was ist geordnet? Dass ich alleine in einem Appartement lebe?«

»Dass Sie sich von Ihrer Familie entfremden, wollte ich nicht. Glauben Sie mir. Ich dachte, dass wir die Nebenwirkungen des Toxins besser kontrollieren können.«

»Soll das ein Witz sein? Warum hätte es denn bei mir funktionieren sollen? Es hat bei Tausenden von Soldaten nicht geklappt. Die ganze verdammte Division ist zum Teufel gegangen.«

»Sie reden von Goldstaub?«

»Wovon denn wohl sonst?«

»Das waren noch Kinder. Achtzehn, neunzehnjährige Soldaten, die emotional noch nicht erfahren waren. Sie aber ... Sie sind eine gefestigte Persönlichkeit. Sie orientieren sich an Ihrer langjährigen Erfahrung, die Sie haben. Für Sie ist es nicht überlebenswichtig, Angst vor dem Feuer zu haben, weil Sie es aus der Gewohnheit heraus meiden. Und auch mit der Ermattung, die aus dem Verlust des emotionalen Gedächtnisses resultiert, können Sie besser als andere umgehen, weil Sie von Natur aus antriebsschwach sind. Nein, Sie sind der Richtige. Sie sind integer, Einar. Ich habe Sie eingestellt, weil sie pflichtbewusst und loyal sind.«

»Ich habe Ihnen vertraut, und Sie haben mich verraten.«

»Das habe ich nicht.«

»Ohne dass ich davon wusste, haben Sie Experimente an mir durchgeführt.«

»Nein, so war es nicht«, sagte Südhausen mit Nachdruck. »Denken Sie an Ihre Einstellung. Denken Sie daran, was Sie unterschrieben haben.«

»Ich ...«

»Denken Sie nach. Lassen Sie sich nur Zeit. Sie haben mir Ihr Einverständnis gegeben, dass wir Ihre Fähigkeiten als Ermittler mittels moderner Techniken optimieren können.«

»Ja, aber ... wer ... wer konnte damit rechnen, dass Sie meine Erinnerungen manipulieren würden.«

»Es hat Sie zu einem besseren Ermittler gemacht.«

»Das hat es nicht.«

»Sehen Sie sich doch den Erfolg an. Nur durch Sie wurde die Terrorzelle zerschlagen.«

»Ich wollte aber nicht ... aber es war kein ... glücklich war ich aber nicht beim Staatsschutz.«

»Kann es denn noch Glück für Sie geben, nachdem was Sie erlebt haben, Einar? Oder für jemanden wie mich?« Südhausen erhob sich aus dem Sessel und ging einen Schritt auf ihn zu. »Und ich frage Sie: Ist das überhaupt nötig?«

»Sie haben mir nie vertraut ...«

»Ich habe Ihnen alle Möglichkeiten gegeben, alle Freiheiten eingeräumt.«

»Sie haben einen Peilsender in meinem Aktenkoffer versteckt.«

»Das ist eine Standardprozedur.«

»Sie haben mich beschatten lassen, nachdem der Peilsender im Aktenkoffer verloren war. Meinen Sie nicht, ich hätte den Transporter der Klempnerei Unhold nicht bemerkt, der vor meinem Hotel stand?«

»Einar, ich dachte, dass Frau Markgraf Sie aufsuchen würde. Nur deshalb habe ich Sie observieren lassen.«

»Sie haben mich für Ihre Zwecke missbraucht«, merkte Fischer leise, fast unhörbar an.

»Nein, Einar, Sie verstehen das vollkommen falsch. Sie sind die Speerspitze für die heilige Sache, für die wir kämpfen.«

»Heilig? Glauben Sie das wirklich, wovon Sie da reden?«

»Mehr als das. Es ist meine Bestimmung. Ich habe den Weltkrieg erlebt. Ich weiß, wozu die Alte Ordnung fähig war.«

»Mir müssen Sie das nicht erzählen. Ich hab' in den Kolonien gekämpft. Ich bin zum Mörder geworden. Doch die Alte Ordnung ist längst vergangen. Geschichte. Sie kommt nicht zurück.«

»Ihr Wort in Gottes Ohr.«

»Man kann doch nicht für alle Ewigkeit alles und jede Schweinerei damit rechtfertigen, dass man gegen die Anhänger der Alten Ordnung vorgeht.«

»Es waren monströse Verbrechen. Einzigartig in der Geschichte. Ganze Volksgruppen sollten im Krieg ausgelöscht werden.«

»Wir wissen nicht genau, wie es damals abgelaufen ist. Die Historikerkommission untersucht die Vorfälle im Großen Krieg noch.«

»Einar, ich habe den Krieg erlebt. Ich weiß, was geschehen ist. Dazu brauche ich keine Historikerkommission. Die Unterstützer der Alten Ordnung dürfen nie wieder etwas zu sagen haben. Das ist der heilige Eid, den ich abgelegt habe. Dafür würde ich selbst einen Pakt mit dem Teufel eingehen.«

»Mit dem Teufel?«

»Einar, ich habe geschworen, dass solche Verbrechen nie mehr geschehen. Hören Sie? Nie mehr. Nie mehr soll jemand eine solche Mordmaschinerie aufbauen. Ich habe es geschworen beim Grab meiner Eltern.«

»Und wofür das alles? Ist die Republik denn so viel besser?«

Südhausen schüttelte den Kopf. Beinahe resigniert sah er zu ihm hinüber. »Woher sollten Sie es auch wissen? Ich gebe

Ihnen keine Schuld. Sie sind mit den Lügen der Alten Ordnung aufgewachsen. Ich aber, ich trage die Wahrheit in mir. Als einer der überlebenden Zeugen. Ich kenne die abscheulichen Verbrechen, ich weiß um die Konzentrationslager, in denen Millionen starben.«

»Und was ist mit den Straflagern von heute?«

»Unsere Lager kann man überhaupt nicht mit den Vernichtungslagern von damals vergleichen. Die Menschen werden dort nicht liquidiert.«

»Aber viele kommen um. Durch Krankheit und Arbeit.«

»Es ist nicht perfekt. Sogar ein Übel. Aber die Lager sind notwendig, solange die Anhänger der Alten Ordnung noch unter uns weilen und unser Volk mit ihren Gedanken vergiften.«

»Und wer entscheidet darüber, ob jemand ein Anhänger des alten Systems ist? Wer entscheidet das, frage ich Sie?«

»Wir.«

»Was aber ... was aber, wenn wir uns irren?«

»Es gibt keine Alternative. Wer, wenn nicht wir, sollte entscheiden?«

»Das Volk ...«

»Das Volk«, wiederholte Südhausen verächtlich. »Das gemeine Volk hat gar nicht den Überblick, um zu entscheiden, was gut ist und was schlecht ist. Der Pöbel hatte seine Chance gehabt. Und er hat das Land in den Abgrund geführt.«

»Wenn nur wenige über das Schicksal vieler entscheiden, was ist dann der Unterschied zur Diktatur?«

»Wir sind keine Verbrecher.«

»Was macht Sie da so sicher?«

»Wir kämpfen für eine gerechte Sache. Wir sind die Hüter der Republik. Wir sind die Lehrer des Volkes.«

»Und was ist das Volk dann noch wert?«

»Das Volk folgt immer dem größten Schreihals, Einar. Nach all den Jahrzehnten unter der Diktatur müssen die Menschen erst verstehen, was es bedeutet, in Freiheit zu leben. Jetzt sind Sie noch nicht reif dafür. Die Menschen müssen lernen, sich eine kritische Meinung zu bilden, und diese muss die richtige sein.«

»Und was ist ... was ist mit der Verantwortung des Einzelnen?«

»Was meinen Sie?«

»Etwas lastet schwer auf mir. Meinetwegen sind Menschen ins Lager gekommen, und ich weiß nicht, ob sie alle schuldig waren.«

»Wir haben allesamt überprüft. Sie waren schuldig, Einar. Sie haben es verdient.«

»Ich habe sie denunziert.«

»Was reden Sie da? Denunziert? Sind Sie von Sinnen?«

»Ich war in meinem Zustand doch gar nicht fähig zu entscheiden, wer schuldig war und wer nicht. Ich habe willkürlich Menschen verdächtigt.«

»In Ihrer Unvoreingenommenheit haben Sie die Täter – ohne von Gefühlen aus der Vergangenheit, Vorurteilen oder gar Hass geleitet zu werden – für uns ausfindig gemacht.«

»Es war reine Willkür.«

Südhausen schüttelte den Kopf. »Das war es nicht. Es war genau das Gegenteil von Willkür. Ihr Vorgehen hatte System. Sie haben keine Vorurteile. Sie sind unvoreingenommen. Sie unterscheiden nicht zwischen Männern und Frauen. Alt und jung. Groß und klein. Reich und arm. Schön und hässlich. Hell und dunkel. Die Peons sind für sie nicht die Sündenböcke. Sie behandeln alle gleich. Verstehen Sie es doch endlich: Sie, Einar Fischer, Sie sind das objektive Kriterium unserer Ermittlungen. Sie sind der Maßstab unseres Handelns.«

Fischer wollte schlucken, doch sein Mund war trocken. Er saß auf dem Bett und starrte auf die Standuhr. Verfolgte wie hypnotisiert das hin- und herschwingende Pendel. »Ich verstehe jetzt«, sagte er langsam. Kalter Schweiß bildete sich auf seiner Stirn. »Ich habe Ihnen die Rechtfertigung geliefert, die Leute einzusperren ...«

»Sie sind unser unbestechlicher Richter.«

»... weil Sie davon überzeugt sind, dass mein Urteil über jeden Zweifel erhaben ist.«

»Das ist es auch.«

Fischer senkte den Kopf. »Nur durch mich sind diese Leute ...«

»Wir können nicht einfach Menschen verhaften, das verbieten uns die Gesetze der Republik. Wir sind ein Rechtsstaat, der nicht willkürlich handelt. Wir brauchen einen Grund.« Südhausen stellte sich neben ihn und legte die Hand über seinen Kopf, als wollte er ihm durch die Haare streichen, doch dann zog er sie plötzlich zurück. »Sie waren unsere Legitimation, Einar. Ein Mensch, der wahrhaft objektiv urteilt. Ein Mensch, der sich nicht von seinen emotionalen Erinnerungen leiten lässt. Ein Mensch, der gerecht ist. Der niemanden diskriminiert.«

»Ich ...« Um Fischer herum drehte sich alles. Er drückte seine Daumen auf die Augenlider, als wollte er die Bilder ungeschehen machen, die ihm sein Verstand vorspielte. Von den unglückseligen Menschen, die seinetwegen ins Straflager kamen.

»Als Einziger waren Sie dazu in der Lage gewesen, die subversiven Objekte aufzuspüren, die unser Land zerstören. Sie haben ein großes Opfer gebracht, und dafür gebührt Ihnen mein besonderer Dank.«

»Ich habe Flüchtlinge ans Messer geliefert.« Fischer sah verzweifelt zu ihm hoch. »Die Entwurzelten, die mein Schicksal teilen. Meine Leute.«

»Wir brauchten einen Spitzel aus Ostend. Jemanden, dem die Flüchtlinge aus der alten Hauptstadt vertrauen. Diese seltsame Mischpoke, die anderen gegenüber so misstrauisch ist. Sie mit ihren Fähigkeiten. Sie mit Ihrer einzigartigen Gabe.«

»Gabe? Hören Sie auf damit! Ich hab' keine besonderen Fähigkeiten und schon gar keine Gabe. Ich habe Menschen ausgewählt, und sie zu Verbrechern gemacht. Menschen, die dummerweise zur falschen Zeit am falschen Ort waren.«

»Seien Sie nicht so stur und blenden Sie nicht Ihre großartigen Erfolge aus.« Südhausen sah ihn nun besorgt an.

»Erfolge ...« Gedankenversunken starrte Fischer auf den Boden. Verfolgte den Weg der Kakerlake, die in einer Ritze der Dielen entlangging. Wer wusste schon wohin.

»Sie haben sich nie geirrt, Einar.«

»Nie geirrt? Ach ja?« Fischer sah zu ihm hoch, fast lächelte er. »Das ist nicht ganz richtig.«

»Was meinen Sie?«

»Ich hab' mich geirrt. Bei einer Person lag ich falsch. Bei einem Menschen ...«

»Von wem sprechen Sie? Etwa von Unhold?«

»Nein, um Unhold geht es mir nicht.«

»Er war ein Kinderschänder.«

»Vielleicht hat Unhold den Tod verdient.«

»Das hat er ganz sicher.«

»Aber ein anderer hat zweifellos nicht verdient zu sterben.«

»Wen meinen Sie?«

»Vogelfrei.«

»Vogelfrei?«

»Ja.«

»Das ist nicht Ihr Ernst.«

»Und ob.«

»Gerade über den machen Sie sich Gedanken?«

»Ja.«

»Das kann ich nicht glauben.«

»Sie haben mir einmal etwas gesagt, Herr Südhausen.« Fischer wischte sich mit dem Handrücken über die Stirn. »Sie haben mir gesagt, dass man nicht suggestiv arbeiten soll.«

»Das stimmt auch. Wir müssen unbedingt verhindern, dass unser Verstand uns in bereits vorhandene Vorstellungsmuster drängt.«

»Genau das ist aber passiert. Weil wir von der Prämisse ausgegangen sind, dass Vogelfrei schuldig ist. Wir haben meinem Urteil vertraut, das wir über alle Zweifel erhaben hielten und das ihn zum Schuldigen gestempelt hat.«

»Wir ...«

»Wir haben alles, was in dieses Bild gepasst hat – dass er das verbotene Buch des Diktators besitzt, dass er hetzerische Schriften verfasst hat –, gierig aufgesaugt und alles andere haben wir ignoriert. Dass er zum Teufel nochmal ein alter Mann war, der vollkommen zurückgezogen und ohne jeglichen Kontakt im Trümmerbezirk gelebt hat. Dass er Ingrid nur zufällig am Heldenplatz getroffen hat.«

»Unsinn. Herr Vogelfrei und Frau Markgraf kannten sich gut.«

»Glauben Sie etwa immer noch daran, dass er der Kopf der Terrorzelle ist?

»Wenn nicht der Kopf, dann auf jeden Fall der intellektuelle Führer. Daran besteht für mich kein Zweifel.«

»Dann geht es Ihnen anders als mir. Sein Tod lastet schwer auf mir. Und nicht nur seiner. Jeder, der jetzt meinetwegen unschuldig im Lager sitzt, lastet auf meinem Gewissen. Wer weiß schon, wie viele es sind.«

»Einar ...«

»Ich bin für meine Handlungen einzig und allein verantwortlich, nicht Sie, nicht der Staatsschutz, nicht unsere Verfassung, sondern ich ganz alleine. Verstehen Sie? Ich muss vor mir selbst bestehen. Was wird von mir bleiben, wenn meine Tage hier auf der Erde gezählt sind? Dass ich für eine größere Sache gekämpft hab' oder dass dabei ein paar Unschuldige über die Klinge gesprungen sind? Was glauben Sie wohl, soll ich meinen Kindern später einmal sagen?«

»Ihre Kinder werden stolz auf Sie sein.«

»Warum sollten sie?«

»Weil Sie ein Held sind.«

»Ein Held?« Fischer lachte auf. »Sieht so ein Held aus? Gucken Sie mich an: Ich bin ein seelisches Wrack.«

»Der Preis, den ein Held zahlen muss, ist immer hoch.«

»Vogelfrei hat den Tod nicht verdient.«

»Vogelfrei hat sich in Unterseehafen selbst entschieden, diesen Weg zu gehen. Er hat sich aus der Zelle befreit und ist auf der Flucht erschossen worden. Wäre er in der Zelle geblieben, wäre er heute noch am Leben.«

Fischer stutzte. »Er hat sich befreit? Ich denke, Ingrid und Ludger haben ihn aus der Zelle rausgeholt?«

»Wie auch immer es gewesen war«, wiegelte Südhausen ab.

»Als ich das Urteil über Vogelfrei gesprochen hab', war ich nicht ich selbst. Die Wirkung des Toxins ... ich bin nicht zurechnungsfähig gewesen ... kein Mensch mehr.«

»Menschen machen Fehler.«

»Herr Südhausen, das bin ich nicht. Das bin ich einfach nicht. Ich bin kein Denunziant.«

»Das sind Sie auch nicht.« Südhausen legte die Hand beinahe fürsorglich auf seine Schulter. »Sie sind unsere Leuchtgestalt im Kampf gegen die Mächte der Alten Ordnung.«

»Es ist unmoralisch, was wir machen.«

»Tun Sie das nicht ...«

»Was soll ich nicht tun?«

»Moral«, sagte Südhausen verächtlich. »Was hat den Leuten in den Konzentrationslagern ihre Moral geholfen? Was nützt Ihnen die Moral in der Hölle? Was ist moralisch vertretbar, wenn die Mörder der Alten Ordnung vor der Tür stehen?«

»Wenn Sie so überzeugt sind von der Wirkung des Neurotoxins, wenn Sie tatsächlich glauben, dass man dadurch zu einem gerechten, objektiven Richter wird, warum haben Sie dann nicht selbst die Bakterienkapsel geschluckt?«

»Denken Sie nicht, ich hätte es mir nicht überlegt.«

»Warum haben Sie es dann nicht getan?«

»Eine Zeit lang hatte ich die Kapsel tatsächlich immer bei mir getragen.«

»Und warum haben Sie die Bakteriensporen nicht genommen?«

Südhausen griff in seine Jackentasche. »Ich war kurz davor.«

Fischer drehte seinen Kopf zur Seite. »Dachten Sie etwa, Sie würden ihren Hass auf die Alte Ordnung verlieren?«

»Ich habe es geschworen, Einar.« Südhausen ballte die Hand in der Tasche zur Faust. »Ich habe geschworen, dass ich bis zu meinem letzten Atemzug verhindern werde, dass diese Ewiggestrigen erneut an die Macht kommen.«

»Die Zeiten haben sich grundlegend geändert, sagte einmal jemand zu mir, Herr Südhausen. Und diesen Veränderungen muss man sich stellen. Tatsache ist, dass wir längst einen neuen Gegner haben.«

»Nein, Einar, Sie täuschen sich. Der ewige Feind ist die Diktatur.«

»Es sind längst nicht mehr die Anhänger der Alten Ordnung, die unser Land bedrohen, es sind die Gegner des ungezügelten Handels. Es sind die, die unsere Republik für das massenhafte Elend da draußen verantwortlich machen. Sehen Sie sich nur Ingrid und Ludger an. Es sind Menschen, die die Elite hassen, weil sie sich nach dem Sturz der Alten Ordnung so hemmungslos bereichert hat.«

»Nein, nein!«, schrie Südhausen aufgebracht. »Es sind die alten Gedanken unter dem Deckmantel der Kapitalis-muskritik. Frau Markgraf hat mit Vogelfrei zusammengearbeitet. Und Vogelfrei war ein Anhänger der Alten Ordnung, wie wir aus seinem Flugblatt wissen. Und Voigt, dieser Dämon der Vergangenheit, war ein Mitverschwörer. Was wollen Sie eigentlich noch mehr an Beweisen?«

»Sie haben ihr Feindbild und halten unbeirrt daran fest.«

»Unser Gegner ist die Alte Ordnung«, herrschte Südhausen ihn an. »Ich sehe nichts und niemanden, ich sehe keinen Feind, der mehr Zerstörungskraft hat.«

»Sie sind in der Vergangenheit gefangen.«

»Ich habe meine Lehren aus der Vergangenheit gezogen. Das ist der Unterschied.«

»Letztlich bleibt das, was man getan hat, nicht das, was man vorher gedacht und abgewogen hat. Ob man Gewissensbisse hatte, spielt nachher keine Rolle mehr. Oder ob es einem leicht fiel oder nicht. Einzig und allein unsere Taten definieren uns.«

»Nichts ist vergessen und nichts ist vergeben«, sagte Südhausen wie in Trance vor sich hin.

»Wissen Sie, was einmal jemand zu mir gesagt hat? Es ist gar nicht so lange her, aber es kommt mir wie eine Ewigkeit vor.« Fischer atmete tief durch. »Er hat zu mir gesagt, dass wir immer nur einen Teil der Realität wahrnehmen, und dieser Teil dann zu unserer ganzen Wahrheit wird.«

»Ich habe es geschworen ... ich habe es ...« Die Fäuste geballt, im verzweifelten Kampf gegen seine inneren Dämonen, starrte Südhausen an die Wand. Einsam und isoliert. Fischer betrachtete den alten Mann. Für ihn empfand er nichts. Weder Zuneigung noch Verachtung. Auch kein Mitleid. Südhausen erschien ihm wie eine unveränderliche Komponente im Leben. Jemand, den man hinnehmen musste. Wie ein Unantastbarer in Neuwelt, der ohne Rücksicht auf Verluste seinen eigenen Willen durchzusetzen versuchte. Und Fischer war für ihn nicht mehr als die Projektionsfläche seiner Vorstellungen gewesen. Er presste seine Hand gegen das Halstuch, als hätte seine Wunde wieder angefangen zu bluten. Doch da war längst kein Blut mehr, nur narbiges Gewebe. Zeit aufzustehen.

»Ich komme nicht mit Ihnen zurück«, sagte Fischer. »Ich will mich nicht weiter schuldig machen. Das bin ich nicht. Das bin ich einfach nicht.«

Südhausen schien ihn zuerst nicht verstanden zu haben, doch dann erwachte er aus seiner Apathie und drehte sich zu ihm um. Seine zur Faust geballte Hand erschlaffte, er zog sie aus der Tasche und blickte ihn ernst an. »Was reden Sie da nur für einen Unsinn?«

»Ich werde nicht zurückkommen.«

»Sie wollen den Staatsschutz verlassen?«, fragte Südhausen entgeistert.

»Ja.«

»Sie wissen doch, dass das nicht geht.«

»Und trotzdem werde ich es tun.«

»Unsinn«, sagte Südhausen scharf. »Niemand verlässt den Staatsschutz.«

»Ich weiß jetzt, dass ich krank bin. Sehr krank.«

»Sie sind nicht ... nein ... wenn«, stotterte Südhausen, als er die Ernsthaftigkeit von Fischers Absicht realisierte. »Sie wissen doch genau, was das für Konsequenzen hätte.«

Fischer nickte. »Das ist mir durchaus bewusst.«

»Überlegen Sie es sich doch noch einmal. Ich flehe Sie an, Einar. Denken Sie daran, was das bedeuten würde für Sie und Ihre Familie.«

»Für mich gibt es kein Zurück mehr. Das ist ganz und gar ausgeschlossen.«

»Sie haben finanziell ausgesorgt, und Ihrer Familie geht es gut. Es ist ein unbeschwertes Leben.«

»Unbeschwert? Ich habe alles verloren ... alles. Einfach alles.«

»Einar ...«

»Ich habe vergessen, wer ich bin und was mich ausmacht.«

»Sie haben ... dann meinen Sie es wirklich ernst?«, fragte Südhausen mit Entsetzen in den Augen.

»Es tut mir leid. Ich meine, ich wollte doch für die Republik ein guter ...«, begann Fischer, dann brach er mitten im Satz ab.

Südhausen schüttelte den Kopf, seine Miene verfinsterte sich, und, die Mundwinkel nach unten wandernd, verfestigte sich wieder jener finstere Gesichtsausdruck, den er der Welt jeden Tag aufs Neue zeigte. Tiefe Furchen, Ernst und Trauer widerspiegelnd, wie in Stein gemeißelt. Die Last der Erinnerung in sich tragend. »Das ist bedauerlich. So bedauerlich.«

»Ein Mann muss sich treu bleiben. Ich weiß, wer ich bin. Und ich weiß, wer ich nicht sein will.«

»Mehr ist es nicht?«

»Das ist eine ganze Menge.«

»Warten Sie noch ein wenig mit Ihrer Entscheidung.«

»Worauf soll ich denn warten?«

»Die Wirkung des Neurotoxins wird wieder einsetzen, wenn das Antibiotikum aus Ihrem Körper verschwunden ist und die Bakterien sich wieder vermehren können. Bald wird Ihnen das alles nicht mehr wichtig sein.«

Fischer wusste, dass Südhausen recht hatte. Wenn die Wirkung des Antibiotikums nachließ, würde er sich einen Dreck um die unschuldigen Opfer scheren, die ins Lager kamen. Er musste die Welt vor einer empathielosen Maschine ohne Gewissen bewahren, die losgelassen wurde, um die Feinde der Republik zu bekämpfen. Vielleicht war ein Mann nicht immer für sein Handeln verantwortlich, fremdgesteuert zumal, nicht Herr seiner Sinne. Aber noch war es für ihn nicht zu spät. Noch konnte er handeln. »Ich komme nicht mit Ihnen mit«, wiederholte er mit fester Stimme seine Entscheidung.

Südhausen ging zur Wanduhr, stützte sich an der verzierten Holzleiste ab und starrte auf das Pendel. »Sie verstehen nicht, Einar«, sagte er, ohne ihn anzusehen. »Sie sind nur ein Teil des Ganzen. Der Prototyp einer neuen Generation von Ermittlern, die sich nicht von Emotionen leiten lässt, sondern Entscheidungen rein aufgrund Ihrer Beobachtungsgabe trifft. Sie sind der Erste, und Sie werden nicht der Letzte sein. Das Projekt wird fortbestehen. Das Ziel ist es, den normierten Ermittler zu erschaffen, der – befreit von allen emotionalen Erinnerungen – rein objektiv urteilt. Wir werden unsere Feinde auf diese Weise effektiv bekämpfen können. Sie haben uns gezeigt, dass das Projekt Wolfsbrut ein Erfolg ist. Und Ihre Methode der ‚Ermittlung des Verdächtigen per Augenschein‘ ist bereits in das Lehrprogramm integriert.«

»Das ist grotesk ...«, sprach Fischer fassungslos aus.

Südhausen ging auf ihn zu und stellte sich neben ihn. »Einar, kommen Sie mit mir. Es gibt noch so viel zu tun und so viel zu regeln. Helfen Sie mir, die neue Generation von Ermittlern auszubilden.«

Fast trotzig schüttelte Fischer den Kopf.

»Einar, Sie müssen bei uns bleiben. Wir brauchen aufrechte Männer wie Sie.«

»Aufrechte Männer?«, wiederholte Fischer und lachte beinahe hysterisch auf. »Sie meinen aufrechte Männer ohne Prinzipien?«

»Einar«, Südhausen schaute ihn verzweifelt an, »ich werde nicht ewig leben. Schon bald muss ich meine Nachfolge regeln.«

»Ja, ich weiß.«

»Ich muss verhindern, dass Herr Wandelbar Direktor des Staatsschutzes wird.«

»Marbod? Der will doch nicht etwa wirklich …?«

»Er ist mir immer ein hilfreicher Diener gewesen, aber er ist skrupellos und kalt. Kein Mensch, mit dem sich die Republik schmücken kann. Er ist nicht die Zukunft.«

»Dann lassen Sie ihn fallen?«

»Ich kann nicht zulassen, dass er mich beerben wird.«

»Er wird nicht so einfach klein beigeben.«

»Nun, es geht nicht darum, was er will oder nicht will. Er hat ein Geheimnis, das seine Karriere vernichten wird, wenn es bekannt wird.«

»Sie meinen, dass er eine Tunte ist?«

»Ich werde keinesfalls zulassen, dass er meine Nachfolge antritt.«

Die Hände an der Bettkante abgestützt, sah Fischer zu Südhausen hoch. »Und was wird jetzt aus mir?«

Südhausen strich ihm behutsam über die Haare. »Wussten Sie, dass mein Sohn im Kolonialkrieg gefallen ist?«

»Sie haben einen Sohn?«

Südhausen nickte. Er ging zum Fenster, faltete die Arme auf der Brust und sah nach draußen. Er sagte eine Zeit lang nichts, starrte nur zum Sperrgebiet hinüber, dann setzte er seine Brille ab, reinigte die Gläser mit dem Taschentuch und setzte sie sich wieder auf. »Sie sind jetzt ein Verräter, Einar. Herr Wandelbar wird sie nicht ziehen lassen. Das ist unser Ehrenkodex. Er wird auch Ihre Familie nicht schonen. Er wird keine Ruhe geben, bis Sie und Ihre Familie im Lager oder sogar tot sind.«

»Und was ist mit Ihnen?« Fischer rieb sich mit dem Handrücken über die Stirn. »Wie denken Sie?«

Südhausen drehte sich um und blickte ihn mit müden Augen an. »Ich bin nicht wie er.«

»Dann geben Sie mir etwas Vorsprung, bevor Sie Marbod Bescheid geben. Nur einen Tag, mehr brauche ich nicht.«

»Gut ... das kann ich machen. Einen Tag kann ich Ihnen geben.«

»Herr Südhausen?«

»Ja?«

»Ich wollte nicht, dass es so endet.«

Südhausen nickte, dann wischte er sich mit der Hand über die trockenen Lippen und verließ den Raum, ohne ihn noch eines Blickes zu würdigen. Fischer saß auf dem Bett und starrte ihm durch die offene Tür hinterher, in Gedanken längst wieder bei Ingrid. Hoffentlich ließ es der alte Mann nicht zu, dass Ingrid von Marbod und Heinrich gefoltert wurde. Aus einer Ahnung heraus zog Fischer die Schatulle aus der Manteltasche und betrachtete sie. Flach und groß genug für einen Orden oder eine Medaille. Er schüttelte sie, doch es war kein Klappern oder sonst etwas zu hören. Eine an den Seiten entlanglaufende Nut teilte die Schatulle in zwei beinahe gleich große Hälften. Er benutzte seine Fingernägel und versuchte, entlang der Vertiefung einen Angriffspunkt zu finden, um die Schatulle öffnen zu können. Vergeblich. Beidhändig drückte er dann die Nut von zwei Seiten mit aller Kraft zusammen. Ein Widerstand brach, und er konnte die Schatulle aufklappen. Mit Schrauben in die Unterseite montiert war ein Anzeigefeld aus Flüssigkristallen, wie er es bei neumodischen Uhren gesehen hatte. Die Kristalle jedoch zeigten nichts an. Darunter befand sich ein roter Knopf mit der Einprägung »Für den Notfall«. Im Inneren der Oberseite klebte ein Zettel, und die Botschaft, die darauf stand, konnte nur von Ingrid stammen. Sie musste es auch gewesen sein, die ihm die Schatulle zugesteckt hatte, als sie zusammen mit ihm im Hotelzimmer war. Fischer rieb sich mit dem Handrücken über die Stirn und fuhr sich dann mit Daumen und Zeigefinger über das Kinn. Abermals las er die Botschaft durch, die ihm Ingrid als letzten Gruß hinterlassen hatte. Wenn er doch nur begreifen könnte, was sie ihm damit sagen

wollte: »DRÜCKE MICH IM ANGESICHT DES DRITTEN
VON REICH. I.«

13.

Das Hotel mit seiner dunklen, fast schwarzen Fassade lag drohend vor ihm. Die Reihe der Wasserspeier, zwei Stockwerke unter seinem Appartement, die steinernen Dämonen aus der Höhe gebieterisch hinabblickend. Noch immer bedeckte der Vorhang, der aus dem Nachbarappartement, heruntergeweht war, das Gesicht eines der steinernen Figuren. Seit einigen Stunden hatte Fischer keine Halluzinationen mehr gehabt, und er fragte sich, wann das Vergessen einsetzte. Die Hände in den Manteltaschen, stand er auf dem Schotter des Parkplatzes, starrte nach oben und dachte über seine Entscheidung nach. Er hatte das ungeschriebene Gesetz ihrer verschworenen Gemeinschaft gebrochen. Den Staatsschutz verließ man nicht. Niemals. Einmal das Aufnahmeritual vollzogen, war man bis zu seinem Tod in den Diensten der Behörde. Wer diese Regel verletzte, landete entweder für den Rest seiner Tage im Lager oder wurde gleich ermordet. Was noch schlimmer wog, war die Tatsache, dass auch die eigene Familie diesen Gesetzen unterworfen war. Einen Tag hatte der Alte ihm gegeben. In dieser Zeit musste er das Geld aus seinem Appartement holen und seine Familie in Sicherheit bringen.

Er hatte den Wagen des Wirts vom »Feuchten Hahn« gestohlen und war in weniger als drei Stunden von Altmark nach Neustadt gefahren. Noch hatte er keine Vorstellung davon, wohin er mit seiner Frau und den Kindern fliehen sollte. Sobald Marbod wusste, dass er dem Staatsschutz den Rücken gekehrt hatte, würde er sie jagen. Für ihn waren sie dann vogelfrei. Fischer zog sein Halstuch zurecht und presste seine Hand gegen seine Narbe am Hals, als wäre es ein Ritual aus uralter Zeit. Da er seinen Ausweis nicht mehr als Schlüsselkarte benutzen konnte, wartete er am Eingang, bis jemand herauskam. Er nickte dem unbekannten Mann zu, der sich nicht um ihn zu kümmern schien, hielt den Fuß in die Tür, bevor sie zuschlagen konnte, und betrat das Hotel. Schon drangen aus dem Hinterzimmer der Rezeption die ersten Zeilen des Panzerliedes zu ihm vor. Der Archivar ließ die ewig gleiche Schallplatte kreisen. Fischer betrachtete das Grammophon, das in der Türflucht des Hinterzimmers stand. Die wellenförmigen Bewegungen des Tonarms, der die Rillen der Vinylscheibe entlangfuhr. Das Knacken, wenn die Abtastnadel auf Kratzer traf. Endlos rotierend, in grausamer Nüchternheit, das ewige Lied vom Heldentum, eingebrannt in das traurig-schwarze Gesicht. Und Fischer fragte sich, ob die Zeilen des Liedes die ganze Wahrheit sagten oder doch etwas verschwiegen. Nur den letzten Abend vor der Schlacht bei Kaffee und Rum wiedergaben, den Kopf voller Tollkühnheit, und die Zeit danach außer Acht ließen. Die Stille und die Einsamkeit.

Geplagt von den Erinnerungen, alleingelassen und mit Unverständnis überhäuft, hatte man sich nach dem Krieg wieder einzufügen in die Gesellschaft. Unsichtbar seine Arbeit zu leisten, als könnte man die Erlebnisse auf dem Schlachtfeld so einfach zurücklassen. Man sollte nicht zurücksehen, wurde gesagt. Man sollte funktionieren. Wut kam in Fischer auf. Er nahm die Klingel vom Tresen, holte aus und warf sie auf das Grammophon. Die Klingel schlug gegen den Trichter, das Grammophon wurde angehoben, der Tonarm schleuderte über die Scheibe, und der Diamant zerkratzte das Vinyl. Der Archivar erschien in der Tür. Fassungslos starrte er ihn an.

»Die Karteikarte fülle ich später aus«, sagte Fischer ruhig, tippte mit Zeige- und Mittelfinger an die Schläfe und ging, ohne sich weiter um den Archivar zu kümmern, zum Treppenhaus hinüber. Er stieg die Stufen bis zum fünften Stockwerk hinauf, betrat den Fahrstuhl und schloss das Gitter, das jemand hatte offen stehen lassen. Auf dem aufgesprungenen Laminatboden trockneten die letzten Reste des Desinfektionsmittels, als er die Taste »37« drückte. Das Licht an der Decke flackerte, die Stahlseile rieben aneinander, der Fahrstuhl setzte sich mit einem Ruckeln in Bewegung, und er dachte an die Kämpfe in den Kolonien. Wie er die letzten Versprengten seines Zuges in den Tod geführt hatte. Die Bilder spielten sich vor seinen Augen ab, als wäre es gestern passiert. Noch immer war sein Verstand in der Bananenplantage gefangen, die Schuldgefühle mehr als nur eine finstere Ahnung. Es gab keinen Ausweg. Keine Flucht. Kein Entkommen. Lautlos schlugen die Granaten jeden Tag ein. Echos der Schlacht, die er stumm zu ertragen hatte. Die niemals verhallen würden. Er presste die Lippen zusammen und wischte sich mit dem Handrücken darüber. Dann streckte er die Hand aus und fuhr langsam mit dem Zeigefinger über die Verzierungen des gusseisernen Blumenornaments, die das Fahrstuhlgitter schmückten. Verantwortung zu übernehmen, hieß, Fehler zu machen. Schreckliche Fehler. Er war ein Mann gewesen, der sich nach dem Krieg geweigert hatte, Verantwortung zu übernehmen. Der es gemieden hatte, Entscheidungen zu treffen. Ein Mann, der sich lieber über das Vergangene das Hirn zermarterte, anstatt in der Gegenwart zu handeln. Doch es gab keine Ausflüchte mehr. Was jetzt vonnöten war, waren Taten. Er dachte an Nadja. Sie hatten einiges zusammen durchgestanden. Sie hatten die Kinder durchgebracht. Irgendwie. Und das war, was zählte. Dass ihre Kinder lebten. Und deren Kinder und Kindeskinder, wenn sie selbst schon lange zu Staub zerfallen waren. Man gab weiter, was man war, nicht das, was man fühlte. Die Erinnerungen an den Krieg, den Schmerz, den konnte man, verschlossen in seinem Herzen, für sich behalten.

Im siebenunddreißigsten Stockwerk hielt der Fahrstuhl an. Fischer stieg aus, öffnete die Tür zum Treppenhaus, stellte sich ans Geländer und sah den schmalen Spalt zwischen den Treppenläufen bis ins Erdgeschoss hinunter; dann blickte er nach oben. Es war niemand zu sehen. Er stieg die Stufen ein Stockwerk höher, sah sich um, öffnete die Treppenhaustür und lugte in den Flur hinein. Er war allein. Fischer stieg die Stufen in die nächste Zwischenetage hinauf und blieb stehen. Der Feuerwehrschlauch war aus dem Löschkasten herausgerissen worden und baumelte über dem Geländer. Durch die offene Tür der Wartungskammer zeichneten sich in der Dunkelheit Heizungsrohre und Verteilerkästen ab. Fischer stieg die Treppe in die neununddreißigste Etage hinauf, schlich durch den nur spärlich beleuchteten Flur zu seinem Appartement, drückte sein Ohr gegen die Tür und lauschte. Es war nichts zu vernehmen. Er betrachtete den Kartenleser und wusste, dass er ohne seinen Ausweis nicht hineinkam. Die Tür nebenan war nicht verschlossen. Als er sich vergewissert hatte, dass niemand in der Nähe war, trat er gegen die Tür der Nachbarwohnung. Sie sprang auf und schlug gegen die

Vorhängekette. Durch den zweiten wuchtigen Tritt wurde die Kette abgesprengt. Er betrat das Appartement, lehnte die Tür hinter sich an und sah sich um. Die Wohnung erschien ihm auf den ersten Blick so, wie er es gewohnt war: die Tapete von den Wänden gerissen, das Loch in der Backsteinwand, das in seine Wohnung führte, eine Werkbank aus einfachen Holzbohlen und mehrere Sauerstoff- und Acetylenflaschen, von denen zwei geborsten waren. Das Hanfseil, aus dem er einen Henkersknoten geschlungen hatte, bevor er zum Marktplatz aufbrach, befand sich immer noch in dem Metalleimer neben den gestapelten Zementsäcken. Er ging zum Loch in der Wand, lugte hindurch, und als er sich sicher war, dass ihm niemand in seiner Wohnung auflauerte, kroch er hinüber.

Das abgedeckte Tastenfeld des Digitalfensters auf dem Sofatisch, das benutzte Geschirr in der Spüle, der dunkle Fleck an der Decke. Alles wie gewohnt. Fischer ging ins Bad, drehte den Hahn des Wasserbehälters auf, ließ das Wasser über seine Wangen laufen, hielt sich den Schlauch über den Kopf und befeuchtete seine Haare. Dann trank er so gierig, als hätte er seit Tagen gedurstet. Er nahm das Handtuch vom Haken, trocknete sein Gesicht und die Haare, legte es über die Spüle und kniete sich hin. Er schraubte die Dichtungen des Siphons ab, entfernte das U-förmige Rohr und zog den silbern glitzernden Streifen mit dem Geld heraus. Er wickelte das Aluminiumpapier ab, nahm die fünfzehn aufgerollten Tausendtalerscheine heraus, glättete sie und teilte sie auf seine beiden vorderen Hemdtaschen auf. Es sollte als Bestechungsgeld mehr als genügen. Er knöpfte die Taschen zu, stand auf, verließ das Bad und schaltete eher beiläufig das Bildfenster im Wohnbereich ein. Die Nachrichtensprecherin berichtete davon, dass die Präsidentin die Ausgangssperre ausgeweitet hatte, um die Suche nach den verbliebenen ausländischen Agenten zu forcieren, die noch immer im Land vermutet wurden. Der Heimatschutz sollte von nun an zusammen mit den Kräften der Bereitschaftspolizei in den Straßen patrouillieren, um die öffentliche Ordnung zu gewährleisten. Keine guten Zeiten für jemanden, der untertauchen musste. Es wurden Bilder gezeigt, wie die Präsidentin die Glückwünsche der Minister nach der Auflösung des Parlaments entgegennahm. Im Volk war sie durch die Bewältigung der Krise so beliebt wie nie zuvor. Ingrids Verhaftung jedoch wurde nicht erwähnt. Gut möglich, dass Südhausen die Information noch nicht an die Pressestelle weitergegeben hatte. Fischer ging zum Panoramafenster hinüber und ließ seine Blicke über die Raffinerien von Nordend schweifen: die verschlungenen Rohrleitungssysteme, die Speichertanks, die Hochfackeln. Zum ersten Mal, seitdem er hier wohnte, waren die Feuer erloschen. Als Folge der Sanktionen des Auslandes floss kein Rohöl mehr ins Land.

Fischer ging zur Küchenzeile, öffnete den Kühlschrank, zog den letzten Joghurt aus der Palette heraus, schraubte den Deckel des Glases ab und schlang den Joghurt in sich hinein. Er nahm den Kaffeebecher vom Grillaufsatz des Propangaskochers, roch an den eingetrockneten Rückständen des Kaffees und stellte den Becher auf der Arbeitsplatte ab. Den Gasanzünder steckte er als Ersatz für sein gestohlenes Feuerzeug ein. Er betrachtete die Rumflaschen, die er als Prämie für seine Arbeit erhalten hatte, nahm die vordere Flasche in die Hand und sah sich das Etikett mit dem Aquarell der Seekolonie an. Als er die Flasche wieder zu den anderen zurückstellte, verglich er irritiert die Füllstände miteinander. In der vorderen Flasche war bedeutend weniger Rum als in den anderen. Und er hatte ihn nicht getrunken. Nachdenklich schob er das Halstuch zur Seite, um seine Narbe abzutasten. Was ging hier nur vor sich? Und hatte er nicht zuletzt den Schrank vor das Wandloch geschoben? Als er sich umdrehen wollte, war es zu spät. Die Hand noch immer am Hals, schnürte sich die Drahtschlinge langsam zu. Fischer spürte einen Ellenbogen, der sich mit aller Macht in seinen Rücken bohrte und die Gewalt, mit der jemand die Schlinge zuzog. Er presste sein Kinn nach unten und spannte die Muskulatur an, um den Druck auf den Hals nur irgendwie abzuschwächen. Den goldenen Ring mit dem glattgeschliffenen Rubin und der dornenartigen Bewehrung vor Augen, wurde ihm schlagartig bewusst, dass es Heinrich war, der hinter ihm stand. Fischers Daumen wurde gegen die rechte Halsschlagader gedrückt, die Finger gegen die linke. Stranguliert vom eigenen Würgegriff. Die Haut spannte sich, dann riss sie, und der Draht schnürte sich tief in sein Fleisch ein. Er wollte nach hinten treten, doch

Heinrich, der um fast einen Kopf größer war, stemmte sich mit seinem schweren Körper gegen ihn und ließ ihm keinen Raum. Fischer versuchte, nach hinten zu schlagen, doch sein Ellenbogen traf ins Leere. Er merkte, wie sich die Adern am Kopf mit Blut füllten und der Druck auf die Augen stieg. Seine Beine wurden schlaff, und er ging in die Knie. Ein Gedanke blieb ihm noch, bevor es vorbei war.

Fischer steckte die freie Hand in die Tasche, ertastete den Handschocker, zog ihn heraus und schlug ihn gegen Heinrichs Arm. Der bekam einen elektrischen Schlag, zuckte zurück und ließ den Draht los. Fischer schnappte nach Luft, warf den Handschocker weg, sprang mit letzter Kraft hoch, griff nach dem Gaskocher, holte aus und schlug ihn Heinrich über den Kopf. Dieser schrie nicht einmal auf. Ein blutgetränktes Heftpflaster über seine stark geschwollene Nase geklebt, das rechte Auge blutunterlaufen, war es nicht sein erster Kampf am heutigen Tag. Getroffen von der Wucht des Schlages, wich er einen Schritt zurück. Fischer sprang nach vorne – die linke Hand noch immer in der Drahtschlinge am Hals – und rammte ihm seine Stirn ins Gesicht. Heinrich stöhnte auf, taumelte zurück und griff sich an die Nase, aus der das Blut in Strömen lief. Er schüttelte sich, kniff die Augen zusammen und blickte ziellos im Raum umher, als hätte er Mühe, sich zu orientieren. Fischer wurde schwindelig, und er sackte in sich zusammen. Allzu lange hatte Heinrich ihm die Sauerstoffzufuhr abgeschnitten.

»Das wird dich auch nicht retten«, fluchte Heinrich, während er, über das Waschbecken gebeugt, sein Gesicht mit Wasser kühlte.

Fischer atmete tief durch, zog die Hand mit einem Ruck aus der Schlinge, griff nach dem Gaskocher, schleppte sich durch sein Appartement, riss das Handtuch vom Wandloch und kroch in die Nachbarwohnung hinüber. Er kniete sich hin, ließ den Gaskocher fallen und versuchte, die Drahtschlinge loszuwerden. Sie war jedoch mehrfach ineinander verwickelt, so dass er die Enden nicht entwirren konnte. Er versuchte, den Draht über den Kopf zu ziehen, kam aber nur bis zum Kinn.

»Ich hab' dir dein Leben geschenkt, jetzt hol' ich es mir zurück.« Heinrichs Kopf erschien im Wandloch. Sofort zog

Fischer eine Acetylenflasche zu sich heran, drehte das Ventil auf, nahm die Flasche, eine Hand flach unter den Druckkörper gelegt, mit der anderen Hand den Fußring umgriffen, und schleuderte sie wie ein Torpedo auf ihn.

»Vorbei!«, schrie Heinrich, den Kopf noch rechtzeitig aus dem Wandloch zurückziehend. Dann hielt er seine Pistole durch das Loch und drückte blindlings ab. Fischer suchte hinter den gestapelten Zementsäcken Deckung. Er hörte das metallische Klacken des Bolzens, immer und immer wieder, doch es fiel kein Schuss. Er stand auf, nahm eine Sauerstoffflasche, drehte das Ventil auf, ging zum Wanddurchbruch und ließ sie, wie einen Rammbock benutzend, hindurchschwingen. Ein dumpfer Schlag und ein Stöhnen Heinrichs bedeutete ihm, dass er sein Ziel nicht verfehlt hatte. Mit dem Fuß schob Fischer die Flasche das letzte Stück durch das Loch, hob dann eine Acetylenflasche auf und warf sie hinterher. Er nahm den Gaskocher, der vor der Werkbank lag, drehte das Ventil auf, zog den Anzünder aus der Manteltasche und drückte die Flachfeile zusammen. Die Funken entflammten das Gas. Er ging hinter den Zementsäcken in Deckung und ließ den Gaskocher auf das Loch zurollen. Gespeist vom reinen Sauerstoff, wurde die bläuliche Flamme mit jeder Umdrehung der Gaskartusche heller und heller, bis sie in seine Wohnung überschlug, und das Acetylen dort in einer Stichflamme verbrannte. Fischer öffnete den Mund, hielt sich die Ohren zu und wartete darauf, dass die Druckflaschen explodierten. Doch nichts dergleichen geschah. Er lugte über die Zementsäcke hinweg und sah, dass der Teppichboden in seiner Wohnung bereits in Flammen stand – von Heinrich aber war nichts zu sehen. Fischer prüfte die blutende Schnittwunde, die der Draht in seiner Hand hinterlassen hatte, biss auf die Zähne, dann wickelte er sich das Halstuch ab, schlang es um die Wunde, band die Enden auf Höhe der Handwurzel zusammen und zog den Knoten mit einer Hand und den Zähnen zu. Plötzlich drangen Geräusche aus dem Flur, und die Tür öffnete sich mit einem Knarren. War etwa Marbod da draußen? Wollte er nachsehen, ob sein Bluthund Beute gemacht hatte? Dieser miese Feigling wartete immer im Hintergrund.

»Hübsch ist sie ja gewesen, deine Kleine«, hörte er Heinrich stöhnen. Blutverschmiert, mit einer tiefen Fleischwunde quer über der Stirn, die angesengten Haare mit den Brandwunden verklebt, kroch er, den Kopf voran, durch den Wanddurchbruch. Seine breiten Schultern drückten sich gegen die losen Backsteine und schoben sie zur Seite. »Doch was bedeutet das jetzt, wo sie langsam anfängt zu verwesen?« Er zog die Beine durch das Loch und lag, auf den Ellenbogen gestützt, eine Hand in der Jackentasche verborgen, vor ihm auf dem Boden. »Weißt du, was sie denkt? Weißt du das? Sie denkt, dass du sie verraten hast.«

Fischer stand auf. »Hast du immer noch nicht genug oder was?«

Heinrich schloss die Augen, hustete noch einmal und spie auf die Dielen. »Weißt du ...«, fuhr er fort, halb spuckend, halb hustend und trotzdem heimtückisch lächelnd, »ich hab' sie in einen Straßengraben geworfen, als ich mit ihr fertig war. Weißt du ... so wie einen Köter, den man totfährt.«

»Was hast du ...?« Fischer starrte ihn ungläubig an. »Was hast du gemacht?«

»Sie war richtig tapfer, die Kleine.« Heinrich spuckte nochmals Blut, doch es schien ihn nicht zu kümmern. »Hat nicht mal geschrien, als ich ihr die Scheiße aus dem Leib geprügelt hab'.«

»Du miese Ratte!«, schrie Fischer, das Gesicht hassverzerrt.

»Ich hab' dieser Fotze jeden Knochen einzeln gebrochen.« Heinrich wischte sich mit dem Handrücken über die aufgeplatzte Lippe und lächelte, die Zähne hinter Schlieren von Blut verborgen. Dann zog er die Hand aus der Jacke. Es war seine Waffe, die er vor ihm versteckt hatte. Den Griff der Pistole fest umklammert, zielte Heinrich auf ihn und drückte ab – doch der Schlagbolzen klemmte. »Dumm gelaufen«, sagte er und lächelte noch, als ihm ein Tritt die Waffe aus der Hand beförderte. Der zweite Tritt traf ihn dann mit voller Wucht am Kopf. Das Einzige, was Fischer bedauerte, war, dass er nicht mehr seine Arbeitsschuhe mit Stahlkappen hatte. Nach dem fünften oder sechsten Tritt bekam Heinrich Fischers Füße zu fassen. Er wollte ihn umreißen, doch er hatte nicht mehr genug Kraft.

Das Feuer griff in Fischers Appartement immer weiter um sich. Durch die Hitze platzten die ersten Gläser in der Küchenzeile, und wie durch einen Kamin drang der Rauch durch den Mauerbruch. Fischer holte sich das Hanfseil und ging zu Heinrich, der sich mit einer Hand am Boden abstützte. »Mehr ... mehr hast du nicht drauf?«, verhöhnte der ihn hustend, die Augen zugeschwollen, die Vorderzähne herausgeschlagen. Fischer schlang ihm das Hanfseil um den Hals und zurrte den Henkersknoten fest, als hätte er in seinem Leben nichts anderes gelernt. Er legte sich das Seil über die Schulter und zog ruckartig daran. Heinrich begann zu röcheln. Fischer zog nochmals und nochmals, immer wieder, aber Heinrich wollte nicht sterben. Nach vorne gebeugt, wie beim Tauziehen die Schuhe gegen die Dielen gestemmt, zog Fischer weiter am Seil, den zuckenden Körper des sterbenden Heinrichs durch das Appartement schleifend. Irgendwann ließ er das Seil los, torkelte und stürzte zu Boden. Er stand auf, taumelte ein paar Schritte weiter und fiel erneut hin. Er sah nicht zurück, stand auf und wankte zur Tür hinüber, spähte in den Flur hinaus und fragte sich, warum Marbod Heinrich nicht zu Hilfe geeilt war. Bis auf einen Nachbarn, der ihn ängstlich hinter vorgehängter Kette durch den Türspalt anstarrte, ließ sich niemand blicken. An den Wänden Halt suchend, schwankte Fischer durch den Korridor, während er Südhausen für dessen Verrat verfluchte. Einen Tag nur sollte er ihm gewähren. Nur einen verdammten Tag. Fischer hämmerte mit der bandagierten Hand auf den Fahrstuhl-knopf, doch die Kabine blieb im dreiunddreißigsten Stockwerk stehen. Er trat die Tür zum Treppenhaus auf und lief, auf dem Geländer eine blutige Spur hinterlassend, die Stufen nach unten. Alle sollten sie büßen. Heinrich war nur der Anfang. Marbod und Südhausen waren die Nächsten auf seiner Liste. Das Einzige, worauf es ankam, war den Hass zu konservieren, der in ihm steckte. Irgendwie. Auf Höhe der Zwischenetage des vierunddreißigsten Stockwerks blieb er stehen. Er wischte sich wie von Sinnen mit dem bandagierten Handrücken über den Mund, biss auf das blutgetränkte Tuch und lachte. Dann kniete er sich hin, stützte sich mit einer Hand am Boden ab, beugte sich tief hinunter und fuhr mit den Fingerspitzen behutsam, fast zärtlich über den Stolperdraht, der ein paar Zentimeter über die oberste Stufe gespannt war, festgezurrt am Treppengeländer und einer hervorstehenden Wandkachel. Damit wollten sie ihm kommen? Mit diesem Kinderkram? Als er sich wieder erhob, war ein dumpfer Schlag von oben zu vernehmen. Eine der Druckflaschen musste in seiner Wohnung explodiert sein. Er drehte sich um und blickte das Treppenhaus hinauf. Dann sah er zur Tür der Wartungskammer hinüber, die sich langsam öffnete. Fischer wollte fliehen, doch es war zu spät. Marbod trat aus der Dunkelheit der Kammer hervor, zielte mit einer Schallpistole auf ihn und feuerte sofort. Fischer sprang zur Seite, doch der Fangstrahl streifte ihn. Das Gefühl der Ohnmacht und Starre erfasste ihn augenblicklich und wanderte von den Füßen aufwärts durch seinen Körper. Eine Starre, als fror man ihn ein. Er schlug auf dem Boden auf und blieb auf dem Rücken liegen. Doch anders als beim letzten Mal blieb sein Verstand diesmal hellwach.

»Da hast du's!« Wie aus der Ferne hörte er Marbods Triumphgeschrei. Er sah, wie er sich ihm näherte, konnte sich aber nicht mehr bewegen.

»Alt und fett bin ich vielleicht, aber noch nicht gänzlich nutzlos«, zischte Marbod, als er ihm gegen den Brustkorb trat. Wie ein Beobachter seines eigenen Körpers spürte Fischer nicht einmal den Schmerz. Er wollte etwas sagen, doch er konnte es nicht. Ein weiteres Mal trat Marbod zu. Eine Halskrause umgebunden, die Zähne zusammengebissen, schien er die Gewalt gegen einen Wehrlosen jedoch nicht wie sonst genießen zu können. »Ich war immer gegen die Anwerbung von Amateuren«, sagte er zornig. »Das bringt nichts, hab' ich Südhausen immer wieder gesagt.« Er schraubte den halbmondförmigen Aufsatz von der Schallwaffe ab, steckte Aufsatz und Waffe in die Manteltasche und sah ihn an.

Fischer bewegte seine Lippen, doch er brachte keinen Laut hervor. Den Körper vollständig paralysiert, konnte er nur noch seine Augen bewegen.

»Was hast du denn?«, schien Marbod zu merken, dass er ihm etwas sagen wollte.

Fischer bewegte seine Lippen, doch antworten konnte er ihm nicht.

»Verteidige dich jetzt oder schweig für immer«, verlangte Marbod verschlagen.

»Wa ... wa ... was habt ihr Schweine mit Ingrid gemacht?«, presste Fischer heraus, und es war nur ein Flüstern.

Marbod kniete sich hin, das Hemd platzte aus der Hose und sein Bauch stülpte sich über den Gürtel. »Mit ihr?«

»Ihr miesen Schweine ...«

»Was hat dir Heinrich erzählt?« Marbod beugte sich über ihn. Wimperntusche rieselte von seinem Gesicht herunter, und Fischer musste blinzeln.

»Dass ihr sie gequält und dann umgebracht habt.«

»Das hat er dir gesagt?«

»Ja.«

»Wo ist er?«

Fischer wollte lächeln, doch er konnte es nicht. »Sieh doch mal nach«, sagte er, kaum, dass sich seine Lippen bewegten.

Ohne dass Marbod den Kopf hob – nur die Pupillen wanderten in den Augenhöhlen umher – blickte er kurz die Treppe hinauf, dann sah er wieder zu ihm hinab.

»Kannst dich wohl auch nicht mehr richtig bewegen, was?«, provozierte Fischer ihn.

»Halt dein Maul!« Marbod hob seinen Mantel an, öffnete den Sicherungsgürtel seiner Pistole und legte die Hand an die Waffe. Dann ließ er sie wieder los und wischte sich vorsichtig unter den Augenbrauen den Schweiß ab, darauf bedacht, den schwarzen Lidstrich nicht zu verwischen.

»Worauf wartest du noch?«, fragte Fischer.

Marbod bewegte den Unterkiefer zur Seite und ließ die Zähne aufeinander reiben, als prüfte er, welche Bewegung ihm Schmerz bereitete und welche nicht. »Das hochgeschätzte Fräulein von und zu Markgraf hat sich selbst ins Jenseits befördert«, sagte Marbod. Er griff in die Manteltasche, holte seine Dose Schnupftabak heraus, legte sie dem wehrlosen Fischer auf den Brustkorb, öffnete die Dose, nahm mit Zeigefinger und Daumen eine Spur Schnupftabak auf und verteilte sie auf dem Handrücken. Er nahm die Dose, schloss sie einhändig, steckte sie in die Tasche und zog zuerst mit dem linken Nasenflügel eine Prise Schnupftabak auf, dann mit dem rechten. Er schloss die Augen und wollte den Kopf heben, doch dann zuckte er zurück. Er hielt sich den Nacken und atmete mit schmerzverzerrtem Gesicht tief ein und aus. »Diese blöde Tussi hat Heinrich bei voller Fahrt in den Lenker gegriffen. Sie wollte uns wohl alle umbringen, ist aber selbst dabei drauf gegangen.« Um sich Erleichterung zu verschaffen, steckte er seine Hand zwischen Halskrause und Kinn. »Wir hatten ihr Handschellen angelegt ...« Er hielt inne, stöhnte vor Schmerz, zog die Hand zurück und schnaufte tief durch. »Wir haben sie auf die Rückbank gesetzt. Auf der Autobahn ist sie auf einmal wild geworden und hat wie eine Bescheuerte rumgezappelt. Ich hab' sie nicht gleich zu fassen gekriegt und irgendwie hat sie es geschafft, Heinrich von hinten einen mitzugeben.« Marbod tupfte sich mit dem Taschentuch die Schweißperlen von der Stirn. »Der hat dann die Kontrolle über das Auto verloren, wir sind von der Straße abgekommen und haben uns überschlagen.«

»Lügner«, brachte Fischer unter Anstrengung heraus. Noch immer konnte er seinen Kopf nicht bewegen.

»Nein«, sagte Marbod, gleichgültig zu ihm hinabschauend. »Dein Liebchen ist selbst Schuld.« Er blickte an ihm vorbei ins Leere, als ob er sich die Bilder des Unfalls zurückrief. »Sie war gleich tot gewesen. Hat einfach nur so dagelegen. Kreidebleich. Hat nicht mal geblutet.« Marbod sah ihn nun wieder an, legte die Fäuste aneinander und drehte sie dann zur Seite weg, während er ein Geräusch hervorbrachte, als brach er einen Ast. »Genickbruch. Das war's dann«, sagte er genüsslich lächelnd.

»Ingrid ...«, jammerte Fischer voller Schmerz und schloss die Augen. »Meine Ingrid ...«

Marbod sah ihn verwundert an. »Hast die Kleine wirklich gemocht, was?«, sagte er nachdenklich, aber ohne Mitleid.

»Das hätte sie nie gemacht. Es kann nicht sein. Ihr habt sie auf dem Gewissen. Ihr habt sie getötet, so wie ihr Vogelfrei umgebracht habt.«

»Vogelfrei?« Marbod runzelte die Stirn. »Gehen wir jetzt alle nacheinander durch oder was?«

»Ihr habt sie beide auf dem Gewissen.«

»Unsinn.« Marbod wischte sich den Schnupftabak ab, der an der Nasenspitze hängen geblieben war.

»Du hast Vogelfrei aus der Zelle rausgelassen, ihn dann erschossen und ihm die Waffe von Voigt in die Hand gedrückt.«

»Du bist so ein erbärmlicher Schwachkopf, Fischer. Warum hätte ich ihn denn umbringen sollen?«

»Damit er nicht ausplaudert, dass er Ingrid gar nicht kennt. Und euer Lügengebilde zusammenstürzt von der Terrorzelle, deren Kopf Vogelfrei ist«, sagte Fischer schnell, die Macht über die Worte zurückgewinnend.

»Nein ... du hast keine Ahnung.« Marbod winkte ab. »Du weißt überhaupt nicht, was läuft.« Die Hand auf die Knie gestützt, die Zähne zusammengepresst, richtete er sich unter Stöhnen auf. »Als ich ins Gefängnis kam, war er schon tot«, spuckte er keuchend aus. Speichel lief ihm aus dem Mund. Vorsichtig tupfte er ihn mit dem Taschentuch ab. »Und Südhausen war bei ihm«, fuhr er fort. »Er hat mir erzählt, was passiert sein soll. Dass Vogelfrei fliehen wollte. Aber ich hab' ihm nicht geglaubt. Ich hab' ihm seine Version nie abgenommen. Vogelfrei sollte der Kopf der Terrorzelle sein? Was für ein hanebüchener Unsinn. Nein, Vogelfrei hatte mit den Anschlägen nichts zu tun. Natürlich nicht. Wenn man auch bedenkt, wie du ihn ohne Beweise zum Verdächtigen gestempelt hast. Eine Schande für jeden ernstzunehmenden Ermittler bist du!«

»Warum hast du nichts gesagt?«

»Warum? Wegen Vogelfrei? Einem alten, verbitterten Mann, den niemand vermisst?«, fragte Marbod verächtlich.

»Warum nur?«

»Südhausen musste eine Verbindung zur Alten Ordnung konstruieren, und das hat er getan. Vogelfrei war das fehlende Glied. Der perfekte Sündenbock.«

»Alle Welt denkt jetzt, dass er ein Massenmörder ist. Dabei ist er das Opfer. Es ist so ein Unrecht.«

»Unrecht? Das ausgerechnet aus deinem Mund? Wer hat ihn denn ausgesucht? Wer hat ihn denn angeschleppt? Hast du das etwa vergessen?«

»Du weißt genau, was mit mir los war. Du weißt, was mir Südhausen gegeben hat.«

Marbod sah ihn mit Verachtung an. »Und jetzt soll es etwa anders sein?«

»Ich hab' Antworten gefunden. Ich hab' sie gefunden, hörst du, in der Stadt der Namenlosen hab' ich sie gefunden. Ich erinnere mich jetzt wieder. Ich erinnere mich nun an alles.«

»Du erinnerst dich? Ach, was du nicht sagst. Woran willst du dich denn erinnern?«

»Ich weiß jetzt, was du für ein Mensch bist, Wandelbar.«

Marbod lächelte gequält. »Da bin ich aber gespannt.«

»Ich weiß, dass es dir Freude bereitet, Menschen leiden zu sehen. Ich hab' es in deinen Augen gesehen, als Heinrich den kleinen Unhold gefoltert hat.«

Marbod hob seinen Mantel an, öffnete die Lederschlaufe des Schulterholsters, zog die Pistole heraus und entsicherte sie.

»Ich kenne euch aus dem Krieg«, fuhr Fischer unbeirrt fort. »Ich habe in eure Gesichter gesehen. Ich habe eure Lust gesehen, wenn ihr mordet, und ich kenne eure Gleichgültigkeit danach.«

»Du weißt einen Scheißdreck von mir!« Marbod zielte mit der Pistole auf Fischers Kopf.

»Nur zu«, sagte dieser kalt, »das wolltest du doch schon immer. Von Anfang an.«

»Du weißt nichts von mir. Du weißt überhaupt nicht, wer ich bin.«

»Ich hab' in eure Gesichter gesehen ...«

»Ich hab' eine Einstellung zu den Dingen.«

»Du bist nur ein erbärmlicher Opportunist.«

Marbob beugte sich nach vorne und schlug ihm mit dem Pistolengriff ins Gesicht. Die Hand mit der Waffe auf das Knie gestützt, atmete er tief durch. »Es ist nicht meine Schuld. Ganz und gar nicht. Es ist nun mal unsere Doktrin. Die Doktrin der ersten Schuld der Alten Ordnung. Es ist Südhausen ... er kennt nur diesen einen Gegner.« Er biss sich mit den Zähnen auf die Oberlippe. »Mir ist das doch alles gleich. Alte Ordnung, Neue Ordnung. Als ob das eine Rolle spielt.« Marbod sah Fischer wieder an. »Darauf scheiße ich doch, hörst du?«

»Was interessieren mich deine Weisheiten.«

Marbod wollte seinen Kopf zur Seite drehen, doch dann zuckte er zurück und biss sich vor Schmerz auf die Zähne. »Es kommt doch nicht auf die Ordnung an, in der man lebt, sondern nur darauf, wie man in dieser Ordnung überlebt. Die Menschen sind schlecht. Da muss man sich halt anpassen.«

»Nein, Marbod, nur du bist schlecht.«

Marbod spitzte die Lippen und sah verächtlich zu ihm hinunter. »Du wirst das nie begreifen können, Fischer. Niemals. Du wirst niemals verstehen, worum es im Leben geht.«

»Und das willst ausgerechnet du mir sagen? Ausgerechnet du? Dass ich nicht lache.« Fischer versuchte verzweifelt, die Kontrolle über seinen Körper zurückzugewinnen, doch er konnte weder Arme noch Beine bewegen. Unfähig, sich zu wehren, ganz der Willkür Marbods ausgeliefert, musste er sich in sein Schicksal ergeben. Nur noch ein wenig atmen, bevor es vorbei war. Und die Würde wahren.

»Es geht hier um Loyalität«, sagte Marbod mit fester Stimme. Die Pistole in der Hand, beugte er sich nochmals über ihn. »Weißt du überhaupt, was das ist? Loyalität?« Er deutete mit der Pistole die Treppe hinauf. »Der da oben hat es auch nicht begriffen. Hat nicht verstanden, was es bedeutet, loyal zu sein. Hat Gerüchte über mich in Umlauf gesetzt. Über das, was ich in meiner Freizeit so treibe. Wollte mir eins auswischen, um selbst Karriere zu machen. Aber das hat er jetzt davon«, redete sich Marbod in Rage.

»Nimm mich, aber lass sie laufen«, flehte Fischer um das Leben seiner Familie. »Nur lass sie laufen ...«

Marbod rammte ihm den Schuh in die Seite, und sein Gesicht verfinsterte sich. »Alles war gut, bis du zu uns gekommen bist.« Er hob seine Pistole und zielte auf Fischers Kopf. »Ich werde es nicht zulassen, dass Südhausen dich mir vorzieht.«

»Nur lass sie laufen«, flehte Fischer ihn an und schloss die Augen. Früher hatte er sich vor diesem Moment gefürchtet. Hatte immer wieder darüber nachgedacht, wie seine letzten Sekunden auf Erden wohl aussehen würden. Im Krieg hatte er jeden Tag Angst gehabt. Jeden einzelnen Moment. Hauptsache nicht mit dem Bajonett aufgespießt werden, hatte er damals gehofft. Franz hingegen hatte keine Angst. Niemals. Er hatte ihm immer wieder gut zugeredet, hatte gesagt, dass es wahrhaftig mutig war, wie er mit Angst im Leib seine Pflicht zu erfüllen. Doch Fischer hatte sich für seine zitternden

Hände und den starren Blick nach dem Kampf geschämt. Jetzt, im Anblick des Todes, verspürte er keine Furcht, eher Verwunderung darüber, wie banal es endete. Und er dachte, dass es nicht einer gewissen Ironie entbehrte, dass er seine Angst in dem Augenblick verlor, in dem sein Leben ein Ende finden sollte. Seine geliebte Frau und seine lieben Kleinen. Wenn sich Marbod mit seinem Tod begnügte, dann starb er nicht umsonst. Noch einmal dachte er an Franz. Den guten Franz, der der Welt immer etwas Positives abgewinnen konnte. Selbst im Krieg. Vielleicht sah er ihn jetzt wieder.

»Die Leute in Neustadt haben keine Ahnung davon«, hörte er ein Flüstern über sich. »Die Leute hier wissen es nicht und sie wollen es nicht wissen.« Fischer öffnete die Augen. Marbod hatte seine Waffe gesenkt und starrte auf den Boden. »Ich weiß, wie es war. Ich weiß, wie es damals war«, sagte er und schüttelte kaum merklich den Kopf. »Die anderen können das nicht verstehen. Nur wir können das ... nur wir.« Dann blickte Marbod ihn nachdenklich an, verschwunden der Hass in seinen Augen. »Ich hab' mit der Vergangenheit abschließen können. Eine neue Identität, ein neues Leben. Das hättest du auch machen sollen. Du hättest loslassen sollen, dann würdest du hier nicht liegen.« Er schob seinen Mantel zurück, steckte die Waffe ins Holster und sicherte sie mit der Lederschlaufe. Darum bemüht, nicht bewusstlos zu werden, lag Fischer noch immer regungslos auf dem kalten Boden.

»Du wirst immer ein Flüchtling bleiben, Fischer. Zeit deines Lebens. Ein Wanderer zwischen den Welten.« Marbod hielt sich am Geländer fest, stieg vorsichtig – den Blick starr nach vorne gerichtet – zuerst über ihn und dann über den Stolperdraht hinweg. Ein erstes Mal konnte Fischer nun seinen Kopf bewegen. Er nutzte es, um seinen Blick zur Seite zu richten und Marbod hinterherzusehen, wie er mühsam die Stufen hinabstieg. »Ich weiß, wie es war in dieser Stadt, die nur noch eine Erinnerung ist. Ich trage sie in mir, so wie du ...«, murmelte Marbod vor sich hin, als er die Tür zum Treppenhaus öffnete. »Ich weiß, wie es war an dem Tag, an dem die Stadt unterging«, hörte er seine Stimme, wie eine Ahnung aus der Ferne. Dann schlug die Tür zum Treppenhaus zu.

Die Sirene des Feueralarms schaltete sich an. Ein schriller Warnton, auf- und abklingend. Rote Lichter im Treppenhausflur leuchteten auf, und er fragte sich, warum Marbod ihn verschont hatte. Etwas verwirrte ihn: Marbod schien nicht zu wissen, dass er dem Staatsschutz den Rücken gekehrt hatte. Und dennoch wollte er ihn umbringen. Der aufgestaute Hass in ihm musste zu groß gewesen sein und nur die Verbundenheit, die er ihm als Flüchtling gegenüber verspürte, hatte ihn gerettet. Fischer wusste nicht, dass auch Marbod aus der Stadt kam und wahrscheinlich war es nicht einmal Südhausen bekannt. Der jedenfalls hatte ihn nicht verraten. Südhausen hatte Wort gehalten. Und irgendwie, vielleicht lag es an der Sympathie, die Fischer trotz allem dem alten Mann gegenüber empfand, war er froh darüber.

Es dauerte nicht lange, und er konnte wieder seine Finger bewegen. Er ließ sie wandern, als spielte er Klavier. Als er seine Füße wieder spürte, ließ er sie kreisen. Dann hörte er, wie jemand die Treppe herunterkam. Fischer wollte sich aufrichten, doch er vermochte es nicht. Hilflos auf dem Boden liegend, verfolgte er den Weg eines kleinen, schmächtigen Mannes die Stufen hinunter. Bekleidet mit einem schwarzen Frack, einen Stock mit silberner Kappe in der Hand, stellte er sich direkt neben ihn hin. Die Augen aufmerksam, das Gesicht ohne Regung, sah er zu ihm hinunter. Der Hänfling – anders konnte man ihn nicht bezeichnen – hatte keinerlei Falten im Gesicht, doch, die kalkweiße Haut pergamentartig und mit dunklen Flecken übersät, wirkte er dennoch alt. Er nickte einmal, lächelte, weniger freundlich, vielmehr geschäftlich verbindlich, und hob seinen Zylinder zum Gruß. »Herr Fischer?«

»Der bin ich.«

»Ich habe eine Nachricht für Sie.«

»Eine Nachricht?«

»Ich soll Ihnen etwas von Herrn Reich ausrichten.«

»Von Reich?«

»Ja.«

»Sie meinen den Reich von der Bank?«

Der Mann nickte.

»Lange nichts von ihm gehört.«

»Herr Reich bittet Sie, zu ihm zu kommen.«

»Guter Mann, wie Sie sehen, bin ich zurzeit etwas unpässlich.«

»Das ist mir nicht entgangen.«

»Sie können ihm aber gerne ausrichten, dass er vorbeischauen kann. Sie wissen ja, wo er mich findet.«

»Mein Herr, Sie verstehen mich falsch. Ich bin ein Bote, kein Unterhändler.«

»Ein Bote?«

»Ein Überbringer von Nachrichten.«

»Und Sie meinen, dass Reich mich jetzt sprechen will?«

»Er sagte, es sei dringend.«

»Ich soll also sofort zu ihm kommen?«

»Das hat er mir aufgetragen, Ihnen zu sagen.«

»Ein Bote ...«

»So ist es.«

»Waren Sie eigentlich schon die ganze Zeit hier?«

»Ich habe auf Sie gewartet.«

»Gewartet?«

»Ja.«

»Sie meinen, Sie haben dabei zugesehen, wie man mich zusammenschlägt? Sie haben es zugelassen, dass ich der Willkür dieser Schergen hier ausgeliefert war?«

»Mein Auftrag ist es, Ihnen eine Nachricht zu übermitteln.«

»Und wenn sie mich getötet hätten?«

»Wenn Sie getötet worden wären, wäre die Übermittlung der Nachricht hinfällig geworden.«

»Sie ...«, setzte Fischer zornig an, hielt dann inne, blies die Wangen auf, ließ die Luft ausströmen und nickte anerkennend. »Klingt eigentlich plausibel.«

»Verstehen Sie. Ich bin nur der Bote.«

»Können Sie mir jetzt wenigstens hochhelfen? Oder fällt das auch nicht in ihr Tätigkeitsfeld?«

»Sie brauchen noch einen Moment, bis die Schallparalyse nachgelassen hat und Sie ihre Muskeln wieder kontrollieren können«, erklärte der Bote das Offensichtliche.

»Die Finger kann ich schon bewegen, die Zehen auch und den Kopf kann ich drehen, aber viel mehr geht noch nicht.«

»Ich verstehe.«

»Jetzt helfen Sie mir schon. Hier unten ist es kalt. Sie können mich ja an die Wand lehnen«, verlangte Fischer bestimmt.

Der Bote reichte Fischer die Hand, zog dessen Oberkörper mit einer für seine Größe erstaunlichen Kraft in die Aufrechte und lehnte ihn gegen das Geländer. Dann stellte sich der Bote vor ihm hin und sah, die Hände auf den Knauf des Stockes gestützt, auffordernd zu ihm hinab.

»Was ist denn noch?«, fragte Fischer.

»Werden Sie Herrn Reich den Besuch abstatten, um den ich Sie gebeten habe?«

»Nun, wenn es mein Terminkalender zulässt, dann sicherlich.«

»Herr Reich hat mir aufgetragen, seinem Wunsch Nachdruck zu verleihen.«

»Hat er das?«

»Wenn Sie nicht einwilligen, soll ich Ihnen eine weitere Information zukommen lassen.«

»Eine weitere Information?«

»Ja.«

»Was hab' ich denn darunter zu verstehen?«

»Er sagte, er möchte mit Ihnen über Ihre Familie sprechen.«

»Über meine Familie?« Plötzlich hellwach, runzelte Fischer die Stirn. »Was geht ihn denn meine Familie an?«, fragte er misstrauisch nach.

»Ihre Familie befindet sich in der Obhut von Herrn Reich.«

»Was?« Fassungslosigkeit spiegelte sich in Fischers Gesicht.

»Herr Reich möchte Ihnen einen Denkanstoß geben, auf dass Sie die richtige Wahl treffen mögen. Er schlägt Ihnen einen Handel vor.«

»Handel? Was zum Teufel faseln Sie da?« Fischer wollte nach dem Bein des Mannes greifen, doch der wich einen Schritt zurück. »Verdammt nochmal!«, schrie Fischer. »Was haben Sie überhaupt damit zu schaffen?«

»Ich bin nur der Bote, mein Herr.«

»Ich würde Sie jetzt auf der Stelle niederstrecken, wenn ich könnte.«

»Das verstehe ich gut.«

»Ach ja?«

»Das ist das Schicksal des Überbringers von schlechten Nachrichten.«

»Dann stört es Sie also nicht, wenn ich zuschlage?«

»Es ist keine Frage, ob ich mich davon gestört fühle. Derlei Gefahren gehören zu meinem Beruf.«

»Dass ich nicht lache.«

»Ich bin geschult, jedwede Art von Reaktion zu erdulden. Ich bin nur ...«

»Ja, ja, ich weiß. Sie sind nur der Bote.«

»So ist es.«

»Nun, machen Sie sich mal keine Sorgen.«

»Ich mache mir keine Sorgen.«

»Ich werde mir den richtigen Mann vorknöpfen, dessen seien Sie sicher. Ich werde mich zur Quelle des Übels aufmachen.«

»Dann werden Sie Herrn Reich einen Besuch abstatten?«

»Darauf können Sie Gift nehmen.«

Der Bote lächelte erleichtert. »Herr Reich erwartet Sie im Bankturm.« Er hob den Zylinder, nickte zum Abschied, stieg über den Stolperdraht hinweg und dann die Stufen hinab. Der Bote nahm nicht den Fahrstuhl, sondern Fischer hörte, wie er Etage für Etage weiter nach unten ging, immer weiter, bis irgendwann seine Schritte im Treppenhaus verhallten.

An das Geländer gelehnt, wartete Fischer darauf, die Kontrolle über seinen Körper zurückzugewinnen. Eine junge Mutter mit einem Kind an der Hand kam die Treppe herunter. Das Kind hatte eine Spielzeugfigur bei sich, und er erkannte, dass es einer von jenen Zinnsoldaten war, die er aus dem Fernsprecherkästchen im Fahrstuhl genommen und später unfreiwillig gegen den Handschocker eingetauscht hatte. Es mussten die Unterwegers sein, die ihm den Zutritt zu ihrer Wohnung verwehrt hatten. Die Frau bot ihm ihre Hilfe an, doch Fischer lehnte dankend ab und sagte ihr, dass sie sich und ihr Kind schnellstmöglich in Sicherheit bringen sollte. Er bat sie nur darum, den Stolperdraht zu entfernen, damit keiner der Gäste zu Schaden kam. Die Frau verabschiedete sich mit einem schüchternen Lächeln, und er bedankte sich bei dem Jungen für das Spielzeug, sagte, dass es ihm das Leben gerettet habe und wünschte, dass ihn der Zinnsoldat gleichfalls beschützen möge.

Kurze Zeit darauf flohen weitere Gäste vor dem Feuer die Treppe hinunter, ohne sich um ihn zu kümmern. Nur ein flüchtiger Blick, vielleicht etwas Mitleid in den Augen, ließen sie ihn wortlos zurück. Als Feuerwehrleute irgendwann die Stufen nach oben stürmten, sagte er ihnen, dass es in seiner Wohnung brannte, beschrieb, wie sie dorthin gelangten und bat sie, ihn von der Drahtschlinge um seinen Hals zu befreien. Nachdem er ihnen versichert hatte, dass er sich hier nur ausruhte und sie sich auf dem Rückweg, wenn sie das Feuer gelöscht hätten, seiner annehmen könnten, zogen sie weiter.

Irgendwann schaffte Fischer es, sich aus eigener Kraft aufzurichten. Er stieg die Stufen der vierunddreißig Stockwerke hinab, und obwohl er sich immer wieder ausruhen musste, um sich zu erholen – gefühlt stand ihm nur ein Drittel seiner Muskelkraft zur Verfügung – holten ihn die Feuerwehrleute nicht mehr ein. Vermutlich waren sie nach dem Löschen des Brandes damit beschäftigt, die Gegenstände zusammenzutragen, die sie für sich beanspruchten, wie es in derlei Fällen üblich war.

Fischer verließ das Hotel, ohne dass er von Polizisten kontrolliert wurde, stieg in das gestohlene Auto ein und fuhr zur Neustädter Bank. Noch nicht vollständig wiederhergestellt, bremste er den Wagen zu spät ab, so dass er in einen Rosenstock fuhr, der in einer Rabatte neben dem Eingang wuchs.

»Alles bei Ihnen in Ordnung?«, erkundigte sich einer der beiden Wachleute bei ihm.

»Muss wohl am Wetter liegen«, erwiderte Fischer, als er aus dem Wagen ausstieg. Er bückte sich, brach eine Rose vom Stock ab, steckte sie in seine Manteltasche und ging durch die Eingangstür, die der Wachmann ihm aufhielt. Als Fischer den Durchlaufstrahlungsmelder passierte, blinkte ein rotes Warnlicht auf.

»Wahrscheinlich ist es wieder Ihre Kleidung«, sagte der Wachmann gelangweilt, griff in die Tonne neben sich und holte einen Plastikbeutel heraus.

»Den Mantel wieder da rein und noch einmal die Schuhe reinigen«, befahl der andere Wachmann.

»Also, meine Herren, ich muss gestehen, heute ist mir irgendwie nicht danach.«

»Was?«, fragte der erste Wachmann verblüfft.

»Die Strahlung kann mir mal gestohlen bleiben.«

»Also, jetzt machen Sie mal keinen Ärger hier.«

»Wenn ich ganz ehrlich bin, ist mir auch Ihr Auftreten zuwider.«

»Spinnen Sie jetzt oder was?«, wunderte sich der andere Wachmann.

»Ich hab' wahrlich genug von Menschen in Uniform, die sich allzu wichtig nehmen«, sagte Fischer unbeirrt, drehte den beiden den Rücken zu und ging in Richtung der Rezeption. Die Wachleute eilten hinterher und packten ihn von beiden Seiten an den Schultern, um ihn zurückzuhalten.

»Jetzt reicht's mir!«, schrie Fischer. »Hier, nehmen Sie!« Er zog den Mantel aus und schleuderte ihn, am Ärmel festhaltend, einem Wachmann ins Gesicht. Der schrie auf und griff sich an die Augen. Der andere Wachmann wollte seine Pistole ziehen, doch in der Eile vergaß er, dass sie mit einer Lederschlaufe im Holster gesichert war. Als er Fischer für einen Moment aus den Augen ließ, um nachzusehen, warum die Waffe feststeckte, versetzte dieser ihm einen Schlag in die Magengegend, drückte seinen Kopf nach unten und schlug ihm das Knie ins Gesicht, auf dass er zusammenbrach. Ein Tritt gegen das Schienbein des Anderen, dem die Augen noch immer tränten, ein Schlag mit der Faust ins Gesicht, und auch er ging zu Boden. Fischer zog die Hand aus dem Ärmel des Mantels, ließ ihn fallen und entwaffnete die Wachleute. »Nehmen Sie sich den Tag heute doch frei«, sagte er, als er die Pistole auf sie richtete. Mit einem Kopfnicken deutete er zum Ausgang. »Und jetzt raus mit Ihnen, bevor ich's mir anders überlege.«

Die Wachleute standen auf, hoben die Hände und rannten aus dem Gebäude. Fischer folgte ihnen bis zum Ausgang und beobachtete, wie sie über die Straße liefen und im gegenüberliegenden Hochhaus verschwanden. Lange konnte es nicht dauern, bis die Polizei hier war. Der Durchlaufstrahlungsmelder schlug mit einem gelben Warnlicht an.

Fischer warf eine Pistole in die Plastiktonne neben den Meldern und steckte die andere in die hintere Hosentasche. Dann nahm er die schwarze Schatulle und die Rose an sich – ließ die Jacke aber liegen – und stieg die Treppe zu Fräulein Wegmann hinauf, die in ihrer Kanzel saß. »Herr Fischer, ich verstehe nicht«, begrüßte sie ihn angestrengt lächelnd, sichtbar um Fassung bemüht.

»Fräulein Wegmann«, begann er, mit den Ellenbogen auf den Tresen gestützt, »ich muss mich für mein Auftreten entschuldigen. Es tut mir wirklich leid, dass ich hier so eine Aufregung verursache – auch bitte ich Sie, mir mein derangiertes Äußeres nachzusehen.« Er reichte ihr die Rose.

Verlegen nahm sie diese an. »Sie sind mir ja einer ...«

»Ich muss sofort zu Direktor Reich.«

»Zu Herrn Reich? Er ist nicht mehr unser ...«

»Er hat meine Familie in seine Gewalt gebracht«, unterbrach er sie.

»Ihre Familie?«

»Ja.«

Sie nickte. »Na ja, was will man von so einem erwarten? Irgendwie passt das ja zu ihm.«

»Meine Familie ... verstehen Sie?«

»Ja, ich verstehe ...«

»Er ist zu weit gegangen. Ich weiß wirklich nicht, was ich mit ihm anstellen werde.«

Sie wischte sich eine Haarsträhne aus dem Gesicht. »Sie müssen tun, was Sie tun müssen.« Dann sah sie ihn unglücklich an, griff nach ihrer Handtasche, die sie über der Stuhllehne hängen hatte, holte einen Schlüssel hervor und legte ihn auf den Tresen. »Das ist der Dienstbotenschlüssel. Sie können sich damit frei im Haus bewegen, solange Sie die Botenaufzüge benutzen.«

»Ich verstehe nicht.«

»Reich hat keinen Zugriff auf diese Aufzüge.«

Er griff nach dem Schlüssel, noch bevor sie die Hand weggezogen hatte. Dann umfasste er ihre Finger, halb zärtlich, halb bestimmt. »Ich danke Ihnen. Ich danke Ihnen so sehr.«

Sie lächelte gequält, sagte aber nichts.

»Ich muss jetzt gehen.«

»Das müssen Sie.«

»Alarmieren Sie die Polizei, bevor es die Wachleute tun. Sonst verlieren Sie noch Ihre Arbeit.«

»Machen Sie sich keine Sorgen um mich, Herr Fischer.«

»Ich möchte nicht, dass Sie meinetwegen Ärger bekommen.«

»Sie müssen sich wirklich keine Sorgen machen. Meine Arbeit hier ist getan.«

Fischer runzelte die Stirn, dann lächelte er sie an und sah verlegen nach unten, um ihr dann wieder in die Augen zu blicken. Er biss sich auf die Lippe, ließ ihre Hand los und ging die Stufen der Rezeption hinunter. Noch nicht unten angelangt, drehte er sich noch einmal zu ihr um. »Warum tun Sie das für mich?«

»Herr Fischer, wissen Sie das nicht?«

»Ich ...«

»Wissen Sie nicht, dass ich Sie ...«

»Also ... ich ...« Er merkte, wie sein Herz schneller schlug und das Blut in seinen Kopf schoss. »Ich Sie auch, Fräulein Wegmann. Sehr sogar. Aber ich bin verheiratet.«

»Ja, das sind Sie ...« Sie wich seinem Blick aus und sah nach unten, dann blickte sie zu ihm auf, einen traurigen Stolz in ihren Augen. »Ich bin dazu da, anderen den Weg zu weisen, Herr Fischer. Das ist meine Aufgabe.« Dann lächelte sie ihn an, die blonden Haare durch das Gold des Schalldeckels ins Unendliche verlängert. Wie eine magische Gestalt. Nach ein paar Augenblicken – ihm kam es wie eine süße Ewigkeit vor – nickte er, wandte ihr den Rücken zu, stieg die letzten Stufen der Rezeption hinunter und ging zum Dienstbotenaufzug hinüber, der in einem schmalen Seitengang hinter den repräsentativen Fahrstühlen lag. Die Tür öffnete sich, nachdem er den Schlüssel ins Kontrollfeld gesteckt und herumgedreht hatte. Er schob einen leeren Wäschewagen zur Seite und stieg in die Kabine ein. Der mit Stahlplatten verkleidete Innenraum war stark zerkratzt und in der Abdeckung der Deckenlampe lagen ein paar tote Fliegen.

Unschlüssig darüber, was er tun sollte, klopfte er mit dem Schlüssel auf das Tastenfeld des Aufzugs. In der sechsundvierzigsten Etage befand sich die gläserne Verbindungsbrücke, doch sich Reich wieder unterwürfig zu nähern, kam für ihn nicht in Frage. Diesmal musste er sich einen Vorteil verschaffen. Er betrachtete die Schatulle, öffnete sie mit einer Hand und strich mit dem Daumen über den roten Knopf, in den »Für den Notfall« eingraviert war. Er schloss die Schatulle wieder und sprach die Botschaft leise vor sich hin, die Ingrid auf den Zettel geschrieben hatte: »Drücke mich im Angesicht des Dritten von Reich.« Und auf einmal kam ihm ein Gedanke. Er steckte den Schlüssel in das Kontrollfeld, und als er die Taste für die untere Ebene drückte, setzte sich der Fahrstuhl in Bewegung.

Die Tiefgarage, die von weiß gestrichenen Stahlbetonpfeilern dominiert wurde, war in ein helles, kaltes Licht getaucht; nur hier und da standen in den Parkbuchten Fahrzeuge. Er ging die Stellflächen ab, bis er zu einer spiralförmig angelegten Auf- und Abfahrt gelangte. Eine dichtgestaffelte Beleuchtung im Bodenbelag wies den Weg zum zentralen Aufzugsschacht des großen Bankturms. Vier schwarze Limousinen und ein Sportwagen waren davor geparkt. An den mit Messingplatten versehenen Fahrstühlen befanden sich keinerlei Tasten oder Schlüsselfelder, nur ein in die Wand eingelassenes Lesegerät der Fingerabdrücke. Rote Läufer führten von den Luxuskarossen zu den Fahrstühlen hinüber. »RE1«, stand auf dem Nummernschild der vorderen Limousine, »RE2« auf dem der nächsten. Vor der Limousine mit dem Kennzeichen »RE3« blieb er stehen. Ingrid war in diese Limousine eingestiegen, kurz nachdem sie mit Vogelfrei am Heldenplatz gesprochen hatte. »RE3« – der Dritte von Reich. Das musste die Lösung ihres Rätsels sein. Er klappte die Schatulle auf, und als er hineinsah, hatte sich etwas verändert. Getrennt von einem Doppelpunkt, hatten die Flüssigkristalle eine Zwanzig und zwei Nullen gebildet. Und augenblicklich verstand er, dass es nicht die Uhrzeit war, die die Kristalle anzeigten, sondern die Minuten, die einem blieben, wenn man den roten Knopf drückte.

14.

Fischer hielt die Hand gegen die Scheibe der Limousine und sah in den Innenraum: ein Mantel und zwei Flaschen Bier auf dem Rücksitz, eine Packung Zigaretten auf dem Beifahrersitz. Er bückte sich und sah unter den Wagen. Nichts Auffälliges. Er versuchte, den Kofferraum zu öffnen, doch dieser war verschlossen. Während er die Schatulle mit dem Fernzünder hielt, als wäre sie ein Kompass, ging er einmal um den Wagen herum. Unverändert leuchtete auf der Anzeige die »20:00« auf. Er entfernte sich ein paar Meter von der Limousine, versicherte sich, dass die Flüssigkristalle ausgerichtet blieben, ging auf die rückwärtige Seite des Fahrstuhlschachts und lehnte sich an die Betonwand. Die Anzeige leuchtete jetzt nur noch schwach auf. Fischer ging bis zu einem Lastenaufzug, und als er die Anzeige erneut prüfte, war sie erloschen. Hinter der nächsten Ecke zeigten die Kristalle wieder die »20:00« an. Der Schacht war auf dieser Seite mit einem Bauzaun abgesperrt worden, über den als Sichtschutz Plastikplanen gelegt waren. Er hob eine Metallstrebe des Zauns aus ihrem Betonsockel, schob sie zur Seite weg und schlüpfte durch die Öffnung hindurch.

Eine Klappleiter lag auf dem staubigen Boden, eine Trommel mit einem halb aufgewickelten Stromkabel war wie achtlos daneben geworfen. In einem Eimer mit eingetrocknetem Putz steckte eine Kelle. Er sah nach oben. In etwa drei Metern Höhe war eine Reihe von runden Bohrungen in den Stahlbeton des Fahrstuhlschachts getrieben worden. Die faustgroßen Bohrlöcher und die Kanäle, die sie miteinander verbanden, hatte jemand anschließend wieder sorgfältig verspachtelt. Er schaute auf das Anzeigefeld des Fernzünders. Die Zahl leuchtete in hellem Farbton auf.

Fischer ging zum Lastenaufzug zurück, steckte den Botenschlüssel in das Kontrollfeld und drückte die danebenliegende Taste. Als der Aufzug in der Tiefgarage angekommen war, betrat er die Plattform und benutzte den Schlüssel, um das Tastenfeld zu aktivieren. Er betrachtete die Knöpfe für die fast hundert Etagen des Bankturms und fragte sich, wohin er fahren sollte. Jemand hatte neben den unteren Knopf der rechten Reihe »El diablo con el bozo« in das Metall gekratzt. Der Teufel mit dem Milchgesicht. Damit konnte nur Reich gemeint sein. Fischer drückte die Taste für die fünfundneunzigste Etage, und der Aufzug setzte sich in Bewegung.

Die Kabine beschleunigte und die Neonröhren im Schacht vereinigten sich zu einem einzigen Lichtstrahl. Er schluckte, um die Druckänderung auszugleichen und blickte durch die vergitterte Kabinendecke in den Schacht hinauf, das obere Ende in Dunkelheit gehüllt. Er versuchte, sich auf seine Aufgabe zu konzentrieren, überlegte, wie er Reich am besten Herr werden konnte, doch immer wieder schweiften seine Gedanken ab, und er musste an Nadja denken. Wie sie sich an ihn anlehnte und ihm dadurch Stärke verlieh. Ihre dunkelbraune Iris, die, sobald es dämmerte, in unergründlicher Sinnlichkeit mit dem Schwarz der Pupille verschmolz. Zusammen hatten sie es irgendwie geschafft, die Kinder durchzubekommen. Wenn er doch nur bei ihr sein könnte, ihr sagen, was er für sie empfand, bevor es zu spät war. Er schloss die Augen und sah sich selbst, wie er mit seinem Sohn an der Hand das weiß gestrichene Zimmer im Krankenhaus betrat. Seine Frau lag auf dem Bett, ihre kleine Tochter an die Brust gelegt. Beide schliefen friedlich. Er nahm seinen Sohn auf den Arm und setzte sich mit ihm auf die Bettkante. Erfüllt vom Dank, dass es seine Tochter gab, streichelte er über ihre unendlich zarte Haut. Ein so zerbrechliches Geschöpf. So beschützenswert. Wie viel Zeit ihm wohl noch blieb, bevor das Vergessen einsetzte, und er sie alle im Meer der gleichförmigen Erinnerungen verlor?

In der fünfundneunzigsten Etage stoppte der Fahrstuhl. Ein letztes Mal schluckte Fischer, um den Druck auszugleichen, dann öffnete sich die Tür. Vor ihm lagen schmale, nur spärlich beleuchtete Korridore, die in mehrere Richtungen vom Fahrstuhl wegführten. Die Wände bestanden aus unverputzten Rigipsplatten, die verstärkt waren mit Querstreben aus Holz. Mehrere Wäschewagen standen direkt neben dem Fahrstuhl; die weiße Wäsche darin war sorgfältig mit Plastikfolie abgedeckt. An der Wand waren Spender mit alkoholischer Lösung zum Desinfizieren der Hände angebracht. Er ging den Korridor zu seiner Linken entlang, der wie ein Versorgungstunnel in einem Hotel wirkte, und öffnete die nächstgelegene Tür.

Ein grelles Licht fiel auf sein Gesicht. Fischer hielt sich die Hand vor die Augen und musste blinzeln. Er hörte das Zwitschern von Vögeln, und als sich seine Augen an die Helligkeit gewöhnt hatten, realisierte er, dass er sich inmitten einer Schlucht befand. Die Felsen behangen von üppig wachsenden Pflanzen. Hunderte, vielleicht tausend von Blüten und eine Hitze wie in den Tropen. Er vernahm ein Geräusch und dachte, dass es sich wie eine Meeresbrandung anhörte, die auf die Küste traf. Hinter einem Felsvorsprung lag eine Hütte, die Seiten offen, das Dach mit Zweigen eingedeckt. Auf dem hellen, fast weißen Sand standen Liegestühle, und es gab Tische mit beschirmten Cocktails darauf. Über den Lehnen der Liegestühle hingen Badetücher, als hätte hier jemand vor kurzem noch gesessen. Muschelschalen, halb versunken im Sand. Ein Kanu, zwei Paddel und ein Fischernetz. Er ging am Strand entlang, hörte deutlich die Brandung des Meeres, doch da war keins. Viel zu schnell, wie im Zeitraffer, zog die Sonne über den Horizont. Er kam zu einem Aquarium, das eingebettet im Sand lag. Exotische Fische in allen Farben des Regenbogens schwammen im klaren Wasser, manche kugelrund, andere mit schmalen Körpern. Am Grund ein künstliches Korallenriff, hell erleuchtet, die Tentakeln der Polypen im Wasser wiegend. An das sichelförmige Aquarium fügte sich ein Schwimmbecken an, als wäre es der unbeleuchtete Teil des Mondes. Eine schmale Holzbrücke führte zum bläulich flimmernden Wasser hinüber. Viel zu früh ging die Sonne unter, die Dämmerung setzte ein, und schon, in fließendem Übergang, war der Nachthimmel erhellt von tausenden von Sternen. Womit hatte er es hier nur zu tun? Irritiert wischte er sich mit der bandagierten Hand den Schweiß von der Stirn, hob sein Hemd an und fächerte sich Wind zu. Er nahm ein Blatt einer Palme in die Hand, die nach vorne geneigt, mit ihren Blattspitzen in das Aquarium eintauchte, als ihn dieses merkwürdige Gefühl überkam. Es war dieselbe Unsicherheit, die er verspürte, wenn er allzu lange in den virtuellen Weiten Neuwelts unterwegs war. Er führte das Blatt zum Gesicht, in

Erwartung dessen, dass sich die Struktur der Oberfläche in ihre Texturen auflöste, das Abbild der Realität in sich zusammenstürzte und die Täuschung sich offenbarte, der er erlegen war. Doch es war keine programmierte Oberfläche, aus der sich die Palme zusammensetzte. Es war anders. Real und doch nicht wahrhaftig, mündeten die Blattadern im Nirgendwo, war der Stängel in ein Plastikloch gesteckt und die leichte Braunfärbung am Ende des Blattes mit einer Lackfarbe nachgeahmt. Tote Materie anstelle von Leben. Nicht mehr als die Fiktion einer tropischen Welt. Eine Kulisse in dreihundertfünfzig Metern Höhe, eingefangen hinter der abgedunkelten Glasfassade der Neustädter Bank. Das schmale Kanu aus Holz: dekorativ und ohne Bedeutung. Die Sonne: nur eine Projektion. Der nächtliche Sternenhimmel: erzeugt von Tausenden kleiner Lichter. Die Blütenpracht: unfähig, jemals ein Insekt anzulocken. Diener und Dienstmädchen, die sich aus den künstlichen Felsen herausschälten, wenn sie gebraucht wurden, und dann wieder verschwanden. Nomadenseelen gleich, dazu bestimmt, die Illusion aufrecht-zuerhalten, verrichteten sie unsichtbar in den dunklen Versorgungstunneln ihre Arbeit. Und Fischer dachte bei sich, wie wenig sich doch diese Scheinwelt, die Reich um sich herum aufgebaut hatte, von Neuwelt unterschied.

Auf der anderen Seite des Strandes, vor einer künstlichen Felsformation, fast vollständig überwuchert vom Grün, stand eine Kapelle im Sand. Kletterpflanzen ragten durch den offenen Dachstuhl in das halb verfallene Gotteshaus hinein. Die Doppeltür stand offen, und er entdeckte, als er sich näherte, Rumflaschen und Schnapsgläser auf der vorderen Kirchenbank. Anstelle des Weihwasserbeckens stand eine Schale mit weißem Pulver am Eingang. Das Holz der Innenverkleidung wirkte vermodert, doch es gab keine Feuchtigkeit. Er strich über die Faserung und merkte, dass die Kirchenbänke aus Plastik bestanden, Alterung und Fäulnis nur nachgeahmt waren. Imitiert, wie alles andere auch. Das Buch von Reich über die Gottgleichheit der Börse war auf den Bänken ausgelegt:
»Wie man aus
50 Talern

macht.«

Der Erlöser hing mit gesenktem Kopf und aufgesetzter Dornenkrone in der Apsis, eine Lichterkette über die am Querbalken festgenagelten Arme gelegt. An der Stelle des Altars stand ein breites Doppelbett mit runder Matratze in blutrotem Farbton, darum gruppiert mehrere Reihen von elektrischen Kerzen. Im Hostienschrein war eine Kleiderstange montiert, an der mehrere Sportjacken hingen. Fischer nahm sich eine dunkelblaue Jacke vom Bügel und zog sie an. Sie passte ihm wie angegossen. Er steckte die Schatulle mit dem Fernzünder in die linke Tasche und die Pistole in die rechte.

Das Fenstermosaik über dem Hostienschrein zeigte das Bild eines Mannes mit Heiligenschein, der in der einen Hand ein Gewehr hielt und in der anderen Hand die Miniatur des Triumphbogens aus der alten Hauptstadt präsentierte. Den Gesichtszügen nach zu urteilen, sollte es den Bankier darstellen. »Rex civitatis. Imperator mundi. Usurpator universi«, stand in Frakturschrift unter ihm. König der Stadt. Kaiser der Welt. Beanspruscher des Weltalls.

Die Lichtstrahlen, die durch das Mosaikfenster drangen, fielen auf einen Beichtstuhl. Vielleicht war es als Zeichen zu deuten. Er schob die Tür für den Büßer auf, und als er, die Trennwand mit dem Beichtgitter neben sich, unwillkürlich niederkniete, löste er einen Mechanismus aus. Eine Fanfare erklang. »Herr Direktor Reich«, hauchte ihm eine weibliche Stimme entgegen, »ich erwarte Ihre Anweisungen.« Die Tür verriegelte sich, das Beichtgitter klappte zurück und eine Schaltfläche mit mehreren Knöpfen fuhr hervor. Neben einem Knopf war das Bild eines Drehflüglers abgebildet, neben einem anderen ein tanzendes Paar. Er entschied sich für die Taste mit dem tanzenden Paar. »Eine gute Wahl«, versicherte ihm die weibliche Stimme, dann löste sich eine innere Kabine vom Beichtstuhl, und er fuhr, auf der Bank kniend, in die Tiefe hinab.

Er blickte auf ein Heiligenbild vor sich, das eine betende Madonna zeigte, und faltete dabei unbewusst die Hände. Das letzte Mal hatte er als Kind die Beichte abgelegt. Er wusste nicht mehr, welche Sünden es waren, die er dem Priester in kindlicher Ehrfurcht vorbrachte. Vielleicht hatte er einem Klassenkameraden eine Ohrfeige gegeben oder einem anderen eine Reißzwecke auf den Stuhl gelegt. Sicherlich hätte er später mehr Grund gehabt, niederzuknien und um Vergebung zu beten. Vergebung. Was für eine mächtige Waffe der Kirche. Doch brauchte er so etwas überhaupt? Wenn die Wirkung des Neurotoxins erst einsetzte, dachte er, würden all seine Sünden null und nichtig sein. Und Franz aus seinem Kopf verschwinden, der Körper von Schrapnellen aufgerissen. Ebenso seine verstümmelten Kameraden und auch der namenlose Hüne, der ihm die Kehle durchbeißen wollte und doch sein Leben neben ihm aushauchte. Ausgelöscht wie der geschundene Körper des toten Heinrich, aufgequollen, verbrannt und stranguliert, wie er war. Ausradiert auch das Bild des Schwarzmantels, dessen Gehirn an die Wand des Fahrstuhls spritzte, als Heinrich ihn erschoss. Von dem er noch Tage später Schädelstückchen von seinem Mantel abkratzen musste. Und auch der unglückliche Vogelfrei wäre keines Gedankens mehr wert: das Gesicht alt und eingefallen, alleingelassen und verbittert von der Welt. Der sich ihm im Zug nach Unterseehafen anvertraute, nicht wissend, dass Fischer einer der Feinde war, von denen er sich umgeben sah. Das alles war bald nicht mehr wichtig. Nicht mehr als die Erinnerung an die vom Tau benetzte Wiese hinter der verlassenen Tankstelle. Bedeutungslos. Mit einem Wisch über sein Kinn untergegangen in einem Meer der Gleichförmigkeit. Er war dann jemand, der – unberührt von den Geistern der Vergangenheit – keine Rücksicht mehr nehmen musste, der seiner Gewalt freien Lauf lassen konnte. Wenn das Neurotoxin seinen Körper flutete, gab es kein schlechtes Gewissen mehr, das ihn um den Verstand brachte. Er war dann eiskalt – wie Marbod. Und er empfand es als ein Geschenk.

Die Kabine hielt an. »Ihre Sünden sind Ihnen vergeben«, verabschiedete ihn die weibliche Stimme, als sich die Tür entriegelte und dann aufsprang.

»Das hört man gerne«, sagte Fischer.

Die Wände des angrenzenden Korridors waren mit Gemälden behangen, die Reich in Kostümen verschiedener Epochen zeigten – mal eine Robe umgehängt, mal eine

Rüstung tragend, mal eine Toga übergeworfen –, eine Jahrtausend alte Ahnenreihe suggerierend, die es in Wirklichkeit nicht gab. Applaus brandete auf. Unsicher sah sich Fischer um, dann erkannte er die Lautsprecher, die an der Decke montiert waren. Der Applaus ging in ein rhythmisches Klatschen über, wie man es von der Aufmunterung von Athleten her kannte. Am Ende des Flurs lag eine Tür mit einem goldenen Knauf. Als er sie öffnete, erklang nochmals die weibliche Stimme: »Sie sind der Größte. Zeigen Sie es allen.« Genau das war, was er vorhatte.

Die Tür fiel hinter ihm zu, und das Klatschen verstummte augenblicklich. Stille umgab ihn. Fischer befand sich in einem kleinen Raum, der durch eine getönte Scheibe den Blick von oben herab auf einen Ballsaal bot. Als handelte es sich um eine Art von Beobachtungsstation, stand eine Reihe gepolsterter Stühle vor einem Schaltpult mit einer Sprechanlage. Fischer ging eine Treppe hinunter, öffnete eine Tür und betrat einen Saal, an dessen Decke Kronleuchter mit bernsteinfarbenen Schalen angebracht waren. An den Wänden befanden sich Flachreliefe von beflügelten Pferden und anderen Sagengestalten. Die Wandlampen waren auf meterlangen Messingplatten montiert, gefächert übereinander, von vergoldeten Abdeckungen abgeschirmt und eine muschelförmige Stuckverzierung in Schwarzgold anstrahlend, welche die Decke verzierte. Eine Bühne lag auf der Stirnseite des Saals, der grüne Vorhang aus Stoff zugezogen, die Tanzfläche davor mit Parkett ausgelegt. Die Loge von Reich, über die er in den Saal gelangt war, lag verborgen hinter einem Spiegel. Seine Schritte hallten auf dem Marmorboden nach, als er die mit weißen Tüchern bezogenen Tische entlangging. Schnittblumen. Dreiarmige Kerzenleuchter. Die Tafeln mit Silbergeschirr eingedeckt, die Stühle mit weißem Überzug versehen. Die Vorbereitungen für die nächste Veranstaltung waren abgeschlossen, doch noch war keiner der Gäste eingetroffen. Fischer ging zum zentralen Tisch und betrachtete die Namensschilder, die neben den mit Goldrändern verzierten Porzellantellern aufgestellt waren. Bei der Präsidentin sollten Carl von Plünderer und das Ehepaar Schönlein sitzen. Die Namen der Mitglieder des Geheimen Rates ergänzten die illustre Runde, doch das Schild für Reich fehlte. Er steckte sich ein Silbermesser ein und ging zum Buffet hinüber.

Ein Tischbrunnen, gefüllt mit flüssiger Schokolade, die drei Ebenen hinunterfloss, bevor sie sich in ein Becken ergoss. Er nahm eine Gebäckstange, tauchte sie in die Schokolade ein und aß sie. Dutzende verschiedener Früchte waren auf silbernen Tellern drapiert. Er aß eine Avocadoscheibe, einen Ananasring und eine Mandarine, nur die Bananen, die dort lagen, die verschmähte er. Mit den Zähnen zog er auf Holzspieße gesteckte Fleischstücke ab und aß sie gierig. Dann pflückte er ein paar Weintrauben von einer Rebe und aß auch diese allzu schnell. Er nahm den gekühlten Champagner aus dem Eiskübel, goss sich ein Glas ein und trank die sanft auf der Zunge prickelnde Flüssigkeit in einem Zug aus. Selbst die mit Kaviar bestrichenen Schnitten verschmähte er dieses Mal nicht. Er ging zum Schokoladenbrunnen zurück, tauchte immer wieder seine Hand ein und leckte sich die warme Schokolade von den Fingern ab.

Dann verließ Fischer den Ballsaal in Richtung der Aufzüge, doch statt sich einen Fahrstuhl zu rufen, öffnete er eine zweiflüglige Tür, auf der »Zur Brücke« stand. Er ging eine Wendeltreppe hinunter, um sich in einem ganz in Weiß gestrichenen Flur wiederzufinden. Die Tür zum Sekretariat von Direktor Reich war nur angelehnt, so dass er die Aktenordner schon von draußen sehen konnte, die auf dem Boden verteilt waren. Als er das Zimmer betrat, bemerkte er, dass der Mülleimer überquoll und unter dem Reißwolf ein Berg von Papierstreifen lag. In aller Eile musste jemand versucht haben, Dokumente zu vernichten. Von plötzlicher Übelkeit erfasst, musste er mehrmals aufstoßen. Mit einer Hand an der Schreibtischplatte Halt suchend ab, spie er vornübergebeugt auf den Boden, wankte einige Schritte weiter und übergab sich nochmals in den Abfalleimer. Er wischte sich mit der Hand über den Mund, ging zur Spüle, wusch sich das Gesicht, gurgelte mit etwas Wasser und spuckte es aus. Die Hände am Waschbecken abgestützt, atmete er mehrmals tief durch, bevor er die Tür von Reichs Büro öffnete.

In der Mitte des fensterlosen Raums befand sich ein Drehstuhl mit einer Schaltfläche in der rechten Lehne und einem Getränkehalter in der linken Lehne, ansonsten gab es

keinerlei Möblierung. An den Wänden hingen über-
dimensionale Bildfenster, darauf laufend die aktuellen Ent-
wicklungen im weltweiten Börsenhandel. Die Aktienkurse
von Unternehmen waren als Fließtext eingeblendet, dazu
hörte man die Stimmen von Analysten in mehreren
Sprachen. Fischer öffnete die Tür auf der gegenüberliegenden
Seite des Büros und blickte geradewegs auf die gläserne
Brücke, die die beiden Hochhaustürme miteinander verband.
In der Mitte der Brücke saß Reich an seinem Schreibtisch,
ihm den Rücken zugewandt. Anders als vom kleinen
Bankturm aus führte von dieser Seite ein roter Teppich zum
Schreibtisch hinüber, so dass Fischer diesmal nicht, den
Abgrund unter sich, auf Glas zu ihm gehen musste. Er zog die
Pistole aus der Jackentasche und schlich sich an Reich heran,
die Waffe mit seiner bandagierten Hand fest umklammert.
Auf halbem Weg zu ihm sah er in die Straßenschluchten
hinab. Auf dem Heldenplatz hatten sich die Menschen
versammelt und auch die sternförmig auf den Platz
zulaufenden Straßen, allesamt in die Farben der Republik
getaucht, waren gesäumt von Menschen, die Fähnchen
schwingend einem Festzug zujubelten. Er ignorierte die
Feierlichkeiten und ging weiter auf den Bankier zu, der ihn
nicht einmal bemerkte, als er direkt neben ihm stand.
Gedankenversunken starrte Reich auf eine Goldmünze, die er
in der Hand hielt. Fischer drückte ihm die Waffe gegen die
Schläfe und spannte den Abzugshahn. »Wo sind sie?«, fragte
er.

Reich wollte sich mit dem Stuhl umdrehen, doch Fischer
stemmte sich gegen die Lehne. »Nicht mal dran denken«,
empfahl er ihm.

Reich versuchte, den Kopf zu drehen, doch Fischer gab
durch den Druck mit seiner Waffe zu verstehen, dass er auch
das für keine gute Idee hielt.

Reich legte die Goldmünze mit dem Porträt des Idols auf
den Tisch. »Sie kommen reichlich spät, Herr Fischer.
Vielleicht zu spät«, sagte er, ihn aus den Augenwinkeln
beobachtend.

»Sie können sich gar nicht vorstellen, was ich mit Ihnen
machen werde, wenn Sie meiner Familie etwas ...« Fischer
atmete tief durch, um nicht die Beherrschung zu verlieren.

»Was?« Reich trommelte mit den Fingern nervös auf der Tischplatte herum.

»Wenn Sie ihnen nur ein Haar gekrümmt haben, dann wird der Tod für Sie eine Erlösung sein, wenn ich mit Ihnen fertig bin.«

»Das können Sie doch nicht ...« Reich neigte den Kopf nach hinten, um ihn besser im Blickfeld zu haben, doch vermied er es, sich zur Seite zu drehen. »Hören Sie zu, Ihrer Familie geht es gut«, sagte er hastig. »Ich hab' sie nur in Gewahrsam ... in meine Obhut genommen, ich ... wo unsere letzte Begegnung doch so unerfreulich verlaufen ist.«

»WO SIND SIE?«, fragte Fischer nun bestimmt. Mit dem Pistolengriff schlug er auf Reichs Schädel ein. Der zuckte zusammen und hielt sich die Hand dann schützend über den Kopf. »Wenn Sie mich töten, dann wird ... wird ...«

»Dadurch sterben Sie schon nicht«, unterbrach Fischer ihn und schlug nochmals mit dem Pistolengriff auf ihn ein. Reich schrie auf vor Schmerz. Zufrieden mit der Wirkung der Waffe, betrachtete Fischer den geschwungenen Schaft. »Also, da sagen alle, die neue Luger wäre eine Fehlkonstruktion, aber ich finde die Spitze am Griff ist echt gelungen.«

»Ihrer Familie geht es doch gut«, stöhnte Reich, während er seine Kopfhaut sorgsam nach Wunden abtastete.

»Sind sie hier?« Fischer holte erneut mit der Waffe aus, deutete den Schlag diesmal aber nur an.

Reich zuckte trotzdem zurück. »Nein!«, schrie er kopfschüttelnd und zeigte blindlings auf die Straßenschluchten unter ihnen. »Die sind da unten!«

»Da unten? Was meinen Sie damit? Wo genau?«

Reich scheuerte mit der Handfläche über seine Kopfhaut, um den Schmerz zu lindern. »Haben Sie sie nicht mehr alle? So fest zuzuschlagen.«

»Bei der Kirche?«

Reich schüttelte den Kopf. »Nein, weiter weg.« Er fasste sich an die Stirn und zwinkerte mit den Augen. »Ich glaub, ich seh' nicht mehr richtig.«

»Jetzt spielen Sie keine Spielchen mit mir, Sie Memme. Zum Teufel, wo sind sie? Etwa in Ostend?«

»Nein, nicht in Ostend.«

»Wo dann?«

»Na, weiter draußen.«

Fischer schlug nochmals auf ihn ein. »Ich sagte: keine Spielchen!«

»Immer dieselbe Stelle, Sie Arschloch!« Reich faltete seine Hände schützend auf dem Kopf und beugte sich nach vorne. »Das hab' ich nicht verdient.«

»Eine Antwort! Sofort!«, schrie Fischer ihn an, während er mit der Pistole wild herumfuchtelte.

»Schon gut ... schon gut. Ich werde es Ihnen ja sagen.« Reich drehte sich um und sah ängstlich zu ihm hoch. »Also ich ...« Er hob die Hände und hielt sie schützend vor das Gesicht. »Ich ... ich hab' ... hab' Sie in die Berghänge bringen lassen.«

»Was? In die Berghänge?«, fragte Fischer ungläubig.

»Es geht ihnen gut, es geht ihnen doch gut«, beeilte sich Reich nachzuschieben.

»In die Berghänge? Etwa zu den Verstrahlten?«

»Ich kann Sie dahin bringen. Kein Problem ... glauben Sie mir ...«, stammelte Reich.

»... zu den Verstrahlten ...«, wiederholte Fischer fassungslos. Er sah Reich hasserfüllt an und versuchte, noch etwas zu sagen, doch er brachte nichts mehr hervor.

»Wenn Sie mich töten, werden Sie sie niemals finden«, drohte Reich, als er sah, dass Fischer die Pistole langsam hob.

»Sie meinen, Sie könnten sich alles erlauben. Sie meinen, alle wären nur dazu da, Ihnen zu dienen. Dem Herren der Welt. Dem Usurpator universi. Sie mieser, kleiner ...« Fischer schlug nochmals zu, diesmal mit voller Wucht. Reich schrie auf, seine Kopfhaut platzte, das Blut lief über seine Stirn und tropfte auf seine Wangen. Mit starrem Blick, die Augen aufgerissen, leckte er sich das Blut von den Lippen ab, als konnte er nicht glauben, dass es von ihm stammte. Dann warf er sich auf den Boden und kroch unter die Tischplatte.

Fischer trat nach ihm. »Komm her, Freundchen!«

Reichs Kopf erschien auf der anderen Seite des Schreibtischs. »Das geht nicht«, sagte er und ging sofort wieder hinter der Tischplatte in Deckung. Fischer sprang auf den Schreibtisch, stellte sich breitbeinig hin und sah zu Reich hinunter. Der rote Läufer reichte nur bis zu den vorderen Tischbeinen, und es hatte den Eindruck, als wollte sich Reich, der auf einer Glasplatte über dem Abgrund kauerte, unbedingt mit einer Hand am Tisch festhalten. Als Fischer schoss, prallte das Projektil gegen die Glasscheibe, durchschlug sie aber nicht.

Reich sah schockiert zu ihm auf. »Wollen Sie uns umbringen? Sie Selbstmörder!«

»Sie haben recht: Ich sollte besser zielen.« Fischer nahm die Waffe in beide Hände und richtete sie – in überbetonter, fast grotesker Weise die Zungenspitze zwischen den Lippen bewegend – sorgsam auf Reichs Kopf aus.

»Warten Sie!«, schrie dieser. »Hören Sie auf, verdammt! Ich bringe Sie ja hin. Nur nicht mehr schießen.«

»Das kommt darauf an ...«

»Ich muss noch ...« Reich erhob sich. »Ich muss nur noch ...« Er wischte sich über die Stirn und präsentierte ihm unterwürfig die blutverschmierten Finger. »Ich brauche doch erst medizinische Hilfe.«

»Nein«, brummte Fischer kopfschüttelnd. »Vertrauen Sie da mal ganz auf die Selbstheilungskräfte ihres Körpers.«

»Was?«

»Das wird schon wieder.«

»Ich muss doch die Blutung erst stoppen. Da in der Schublade ... kann ich nicht ... ich brauche doch ...?«

Fischer nickte, gebieterisch zu ihm hinabsehend. »Na gut, meinetwegen.« Dann lenkte er ihn mit der Waffe um den Schreibtisch herum und dominierte ihn wie ein Dompteur sein abgerichtetes Raubtier. Reich ging auf der Glasplatte entlang, stetig mit einer Hand am Schreibtisch Halt suchend, bis er den Teppich erreicht hatte und erleichtert losließ. Als er nach dem Knauf der oberen Schublade griff, stupste Fischer ihn mit dem Fuß an die Schulter. »Aber ganz langsam.«

Reich zog vorsichtig die Schublade heraus, nahm einen Stapel Einwegtücher und legte sie auf den Schreibtisch. Er deutete auf eine Flasche mit Desinfektionsmittel. »In Ordnung?«

Fischer nickte. Reich nahm die Flasche, befeuchtete ein Tuch, wischte sich damit über das Gesicht, nahm ein zweites, tränkte es mit der alkoholischen Lösung und fuhr sich damit durch die Haare. Mit einem weiteren Tuch tupfte er sich die noch immer blutende Wunde am Kopf ab. Das Gesicht schmerzverzerrt, sprühte er sich die Lösung direkt auf die offene Stelle und drückte mehrere Tücher dagegen, um der Blutung Herr zu werden. Dann nahm er ein weiteres Tuch, sprühte es mit Desinfektionsmittel ein und wischte sich sorgfältig die Stelle an der Schläfe ab, auf der Fischer mit der Waffe einen rötlichen Abdruck hinterlassen hatte. »Ich kann Sie zu ihnen bringen«, sagte Reich, ohne zu Fischer aufzublicken, »aber ich möchte, dass Sie zuerst etwas für mich tun.«

Fischer sprang von der Tischplatte herunter und stellte sich neben ihn hin. »Ich denke nicht, dass Sie in der Lage sind, hier etwas zu fordern.« Er drückte ihm den Lauf der Waffe auf die Stirn.

»Nicht berühren, verdammt!«, schrie Reich ihn an. »Ich hab' doch gerade erst gewischt!«

Fischer setzte die Waffe ab und lächelte belustigt. »Sonst noch irgendwelche Wünsche?« Dann musterte er den Mann, der vor ihm stand und sich mit dem feuchten Tuch erneut über die Stirn rieb. Etwas passte nicht zusammen. Reich schien nur ein weiterer größenwahnsinniger Narzisst zu sein, von dem keinerlei Gefahr auszugehen schien, der mit seinen fahrigen, hektischen Kopfbewegungen sogar etwas Lächerliches an sich hatte. Doch, ausgestattet mit einer Theatralik, die eher der eines Schauspielers aus einem Stummfilm ähnelte, war dieser Mann, wie er es auch immer angestellt hatte, Direktor der mächtigsten Bank des Landes geworden. Und mehr noch. Er hatte seine Familie entführen lassen und Ingrid war felsenfest davon überzeugt gewesen, dass er ein eiskalter Mörder war. Jemand, der heimlich ins Sperrgebiet fuhr und dort wahllos aus dem Hinterhalt Menschen erschoss. Ohne Anklage. Und ohne Reue.

»Sie können mich ja gerne bedrohen, wenn Sie es für nötig halten«, sagte Reich, während er sich die Hände an einem Tuch abtrocknete, »aber halten Sie verdammt nochmal Abstand.«

»Verzeihen Sie, wenn ich Ihnen nicht genug Privatsphäre einräume«, säuselte Fischer mit ironischem Unterton.

»Wo haben Sie eigentlich die Waffe her?« Reich nahm ein paar Tücher vom Stapel und drückte sie auf die Wunde am

Kopf, aus der das Blut noch immer heraussickerte. »Das ist doch eigentlich keine Pistole, die der Staatsschutz verwendet.«

Fischer betrachtete scheinbar verblüfft die Waffe und runzelte die Stirn. »Ich weiß auch nicht. Auf einmal war sie da.«

»Was?« Reich ließ die Tücher los, und sie fielen bis auf eins, das am gerinnenden Blut kleben blieb, zu Boden.

»Also ich glaub', die Waffe muss mir irgendwie zugelaufen sein.«

»Zugelaufen? Was soll der Schwachsinn? Sie meinen, Sie haben sie irgendwo auf der Straße aufgeklaubt oder was?«

Fischer lächelte. »Ach, jetzt weiß ich, wie der Hase läuft. Sie haben Angst davor, dass die Pistole verstrahlt ist?«

»Verstrahlt?« Reich schüttelte den Kopf. »Nein, verdammt. Was geht mich denn die Strahlung an?«

»Warum stellen Sie sich dann so an?«

»Es gibt noch andere unsichtbare Kräfte.«

»Ach ja?«

»Wir haben einen Gegner, der viel mächtiger ist als die Radioaktivität.«

»Was soll das für ein Gegner sein?«

»Es sind Bakterien.«

»Bakterien?«

»Sie infizieren uns, wenn wir leben und wenn wir tot sind, dann fressen sie uns auf.«

Fischer nickte. »Das ist der Kreislauf.«

Reich schüttelte sich. »Diese Viecher sind überall um uns rum.«

»Auf uns und in uns. Amen.«

»Scheiße.«

»So kann man es wohl auch ausdrücken.«

Reich sprühte sich die Lösung in eine Handfläche, rieb die Hände aneinander, hielt sie nach vorne und ließ sie an der Luft trocknen. Nochmals schüttelte er sich angeekelt. »Kommen wir nun zum Geschäftlichen«, sagte er.

»Das weiß ich zu schätzen.«

»Bevor ich Sie zu Ihrer Familie bringe, müssen Sie zuerst etwas für mich tun«, sagte Reich mit plötzlicher Kaltschnäuzigkeit.

»Treiben Sie es nicht zu weit.«

»Sie können mich mal.«

»Wie war das?« Fischer hob die Waffe.

»Mir ist doch jetzt alles egal.«

»Das sagt sich so leichtfertig, wenn man nicht weiß, was einen erwartet«, drohte Fischer.

»Es ist aber so.«

»Das haben schon andere vor Ihnen gesagt.«

»Was hab' ich denn noch zu verlieren? Meine Karriere ist doch eh im Arsch, jetzt, wo ich gefeuert bin.«

»Gefeuert?« Fischer lächelte amüsiert. »Man hat Sie also rausgeschmissen?«

»Können Sie sich das vorstellen? Mich? Den Besten der Besten.«

»Jetzt ergibt natürlich alles einen Sinn.«

»Was?«, fragte Reich aufgebracht.

»Ich meine, ich hab' mich schon gewundert, als ich kein Platzkärtchen mit Ihrem Namen da oben im Saal gesehen hab'.«

»Es konnte diesen Schweinen gar nicht schnell genug gehen. Eine Abfindung und das war's dann. Ich muss aus der Bank verschwunden sein, noch bevor das große Bankett beginnt.«

»Und Carl von Plünderer hat jetzt Ihren Platz neben der Präsidentin eingenommen? Sie haben mein Mitgefühl.«

»Plünderer«, wiederholte Reich mit hasserfüllter Stimme. »Kennen Sie ihn etwa?«

»Dem Namen nach.«

»Dieser Bastard. Nicht zurechnungsfähig sei ich, hat er überall verbreitet. Können Sie sich das vorstellen?«

»Ein Mann mit einem guten Urteilsvermögen, wie mir scheint.«

»Dieser Speichellecker«, überging Reich Fischers Kommentar, »schleicht immer um die Präsidentin rum.«

»Sie enttäuschen mich, Reich. Ich hab' immer gedacht, dass Sie hier die große Nummer sind. Dass Ihnen keiner ans Bein pinkeln könnte. Und jetzt merke ich, dass Sie nur eine Luftnummer sind. Aufgebläht und in sich kollabiert.«

Reich sah ihn mit kalten Augen an. »Ich hab' die Bank aufgebaut. Ich ganz alleine hab' sie zu dem gemacht, was sie ist.«

»Und was ist sie?«

»Eine Macht.«

»Nun, Plünderer scheint das anders zu sehen.«

»Er hat den Aufsichtsrat gegen mich aufgehetzt. Gehetzt hat er! Verstehen Sie das? Und das alles nur wegen dieser Sache ...«

»Dieser Sache? Was ist denn passiert? Haben Sie den Hals nicht voll genug bekommen?«

»Wenn er nicht gewesen wäre, wären die Aktien der Ost-Öl bestimmt gestiegen, da bin ich mir sicher. Ich könnte mir denken, dass Plünderer die Präsidentin manipuliert hat, sie dazu gebracht hat, im Ausland einen Sündenbock für die Anschläge zu suchen. Er wusste, dass mir das Embargo das Genick brechen würde.«

»Ich weiß nicht, wovon Sie reden.«

»Wenn kein Öl mehr ins Land fließt, sind Sonnenwandler natürlich die Zukunft.«

»Ja und?«

»Und wer profitiert wohl davon?«

»Die Neu-Energie?«

»Natürlich. Die Aktie steigt jetzt. Und ich hab' alle Anteile kurz vor dem Anschlag auf diesen verfickten Vorstand verkauft.«

»Das ist ja alles schön und gut.« Fischer tippte mit der Waffe auf Reichs Schulter. »Ich möchte Sie aber höflichst daran erinnern, dass Sie mich zu meiner Familie bringen wollen. Sie können sich ja gerne nachher noch bemitleiden, wenn Sie sich die Übertragung des Banketts am Bildfenster in Ihrer Pension angucken.«

»Nicht unbedingt.«

»Wie war das?«

»Nicht, wenn Sie mir helfen.«

»Ihnen helfen? Wobei? Beim Umzug?«

»Was soll der Mist? Sie sollen Plünderer für mich beseitigen.«

»Beseitigen?« Fischer lachte auf. »Ich?«

»Ja, Sie.«

»Sie sind ein Komiker – ich wusste es.«

»Eine Hand wäscht die andere.«

»Kommt auf die Hände an.«

»Es ist nur eine Kleinigkeit.«

»Ach ja? Dann dürfte es für Sie doch kein Problem sein.«

»Es ist einfach für Sie, nicht für mich.«

»Ist das so? Wie ich gehört hab', sind Sie doch sonst nicht so zimperlich.«

»Was soll das heißen?«

»Ich rede davon, was Sie da draußen im Sperrgebiet so treiben.«

»Im Sperrgebiet? Was hat das denn ...? Sie meinen, ich könnte ...?« Reich dachte nach, doch dann schüttelte er den Kopf. »In Neustadt gibt es schon noch ein paar Regeln, an die wir uns halten müssen.«

»Und die gibt es im Sperrgebiet nicht?«

Reich hob die Augenbrauen und sah ihn verständnislos an. »Sie waren noch nie da gewesen, oder?«

»Was ist das überhaupt für eine Sache?«

»Es ist keine Sache. Es ist viel mehr.«

»Was treiben Sie da überhaupt?«

»Das würden Sie sowieso nicht verstehen.«

»Sie gehen dort auf Menschenjagd, nicht wahr?«

»Menschenjagd? Wer sagt so was?«

»Leute.«

»Leute?«

»Leute, wenn sie zu viel getrunken und gekokst haben.«

Reich lächelte. »Es ist keine Menschenjagd.« Er schloss die Augen und wischte sich mit den Handflächen über das Gesicht, als vollzöge er eine rituelle Reinigung. »Es ist eine Mission.«

»Mission?«

»Ja.«

»Was soll das Gequatsche?«

Reich öffnete die Augen und sah ihn beinahe entrückt an. »Ich wusste, dass Sie es nicht verstehen. Niemand tut das. Aber ich bin der Missionar. Und ich muss dafür sorgen, dass ich der Einzige bleibe. Denn ich bin der Auserwählte.«

»Der Auserwählte«, wiederholte Fischer belustigt. »Geht das jetzt wieder los. Haben Sie vielleicht auch eine spezielle Gabe?«, fügte er mit bitter-ironischem Unterton hinzu.

»Ich hab' meine Gemeinde, die mich braucht.«

»Na, das hört sich ja an, als hätten Sie ihr Leben nicht verschwendet.«

»Meine Gemeinde ist abhängig von mir. Und ich sorge dafür, dass es so bleibt. Ich war der erste Missionar und sorge dafür, dass es keinen weiteren mehr geben wird.«

»Sie sorgen dafür? Indem Sie alle anderen umbringen?«

»Ich bin der Einzige. Ich bin der ...«

»... Auserwählte. Ich hab's ja verstanden.«

»Ich werde von meiner Gemeinde aufrichtig geliebt. Ich bin ihr Leben.«

Fischer hielt inne. Er wusste, dass Reich sich das vom Leben nahm, was er wollte. Und es störte ihn nicht. Doch den Gedanken, dass Reich im Grunde genommen von aufrichtiger Liebe träumte, etwas, dessen er durch das Neurotoxin beraubt wurde, den ertrug er nicht. »Sie können sich Liebe nicht erkaufen«, sagte Fischer.

»Erkaufen?« Reich zog die Augenbrauen hoch.

»Worum denn sonst sollte es bei Ihnen gehen?«

Reich wandte sich ab. »Ich dachte, Sie wären klüger.«

»Für Sie also die Liebe und für mich bleibt nur der Mord?«

»Sie müssen von Plünderer ja nicht gleich umbringen.«

»Da bin ich aber beruhigt.«

Reich drehte sich zu ihm um. »Er ist ein mächtiger Mann. An so einen kommt man nicht so einfach ran. Er hat Leibwächter. Außerdem würde es eine Untersuchung geben. Nein, nein, da muss man intelligenter vorgehen.«

»Intelligenter, als einen Staatsschützer zu erpressen, indem man seine Familie entführen lässt?«

»Sie könnten ihm ja etwas anhängen«, ging Reich nicht auf Fischers Anspielung ein.

»Kann ich das?«

»Na ja, Sie wissen schon. Dass er die Alte Ordnung unterstützt zum Beispiel oder sonst was in der Art. Wie das beim Staatsschutz halt so läuft.«

»Ich denke, Sie wissen da mehr als ich.«

»Irgendetwas wird sich für ihn schon finden. Gut möglich, dass Plünderer auch in die Anschlagserie verwickelt war.«

»Natürlich! Warum bin ich nicht selbst drauf gekommen?«

»Vielleicht als ein ausländischer Agent? Er hat dort studiert, soviel ich weiß.«

»Wahrscheinlich kannte er auch Frau Markgraf. Damit ist der Fall ja geklärt und abgeschlossen. Bestellt schon mal den Henker.«

»Sie meinen Ingrid?«

»Wen denn wohl sonst?«

»Stimmt es, was so verbreitet wird? Dass Sie zur Terrorzelle gehört?«

»Sie ist die Anführerin.«

»Die Anführerin?« Reich sah ihn ungläubig an. »So ein Unsinn.«

»War Ingrid häufiger hier?«

»Ich weiß gar nicht, wie viele Sonnenuntergänge ich mit ihr oben am Strand erlebt hab'.«

»Die Sonne geht verdammt häufig unter bei Ihnen.«

Reich sah ihn verblüfft an. »Woher wissen Sie das?«

»Schätzen Sie mal.«

»Waren Sie etwa in meiner Wohnung gewesen?«

»Woher sollte ich wohl sonst die Jacke haben?« Fischer tippte auf die Sportjacke, die er aus dem Hostienschrein gestohlen hatte.

»Die soll von mir sein?«

»Stellen Sie sich das mal vor ...«

»Interessant ... nun, sie gehört Ihnen. Ich brauch sie jetzt ja nicht mehr.«

»Wie großzügig.«

»So bin ich nun mal.«

»Sie haben sich also häufig mit Ingrid unterhalten?«

»Sie hat die richtigen Ansichten. Sie will die Welt mit Feuer bereinigen. Im Vergleich zu ihr sind die anderen Edelnutten, die ich mir kommen lasse, nur Viehzeug. Man kann mit Ingrid reden und dann kann man sie vögeln. Sie ist wirklich anders. Sie ist faszinierend. Sie ist ...«

»... tot.«

»Tot? Wie tot?«

»Umgekommen bei einem Autounfall.«

»Einem Unfall?«

»Ja.«

»Wie ist das denn passiert?«

»Der Wagen ist von der Straße abgekommen.«

»Tot? Ist das wirklich Ihr Ernst?«

»Daran gibt es nichts zu rütteln.«

Reich blickte auf den Boden und wirkte für einen Moment in sich gekehrt. »Was für eine Verschwendung«, flüsterte er vor sich hin.

»Trauern Sie nicht zu sehr um sie.«

Reich sah wieder zu ihm auf. »Das lassen Sie mal meine Sorge sein.«

»Wussten Sie eigentlich, dass Sie dieselbe Idee hatte wie Sie?«

»Dieselbe Idee? Inwiefern?«

»So wie Sie Plünderer zum Terroristen stempeln wollen, hat sie es mit Ihnen vorgehabt.«

Reich blickte ihn mit Unverständnis an. »Mit mir? Was meinen Sie damit?«

»Ich spreche vom Anruf.«

»Von welchem Anruf?«

»Wissen Sie nicht mehr? Das Tonband, mit dem ich zu Ihnen gekommen bin. Der Anruf kurz vor dem Anschlag ...«

»Die Katze ist bei den Elfen läufig ...«

»Sie erinnern sich also doch ...«

»Das war nicht Ingrid. Das war Helga.«

»Wer?«

»Helga eben. Den Nachnamen kenn' ich gar nicht. Ich wusste sofort, wer mich angerufen hat. Ich hab' ihre Stimme gleich erkannt. Früher ist sie oft bei mir oben im Turm gewesen.«

»Und dann nicht mehr?«

»Wenn die Frauen alt sind, dann müssen sie eben verschwinden.«

»Was ist denn alt bei Ihnen?«

»Einundzwanzig ist die magische Grenze.«

»Ingrid ist aber älter. Wesentlich älter.«

»Sie ist auch eine Ausnahme.«

»Warum haben Sie mir nicht gesagt, dass Sie die Anruferin kennen? Warum haben Sie mich belogen?«

»Warum hätte ich Ihnen die Wahrheit sagen sollen? Helga hat mir ja einen Tipp gegeben, mit dem ich viel Geld machen konnte. Ich hätte mich mit ihr arrangieren können.«

»Sie liegen falsch. Ihre Helga wusste von nichts. Ingrid hat sie den Satz aufs Band sprechen lassen. Zusammen mit einem Märchen, das sie ihr vorlesen musste.«

»Einem Märchen? Das ist doch blanker Unsinn.«

»So? Wenn Sie so lange mit Ingrid zusammen waren, wird Ihnen ihr Sinn für Wortspiele nicht entgangen sein. Die Katze ist bei den Elfen läufig. Könnte das nicht von ihr stammen?«

»Warum ... warum hätte sie das tun sollen?«, fragte Reich nun verunsichert.

»Weil sie Sie verachtet hat. Gehasst für das, was Sie sind.«

»Gehasst?« Reich runzelte die Stirn. »Sie wissen gar nichts von uns. Gar nichts!«, zischte er wütend. »Sie hat mich bewundert. Sie hat mich angehimmelt, weil wir aus dem gleichen Holz geschnitzt sind.«

»Sie hat Sie getäuscht, Sie Trottel.« Fischer zog die Schatulle aus der Jacke und knallte sie auf den Schreibtisch. »Zum Schluss wollte sie Sie zum Teufel jagen.«

»Zum Teufel?« Reich betrachtete die Schatulle. »Was soll das sein?«

»Raten Sie mal ...«

»Ein Orden?«

»Da muss ich Sie enttäuschen. Kein Orden. Auch keine Auszeichnung. Es ist ein Fernzünder für eine Bombe. Ingrid wollte die Bank mit Ihnen zusammen in die Luft zu jagen.«

»Schwachsinn ...«

»Es war ihr letzter Wille.«

»Sie bluffen doch nur.«

»Wenn Sie das glauben wollen.«

»Das ist doch Schwachsinn.« Reich winkte ab und wandte ihm den Rücken zu. »Totaler Schwachsinn«, wiederholte er. Dann drehte er sich zu ihm um. »Wo soll sie denn sein, diese Bombe?«

»Im Fahrstuhlschacht in der Tiefgarage.«

»Das glaub' ich Ihnen nicht.«

»Haben Sie ihr mal eine Limousine ausgeliehen?«

»Nun ... ja, manchmal. Aber was hat das damit zu tun?«

»Mit so einer Limousine kann man bestens Bohrer und Sprengstoff herumkutschieren.« Fischer klappte die Schatulle auf. »Sehen Sie den Knopf? Wenn Sie den drücken, haben Sie noch zwanzig Minuten Zeit, bevor der ganze Laden hier hochgeht.«

»Ein roter Knopf. Ich bin beeindruckt. Nicht mal die Anzeige funktioniert«, lästerte Reich.

»Der Fernzünder schaltet sich automatisch in der Nähe der Bombe an. Erst dann wird das Zahlenfeld aktiviert.«

»Und das soll ich Ihnen abnehmen?«

»Tun Sie, was Sie für richtig halten.«

Reich biss sich auf den Zeigefinger und schüttelte den Kopf. »Ich kannte Ingrid.«

»Nicht besonders genug, wie mir scheint.«

»Sie hatte radikale Ansichten, aber mich ... wir waren Seelenverwandte.«

»Sie hat Männern das gesagt, was sie hören wollten.«

»Wir haben uns ...« Reich stockte.

»Sie hat Ihnen was vorgemacht – merken Sie das nicht?«

»Sie hat ...«

»Die Neustädter Bank war das nächste Ziel auf ihrer Liste. Und Sie das nächste Opfer. Nur ein weiteres kapitalistisches Arschloch, das sie so verachtet hat.«

»Hören Sie auf damit!«, schrie Reich ihn aufgebracht an. »Sie hat die Armen gehasst, nicht die Reichen. Sie fand die Almosen des Staates zum Kotzen. Sie hat gesagt, dass diese jammernden Armen, diese erbärmlichen Kreaturen, selbst schuld sind an ihrem Schicksal.«

»Die Peons haben ihr in Unterseehafen zur Flucht verholfen und sie in Altmark versteckt, weil sie glaubten, sie wäre eine von ihnen. Sie hat die Fabrik ihres Vaters in die Luft gejagt.«

Reich sah an die gläserne Decke und fasste sich in den Nacken. »Das darf nicht sein. Nicht sie!« Er schüttelte den Kopf. »Diese miese, kleine Schlampe.« Dann lachte er hysterisch auf. »Sie hat mir nur was vorgespielt wie all die anderen Speichellecker um mich herum, die nur darauf gewartet haben, dass ich einen Fehler mache.« Wie hypnotisiert starrte er auf den Fernzünder. »Gut ... gut ...«, murmelte er vor sich hin, »du warst immer allein ... immer ... auch im Waisenhaus ... aber es macht nichts. Du bist stark. Du hast es bisher geschafft und du wirst es jetzt wieder schaffen.« Er nahm ein Papiertuch vom Stapel und trocknete sich die

Hände damit ab, ohne Sinn, wie in einem Ritual. »Ein Fernzünder also«, resümierte er bitter, nahm die Flasche mit Desinfektionsmittel und sprühte sich die Finger ein. In sich gekehrt, stand er eine Zeit lang einfach nur da. Dann, auf einmal, griff er mit den noch feuchten Händen nach dem Fernzünder, stieß Fischer von sich weg und floh über den roten Teppich.

»Hier geblieben!«, schrie Fischer ihm nach, doch – belustigt über das auf dem Kopf wehende Tuch, das an der Wunde festgeklebt war – folgte er ihm nicht, sondern beließ es dabei, einen Warnschuss in seine Richtung abzugeben. Reich reagierte nicht einmal. Viel zu spät, als Reich den großen Bankturm schon erreicht hatte, lief Fischer ihm hinterher. Mit einer Fernbedienung öffnete Reich noch im Laufen die Fahrstuhltür und sprang in die Kabine hinein. Die Anzeige zählte die Stockwerke bereits nach unten, als Fischer den Fahrstuhl erreichte. Mit der Faust schlug er gegen den Metallrahmen der Verblendung. Fischer hatte ihn unterschätzt, sich von seinem Äußeren täuschen lassen, und das ärgerte ihn. Er ging zum Botenaufzug hinüber und steckte den Schlüssel in das Ruffeld. Der Aufzug war in der achtzehnten Etage, und es hatte nicht den Anschein, als ob er sich in Bewegung setzte. Fischer ging zum Personenfahrstuhl zurück und prüfte die Anzeige. Reich war mittlerweile bis in die Tiefgarage hinuntergefahren. Dann, nach einigen Augenblicken, fuhr die Kabine wieder nach oben. Es gab keine Taste, mit der Fischer den Fahrstuhl aufhalten konnte, so dass die Kabine ohne Halt die sechsundvierzigste Etage passierte und erst im fünfundneunzigsten Stockwerk zum Stehen kam. Fischer atmete tief durch. Er überlegte, was Reich vorhatte, als ein Ton signalisierte, dass der Botenaufzug eingetroffen war. Er zog den Schlüssel aus dem Ruffeld, stieg in die Kabine ein, aktivierte das Etagenfeld und drückte die Taste für das oberste Stockwerk. Er wusste nicht, ob Reich so weit gehen würde, den Turm zu sprengen, doch da er kein Risiko eingehen durfte, nahm er den Hörer des Fernsprechers in die Hand und wählte die »0«.

»Rezeption. Fräulein Wegmann hier«, meldete sich die Empfangsdame sogleich.

»Ist bei Ihnen alles in Ordnung?«

Ein Moment des Schweigens. »Herr Fischer ...? Sind Sie es?«

»Geht es Ihnen denn gut?«

»Die Polizei sucht nach Ihnen.«

»Fräulein Wegmann?«

»Ja?«

»Nehmen Sie sich doch den Tag einfach frei. Tun Sie, wonach Ihnen ist. Gehen Sie ins Kino.«

»Aerobic ...«

»Was?«

»Man geht heutzutage nicht mehr ins Kino. Man macht Aerobic – Gymnastik zur Musik.«

»Macht man das?«

»Es ist so eine Mode.«

»Verrückt.«

»Vielleicht ist es das.«

»Hab' wohl einiges verpasst in letzter Zeit.«

»Warum sollte ich mir freinehmen, Herr Fischer?«

»Ich möchte Sie nicht allzu sehr beunruhigen, aber ich denke, der werte Herr Reich hat gerade beschlossen, die Bank zu sprengen.«

»Zu sprengen?« Sie schwieg einen Augenblick, bevor sie weiterredete. »Sie scherzen ...«

»Wenn ich mich nicht irre, haben wir noch zwanzig Minuten Zeit, bevor der große Turm explodiert.«

Er hörte ihr tiefes Ein- und Ausatmen, presste den Hörer an sein Ohr und fühlte sich ihr ganz nahe. »Sie müssen jetzt tapfer sein, Fräulein Wegmann. Meinen Sie, der Turm kann in zwanzig Minuten evakuiert werden?«

»Heute ...«, hörte er ihre Stimme leise und unsicher sagen, »heute dürfte das kein Problem sein.«

»Warum nicht?«

»Am Tag der Revolution ist kaum jemand hier. Alle sind draußen am Heldenplatz. Alle sind bei der Parade.«

»Natürlich.« Fischer schlug sich mit der Handfläche an die Stirn. »Der Tag der Revolution. Deshalb auch die vielen Leute da unten.«

»Die Gäste zum Ball werden erst in drei Stunden erwartet.«

»Ich fürchte, Sie müssen Ihnen absagen.«

»Ich werde sofort den Feueralarm auslösen«, sagte sie, ihre Unsicherheit allmählich in den Griff bekommend.

»Nein, bitte keinen Feueralarm. Machen Sie nur eine Durchsage.«

»Eine Durchsage?«

»Können Sie im ganzen Gebäude eine Durchsage machen?«

»Warum?«

»Einen Feueralarm nehmen die Leute nicht ernst, glauben Sie mir, ich hab' da meine Erfahrungen. Machen Sie eine Durchsage und sagen Sie, dass es eine Bombe im Gebäude gibt. Machen Sie den Leuten ruhig Beine.«

»Ich werde mein Bestes tun.«

»Das weiß ich doch.«

»Herr Fischer?«

»Ja?«

»Wo sind Sie?«

»Im Fahrstuhl.«

»Und wohin ... wohin wollen Sie?«

»Nach oben. Leider werde ich die Aussicht nicht genießen können.« Fischer sah an die Decke des Aufzugs und betrachtete die flimmernde Neonröhre. »Ich werde ganz nach oben fahren. Zur Plattform. Dort soll es enden.«

»Sie sind hinter ihm her, nicht wahr?«

»Ich werde ihn nicht entkommen lassen.«

»Er will zum Drehflügler.«

»Ich weiß – Fräulein Wegmann?«

»Ja?«

»Versprechen Sie mir, dass Sie sich in Sicherheit bringen? Ich weiß nicht, wie stark die Explosion sein wird.«

»Nur ... nur, wenn Sie es auch tun.«

»Ach, machen Sie sich keine Sorgen um mich. Unkraut vergeht nicht, meine Liebe.«

»Das hoffe ich. Das hoffe ich sehr.«

»Passen Sie gut auf sich auf.«

»Sie auch.«

Er hängte den Hörer ein und wischte sich über den trockenen Mund. Wie viel Zeit ihm wohl noch blieb?

In der fünfundneunzigsten Etage hielt der Aufzug an, und Fischer verließ die Kabine. Schmale Gänge aus Beton. Wasser, das aus undichten Leitungen von der Decke tropfte. Holzpaletten, die an die Wand gelehnt waren. Papierabfall auf dem Boden. Er wusste nicht, wo er sich befand, nur dass er irgendwo in den Versorgungsgängen hinter den repräsentativen Räumen war. Aus der Ferne, gedämmt durch eine Wand, ertönte die Stimme der Empfangsdame aus den Lautsprechern. Sie warnte vor der Bombe und forderte alle unverzüglich zum Verlassen der Türme auf. Gutes Fräulein Wegmann.

Fischer ging den Gang weiter, bis er zu einer Nische kam, in der jemand auf einer Matratze saß. Eine Peon-Frau in zerschlissener Dienstuniform zupfte geistesabwesend an den Haaren einer Puppe herum, bei der ein Bein abgerissen war. Sie erschrak, als sie ihn wahrnahm und drückte sich mit den Rücken gegen die Wand.

»Ganz ruhig. Ich tue dir nichts.« Er tippte mit den Fingern auf seine Brust. »Soy Einar. Y cómo te llamas?«

Sie presste die Puppe an sich. »Ma ... ma ... aría.«

»María« Er nickte. »Weit weg von zu Hause, was? Lejos de casa, sé.« Er ging langsam auf sie zu, blieb aber stehen, als er merkte, dass sie vor Angst zitterte. »Es gibt hier eine Bombe, verstehst du mich? Du musst sofort raus aus dem Gebäude. Verstehst du, was ich sage?«

»No, no, no entien... entiendo«, stammelte sie. »No lo entiendo, señor.«

»Du verstehst mich nicht?« Er deutete mit dem Finger nach unten, dann ballte er die Hand zu einer Faust und ließ die Finger aufschnappen, während er versuchte, das Geräusch einer Explosion nachzumachen. »Da ist eine Bombe im Fahrstuhl. La ... dinamita en el ... en el elevador. Comprendes?«

»¿La dinamita?«, fragte die Frau, die Augen vor Entsetzen aufgerissen.

»Es ist noch Zeit, noch genug Zeit. Verstehst du? Hay tiempo«, versuchte er sie zu beruhigen. »Geh zur Brücke ... zur puente ... comprendes? Und dann rüber zum kleinen Turm. Torre pequeña. Comprendes? Está seguro.«

»No, no«, sagte die Frau kopfschüttelnd. »El diablo ... el diablo está allí ... el diablo.«

»Diablo? Wer? Der mit dem Milchgesicht? Meinst du etwa Reich?«

»Si, si ... RRREICH«, sagte sie ehrfürchtig, das »R« noch mehr gerollt, als es ohnehin üblich war.

»No, no.« Er schüttelte den Kopf. »No está allí ... está ... er ist auf der Landeplattform ... está ...« Dann deutete er mit dem Zeigefinger nach oben. »Está arriba.«

Die buschigen Augenbrauen zusammengezogen, sah ihn die Frau fragend an.

»Wie komme ich zum Landeplatz? Wie komme ich dahin? Dónde ... äh ...« Er zeigte hinauf. »Comprendes?«

»No entiendo, señor.«

»Wie komme ich zu den ... verstehst du ... zu den Drehflüglern?«

Die Frau schüttelte den Kopf abermals und sah ihn fragend an.

»Los ... ne sé ... la palabra ... los ...« Er machte mit der Hand die kreisenden Bewegungen der Rotorblätter eines Drehflüglers nach. »Aviones ... comprendes?«

Die Miene der Frau heiterte sich auf. »¿Elicóptero?«

»Si, si, elicóptero. Rapido, rapido. Der Weg dahin?«

Maria nickte, stand auf und ging, die Puppe an sich gepresst, den Gang entlang. Sie bog um die Ecke und ging weiter, bis sie zur gläsernen Fassade der Bank gelangte. Vor einer Steigleiter blieb sie stehen und sah unsicher zu ihm auf.

»Da hoch?«, fragte er.

»Si, si.«

Fischer war schon mehrere Sprossen nach oben gestiegen, als er bemerkte, dass Maria sich Schritt für Schritt von der Leiter entfernte. Als sie wohl glaubte, dass er sie nicht mehr erreichen konnte, drehte sie sich um und rannte davon. »Warte!«, rief er, mit der Hand die Sprosse umklammert. »Komm mit mir, María! Venga! Venga conmigo!« Doch sie hörte nicht auf ihn. »Verdammt ... torre pequeña ... es seguro allí«, schrie er ihr noch hinterher, als sie um die nächste Ecke verschwand. »Rapido! Rapido! La torre pequeña!« Er hielt kurz inne, schüttelte den Kopf und überlegte, ob es Sinn machte, ihr zu folgen. Doch er entschied sich dagegen, stieg die Leiter hinauf und öffnete die Luke zum Dach.

Der Wind pfiff über die obere Stahlleiste der Glasfront hinweg, und es war kalt. Er kreuzte die Arme vor der Brust, zog den schmalen Kragen der Sportjacke hoch, und drückte die Schultern zusammen. Er passierte die Gondel der Fensterputzer, den Blick auf die Landeplattform gerichtet, die mit Querstreben am Turm befestigt, weit über das Gebäude hinausragte. Eingebettet in einem Wolkenfeld, als thronte sie im Himmel. Positionslichter, die rot aufblinkten. Er stieg die Treppe zur Plattform hinauf und hatte die kantige Silhouette des Drehflüglers vor sich. Die Rotorblätter drehten sich langsam im Wind. In der Glaskanzel saß niemand, doch der Motor war bereits gestartet und das elektrische Versorgungskabel gezogen worden. Auf der Rückbank standen Proviantkisten und mehrere Sauerstoffflaschen waren in einer Halterung eingespannt. Auf dem Vordersitz lag eine Landkarte, die so gefaltet war, dass sie den Weg zum Sperrgebiet wies. Am Rande der Landeplattform lag ein schmaler Fahrstuhlschacht. Laut der Anzeige befand sich die Kabine im neunzigsten Stockwerk. Reich musste nochmals nach unten gefahren sein.

Fischer ging zum Drehflügler, öffnete die Abdeckung des Motors, hakte die Sperre ein, identifizierte die Ölleitung und löste eine Schraube so weit, dass Öl heraustrat. Als er zum Fahrstuhl hinüberschaute, bemerkte er, dass die Anzeige die Stockwerke nach oben zählte. Eilig schloss er die Motorhaube und ging hinter dem Fahrstuhlschacht in Deckung. Als sich die Tür öffnete, kam Reich heraus und lief, ein Scharfschützengewehr in der Hand wiegend, auf den Drehflügler zu. Er hatte sich einen gelben Ganzkörperschutzanzug angezogen, die Kopfhaube mit dem rechteckigen Sichtfenster war aber noch nach hinten geklappt. Reich öffnete die hintere Tür der Glaskanzel, stellte das Gewehr in eine Halterung und sicherte es mit einem Lederriemen. In dem Moment, als er die Tür schloss, schlang Fischer ihm von hinten den Arm um den Hals, riss ihn zu Boden, legte sich auf seinen Rücken und drückte ihm die Luft ab. »Das ist für meine Familie«, flüsterte er ihm ins Ohr.

Reich strampelte mit Armen und Beinen, doch – behindert vom Schutzanzug – konnte er ihn nicht abschütteln.

»Mal sehen, wie lange du noch Luft hast.« Fischer würgte ihn mit einer Inbrunst und Leidenschaft, die er nicht für möglich gehalten hatte. Als wäre die Mordlust Heinrichs auf ihn übergegangen, drückte Fischer dem zappelnden Mann unter sich die Luft ab, ließ seine Lebensenergie schwinden, saugte ihn aus wie eine Spinne ein paralysiertes Insekt. Das war es, was ihn ausmachte. Das war seine Natur. Er war ein Jäger, und dieses Leben musste hier enden. »Ich werde dir zeigen, was es bedeutet, die Beute zu sein«, flüsterte er. »Ich werde es dir hier und heute zeigen.« Ein Mord, der Gerechtigkeit verhieß. Ein Mord, der die Welt wieder in die Balance brachte – doch auf einmal musste Fischer an seine Frau und die Kinder denken. Die jetzt irgendwo in den Berghängen auf ihn warteten. Die ohne ihn nicht überleben konnten. Die ihn brauchten. Er durfte seinem Trieb nicht nachgeben. Noch nicht. Reich musste leben, um ihm den Weg zu ihnen zu weisen. Nur zu diesem einen Zweck sollte er noch atmen. Fischer entspannte seinen Griff, stieß sich mit den Armen von Reichs Rücken ab und richtete sich auf. Reich hustete, legte sich, die Arme ausgestreckt, auf den Rücken und schnappte nach Luft. Schweißperlen auf der Stirn, drehte er sich auf die Seite, griff sich an den Hals und bewegte den Kopf vorsichtig nach vorne und hinten, so als prüfte er, ob er noch an der richtigen Stelle saß. »Sie hätten ...«, röchelte er, »Sie hätten mich fast umgebracht.« Reich hustete mehrmals, spuckte aus, sah kurz zu ihm hoch und kroch dann benommen zum Drehflügler.

»Wo wollen Sie denn hin?«, fragte Fischer, gleichgültig zu ihm hinabsehend, als ginge ihn das alles nichts an.

»Wir müssen hier sofort weg! Um Gottes Willen!«

»Warum?«

»Das wissen Sie doch!«

»Haben Sie also tatsächlich den Fernzünder aktiviert?«

»Was denken Sie denn?«

»Ich denke, dass Sie ein kranker Mann sind.«

»Wenn ich schon gehen muss, dann nehm' ich alles mit.« Auf Knien öffnete Reich die Tür zur Kanzel, richtete sich mit letzter Kraft auf und verharrte schwer atmend in der

Türöffnung. Er versuchte, den Tritt des Einstiegs zu benutzen, rutschte mit dem Fuß aber immer wieder ab.

»Wo sind sie?«, fragte Fischer, nachdem er eine Weile dabei zugesehen hatte, wie Reich sich vergeblich mühte.

»Helfen Sie mir schon rein ...«

»Wo zum Teufel sind sie?«

»Auf dem Plateau«, japste Reich, »beim alten Sendemasten.«

»Beim alten Sendemasten?«

»Ja doch.«

»Worauf warten wir dann noch?« Fischer schob Reich mit einem Ruck auf den Sitz hinauf. Dann ging er um die Kanzel herum, öffnete die Tür auf der anderen Seite, stieg ein und schnallte sich an. Reich ließ den Motor hochfahren und blickte zu ihm hinüber, jedoch nicht feindselig, sondern ängstlich, fast unterwürfig wie ein Tier, das einem stärkeren Rivalen unterlegen war.

»Abflug«, herrschte Fischer ihn in befehlendem Ton an, mit dem Finger die Richtung weisend. Reich zog den Steuerknüppel nach hinten, die Kufen hoben von der Plattform ab, und die Maschine gewann rasch an Höhe. Er ließ den Drehflügler einmal um die Plattform kreisen, dann tauchte er mit der Maschine ab und flog auf Höhe der Verbindungsbrücke eine Schleife um die beiden Türme herum. Einige Nachzügler rannten aus dem Gebäude heraus, blieben stehen und sahen hinauf. Ein Grollen im Untergrund trieb sie schnell wieder auseinander. Geräusche aus den Tiefen der Erde, als wäre ein urzeitliches Wesen zum Leben erwacht. Ein Moment der Stille, dann arbeitete sich die Druckwelle der Explosion Etage für Etage über den Fahrstuhlschacht nach oben, ließ die Fenster des Bankturms zerbersten und schleuderte Trümmerstücke heraus, erfasste alsbald den Drehflügler, und obwohl Reich den Steuerknüppel mit beiden Händen fest umklammerte, hatte er große Mühe, die Maschine stabil in der Luft zu halten. Die Demütigung der Niederlage hinter sich gelassen, stieß er jauchzend vor Freude in die Gassen der Innenstadt hinab, flog dicht über die Menschenmenge am Heldenplatz hinweg, zog die Maschine beim eingerüsteten Denkmal wieder hoch, wendete und steuerte sie direkt zwischen die beiden Türme hindurch, dicht über die

Verbindungsbrücke hinweg, aus der die Glasscheiben durch die Druckwelle herausgesprengt waren. Feuerzungen, die aus dem freigelegten Fahrstuhlschacht herausschlugen, nach unten rieselnde Trümmerstücke, die in Flammen standen, angesengtes Papier, das nach unten wog. Brennende Virtuosität. Verschwunden der Glanz der gläsernen Fassade, zerstört der Eindruck von Macht und Unnahbarkeit, war das Verborgene nun sichtbar, das Innere nach außen gekehrt.

Hätten Ingrid und Ludger in Unterseehafen mehr Sprengstoff besorgen können, wären die Türme vielleicht gefallen. So aber blieben sie stehen, und da der kleine Wolkenkratzer nur wenig beschädigt war, hoffte Fischer, dass es Maria noch rechtzeitig dahin geschafft hatte. Er blickte zu Reich hinüber, der, schreiend vor Ekstase, den Drehflügler noch einmal um das brennende Skelett aus Stahlbeton kreisen ließ, das vom großen Turm übrig geblieben war. Ingrid hätte den Anblick der in Flammen stehenden Bank sicherlich ebenso gemocht. Vielleicht hätte Fischer sie retten können. Irgendwie. Wenn er da gewesen wäre, als sie ihn brauchte. In der Erinnerung spielte Zeit keine Rolle, und obwohl sie sich schon vor vielen Jahren getrennt hatten, waren sie doch immer miteinander vereint geblieben. Er fühlte, dass mit ihr auch ein Teil von ihm gestorben war.

Fischer dachte über seine eigene Schuld nach und an Vogelfrei, der, angewidert von der Politik der Republik und des Lebens überdrüssig, einen Stachel tief in sich sitzen hatte. Der das Wort als Waffe benutzte und in den Tiefen seines Luftschutzbunkers eine hetzerische Schrift verfasst hatte. Ein Gedankenverbrecher, aufgespürt von ihm, dem neu erschaffenen Menschen ohne emotionale Erinnerungen, dem normierten Ermittler, der seiner Vorurteile beraubt, ein gerechter Urteilssprecher sein sollte. So zumindest sah es Südhausen, der, seiner Zeit entfremdet, nichts so sehr verachtete wie die Alte Ordnung. Nie wieder. Das war sein Schwur. Nie wieder sollten Massenmorde und Vergasungen das Land heimsuchen. Und Südhausen hielt sich daran, auch wenn sein Schwur am Ende von ihm abverlangte, einen Unschuldigen zu töten, um eine Verbindung der Terrorzelle zur Alten Ordnung zu konstruieren. Der alte Mann würde weitermachen wie bisher, all die Zweifel, die ihm innewohnten, ignorieren und einen Nachfolger ausbilden, der an Fischers Stelle trat.

Fischer sah Nadja vor sich. Sie war nicht so wie die Frau, die ihn in der Zelle am Rande des Sperrgebiets besucht hatte. Sie war anders. Er wollte sie und die Kinder nicht zu Flüchtlingen machen, zu Entwurzelten, die, ihre Heimat im Herzen tragend, ziellos umherirrten. Doch es blieb ihm keine Wahl. Er musste sie aus Neustadt herausholen und mit ihnen ein neues Leben beginnen. Marbod würde sie jagen, sobald er erfuhr, dass Fischer den Staatsschutz verlassen hatte. Mit einem neuen Heinrich an seiner Seite, der ihm genauso treu ergeben war wie der alte. Da draußen gab es noch so viele Allerwelts, die für Marbod die Drecksarbeit leisteten. Handlanger, die er am Ende fallen ließ, weil er sich von ihnen hintergangen fühlte. Fischer griff an die Brusttaschen seines Hemdes und prüfte, ob die Scheine, die er dort hineingesteckt hatte, noch da waren. Sorgsam verschloss er die Taschenknöpfe wieder. Er würde Nadja niemals erzählen, dass es Blutgeld war.

Er sah zu Reich hinüber. Die Euphorie war aus dessen Gesicht verschwunden. In sich gekehrt, steuerte er den Drehflügler über die hufeisenförmig angelegten Mietskasernen und die Parkanlagen von Ostend hinweg, dem Verlauf der Ausfallstraße folgend. Wie ein Drogenabhängiger, bei dem der Rausch verflogen war, saß er mit leeren Augen da. Getrieben von der Sucht nach der ultimativen Erfüllung, würde er niemals Ruhe finden, bis er sich und andere mit in den Abgrund gerissen hatte.

Sie erreichten die Wellblechhütten, die in der Ebene beginnend, sich wie ein gigantischer Organismus der Armut bis auf das Bergplateau hinaufzogen. Rinnsale von Fäkalien in den Gassen, staubüberzogen und zusammengenagelt die kläglichen Behausungen. Die Strahlung als die wahre Ordnungsmacht, der einzig gerechte Richter im Land, ein Gleichmacher, unbestechlich, nahm sie wen und wann es ihr beliebte. Das Leben war für viele kurz, und es war für viele schmerzhafter. Doch es war Leben. Und so würde es weitergehen. Generation um Generation. So Gott es wollte.

Wie aus fünfzig Menschen eine Gemeinschaft wird. Fischer hatte den Titel von Reichs Buch absichtlich verfremdet, um Frauke Hoffnung zu geben. Doch sechsundvierzig waren sie nur. Vier fehlten ihr also. War das nicht ein Kreis, den er mit seiner Familie schließen konnte? Frauke hatte ihm gezeigt, dass man selbst im Sperrgebiet überleben konnte. Und die Fakultät war gut zu schützen. Man musste nur den Haupteingang schließen und konnte sich dann dort verbarrikadieren. Er hatte im Keller eine Vorratskammer gefunden mit großen Mengen an Wasser und Proviant. War es möglich? Fünfzig Menschen, beschützt von den Wächtern der Alten Ordnung. Den Mördern von einst. Fünfzig Menschen als Keimzelle für etwas Neues, etwas Aufrechtes, etwas Gutes. Eine neue, eine bessere Gesellschaft. Dann musste er lächeln. Er wunderte sich über seine eigene Phantasterei, in einem Hochgefühl ersonnen, ohne die quälenden Konsequenzen und die Irrationalität eines solchen Vorhabens zu bedenken. Nur eine Minute der Glückseligkeit noch, mehr nicht – dann konnte ihn die Realität zurückhaben. »Sechsundvierzig sind sie«, flüsterte Fischer vor sich hin, »aber fünfzig braucht man.«

»Was?«

»Vier fehlen noch.« Fischer sah zu Reich hinüber. »Vier.«

»Was faseln Sie da?«

»Sie darf den wahren Titel nie erfahren ...«, sagte Fischer gedankenversunken.

»Welchen Titel?«

»Wie man aus fünfzig Talern ein Vermögen macht.«

»Sie ...« Reich räusperte sich. »Sie haben mein Buch gelesen?«

Fischer blickte nach vorne. »Die erste Seite. Nur die erste Seite – weiter bin ich nicht gekommen.«

Reich rieb sich über den Nacken. »Hätten Sie mal zu Ende gelesen – dann wären wir jetzt nicht hier. Wir würden am Buffet stehen und uns den Bauch mit Kaviar vollschlagen.«

Fischer drehte sich zu Reich um, ein Lächeln im Gesicht. »Ich hab's versucht.«

»Was? Was haben Sie versucht?«
»Kaviar. Aber der bekommt mir einfach nicht.«

15.

Das Ende der Straße. Dort angekommen, wo keiner enden wollte. Der Wahrheit gewordene Albtraum eines jeden. Wellblechhütten, so weit das Auge reichte, in die Berghänge gegraben, den Verstrahlten, den Armen, den Einsamen und den Namenlosen einen trostlosen Unterschlupf bietend. Qualmende Autoreifen, schwarzer Rauch, der aus Ölfässern aufstieg. So wie es den Müll die Berghänge hinaufblies, trieb es auch die Menschen hierher. Fischer sah einen Mann, der eine gebrechlich wirkende Frau stützte. Beide noch keine vierzig. In Lumpen gehüllt, ihre Gesichter eingefallen und verbraucht. In Trippelschritten zogen sie über die Müllberge hinweg. Doch wo immer sie auch hinwollten, sie waren nicht allein. Und Fischer dachte, dass es vielleicht nicht das große Ganze war, das es zu verändern galt, wie es Ingrid immer vorhatte. Vielleicht waren viele kleine Schritte nötig, um die Welt zu einem besseren Ort zu machen. Und wenn man in Demut nach unten blickte, bemerkte man auch nicht, wie weit das Ziel noch entfernt lag.

Isoliert von der Welt, in der er lebte, hatte sich Reich die Haube seines Schutzanzugs aufgesetzt und den Reißverschluss zugezogen, als er mit dem Drehflügler in der Nähe des Sendemasten zur Landung ansetzte. Müll wurde aufgewirbelt und verfing sich in dem Drahtzaun, der ein Grundstück mit einem eingefallenen Haus begrenzte. Die eine Hand an der Pistole in der Jackentasche, jederzeit dazu bereit, Reich niederzuschießen, hielt Fischer die andere Hand auf. »Den Schlüssel.«

»Welchen Schlüssel?«

»Zu dem Haus.«

»Die Tür ist nicht verriegelt.«

»Was?«

»Es ist nicht abgeschlossen.«

»Sie sind gar nicht eingesperrt?«

»Nein.«

»Wer bewacht sie dann?«

»Niemand.«

»Niemand? Und das soll ich glauben?«

»Es ist die Wahrheit.«

»Was hält sie überhaupt zurück?«

»Ihre Furcht. Nur ihre Furcht.«

Die Tür des Hauses öffnete sich, und Fischer erkannte seinen Sohn in der Schwelle.

»Kommen Sie doch mit mir mit«, sagte Reich. »Jetzt, wo Voigt tot ist, ist ein Platz frei.«

Fischer sah zu ihm hinüber. »Mitkommen? Wohin?«

»Ins Sperrgebiet.«

»Mit Ihnen?«

»Wir würden zusammen 'ne Menge Spaß haben.« Reich deutete mit der Hand auf sein Scharfschützengewehr, das in der Halterung auf der Rückbank festgezurrt war.

»Spaß?«

»Sie werden schon sehen ...«

»Und was dann?«

»Wer weiß das schon? Vielleicht ab ins Ausland?«

»Die Heimat verlassen?«

»Heimat?« Reich lachte auf, gedämmt durch die transparente Folie des Sichtfensters seines Schutzanzugs. »Was soll das sein? Wenn man Geld hat, ist man überall zu Hause.«

»Sagten Sie nicht einmal, Sie wären ein Patriot?«

»Was glauben Sie? Ich halte die Fahne des Landes hoch, in dem ich den meisten Profit mache.«

»Dacht' ich mir.«

»Was ist nun?«

Die Hand immer noch an der Pistole in der Jackentasche, öffnete Fischer die Tür und stieg aus. »Schicken Sie mir 'ne Postkarte.«

»Postkarte? Wer schreibt denn heutzutage noch Postkarten?«

»Keine Ahnung, was man heutzutage so macht.«

»Nun denn – wie Sie wollen. Dann ist es wohl an der Zeit, Lebewohl zu sagen. Und denken Sie daran: Das Leben ist ein Spiel. Manchmal gewinnt man und manchmal verliert man. Das Einzige, worauf es ankommt, ist, dass man nach der Niederlage wieder aufsteht.«

»Steht das auch in Ihrem Buch?«

»Sie sollten es lesen.«

Fischer schlug die Tür der Kanzel zu, und der Drehflügler hob ab. Etwas Feuchtes spitzte gegen seine Stirn. Als er sich die Flüssigkeit von der Haut abwischte, erkannte er, dass es Öl war, das aus dem Motorraum tropfte. Weit kam Reich nicht mehr. Bis ins Sperrgebiet konnte er es noch schaffen, doch aus der Stadt gab es für ihn kein Entkommen mehr, wenn die Fratze des Idols ihm vor Augen führte, wer er wirklich war. So, wie Fischer es am eigenen Leib erfahren musste.

Fischer sah dem Drehflügler hinterher, bis dieser hinter dem nächsten Bergkamm verschwunden war. Dann stieg er bei einem umgetretenen Stützpfeiler über den Zaun. Sein Sohn stand noch immer in der Türschwelle des verfallenen Hauses. Ein wenig bleich war er, aber gesund. »Franz!«, rief er ihn. Er bemerkte den Zweifel in den Augen seines Sohnes, die Ungewissheit darüber, ob es der Vater war, der ihm gegenüberstand oder doch nur der Mensch, der ihn zurückgewiesen hatte. Wie nur konnte Fischer ihm beweisen, dass dieser Mensch nicht mehr als ein Schatten auf einer Seele war, die sich zu erinnern begann? Er ging auf ihn zu, doch auf einmal musste er stehenbleiben. Zitternd am ganzen Körper, kniete er sich hin. Fischer hielt die Arme auf und blickte zu seinem Sohn hinüber, der auf ihn zulief, stehenblieb und wieder ein paar Schritte zurückging, unsicher und verlegen, vielleicht auch zornig. »Papa«, sagte er dann und lief ihm in die Arme. Fischer drückte ihn fest an sich, küsste ihn auf die Stirn und die Wangen, hielt sein Gesicht in den Händen. »Mein lieber Franz, hör' mir jetzt gut zu.«

»Papa ...«

»Hör' mir bitte gut zu.«

»Papa, was ist denn?«

»Was man einmal ausspricht, kann man nicht zurücknehmen. Hörst du?«

»Wo warst du nur?«

Er küsste ihn auf die Stirn und drückte sein Gesicht an seine Wange. »Wir haben nicht viel Zeit, mein Sohn. Wenn du mir zuhörst, wird alles gut. Du musst nur versuchen zu verstehen. Kannst du das?«

»Ich weiß nicht, was du meinst, Papa.«

»Wo sind Mama und Utchen?«

»Sie sind oben – oben im Haus.«

»Geht es ihnen gut?«

»Ja, Papa.«

»Es tut mir so leid. Alles tut mir so unendlich leid.« Er streichelte ihm über das Gesicht und sah ihm in die Augen. »Ich hab' dich so lieb.« Dann drückte er ihn wieder an sich. »Du bist noch jung, ich weiß, aber du musst verstehen.«

»Was ist nur mit dir, Papa?«

»Ich bin ...«

»Gehst du jetzt wieder weg?«

»Du musst versuchen zu verstehen. Das, was ich dir jetzt sage, das ist wichtig.«

»Papa, was ist los?«

»Ich hab' dich so lieb, mein Sohn.« Eine Träne lief ihm über die Wange, dann kamen eine zweite und eine dritte hinzu. Zuerst versuchte er noch, sie zu unterdrücken, doch dann ließ er es einfach zu. Ließ zu, dass die Erinnerungen in ihm lebendig wurden. Eine nach der anderen. Er war nicht zu spät gekommen – es blieb ihm genug Zeit. So waren es keine Tränen der Trauer, noch der Verzweiflung darüber, dass sich in wenigen Tagen seine Gefühle wieder in einen festen Schlaf begeben würden, sondern es waren Tränen der Freude, dass er sich auf dieser großen, unübersichtlichen Welt mit jemandem verbunden fühlte, einhergehend mit einer tief empfundenen Dankbarkeit über das Leben, so intensiv, wie er sie nie zuvor gespürt hatte. Es gab nun für ihn die Gewissheit, dass es in dem Meer aus gleichförmigen Erinnerungen und verblassenden Gefühlen diesen einen Leuchtturm gab. Und wenn er einsam auf dem Ozean trieb, würde er in jener Zeit, wenn der Verstand sich ordnete, in jener kurzen Zeitspanne zwischen den Träumen und dem Erwachen, ja dann würde er mit seiner Familie vereint sein. Sie würden sein Licht sein, das ihm Orientierung gab und ihn immer und immer wieder zu ihnen zurückkehren ließ.

Eine Windböe wirbelte durch die Blätter der wenigen verbliebenen Bäume auf dem Bergplateau, und er sah nach Neustadt hinab. Aus dem Wolkenkratzer der Bank schlugen noch immer die Flammen, während unablässig schwarzer

Rauch aufstieg. Er sah die Kirche mit ihren vernagelten Fenstern, den Eisernen Steg, der ins Nirgendwo führte, das prächtige Säulenportal der Börse, das mitten in der Stadt wie ein antiker Tempel wirkte, das Neue Steintor an der breiten Ausfallstraße, umgeben von den Mietskasernen und den Parks von Ostend. Ihm zu Füßen eine Welt voller Widersprüche und Brüche, aus Reichtum, Leid und Elend, grau in grau und überbordend grün. Er war ein Teil dieser Welt, so wie sie ein Teil von ihm war. Und wie auf den Herbst der Winter folgte, so konnten auch die Menschen, die sich inmitten der Müllberge aneinanderklammerten, auf den nächsten Frühling hoffen. Er fühlte den Wind auf seiner Haut und drückte seinen Sohn an sich, spürte sein wild pochendes Herz.

Mein herzlicher Dank gilt:

Michael Krepinsky (der mit mir zusammen in ausgedehnten Spaziergängen den Grunewald erkundet hat), Ingo Krepinsky (der dem Roman ein Gesicht verliehen hat), Ilona Krepinsky (die meinen ersten Roman in ihrer Leserunde so tapfer verteidigt hat), Sylvia Albrecht (die Eindrücke der wunderbaren gemeinsamen Reisen sind zahlreich in den Roman eingeflossen), Janet Seegert, Martin Lukanz (der seine Kritik am amüsantesten formuliert hat), »Die Typonauten« (Unterseehafen ist inspiriert von den – freilich weitaus gepflegteren – U-Ports aus ihrer Diplomarbeit »Per la okuloi de Nautilo« aus dem Jahre 2000), Stefan Krömer und meinen lieben Eltern Ursula Krepinsky (die mich davor bewahrt hat, allzu viele Fehler zu begehen) und Fritz Krepinsky (der mich davor bewahrt hat, die Stadt beim Namen zu nennen).

Der Sender »SomaFM Drone Zone« aus San Francisco war mir in der Zeit des Schreibens ein wertvoller akustischer Taktgeber.

Ein Dank an die Leserinnen und Leser, die mich als unabhängigen Autor durch den Erwerb des (E-)Buches unterstützen.

www.ingramcontent.com/pod-product-compliance
Lightning Source LLC
Chambersburg PA
CBHW021119260626
47169CB00005B/1358